BASTEI
LÜBBE
TASCHENBUCH

BASTEI LÜBBE TASCHENBUCH JASON DARKS SONDERAUSGABEN IM TASCHENBUCH-PROGRAMM:

Paperback
73500 Hexenküsse

Jumbo-Bände
73 952 Die Hölle auf Erden
73 953 Grüße aus dem Fegefeuer
73 954 Schreie aus der Unterwelt
73 955 Jenseits der Angst
73 956 Wenn aus Freunden Monster werden
73 957 Hexen – Geister – Teufelsdiener
73 958 Wenn die Hölle dich verschlingt
73 959 Rückkehr aus dem Reich der Toten
73 960 Baphomet II
73 961 Das Schicksal des Templers
73 962 Im Namen des Schwarzen Tods
73 963 Hexenfluch
73 964 Der dunkle Gral
73 965 Morganas wilde Meute

Kultausgaben
73 966 Wie alles begann
73 967 Die Conollys
73 968 Suko und Shao
73 969 Jane Collins – Privatdetektivin
73 970 Die Hexe Jane Collins
73 971 Glenda Perkins
73 972 Kommissar Will Mallmann
73 973 Mallmann und der Schwarze Tod
73 974 Mallmanns letzte Fälle
73 975 Myxin, der Magier
73 976 Die Schöne aus dem Totenreich
73 977 Arkonada und der Planet der Magier
73 978 Doktor Tod
73 979 Die Gründung der Mordliga
73 980 Lupina und Vampiro-del-mar
73 981 Lady X
73 982 Die Mordliga greift an
73 983 Werwolf-Fest und Zombie-Terror
73 984 Tod der Mordliga!
73 985 Doktor Tods Ende
73 986 Ich gegen den Würfel des Todes

JASON DARK

Die Welt des

JOHN SINCLAIR

SIEBEN SIEGEL DER MAGIE

VIER SPANNENDE KULTGESCHICHTEN

BASTEI
LÜBBE
TASCHENBUCH

BASTEI LÜBBE TASCHENBUCH
Band 73 987

1. Auflage: November 2010

Vollständige Taschenbuchausgabe

Bastei Lübbe Taschenbücher
in der
Bastei Lübbe GmbH & Co. KG

Lektorat: Rainer Delfs
Titelbild: © shutterstock / tadija; shutterstock / Poznukhov Yuriy
Umschlaggestaltung: Karin Osenau
Satz: Wildpanner, München
Druck und Verarbeitung:
Norhaven A/S, Viborg
Printed in Denmark
ISBN 978-3-404-73987-5

Inhalt

SIEBEN SIEGEL DER MAGIE

Es gab ein Buch, von dem niemand genau wusste, wer es geschrieben hatte. Unheimliches rankte sich um diese uralte Schrift, die so viele Jahrhunderte überdauert hatte. Das Buch war gefährlich. Sieben Siegel barg es. Sechs davon erzählten von der Macht des Teufels, von der Höllenkraft. Doch ein Siegel berichtete vom Gegenteil. Von der Kraft des Lichts, der hellen, strahlenden Erleuchtung, von uralten Geheimnissen, die in einem Gegenstand konzentriert und gebannt waren. In John Sinclairs Kreuz!

Suko stand vor mir, streckte den Arm aus und spreizte die Finger. »Es ist Wahnsinn, was du da vorhast, John. Verrückt, irre, lebensgefährlich. Du fährst in dein Verderben.«

Ich rutschte von der Schreibtischkante. »Und?«

Dieses eine Wort irritierte meinen Freund. »Wieso und?«

»Noch mehr?«

»Reicht dir das nicht?«

»Nein.«

»Verdammt noch mal. Lupina ist tot! Sie kann dich nicht angerufen haben, das gibt es nicht. Wir selbst haben gesehen, wie Lady X ihr eine Garbe aus geweihten Silberkugeln in den Rücken geschossen hat. Voll rein, mein Lieber, da machst du gar nichts.«

Ich nickte. »Ja, gesehen haben wir das. Und sogar einen Leichnam, aber trotzdem bin ich skeptisch.«

»Dann kann ich dir auch nicht helfen.«

Ich streifte meine Jacke über. »Du bist nur sauer, weil ich allein fahre. Aber es wurde ausdrücklich nur nach mir verlangt. Zudem bin ich nach dem Ende unseres Spezis Doktor Tod verdammt misstrauisch geworden. Da hat man uns auch seine Leiche untergejubelt – und was war hinterher? Da hatten wir Solo Morasso in vierfacher Ausfertigung.«

»Das ist doch nicht mit Lupina zu vergleichen.«

Ich zeigte zum Fenster. »Der Mordliga und allem, was damit zusammenhängt, traue ich nicht bis zur Scheibe.«

»Du musst es wissen. Ich bin ja nicht lebensmüde«, erwiderte mein Freund ergeben.

»Suko, ich sage dir, da ist etwas im Busch. Ob du es glaubst oder nicht, aber ich habe das im Gefühl.«

»Darauf pfeife ich.«

»Ist ja auch nicht deins«, grinste ich.

Suko war sauer. »Ach, hau doch ab. Sag mir nur, wohin ich den Kranz schicken soll.«

»Die Mühe kannst du dir sparen. Ich komme nämlich zurück.«

»Als Zombie, wie?«

»Wenn alle Stricke reißen, auch das.« Grüßend hob ich die Hand. »See you, Alter.«

An diese Unterhaltung musste ich denken, als ich mich auf der Fahrt zu dem vereinbarten Treffpunkt befand. Er lag außerhalb Londons in einer ziemlich einsamen Gegend. Dazu noch an einem Kreuzweg, und der Kreuzweg hatte ja schon immer in der Geschichte des Horrors eine große Rolle gespielt.

Ich sollte tatsächlich Lupina treffen. Eigentlich ein Unding, denn sie war ja tot. Alles roch nach einer Falle, die man mir stellen wollte, und doch fuhr ich hin.

Lebensmüde war ich nicht, auch nicht davon besessen, zu sterben, aber ich wollte Klarheit. Mein Job verlangte es. Es war eine ungewöhnliche Arbeit, sie fiel aus dem Rahmen, und vielleicht deshalb ging ich auf solche Dinge ein, wie man sie mir telefonisch angetragen hatte.

Hinzu kam noch etwas. Ich konnte mich wehren, denn meine Waffen waren von den Schwarzblütern gefürchtet. Das fing bei der mit geweihten Silberkugeln geladenen Beretta an, führte über den Dolch sowie den Bumerang und endete bei meiner stärksten Waffe, dem geheimnisvollen Kreuz, dessen Rätsel ich noch immer nicht gelöst hatte. Es gab da zwar einige Spuren und Hinweise, sie alle führten aber in eine diffuse Vergangenheit und endeten bei einer frühchristlichen Glaubensgemeinschaft, den Makkabäern, die sich auch Söhne des Lichts genannt hatten.

Ich verscheuchte die Gedanken wieder und achtete mehr auf den Weg. Mittlerweile hatten wir September, der erste herbstliche Monat, und man merkte abends bereits die Kühle. Nebelschwaden drehten ihre Kreise, besonders dicht wurden sie in Nähe der Flüsse oder kleinen Bäche.

Wie gelbe Glotzaugen wirkten die Scheinwerfer des Bentley. Die langen Lichtlanzen legten einen hellen Teppich auf die schmale Straße, die ich weiter bis zu der großen Kurve fahren musste. Danach durchquerte ich eine kleine Ortschaft und musste schließlich vor der alten Steinbrücke nach links abbiegen.

Diesen Weg hatte ich mir nicht auf der Karte herausgesucht, der unbekannte Anrufer hatte ihn mir beschrieben.

War es wirklich Lupina gewesen? Die Stimme hatte weiblich geklungen, aber man konnte so etwas auch imitieren. Öfter als gewöhnlich glitt mein Blick in den Rückspiegel. Ich traute dem Frieden nicht. Suko hatte sich zu sehr aufgeregt, als ich gefahren war, und wahrscheinlich hatte er sich auf seine Harley geschwungen und war mir gefolgt.

Nichts deutete darauf hin, dass ich verfolgt wurde. Es herrschte kaum Verkehr, denn wer in London arbeitete und außerhalb wohnte, war längst in den Häusern und Wohnungen.

Meiner Schätzung nach hatte ich noch gut vier Meilen zu fahren, um ans Ziel zu gelangen. Die Gegend war ziemlich einsam, bis rechts der Straße plötzlich helle Punkte auftauchten, die eine geometrische Kulisse bildeten und die Front mehrerer Hochhäuser nachzeichneten. Die Lichter brannten in den Wohnungen, und die Häuser gehörten zu den außerhalb der Riesenstädte liegenden Trabantenwohnorten.

Wenig später hatte ich die Front passiert. Wie eine gewaltige Raubkatze mit hellen Augen tauchte der Bentley in den Wald ein. Sein Licht erhellte die schmaler gewordene Fahrbahn, die sich in drei Kurven durch das Stück Natur wand.

Hinter dem Wald begann der Ort. Sofort wurde es heller. Die Straße teilte das Dorf, an dessen Rand ich ebenfalls die modernen, hohen Häuser sah.

Auf der Straße hielten sich nur wenige Menschen auf. Die älteren befanden sich in den Wohnungen und Häusern, nur einige junge Leute lehnten an den Fensterfronten der Kneipen und der beiden Discos, deren farbige Leuchtreklame in dieser Gegend futuristisch anmutete.

Am Ortsende umfing mich wieder die Stille. Ich suchte die Brücke.

Das Fernlicht half mir dabei. Gleißend hell wurde es. Die alte Steinbrücke befand sich nicht weit entfernt. Vor ihr verengte sich die Straße. Nur jeweils ein Fahrzeug passte auf die Brücke.

Vor dem Übergang zweigte ein Weg scharf links ab, genau, wie man es mir beschrieben hatte.

Ich kurbelte hart am Lenkrad. Die Scheinwerferstrahlen machten den Schwenk mit und glitten über eine Fahrstrecke, die man mit dem Wort miserabel bezeichnen konnte.

Asphalt gab es nicht, dafür Schotter. Der hörte allerdings schnell wieder auf, und die Strecke führte als ausgefahrener Feldweg weiter. Vor meinem Wagen produzierten die Lichtlanzen einen geisterhaften Tanz. Mal hüpften sie hoch, dann fielen sie wieder nach unten, und wie gierige Hände tasteten sie über das am Wegrand wachsende Gestrüpp, glitten in die Büsche hinein, suchten ihren Weg zwischen den sperrigen Zweigen und erschreckten die Kleintiere der Nacht. Die hellen Strahlen gaben den Buschgruppen ein seltsam verzerrtes Aussehen, manchmal sogar gespenstisch, und leichte Nebelschwaden taten ihr Übriges, um die etwas unheimliche Stimmung noch zu erhöhen.

Ich achtete nicht auf die Randerscheinungen, sondern sah zu, dass ich mein Ziel erreichte. Ein einsamer Kreuzweg sollte es sein, nicht weit von der Abzweigung entfernt.

Okay, ich sah ihn, als das Fernlicht den schmalen Weg vor mir voll ausleuchtete. Von rechts und links trafen sich die beiden anderen Fahrspuren, auf denen ich mit dem Bentley weiterfuhr.

Und am Weg stand ein gewaltiger Baum.

Eine uralte Eiche mit starken, weit ausladenden Ästen, von denen wiederum kräftige, stabile Zweige abstanden, die allesamt noch ihr Laub hatten. Der Herbst war noch nicht so weit fortgeschritten, als dass er die Blätter gefärbt hätte. Sie bildeten ein fast undurchdringliches Grün über dem nackten Stamm.

Ich rollte an dem Baum vorbei, fuhr ein Stück weiter und wendete den Wagen mit Mühe.

Danach schaltete ich den Motor aus, löschte das Licht und stieg aus. Die kühle Abendluft eines ausklingenden Septembertages umfing mich. Der schon leicht abnehmende Mond sah aus wie eine angebissene Zitrone. Etwas Wind war aufgekommen. Er spielte mit den Blättern des Baumes, sodass sie gegeneinander raschelten.

Bevor ich auf den Baum zuschritt, schaute ich mich nach etwaigen Beobachtern um.

Ich entdeckte nichts Verdächtiges. Wenn sich jemand versteckt hielt, konnte er sich auch im Gebüsch verkrochen haben, das nicht weit entfernt als eine lange, dunkle Reihe wuchs.

Erst jetzt sah ich die Bank.

Sie stand an der anderen Seite des Baumstamms, war aus einfachen Bohlen gefertigt und lud ein, auf ihr Platz zu nehmen. Eine Rückenlehne hatte sie nicht. Müde Wanderer konnten sich an den Stamm lehnen.

Ich nahm Platz. Mein Bentley war nur noch als kompakter Schatten zu sehen. An die Geräusche der Nacht hatte ich mich rasch gewöhnt, sodass ich jetzt das Gefühl hatte, von einer seltsamen Stille umgeben zu sein.

Als ich die Beine übereinanderschlug, raschelte der Hosenstoff.

Eine Zeit hatte Lupina – ich ging erst einmal davon aus, dass die Anruferin die Totgeglaubte war – nicht angegeben. Sie konnte schnell erscheinen, aber auch erst in einer Stunde. Unter Umständen musste ich mich auf eine längere Wartezeit gefasst machen.

Die Minuten vergingen. Schläfrig wurde ich nicht, mein

Bewusstsein war geweckt, war voll da, und manchmal drehte ich mich hastig um, ohne allerdings etwas Verdächtiges zu bemerken.

Würde sie überhaupt kommen?

Mittlerweile zweifelte ich daran, doch je mehr Zeit verging, umso größer wurde bei mir das Gefühl, von irgendjemandem beobachtet zu werden. Es war wirklich nur ein Gefühl, ich hatte keinerlei Beweise, aber ich konnte mich einfach nicht davon lösen.

Ein Frösteln lief über meinen Rücken. Die Dunkelheit war seltsam diffus, denn durch das auf die Erde fallende Mondlicht sah ich schattenhafte Konturen und Umrisse, die sowohl Menschen als auch Monster sein konnten.

In Wirklichkeit waren es nur Büsche oder hoch wucherndes Gestrüpp sowie Gräser.

Ich gab mir selbst einen Rippenstoß und dachte daran, mich nicht verrückt machen zu lassen.

Es ging nicht. Im Gegenteil, mein Gefühl wurde stärker.

Dann hörte ich die Stimme. Genau in dem Augenblick, als ich mich wieder einmal von der Bank erhoben hatte.

Es war mehr ein Zischen, doch meinen Namen verstand ich: »John Sinclair!«

Blitzschnell drehte ich mich um, schaute ins Leere und hatte vergessen, auf die Richtung zu achten, aus der die Stimme aufgeklungen war. Nicht hinter mir, nein, das Verhängnis kam von oben – aus dem starken Geäst der Eiche …

Es waren gierige Augen, die beobachteten. Hasserfüllte Blicke richteten sich auf den Mann, der unter den Ästen und Zweigen auf der Bank saß. Manchmal verwischte das Bild der Gestalt, immer dann, wenn eine Woge von Wut den Beobachter überschwemmte.

Sein Inneres kochte. Das Tier kam in ihm durch, der Drang nach Blut wurde unerträglich, der Mund öffnete und schloss sich.

Es war ein menschlicher Mund, ein menschliches Gesicht, normale Haare, aber der Körper gehörte einer Bestie.

Einem gefährlichen Wolf …

Bisher war er noch nicht entdeckt worden. Er hatte sein Versteck in dem dichten Laub gefunden und dachte nicht daran, es aufzugeben, denn er traute dem Menschen nicht.

Dieser Mann dort – John Sinclair hieß er – war gefährlich. Sogar brandgefährlich. Auf sein Konto ging der Tod zahlreicher Dämonen. Er hatte es verstanden, die Mächte der Finsternis zu reduzieren oder sie gegenseitig auszuspielen. Dabei hatten ihm das Glück und die Tatsache einer Zwietracht zwischen Schwarzblütern zur Seite gestanden, da die Geschöpfe der Finsternis sich oft selbst nicht grün waren. So erlebt bei Lady X, die jetzt die Mordliga anführte und Lupina getötet hatte.

Mit Silberkugeln.

Eine Vampirin tötet eine Gegnerin mit geweihten Silberkugeln. So etwas hatte es zuvor noch nicht gegeben. Lady X jedoch bewies, dass dies möglich war.

Doch sie hatte sich verrechnet, sehr sogar, und jemand war bereit, ihr die Rechnung zu präsentieren.

Im Augenblick hockte er zwischen den Blättern und starrte durch die Lücke nach unten, wo er den Schatten des Mannes sah, der der größte Feind der finsteren Mächte war.

John Sinclair!

Fast zum Greifen nahe! Ein Sprung, der plötzliche Angriff aus dem Hinterhalt, das Zupacken scharfer Reißzähne, und es hätte den Geisterjäger gegeben.

Wenn es so einfach wäre …

John Sinclair war raffiniert. Er besaß zwar keinerlei übersinnliche Fähigkeiten, hatte jedoch im Laufe der Zeit einen gewissen Sinn für Gefahren entwickelt, und der schien ihn jetzt auch nicht im Stich zu lassen.

Er wurde unruhig.

Die kalten Raubtieraugen, die durch das Blätterwerk schimmerten, stellten dies genau fest.

Die Haare des heimlichen Beobachters bewegten sich, als würde ein Windstoß über das schwarzbraune Fell fahren. Die Pranken waren so hart in einen Ast geschlagen worden, um den Körper zu halten, dass sogar Rinde abgefallen war und das helle Weiß des Holzes durchschimmerte.

Die Bestie musste aufpassen, dass Sinclair sie nicht zu früh sah, denn ihr fahlgelbes Haar war verräterisch genug. Es konnte auch bei Dunkelheit durch die Blätter schimmern und leicht sichtbar werden.

Sinclair wurde unruhiger. Er rutschte auf der Bank von einer Seite zur anderen und hielt es nicht mehr aus.

Er stand auf.

»John Sinclair!«

Jetzt hatte es auch die Bestie nicht mehr aushalten können. Es war einfach über sie gekommen, sie konnte nicht anders und machte sich sofort Vorwürfe.

Doch Sinclair zeigte sich irritiert. Er wusste im ersten Augenblick nicht, aus welcher Richtung die Stimme aufgeklungen war.

Das nutzte die Bestie aus.

Kurz entschlossen ließ sie sich fallen …

Es war nicht genau festzustellen, was nun mehr klingelte, Lady Sarah Goldwyns Halsketten oder die alte Bimmel über der noch älteren Tür, die den Eingang zu einem Keller darstellte.

Vielleicht war es doch die Klingel, denn Lady Sarah Goldwyn, die Horror-Oma, wie sie auch genannt wurde, liebte zwar Ketten, allerdings bimmelten diese nicht melodisch und spielten auch kein »God save the Queen«, wenn sie aneinanderrasselten.

Hinter der Tür blieb Lady Sarah stehen und wartete, bis die englische Nationalhymne ausgeklungen war. Wer das tat, dem begegnete Mr. Peterson, der Inhaber des Ladens, mit besonderer Hochachtung, denn Mr. Peterson war nicht nur Antiquitätenhändler, sondern auch Patriot durch und durch. Manchmal pflegte er zu sagen: »Ich bin von Beruf Brite.« So etwas gab viel über seine Person preis.

Mr. Peterson war zwar nicht zu sehen, Lady Sarah wusste aber, dass er durch einen raffiniert aufgestellten Spiegel den Eingang genau im Auge behalten konnte. Und sicherlich sah er auch Lady Sarahs stramme Haltung.

Nachdem der letzte Ton verklungen war, bewegte sich Lady Sarah weiter. Obwohl sie wahrhaftig kein Riese war, zog sie doch den Kopf ein, denn in diesem Kellerladen war die Decke nicht sehr hoch, zudem hingen noch einige alte Lampenschirme davon herunter sowie Pfannen und Töpfe aus mit Grünspan überdecktem Kupfer.

Es war ein Kramladen. Was das Geschäft jedoch von vielen anderen unterschied, war die Tatsache, dass Mr. Peterson nur echte alte Sachen verkaufte und keinen Trödel, den man auf alt getrimmt hatte.

Lady Sarah, die ja bei allen großen und kleinen Antiquitätenhändlern Londons eine bekannte Person war, sah sofort, dass sich unter diesen Sachen, die nahe der Eingangstür lagen, nichts befand, was sie interessiert hätte.

»Sie enttäuschen mich, mein lieber Hubert«, rief sie deshalb in den Laden hinein. »Haben Sie mich ohne Grund angerufen?«

»Aber ganz und gar nicht, Lady Sarah, aber ganz und gar nicht.« Die Stimme erklang aus dem Hintergrund des Raumes. »Es ist zwar unhöflich und sonst nicht meine Art, dass ich Sie nicht begrüße, aber im Augenblick geht es wirklich nicht. Wenn Sie sich bitte zu mir bemühen möchten, ich bin dort, wo sich meine Kasse befindet.«

Hubert Peterson sprach immer ein wenig nasal und bemühte sich sehr um eine gute Formulierung, die ihm oft danebenging, was seinen Gesprächspartner zumeist erheiterte.

Dieser Hubert Peterson war selbst in London ein Original. Das sollte schon etwas heißen. Lady Sarah wusste bei ihm nie genau, ob es Getue oder ob er wirklich so war.

Es blieb der Horror-Oma nichts anderes übrig, als sich durch die schmalen Gänge zu winden, um Hubert Peterson endlich begrüßen zu können. Der Laden war tatsächlich voll bis unter die Decke. Auf Regale hatte der Besitzer zum größten Teil verzichtet, die alten Möbel – zumeist Stücke aus der Jugendstilzeit – standen übereinander. Die Horror-Oma sah einen Sessel, der seinen Platz auf den verschlissenen Polstern eines Sofas gefunden hatte. Auf dem Sessel stand ein alter Vogelkäfig, in dem ein ausgestopfter Papagei hockte, dessen buntes Gefieder mit einer Staubschicht überzogen war.

Seesäcke, Truhen, Lampenständer, leere Uhrgehäuse, Kerzenständer, wieder Sofas, Stühle und Sessel. Sie bildeten ein Durcheinander, in dem sich wahrscheinlich selbst der Besitzer nicht so richtig zurechtfand. Lady Sarah hätte ein größeres Teil auch nie bei Peterson gekauft, wenn dieser Mann nicht einem besonderen Hobby frönen würde.

Er sammelte und verkaufte auch alte Bücher.

Und da war er bei Sarah Goldwyn genau an der richtigen Adresse. Denn das Sammeln von Büchern war auch ein Hobby von ihr. Sie hatte sich in ihrem Haus ein Archiv angelegt, auf das so manche Bibliothek neidisch gewesen wäre, und sie erwarb immer wieder etwas hinzu, wobei sie manch hohen Preis in Kauf nahm, aber die alte Dame brauchte nicht auf den Penny zu achten. Ihre drei verstorbenen Männer hatten ihr ein kleines Vermögen hinterlassen, von dessen Zinsen sie gut leben und auch für karitative Organisationen spenden konnte.

Um ein Buch ging es. Mehr hatte Hubert Peterson nicht am Telefon gesagt.

Es reichte der Horror-Oma jedoch, um ihre alten Knochen in Bewegung zu setzen und den Händler aufzusuchen. Wenn ihr das Buch zusagte, musste es ihr nur gelingen, den Mann zu überreden, denn Peterson zeigte sich oftmals sehr störrisch, wenn es darum ging, sich von einem Gegenstand zu trennen. Da verzichtete er lieber auf den Verdienst.

War das Licht, das durch die beiden schmalen Fenster fiel, im vorderen Teil des Ladens schon mies genug, so konnte man im hinteren kaum etwas sehen. Peterson war gezwungen, Lampen anzuschalten, damit Kunden seine Dinge bewundern konnten. Es waren allerdings trübe Funzeln, die brannten, zumeist alte Leuchten, deren Schirme zudem noch eine Staubschicht aufwiesen.

Der Verkaufsraum war so geschnitten, dass er praktisch aus zwei Lagern bestand.

Im zweiten – Lady Sarah erreichte ihn, wenn sie um eine Ecke ging – hatte Hubert Peterson die kleinen Dinge ausgestellt. Wie Silberleuchter, Taschenuhren, alte Bilder und natürlich seine Bücher oder Folianten, wie er oft zu sagen pflegte.

Als die Horror-Oma den anderen Teil des Geschäfts betrat, war von Hubert Peterson noch immer nichts zu sehen, und die Kundin blieb überrascht stehen, denn sie erkannte schon die alte Verkaufstheke mit der vorsintflutlichen Kasse darauf und dahinter die Regale mit den Büchern.

»Mr. Peterson, wo sind Sie denn?«, rief sie.

»Hier, Mrs. Goldwyn. Es ist eine Unverschämtheit, eine bodenlose Schweinerei ...«

Lady Sarah schüttelte den Kopf. »Was denn?«

»Kommen Sie bitte näher.«

»Und wohin?«

»Wenden Sie sich nach links, wo sich die Garderobe befindet, wenn Sie so freundlich ...«

»Natürlich ...« Ergeben hob die Horror-Oma die Schultern. So etwas hatte sie noch nie erlebt, aber sie war neugierig geworden und wollte wissen, was mit Peterson geschehen war.

An der Theke musste sie vorbei. Rechtwinklig dazu stand ein alter, mit Büchern gefüllter Schrank. Und hinter ihm hatte Hubert Peterson die Garderobe eingerichtet.

Es waren nur einige Haken in die Wand geschlagen worden. Und ausgerechnet an einem dieser Haken hing der Händler.

Überrascht blieb Mrs. Goldwyn stehen. Zuerst wollte sie lachen, denn es reizte in der Tat zu einem Gelächter, so wie Peterson da hing. Wie ein Häufchen Elend kam er Lady Sarah vor. Jemand musste ihn hochgestemmt und an den Garderobenhaken gehängt haben. Der nach oben weisende Eisenhaken hatte sich im Überwurf seines Kragens verfangen, und aus eigener Kraft war es Peterson nicht möglich, sich zu befreien.

»Sie entschuldigen, wenn ich lächle«, sagte die Horror-Oma, »aber so etwas habe ich noch nie gesehen.«

»Das kann ich mir vorstellen«, greinte Peterson. »Diese widerlichen Typen haben keinen Respekt mehr vor dem Alter. Sie wollten mich ...« Er verstummte, schaute Lady Sarah mit einem bittenden Blick an und sagte: »Wenn Sie mir hinunter helfen wollen ...?«

»Gern, falls ich es kann.« Lady Sarah trat ein wenig zur Seite und lehnte ihren Stock gegen die Wand. Sie war zwar knapp über die Siebzig, aber sie traute sich zu, Peterson aus dieser Lage zu befreien.

»Aber bitte, seien Sie vorsichtig, Mrs. Goldwyn, wenn Sie mich anfassen! Ich bin nämlich sehr kitzlig.«

Schon fing er an zu lachen, kaum dass Lady Sarah ihre Hände auf seine Hüften gelegt hatte.

»Ruhig, ruhig, Mr. Peterson, ich bin ja bei Ihnen. Wir schaffen es schon.« Die Horror-Oma setzte ihre noch vorhandenen Kräfte ein und versuchte, den Mann hochzustemmen.

Das allerdings gelang ihr nicht. »Nein«, sagte sie und schüttelte den Kopf. »Wir müssen es anders machen.«

Hubert Peterson kam nicht dazu zu fragen, wie sie es anstellen wollte. Lady Sarah ergriff die Initiative sofort und riss kurzerhand am Jackett des Mannes.

Der Stoff am Kragen wurde zerfetzt, der freie Fall wirkte sich aus, und Peterson polterte zu Boden. Lady Sarah musste hastig zur Seite springen, sonst hätte der Mann sie noch umgerissen.

Da saß er nun auf seinem mageren Hinterteil und schaute Lady Sarah wie ein Häufchen Elend an.

Die Horror-Oma streckte eine Hand aus. »Kommen Sie, ich helfe Ihnen auf die Füße.«

»Danke sehr, vielen Dank!«

Zwei Sekunden später stand der Mann. Jetzt fing er an zu jammern. Sein schönes Jackett sei verdorben, und er wollte sich überhaupt nicht beruhigen.

»Wie alt war denn die Joppe?«, fragte Lady Sarah.

»Achtzehn Jahre.«

Bis jetzt hatte die Horror-Oma ein Lachen zurückhalten können. Das schaffte sie nicht mehr. Sie prustete los und kümmerte sich auch nicht um Petersons Greinen, der sein Gesicht verzogen hatte, die Jacke auszog und sie von allen Seiten betrachtete. Er sprach etwas von zusammennähen und wurde erst ruhiger, als Lady Sarah sich erkundigte, wie alles passiert war.

Hubert Peterson schritt zur Verkaufstheke und legte sein Jackett dort nieder. »Wie alles passiert ist? Eine Unverschämtheit war das.« Er stützte die Hände auf und schaute Lady Sarah mit dem traurigen Blick eines leidgeprüften Dackels an. Sein weißer Schnäuzer zitterte dabei, die Flügel der langen Nase bewegten sich unruhig, und die kleinen, grauen Augen blitzten. »Ich will es Ihnen sagen. Kaum hatte ich mit Ihnen telefoniert, als ich Besuch von zwei jungen Burschen erhielt. Sie wissen ja, wie diese Typen aussehen. Ungepflegt, Jacken aus Leder, keinen Respekt mehr, lange Haare …«

»Na, na, nun machen Sie mal einen Punkt. Nicht alle sind so. Oft findet man unter den langen Haaren einen klaren Verstand.«

»Dass Sie so etwas sagen.«

Die Horror-Oma lächelte. »Ich bin oft mit jungen Leuten zusammen und finde sie prima.«

»Aber ich …«

»Weiter, Mr. Peterson.«

»Ach so, ja.« Er schlug sich gegen die Stirn. »Sie kamen also. Mir waren sie sofort suspekt. Die Kerle schauten sich um, nahmen dies und jenes in die Hand, und als ich sie fragte, ob sie etwas kaufen wollten, da schüttelten sie den Kopf. Kaufen wollten sie nichts, aber etwas mitnehmen. Das machten sie mir klar, denn plötzlich zog einer von ihnen ein Messer. Er hielt mich damit in Schach, während der andere Kerl auf meine Kasse zuschritt, sie öffnete und das Geld entnahm.«

»Wie viel war es denn?«

»Nicht ganz zwei Pfund.«

Lady Sarah musste lachen. »Und da machen Sie so einen Wirbel, Mr. Peterson?«

»Na ja, zwei Pfund.« Plötzlich fing er an zu grinsen. »Sie ahnten ja nicht, dass ich auf so etwas immer gefasst bin und Vorsorge getroffen habe.«

»Ah, Sie haben das Geld woanders.«

»Sicher.«

»Und wie ging es weiter?«

»Die Kerle waren natürlich sauer. Sie wollten wissen, wo ich mein Geld habe. Ich konnte ihnen jedoch weismachen, dass ich nicht mehr besitze, ja, und danach kam das Schlimmste.« Er senkte jetzt den Kopf und schaute zu Boden.

»Man hängte Sie auf.«

»Genau, Lady Sarah. Es ist eine Schande. Mich, einen alten Offizier, der noch für die Königin-Mutter in Indien gekämpft und für das Vaterland so manches Opfer gebracht hat. Ich wurde behandelt wie eine billige Witzfigur. Nein, das habe ich nicht verdient. Was meinen Sie, Mrs. Goldwyn?«

»Das haben Sie in der Tat nicht, Sir.«

»Endlich jemand, der mich versteht.« Er nickte selbstgefällig und grinste dann. »Wer an mein Geld will, muss schon früher aufstehen. Die jungen Leute können sein, wie sie wollen, aber an uns kommen sie nicht heran. Wir haben unsere Erfahrungen.«

»Damit haben Sie ein wahres Wort gesprochen, Mr. Peterson«, sagte Lady Sarah Goldwyn. »Die Erfahrungen besitzen wir.« Ihr Blick fiel auf die Bücherwand. »Sie haben mich doch wegen eines neuen alten Buches angerufen – oder nicht?«

»Ja, natürlich!«, rief der Händler. »Ich habe etwas Besonderes für Sie.«

»Ist es sehr teuer?«

»Nein.« Hubert Peterson beugte sich vor. »Es ist nur unverkäuflich, Lady Sarah.«

»Was?« Die Horror-Oma schluckte. »Das meinen Sie doch nicht im Ernst, Mr. Peterson.«

»Doch, ja, es ist unverkäuflich.«

»Weshalb haben Sie mich dann angerufen?«

Der Händler senkte seine Stimme. »Um Ihnen das Buch zu zeigen, meine Liebe, deshalb.«

»Ist es denn etwas so Wertvolles?«

»Noch viel wertvoller, Mrs. Goldwyn. Noch viel wertvoller, das kann ich Ihnen sagen.«

»Dann zeigen Sie es mir.«

»Ja, Moment.« Peterson bückte sich und griff unter die Theke. Dort bewahrte er seine besonderen Schätze auf. Ein Griff nur, und er hielt das Buch in der Hand. Vorsichtig legte er es auf die Platte.

Es war ein seltsames Buch. Erst einmal stach Lady Sarah der alte Ledereinband ins Auge, der hatte schon Falten geworfen, Staub klebte darin, doch auf dem Deckel befand sich siebenmal das Zeichen des Teufels. Die stilisierte Ziegenbock- oder Dreiecksfratze des Höllenherrschers. So war der Satan die Jahrhunderte über von den Menschen gezeichnet und abgebildet worden.

»Na, Lady Sarah, was sagen Sie nun?«

»Wirklich außergewöhnlich, Mr. Peterson.« Damit übertrieb die Horror-Oma keineswegs, denn sie hatte entdeckt, dass sich die Teufelsfratzen deutlich von dem schwarzen Untergrund des Deckels abhoben. Sie zeigten ein sehr blasses Rot, das einen violetten Ton hatte.

»Haben Sie das gemacht?«, fragte sie und deutete auf die Zeichen.

»Nein, auf keinen Fall.« Er tat entrüstet. »Das war es doch, weshalb ich das Buch gekauft habe.«

Lady Sarah runzelte die Stirn. »Haben Sie bereits in dem Buch gelesen?«

Peterson nickte. »Das habe ich sehr wohl, Lady Sarah. Und

ich kann Ihnen sagen, diese Seiten haben es wirklich in sich. Das ist eine ungeheure Brisanz, wobei ich nicht einmal weiß, wer das Buch geschrieben hat.«

»Von wem haben Sie es denn?«

Peterson lachte. »Mein kleines Geheimnis, Lady Sarah, das ich Ihnen nicht verraten kann.«

»Auch nicht einer Stammkundin?«

»Nein.«

»Sie wollen es mir also nicht verkaufen?«

Er schüttelte den Kopf.

»Und wenn ich Ihnen einen guten Preis dafür zahle? Sie wissen doch, Mr. Peterson, ich sammle mit großer Leidenschaft diese alten Folianten, und ich möchte wirklich nicht, dass Sie das Buch an einen anderen Kunden verkaufen.«

»Ich verkaufe es nicht, Lady Sarah, ich behalte es.«

»Aber weshalb? Sie sind Händler.«

Da verklärte sich der Blick des Mannes. »Manchmal bekommt man Dinge in die Hand, die sind so außergewöhnlich, dass man sich nicht mehr von ihnen trennen kann.«

»Das kann ich verstehen«, sagte die Horror-Oma. »Darf ich das Buch einmal aufschlagen?«

»Bitte …«

Lady Sarah drehte den dicken Wälzer um und hob den Deckel ab. Sofort stach ihr der Titel ins Auge.

SIEBEN SIEGEL DER MAGIE

Sie räusperte sich. »Davon habe ich noch nie etwas gehört, Mr. Peterson, wirklich nicht.«

»Sie meinen den Titel?«

»Ja.«

»Kann ich mir gut vorstellen. Er ist in gewisser Weise ja auch einmalig.«

»In der Tat, das ist es.« Sie blätterte weiter und sah die Einteilung der Kapitel.

Es war nicht die englische Sprache, in der das Buch verfasst worden war. Und auch die Schrift war mit der heutigen nicht zu vergleichen. Die Seiten waren noch mit der Hand beschrieben worden, jeder Buchstabe wirkte wie gemalt, als hätte sich der Verfasser besondere Mühe gegeben. Das Papier musste sehr vorsichtig behandelt werden, man durfte nicht schnell umblättern, so etwas konnte leicht reißen.

»Na, was sagen Sie?«, fragte der Händler. Er hatte eine alte Nickelbrille aufgesetzt. Über den Rand der Gläser hinweg schielte er die Horror-Oma an.

»Ich bin einigermaßen verblüfft«, erwiderte die Horror-Oma.

»Wieso?«

»Leider kann ich die Schrift oder die Worte nicht auf Anhieb lesen. Ich müsste mich wirklich näher mit dem Buch beschäftigen, das Sie ja leider nicht verkaufen wollen.«

»So ist es.«

Die Horror-Oma gab aber nicht auf. Was sie sich einmal in den Kopf gesetzt hatte, das wollte sie auch durchführen, so war es schon immer gewesen. »Und wie steht es damit, wenn Sie mir das Buch einfach für einige Tage leihen?«

Da riss der Mann die Augen auf. »Was sagen Sie da? Ich soll dieses wertvolle Stück verleihen?«

»Gegen eine entsprechende Gebühr natürlich.« Mrs. Goldwyn kannte die Geldgier des Mannes.

»Oh, Sie bringen mich in eine Zwickmühle. An ein Ausleihen hatte ich nicht gedacht.«

Lady Sarah nickte. »Das kann ich durchaus verstehen, Mr. Peterson. Ich würde das Buch auch nicht irgendjemandem geben. Aber bin ich irgendjemand?« Sie schaute den Mann so treuherzig an, dass dieser auf einmal verlegen wurde.

»Ich weiß nicht so recht ...«

»Springen Sie über Ihren eigenen Schatten. Sie brauchen es auch nicht umsonst zu tun. Wie viel soll es kosten?«

»Darüber habe ich mir noch keinerlei Gedanken gemacht, Mrs. Goldwyn.«

»Für eine Woche fünf Pfund?«

Der Händler rollte mit den Augen. Er rechnete blitzschnell nach. Die Zeiten waren schlecht, selbst für alten Kram hatten die Leute kein Geld mehr, und der Touristenstrom aus Germany ließ auch nach. Fast zwei Pfund hatte man ihm gestohlen, und wenn er jetzt fünf Pfund kassieren konnte, glich sich das wieder aus. Zudem erhielt er das Buch ja wieder. Da konnte er Lady Sarah vertrauen.

»Nun?«, fragte die Horror-Oma. »Haben Sie sich entschieden, Mr. Peterson?«

»Ja, das habe ich.«

»Zu meinen Gunsten, wie ich hoffe.«

»Fünf Pfund sind eine Menge Geld, Mrs. Goldwyn. Andererseits ist das Buch auch ziemlich wertvoll. Ich habe große Mühe gehabt, es überhaupt in meinen Besitz zu bringen, und da ...«

»Sie sind ein Halsabschneider!«, stellte die Horror-Oma fest. »Wollen Sie noch mehr?«

»Sieben Pfund. Für jeden Tag einen.«

»Sechs.«

»Nein. Sechseinhalb.«

»Ich bleibe bei sechs.«

»Ihr letztes Wort, Lady Sarah?«

»Sogar mein allerletztes.«

Da wand sich der Händler wie ein Wurm. »Es fällt mir so schwer, wissen Sie. Ich kann eigentlich nicht ...« Er atmete tief ein, und Lady Sarah sagte: »Ich hätte Sie ja auch an dem Haken hängen lassen können. Dankbarkeit verlange ich nicht, ein wenig Entgegenkommen schon, Mr. Hubert Peterson.«

Da hatte die Horror-Oma in der Tat einen schwachen Punkt bei dem Händler angesprochen. Er schüttelte sich, als er an die Zeit dachte, die er am Garderobenhaken verbracht hatte.

»Gut, ich will mal nicht so sein. Für sechs Pfund können Sie das Buch eine Woche behalten. Aber Vorkasse, Lady Sarah.«

Die Horror-Oma schmunzelte. »Damit habe ich gerechnet, Mr. Peterson. Sie verschenken nichts. Zum Glück habe ich genügend Geld eingesteckt.« Aus ihrer Manteltasche holte sie ein abgegriffenes Portemonnaie hervor, klappte die beiden Hälften auf und holte das Geld abgezählt hervor. »Da sind sechs Pfund.«

Der Händler grapschte danach. Selten hatte Lady Sarah so schnell Scheine in der Hand eines Menschen verschwinden sehen. Sie vernahm noch das Knistern, und einen Augenblick später waren die Banknoten verschwunden.

»Soll ich es Ihnen einpacken, Lady Sarah?«

»Ja, bitte. Ich möchte den Umschlag nicht beschädigen.«

»Aber bei Ihnen doch nicht.«

»Wer kann schon vorher sagen, was einem unterwegs widerfährt.«

»Da haben Sie recht, Lady Sarah. Da haben Sie wirklich recht.« Peterson nahm das Buch und verschwand damit nach hinten.

Er musste an der Kasse vorbei. Lady Sarah wusste, dass sich dort in der Nähe die Tür einer alten Abstellkammer befand. Dort lagerten Kartons, Einpackpapier und auch Tüten.

Die Horror-Oma blieb zurück. Sie schaute auf die Uhr. Die Geschäftszeit war eigentlich vorbei, aber Hubert Peterson nahm das nie so genau. Er hatte seinen Laden manchmal sogar bis 21 Uhr geöffnet.

Sie hörte das Knistern des Papiers. Der Mann hatte die Tür offen gelassen, und die Gedanken der Horror-Oma beschäftigten sich bereits mit der nahen Zukunft.

In diesem Buch steckte eine gewisse magische Brisanz. Davon war sie fest überzeugt. Und sie wollte die Seiten auch nicht allein durchschmökern, sondern zusammen mit ihrem jungen Freund und Bekannten, dem Geisterjäger John Sinclair.

Sicherlich würde John ein reges Interesse an dieser alten »Schwarte« zeigen, wobei Sarah Goldwyn unwillkürlich an das Buch der grausamen Träume erinnert wurde, in dem die Geheimnisse der Hölle offenbart worden waren. Hinter diesem Buch war der Geisterjäger aus verständlichen Gründen besonders her, allerdings war ihm bisher kein Erfolg vergönnt gewesen. Das Buch blieb verschwunden.

»Sind Sie fertig, Mr. Peterson?«, rief Lady Sarah. »Ich könnte mir nämlich schon ein Taxi rufen.«

Sie erhielt keine Antwort.

Das verwunderte Lady Sarah doch ein wenig. Soweit sie sich erinnern konnte, hatte Mr. Peterson die Tür nicht geschlossen. Sie musste offen stehen, zudem hatte sie vorhin das Knistern des Papiers gehört.

Stimmte da etwas nicht?

Sie wollte ja nicht den Teufel an die Wand malen, aber seltsam war es schon, deshalb rief sie noch einmal den Namen des Mannes. Eine normale Antwort vernahm sie nicht. Dafür hörte sie ein anderes Geräusch, ein etwas dumpf klingendes, und sie ging mit wenigen Schritten um die Verkaufstheke herum.

Als sie sich in Höhe der Kasse befand und schon einen besseren Überblick hatte, sah sie das Phänomen.

Aus dem Türspalt drang ein graugrüner widerlicher Brodem. Er quoll hervor und wurde zu kugeligen Wellenbergen, als er den Raum verlassen hatte.

Sie dampften der Horror-Oma entgegen.

Was war hinter der Tür geschehen? Manch andere Frau in ihrem Alter hätte den Laden vielleicht fluchtartig verlassen. Nicht so Sarah Goldwyn. Sie wollte nachsehen, obwohl sie instinktiv spürte, dass sie sich damit in Gefahr begab.

Es war nicht mehr nötig, denn die Tür wurde von innen aufgestoßen. Jetzt hatte der Nebel freie Bahn. Er quoll hervor, und mit den graugrünen Wolken erschien die Gestalt des Händlers.

Er hatte das Buch noch nicht eingepackt und trug es auf seinen vorgestreckten Armen. Er torkelte auf Lady Sarah zu, die all das Blut auf seiner Brust sah und bemerkte, wie plötzlich ein Strom von Lebenssaft aus seinem weit geöffneten Mund schoss.

Im nächsten Augenblick sah sie die Spitze einer Lanze, die von hinten in seinen Rücken gestoßen worden war und den Körper durchbohrt hatte.

Die Horror-Oma stand wie festgenagelt.

Einen Lidschlag später kippte ihr der Mann entgegen …

Ich hatte den Kopf gedreht, sah, wer da auf mich zusprang, und wollte noch zur Seite wegtauchen.

Es ging einfach zu schnell. Vielleicht hatte ich auch zu spät reagiert und war von dem Anblick zu überrascht gewesen, auf jeden Fall beeinträchtigte dies meine Reaktion, und der fallende Körper prallte gegen mich.

Er war so schwer, dass er mich von den Beinen riss. Die Arme hatte ich noch hochgerissen, sie schützten mich vor Prankenhieben, dann krachte ich hart auf den Boden.

Das Gras dämpfte meinen Fall ein wenig, einen Kampf jedoch konnte ich nicht vermeiden. Ich zog sofort die Knie an und drückte sie in einen weichen Körper.

Ein wütendes Fauchen und gefährliches Knurren waren die Antwort. Das Wesen vor mir schüttelte sich, es breitete seine Pranken aus und kam erst am Baumstamm zur Ruhe.

Ich stützte mich halb auf und starrte meinen Gegner an.

Gegner? Dieser Ausdruck war ein wenig falsch, denn vor mir stand eine Gegnerin – Lupina!

Mein Gott, das durfte nicht wahr sein! Lupina war tot! Ich hatte selbst erlebt, wie sie unter den Kugeln der Lady X zusammengebrochen war. Vor einigen Wochen in dem alten Steinbruch war es zu einer höllischen Auseinandersetzung gekommen, wobei Lupinas Sohn Orapul noch eine wichtige Rolle gespielt hatte.

Und jetzt stand sie vor mir!

Eine Täuschung, eine Halluzination? Einbildung? An all das wollte ich nicht glauben. Nein, das konnte nicht sein!

Sie hatte sich auf mich geworfen, mich zu Boden geschleudert, und sie sah so aus, wie ich sie kannte.

Das lange blonde Haar, das menschliche Gesicht mit den kalten Raubtieraugen, und dann der Körper, der ein dichtes braunes Fell aufwies. Das war Lupina, zweifelsfrei.

Keine Täuschung.

Wir hatten beide unseren Kampf unterbrochen, und ich knirschte: »Lupina, verdammt!«

»Ja, ich bin es!«

Himmel, sie sprach mit der Stimme, die ich kannte. War das denn die Möglichkeit? In der letzten Zeit hatte ich verdammt viele Überraschungen erlebt, ich brauchte nur an Solo Morassos Ende zu denken, das so seltsam gewesen war, und nun stand plötzlich eine Totgeglaubte vor mir. Wir waren immer Gegner gewesen, obwohl ich mich einmal als Werwolf in sie verliebt hatte. Das war lange her und Schnee von vorgestern, heute zählte nur die Gegenwart, in der wir uns als Todfeinde gegenüberstanden, denn Lupina hatte immer das Böse gewollt.

In diesen Sekunden, in denen wir uns anstarrten, dachte ich daran, und meine rechte Hand zuckte zur Beretta. Ich hatte die Waffe noch nicht berührt, als Lupinas Stimme aufklang.

»Lass sie stecken!«

Unwillkürlich zögerte ich, obwohl ich es eigentlich nicht wollte, aber der Klang ihrer Stimme hatte mich aufhorchen lassen. Sie schien etwas in petto zu haben.

»Kann man dich mit einer Silberkugel nicht vernichten?«, fragte ich und spielte dabei auf Lady X an, die Lupina schließlich eine MPi-Garbe in den Rücken geschossen hatte.

»Vielleicht, vielleicht auch nicht.«

Ich stand auf. Dabei versuchte ich, in die Runde zu schielen, und stellte fest, dass die Werwölfin nicht allein gekommen war. Ich sah ihre Helfer zwar nicht genau, aber in den nahe wachsenden Büschen waren gelbe Augenpaare zu sehen, die mich anstarrten.

Vier zählte ich.

Es war kein gutes Gefühl, eingekreist zu sein, und ich spürte die unsichtbare kalte Hand, die meinen Rücken hinabkroch und eine Gänsehaut hinterließ.

Lupinas Helfer hatten mich eingekreist. Die Königin der Wölfe ging auf Nummer sicher.

»Kann man jetzt mit dir reden?«, vernahm ich ihre Stimme.

Fast hätte ich mir selbst gegen die Stirn geschlagen. Das haute doch dem Fass den Boden aus. Da lockte mich die Werwölfin Lupina in eine Falle und wollte mit mir reden. So etwas gab es einfach nicht. Aber ich ging auf ihren Plauderton ein und erwiderte: »Selbstverständlich kann man mit mir reden. Nur wüsste ich nicht, was wir beide zu besprechen hätten.«

»Da kommt schon einiges zusammen. Vor allen Dingen solltest du dich an die Vergangenheit erinnern.«

»An welche?«

»Sie liegt nicht lange zurück. Es war in einem Steinbruch. Ich hatte damals versucht, Doktor Tods Macht zu brechen. Es ist mir leider nicht gelungen, er war stärker als ich, und er hatte einen starken Helfer an seiner Seite – Lady X.«

»Ja, das weiß ich. Und ich erinnere mich auch daran, wie dich die Garbe zu Boden geschmettert hat und dein Sohn in der Nähe war, der den Tod der Mutter miterleben musste.«

»Genau.«

»Bist du wirklich tot?«

»Auf diese Frage werde ich dir keine Antwort geben. Nimm mich, wie ich bin, und höre mir genau zu. Lady X verfolgte seit Langem den Plan, die Führung der Mordliga an sich zu reißen. Und sie hat es tatsächlich geschafft, denn auch Solo Morasso lebt nicht mehr. Jetzt kann sie über Vampiro-del-mar und Xorron befehligen, denn mehr Helfer stehen ihr nicht mehr zur Seite. Zudem besitzt sie den Würfel des Unheils, und sie bereitet Großes vor, das habe ich inzwischen in Erfahrung bringen können.«

»Was ist das genau?«

Lupina schüttelte ihren Kopf, sodass die fahlblonden, leicht gelblich schimmernden Haare flogen. »Ich weiß es nicht genau, aber es hängt mit deinem Kreuz zusammen.«

Da hatten wir es. Das Kreuz! Urplötzlich war es in den Mittelpunkt des Interesses gerückt.

»Will man es mir stehlen?«, fragte ich.

»Nein.«

»Sondern?«

»Man will verhindern, dass du die Geheimnisse des Kreuzes enträtselst. Das ist es.«

Jetzt war ich noch erstaunter. »Aber wieso? Bisher habe ich alles versucht, aber nichts hat genutzt. Wie soll ich plötzlich Zusammenhänge erkennen?«

»Weil es etwas gibt, das dir unter Umständen Auskunft darüber geben könnte.«

»Und was ist das?«

Da verzog Lupina ihre Lippen zu einem breiten, etwas spöttisch wirkenden Lächeln. »Das, John Sinclair, sollst du selbst herausfinden.«

»Ich werde mich bemühen. Nur frage ich mich, was du damit zu tun hast. Weshalb tauchst du hier auf und warnst mich oder gibst mir einen Tipp, wobei du mich trotzdem im Dunkeln lässt?«

»Eigentlich, John Sinclair, müsste ich dich ja töten oder töten lassen. Dieser Ratschlag oder Tipp hat mit einer Sache zu tun, die nur mich etwas angeht.«

»Ich kann es mir denken. Du hast nicht vergessen, was Lady X dir antat. Steckt sie hinter der Sache?«

»Auch.«

Das wurde ja immer schöner. Leider erfuhr ich nur halbe Wahrheiten, deshalb wurde ich sauer. »Ich will dir mal was sagen, Lupina. Rück mit der Sprache raus und versuche nicht, mich irgendwie reinzulegen. Was hat Lady X oder wer auch immer mit meinem Kreuz zu tun? Zum Teufel noch mal, rede endlich!«

»Es sollte eine Warnung sein, mehr nicht. Aufklären musst du den Fall selbst.«

»Dann gib mir einen Hinweis und bring mich endlich auf die Spur der Scott.«

»Sie hält sich nicht weit von dir auf, glaube ich.«

»Das glaubst du!«, höhnte ich.

»Soviel ich gehört habe, befindet sie sich in London. Mach dir deinen eigenen Reim darauf.«

Lady X in London. Das war nichts Ungewöhnliches, denn in meiner Heimatstadt hatte sie einen starken Verbündeten sitzen. Logan Costello, den Mafia-Capo. Er hatte früher für Doktor Tod gearbeitet. Nachdem Lady X die Leitung der Mordliga übernommen hatte, würde er sicherlich für sie die Augen und Ohren offen halten. Ich schätzte die Vampirin als hart genug ein, dass sie auch Costello kleinkriegte.

»Tut mir leid, Lupina«, erwiderte ich. »Ein Dichter bin ich nie gewesen. Du musst schon deutlicher werden.«

Mit ihren gelben Raubtieraugen funkelte sie mich an. »Mehr kann und will ich dir nicht sagen. Sei froh, dass ich dir einen Hinweis gegeben habe. Es wird sich etwas tun, und wahrscheinlich steckst du bereits mitten drin, John Sinclair.«

Ich begann noch einmal von vorn, wollte wissen, was hinter den Andeutungen steckte. »Es geht also um das Kreuz, wie du schon sagtest …«

»Lass es!«, zischte sie.

Ich überlegte. Nur wenige Schritte trennten uns. Ich konnte sie mit zwei blitzschnellen Sätzen erreichen, mein Kreuz nehmen, und …

Lupina schien meine Gedanken erraten zu haben, denn sie wich zurück und stieß dabei heftige Knurrlaute aus. Es war ein Zeichen für ihre Artgenossen.

Hinter und neben mir raschelte es in den Büschen. Wie gefährliche Schatten kamen sie hervor, übergossen von einem fahlen Mondlicht, das die Silhouetten ihrer Körper scharf konturiert nachzeichnete. Sie näherten sich schnell und zogen den Kreis enger.

Mir wurde ein wenig mulmig zumute. Ich schaute in die Fratzen dieser Bestien, sah die zum Teil aufgerissenen Mäuler und das Leuchten der gefährlichen Fangzähne, zwischen denen sich der Geifer spannte.

Die würden mir keine Chance geben. Vielleicht konnte ich zwei, auch drei von ihnen vernichten, übrig blieb dann noch immer einer, und wenn ich Lupina hinzuzählte, waren es zwei.

Ihr Knurren schwang mir entgegen. Gefährlich hörte es sich an, wie eine Drohung, mich zurückzuhalten. Auch der Raubtiergeruch streifte mich. Es war ein scharfer, widerlicher Gestank, für menschliche Nasen eine Zumutung.

»Es war alles, was ich dir zu sagen hatte«, erklärte mir die Königin der Wölfe kalt.

Ich nickte. »All right, ich habe verstanden.«

»Dann geh!«

Mein Mund verzog sich zu einem Lächeln. Ich dachte über das Absurde dieser Situation nach. Da standen sich zwei Feinde gegenüber, doch keiner der beiden versuchte, den anderen zu vernichten, obwohl es beide auf ihre Fahnen geschrieben hatten. Wenn ich Jahre zurückdachte, Himmel, da hätte ich meine Beretta genommen und geschossen, doch nun hatten sich andere Vorzeichen ergeben, die Dinge waren viel komplexer geworden und auch undurchsichtiger, sodass ich erst einmal die Schleier lüften musste, die über den Geschehnissen lagen.

»Sehen wir uns noch?«, fragte ich Lupina zum Abschied.

Sie trat wieder etwas vor. »Sicher, John Sinclair, sicher. Glaube nur nicht, dass nach diesem Gespräch so etwas wie Frieden zwischen uns herrscht. Aber es gibt Dinge, die wichtiger sind. Irgendwann treffen wir wieder aufeinander, dann werden wir sehen, wer von uns beiden der Stärkere ist.«

Es waren Worte, die ich mir gut einprägte, als ich mich umdrehte, um zu meinem Wagen zurückzugehen. Fast stieß ich mit einem Werwolf zusammen, so dicht hatte er hinter mir gestanden.

Ich sah das Funkeln in seinen Augen und las darin die Gier nach meinem Blut. Aus dem halb offenen Maul rann schäumender Geifer, der in Tropfen zu Boden fiel. Das Fell zitterte.

»Wag es nur nicht!«, zischte ich. »Verdammt, wag es nicht, sonst geht es dir schlecht!«

Der Werwolf dachte nicht daran, zurückzuweichen. Im Gegenteil, er hob die Arme. Meine Hand war schon auf den Dolchgriff gefallen, als ich nicht nur Lupinas Schrei vernahm, sondern sie auch sah. Plötzlich stand sie neben uns und schlug ihre Pranken in das Fell des Werwolfs. Sie hakte sich fest und schleuderte ihn zurück. »Ich habe befohlen, ihn gehen zu lassen!«

Der Werwolf lag am Boden. Er hatte Arme und Beine angezogen. Eine Abwehrhaltung, doch Lupina kümmerte sich nicht um ihn. Sie nickte mir zu. »Geh vorbei, John Sinclair!«

Diesmal versuchte niemand, mich aufzuhalten, als ich zu meinem Bentley ging. Abgeschlossen hatte ich den Wagen nicht. Ich zog die rechte Tür auf und warf, bevor ich in den Wagen stieg, noch einen Blick nach vorn.

Die fünf Werwölfe standen zwischen der dicht belaubten Eiche und meinem Silbergrauen. Sie funkelten mich an. Die Helfer hatten Lupina eingerahmt, deren fremdartiges Aussehen zwischen den männlichen Werwolf-Bestien besonders auffiel.

Ich tauchte in den Bentley, schnallte mich an und drehte den Zündschlüssel. Als der Motor in seinen ersten Umdrehungen lief, schaltete ich das Licht ein.

Der gelbe Teppich fiel wie ein Schleier gegen die auf dem Weg stehenden Monster. Das gefiel ihnen nicht, denn sie duckten sich und zuckten zurück.

Bis zuletzt und als der Wagen schon rollte, blieb Lupina stehen. Angeleuchtet, damit ich sie noch einmal in allen Einzelheiten erkennen konnte.

Ihre grün schillernden Augen waren dunkler als das Licht meines Wagens. Dafür schimmerte das Fell heller, und langsam, fast provozierend, trat sie zur Seite.

Ich lächelte hart. Natürlich hätte ich aus dem Fenster schießen können, aber mit so etwas rechneten meine Gegner sicherlich. Deshalb fuhr ich vorbei und ließ die Bestien zurück.

Allerdings schaute ich in den Spiegel.

Nachdem ich sie passiert hatte, verließen sie ihre Deckungen. Sie blieben auf dem Weg stehen und schauten den allmählich verglühenden Rücklichtern meines Wagens nach.

Für mich hatte sich das seltsame Treffen gelohnt. Zwar hatte ich Lupina keine konkreten Ergebnisse entlocken können, dennoch war eins sicher: Hinter meinem Rücken bahnte sich etwas an. Und es musste in der Tat etwas ungemein Großes sein, wenn sich Lupina schon »herabließ«, um mich zu warnen. Die Gefühle, die mich quälten, waren kaum zu beschreiben. Ich dachte an alles Mögliche. Mir fiel der Seher wieder ein, dazu Nostradamus, der vielleicht auch etwas über das Kreuz wusste, und dann schob sich der Rest der Mordliga wieder in den Vordergrund.

Wussten diese Höllenwesen vielleicht mehr, als sie zugeben wollten? Und auch Lupina hatte mir längst nicht alles gesagt. Im Gegenteil, sie riss das Problem nur an, wobei ich das Gefühl nicht los wurde, dass sie ihr eigenes Süppchen kochte und sie mich unter Umständen nur vor ihren Karren spannen wollte.

Durch den Ort fuhr ich langsamer. Anschließend aber drehte ich ein wenig auf, denn ich hatte es plötzlich mehr als eilig, nach London zurückzukehren.

Über diese Sache musste ich unbedingt mit Suko reden, denn auch er würde nicht verschont bleiben ...

Sie konnte es nicht fassen!

Das Bild war so unglaublich, so grauenhaft, dass Lady Sarah aufstöhnte und ihre Hände hob.

Wie durch ein Wunder hielt sich der Händler noch auf den Beinen, obwohl er mit jedem röchelnden Atemzug mehr Blut verlor.

Er starrte die Horror-Oma an. Sein Gesicht war ein Bildnis der Pein und Qual, er wollte etwas sagen, doch der unsichtbare Totenvogel hatte seine Schwingen längst über ihn ausgebreitet, um ihn in das Reich der Schatten zu ziehen.

Einen Schritt noch schaffte er, dann wurden ihm die Knie weich, er knickte zusammen und fiel Lady Sarah entgegen.

Sie fing ihn nicht auf, er hätte sie von den Beinen gerissen, aber sie schaffte es, ihm im letzten Moment das alte Buch aus den Händen zu nehmen.

Sieben Siegel der Magie!

Musste Peterson deshalb sterben? Nur weil er das Buch besaß? Wenn das stimmte, war auch sie in Gefahr.

Mit einem dumpfen Schlag fiel der Tote zu Boden. Und

dieses Geräusch riss Lady Sarah aus ihren Gedanken. Mein Gott, sie musste weg, sonst war auch sie verloren.

Sie wusste nicht, wer die Mörder des Antiquitätenhändlers waren, aber sie konnte sich kaum vorstellen, dass so etwas von Menschen begangen worden war.

Nein, andere mussten dahinterstecken. Sie umklammerte das Buch wie einen wertvollen Schatz. Bevor sie kehrtmachte, fiel ihr Blick noch auf die offene Tür.

Nach wie vor quoll der grünliche Brodem aus dem Spalt und verbreitete sich auch im Innern des Geschäfts. Er vernebelte zum Teil die Sicht, trotzdem entdeckte Lady Sarah eine schreckliche Gestalt. Ein furchtbares Wesen, ein echsenköpfiges Monster mit relativ kleinen Armen, aber Krallen, die den Schaft einer Lanze umklammert hielten.

Eine Lanze steckte im Körper des Toten. Lady Sarah kombinierte. Falls diese eine Echse nicht mit zwei Lanzen bewaffnet gewesen war, dann musste sie noch einen Helfer gehabt haben.

Plötzlich trommelte das Herz der alten Frau hoch oben im Hals. Gegen diese mordgierigen Bestien konnte sie nichts ausrichten, und sie wich blitzschnell zurück, stieß dabei gegen den Rand der Verkaufstheke, fiel fast über ihren Stock und schaffte es, den Tresen hinter sich zu lassen. Das wertvolle Buch nahm sie mit. Trotz der Panik ließ sie es nicht los und klemmte es sich unter den Arm.

Flucht! An etwas anderes dachte sie nicht. Aber es war verdammt schwer, aus diesem Laden zu kommen, der vollgestopft mit altem Trödel war. Es gab keinen richtigen Weg, die Kunden mussten hergehen, wo sie Platz fanden, und es auch in Kauf nehmen, manchmal über Gegenstände hinwegzusteigen.

Vielleicht hätte Lady Sarah das alles nicht als so schlimm empfunden, wäre nicht plötzlich die Gestalt im offenen Rechteck der Tür aufgetaucht. Ein unheimliches Echsenwesen, vom giftgrünen Nebel umwallt und mit einer Lanze in der Pranke.

Genau in dem Augenblick wandte Lady Sarah noch einmal

den Kopf. Die Blicke des Untiers und des Menschen trafen sich. Die Horror-Oma sah die hervorquellenden Augen, die in ihrer Kälte an Wasser erinnerten, und sie bemerkte, wie die Echse ihr Maul aufriss und gleichzeitig die Pranke anhob.

Ihre Absicht war klar, sie wollte die Lanze schleudern und Lady Sarahs Rücken damit treffen.

Für einen Moment schien die ältere Frau zu Eis erstarrt zu sein. Ihr Gesicht spiegelte den Schrecken wider, alles an ihr erstarrte, und da warf das Echsenwesen sein tödliches Instrument.

Lady Sarah aber überwand die Erstarrung, sie wich aus und hätte es vielleicht nicht geschafft, wenn sie nicht über eine am Boden stehende Kiste gestolpert wäre.

Dieser Zufall rettete ihr das Leben.

Die Horror-Oma glaubte, ein sausendes Geräusch zu vernehmen, so nahe zischte die Lanze an ihr vorbei, dann wuchtete sie in das Gehäuse einer Uhr, durchschlug dies und landete zwischen altem Zinngeschirr, das scheppernd umfiel.

Dieses Geräusch mobilisierte Mrs. Goldwyn. So einfach wollte sie sich nicht unterkriegen lassen. Zudem hatte sie Glück im Unglück, denn sie war nicht zu Boden gefallen, sondern auf die Truhe, und sie hielt das Buch sowie ihren Stock fest.

Lady Sarah kletterte über die Kiste, lief zwei Schritte und verschwand im ersten Verkaufsraum. Jetzt deckte sie die Trennmauer der beiden Räume gut ab.

Es war zu hören, wohin sie flüchtete, denn zu rennen, ohne irgendwo anzustoßen, gelang wohl niemandem in diesem Laden. Mrs. Goldwyns Fluchtweg war begleitet von Geräuschen, aber sie gelangte ungehindert an die Tür, nahm die Klinke in die Hand und drehte sich noch einmal um, bevor sie die Tür aufriss.

Von ihrem Verfolger sah sie keine Spur mehr. Er musste aufgegeben haben oder hatte sich ganz einfach zurückgezogen, um vielleicht eine bessere Gelegenheit abzuwarten.

Dass Sarah Goldwyn etwas Brisantes unter ihren Arm

geklemmt hatte, war ihr bewusst. Dieses Buch musste es in sich haben.

Sie stolperte aus dem tief liegenden Laden ins Freie und hätte fast die erste Treppenstufe übersehen. Soeben noch konnte sie das rechte Bein heben, erreichte die Stufe und stieg schwankend die schmalen, aber hohen Steinstufen hinauf.

Der Laden lag in einer kleinen Straße zwischen Brompton und Chelsea, nicht weit von der King's Road entfernt. Von dem Betrieb, der auf dieser bekannten Straße sonst herrschte, hatte hier nichts abgefärbt. Zwar waren die Gehsteige nicht menschenleer, aber die kleinen Geschäfte hatten schon geschlossen, und nur ein Stück weiter hielt eine Imbissbude ihre Pforten geöffnet. Ein Ventilator quirlte den Qualm nach draußen. Der Geruch von gegrilltem Hammelfleisch zog in Lady Sarahs Nase.

Sie gönnte sich erst einmal eine Pause und atmete einige Male tief durch. Die letzten Geschehnisse waren ihr stark an die Nerven gegangen, und diesen Dauerstress konnte kaum jemand verkraften. Ihr war klar, dass sie unbedingt die Polizei benachrichtigen musste. Allerdings nicht das nächste Revier, sondern direkt John Sinclair, der seinerseits einiges in die Wege leiten konnte.

Aber wo telefonieren?

Eine Zelle sah sie nicht. In der Imbissbude würde wohl ein Apparat stehen.

Bevor sie sich auf den Weg machte, warf sie noch einen Blick die Treppe hinunter und damit auf die Tür des Ladens. Sie war wieder ins Schloss gefallen. In der oberen Hälfte befand sich eine Scheibe aus Milchglas, die kaum einen Blick durchließ.

Lady Sarah konnte keinen Schatten erkennen. Hinter der Tür bewegte sich nichts. Sie konnte sich ferner nicht vorstellen, dass die Monster auf sie warteten, die würden eine andere Gelegenheit suchen, um das Buch an sich zu bringen.

Ja, das Buch. Lady Sarah schaute es an. Sie wollte es nicht so unter den Arm geklemmt lassen. Aber es war zu groß, um es woanders zu verstauen. Die Handtasche hatte sie sowieso im Geschäft gelassen. Es blieb ihr nichts anderes übrig, als es weiterhin so zu halten.

Mit dem Buch näherte sie sich der Imbissbude, vor der einige Mopeds standen. Nicht nur der Geruch nach altem Fett drang durch das obere Drittel der ehemals grün lackierten Tür, sondern auch Musikfetzen. Da orgelte eine Musikbox, und als Lady Sarah eintrat, sah sie die Rücken einiger junger Leute, denen wohl die Fahrzeuge draußen gehörten.

Die Burschen drehten sich um, als Mrs. Goldwyn den Laden betrat. Auch der Verkäufer, ein südländischer Typ mit Schnauzbart und Kochmütze auf dem Kopf.

Seine Augen weiteten sich erstaunt.

Lady Sarah wunderte sich, wie glatt ihr ein Gruß über die Lippen floss.

Die Jugendlichen grinsten. »Hast du Hunger, Oma?«, fragte einer und schob Lady Sarah einen Teller mit gebratenen Fleischstücken zu.

»Nein, danke, ich möchte nur telefonieren.«

Der Griller wischte sich die Hände an einer schmuddeligen Schürze ab. »Kostet aber.«

»Ich bezahle sofort.« Sie gab dem Mann eine Münze und erhielt dafür das Telefon, einen alten schwarzen Apparat, auf dessen Kunststoff ebenfalls eine glänzende Fettschicht lag.

Die Nummer des Oberinspektors kannte Mrs. Goldwyn auswendig. Jetzt hoffte sie nur, dass John Sinclair zu Hause war.

Sie hatte Pech.

»Keine Verbindung?«, fragte der Koch und schnitt ein Stück Fleisch in lange Streifen.

»Leider nicht, aber ich versuche es woanders.«

Lady Sarah wählte die Nummer des Chinesen Suko. Diesmal hatte sie Glück. Suko hob ab.

»Sarah Goldwyn.«

»Hallo, was ist geschehen?«

»Ein Mord!«, erwiderte Lady Sarah trocken. Die anderen hatten mitgehört. Die Burschen an der Verkaufstheke hörten auf zu kauen, und der Koch bekam Kugelaugen.

Lady Sarah sagte nicht viel. Das brauchte sie auch nicht. Suko reagierte sehr schnell. Er ließ sich nur die Adresse durchgeben und bat die Horror-Oma, um Himmels willen auf ihn zu warten.

»Bringen Sie John mit?«, fragte sie zum Schluss.

»Nein, der ist unterwegs.«

»Sein Pech. Aber ich müsste ihn dringend sprechen.«

»All right, ich sage Shao Bescheid, dass sie ihn vorwarnt.«

»Gut.«

Damit war das Gespräch beendet. Lady Sarah legte den Hörer auf und nickte den Anwesenden zu. Dann verließ sie die Imbissbude. Die Gäste aber starrten ihr mit offenen Mündern nach. So etwas hatten sie noch nie erlebt.

»Wollt ihr mich eigentlich ärgern?« Der Mann, der diese Frage stellte, war Chiefinspektor Tanner, und er sah so aus, als wollte er vor Wut seinen alten Hut aufessen, behielt ihn aber auf dem Kopf und legte sein zerknittertes Gesicht in noch größere Falten.

Suko stand neben ihm und grinste. »Was wollen Sie, Chiefinspektor? Sie haben nun mal Dienst ...«

»Ach, hören Sie auf. Ich wäre um 22 Uhr nach Hause gegangen und hätte noch den Geburtstag meines Schwagers mitfeiern können, aber wie ich sehe, kann ich das in den Mond schreiben.«

»Sie können ja morgen zum Frühschoppen gehen«, erwiderte der Chinese trocken.

»Da muss ich wieder in den Dienst.« Tanner schaute sich bitterböse um. »Wo liegt der Tote?«

»Ich zeige Ihnen die Leiche«, meldete sich die Horror-Oma.

»Sie haben sie gefunden?«

»Nein.«

»Wieso?«

»Ich war dabei, als der Mann ermordet wurde.«

Tanner ging einen Schritt vor, damit er Mrs. Goldwyn besser

sehen konnte. Er kannte sie und schüttelte den Kopf. »Sagen Sie mal, Mrs. Goldwyn, gehören Sie jetzt auch zu dem Club um John Sinclair?«

»Eigentlich nicht.«

»Da lassen Sie auch lieber die Finger davon«, erklärte Tanner. »Ich bin sowieso froh, dass ihr nicht noch John Sinclair mitgebracht habt. Wo treibt der sich überhaupt herum?«

»Vielleicht kommt er noch«, meinte Suko.

»Nein, nur das nicht.« Tanner hob beide Hände. »Lassen Sie uns reingehen, ich bin froh, wenn ich es hinter mich gebracht habe. Diese Störungen, ist ja schrecklich.« Er schüttelte heftig den Kopf, dass der Hut fast noch heruntergefallen wäre.

Jetzt wurde es eng. Damit sich die Männer der Mordkommission einen Weg bahnen konnten, mussten sie erst einen Teil des alten Trödels zur Seite räumen. Das ging natürlich nicht ohne Lärm. Vieles fiel um und bildete neue Gebirge aus alten Sachen. Tanner schimpfte über den Kram, der sich hier angesammelt hatte.

Lady Sarah und Suko hielten sich zurück. Die alte Dame hatte den Inspektor mit kurzen Worten informiert, um was es eigentlich ging. Jetzt sagte sie: »Ich werde Tanner das Buch auf keinen Fall zeigen, sondern es mit zu mir nehmen.«

Suko nickte. »Und Sie können sich keinen anderen Grund für den heimtückischen Mord vorstellen als dieses Buch?«

»So ist es.« Mrs. Goldwyn blieb stehen. »Hören Sie, Suko. Die wollten das Buch haben und nur das Buch. Hätten sie sonst versucht, auch mich umzubringen?«

»Im Prinzip ist das richtig. Es kann sich allerdings auch um die Beseitigung unbequemer Zeugen gehandelt haben.«

»Oh, wie vornehm ausgedrückt. Nein, nein, Suko, es ist schon so, wie ich es gesagt habe.«

»Na denn …«

»He, Mrs. Goldwyn, können Sie mal kommen?« Das war Chiefinspektor Tanner, der da gerufen hatte.

»Moment.«

Suko ging gleich mit. Die beiden bahnten sich einen Weg

durch den Laden. Wer sie nicht sah, der konnte sie hören, denn sie mussten einiges zur Seite schaffen.

Der tote Mr. Peterson lag noch genau da, wo er gestorben war. Niemand hatte etwas an der Leiche verändert, alles war gleich geblieben. Er sah schrecklich aus. Die Lanze hatte seine Brust zerstört, die Waffe selbst war allerdings von dem Mörder wieder mitgenommen worden. Suko ging an dem Toten vorbei. Mit dem Fuß trat er die Tür zum Hinterzimmer auf, wo die Mörder gelauert hatten.

Auf der Schwelle blieb er stehen. Der Raum war auch nur eine Rumpelkammer. Kisten, Kartons, Papier bildeten einen Wirrwarr. Unter der Decke hing eine nackte Glühbirne. Sie erhellte den Abstellraum nur notdürftig.

Suko sah sie nicht, er konnte sie riechen. Und als er diesen nach Pech und Schwefel stinkenden Geruch aufgenommen hatte, da wusste er Bescheid.

Ja, das waren die echsenköpfigen Monster des Spuks gewesen, die hier aufgeräumt hatten. Reste des Nebels, der sie umwallte, hingen noch immer in der Luft.

Tanner trat neben ihn. »Hier stinkt es nach Hölle«, stellte er fest.

Der Chinese lachte auf. »Da haben Sie recht, mein Lieber. Hölle ist der treffende Ausdruck.«

»Und der Teufel hat den Mord begangen, wie?«

Suko schüttelte den Kopf. »Nein, Chiefinspektor, nicht der Teufel, aber einer, der ihm in nichts nachsteht, hat die Untat wohl befohlen.«

»Dann kennen Sie den Mörder?«

»Den Anstifter.«

»Und wer ist das?«

Suko lächelte hölzern. »Ich sage Ihnen gleich, dass Sie ihn kaum fassen können …«

»Weiß ich«, knurrte Tanner. »Sie und Sinclair, ihr beide seid ja nicht normal.«

»Der Spuk.«

»Wo spukt es?«

»Ich meine damit, dass der Spuk diesen schrecklichen Mord wohl befohlen haben muss«, erklärte Suko.

Tanner legte zwei Finger gegen sein Kinn. »All right«, meinte er nach einer Weile des Nachdenkens. »Sie haben es mit dämonischen Wesen und Mördern zu tun, ich muss mich ebenfalls mit Killern herumschlagen. Nur sind das normale Menschen. Eines ist allerdings gleich. Beide müssen ein Motiv haben, um jemanden umzubringen. Welches Motiv könnte dieser Killer hier gehabt haben?«

»Das weiß ich nicht.« Suko log gut, aber Tanner glaubte ihm nicht.

»Nein, mein Lieber. Sie wissen sicherlich Bescheid und wollen es mir nicht sagen.«

»Wenn es wirklich so wäre, Chiefinspektor, wäre Ihnen doch damit auch nicht geholfen – oder?«

»Ja, das stimmt irgendwie.«

»Sie geben den Fall ja doch ab. Eins kann ich Ihnen allerdings sagen. Ich habe das Gefühl, dass dieser Mord erst der Anfang einer Schreckensserie ist.«

»Machen Sie mich nicht sauer.«

»Ich nicht, die anderen.«

»Sie meinen, dass noch mehr Morde passieren?«

»Hoffentlich nicht.« Der Chinese schaute auf die Uhr. »Brauchen Sie mich eigentlich noch?«

»Nein, Sie nicht, aber Mrs. Goldwyn.«

Suko winkte ab. »Sie wird ihre Aussage sicherlich bereits gemacht haben.« Er verließ den Raum und hatte mit seiner Vermutung recht gehabt. Sarah Goldwyn war verhört und ihre Aussagen protokolliert worden. Einem Abmarsch stand eigentlich nichts im Wege, die Horror-Oma musste nur noch ihre Handtasche mitnehmen.

»Und den Dreck lässt er uns zurück«, beschwerte sich Tanner beim Abschied. »Wieder ein Grund mehr, meinem Neffen abzuraten.«

»Wovon?«

Tanner setzte eine Leidensmiene auf. »Der Junge will unbedingt zur Polizei und hat sich schon angemeldet. Als ob es keine anständigen Berufe geben würde.«

»Da sagen Sie was«, grinste Suko. »Ich brauche Sie mir nur anzuschauen, dann werde ich direkt unanständig.«

»Jetzt haut aber ab.«

Draußen vor der Tür fragte Lady Sarah: »Ist der eigentlich immer so grantig?«

»Klar, manchmal noch grantiger, aber er ist einer der Besten, die die Polizei hat.«

»Das glaube ich.«

»Was sollen wir jetzt tun?«, fragte Suko. »Haben Sie sich schon etwas ausgedacht?«

»Ja, Suko. Ich wäre dafür, dass wir uns trennen. Das heißt, ich fahre nach Hause und bereite schon einiges vor. Sie und John können dann nachkommen.«

Suko runzelte die Stirn. »Ist das nicht ein wenig gefährlich?«

»Wieso?«

»Wegen der Monster. Die könnten versuchen, sich das Buch doch noch zu holen.«

»Nein, die werden sich erst einmal etwas Neues einfallen lassen müssen. So schnell geht das nicht.«

»Gut, dann beeilen wir uns. Es kann nicht lange dauern, bis John wieder zurück ist.«

»Wo steckt er eigentlich?«, fragte die Horror-Oma.

»Tut mir leid, darüber kann ich nichts sagen. Sollte er nicht frühzeitig genug erscheinen, ich komme auf jeden Fall.«

»Ja, das ist gut.«

Suko zeigte auf seine Maschine. »Wollen Sie mitfahren?«

Lady Sarah legte den Kopf schief. »Haben Sie einen zweiten Helm?«

Suko war verdattert. »Ja, aber nicht mit.«

»Dann nehme ich mir ein Taxi.« Die Horror-Oma lächelte. »Oder glauben Sie, dass diese Fahrt meine erste gewesen wäre? Wenn Sie der Meinung waren, haben Sie sich getäuscht.« Sie nickte Suko zu und meinte: »Beim nächsten Mal denken Sie an den zweiten Helm.« Dann ging sie davon, und der Inspektor schaute ihr kopfschüttelnd nach. Diese Frau passte wirklich in keine Schublade und war für eine Überraschung immer gut.

Zwei gefährliche Dämonen standen sich gegenüber. Zwei Wesen aus dem Schattenreich und dennoch unterschiedlich wie Feuer und Wasser, obwohl beide im Prinzip die gleichen Ziele verfolgten.

Da war auf der einen Seite die Frau. Auf den ersten Blick nicht als Schwarzblüter zu erkennen, im Gegenteil, sie machte den Eindruck einer Figur, wie man sie in den Bond-Filmen zu sehen bekommt.

Sex, gepaart mit Härte, Raffinesse und einer unbeugsamen Gewalt. Als Standardkleidung bevorzugte sie schwarzes weiches Leder, dessen Oberseite einen matten Glanz aufwies. Es umschmeichelte ihre Figur, lag eng auf, und sie bewegte sich darin wie in einem Trikot. Schwarz war auch die Haarflut, die ihr bis auf die Schultern fiel und ein Gesicht umrahmte, das eine unnatürliche Blässe aufwies, wie bei einem Toten, der lange schon im Sarg gelegen hatte und noch nicht in das Stadium der Verwesung übergegangen war. Noch ein Kennzeichen besaß dieses Wesen. Es war die Maschinenpistole, die sie immer als ihren Bräutigam bezeichnete und die sie nie aus den Augen ließ, sondern lässig um ihre Schulter gehängt hatte. Ersatzmagazine trug sie bei sich, sogar eins mit Silberkugeln, und das war das Außergewöhnliche an ihr. Denn Vampire kämpfen normalerweise nicht mit Silberkugeln. Sie hatten davor eine höllische Angst, denn das geweihte Silber war für sie tödlich.

Derjenige, der sie nicht kannte, hätte sie nie im Leben für eine Blutsaugerin gehalten, aber Pamela Scott, die auch Lady X genannt wurde, war nun mal ein Vampir. Geworden durch einen dummen Zufall, aber es ließ sich nicht mehr ändern.

Wenn sie die Lippen zurückschob, dann kamen die beiden spitzen Vampirhauer zum Vorschein. Sie wuchsen aus dem

Oberkiefer. Lady X war immer auf der Lauer nach einem schnellen Biss.

Diese Untote hatte es tatsächlich geschafft, die Führung der Mordliga an sich zu reißen. Niemand hätte es wohl raffinierter anstellen können als sie, denn durch hervorragendes Taktieren war es ihr gelungen, Konkurrenten auszuschalten – wie Lupina, die Königin der Wölfe. Und als Doktor Tod sein Ende erlebte, da hatte sie blitzschnell geschaltet und sofort die Führung der Mordliga an sich gerissen. Ihr gehorchten Xorron, der Herr der Zombies und Untoten, aber auch Vampiro-del-mar, der Kaiser der Vampire, wie er sich selbst nannte. Letzterer hatte sich nur widerwillig den Befehlen der Lady X gebeugt, musste jedoch einsehen, dass sie die besseren Karten hatte, denn sie konnte sich auch unter Menschen bewegen, ohne aufzufallen, was Vampiro-del-mar oder Xorron auf keinen Fall gelungen wäre.

Lady X war gierig, doch sie war nicht so vermessen, nun alles an sich reißen zu wollen. Sie kannte ihre Grenzen, und sie kannte vor allen Dingen auch die Stärken der mächtigen Dämonen, über die sie keinerlei Befehlsgewalt hatte und die ihr Treiben sehr aufmerksam beobachteten.

Dazu gehörte auch der Spuk!

Er war Herrscher im Reich der Schatten. In seiner Dimension erlebten die schwarzen Seelen getöteter Dämonen eine ewige Qual, und vor dem Spuk hatte selbst Asmodis Respekt, der sich in letzter Zeit sehr zurückgehalten hatte, neue Pläne schmiedete, um die Vernichtung seiner Tochter Asmodina vergessen zu machen. Solo Morasso, der die Teufelstochter umgebracht hatte, konnte er nicht mehr töten. Der war bereits erledigt, aber es gab andere, um die er sich kümmern konnte.

In die Welt des Spuks war Lady X durch den Würfel des Unheils gelangt. Wer ihn besaß, der hatte auch die Macht, denn der Würfel ließ sich nach den Wünschen seines Besitzers manipulieren. Er produzierte das, was sein Besitzer wollte. Eine unfassbare, unerklärliche und unheimliche Magie steckte in ihm, und wie sie in den etwas milchig aussehenden Würfel gelangt war, wusste keiner zu sagen. Die Herkunft des Würfels lag im Dunkeln, doch er musste uralt sein, vielleicht sogar älter als die normale Welt …

Und älter als die normale Welt war auch der Spuk. Ein ungewöhnlicher Dämon, ein Wesen, das in die Schattenwelt passte, denn es war selbst nur ein Schatten.

Wenn man es beschreiben wollte, fiel es schwer, denn der Spuk war irgendwie gestaltlos. Seine Umrisse ließen sich nie genau festhalten, sie waren in ständiger Bewegung, sie wallten, sie vibrierten, aber eine Grundform blieb trotzdem vorhanden.

Den Spuk konnte man mit einer Gestalt vergleichen, die eine lange Kutte trug und eine Kapuze über den Kopf gestülpt hatte. So in etwa wirkte er.

Er saß auf seinem Thron aus Knochen. Sie schimmerten bleich und gelblich in dieser ansonsten von unheimlichen Schwaden durchzogenen Welt, in der es nur das Grauen gab und die noch schreckliche Geheimnisse bereithielt, die außer dem Spuk kein Mensch kannte.

Lady X hatte sich mithilfe des Würfels selbst in die Welt des Grauens geschafft, weil sie den Spuk brauchte. Sie wollte mit ihm einen zeitlich begrenzten Pakt schließen, denn es war etwas geschehen, das die Dämonenwelt auf keinen Fall hinnehmen konnte, ohne darauf zu reagieren.

Nicht das Buch der grausamen Träume war plötzlich aufgetaucht, sondern ein anderes, das fast ebenso gefährlich war. Gefährlich für die Dämonenwelt, wenn es in die falschen Hände geriet.

SIEBEN SIEGEL DER MAGIE. So lautete der Titel des Buches. Dahinter verbarg sich etwas sehr Gefährliches, und wer dieses Wissen besaß, der konnte zumindest einen Teil der dämonischen Welt vernichten, denn in diesem geheimnisvollen Buch standen Erklärungen, die auf keinen Fall in die falschen Hände gelangen durften.

Und mit dem Begriff »falschen Hände« war eigentlich nur ein Mann gemeint.

John Sinclair!

Noch hatte er das Buch nicht, doch alle Anzeichen deuteten darauf hin, dass er es bald bekommen würde.

Das wäre fatal gewesen, denn der Inhalt des Buches war von einer ungeheuren Brisanz. Schließlich ging es um ein großes Geheimnis. Das des Kreuzes.

Auf diesen alten Seiten stand genau zu lesen, wer das Kreuz erschaffen hatte und welch eine Bewandtnis es damit hatte. Wenn es John Sinclair gelang, die Geheimnisse zu enträtseln, bekamen einige Schwarzblüter das große Flattern.

Auch der Spuk war sich seiner Stellung nicht sicher, und er hatte in den zeitlich befristeten Pakt mit Lady X eingewilligt. Siegessicher war er gewesen, eine Kleinigkeit wäre es für ihn, sich das Buch zu beschaffen, doch seine Diener versagten, und das wurmte den Herrn der Schatten mächtig. Zudem war Lady X noch gekommen, um ihm das Versagen vorzuhalten, und das ärgerte den Spuk noch mehr.

»Es ist doch seltsam, dass sich deine Diener nicht in der Lage befanden, das Buch an sich zu bringen, wo Sinclair ihnen als Gegner nicht gegenüberstand.«

Der Spuk bewegte sich unruhig auf seinem Knochenthron. Seine Gestalt zuckte ein paarmal, er sah die Stufen und dachte daran, dass Sinclair es fast geschafft hatte, Solo Morasso an dieser Stelle zu erledigen. Inzwischen hatte sich einiges geändert. Die Vorzeichen waren andere geworden, und Lady X regierte die Mordliga. Klar, dass sie auch darauf erpicht war, John Sinclair das geheimnisvolle Buch nicht in die Hände fallen zu lassen, und der Spuk musste einsehen, dass man seinen Dienern eine Schlappe beigebracht hatte.

Die wollte er auswetzen.

»Du sagst ja nichts«, höhnte Lady X.

»Ich habe die Lage eben falsch eingeschätzt«, erwiderte der Spuk. »Tut mir leid, es wird mir nicht noch einmal passieren.«

Lady X lachte heiser. »Das fällt dir ein wenig spät ein. Inzwischen kann es John Sinclair gelingen, sich des Buches zu bemächtigen. Er ist wie ein Bluthund. Hat er einmal eine Spur aufgenommen, wird er sie auch weiterverfolgen.«

»Dann werden wir etwas dagegen tun.«

Lady X verzog die Mundwinkel. »Die Worte habe ich schon einmal von dir gehört. Das Resultat kennen wir beide.«

»Diesmal packen wir es.«

»Ich hoffe es in unserem Interesse, denn das Buch darf Sinclair nicht in die Hände fallen.«

»Jetzt hat es eine andere.«

Die Vampirin nickte. »Ja, das weiß ich. Der Würfel zeigte es mir an. Diese Spur ist wie ein Faden, den man zum Glück nicht aus den Augen verlieren kann. Es befindet sich in den Händen einer Frau. Sarah Goldwyn heißt sie. Und diese Frau ist sehr alt, aber dennoch schlau, denn sie weiß genau, wie die Welten zusammengesetzt sind. Sie kennt sich in Dämonologie aus, ihr Wissen ist grandios, das hat sie schon des Öfteren unter Beweis gestellt.«

»Willst du es ihr abnehmen?«, fragte der Spuk.

»Ja.«

»Allein?«

Wieder lachte Lady X. »Du machst es dir einfach. Nein, Spuk, du sollst auch deinen Teil dazu beitragen und nicht nur hinterher die Früchte ernten. Ich will, dass du oder deine Schattendiener dabei sind, wenn wir das Haus dieser Frau stürmen, sie umbringen und das Buch an uns nehmen.«

»Ich bin einverstanden!«, dröhnte aus der Schwärze die dumpfe Stimme des Dämons.

Die Scott nickte zufrieden und schlug dabei gegen ihre MPi, wobei sie noch die Lippen zurückzog und ihre spitzen Zähne zeigte. »Diesmal wissen wir, was uns erwartet, und wir werden keine Fehler machen, das ist sicher.«

»Vielleicht gelingt uns noch ein weiterer Fischzug«, bemerkte der Spuk mit dumpfer Stimme.

»Und der wäre?«

»John Sinclair. Seinen Tod …«

Lady Sarah Goldwyn wohnte in dem Londoner Stadtteil Mayfair, einem altehrwürdigen Vorort, in dem es schmucke Häuser gab, zahlreiche Parks, kleine, ruhige Straßen und der Wohnwert sich in den Mieten niederschlug.

Miete jedoch brauchte Lady Sarah nicht zu zahlen. Sie bewohnte ein altes Haus allein. Einer ihrer verstorbenen Männer hatte es ihr hinterlassen, und sie fühlte sich dort äußerst wohl, denn sie hatte das Haus nach ihren Vorstellungen umbauen und auch ausbauen lassen.

Das Taxi brachte die Horror-Oma bis dicht vor die Haustür. Sie zahlte, stieg aus, hatte noch ein freundliches Wort für den Fahrer und stieß das kleine Tor des Vorgartens auf. Über den schmalen plattierten Weg schritt sie auf die Haustür zu, wobei sie sich ein paarmal umschaute und das wertvolle Buch nach wie vor fest unter den Arm geklemmt hielt. Es war niemand da, der sie verfolgte, sie hatte sich umsonst Sorgen gemacht, doch das schlechte Gefühl ließ sich einfach nicht abschütteln. Lady Sarah hatte schon zu viel erlebt, sie wusste genau, dass die Dämonen niemals aufgaben, und hinter dem Buch waren sie besonders her. Fast bereute sie es, nicht auf Sukos Vorschlag eingegangen zu sein, denn allein fühlte sie sich doch ein wenig einsam in dem leeren Haus. Da sah man schon mal Gespenster, wo keine waren. Besonders wenn eine echte Bedrohung in der Luft lag, wurden die Nerven strapaziert.

Vor der Tür blieb sie stehen, schaute noch einmal in die Runde und holte erst dann den Schlüssel hervor. Dreimal drehte sie ihn im Schloss, bevor sie die Tür aufstoßen konnte.

Der Flur war gefliest. Er hatte noch sein altes Flair behalten, ebenso wie das gesamte Haus, das die Jahrhundertwende schon erlebt hatte, inzwischen jedoch modernisiert worden war.

Lady Sarah machte erst einmal Licht. Die düsteren Schatten wichen der Helligkeit, und die Horror-Oma atmete auf. Mit Licht sah die Welt schon ganz anders aus.

Sie legte ihren Mantel ab und hängte ihn an die Garderobe. Dann strich sie durch ihre grau gewordenen Haare und ordnete ihre Ketten, die so etwas wie ein Markenzeichen für sie waren, denn Kettengeklirr kündigte immer das Kommen der Horror-Oma an.

Rechts lag das Wohnzimmer. Eingerichtet mit alten Möbeln und ungemein gemütlich. John Sinclair fühlte sich dort immer sehr wohl, er kam gern zu Besuch, um ein wenig zu plaudern. Sie überlegte, ob sie noch das Holz am Kamin anzünden sollte, entschied sich dann anders, denn das Buch war wichtiger.

Sie wollte es lesen, aber zuvor musste sie Tee zubereiten. Das gehörte nun einmal dazu.

Ihre Küche war modern eingerichtet. Da fehlte es an nichts, was die Arbeit so bequem wie möglich machte. Lady Sarah ließ Wasser in den Kessel laufen und stellte ihn dann auf den Herd. Aus einem Regal nahm sie die Teedose. Nie hätte sie sich dazu bereit erklärt, einen Teebeutel aufzugießen, so etwas war unter ihrer Würde. Als Engländerin musste man den Tee einfach zubereiten, wie es schon die Vorfahren getan hatten.

Das Buch hatte sie im Wohnraum gelassen. Während das Wasser kochte, wollte sie in dem Wälzer blättern.

Kaum stand der Teekessel auf der Platte, als sich das Telefon meldete. Der Apparat befand sich im Wohnraum, und Lady Sarah war beim ersten Klingeln zusammengezuckt, dann sagte sie sich, dass es bestimmt jemand vom Sinclair-Team war, der anrief, und sie beeilte sich, in das andere Zimmer zu gelangen, wo sie den Hörer abnahm.

»Ja …«, meldete sie sich.

Mrs. Goldwyn erhielt keine Antwort. Sie wusste überhaupt nicht, ob sich jemand am anderen Ende der Leitung befand, denn sie vernahm nicht einmal ein Atmen.

Kalt floss es der Horror-Oma über den Rücken. Nicht dass sie starke Angst bekommen hätte, aber dieser Anruf war ihr nicht geheuer. Er klang so nach Kontrolle.

Noch einmal hakte sie nach. Als sie wiederum keine Antwort erhielt, legte sie auf.

Für einige Sekunden blieb sie in der Haltung stehen. Den Arm vorgestreckt, die Hand auf dem Hörer. Sie hatte die Lippen zusammengepresst und atmete durch die Nase. Sollte sie John Sinclair oder Suko von dem Anruf in Kenntnis setzen? Vielleicht war es besser, andererseits wollte sie nicht die Pferde scheu machen. Vielleicht hatte sich wirklich jemand verwählt, ein unhöflicher Mensch unter Umständen, der seinen Fehler nicht zugeben wollte.

Sie schüttelte den Kopf und ließ den Hörer los. Zudem wartete das Teewasser.

Sarah Goldwyn machte kehrt und verließ das Zimmer. Sie wollte den Tee fertig haben, wenn John Sinclair und Suko eintrafen, und sie legte auch ein wenig Gebäck heraus.

Immer wieder drehten sich ihre Gedanken um das Buch. Sie konnte es kaum erwarten, darin zu lesen, und es fiel ihr schwer, den allgemeinen Aufgaben nachzugehen.

Das Wasser war jetzt heiß. Es hatte genau die richtige Temperatur und stand dicht vor dem Sprudeln. Lady Sarah nahm den Teekessel und goss das Wasser aus dem schmalen Hals in die Kanne. Sie schaute durch die Öffnung, sah die Dampfschwaden, nahm bereits das Aroma wahr und lächelte.

Einige Minuten musste der Tee noch ziehen. Die Zeit wollte Mrs. Goldwyn nutzen. Sie nahm das Buch und ließ sich in den Sessel fallen.

Die Horror-Oma schaute auf das Deckblatt. Deutlich sah sie die stilisierten Teufelsköpfe, Fratzen, die abstoßend wirkten, und sie fragte sich, ob das Buch dem Teufel gewidmet war.

»Sieben Siegel der Magie«, murmelte die alte Dame. »Ein seltsamer Titel, aber interessant.« Sie schüttelte den Kopf und dachte an den armen Mr. Peterson. Er hatte wegen dieses Buches sterben müssen. Nach Lady Sarahs Ansicht enthielten die Seiten magischen Zündstoff. Sie zögerte sogar, das Buch aufzuschlagen. Bevor sie sich entschloss, es dennoch zu tun, warf sie einen scheuen Blick nach rechts, wo die beiden Fenster lagen.

Sie hatte die Vorhänge nicht vorgezogen und konnte einen Blick durch die Scheiben werfen.

Dahinter lag die Dunkelheit. Manchmal blitzte ein heller

Streifen auf, wenn Autos mit eingeschalteten Scheinwerfern vorbeihuschten. Doch sehr schnell war alles vorbei.

Obwohl die Heizung nicht eingeschaltet war, empfand es Lady Sarah als sehr warm. Sie merkte, dass sie innerlich erwärmt wurde, das Blut schien schneller durch ihre Adern zu fließen und sich dabei aufzuheizen.

Lady Sarah beobachtete ihren Körper genau. Diese Reaktion gefiel ihr überhaupt nicht. Sie hob die Hand, wischte über die Stirn und fühlte die Schweißperlen, die sich dort angesammelt hatten. Zudem war die Haut warm geworden.

Hatte sie etwa Fieber?

Wenn dies stimmte, wäre es unnatürlich gewesen, denn sie fühlte sich nicht krank, sondern völlig in Ordnung. Dennoch rauschte das Blut in ihrem Kopf.

»Das Buch«, flüsterte Lady Sarah. »Es muss dieses Buch sein.« Zweimal zuckte ihre Hand. Sie war drauf und dran, das Buch wieder fortzuwerfen, dann gewann die klare Überlegung die Oberhand. Sie hatte so viele Bücher gekauft oder irgendwie anders erworben, und es waren Folianten darunter, die sich mit den finsteren Kapiteln schwarzer Magie beschäftigten, aber nie hatte sie so ein seltsames Gefühl dabei gespürt.

Das war nur bei diesem Buch der Fall.

Einen Rückzieher zu machen hatte keinen Sinn. Lady Sarah schalt sich eine alte Närrin. Kurz entschlossen schlug sie den Buchdeckel zurück und begann, auf gut Glück zu blättern.

Mrs. Goldwyn nahm mehrere Seiten zwischen die Finger, schlug ein paarmal um, sah die Texte, aber auch die Abbildungen. Es war kein bewusstes Lesen, sie las nicht einmal Stichworte und nahm die Abbildungen eigentlich nur am Rande wahr.

Dann aber zuckte sie zusammen, als hätte ihr jemand einen Peitschenhieb gegeben.

Ihr war etwas ins Auge gefallen, sie hatte es zwar nur für den Bruchteil einer Sekunde gesehen, aber dieser Eindruck war hängen geblieben. Hastig nahm Lady Sarah die Brille hoch, die sie an einer Kette um den Hals hängen hatte, und setzte sie auf. Mit der Brille sah sie besser, und sie musste einige Seiten zurückblättern, um die Zeichnung wiederzufinden.

Auf der rechten Seite des Buches war sie abgedruckt. Lady Sarah schluckte aufgeregt. Plötzlich vibrierten ihre Nerven, die Lippen zuckten, und aus ihren Poren drang der Schweiß.

Nein, es gab keinen Zweifel. Das, was dort abgebildet war, kannte sie, hatte sie schon des Öfteren gesehen.

John Sinclairs Kreuz!

Ich hatte das Radio eingeschaltet und hörte die Musik trotzdem nicht, weil meine Gedanken zu weit weg waren. Sie beschäftigten sich noch immer mit dem, was kürzlich hinter mir lag.

Der große Punkt hieß Lupina.

Mein Gott, sie lebte. Sie hatte vor mir gestanden, und sie war keine Nachbildung gewesen, so sicher war ich mir. Ich hatte die Königin der Wölfe in der Vergangenheit genau kennengelernt, mir war alles an ihr bekannt, und man konnte mich einfach nicht täuschen.

Und es war zum ersten Mal ein Treffen gewesen, bei dem wir uns nicht bekämpften, das kam noch hinzu. Lupina stand nicht auf meiner Seite, sie würde auch nie auf meiner Seite stehen, und doch hatte sie mich gewarnt. Irgendetwas braute sich über meinem Kopf zusammen wie ein Gewitter. Und dieses Gewitter, diese drohenden Wolken mussten irgendwie mit meinem Kreuz zusammenhängen.

Ein Unbekannter hatte ein Spiel angefangen, das ich nicht durchschauen konnte.

Aber was hatte dieser Unbekannte vor, dass selbst Lupina, die ja zu den Schwarzblütern gehörte, für eine gewisse Zeit auf meiner Seite stand? Konnte es auch ihr gefährlich werden? Fürchtete sie sich ebenfalls vor dem Plan des Unbekannten?

Alles wies darauf hin. Es konnte auch sein, dass man sie aus dem Spiel genommen hatte, einfach deshalb, weil die anderen vielleicht nicht ahnten, dass sie noch existierte.

Eine wirklich seltsame Sache, das Ganze, und die Fragen wurden nicht weniger, je länger ich über dieses Phänomen nachdachte. Unwillkürlich lenkte ich nur mit einer Hand und tastete mit der anderen nach meinem Kreuz.

Wie immer hing es vor meiner Brust. Und noch längst nicht war es mir gelungen, seine Geheimnisse zu enträtseln. Ich wusste nur von seiner ungemein starken magischen Kraft, aber die Herkunft des Kreuzes lag im Dunkeln.

Eine Spur führte zu den Makkabäern, dieser alten christlichen Sekte, die in Kleinasien existiert hatte. Die Makkabäer nannten sich Söhne des Lichts, auch mich hatte man mit diesem Begriff getauft, damals, als ich den ersten Kontakt mit dem Seher hatte und das Buch der grausamen Träume näher kennenlernte. War ich vielleicht ein »Sohn« der Makkabäer?

Eine sehr gewagte Schlussfolgerung, über die ich lächeln musste, aber sie war nicht von der Hand zu weisen, und das Gegenteil hatte mir bis heute niemand bewiesen.

Längst hatte mich die Millionenstadt London wieder geschluckt. Abendlicher Verkehr rollte durch die Straßen. Der eigentlich schwarze Himmel wurde vom Widerschein zahlreicher Lichter erhellt. Diesen milden Septemberabend nutzten zahlreiche Nachtschwärmer aus, um sich zu vergnügen. Man konnte noch im Freien sitzen und dort sein Bier trinken.

Zweimal geriet ich in einen Stau und ärgerte mich, da ich gern so rasch wie möglich zu Hause sein wollte, denn Suko würde sich wundern, wenn er erfuhr, wie mein Treffen mit Lupina ausgegangen war. Wie ich ihn kannte, war auch er sicherlich interessiert daran zu erfahren, was es mit dem Kreuz nun genau auf sich hatte und welches Geheimnis innerhalb des Kruzifixes steckte.

Je näher ich der eigentlichen City kam, umso massiver wurde der Verkehr. Zudem demonstrierte noch eine Gruppe junger Menschen nahe des Hyde Parks, wo eine Straße gesperrt worden war und ich einen Umweg fahren musste.

Zwanzig Minuten später schließlich rollte ich in die große Tiefgarage ein, die zu dem Haus gehörte, in dem ich meinen

Wohnsitz hatte. Sukos Maschine sah ich nicht, was mich wunderte. Mein Freund und Kollege war unterwegs.

Ich stieg aus und schlenderte auf den Fahrstuhl zu, der mich in die Höhe katapultieren sollte.

Wenig später stand ich vor meiner Wohnungstür, schloss auf, machte Licht und holte mir erst einmal einen Schluck zu trinken. Während der Fruchtsaft in meine Kehle rann, dachte ich wieder an Suko. Mich interessierte es sehr, wo er hingefahren war, deshalb verließ ich meine Wohnung wieder und ging eine Tür weiter, hinter der Shao und Suko gemeinsam lebten.

Als ich klingelte, wurde sofort geöffnet. Shao stand vor mir. Ihre Augen waren groß, und sie hatte eine Hand gegen ihre Brust gepresst. »Ein Glück, dass du gekommen bist, John.«

Mein Lächeln gefror mir auf den Lippen. »Wieso? Was ist geschehen? Ich habe festgestellt, dass Sukos Harley nicht unten in der Tiefgarage steht, und da wollte ich dich fragen, wohin er gefahren ist.«

»Da solltest du auch hin.«

»Sag schon.«

»Suko ist zu Sarah Goldwyn gefahren.«

Ich runzelte die Stirn und blies gleichzeitig die Wangen auf. Mit allem hatte ich gerechnet, damit allerdings nicht. Das war mehr als überraschend für mich. Zu Sarah Goldwyn, der Horror-Oma, war mein Freund also hin, aber was wollte er denn da, und das fragte ich die Chinesin auch.

Shao schüttelte den Kopf. »Ich weiß es nicht, John. Wenigstens nicht genau, glaube allerdings, dass es bei dem Besuch um ein Buch gegangen ist.«

»Welches Buch?«

»Keine Ahnung.«

»Besteht denn Grund zur Gefahr?«

Shao nickte heftig. »Soviel ich weiß, hat es sogar einen Mord gegeben.«

Das wurde immer schlimmer. »Einen Mord? Hast du dich da nicht verhört?«

»Nein.«

»Wer ist umgebracht worden?«

»Ein Antiquitätenhändler, bei dem Mrs. Goldwyn das Buch erworben hat.«

»Ist ihr etwas passiert?«

»Glaube ich nicht.«

Ich dachte nach. Bisher hatte sich unser Gespräch zwischen Tür und Angel abgespielt, und dort gibt es bekanntlich kein Telefon. Deshalb fragte ich Shao: »Darf ich mal?«

»Entschuldige.« Sie gab den Weg frei.

Ich ging ins Wohnzimmer, wo das Telefon stand. Einen Moment musste ich nachdenken, denn mir fiel die Nummer der Horror-Oma nicht ein. Dann wusste ich sie wieder, wählte sie und war überrascht, dass ich keine Verbindung bekam, gleichzeitig auch beunruhigt. Shao war neben mich getreten.

»Was ist denn?«, fragte sie, als ich den Hörer wieder auflegte.

»Die Leitung ist tot«, murmelte ich.

»O Gott.« Sie presste ihre Hand auf den Mund.

»Sag mal, Shao, wann ist Suko eigentlich gefahren?«

»Eine genaue Uhrzeit kann ich dir nicht geben, aber du kennst ihn ja. Er fährt immer ziemlich zügig und müsste eigentlich schon bald da sein.«

»Dann hat es wohl keinen Sinn, wenn ich die uniformierten Kollegen alarmiere.«

»Dazu kann ich nichts sagen.«

Ich dachte einen Moment nach. »Okay, ich fahre auch hin. Halte du hier die Stellung.«

»John!« An der Tür erreichte mich die Stimme der Chinesin, und ich drehte mich um.

»Was ist denn?«

»Bitte, John, sei vorsichtig. Und gib Bescheid, wenn irgendetwas ist.«

Ich lächelte. »Natürlich.« Dann fuhr ich wieder mit dem Lift nach unten. Selten war er mir so langsam vorgekommen wie in diesen Minuten.

Kaum hatte ich die Garage verlassen, als ich den Magnethalter mit dem Blaulicht auf das Dach des Wagens setzte.

Jetzt wurde es höchste Eisenbahn …

»Das Kreuz«, flüsterte Sarah Goldwyn. »Mein Gott, es ist tatsächlich das Kreuz.« Die Horror-Oma schüttelte den Kopf und starrte die Zeichnung an.

Da stimmte jedes Detail, sogar die beiden Buchstaben J und S. Die Abkürzung für John Sinclair. Aber wie konnten diejenigen, die das Kreuz erschaffen hatten, bereits wissen, was es mit John Sinclair einmal für eine Bedeutung haben würde?

Eine unwahrscheinliche und rätselhafte Begebenheit tat sich da vor den Augen der alten Dame auf. Und sie allein hielt den Schlüssel zu einem der bestgehütetsten Geheimnisse in den Händen. Sie besaß das Buch, und wenn es ihr gelang, den Textteil, der sich mit dem Kreuz beschäftigte, zu enträtseln, dann konnte sie vielleicht das Geheimnis lüften.

Der Gedanke daran ließ sie schwindeln. Wonach John Sinclair und seine Freunde jahrelang gesucht hatten, das lag nun vor ihr. Sie konnte es schaffen.

Vor Aufregung zitterten ihr die Hände. Sogar der Tee war vergessen. Außerdem hätte sie es jetzt doch nicht geschafft, ihn einzuschenken, sie war viel zu aufgeregt.

Wieder fiel ihr Blick auf das Kreuz.

Schwarz waren die Umrisse gezeichnet. Obwohl das Buch wirklich sehr alt war, hatte diese Zeichnung die Zeit noch gut überstanden. Da musste ein Künstler am Werk gewesen sein, vielleicht hatte er auch seine Eingebung von einer anderen Seite bekommen, von höheren Mächten, die man mit dem Sammelbegriff Geister umschreiben konnte.

Lady Sarah atmete schwer. Mit dem Erwerb dieses Buches hatte sie eine gewaltige Verantwortung übernommen. Sie drückte wie eine schwere Last, und dann spürte sie etwas, das sie ansonsten kaum bemerkt hatte.

Es war das Alleinsein.

Überdeutlich kam es ihr in diesem so entscheidenden Augenblick zu Bewusstsein. Sie war sehr allein, und sie hielt den Schlüssel eines Geheimnisses in der Hand.

Lady Sarah legte das Buch aufgeschlagen zur Seite und schaute auf die Uhr.

Warum war Suko denn noch nicht erschienen? Wenn er hier gewesen wäre, sähe alles anders aus. Das Buch bedachte sie mit einem skeptischen Blick, sie schielte auf das abgebildete Kreuz, jetzt hätte sie eigentlich Zeit gehabt, den Text zu studieren, aber sie traute sich einfach nicht, denn sie wusste nicht, ob sie die Brisanz dieser Zeilen verkraften konnte.

Von diesem Buch ging etwas so Geheimnisvolles, vielleicht auch Gefährliches aus, das sie erschreckte. Und auch die Wohnung kam ihr plötzlich anders vor. Nicht mehr anheimelnd oder gemütlich, nein, sie verspürte ein Gefühl der Beklemmung und glaubte, von zahlreichen Augen beobachtet zu werden.

Vielleicht saßen sie auch in den Nischen und Winkeln, wo sie auf ihre Chance warteten, das Buch in ihren Besitz zu bringen. Lady Sarah dachte wieder an die echsenköpfigen Monster. Sie wusste, dass sie Diener eines gefährlichen Dämons waren, der sich Spuk nannte und in einem Reich des Schreckens regierte. Von dort steuerte und lenkte er alles. Einmal hatte er verloren, aufgeben würde er deshalb nicht. So gut kannte Lady Sarah die Dämonen.

Sie erhob sich.

Das Gefühl der Bedrohung hatte zugenommen. Da lauerte etwas, der Schrecken war nicht fassbar, aber der Körper der alten Dame reagierte wie ein Seismograf, er gab die Eindrücke nach außen weiter, und auf ihrer Haut bildete sich ein Schauer.

Lady Sarah stand auf. Das Licht, sonst immer so gemütlich, wirkte plötzlich düster und gefährlich. Es ließ einen Teil des Raumes im Schatten, und die alte Dame spürte, wie ihre Knie anfingen zu zittern. Es war doch besser, wenn sie sich wieder hinsetzte, und sie ließ sich schwer in den Sessel fallen. Er wippte noch nach.

Lady Sarah Goldwyn atmete nur durch den offenen Mund.

Jetzt merkte sie, dass sie nicht mehr die Jüngste war, auch das Herz schlug schneller, sie vernahm die Schläge im Kopf als einen Widerhall.

Das Buch wurde ihr immer unheimlicher. Ging die Bedrohung, die sie spürte und die unsichtbar in diesem Zimmer lag, tatsächlich von ihm aus? Hatte sie sich mit dem Leihen des Buches ein schwarzmagisches Kuckucksei ins Nest gelegt?

Alles war möglich, man konnte nichts außer Acht lassen, und die Bedrohung empfand sie von Sekunde zu Sekunde stärker. Sie drehte den Kopf. Wenn die Gefahr schon lauerte, dann wollte sie wissen, wo.

Ihr Blick traf eines der beiden Fenster. Hinter den Scheiben war nichts zu erkennen. Im Moment fuhr kein Wagen vorbei, aber war da nicht ein Schatten? Bewegte sich etwas hinter der Scheibe? Das Gesicht der Mrs. Goldwyn spannte sich. Die Lippen bildeten einen Strich. Sie konzentrierte sich, denn sie wollte wissen, was dort geschah. Plötzlich glaubte sie nicht mehr an eine Einbildung, denn die Schatten dort waren existent.

Wer verbarg sich da?

Lady Sarah öffnete und schloss ihre Hände. Schweiß hatte sich auf den Flächen gesammelt. Sie drehte den Kopf, sah das Telefon, aber sie fand einfach nicht die Kraft, aufzustehen und hinzugehen.

Minuten waren für sie zu kleinen Ewigkeiten geworden, die von der Angst diktiert wurden.

Und da geschah es.

Mrs. Sarah Goldwyn sah es nicht. Sie hörte es nur. In ihrem Rücken vernahm sie das berstende Splittern, wirbelte sitzend herum und sah, wie die Glassplitter der Fensterscheibe ins Zimmer geschleudert wurden.

Aber nicht nur sie.

Zusammen mit den Resten der Scheibe hechtete eine unheimliche Gestalt durch das Viereck. Eine Mischung zwischen Mensch und Bestie.

Lupina!

Sie hatte sich nicht völlig verwandelt. Noch immer trug sie den menschlichen Kopf, aber die vorgestreckten Pranken waren die eines gefährlichen Werwolfs.

Und sie hechtete durch die Scheibe, flog wie ein abgeschossener Pfeil in das Zimmer, in dem Lady Sarah saß, die Augen aufgerissen hatte und in ihrem Schrecken erstarrt war.

Ja, das war der richtige Ausdruck. Erstarrt im Schrecken, denn sie war unfähig, sich zu rühren. Mit einer Gefahr hatte sie gerechnet, ja, direkt darauf gewartet, aber dass dieses Monster auftauchen würde, das überraschte sie doch.

Ihr Blick zuckte weiter, erfasste das Fenster und stellte fest, dass die Werwölfin nicht allein gekommen war.

Sie hatte Verstärkung mitgebracht.

Viel war nicht zu sehen, aber die kalten, gnadenlosen gelben Augenpaare reichten der Horror-Oma völlig. Sie musste feststellen, dass sie in der Klemme saß.

In einer tödlichen Klemme ...

Der Weg zum Fenster war ihr ebenso versperrt wie der zur Zimmertür, denn dort lauerte Lupina.

Ihr war es gelungen, sich nach dem gewaltigen Sprung abzurollen, dabei riss sie allerdings die Telefonschnur aus der Wand. Sie bewies, was sie konnte, und sie stand blitzschnell wieder auf den Beinen, wobei sie ihr Opfer fixierte.

Wollte sie töten?

Lupina war nicht die erste Wölfin im Haus der Sarah Goldwyn. Damit hatte die Horror-Oma ihre Erfahrungen, und es war ein Werwolf gewesen, der sie und John Sinclair überhaupt bekannt gemacht hatte. Noch deutlich konnte sie sich daran erinnern. John hatte ihn fertiggemacht, über den damals noch nicht ausgebauten Speicher gejagt und im Hinterhof schließlich erledigt.

An diesen ersten Werwolf-Besuch musste Sarah Goldwyn trotz der schrecklichen Lage denken. Aber damals hatte ihr jemand geholfen, heute stand sie allein, und sie war sicher, dass Lupina einen Anruf nicht zulassen würde.

Nein, keine Hilfe ...

Der Krach der zerbrechenden Fensterscheibe war Lady Sarah wie eine Explosion vorgekommen, nun empfand sie die Stille als doppelt schwer.

Noch immer hockte sie in ihrem Stuhl, das Herz schlug kräftiger, sämtliches Blut war aus ihrem Gesicht gewichen, und sie starrte die seltsame Werwölfin an, die sie aus gierigen, kalten, erbarmungslosen Augen taxierte und sich jetzt bewegte.

Dies geschah gleitend, es entstand kein Geräusch, ging in aller Lautlosigkeit vor sich, und Lady Sarah empfand gerade die Stille als beklemmend.

Die Horror-Oma war wirklich nicht auf den Mund gefallen. Sie kam mit allen Leuten zurecht, sie konnte aber auch sehr drastisch werden, was sie bereits ein paarmal vorexerziert hatte. In diesem Fall aber schnürte ihr die Angst die Kehle zu.

Unbewusst zog sie die Schultern hoch, am liebsten hätte sie sich verkrochen, doch sie konnte sich nicht in der Rückenlehne verstecken, das war unmöglich.

Lupinas ebenmäßiges Gesicht verzog sich. Es sollte wohl ein Lächeln darstellen, doch es wurde nur eine Grimasse, die Lady Sarah eine noch größere Angst einjagte. Sie holte ein paarmal tief Luft, erst dann konnte sie sprechen, allerdings so leise, dass sie ihre eigenen Worte kaum verstand.

»Was wollen Sie?«

»Kannst du dir das nicht denken?«, fragte Lupina.

Doch, Lady Sarah konnte es, aber sie wagte einfach nicht, das Wort auszusprechen.

»Das Buch?«

»Ja, ich will es!«

Da zuckte Mrs. Goldwyn zusammen. »Woher weißt du, dass ich das Buch habe?«

Lupina lachte kalt. »Woher ich das weiß? Ich sehe und weiß alles. Meine Wölfe sind überall, nur ihr Menschen seht sie nicht. Ihr seid zu arrogant, aber in den Nächten, da kommen sie aus den Slums, laufen durch die Straßen, und dann ist die Großstadt, dieser menschliche Müll, ihr Reich. Und ich bin ihre Herrin, ich, Lupina, die Königin der Wölfe. Wir haben überlebt, wir werden überleben, denn wir sind älter als die Menschen. Die Zeit der Wölfe kommt, verlasst euch darauf.« Während dieser Worte schienen in ihren Augen Blitze zu funkeln, und dann sprang sie mit einem Satz vor, streckte ihre Pranken aus, die augenblicklich das Ziel fanden.

Es war das Buch!

»Sieben Siegel der Magie!«, flüsterte Lupina. »Sieben schwarzmagische Siegel, ich werde sie in meinen Besitz bringen!« Sie lachte grell und unmenschlich, bevor sie das Buch zusammenklappte. »Alle wollen es haben, aber mir wird es gehören, und niemand kann mich heute noch daran hindern.«

»Und dann?« Lady Sarah wunderte sich selbst, woher sie die Kraft nahm, überhaupt die Frage zu stellen, doch Lupina kam nicht mehr dazu, eine Antwort zu geben.

Etwas anderes störte.

Ein Geräusch klang von draußen durch das zerstörte Fenster. Es war der satte Sound eines fahrenden Motorrads, das abgebremst wurde.

Die Horror-Oma wusste, was das zu bedeuten hatte, und der Schrecken fraß sich wie ein Eiszapfen in ihr Herz.

Suko war gekommen!

So sehr es sich Suko auch gewünscht hätte, aber er hatte auf John Sinclair nicht mehr warten können. Die Zeit drängte, und dass die andere Seite alle Mittel einsetzte, hatte Suko erlebt. Er brauchte nur an Mr. Peterson zu denken, den niemand mehr ins Leben zurückrufen konnte.

Es kam Suko gelegen, dass er die Harley fuhr. Eine schnelle Maschine, für die keine Lücke zu klein war.

Schon oft genug hatte er Lady Sarah besucht. Er kannte auch Schleichwege und umging die Ströme Vergnügungssüchtiger, die sich an diesem Frühherbstabend durch London wälzten.

In Mayfair herrschte zwar auch noch Betrieb, nur hielt der sich in Grenzen. Suko empfand das Geräusch seiner Maschine schon fast als störend.

Die Horror-Oma wohnte in einer ruhigen Straße. Jedes Haus hatte hier seinen Vorgarten, und auf den Gehsteigen wuchsen noch Bäume, die oft älter waren als die Häuser.

Eine kleine Idylle, auf die jeder Bewohner stolz war und die er auf keinen Fall zerstören wollte.

Als Suko in die Straße einbog, verringerte er augenblicklich seine Geschwindigkeit. Er wich einem entgegenkommenden Fahrzeug aus und fuhr noch langsamer.

Nicht alle Häuser lagen im Dunkeln. Vor oder über den Türen brannten Lichter. Manche hatten die Form von Laternen, andere wiederum von Kugeln oder Vierecken.

Bei Lady Sarah brannte keine.

Ein wenig wunderte Suko das schon, denn sonst ließ sie das Licht immer brennen, wenn sie Besuch erwartete.

Obwohl Suko einen Parkplatz vor dem Haus hätte bekommen können, fuhr er ein Stück weiter, fuhr die Harley auf den Bürgersteig und bockte sie zwischen zwei Bäumen auf. Den Helm nahm er ab, schnallte ihn fest und überprüfte seine Waffen. Dämonenpeitsche, Beretta, Stab – es war alles da.

Auf der Straße war es ruhig. Weder Verkehr noch Menschen störten den Chinesen. In Mayfair ging man früh zu Bett.

Und doch spürte Suko, dass irgendetwas in der Luft lag. Der Hauch einer Gefahr, einer tödlichen Gefahr sogar. Er konnte dabei nicht sagen, was es genau war, doch Suko glaubte nicht an eine Täuschung.

Er blieb stehen.

Noch befand sich der Chinese auf der Straße, aber er hielt sich bereits nahe des Vorgartens auf und verschmolz mit dem Schlagschatten des Eisenzauns.

Er lauerte. Schräg schaute er dabei zum Haus hin. Im Zimmer brannte Licht. Suko kannte den zur Straße hin liegenden Raum, in dem sich Lady Sarah so gern aufhielt und auch ihre Gäste empfing. Der immer etwas anheimelnd wirkende Schein schimmerte durch die Büsche und verlor sich innerhalb des Gartens, den Lady Sarah dicht bepflanzt hatte, sodass es für Suko schwer war, etwas zu erkennen.

Da konnte sich jemand verstecken, ohne dass er von der Straße aus bemerkt wurde.

Suko löste sich von seinem Platz, öffnete das Tor und bewegte sich langsam über den schmalen Plattenweg in Richtung Haustür. Seine Sinne waren gespannt, den Reißverschluss der Lederjacke hatte er nach unten gezogen. Es kostete ihn einen blitzschnellen Griff, dann hielt er die Waffe in der Hand.

Lichter.

Geisterhaft huschten sie durch den Garten. Strichen über die Büsche, ließen sie für einen winzigen Moment klar und deutlich erscheinen, bevor sie wieder verschwanden.

Suko hatte genau hingeschaut und seine Schritte dabei gestoppt. Eine verdächtige Gestalt oder mehrere davon hatte er nicht entdeckt, dafür jedoch hatte er etwas blitzen sehen.

Suko hatte sofort an Splitter oder Scherben gedacht. Zudem lagen sie nicht allzu weit vom Fenster entfernt.

Sein Verdacht, dass etwas nicht stimmte, erhärtete sich mittlerweile. Irgendjemand musste Lady Sarah einen Besuch abgestattet haben. Sofort fragte Suko sich, ob die Diener des Spuks noch einmal zugeschlagen hatten.

Als Suko dann die zerbrochene Fensterscheibe entdeckte, wusste er Bescheid.

Er rief den Namen der Frau.

Einen Herzschlag später gellte deren Stimme auf. »Achtung, Suko, sie lauern draußen!«

Der Chinese zuckte herum, seine Hand wollte an die Waffe, doch die Werwölfe hatten alle Vorteile für sich. Es war ihnen gelungen, Suko aufzulauern. Aus ihren Verstecken schossen sie raketengleich hoch, und der Inspektor sah sich gleich vier Gegnern gegenüber.

Zeit, seine Waffe zu ziehen, hatte er nicht mehr. Er musste sich schon etwas einfallen lassen.

Und das tat er.

Die Werwölfe glaubten, mit Suko leichtes Spiel zu haben. Sie warfen sich einfach auf ihn, ohne irgendeine Kampftaktik einzusetzen, was dem Inspektor natürlich gelegen kam. Er griff in die Trickkiste, und bevor die Werwölfe ihn berührten, da hatte er sich den Ersten bereits gepackt, herumgehebelt und fortgeschleudert, aber so, dass die Gestalt gegen zwei andere Bestien fiel und diese mit zu Boden riss.

Suko wich mit einem gewaltigen Sprung zurück. Er wollte Distanz zwischen sich und seinen Gegnern schaffen, die sich allmählich erholten und wütende, knurrende Laute ausstießen.

Besonders deutlich sah Suko in der Dunkelheit ihre Augenpaare. Sie leuchteten wie kalte gelbe Flecken, waren ständig in Bewegung und auf einmal verschwunden, ein Zeichen, dass die Bestien Deckung aufsuchten, um sich ungesehen anzuschleichen.

Der Chinese lächelte kalt. Die Suppe wollte er ihnen versalzen. Längst hielt er seine Beretta bereit. Er wollte die verfluchten Wölfe in einen Regen aus geweihten Silberkugeln laufen lassen und sie somit vernichten.

Allerdings warf ihr Erscheinen bei Suko auch Fragen auf. Gerechnet hatte er höchstens mit den Schattenwesen des Spuks, nicht mit Werwölfen. Wo kamen diese plötzlich her?

Eine Frage, die ihm Sarah Goldwyn beantworten konnte, von ihr allerdings war nichts zu hören. Sie musste sich im Haus befinden, und Suko dachte darüber nach, ob die vier Wölfe sie vielleicht schon umgebracht hatten oder sich noch welche im Haus befanden.

Er schielte kurz zum Fenster.

Da war nicht viel zu sehen. Ein viereckiger erleuchteter Fleck, mehr nicht.

Die ganze Sache gefiel ihm überhaupt nicht. Man hatte ihn in die Defensive gedrängt, und bei einem zweiten Angriff würden die Wölfe sicherlich nicht mehr so einfach zu überraschen sein.

Überhaupt ein Wahnsinn, sich mitten in Mayfair und einer bewohnten Gegend mit Wölfen herumzuschlagen. Das glaubte kein Mensch.

Sukos Blicke waren nach vorn gerichtet, wo seine Gegner

zwischen den angepflanzten Gebüschen lauern mussten. Der Inspektor wusste, dass nicht weit entfernt von ihm ein Rosenstrauch stehen musste. Er war hoch gewachsen und hatte seine Zweige kelchförmig ausgebreitet. Leider trug er noch seine Blätter, sodass sich hinter ihm jemand ausgezeichnet verbergen konnte.

Es war gut, dass Suko eben diesen Strauch besonders im Auge behielt. Sonst hätte er die Bewegungen der Blätter vielleicht nicht bemerkt und auch nicht das gelbe Augenpaar, das plötzlich wie zwei helle Schlitze zwischen ihnen leuchtete.

Die Augen bewegten sich nicht.

Suko hob seinen rechten Arm. Er zielte genau über Kimme und Korn. Seine Lippen bildeten einen Strich, er wollte mit dem ersten Schuss treffen. Im nächsten Augenblick überwand er den Druckpunkt.

Ein fahles Leuchten vor der Mündung. Dann der etwas helle, peitschende Klang der Waffe. Eine tödliche Musik für den Werwolf, dessen Augenpaar in Bewegung geriet, hin- und herzuckte und dann nicht mehr zu sehen war.

Dafür peitschten die Zweige des Rosenstrauchs, sie wurden gebogen, knickten ab, ein heulender Schrei hallte durch die Stille, der in ein hohes Wimmern überging.

Suko hatte getroffen.

Tief holte er Luft.

Jetzt mussten sich auch die anderen Bestien zeigen. Sie würden sicherlich nicht auf ihren Plätzen bleiben, sondern die Stellungen wechseln, und Suko war darauf gefasst, sofort zu feuern.

Da geschah etwas anderes.

Eine kalte Frauenstimme klang auf. Hinter Suko, wo sich das beleuchtete Fenster befand. Und jedes einzelne Wort war für den Inspektor wie ein Stich ins Herz.

»Wenn du noch einmal schießt, ist sie tot, Chinese! Dreh dich um, damit du siehst, dass ich nicht bluffe!«

Suko rieselte es kalt über den Rücken. Sein Verdacht, den er eigentlich nicht hatte wahrhaben wollen, bestätigte sich nun. Im Haus lauerte noch eine Bestie.

Und das war ausgerechnet Lupina!

Die Königin der Wölfe hatte sich die beste Position ausgesucht. Sie wartete dort, wo sie niemand vermutete, und während sich Suko vorsichtig in die Höhe schraubte, sich dabei noch umdrehte, spreizte er sicherheitshalber die Arme vom Körper ab.

Er sah sie am Fenster.

Lupina und Lady Sarah.

Sie standen dicht nebeneinander. Lupina hielt keine sichtbare Waffe, aber ihre gefährlichen Pranken waren Waffen genug. Damit konnte sie einem Menschen mit einem Schlag die Kehle auffetzen, und ihre beiden Pranken befanden sich sehr dicht am Hals der Horror-Oma.

Sie selbst wirkte wie versteinert. Kein Muskel zuckte in ihrem Gesicht. Sie stand nur da und starrte auf den Chinesen, wobei Suko nicht einmal wusste, ob sie ihn überhaupt wahrnahm. Für sie schien das Geschehen ein Albtraum zu sein.

Suko nickte. »Okay«, sagte er, »du hast gewonnen, Lupina.«

»Das will ich meinen.«

In Sukos Kopf überschlugen sich die Gedanken. Er hatte zuerst an eine Täuschung oder Falle geglaubt und nie damit gerechnet, dass Lupina tatsächlich noch lebte. Ihr Anblick bewies ihm das Gegenteil. Die Königin der Wölfe existierte nach wie vor. Sie war keine Täuschung, sondern eine verdammte Realität.

Ihr Lachen klang zischend, als sie sagte: »Und jetzt wirf die Waffe weg! Danach kommst du ins Haus.«

»Okay.« Der Inspektor sah ein, dass er die wesentlich schlechteren Karten in den Händen hielt, er musste sich den Befehlen der Werwölfin fügen, sonst war die Horror-Oma verloren.

Die Beretta warf er in Richtung Fenster. Und zwar so, dass Lupina es sehen konnte.

»Gut«, lobte sie ihn, »sehr gut. Nur hast du noch etwas vergessen, mein Lieber. Die Dämonenpeitsche.«

Dass sie daran gedacht hatte, bewies dem Chinesen ihre

Schläue. Er atmete tief ein, ließ sich seine herbe Enttäuschung nicht anmerken, holte die Dämonenpeitsche hervor und schleuderte sie dorthin, wo bereits die Beretta lag.

Lupina war zufrieden. Es war daran zu merken, dass sie ein dumpfes und heiser klingendes Knurren ausstieß. Dann gab sie den nächsten Befehl.

»Komm langsam zu mir.«

Auch das tat Suko. Er schritt auf die Hauswand zu und stoppte erst, als er dicht unter dem Fenster stand.

Jetzt konnte er die Horror-Oma besser sehen. Sie hielt sich erstaunlich tapfer, obwohl in ihren Augen die Angst um ihr Leben schimmerte. Aber sie schrie und weinte nicht, ihr Blick war einzig und allein auf Suko gerichtet.

Wenn er ihn recht deutete, dann gab Mrs. Goldwyn ihm zu verstehen, dass er auf sie keinerlei Rücksicht nehmen sollte. Daran dachte Suko nicht. Sarah Goldwyns Leben war wichtiger.

Neben ihrem Kopf sah er das Gesicht der Lupina. Es war höhnisch verzogen, ein Zeichen des Triumphs, und der Inspektor konnte nicht mehr an sich halten, er musste die Frage stellen.

»Wie kommt es, dass du noch lebst, Lupina?«

Die Königin der Wölfe lachte scharf und zischend. »Wie es kommt? Ich weiß es, aber ich werde es dir auf keinen Fall unter die Nase reiben. Die schwarze Magie kennt Mittel und Wege, die euch Menschen verschlossen bleiben. Hütet euch vor den Wölfen, sie halten noch so manche Überraschung bereit.«

Das fürchte ich auch, dachte Suko. Weiterhin fragte er sich, was Lupina jetzt vorhatte.

Er brauchte nicht lange zu warten, denn die Werwölfin befahl ihm, ins Haus zu kommen. »Aber hübsch vorsichtig, und lass dir nur keine Tricks einfallen.«

»Nein, nein, ich denke nicht daran …«

»Bleib immer an der Hauswand.«

Suko hatte nicht vor, sich den Anordnungen zu widersetzen. Er dachte nur an Sarah Goldwyn, denn ihr Leben wollte er unbedingt retten. Der Inspektor schritt über die weiche

Gartenerde, ging über erstes, bereits abgefallenes Laub und erreichte den Eingang schließlich von der Seite. Dabei schaute er nach links und erschrak.

Lupina musste ihren Helfern irgendein Zeichen gegeben haben, denn die drei übrig gebliebenen Bestien trauten sich aus ihren Verstecken hervor und näherten sich ebenfalls der Haustür, die allerdings verschlossen war, wie Suko feststellte.

So musste er warten.

Die Wölfe kamen näher. Gefährliche Bestien, fixiert aufs Töten. Gelb und grausam leuchteten ihre Augen, die Schnauzen waren halb geöffnet, hell schimmerten die Zähne und dazwischen auch der schaumige Geifer. Beim ersten Wolf rann er sogar über die untere Hälfte der Schnauze.

Ein Bild des Schreckens, wie sich die drei Bestien aus dem Dunkel lösten und sich dem Inspektor im Halbkreis näherten, der nicht zurück konnte, weil sich hinter ihm die Tür befand und den Weg versperrte.

Suko war ehrlich genug, um sich die eigenen Fehler einzugestehen, die er gemacht hatte. Er hätte Sarah Goldwyn nicht allein lassen, sondern sie mitnehmen sollen. Nun war es zu spät. Er musste sehen, dass er mit dieser Situation fertig wurde.

Und Hilfe war weit.

John Sinclair hatte sich mit Lupina treffen wollen. Außerhalb Londons. Bis er Bescheid wusste, dauerte es noch etwas, wie Suko sich ausrechnete.

Ein Schritt trennte ihn noch von den Bestien. Sie waren erregt, hatten die Vernichtung ihres Artgenossen mit ansehen müssen, und nun stand derjenige vor ihnen, der die Schuld daran trug. Es war unwahrscheinlich, dass sie Suko in Ruhe lassen würden, und der Inspektor rechnete auch mit einem Angriff.

Drohend klang das Knurren und Fauchen, das ihm entgegenschwang. Ein Vorspiel, eine gefährliche Warnung, an ihn gerichtet, und Suko glaubte nicht daran, dass sich die drei Bestien an die Befehle der Lupina halten würden.

Er hatte recht.

Plötzlich warfen sie sich vor.

Drei Werwölfe gegen einen Unbewaffneten, das war selbst für einen Kämpfer wie Suko zu viel. Er riss noch die Arme als Deckung vor sein Gesicht, dann prallte der erste gegen ihn ...

Suko spürte den Ansturm. Er sah die gefährliche Schnauze dicht vor seinem Gesicht, rammte den angewinkelten Arm vor und traf mit dem Ellbogen die Fratze der Bestie.

Ausschalten konnte er sie mit dieser Aktion nicht. Der Werwolf wurde nicht einmal zurückgeschleudert, denn in seinem Rücken drängten die beiden anderen nach und nagelten den Chinesen förmlich an der Haustür fest.

Suko empfand in diesen Augenblicken eine schreckliche Angst. Die konnten ihn fertig machen, töten, zerreißen, doch es geschah etwas, womit er nicht gerechnet hatte.

Die Tür flog auf.

Sie wurde von innen aufgerissen, und Suko war ebenso überrascht wie die drei Bestien.

Der Mensch und die Werwölfe verloren den Halt. Rücklings wurden alle vier in den Hausflur geschleudert, wo sie keinerlei Halt fanden und zu Boden gingen.

Suko fiel als Erster, die Bestien prallten dabei auf ihn und drückten ihn noch härter gegen die Fliesen. Somit war der Chinese zur Bewegungsunfähigkeit verurteilt, zudem lagen zwei Wölfe so auf seinen Armen, dass er sie nicht mehr hochdrücken konnte.

Jetzt hatten die Bestien die einmalige Chance, Suko mit ihren Zähnen zu zerreißen.

»Lasst ihn!« Hart wie ein Pistolenschuss peitschte der Befehl durch den langen Flur. Lupina hatte ihn ausgestoßen, und auf ihre Königin hörten die Bestien.

Plötzlich fühlte sich Suko von einem Druck befreit, die Bestien erhoben sich, blieben aber in gespannter Haltung um Suko herum stehen und beobachteten ihn aus kalten, gnadenlosen Raubtieraugen.

Aus den Mäulern tropfte noch immer der Geifer. Er fiel nach unten und nässte Sukos Kleidung.

Lupina trat in den Kreis. Sie hatte Sarah Goldwyn losgelassen und gegen eine Wand gestoßen, wo sie stehen blieb und nicht wagte, sich zu rühren. Lupina aber baute sich so auf, dass Suko ihr aus seiner Lage ins Gesicht schauen konnte.

Ihr Gesicht verzog sich zu einem kalten Lächeln. »Denk nur nicht, Chinese, dass ich dich aus reiner Freundlichkeit geschont habe. Dein Tod ist beschlossene Sache, aber ich will dir etwas zeigen, und ich verlange eine Antwort von dir.«

»Was willst du mir zeigen?«

»Steh auf!«

Suko schaute noch die drei Bestien an und legte sich danach auf die Seite. Er stemmte sich hoch und stand.

»Geh ins Zimmer!«

Suko wusste, welcher Raum gemeint war, denn die Tür dazu stand offen. Er konnte auch das zerbrochene Fenster sehen und erkannte, dass zwei Möbelstücke umgekippt waren.

Bevor er sich in Bewegung setzte, wurde Lady Sarah von zwei Bestien gepackt und von der Wand weggezogen. Dabei drang kein Laut über ihre Lippen, die alte Dame hielt sich erstaunlich tapfer.

Die Werwölfe gingen rau mit ihr um. Am rechten Arm wurde das dunkelblaue Kleid zerrissen, auch eine Kette hielt nicht mehr, und die einzelnen Perlen fielen klackend zu Boden.

Sie schoben die Horror-Oma zuerst in den Raum. Suko folgte. Eingerahmt von Lupina und einem Werwolf.

»Da, auf dem runden Tisch liegt es«, sagte die Königin der Wölfe. »Sieh es dir an.«

Der Chinese ging vor. Mit dem Gegenstand war das Buch gemeint, das er bereits gesehen hatte. Irgendjemand hatte es aufgeschlagen. Beim Näherkommen erkannte Suko eine Zeichnung, und er sah sie deutlicher, als er vor dem Tisch stand.

Auch er war überrascht, denn die Zeichnung stellte haargenau John Sinclairs Kreuz dar.

»Na, was sagst du?«, höhnte Lupina.

»Ich – ich weiß es nicht.«

»Willst du mich hier reinlegen? Natürlich weißt du es, das ist John Sinclairs Kreuz.«

»Das sehe ich.«

»Und weißt du auch, welch eine Bedeutung dieses Buch für uns Schwarzblüter hat?«

»Nein.«

»Darin sind die Geheimnisse des Kreuzes niedergeschrieben worden. Es klärt das Rätsel um das Kreuz. Derjenige, der es in die Hände bekommt, kann der Dämonenwelt damit einen ungeheuren Schaden zufügen. Deshalb darf dieses Buch auf keinen Fall in die Hände des Geisterjägers gelangen. Und das ist nicht nur mir bekannt, sondern auch den anderen Schwarzblütern. Der Spuk weiß es, Lady X wahrscheinlich ebenfalls. Sie wollen das Buch besitzen, aber es gibt nur eine, die es wirklich bekommt. Das bin ich. Die Königin der Wölfe wird es an sich nehmen und es vielleicht vernichten.«

Suko wäre am liebsten im Boden versunken. Jetzt wusste er Bescheid. Nun war ihm klar, weshalb die Dämonenwelt so hinter dem Buch her war. Wenn es tatsächlich stimmte, was Lupina gesagt hatte, dann war dieses Buch mehr als brisant.

Der Inspektor dachte an seinen Freund John Sinclair. Wie lange hatte er schon über sein Kreuz nachgedacht und herumgerätselt! Vor Suko lag die Erklärung, er brauchte nur die Hand auszustrecken, doch trotz dieser lächerlich geringen Entfernung war das Buch für ihn meilenweit entfernt. Sobald er nur den Versuch unternahm, würde die Gegenseite hart und erbarmungslos zuschlagen.

»Na, was geht jetzt in deinem Schädel vor?«, höhnte die Königin der Wölfe.

»Kannst du dir das nicht denken?«

»Sicher, aber ich wollte dir die kleine Freude noch gönnen, bevor dich meine Freunde zerreißen. Du hast es gesehen, das reicht.« Sie drehte sich um. »Los, ihr Wölfe, packt ihn euch! Er gehört euch. Zerreißt ihn, ich will ihn nicht mehr sehen.«

»Nein!«

Zum ersten Mal meldete sich Sarah Goldwyn. Sie schrie das Wort und wollte sich zwischen Suko und die Werwölfe schieben, doch ein Prankenhieb schleuderte sie zurück.

Die Horror-Oma hatte das Gefühl, in einer Schmerzwelle zu ersticken. Sie verlor die Umgebung aus den Augen, wusste nicht mehr, wo sie sich befand, und krachte mit dem Rücken gegen die Wand, wo sie schwer atmend herabrutschte.

Es war ein winziger Moment der Unachtsamkeit, den der Chinese sofort ausnutzte. Er wirbelte herum, stieß seine Fäuste vor, traf einen Werwolf, und der Treffer riss den Kopf der Bestie in den Nacken.

Als der zweite auf Suko zusprang, befand der sich schon in der Luft. Ein Karatetritt schüttelte die Bestie durch. Zu mehr Aktivitäten war Suko allerdings nicht fähig.

Lupina griff ein.

Der Kerzenleuchter, den sie in der Hand hielt, bestand aus Metall. Und diesen Gegenstand hämmerte Lupina Suko in den Nacken.

Der Inspektor hatte das Gefühl, jemand würde ihm den Boden unter den Füßen wegreißen. Etwas explodierte in seinem Kopf, dann gab es nur noch das berühmte Schweben, sodass er nicht einmal merkte, wie er dumpf zu Boden schlug.

»Vielleicht ist es besser so«, stellte Lupina fest. »Dann kann er sich wenigstens nicht mehr wehren. Weg mit ihm!«

Wie ein lebloses Bündel lag der Chinese auf dem Boden. Lady Sarah musste mit Schrecken ansehen, wie die drei Wölfe den sonst so gefürchteten Kämpfer packten und in Richtung Tür schleiften. Schon bald waren sie im Flur verschwunden, wo sie Suko zu Boden fallen ließen, bevor sie die Tür schlossen.

Ergeben schloss Sarah Goldwyn die Augen. Ihr eigener Schmerz kam ihr nicht mehr zu Bewusstsein. Viel schlimmer für sie war die Tatsache, dass sie versagt hatte und es so gut wie keine Chance mehr gab. Das Team um John Sinclair hatte verloren, daran war nichts mehr zu rütteln.

Lupina wartete, bis ihre Helfer nicht mehr zu sehen waren. Danach drehte sie sich zu Lady Sarah um. Ihre Lippen zuckten, als sie flüsterte: »Mein Plan ist aufgegangen. Er hat voll geklappt. Lange genug habe ich daran gearbeitet. Ich habe John Sinclair weggelockt, ihn mit einigen Andeutungen auf sein Kreuz heiß gemacht, um anschließend abernten zu können. Ich war schneller als der Spuk und werde auch schneller als Lady X sein, mit der ich noch eine Rechnung zu begleichen habe.«

Sarah Goldwyn holte tief Atem.

»Warum, um alles in der Welt, willst du noch töten, wenn du das Buch hast? Dann bist du doch der Sieger. Niemand kann dir mehr etwas. Die Menschen aber haben ein Recht auf ihr Leben. Lass es ihnen, bitte …«

»Rede nicht so dumm daher. Ich muss töten, ich will töten, damit alles aus dem Weg geräumt ist. Ich gehe den sicheren Weg.«

Sie streckte bei diesen Worten ihre Pranke aus und schlug das Buch zu. Jetzt war das Kreuz nicht mehr zu sehen, nur noch der schwarze Einband.

»Diesen Chinesen erledigen meine Freunde, dich aber habe ich mir aufgehoben. Jeder, der mit diesem Fall zu tun hat, darf nicht überleben. Auch du nicht, Sarah Goldwyn.« Und zynisch fügte sie hinzu: »Du bist eine alte Frau, hast dein Leben gelebt. Ob es dich gibt oder nicht, was spielt das noch für eine Rolle?«

Lady Sarah konnte nicht antworten. Der Zynismus und die Grausamkeit dieser Worte verschlugen ihr die Sprache. Dabei hatte es so gut angefangen, doch nun war alles vorbei.

Ein Ruck ging durch die Gestalt der Wölfin. Dabei bewegte sie ihre Pranken und wollte das Buch anheben.

»Lass es liegen, Lupina!«

Eiskalt klang die Stimme. Sie bewies, dass der Mann, der die Worte gesprochen hatte, es verdammt ernst meinte. Und das spürte auch die Königin der Wölfe.

Sie zuckte zurück und drehte sich dem Fenster zu, denn dort stand der Sprecher.

Sie sah ein bleiches Gesicht, vor dem sie normalerweise keine Angst gehabt hätte, aber neben dem Gesicht glotzte sie die Mündung einer Pistole an, und sie wusste genau, dass ein Mann wie John Sinclair seine Waffe mit geweihten, für sie tödlichen Silberkugeln geladen hatte. Denn kein anderer als der Geisterjäger stand am offenen Fenster.

Ich war wirklich noch rechtzeitig eingetroffen, um die Unterhaltung zwischen Lupina und Sarah Goldwyn zu belauschen. Ich war um einiges schlauer geworden und wusste nun, weshalb die Königin der Wölfe das Treffen mit mir arrangiert hatte.

Aber sie sollte sich verrechnet haben, das schwor ich mir.

»Gehen Sie in Richtung Tür, Lady Sarah«, sagte ich. »Aber vorsichtig, nicht in die Schusslinie laufen.«

Die Horror-Oma nickte hastig. Sprechen konnte sie nicht. Ihr Blick zuckte hin und her. Einmal schaute sie mich an, dann wieder Lupina. Auf ihrem Gesicht las ich eine selten erlebte Fassungslosigkeit. Mit meinem noch rechtzeitigen Eintreffen schien sie wohl nicht mehr gerechnet zu haben.

Wie eine Marionette bewegte sie sich. Einen Arm hatte sie vorgestreckt, um etwaige Hindernisse aus dem Weg zu schieben. Halb offen stand ihr Mund. Der Atem ging kurz und heftig.

»Nicht rausgehen!«, warnte ich, als ich sah, dass sie die Tür fast erreicht hatte. »Schlagen Sie einen Bogen und treten Sie vorsichtig ans Fenster.«

Ich musste Mrs. Goldwyn so dirigieren, ansonsten hätte Lupina eine Chance gehabt, sie zu packen.

Die Horror-Oma nickte. Sie hielt sich prächtig an meine Anweisungen, schlug den Bogen und hatte die Hälfte der Strecke schon hinter sich gebracht, als sich Lupina zum ersten Mal meldete und mich dabei ansprach.

»Glaubst du wirklich, dass du gewonnen hast, Geisterjäger?«

»Ja, das glaube ich. Dir wird es nicht mehr gelingen, das Buch in die Hände zu bekommen.«

»Da wäre ich nicht so sicher.«

»Was sollte mich abhalten, es an mich zu nehmen? Du etwa, Lupina? Nein, auf keinen Fall. Dein Spiel ist beendet. Es war gut eingefädelt, das gebe ich zu, aber eben nicht gut genug.«

»Und dein Freund?«

»Du meinst Suko?«

»Ja.« Sie lächelte plötzlich, und in mir stieg so etwas wie Angst hoch.

»Was ist mit ihm?«, fragte ich scharf.

»Vielleicht lebt er noch, vielleicht auch nicht. Ich habe meinen drei Freunden den Chinesen zum Geschenk gemacht. Sie werden ihn zerfetzen, Sinclair!«

Das hatte ich nicht mitbekommen, wusste allerdings, dass Suko hier gewesen war, denn ich hatte seine Maschine nicht weit von meinem Bentley parken sehen.

»Stimmt das, Lady Sarah?«

»Ja, ja …«, flüsterte sie. »Diese Bestien haben Suko bewusstlos geschlagen und ihn dann weggeschafft. John, mein Junge, es ist so grauenhaft. Wir sitzen in der Klemme.«

Das saßen wir tatsächlich, und ich fragte mich, was ich nun machen sollte.

Ich musste mich zwischen Suko und dem Buch entscheiden. Was war wichtiger?

Es war eigentlich keine Frage. Suko, denn er war ein Mensch. So wertvoll das Buch auch für mich sein mochte, mein Freund und Kollege ging immer vor.

»Wo ist er?«

Da lachte Lupina. »Ich habe ihn mit meinen Freunden hinausgehen lassen. Wenn du genau hinhörst, wirst du vielleicht seine Stimme vernehmen, falls er noch reden kann.«

Mich überschwemmte eine Woge der Wut. Für Sekunden sah ich wirklich rot, und Lupina schien zu merken, was in mir vorging, denn sie knurrte rau und abgehackt.

Wie sollte ich mich entscheiden?

»Na, Geisterjäger?«, höhnte sie. »Das Buch oder dein Freund Suko?«

Da griff Sarah Goldwyn ein. Sie sprang wirklich über ihren eigenen Schatten. »Ich nehme das Buch an mich!«, rief sie und bewegte sich bereits auf den Tisch zu.

»Vorsicht!«, warnte ich, denn ich hatte gesehen, dass Lupina zusammenzuckte.

Die Horror-Oma stoppte tatsächlich. Ich hatte begriffen, dass sie mir die einzige Möglichkeit eröffnet hatte, und musste die Gelegenheit beim Schopf packen.

»Zurück, Lupina! Geh zurück, verdammt!«

Ihr Fell sträubte sich. Das Gesicht wurde zu einer Grimasse. Sie bewegte den Mund, knurrte und focht einen inneren Kampf aus. Sie wusste genau, dass sie Boden verlor, wenn sie jetzt zur Seite wich und sich damit weiter von dem Buch entfernt aufstellte.

»Ich schieße dir eine Kugel durch den Schädel!«, zischte ich in ihr plötzliches Lachen hinein.

»Ja, ich gehe!«, schrie sie. »Du sollst deinen Willen haben, Geisterjäger!«

Verflixt, ich hätte längst schießen sollen. Aber ich dachte im Unterbewusstsein an die Szene, als Lady X ihr eine Garbe in den Rücken geschossen hatte.

Lupina hatte überlebt.

Nur deshalb zögerte ich.

Lady Sarah bewegte sich ebenfalls. Starr schaute sie die Königin der Wölfe an. Die Situation stand auf des Messers Schneide. Wer hatte die besseren Nerven?

Ich vibrierte innerlich. Der Schweiß war mir aus sämtlichen Poren gebrochen, keine Sekunde durfte ich unaufmerksam sein, und dennoch hatte ich etwas ungemein Schweres vor mir. Ich musste durch das Fenster in das Zimmer klettern, wobei ich die Wölfin keine Sekunde lang aus den Augen lassen durfte.

Lady Sarah befand sich im rechten Winkel zum Fenster. Noch hatte sie den kleinen Tisch nicht erreicht. Nur zwei Schritte, dann stand sie neben ihm. Sie schaffte es.

»Und jetzt das Buch!«, flüsterte ich scharf.

Die Horror-Oma nahm es an sich. Als sie es in den Händen hielt, durchlief ein Zittern ihre Gestalt. Die Nervenanspannung löste sich, es konnte auch sein, dass sie so etwas wie Schmerzen verspürte, das wusste ich nicht zu sagen.

»Gut«, lobte ich sie. »Ausgezeichnet. Und jetzt gehen Sie zur Seite. Aber vorsichtig …«

»Behalte die Nerven, mein Junge«, sagte sie.

Lady Sarah war unbezahlbar. Ein Bein hatte ich schon angewinkelt und suchte unter dem Fenster an der Mauer einen kleinen Vorsprung, wo ich mich eventuell abstützen konnte.

Diesmal stand das Glück auf meiner Seite. Ich fand den Vorsprung, die Mauer war nicht so glatt. Allerdings fanden nur meine Zehen ein wenig Halt.

Es musste reichen.

Mit der linken Hand umklammerte ich den unten laufenden Rahmen. Er stand erhöht auf der Fensterbank. So hart es ging, griffen meine Hände zu, und dann schaffte ich es tatsächlich, hochzusteigen, wobei meine Waffe nach wie vor in den Raum hinein wies und wenigstens in etwa auf Lupina zeigte.

Der Werwölfin war anzusehen, dass sie nach einem Ausweg suchte. Ihr Blick blieb nie starr, die Pupillen bewegten sich, aber noch traute sie sich nicht.

Dann hockte ich auf der Bank.

Es war eine ungemein starke Stresssituation, die ich durchmachte. Meine Nerven waren zum Zerreißen gespannt, und Lady Sarah würde es sicherlich nicht anders ergehen.

Wie ein Raubtier, das auf seine Beute lauert, stand Lupina da. Sie hatte noch keineswegs aufgegeben, dessen war ich mir sicher. Nein, ein Wesen wie die Königin der Wölfe kämpfte bis zum Schluss.

Ich sprang.

In dem Augenblick, als ich mich in der Luft befand und zwangsläufig nicht mehr so voll konzentriert sein konnte, da reagierte auch Lupina.

Zur selben Zeit geschah noch etwas anderes.

Wir hörten Schüsse.

Und die waren im Haus aufgeklungen!

Der Treffer hatte den Inspektor im wahrsten Sinne des Wortes niedergemäht. Obwohl Suko sehr viel einstecken konnte, war er nicht in der Lage, diesen Hieb zu verkraften. Er war auf den Boden geschlagen, ihm schien es, als wäre er in eine bodenlose Tiefe gefallen, die ihn wie ein gieriges Maul verschlang.

Und doch wurde Suko nicht völlig bewusstlos. Vielleicht war es sein mentales Training, das er immer durchführte, um seine geistigen Kräfte zu stärken, auf jeden Fall schaffte er es, den drohenden Wogen der Bewusstlosigkeit zu trotzen.

Suko verfiel nur in eine Art von Dämmerzustand, ein Hin und Her der Psyche, ein permanentes Auf und Ab wallender Nebelschleier.

Da wurde gesprochen, aber Suko verstand kein Wort, obwohl er die Stimmen hörte. Er wusste nicht einmal, ob es Frauen oder Männer waren, die da redeten, alles rückte in eine unauslotbare Ferne und Tiefe. Der Inspektor war auch nicht mehr in der Lage, Gefühle zu empfinden und sie einzuordnen, er glitt hinein in eine Lethargie, wo ihm alles egal war.

Die drei Wölfe hatten ihn umkreist. Suko merkte nicht, dass sie auf ihn niederschauten, erst als sich eine der Bestien bückte und den Chinesen an der Schulter fasste, spürte er wieder etwas.

Sie wälzten ihn auf den Rücken. Danach wurde er auf die Tür zugezogen, die schon geöffnet war.

Der Körper des Chinesen schleifte vom Teppich aus auf die Steinfliesen des Flurs, und dort ließ man ihn erst einmal liegen.

Zum ersten Mal empfand Suko die Kühle der Steine. Allerdings nur oberhalb des Halses, denn seine Hacken und auch die Partie darunter waren wie gelähmt.

Lupinas Schlag mit dem metallenen Kerzenständer hatte ihm jegliches Empfinden geraubt.

Doch die Nebel lichteten sich. Stattdessen spürte er das

Brummen und Hämmern im Kopf, ein positives Zeichen, denn er bekam wieder so etwas wie Gefühl.

Suko gelang es, seine Umgebung wahrzunehmen.

Da war einmal die hohe Decke über ihm. Nicht weit entfernt brannte eine Lampe. Kugelförmig, wie ein blasser Mond erscheinend, der trotz seines nicht eben starken Lichts Suko mit der Helligkeit malträtierte, denn sie schmerzte in seinen Augen.

Er nahm auch den Geruch wahr, den die Bestien absonderten. Es war ein starker Raubtiergestank, ätzend und beißend, der Suko im Normalfall nicht viel ausgemacht hätte, ihn jetzt aber störte.

Und er erinnerte sich wieder.

Lupina hatte den Befehl gegeben, Suko zu töten. Einen fast waffenlosen Menschen, denn bis auf seinen Stab besaß Suko nichts mehr, womit er sich hätte wehren können. An den Stab kam er nicht heran, denn seine Arme gehorchten ihm nicht mehr.

Über sich hörte er das Hecheln und Knurren der gefährlichen Wölfe. Sie hatten ein Opfer, sahen es vor sich liegen, und sie würden alles daransetzen, um ihre Blutgier zu stillen.

Wie lange gaben sie dem Chinesen noch eine Gnadenfrist?

Kaum konnte er damit rechnen. Er hatte einen von ihnen getötet, das würden die anderen nie vergessen, und Suko musste dafür mit seinem Leben zahlen.

Von Sekunde zu Sekunde ging es Suko besser. Sein mentales Training machte sich bezahlt, er sah die Welt wieder so, wie sie war, aber er hätte liebend gern die Augen geschlossen vor dem, was auf ihn zukam.

Zwei Bestien beugten ihre gewaltigen Körper. Pranken streckten sich nach Suko aus, dem seine Arme nur schwerlich gehorchten und der kaum in der Lage war, eine Abwehrbewegung zu machen.

Eine halb erhobene Hand wurde rücksichtslos zur Seite geschlagen, und Suko rechnete schon mit dem alles entscheidenden Biss in seine Kehle, als die beiden Wölfe ihn halb hoch zerrten.

Sollte er im Stehen sterben?

Nein, sie hatten etwas anderes mit ihm vor und schleppten ihn in den Hintergrund des Flures, wo es nicht mehr so hell war und die schmale Treppe nach oben begann.

Dicht vor den Stufen ließen sie den Inspektor wieder fallen, und Suko schlug mit dem Rücken gegen eine Kante. Das heftige Ziehen spielte auch keine Rolle mehr innerhalb der allgemeinen Schmerzen, die den Inspektor malträtierten.

Suko war sich seiner hilflosen Lage durchaus bewusst. Er lag jetzt nicht mehr flach auf dem Boden, sondern hing in einer Schräglage, wobei er die Kante weiterhin im Rücken spürte. Seine Augen waren weit aufgerissen, er konzentrierte sich, atmete tief ein und aus und versuchte mit allen Mitteln, seine Schwäche zu überwinden.

Es fiel ihm schwer, so verflucht schwer. Je mehr Zeit verging, umso klarer wurde ihm, dass er es nicht schaffen konnte. Die Gegenseite war zu stark. Sie hatte zugeschlagen und gewonnen.

In einer düsteren Ecke dieses Hauses sollte Suko auf schreckliche Art und Weise sein Leben aushauchen. Und er spürte die Erregung der Bestien. Sie hatten lange warten müssen. Endlich waren sie am Ziel.

Der erste Werwolf griff zu. Es geschah blitzschnell. Er riss Suko in die Höhe, öffnete sein Maul, der Chinese sah die Reißzähne dicht vor sich und schloss mit seinem Leben ab.

Da fielen die Schüsse!

Lupina hatte gegen uns etwas unternehmen wollen, das war ihr anzumerken, ich wollte auch feuern, doch mein Finger zuckte im letzten Augenblick zurück, als ich das Rattern der Schussgarben hörte.

Ich hatte es gelernt, zwischen den einzelnen Waffentypen zu unterscheiden. Womit draußen im Flur geschossen wurde, das war kein Revolver oder eine Pistole, sondern eine MPi.

Das harte, nahezu brutale Stakkato warf brüllende Echos durch den engen Hausflur und hallte an der Decke nach.

Auch Lupina war stehen geblieben. Plötzlich war ich nicht mehr interessant für sie. Ihr Blick krallte sich förmlich an der Tür fest, und auf ihrem Gesicht zeigte sich ein erstaunter Ausdruck.

War auch sie überrascht worden?

Ich fragte sie danach.

»Wer ist es, Lupina? Wen hast du noch mitgebracht?«

Sie fuhr wieder zu mir herum. »Ich weiß es nicht, Geisterjäger!«, knirschte sie. »Verdammt, ich habe keine Ahnung.«

»Lügen!«

»Nein!«, brüllte sie.

Aus den Augenwinkeln sah ich die Horror-Oma. Wie sie sich in diesen Momenten verhielt, war schon bewundernswert. Sie hatte meine Anweisung nicht vergessen und näherte sich dem Fenster. Da auch Lupina abgelenkt war, gelang es Sarah Goldwyn, auf die Fensterbank zu klettern, und erst als sie darauf hockte, da sah Lupina die Frau.

»Sie flieht!«, geiferte sie.

»Na und?«

Da sprang Mrs. Goldwyn. Sie war plötzlich verschwunden, und das Buch hatte sie mitgenommen.

Ein Stein fiel mir vom Herzen, aber die Königin der Wölfe tobte. Ihre Haare stellten sich fast vor Wut und Hass aufrecht, als sie knirschte: »Noch hast du nicht gewonnen, John Sinclair. Noch befindet sich das Buch nicht in Sicherheit. Warte ab …«

Sie hatte recht, denn die Jagd nach dem geheimnisvollen Buch hatte erst begonnen, und ich wusste nicht, was sich draußen im Flur ereignet hatte. Die Schüsse konnten alles bedeuten, aber in mir keimte plötzlich ein Verdacht hoch, den ich gern bestätigt haben wollte, deshalb befahl ich Lupina, die Tür zu öffnen.

»Nein!«

Ich ging einen Schritt vor und zielte genauer. »Öffne die Tür, sonst jage ich dir eine Kugel in den Balg!«

»Versuch es!«

»Lässt du es darauf ankommen?«

Lupina, die Königin der Wölfe, breitete sogar die Arme aus und präsentierte mir ihren deckungslosen Körper. »Schieß, John Sinclair. Du kannst schießen! Ich warte!«

Sollte ich es tun?

Ich erinnerte mich wieder an die Szene im Steinbruch.

Da war plötzlich Lady X erschienen, und sie hatte als Vampirin eine mit Silberkugeln geladene MPi getragen und sofort geschossen.

In Lupinas Rücken hatte sie die Garbe gejagt.

Wir hatten Lupina liegen sehen. Tot, erledigt, ausgelöscht …

Nun stand sie vor mir.

»Warum zögerst du?«

Ich lauschte ihrer Stimme nach und auch den Echos der Schüsse, die allerdings verstummt waren, bis noch eine kurze Salve aufdonnerte.

Und in diese Detonationen hinein peitschte mein Schuss.

Dieses plötzliche Abdrücken war wie eine Reflexbewegung gewesen, nicht vom Hirn gesteuert, aber die Kugel ließ sich nicht aufhalten. Sie fand todsicher ihr Ziel.

Wirklich todsicher?

Im ersten Augenblick sah es so aus, denn das geweihte Silbergeschoss hieb in die Körpermitte der Dämonin.

Lupina stand wie eine Eins.

Ich hatte damit gerechnet, dass sie zu Boden fallen würde, dies geschah jedoch nicht. Mein Geschoss hatte sie wohl ein Stück weiter zurückgetrieben, bis gegen die Wand, aber dort hatte sie sich noch fangen können. Ihr Körper erzitterte. Ich stand mit schussbereiter Waffe da, meine Lippen waren verzogen, mein Gesicht musste einen verzerrten Ausdruck zeigen, denn all die Spannung spiegelte sich auf ihm wider, die in meinem Innern steckte.

Da bewegte Lupina ihre mit Fell besetzten Arme. Von zwei Seiten fuhren sie auf das Loch der Einschussstelle zu, und ich hatte das Gefühl, als wollte sie das Geschoss wieder aus ihrem Körper zerren.

Das konnte sie nicht, sie presste nur die Hände gegen die

Einschussstelle und schüttelte plötzlich den Kopf, wobei sie ebenfalls die Lippen in die Breite zog und mir die nächsten Worte zischend entgegenschleuderte: »Nein, John Sinclair, so nicht. Auf keinen Fall. So bin ich nicht zu töten. Niemals …«

Was waren das für Worte? Ein Werwolf widerstand geweihten Silberkugeln?

Mein Weltbild geriet ins Wanken. Verdammt, das durfte es nicht geben! Lupina durfte nicht mehr leben, sie musste tot sein, sich auflösen, zerstört werden …

Ich schüttelte den Kopf, hob noch einmal die Beretta ein wenig an und schoss wieder.

Dicht über ihren auf den Leib gepressten Händen traf die Kugel. Sie hieb durch das im Licht der einzigen Lampe etwas rötlich schimmernde Fell, und Lupina sackte in die Knie.

Aber sie fiel nicht.

Es war unwahrscheinlich und auch unglaublich, dass sie sich noch auf den Beinen halten konnte, nur ihr Gesicht verzerrte sich weiter, als würden die Schmerzen immer stärker.

Und dann lachte sie. Es war eine Mischung aus rauem Knurren und Höllengelächter.

Mir trieb dieses Lachen eine Gänsehaut über den Rücken. Ich schüttelte mich, als hätte man mich mit Wasser begossen, und konnte nicht begreifen, dass so etwas vor meinen eigenen Augen geschah.

»So nicht, John Sinclair. So nicht …« Sie ächzte, sie stöhnte, aber sie blieb am Leben und bewegte sich dicht an der Wand entlang nach links von mir weg. »Ich habe es dir gesagt«, stieß sie stockend hervor. »Wir sind stärker, viel stärker. Gemeinsam werden wir euch vernichten. Wir, die Wölfe. Orapul und …«

Da war der Name ihres Sohnes gefallen. Orapul!

Himmel noch mal, was hatte er mit der Sache zu tun? Ich erinnerte mich wieder. Orapul war entkommen. Wir hatten alle angenommen, dass er den Tod seiner Mutter Lupina rächen würde. Nun hatten die beiden wieder Kontakt aufgenommen, und gemeinsam waren sie stark, noch stärker als Lupina allein

»Was ist mit Orapul?«

»Du ahnst es nicht, John Sinclair. Du weißt nichts, gar nichts, und du wirst weiterhin nichts wissen, das kann ich dir versprechen. Die Überraschungen nehmen für dich kein Ende und für die anderen auch nicht. Sie werden schrecklich sein, blutig, und du wirst das verdammte Buch der sieben Siegel auch nicht bekommen. Wenn ich es nicht kriege, soll es keiner haben. Sieben Siegel der Magie. Eins aber nur, das vierte, beschäftigt sich mit dem Kreuz – das vierte, John Sinclair …«

Die Überraschungen nahmen in der Tat kein Ende. Denn heftig wurde die Tür aufgestoßen, und mein nach den Schüssen aufgekeimter Verdacht bestätigte sich voll.

Lady X war da!

Doch nicht allein. Sie hatte Helfer mitgebracht. Aus dem Reich der Schatten waren die Diener des Spuks erschienen …

Noch nie in ihrem Leben war Mrs. Sarah Goldwyn aus dem Fenster ihres eigenen Hauses gesprungen. Doch was sein musste, das musste eben sein, und so nahm Lady Sarah auch dieses in Kauf.

Sie stieß sich von der Fensterbank ab, fiel und landete im Geäst einer noch jungen Scheinbuche, die unter dem Gewicht der Frau zusammenbrach und ihre ursprüngliche Form verlor.

Der Boden war weich, so landete Lady Sarah, ohne sich irgendetwas zu verstauchen oder gar zu brechen.

Für einen Moment blieb sie in der Hocke sitzen. Ein paar Zweige schnellten wieder zurück und klatschten gegen ihr Gesicht, was die Horror-Oma allerdings nicht tragisch nahm, nach allem, was hinter ihr lag.

Bevor sie sich erhob, warf sie noch einen Blick zurück. Sie sah das Fenster als helles Rechteck. Ein paar Glassplitter hingen im Kitt des Rahmens. Einige standen vor wie spitze Messer, und Mrs. Goldwyn lief es im Nachhinein kalt den Rücken hinab, wenn sie an die Verletzungsgefahr dachte, in die sie sich begeben hatte.

Die alte Dame hörte die Stimmen aus dem zerstörten Fenster schallen.

Lupina und John Sinclair stritten sich.

Gespannt wartete sie ab, was wohl geschehen würde, obwohl es das Beste für sie gewesen wäre, die Flucht zu ergreifen.

Doch die Neugierde besiegte die Angst. Sie wartete genau so lange ab, bis der erste Schuss fiel.

Für Lady Sarah war er wie ein Startsignal. Sie zuckte in die Höhe, für einen Moment schüttelte sie die Angst, und unbewusst lief sie einige Schritte vor.

Zur Hälfte hatte sie den Garten durchquert, als sie den zweiten Schuss vernahm.

Der Klang hatte sich angehört wie beim ersten, ein Beweis für Mrs. Goldwyn, dass abermals John Sinclair gefeuert hatte.

War Lupina jetzt erledigt? Hatte er es geschafft, die Königin der Wölfe endgültig zu vernichten?

Mrs. Goldwyn hoffte es mit klopfendem Herzen. Über ihren Körper rann eine Gänsehaut, und sie bebte innerlich, dass es klappen würde. Noch einmal wollte sie zurück, der Verstand allerdings sagte ihr, dass dies ein Fehler gewesen wäre. Sie durfte jetzt nicht an John Sinclair, den Geisterjäger, denken, sondern an das Buch. Die sieben Siegel der Magie waren momentan am wichtigsten.

Während Lady Sarah sich durch die Büsche wand, um den schmalen, mit Platten belegten Weg zu erreichen, hoffte sie, dass der Geisterjäger es trotz aller Widrigkeiten schaffen würde, den Feind zu vernichten. Und sie drückte auch die Daumen für Suko, den Chinesen, denn noch stand nicht fest, dass er tot war.

Mrs. Goldwyn erreichte wenig später das Gartentor und stieß es so heftig auf, dass es herumschwang und an der anderen Seite gegen den schmiedeeisernen Zaun stieß.

Die Horror-Oma betrat den Gehsteig. Dort blieb sie erst einmal stehen. Wohin jetzt?

Lady Sarah wusste, dass die Dämonen über Mittel und

Wege verfügten, jeden aufzuspüren. Ihre Mittel reichten sehr weit, davor fürchtete die alte Dame sich, und wenn sie jetzt floh und sich irgendwo versteckte, dann wusste auch John Sinclair nicht, wo sie sich befand.

Mrs. Goldwyn stand unschlüssig auf dem Gehsteig. Selten hatte sie sich so schlecht gefühlt, und sie schielte immer wieder zu ihrem Haus. Sie dachte auch daran, zu John Sinclairs Wohnung zu fahren oder bei Shao Unterschlupf zu suchen, aber brachte sie die Chinesin durch eine solche Maßnahme nicht auch in Gefahr?

Nein, das konnte sie auf keinen Fall verantworten. Es musste noch eine andere Möglichkeit geben.

Lady Sarah kannte sich in der Gegend aus. Sie wusste, wer in den Häusern wohnte, wer mit wem verkracht war und nicht. Fast jeden Tag hörte sie den Klatsch, da zog eine über die andere her, und sonntags taten sie immer so, als wäre nichts geschehen. Da gingen sie in die Kirche und waren …

Moment mal, dachte Lady Sarah. In ihrem Gehirn machte es plötzlich »Klick«. Als hätte jemand irgendeinen Schalter betätigt. Ein kurzes Lächeln glitt über ihr Gesicht, denn nun hatte sie das richtige Versteck gefunden.

Es war die Kirche.

Wenn Dämonen vor irgendetwas Angst hatten, dann waren es christliche Plätze und Orte. In der Kirche konnte sie Schutz finden. Um diese Zeit war sowieso niemand da, und wenn der Pfarrer kam, war es auch nicht schlimm, denn mit ihm stand sie auf gutem Fuß. Schließlich war so manche Spende von ihr in die Kirchenkasse geflossen.

Die Horror-Oma hatte den Gedanken kaum zu Ende gedacht, als sie auch schon die Straße überquerte. Es ärgerte sie, dass sie weder ihren Stock noch die Handtasche bei sich trug, aber in diesem Fall musste es auch mal ohne gehen.

Auf der anderen Seite standen ebenfalls die alten, gut renovierten Häuser.

Lady Sarah kannte einen Schleichweg. Ein schmaler Pfad wand sich zwischen zwei Häusern hindurch. Wenn sonntags die Glocken läuteten, wurde er von den meisten Kirchgängern benutzt, denn er führte an kleinen Gärten vorbei, bis er schließlich auf dem Platz mündete, wo die Kirche stand.

Um diese Zeit war der Weg leer.

Lady Sarah hastete ihn entlang, das brisante Buch hatte sie unter den Arm geklemmt. Sie wollte es unter keinen Umständen verlieren und hielt es eisern fest.

Dieses Buch war John Sinclairs Lebensversicherung. Wenn er schon nicht dazu kam, es zu lesen, dann wollte sie es wenigstens versuchen, auch wenn es ihr große Mühe bereiten würde.

Die Gärten nach den Häusern kamen ihr plötzlich unheimlich vor in der herrschenden Dunkelheit. Sonst hatte es ihr nie etwas ausgemacht, den Weg zu benutzen, aber um diese Zeit und mit dem Wissen einer gefährlichen Magie in ihrem Rücken war es doch etwas anderes. Jeden Schritt überlegte sie sich.

Die an den Seiten wachsenden Bäume mit ihren ausladenden Ästen und Zweigen waren wie Gespenster der Nacht, schienen ein eigenes Leben zu haben, und in den unter den Baumkronen wachsenden Büschen lauerten die Geister der Nacht.

Lady Sarah bildete sich eine Sinfonie des Schreckens ein.

Irgendwann schüttelte sie über sich selbst den Kopf und flüsterte: »Lass dich nicht verrückt machen, altes Mädchen! Diese paar Yards wirst du auch noch schaffen.«

Sie schaffte sie tatsächlich und atmete auf, als sie die Umrisse der kleinen Kirche sah.

Es war mehr eine Kapelle, denn sehr viele Gläubige fasste die Kirche nicht. Schlank ragte der Turm in die Höhe. Daran schloss sich das Kirchenschiff an, an dessen dem Turm abgewandter Seite die Eingangstür lag.

Das Pfarrhaus stand ein wenig weiter. Ein altes Gebäude, das sich furchtsam im Schatten großer Ulmen duckte. Wie Lady Sarah wusste, wohnte nur der Pfarrer im Haus.

Der letzte Teil des Weges war mit roter, grober Asche bestreut worden, sodass die Schritte der Horror-Oma knirschten, als sie darüber hinwegging. Sie ärgerte sich über das Geräusch, aber sie konnte es nicht vermeiden, auch wenn sie sich vor Wut auf die Lippen biss.

Über der schmalen Eingangstür lag schwacher Lichtschein. Die Lampe war abgeschirmt und blendete nicht. Deshalb nur das wenige Licht.

Lady Sarah schaute sich vorsichtig um, als sie sich der Kirche näherte.

Bisher hatte sie keinen Gegner entdecken können, und das setzte sich auch fort. Niemand verfolgte sie oder lauerte ihr auf. Es blieb ruhig. Aus der Ferne hörte sie ein Rauschen. Es klang von einer stark befahrenen Straße zu ihr herüber, die einzigen Geräusche neben ihren Schritten.

Der Pfarrer schien nicht im Haus zu sein. Jedenfalls entdeckte sie hinter den Scheiben des Pfarrhauses keinen Lichtschein. So rasch es ging, überquerte Lady Sarah den Platz vor der Kirche, um den Eingang zu erreichen. Vier breite Stufen musste sie nehmen, um an die Haupttür zu gelangen. Hier wurde sie vom Licht der über dem Eingang hängenden Lampe getroffen. Seltsam fahl wirkte ihre Haut, in der die Augen zwei dunkle Punkte waren. Lady Sarah fror in ihrem Kleid. Sie hoffte, dass es in der Kirche etwas wärmer war.

Dann streckte sie den Arm aus und legte eine Hand auf die Klinke der Tür. Es war eine alte Klinke aus Gusseisen, leicht gebogen.

Immer war die Tür offen gewesen, ausgerechnet an diesem Abend fand Lady Sarah sie verschlossen.

Das war für die Horror-Oma eine herbe Enttäuschung. Damit hatte sie nicht gerechnet. Sie bekam zwar nicht das große Nervenflattern, aber sie wusste nicht mehr genau, wie es weitergehen sollte. Wo sollte sie denn jetzt hin? Die Kirche war ihr als einziger Zufluchtsort eingefallen.

Sie versuchte es noch einmal und hatte abermals keinen Erfolg.

Dann trat sie zurück, ging die Stufen hinunter, blieb vor der Treppe stehen und begann mit der Suche. Vielleicht gab es einen versteckten Schlüssel, den der Küster in Reserve liegen hatte.

Sosehr sie sich auch bemühte, sie fand nichts. Nur am Himmel sah sie die düsteren Nachtwolken, die der Wind langsam in Richtung Osten trieb.

Die Horror-Oma überlegte, was sie jetzt noch tun konnte. Wieder zurück? Auf keinen Fall. Nein, diese Nacht über wollte sie sich verstecken, es musste noch einen zweiten Eingang in die Kirche geben. Einen Nebeneingang.

Den wollte sie suchen. Die Horror-Oma hatte den Gedanken kaum ausgeführt, als sie sich auch schon in Bewegung setzte und links um die Kirche herumging.

Die schmale Tür fand sie schnell, und diesmal hatte Lady Sarah Goldwyn Glück.

Sie konnte die Tür öffnen.

Ein Stein fiel ihr vom Herzen, während ein befreiendes Lächeln über ihr Gesicht huschte. Mit dem angewinkelten Finger wischte sie sich etwas Flüssigkeit aus den Augen, bevor sie ihren ersten Schritt in die kleine Kirche setzte.

Es brannte kein elektrisches Licht. Nur die hohen weißen Kerzen, die in schmiedeeisernen Haltern steckten. Durch das Öffnen der Tür war ein Luftzug entstanden, der wie ein Hauch über die Kerzen strich und Flammen zum Flackern brachte.

Geisterhaft bewegten sie sich. Schatten entstanden, die über die Wände huschten und dort einen gespenstischen Reigen tanzten.

Sarah Goldwyn befand sich in einer großen Nische, die direkt hinter der Tür begann. Nach zwei Schritten hatte sie die Nische verlassen und stand nun in dem Hauptschiff. Vor sich sah sie die Breite der dunklen Bankreihen. Es gab nur breite Sitzreihen in der Kirche, kein Mittelgang teilte sie wie bei anderen Kirchen.

Auf Zehenspitzen ging die alte Dame weiter. Sie geriet in den Schein der Kerzen, wobei ihr Körper als Schatten auf den Boden gezeichnet wurde.

Es war hier ebenfalls kühl. Sogar noch kühler als draußen,

und ein Frösteln lief über ihre Haut, das allerdings nicht nur von der Kühle herrührte, sondern von innen kam, denn das Kirchenschiff hatte keineswegs etwas Beruhigendes an sich, wie es eigentlich sein sollte.

Die Horror-Oma fühlte sich unwohl. Sie war in der letzten Stunde übersensibel geworden. Unbewusst warf sie einen scheuen Blick auf das unter den linken Arm geklemmte Buch. Brisante Zeilen waren dort verewigt worden. Berichte, die eigentlich nicht in die Kirche hier passten, bis auf das Kreuz vielleicht.

Bevor sie die Bankreihe erreichte, wandte sie sich scharf nach links und ging an der Reihe entlang. In der ersten nahm sie Platz und setzte sich.

Vor ihr befand sich der Altar. Besonders ins Auge stach ihr ein großes, mächtiges Holzkreuz. Es stand auf einem marmornen Sockel, war sehr alt, und Lady Sarah hatte es schon des Öfteren bewundert. Dieses Kreuz flößte ihr irgendwie Vertrauen ein, sein Anblick ließ sie den erlebten Schrecken vergessen.

Das Buch hatte Lady Sarah auf die Knie gelegt. Stur schaute sie auf das gewaltige Kreuz, hinter dem sich – etwa fünf lange Schritte entfernt – der eigentliche Altar befand.

Das Kerzenlicht schuf ein diffuses Dämmerlicht. Kein Licht zum Lesen, das stellte die Horror-Oma sehr schnell fest, als sie das Buch aufklappte.

Die Sprache war ihr unbekannt. Lady Sarah merkte es abermals, als sie die erste Seite lesen wollte.

Das war nicht Latein und auch nicht Griechisch. Vielleicht war von beidem etwas vorhanden, lesen und verstehen konnte sie es jedenfalls nicht. Es gab auch keinerlei Hinweise über die oder den Verfasser, sie sah nur die Einteilung der einzelnen Kapitel.

Nein, damit konnte sie nicht viel anfangen.

Aber die Abbildungen interessierten sie.

Der Teufel war oft zu sehen!

Ihr rann ein Schauer über den Rücken, als sie ihn in seiner

schrecklichen Gestalt sah. Im ersten Kapitel, im ersten Siegel also, stand er da als Sieger. Er triumphierte über die Menschen, die sich vor ihm zu Boden geworfen hatten.

Lady Sarah schüttelte sich und blätterte rasch weiter. Das wollte sie gar nicht sehen. Es interessierte sie viel mehr das Kapitel, das sich mit dem Kreuz des John Sinclair befasste.

Es war das vierte Siegel, wie Lady Sarah dem Inhaltsverzeichnis entnahm.

Sie schlug es auf.

Tief atmete sie ein, als sie die Worte buchstabierte, mit denen die Aufzeichnungen begannen. Beim zweiten Wort stutzte sie bereits. Das kannte sie, denn es stand dort der Begriff Makkabäer zu lesen.

Es war lange her, dass Lady Sarah eine Schule besucht hatte, aber mit dem Begriff Makkabäer konnte sie sehr wohl etwas anfangen. Sie hatte von dieser Sekte gehört, einer christlichen Sekte, die sich damals von der eigentlichen Kirche abspaltete und im heutigen südlichen Russland und auch in Kleinasien eine neue Heimat fand.

Und die Makkabäer hatten sich die Söhne des Lichts genannt. Die Verbindung war einfach, man musste nur darauf kommen. Allerdings stellte sich die Erklärung für Lady Sarah sehr kompliziert dar. Wie brachte sie die Makkabäer mit John Sinclair in Einklang? Welche Verbindung gab es zwischen ihnen beiden?

Instinktiv spürte Lady Sarah, dass sie an einem Wendepunkt stand. Sie hielt die Lösung des Rätsels in den Händen. Sie musste nur begreifen und zupacken …

Sie atmete schneller. Dabei sackte sie nach vorn. Schweiß stand plötzlich auf ihrer Stirn. Jetzt erst war sie sich der Verantwortung bewusst, die sie in den Händen trug, und diese Last drückte schwer.

Wissen konnte gefährlich sein, das wusste die Horror-Oma, und unbewusst schaute sie sich scheu um.

Die Kirche hatte keine großen, dafür lang gezogene, schmale Fenster, die innerhalb des Mauerwerks wie breite Streifen wirkten. Das Glas zeigte einen grauen Schimmer und auch keine Figuren oder bunte Scheibenstücke, wie man sie von anderen Kirchenfenstern her kannte. An ihrer Oberseite liefen die Fenster rund zu, und dort entdeckte Lady Sarah Goldwyn es zuerst.

Es war ein grünes Licht …

In Fensterhöhe schimmerte es und bewegte sich unruhig. Das Licht war zuvor nicht da gewesen, Lady Sarah Goldwyn wusste es ganz genau, und sie fragte sich mit klopfendem Herzen, was das bedeuten konnte.

War man ihr bereits auf der Spur?

Lady Sarah erhob sich aus ihrer sitzenden Position. Die Hände, die das so wertvolle Buch hielten, zitterten. Auf ihrem Gesicht malten sich Angst, Schrecken und Unglauben ab. Nervös zuckte sie mit den Augen. Furcht kam wie ein schleichendes Gift und setzte sich in ihren Körper. Es trieb hoch durch die Adern, rauschte in ihrem Kopf, wo das Blut anfing zu brausen.

War man ihr bereits auf der Spur? Hatten die Gegner festgestellt, wo sie sich aufhielt?

Dann fiel ihr Blick auf den Umschlag des Buches.

Diesmal konnte sie einen leisen Schrei des Entsetzens nicht unterdrücken. Die Teufelsfratzen auf dem Deckel hatten ihre Farbe verändert. Sie glühten in einem dunklen Rot, in das sich ein violetter Farbton mischte.

Durch die Nase holte Lady Sarah Atem. Ein Schauer rann über ihren Rücken, sie fror und schwitzte zur selben Zeit, denn sie merkte, dass einiges nicht stimmte.

Innerhalb der Kirche hatte sich nichts verändert, aber hinter den Mauern lauerte das Böse.

Abermals schaute sie zu den Fenstern hoch und stellte fest, dass sich der Schein nicht verändert hatte. Nach wie vor war er dort zu sehen, fast giftgrün, selbst durch die grauen Scheiben zu erkennen.

Ja, sie waren da!

Lady Sarahs Furcht verstärkte sich. Die ersten Vorwürfe

kamen automatisch. Sie hätte doch nicht in die Kirche gehen sollen, diese Sicherheit war trügerisch.

Und wie trügerisch und falsch sie war, das merkte sie sehr schnell, denn über ihrem Kopf tat sich etwas.

Die Steine an der Decke begannen zu knirschen. Sie rieben gegeneinander, und die Kirche wurde in ihren Grundfesten erschüttert.

Gleichzeitig vernahm sie ein Heulen, das von Sekunde zu Sekunde lauter wurde und nur von dem Platzen der Fensterscheiben übertönt wurde.

Das Glas regnete in die Kirche, der grüne Schein wurde noch intensiver, er verstärkte sich so sehr, dass er auch in das Innere der kleinen Kirche fiel.

Staunend und von Angst erfüllt stand Lady Sarah Goldwyn da, schaute gegen die Decke der Kirche und musste mit ansehen, wie diese plötzlich wegschmolz.

Die Steine vergingen, die Mauern schmolzen durch eine unheimliche Kraft, und Lady Sarah, die schreckensstarr auf der Stelle stand, sah weit über sich am nachtdunklen Himmel eine gewaltige, noch dunklere, unheimliche Gestalt.

Es war der Spuk!

Plötzlich begann ein Inferno.

Suko, der noch immer ziemlich down war, wusste nicht genau, was es war, obwohl er sich im Mittelpunkt befand.

Mit einem Schrei fing es an.

Kein Werwolf hatte ihn ausgestoßen, sondern eine Frau. Lady X, die wie ein finsterer Racheengel auf der Treppe stand und die Maschinenpistole im Hüftanschlag hielt.

Sie hatte die Waffe mit Silberkugeln geladen, den Mund verzogen, damit ihre Vampirzähne zu sehen waren, und sie schaute mit einem kalten, gnadenlosen Blick in die Tiefe, wo sich die drei Wölfe und Suko, der Chinese, befanden.

Dann schoss sie.

Die Serie der Schüsse belferte trocken auf, doch innerhalb

des engen Hausflurs wurde sie zu einer mörderischen Todesmelodie. Donnernde Echos hallten von den Wänden wider, vereinigten sich zu peitschenden Schlägen, und die Vampirin sah mit Genugtuung, wie ihre Silbergeschosse aufräumten.

Der erste Werwolf kam überhaupt nicht mehr dazu, etwas zu unternehmen. Die Garbe traf ihn voll, schmetterte ihn zu Boden und schleuderte ihn durch den engen Hausflur.

Dicht vor der Tür blieb er liegen ...

Lady X war eine Stufe tiefer gegangen. Hier hatte sie eine noch bessere Schussposition, während die beiden sie begleitenden Diener des Spuks unbeweglich standen und ihre Pranken um die Lanzenschäfte geklammert hielten.

Die Scott schwenkte die Waffe.

Das war der Moment, als der Werwolf Suko losließ und sich dem neuen Gegner zuwandte.

Dem Chinesen war klar, dass er so gut wie keine Chance hatte. Vor allen Dingen nicht, wenn er stehen blieb. Er ließ sich fallen, als hätte man ihm die Beine weggerissen.

Das war sein Glück, denn Lady X hatte zum zweiten Mal den Stecher zurückgezogen.

Wieder hämmerte die Waffe.

Kugeln pfiffen, zogen ihre tödlichen Bahnen und fanden treffsicher ihr Ziel.

Der Werwolf, der Suko hatte töten wollen, wurde selbst vernichtet. Mehrere geweihte Geschosse zerstörten seinen Kopf, und sein Torso kippte zur Seite.

Blieb noch der Dritte.

Vielleicht hätte er fliehen können, aber er beging den Fehler und wollte Lady X an den Kragen. Mit langen Schritten hetzte er die Stufen hoch, er baute auf seine Kraft und seinen Willen und wollte die Vampirin zerreißen.

Über Suko sprang er hinweg, sein Maul war aufgerissen. Geifer schäumte vor dem Gebiss.

Die Monster hoben bereits ihre Lanzen, um sie der Bestie entgegenzuschleudern, doch Lady X lachte nur.

»Nein!«, schrie sie. »Das erledige ich! Er gehört mir!«

Und sie schoss.

Tack-tack-tack – die Waffe hämmerte, sie tanzte in den Fäusten der Untoten, die breitbeinig und verzerrt grinsend auf der Stufe stand. Eine silbrig schimmernde Spur schienen die Kugeln hinter sich zu lassen, bevor sie den Körper des dritten Werwolfs trafen und ihn mit ihrer Magie zerstörten.

Die Bestie wurde gestoppt. Plötzlich war sie nicht mehr in der Lage, voranzugehen. Ihr gewaltiger Körper zuckte noch einmal hoch, sie breitete die Arme aus, wollte irgendwo Halt finden, aber da war nichts, woran sie sich klammern konnte, denn das Geländer verfehlte sie.

Tödlich getroffen kippte der Werwolf zurück, prallte auf die Stufen und stürzte kopfüber, polternd und aus zahlreichen Wunden blutend die Treppe hinab.

Das Aus für ihn.

Der Zufall wollte es, dass er dort liegen blieb, wo sich Suko befand. Der schwere Wolfskörper fiel auf den des Chinesen und deckte ihn noch im Tod ab.

Auch Suko blieb still liegen. Er war zwar noch nicht wieder fit, aber er hatte sich in den letzten, schrecklichen Sekunden wieder erholt. Zitternd wartete er auf das, was noch folgen würde.

»Erledigt«, sagte die Vampirin kalt und lachte bellend. »So macht man das. Aber wir sind noch nicht fertig. Wir werden uns alle holen – alle. Verstanden?«

Suko konnte nicht verstehen, ob die Monster irgendetwas antworteten, er wusste nur, dass er als Einziger überlebt hatte. Noch überlebt, denn die Vampirin hatte ihn sicherlich nicht vergessen.

Dann dröhnte etwas dumpf in seinen Ohren.

Zuerst wusste der Inspektor nicht, was es war, bis ihm klar wurde, dass es nur die Schritte der Lady X sein konnten, die die Treppe hinabstieg.

Suko hatte eine Galgenfrist von Sekunden. Seiner Waffen war er beraubt worden, als einziges Hilfsmittel stand ihm der Stab des Buddha zur Verfügung.

Ihn musste er einsetzen.

Es bereitete ihm Mühe, seinen rechten Arm zu bewegen und die Hand unter seine Jacke zu schieben, denn das Gewicht des Werwolfs lastete schwer auf ihm.

Suko biss die Zähne zusammen. Er ignorierte die Schmerzen in seinem Kopf und dachte nur an die vor ihm liegende Aufgabe. Er musste es schaffen, sonst waren seine letzten Sekunden gezählt.

Die Schritte verstummten.

Lady X stand neben ihm, und sie bückte sich. Suko merkte es daran, dass ihre Stimme lauter wurde.

»Da liegt ja der Chinese«, stellte sie lachend fest. »Und wie mir scheint, ist er wehrlos. Welch eine Freude für mich. Auf so eine Chance habe ich lange gewartet.« Sie lachte wieder und stieß Suko mit dem Fuß gegen die Wade. »Du hattest bereits mit deinem Leben abgeschlossen, Chinese, und das war auch gut so. Du brauchst erst gar nicht umzudenken. Der einzige Unterschied wird sein, dass du nicht durch die Zähne eines Werwolfs stirbst, sondern unter den geweihten Silberkugeln einer Maschinenpistole. Na, wie gefällt dir das?«

Suko sagte nichts. Er war froh, dass der Werwolf ihn verdeckte, denn es war ihm tatsächlich gelungen, den Stab hervorzuholen. Wie einen letzten Rettungsanker umklammerte er ihn, und er musste genau achtgeben, durfte seine Chance um Himmels willen nicht verstreichen lassen.

Würde die Vampirin durch den toten Werwolf schießen, der über ihm lag? Nein, denn sie befahl den Spukdienern, den Kadaver wegzuräumen.

»Schafft Platz für die Kugeln!«, zischte sie.

Es dauerte nur Sekunden, dann hatten die Monster den Kadaver zur Seite geschleudert. Suko hörte, wie er hinter ihm dumpf aufschlug. Er selbst hatte sich nicht gerührt. Mit keinem Zeichen wollte er der Scott zu erkennen geben, dass er jedes ihrer Worte verstanden hatte. Sie sollte ihn ruhig für bewusstlos halten.

»Das habe ich mir schon immer gewünscht, dich so liegen zu sehen!«, zischte sie und trat noch einmal zu.

Es war ein gemeiner Tritt, doch Suko überstand ihn, indem er die Zähne zusammenbiss und daran dachte, dass es hier und jetzt um sein Leben ging.

»Also denn«, sagte Lady X.

Hätte sie einen Schatten geworfen, hätte Suko ihn eventuell sehen können, so aber musste er auf sein Glück und seine Intuition vertrauen, wenn er reagierte.

Er riskierte es.

Und der Ruf drang wie der allerletzte Hoffnungsfunke über seine Lippen. Er war nicht laut ausgestoßen worden, Suko war dazu überhaupt nicht in der Lage, aber er wurde von Lady X gehört.

Sie erstarrte. Auch die Monster hatte das von Suko gerufene Wort »Topar« zur Bewegungsunfähigkeit verdammt. Nur er allein konnte sich bewegen, und dies leider nur für die Zeitspanne von fünf Sekunden, dann war alles vorbei.

Für fünf Sekunden wurde die Zeit angehalten – länger nicht.

Ein Mann, der körperlich fit war, hätte in dieser Zeitspanne vieles geschafft, aber Suko war nicht auf der Höhe, das merkte er, als er auf die Füße sprang.

Es war ein Taumeln, Schwanken und Torkeln. Bis gegen die Flurwand prallte Suko, er verzog das Gesicht, riss sich noch einmal zusammen und schaffte es tatsächlich, auf den Beinen zu bleiben.

Suko wusste, dass es am Ende des Flurs eine Hintertür gab, die in den Hof führte, wo John Sinclair einmal einen Werwolf erledigt hatte. Diese Tür wollte Suko erreichen, und er betete innerlich, dass sie nicht verschlossen war.

Wie viel Zeit blieb ihm noch?

Zwei Sekunden, drei?

Suko sah Kreise vor seinen Augen. Dieser plötzlichen Belastung war sein Körper kaum gewachsen, er riss seine Augen weit auf und sah vor sich das Rechteck der Tür.

Der Chinese prallte dagegen, fand die Klinke, schlug sie nach unten und stieß die Tür auf.

Genau in dem Augenblick war die Zeit um.

Suko vernahm den wütenden Schrei der Vampirin, taumelte in den Hof hinein und wandte sich sofort nach rechts, um aus dem Sichtbereich der Hintertür zu gelangen.

Dort prallte er gegen eine Mauer. Er glaubte, Gummi in den Knien zu haben, musste sich an der Wand abstützen und konnte sich kaum auf den Beinen halten. Wenn die Vampirin jetzt die Verfolgung aufnahm und erschien, dann würde sie ihn erschießen, ohne dass er sich wehren konnte, weil er einfach zu schwach war.

Die Welt drehte sich plötzlich vor seinen Augen. Der Boden wurde zu einem Wellenmeer, in das Suko einsank, doch dies nahm er nicht mehr wahr. Ebenso wenig wie den harten Aufschlag, der seinen Körper erschütterte, als er zu Boden fiel …

Es war ein Bild wie aus einem Albtraum. Aus einem ganz persönlichen Albtraum von mir.

In der Tür stand Lady X mit einer schussbereiten Maschinenpistole. Neben ihr hielten sich die beiden echsenköpfigen Wesen auf. Diener des Spuks, die in unserer Welt meist als Schatten umhergeisterten.

Die Waffe zielte auf mich, ich zielte mit meiner Beretta auf die Scott. Es stand unentschieden, denn jeder, der schießen würde, der traf auch.

An der Wand lehnte Lupina. Zwei Silberkugeln von mir steckten in ihrem Körper, aber sie war nicht erledigt, sondern richtete sich sogar mühsam auf und drehte den Kopf nach links, sodass sie Lady X erkennen konnte.

»Du verdammte Mörderin!«, stieß sie ächzend hervor. »Du widerliches Stück. Du hast mich …«

Als Lady X die Stimme vernahm, da zuckte sie zusammen. Plötzlich war ich vergessen, und ich erlebte, wie auch eine Vampirin erstaunt sein konnte. Das las ich von ihrem Gesicht ab.

»Du lebst?«

»Ja, und wie!«

»Aber wie ist das möglich? Ich habe dich erschossen. Sogar mit Silberkugeln, du kannst nicht leben, du …«

»Schwarze Magie, meine Liebe. Und ich werde weiterleben, um dich zu töten, das habe ich mir geschworen!«

Es war ein wirklich interessanter Dialog, den die beiden Monster da führten. Ich hatte das Gefühl, der lachende Dritte sein zu können, und mischte mich nicht ein.

Lupina, die bisher als Mutation zwischen Mensch und Tier gestanden hatte, begann sich zu verwandeln. Auf ihrem Gesicht wuchs ebenfalls das braune Fell. Dies geschah in Sekundenschnelle. Das Gesicht änderte seine Form, es wurde fast doppelt so breit, wobei der Mund zu einer Schnauze wurde und sich aus den Zähnen ein Reißgebiss bildete. Die Haare verwandelten sich in lange Fellsträhnen. Nichts wies mehr darauf hin, welch eine Mutation sie noch vor Sekunden gewesen war. Lupina hatte ihre eigentliche Gestalt angenommen, die einer Wölfin.

Wölfin und Blutsaugerin.

Zwei, die an sich zusammengehörten, die zu den Schwarzblütern zählten, sich jedoch als Todfeinde gegenüberstanden. Mich hatten sie vergessen, denn Lupina löste sich von der Wand und hetzte die Blutsaugerin auf.

»Schieß doch, Lady X! Los, schieß! Das hast du doch schon einmal getan!«

Die Scott schüttelte den Kopf, während sie mich aus den Augenwinkeln weiter beobachtete.

»Wieso lebst du?«

»Ich bin tot!«, erklärte Lupina und lachte.

»Nein, du stehst vor mir und bist auch keine Nachbildung. Das spüre ich genau.«

»Was macht dich so sicher?«

»Du selbst, Lupina.«

»Wirklich? Vielleicht bin ich es nicht, sondern nur ein Geist. Versuche es, schieße noch einmal!«

Es war ungeheuerlich, welche Forderung die Königin der Wölfe da an Lady X stellte.

Auch ich wurde in den Bann gezogen, hätte die Scott erledigen können, aber ich drückte nicht ab. Noch nicht, zudem beobachtete die Scott mich weiterhin, sodass für mich die Gefahr bestand, von einer Garbe getroffen zu werden.

»Ich sollte es tun«, flüsterte Lady X, »ja, verdammt, ich sollte es wirklich tun. Aber ich will wissen, woher du kommst, Lupina, und wie deine verfluchten Pläne aussehen.«

»Kannst du dir das nicht vorstellen?«

»Nein.«

»Du bist dumm, sehr dumm. Ich habe dich für schlauer gehalten. Auch mir geht es allein um das Buch.«

»Was willst du damit anfangen?«

»Das Gleiche wie du. Ich habe erfahren, dass es aufgetaucht ist und welch eine Brisanz es enthält. Davor haben wir doch alle Angst, obwohl du es nicht zugibst. Und stell dir vor, ich habe den Geisterjäger sogar gewarnt, ihn auf die Spur des Buchs gebracht. Was sagst du jetzt dazu, Lady X?«

»Das ist wahnsinnig, völlig verrückt!«

»Ist es das tatsächlich?«, höhnte die Wölfin. »Überlege mal genau, Lady X. Dann wirst du es schon begreifen.«

»Du wolltest Sinclair das Buch in die Hände spielen!«, stieß sie hart hervor.

Lupina schüttelte den Kopf.

»Weshalb hast du ihn dann gewarnt?«

»Ganz einfach. Weil mir bekannt war, dass auch du und der Spuk hinter dem Buch her wart. Mir war klar, dass ihr irgendwann mit John Sinclair zusammentrefft …«

Die Vampirin explodierte fast vor Wut.

»Nein!«, brüllte sie. »Nein, verdammt, das darf nicht wahr sein! Aber der Plan ist dir nicht gelungen, ich habe ihn vereitelt. Du wolltest, dass Sinclair und ich zusammentreffen und er mich vernichtet.«

»Ich kann es nicht leugnen.«

Jetzt verstand auch ich mehr. Deshalb die Warnung, das Treffen. Lupina hatte es verflixt raffiniert angestellt. Sie wollte uns, wie ein Regisseur seine Schauspieler, dirigieren. Dabei wusste sie, dass wir zwangsläufig aufeinandertreffen würden. Da Lady X und ich Todfeinde waren, musste es zu einem Kampf kommen, wobei Lupina hoffte, dass ich ihn gewann und Lady X vernichtete.

Sie hätte dann die lachende Dritte sein können, aber so war es zum Glück nicht gekommen, denn die Königin der Wölfe hatte einen vergessen – den Spuk.

Er war wie ein dämonischer Joker in dieses Spiel eingestiegen, und ein Bluff lag nicht vor, denn sonst hätten die beiden echsenköpfigen Wesen nicht an Pamela Scotts Seite gestanden. Damit hatte Lupina nicht gerechnet.

Die Vampirin lachte. »Reingefallen, du komische Königin. Deine Chancen sind vertan, denn nicht nur ich wollte das Buch in die Finger kriegen, auch der Spuk ist daran interessiert, und er ist für dich einfach zu mächtig. Er wird es an sich reißen und an einen Ort verbannen, der auch für dich tabu ist. Es gibt ein Land, das nicht sein darf, ein Land der Drachen, der finsteren Ungeheuer. Sie werden das Buch bewachen, und niemand wird es an sich reißen können. Doch wenn wir es brauchen, wenn wir ein Siegel lösen wollen, werden wir das geheimnisvolle Land betreten und das Buch der sieben Siegel wieder an uns nehmen. Es muss unter unserer Kontrolle bleiben, es darf nicht in andere Hände gelangen.«

Gespannt hatte ich den Worten der Vampirin gelauscht. In diesen wenigen Sätzen hatten für mich zahlreiche Neuigkeiten gesteckt. Von einem Land, das nicht sein darf, war die Rede gewesen. Ein Land der Drachen, das irgendwo lag und unter der Kontrolle des Spuks stand.

Trotz der gefährlichen Situation, in der ich mich befand, hatte mich dieser Dialog fasziniert und er erinnerte mich daran, wie wertvoll das Buch für meine Gegner sein musste.

Ein Kapitel befasste sich mit dem Kreuz. Nur dieses eine, die anderen waren der schwarzen Magie geweiht, und ich nahm mir vor, dass keiner meiner Gegner das Buch haben sollte, sondern nur ich.

Nur – wo befand sich das wertvolle Buch jetzt?

Lady Sarah Goldwyn hatte es mitgenommen. Sie war trotz ihres Alters eine Frau, die Zusammenhänge begriff und sicherlich wusste, was sie mit dem Buch an sich genommen hatte.

Mrs. Goldwyn musste sich ein Versteck suchen. Ein sicheres sogar, wo sie nicht von den finsteren Mächten überrascht werden konnte. Es war gut möglich, dass sie die Horror-Oma unter Kontrolle hielten und es ihr nicht gelang, sich irgendwo vor den Gegnern zu verstecken. Außerdem vermisste ich den Spuk. Es konnte sein, dass er sich in seiner eigenen Dimension aufhielt oder aber bereits in der normalen Welt umhergeisterte, was mir Angst und Schrecken einjagte.

»Nur hat bis jetzt keiner das Buch«, stellte die Königin der Wölfe fest und grinste, was bei ihrer Visage schrecklich aussah. »Du wirst es auch nicht bekommen.«

Lady X lächelte überheblich. »Da mach dir mal keine Sorgen, Lupina. Der Spuk bleibt am Ball.«

»Wie kann er es wissen?«

»Er ist mächtig!«, zischte die Vampirin. »Verdammt mächtig sogar. Und gemeinsam sind wir unschlagbar.« Sie sagte dies in völliger Selbstüberschätzung, mich vergaß sie dabei, was mir sogar sehr recht war, bis Lupina sagte: »Sinclair muss es wissen!«

Jetzt befand ich mich wieder im Spiel.

Lady X zuckte zusammen. Es sah so aus, als wollte sie schießen, denn die Mündung ruckte wieder in meine Richtung.

»Vorsicht!«, warnte ich sie.

»Sag mir, wo sich das Buch befindet!«

»Frag den Spuk«, erwiderte ich kalt. »Er weiß doch alles!«

Bevor Lady X darauf eine Antwort geben konnte, mischte sich Lupina ein. Plötzlich hatte ich beide gegen mich, sie stand wieder auf der Seite der Untoten.

»Eine Frau hat das Buch mitgenommen. Sie wohnt hier. Sarah Goldwyn!«

Lady X erstarrte. Mit diesem Namen konnte sie etwas anfangen.

»Schon wieder!«, stieß sie hervor und bewies mir damit,

dass sie über den ersten Versuch Bescheid wusste. Sie fixierte mich. »Wo ist sie hin?«

Ich hob die Schultern. »Tut mir leid!«

»Rede, Sinclair. Rede, du Hund, oder ich …«

»Was denn?« Meine Stimme wurde schneidend. »Wir haben die gleichen Chancen, Lady X. Ich besitze die Beretta, du die MPi. Ich gebe zu, dass ich leichter von einer Kugel getroffen werden kann, aber eins sage ich dir: Für dich reicht eine Silberkugel, um dich zu vernichten. Und ich werde treffen, auch wenn ich am Boden liege und …«

Eine wilde Kopfbewegung ließ mich verstummen. Ich hatte den Bogen wohl überspannt, denn die Vampirin drehte durch.

Die Kopfbewegung war ein Zeichen für die beiden Spukdiener.

Bevor ich schießen konnte, hatten sie sich gedankenschnell bewegt und sich zwischen Lady X und mich gestellt.

»Nagelt ihn an die Wand!«, schrie sie. »Verdammt, macht ihn fertig, den Bastard!«

Er schwebte über dem zerstörten Dach der Kirche. Im ersten Augenblick sah er nur schwarz und drohend aus, doch als Sarah Goldwyn genauer hinschaute, da bemerkte sie den grünen Schein, der den Spuk umgab. Ihre Angst wurde noch größer. Nie hätte sie gedacht, dass sie einmal so einen Schrecken empfinden konnte, aber der Anblick dieser Horror-Gestalten raubte ihr fast den Verstand.

Man konnte ihn nicht richtig beschreiben. Er war ein gewaltiges, aufgeblähtes, wallendes Etwas, das nur entfernt die Form eines Menschen aufwies, allerdings einer Person, die eine weite Kutte um den Körper gestreift hatte, deren Kapuze den Kopf bedeckte.

Er war so gewaltig, dass er selbst die düsteren Wolken vertrieben hatte, um Platz für sich zu haben. Lady Sarah fühlte sich so ungemein klein wie ein winziges Sandkorn am Strand. Sie war überwältigt von der Größe dieses Dämons, und sie wusste genau, dass ihr der Spuk gegenüberstand, ein ungemein Mächtiger im Reich der Schatten.

Kam sie gegen ihn an? Nein, Lady Sarah war nicht vermessen genug, es zu glauben. Der Spuk würde sie zermalmen, zerquetschen, zu mächtig war er.

Die Horror-Oma begann zu zittern. Sie bereute jetzt das, auf was sie sich eingelassen hatte, und der Spuk bewies ihr in den nächsten Augenblicken, wie mächtig er war. Eine magische Aura lag um ihn herum, und diese Aura begann plötzlich zu wandern. Sie breitete sich aus, das grüne Licht schwebte in Form einer auseinandergezogenen Wolke über dem zerstörten Dach der Kirche und griff die alten Mauern an.

Was Sturm, Hagel, Schnee und Regen nicht vollbracht hatten, das schaffte diese Magie, wobei sie in einer wahrhaft erschreckenden und unheimlich anmutenden Lautlosigkeit arbeitete.

Vor Lady Sarahs Augen lief das Grauen ab. Ein unwahrscheinlicher Vorgang, der die Gesetze dieser Welt kurzerhand auf den Kopf stellte. Da war nichts mehr zu machen, keine noch so feste Mauer hielt dem Treiben der Magie stand. Sie räumte auf und bewies der Horror-Oma, wie erschreckend hilflos der Mensch letztendlich doch war.

Die Kirchenmauern schmolzen weg. Frontal griff die magische Kraft an, sie drückte die Mauern nicht zur Seite, sondern löste sie kurzerhand auf.

Es ging einfach. So wie das Dach verschwunden war, so waren die Steine nicht mehr zu sehen.

»O Gott, das darf nicht wahr sein«, flüsterte Lady Sarah. Sie schüttelte den Kopf. Panik wallte in ihr hoch, und sie fühlte sich noch hilfloser als sonst.

Der Spuk demonstrierte der einsam dastehenden Frau all seine Stärke und Macht. Er zeigte ihr, wie gefährlich es war, sich gegen ihn zu stellen, und weidete sich an Lady Sarahs Hilflosigkeit.

Aus der fürchterlichen, gestaltlosen Schwärze donnerte der Horror-Oma eine finstere Stimme entgegen.

»Das Buch! Ich will das Buch haben. Sieben Siegel der Magie – sie gehören mir. Mir allein!« Er lachte grollend auf, und im nächsten Augenblick fegte ein Sturmwind durch die zerstörten Mauern der Kirche.

Mrs. Goldwyn hörte das gewaltige Heulen, sie konnte den Wind förmlich sehen, wollte sich noch gegen ihn stemmen, doch ihre Kraft reichte nicht aus.

Er war zu stark. Sie kam sich vor wie ein Blatt, wurde von unsichtbaren Händen erfasst und zurückgeschleudert. Die Horror-Oma verlor den Boden unter ihren Füßen, und als sie ihn nicht mehr spürte, da schoss es wie ein Blitz durch ihren Kopf.

Ich darf ihm das Buch nicht überlassen! Mit einem Mal wurde ihr klar, was von ihr allein abhing. Wenn das Buch dem Spuk in die Hände fiel, hatte alles seinen Sinn verloren, dann ging für das Team um John Sinclair nichts mehr.

Aber lohnte es sich, dafür das Leben einzusetzen?

Auch darüber dachte Mrs. Goldwyn nach, während sie zu Boden fiel und der unheimliche Wind sie über die Steine wirbelte. Vielleicht, denn sie hatte ihr Leben fast gelebt. Sie war schon eine alte Frau, andere waren jünger, konnten noch kämpfen, und sie bemerkte, dass der Spuk nicht mehr an seinem Platz geblieben war.

Wie eine schwarze Regenwolke, so sank er langsam dem Boden der Kirche entgegen, während die letzten Reste des Mauerwerks um ihn herum verschwanden. Er war auch nicht mehr so groß und gewaltig, jetzt hatte er die Größe eines Menschen angenommen, und eine schattenhafte Gestalt bewegte sich auf Lady Sarah zu, die einen plötzlichen Schmerz in der Schulter verspürte.

Sie verzog den Mund. Dieser Schmerz musste einen Grund haben, so weit dachte die Horror-Oma noch trotz der Gefahr, in der sie schwebte.

Und sie fand den Grund heraus.

Der unnatürliche Sturm hatte sie gegen das Podest geworfen, auf dem das alte Holzkreuz stand. Wie auch der Altar hatte es den Kräften des Spuks widerstanden.

Genau das Kreuz wurde für Lady Sarah zu einem Fanal der Hoffnung. Plötzlich sah sie eine Chance. Sie wusste selbst nicht, wie sie auf die Beine gelangt war, doch sie stand auf dem Podest.

Und im Freien. Die Mauern der Kirche waren verschwunden. Nur noch den Altar gab es und das große Kreuz, an das sie sich mit aller Kraft klammerte. Sie legte einen Arm um den Querbalken, die andere Hand hielt das Buch fest.

Und so blieb sie stehen, während sich der Spuk Yard für Yard näherte …

ALLEIN IN DER DRACHENHÖHLE

Zuerst spürte er, wie etwas Feuchtes über seine Wange glitt, dann hörte er das Schnurren. Neben seinem Ohr klang es auf, wurde mal lauter, schwächte sich dann wieder ab, und plötzlich kitzelte etwas in seiner Ohrmuschel.

Da wurde Suko wach.

Geschlafen hatte er nicht. Er legte sich normalerweise nicht auf einem Hof nieder. Wenn er hier aufwachte, dann hatte das seine Gründe.

Als Suko seinen rechten Arm anwinkelte, vernahm er ein erschrecktes Miauen, und einen Augenblick später huschte die Katze davon, die ihn geweckt hatte.

Der Inspektor blieb erst einmal liegen. Er lag halb auf der Seite und hatte auf einmal das Gefühl, einen doppelt so großen Schädel zu haben, in dem noch zahlreiche Hämmer am Werke waren, um seine Schädeldecke zu zertrümmern.

Gut ging es ihm wahrhaftig nicht. Trotzdem wollte er sich nicht beklagen, denn er war soeben noch mit dem Leben davongekommen. Zuerst hatten ihn die Werwölfe umbringen wollen, dann eine Vampirin namens Lady X mit einer Garbe aus ihrer Maschinenpistole.

Suko hatte sich mithilfe seines Stabs retten können und diese fünf Sekunden, die ihm geblieben waren, voll ausgenutzt. Er war durch den Flur zur Hintertür des Hauses gelaufen, hatte sie aufgestoßen und war in den Hof getorkelt.

Nach wenigen Schritten allerdings konnte er nicht mehr. Da verließen ihn die Kräfte, und er brach zusammen.

An der Stelle, wo es geschehen war, lag er auch jetzt noch, und er spürte rechts an seiner Schulter die harte und raue Hauswand.

Noch immer konnte Suko nicht richtig denken, sein Kopf war wie ein Fremdkörper für ihn. Dass es ihn so hart erwischen würde, hätte er nie für möglich gehalten. Diesen Hieb hatte er Lupina, der Königin der Wölfe, zu verdanken.

Suko wollte und konnte nicht länger liegen bleiben, denn er dachte daran, was im Haus während seiner Abwesenheit alles passiert sein mochte. Suko traute es Lady X zu, dass sie kurzerhand durchdrehte, die würde wie ein weiblicher Teufel um sich schießen und alles vernichten, was sich ihr in den Weg stellte.

Besonders ging es ihr um das Buch. Viel wusste Suko auch nicht darüber, er kannte den Titel und war ferner darüber informiert, dass sich ein Kapitel mit dem Kreuz des Geisterjägers John Sinclair beschäftigte.

Das war natürlich brisant und äußerst gefährlich für die Dämonenwelt. Wenn es John Sinclair gelang, die Geheimnisse des Kreuzes zu enträtseln, gab es für einige mächtige Schwarzblüter das böse Erwachen, falls es überhaupt noch dazu kam.

Der Gedanke an das Buch trieb Suko wieder auf die Beine. Er stützte sich dabei an der Wand ab und merkte, dass der Schwindel noch nicht vorbei war.

Er lehnte sich an und versuchte es mit Atemübungen. Suko hatte eine spezielle Technik entwickelt, er wusste genau, wie man zu atmen hatte, um einigermaßen fit zu werden.

Natürlich drängte die Zeit, doch der Chinese überstürzte nichts. Was hatte es für einen Sinn, wenn er sich jetzt beeilte, wo er noch nicht auf dem Damm war?

Seine Waffen fielen ihm ein. Er hatte sie abgeben müssen. Beretta und Dämonenpeitsche lagen noch im Vorgarten des Hauses. Suko wollte auf keinen Fall waffenlos das Haus betreten und suchte deshalb nach einer Möglichkeit, auf einem anderen Weg als durch den Flur den Vorgarten zu erreichen.

Der Hof wurde von den dunklen Rückfronten anderer Häuser eingefasst. Licht brannte kaum. Ein magerer Schein fiel hin und wieder aus einem der Fenster an der Rückseite. Die Fenster lagen zumeist so hoch, dass der Schein den Boden nicht erreichte.

Der Chinese kam sich vor wie ein Betrunkener, als er ging. Das Puddinggefühl wollte aus seinen Beinen nicht weichen.

Sicherheitshalber hielt er sich immer nahe der Hauswand, und schließlich fand er einen schmalen Pfad, der zwischen zwei Häusern hindurchführte.

Die aufgestellten Mülltonnen sah er zu spät. Gegen die

erste lief er, und die Tonne schepperte gegen die zweite. Das Geräusch klang ziemlich laut, dennoch rührte sich nichts. Auch bei den Schüssen war das nicht der Fall gewesen.

Suko glitt rechts an den Mülltonnen vorbei. Er merkte mit jedem Schritt, dass es ihm besser ging. Alte Kräfte kehrten wieder zurück, und das sollte auch so bleiben. Noch einmal wollte sich der Chinese nicht überraschen lassen.

Er ließ die schmale Gasse hinter sich und wunderte sich, dass er dort anlangte, wo er seine Harley geparkt hatte.

Nur dreißig Yards brauchte er nach links zu gehen, um das Haus der Lady Sarah zu erreichen.

Suko nahm die letzte Strecke in Angriff. Er wurde jetzt vorsichtig, da er nicht wusste, was innerhalb des Hauses vorgefallen war. Wer lauerte dort? Lebte Lupina noch, oder hatte Lady X furchtbar aufgeräumt? Und was war mit Sarah Goldwyn?

Dann sah er den Bentley.

Unter Hunderten hätte er ihn erkannt. Zudem befand sich das Blaulicht noch auf dem Dach.

John Sinclair war da!

Suko wurde wieder etwas wohler, obwohl er nicht wusste, was mit seinem Freund und Kollegen geschehen war. Als er einen Blick in den Wagen warf, fand er ihn leer. Für Suko stand endgültig fest, dass sich John innerhalb des Hauses aufhalten musste.

Noch wenige Schritte, und er hatte den Vorgarten erreicht. Suko wurde vorsichtig, er sah das zerbrochene Fenster, duckte sich und hörte die keifende Stimme der Lady X.

Was sie genau sagte, verstand der Chinese nicht, aber Freundlichkeiten waren es bestimmt nicht.

Dann wurde geschossen.

Der Inspektor durfte nicht länger zögern. Er musste jetzt eingreifen, lief auf das Grundstück, wandte sich nach rechts und durchbrach die Büsche des Vorgartens, um an den Platz zu gelangen, wo seine Waffen lagen.

Er konnte die Dämonenpeitsche bereits sehen, als etwas geschah, was seine Pläne über den Haufen warf.

Plötzlich flog die Haustür auf. Heraus wirbelte eine Gestalt, ein Monster, ein Werwolf.

Lupina.

Und sie sah den Chinesen sofort!

»Nagelt ihn an die Wand! Verdammt, macht ihn fertig, den Bastard!« Diesen Befehl schrie Lady X, und er sollte die beiden echsenköpfigen, schuppigen Wesen erreichen, die sich in der Begleitung der Vampirin befanden.

Für mich ein Beweis dafür, dass die Untote tatsächlich mit dem Spuk gemeinsame Sache machte.

Ich hätte schießen und Lady X mit einer Silberkugel den Garaus machen sollen, aber ich hatte zu lange gezögert.

Die Monster waren es nicht anders gewohnt. Sie konnten nur Befehle entgegennehmen, und sie führten sie auch aus, egal, ob der Befehl für sie den Tod brachte oder nicht.

Zudem hatte der Spuk genug davon. In seinem Reich waren sie die Schatten, auf der Erde diese Widerlinge.

Ich hatte einige von ihnen bereits erschossen und wollte auch diesmal keine Rücksicht nehmen. Als mich das Monster angriff, da drehte ich ein wenig die rechte Hand nach links.

Während ich abdrückte und die Silberkugel den Lauf verließ, hatte mein Gegner die Pranke erhoben, um die Lanze zu schleudern. Die Kugel traf genau seinen Kopf. Zwischen dem vorstehenden Maul und den glanzlosen Augen schmetterte sie in die grünliche Schuppenhaut.

Der Kopf zerplatzte nicht. Die magische Kraft des Silbers wirkte auf eine ganz andere Art und Weise. Innerhalb einer Sekunde wurde der Spukdiener zu einer Rauchwolke, zu einem nach Schwefel stinkenden Rest, der grünliche Wolken aufquellen ließ, die sich innerhalb des Zimmers ausbreiteten und mir den Atem nahmen.

Ich musste der Wolke ausweichen, zudem brauchte ich bessere Sicht, und mein Bemühen kostete Zeit.

Ich sah meine Gegnerinnen kaum, dafür hörte ich ihre

Schreie. Sie fauchten sich mit tierisch klingenden Lauten an. Ich hätte vielleicht zwischen sie fahren können, aber da gab es noch den zweiten Spukdiener, der mir plötzlich in die Quere geriet.

Er hatte sich innerhalb der Qualmwolken aufgehalten, jetzt sah ich seinen Umriss, die hoch erhobene Pranke und die Lanze, die sie umklammerte.

Ich glaube, dass sie sich bereits auf der Reise befand, als ich mich wegduckte. Zum Glück so tief, dass die Lanze über meinen Rücken wischte und irgendwo gegen die Wand schlug.

Im nächsten Augenblick war der Spukdiener über mir. Er ließ sich kurzerhand nach vorn fallen, und schon kollidierten wir.

Zuerst war ich geschockt, als ich die seltsame warme Schuppenhand unter meiner freien linken Hand spürte. So etwas hatte ich noch nicht erlebt. Sehr schnell besann ich mich auf meine eigentliche Aufgabe und versuchte, die Bestie von mir zu stemmen.

Es gelang nur schwer, aber ich drückte sie so weit weg, dass ich meine Beretta zwischen sie und mich bringen konnte.

Eine Kugel reichte.

Der Schuss klang ziemlich dumpf, da ich die Mündung gegen den Körper gepresst hielt, die Wirkung allerdings war die Gleiche wie bei dem ersten Monster.

Es löste sich auf.

Auf einmal zerfiel das schreckliche Gesicht, ich sah nur noch Rauchschwaden vor mir und musste zurück.

Der nächste Angriff würde bestimmt nicht lange auf sich warten lassen. Zudem stand noch Lady X auf meiner Liste.

Da hörte ich das bekannte Rattern. Sie hatte gefeuert, aber das Geräusch war nicht mehr innerhalb des Zimmers aufgeklungen, sondern draußen im Flur.

Dem Rattern der MPi folgte ein gellendes Lachen, vermischt mit dem typischen Fauchen der Werwölfin. Ich wusste Bescheid. Lady X hatte es also nicht geschafft, Lupina zu beseitigen, obwohl sie dank ihrer MPi eigentlich die bessere Ausgangsposition besaß.

Das wunderte mich. Aber man durfte nicht den Fehler begehen und Lupina unterschätzen. Es schien mir auf einmal, als ob sie unbesiegbar wäre, obwohl es sicherlich eine Möglichkeit gab, auch sie zu erledigen.

Wieder schoss die Vampirin. Es war nur ein kurzer Feuerstoß, kaum der Rede wert.

Ich machte nicht den Fehler und hetzte mit Riesenschritten auf die Tür zu. Nein, freiwillig wollte ich nicht in mein Verderben laufen. Es konnte gut möglich sein, dass Lady X irgendwo im Flur lauerte und nur darauf wartete, meine Umrisse innerhalb des Türrechtecks erscheinen zu sehen. Ihre Kugeln hätten dann freie Bahn.

Im Zickzack lief ich auf die Tür zu und warf mich sofort rechts von ihr gegen die Wand, sodass ich im toten Winkel stand. Vorsichtig bewegte ich meinen rechten Arm vor und gleichzeitig den Kopf, damit ich um den Pfosten schielen konnte.

In den Flur konnte ich schauen, meine Gegnerinnen allerdings sah ich nicht. Wenn sie noch da waren, mussten sie sich gut verborgen halten. Aber ich hörte Schritte.

Nicht direkt im Flur, sondern auf der Treppe. Wer da zu fliehen versuchte, konnte ich nicht sehen, glaubte jedoch an Lady X, da die Echos hohl klangen und die Scott Stiefel trug.

Ich hatte mich weiter vorgewagt, meinen Kopf durch die offene Tür gesteckt und spürte den Durchzug, der über mein Gesicht fächerte.

Durchzug!

Sofort schaute ich nach links und sah die Haustür offen.

Soeben huschte eine Gestalt hinaus, von der ich nur den Rücken sah. Lupina verließ das Haus. Sie wollte nicht mehr bleiben. Zurückgelassen hatte sie den Staub ihrer drei Diener. Er lag im Flur verteilt.

Ich konnte wählen. Sollte ich mich um Lady X kümmern oder um die Werwölfin?

Ich entschied mich für die Scott.

Die Treppe befand sich rechts von mir. Um sie zu erreichen, musste ich ein Stück durch den Flur laufen. Allerdings auch nicht wie ein Wilder, sondern vorsichtig und mich immer an der Wand haltend.

Ich war innerlich gespannt. Die Luft saugte ich nur durch die Nase ein, mir gefiel das Halbdunkel des Flures nicht, aber das Licht wagte ich nicht einzuschalten, dann stand ich zu sehr auf dem Präsentierteller.

Noch immer fand ich mich nicht zurecht. Vor allen Dingen nicht mit Lupina, mit einer lebenden Lupina. Ich hatte sie tot gesehen. Getroffen von einer MPi-Garbe, hatte sie vor mir gelegen, und ich selbst war gezwungen gewesen, auf sie zu schießen, ebenfalls mit Silberkugeln, und Lupina hatte überlebt.

Das war eine Sache, die ich nicht begriff. Es hatten sich überhaupt völlig neue Perspektiven eröffnet. Seit wann waren Werwölfe resistent gegen geweihte Kugeln? Sollte es ihnen etwa so gehen wie manchen Vampiren, die auch am Tage existieren konnten? Lady X war dafür das beste Beispiel. Aber Lupinas Diener hatten den Kugeln nichts entgegenzusetzen gehabt. Aus ihnen war Staub geworden.

Ich dachte an Sarah Goldwyn, der es gelungen war, das Buch an sich zu nehmen und damit zu fliehen. Wo sie sich aufhielt, wusste ich nicht, hatte aber Angst um sie, denn der Spuk als dritte Kraft hatte bisher nur seine Diener geschickt und zwei Misserfolge erlitten. Aus diesem Grunde glaubte ich, dass er bald selbst in den Kampf eingreifen würde. Davor hatte ich Angst.

Inzwischen war ich nur noch einen Schritt von der Treppe entfernt. Die nächste Lampe befand sich erst an der Decke des ersten Treppenabsatzes. Sie einzuschalten wagte ich nicht. Lady X konnte im Halbdämmer lauern und oben von der Treppe her feuern.

Ich musste mir einen Trick einfallen lassen. Und der fiel mir auch ein. Mein Kreuz sollte mir dabei helfen. Mit einer Hand streifte ich die Kette über den Kopf, wechselte die Beretta in die linke und nahm das Kreuz in die rechte Hand.

Ich wog es noch auf dem Handteller, bevor ich einen Schritt

nach rechts ging, den Arm schwenkte und das Kreuz in einem Halbbogen nach oben schleuderte.

Ohne mich groß loben zu wollen, ich hatte gut gezielt. Das Kreuz überwand die Stufen und erreichte den ersten Treppenabsatz, wo es sich noch einmal überschlug, bevor es dumpf auf den Boden prallte.

Mit dem überraschten Schrei hatte ich eigentlich nicht gerechnet, nur darauf gehofft. Aber er bewies mir, dass Lady X in der Nähe des Absatzes gelauert hatte, das Kreuz nun sah und von Angst gepackt wurde. Sie zuckte zurück, ich hörte das Poltern und stellte fest, dass sie die Treppe hochlief.

Augenblicklich startete auch ich.

Gewaltige Sprünge brachten mich schnell voran, und ich konnte die erste Treppe hinter mich bringen.

Mein Kreuz lag direkt vor der Stufe des zweiten Absatzes. Ich nahm es wieder an mich, wechselte die Beretta in die andere Hand und stürmte mit schussbereiter Waffe weiter hoch.

In der ersten Etage lagen das Bad und noch drei kleine Zimmer. Eine weitere Treppe führte hoch zum Speicher, den Lady Sarah ausgebaut hatte. Er beherbergte jetzt ein Archiv und einen Filmraum, denn die Horror-Oma war auch ein Video-Fan.

Ich musste wieder daran denken, dass ich in diesem Haus einen Werwolf gejagt hatte, diesmal war es ein Vampir, sogar Lady X, eine Todfeindin von mir.

Von ihr sah ich allerdings nichts.

Sie war ebenso schnell gewesen wie ich und befand sich bestimmt in einem der Zimmer.

Dort allerdings konnte sie auch in einer Falle hocken, es sei denn, sie sprang durch das Fenster nach draußen in den Hof. Viel Zeit konnte ich mir nicht mehr lassen, diesmal ging ich forscher vor und schaltete das Licht ein.

Ich wusste nicht mehr genau, wie viele Kugeln sich noch im Magazin der Beretta befanden, verschossen hatte ich mich jedoch nicht. Für Lady X reichte es.

Das Schlafzimmer lag rechts. Es war ziemlich groß. Lady Sarah hatte zwei Räume zusammenlegen lassen. Man konnte sich in dem Raum gut verstecken, und ich traute es der Scott zu, sich eine solche Chance nicht entgehen zu lassen.

Die Tür war nicht ins Schloss gefallen. Sie stand einen Spalt offen. Entweder hatte mir Lady X eine Falle gestellt, weil sie mich auf die falsche Spur locken wollte, oder sie hatte tatsächlich vergessen, die Tür zu schließen.

Mit dem Fuß trat ich sie auf und sprang sofort in Deckung, um einer eventuellen MPi-Garbe zu entgehen.

Es geschah nichts.

Als die Tür aufgeschwungen war, breitete sich wieder die beklemmende Stille aus, die nur durch mein Atmen unterbrochen wurde. Durch den halb offenen Mund atmete ich, auf meinem Gesicht lag der Schweiß, ich war sehr konzentriert, denn ich kannte die Gefährlichkeit dieser Vampirin.

Lauerte sie im Schlafraum?

Versteckmöglichkeiten gab es genug. Ich hatte das Zimmer zwar nur einmal von innen gesehen, glaubte mich jedoch erinnern zu können, dass dort ein großes Doppelbett stand, ferner zwei Schränke und eine Frisierkommode.

Das Fenster befand sich der Tür schräg gegenüber.

Was nutzte alles Zögern und Warten, ich musste endlich etwas tun, ging einen Schritt vor, stand im offenen Türrechteck und hatte einen freien Blick in das Zimmer.

Den Arm mit der Waffe schwenkte ich im Halbkreis, der Finger lag am Abzug, ich war bereit, der Gefahr ins Auge zu sehen.

Die Vampirin hatte mich reingelegt. Nicht von vorn kam die Gefahr auf mich zu, sie ballte sich in meinem Rücken zusammen. Vielleicht war es der Luftzug, der mich warnte, denn das Schlafzimmerfenster war gekippt.

Hinter mir spürte ich die Luftbewegung. Dort lag die Tür zum Badezimmer.

Meine Nackenhärchen stellten sich auf, ich ahnte den Schatten des Todes, der urplötzlich über mir schwebte. Ich katapultierte mich in das Schlafzimmer hinein.

Im nächsten Augenblick hörte ich das hässliche Rattern der Maschinenpistole …

Lupina sprang!

Sie hatte ihren verhassten Gegner in derselben Sekunde gesehen wie Suko sie, und ihre Reaktion war wirklich die eines Raubtieres. Schnell, geschmeidig, ohne eine Schrecksekunde.

Suko hatte seine Hand bereits nach der Dämonenpeitsche ausgestreckt, nun musste er sie zurückziehen, denn Lupina ließ ihm nicht mehr die Zeit, die Waffe an sich zu nehmen.

Der Inspektor konnte noch soeben seine Arme hochreißen, dann prallte die Königin der Wölfe gegen ihn.

Ein Suko in Topform hätte den Aufprall vielleicht meistern können, doch in seinem jetzigen Zustand war der Chinese zu sehr geschwächt, um noch etwas unternehmen zu können. Sich zu wehren war einfach nicht drin. Er musste sich ganz auf die Abwehr dieser höllischen Kreatur einstellen, denn er durfte Lupina auf keinen Fall die Gelegenheit geben, zuzubeißen.

Er spürte den warmen Körper, das dichte Fell, hörte das Knurren, und es gelang ihm, die Beine anzuziehen. Gleichzeitig stemmte er sie wieder nach vorn.

Lupina hatte damit gerechnet. Sie krallte sich in den Büschen fest, und Suko schaffte es nicht, sie von sich zu stoßen.

Auf der Straße fuhr ein Wagen entlang. Die Lichtlanzen der Scheinwerfer huschten für Bruchteile von Sekunden durch die Büsche des Vorgartens und ließen die Augen der Werwölfin gefährlich leuchten, sodass Suko ein Schaudern über den Rücken lief, als er diese Kälte sah.

Er kämpfte verbissen.

Ineinander verkrallt, rollten beide über den Boden. Einmal lag Lupina oben, dann wieder Suko. Und der Inspektor sah zu, dass die Werwölfin ihre Krallen nicht einsetzen konnte.

Der Kampf wurde mit aller Verbissenheit geführt, und es schien so, als würde es keinen Sieger geben.

Mit der Handkante schlug Suko mehrmals zu. Leider lag hinter den Schlägen nicht genügend Wucht. Er traf wohl, aber ernstlich gefährden konnte er Lupina nicht.

Sie wollte ihr Opfer!

Mit den Knien stieß Suko ebenfalls zu. Und diesmal gelang es ihm, Lupina von sich zu stoßen. Vielleicht wollte sie es auch, denn sie fiel zurück.

Sofort rollte sich Suko zur Seite, knackte durch sein Körpergewicht die Zweige eines Busches und spürte plötzlich etwas Hartes an seiner Hüfte. Ohne großartig hinzufassen, war Suko klar, dass es sich bei dem Gegenstand nur um eine Waffe handeln konnte.

Um seine Waffe!

Er musste die Beine noch anziehen und sich zur Seite rollen, damit er die Beretta an sich nehmen konnte.

Dann hielt er sie fest.

Da erschien schon Lupina. Sie hatte sich ebenfalls eine Waffe besorgt. Es war eine schmale Eisenstange. Lady Sarah hatte sie mit einem Band an einem jungen Baumstamm befestigt, damit der Baum gerade wuchs. Lupina hatte die Stange aus der Erde gerissen und stürzte sich mit ihr als Waffe auf den Chinesen.

Wenn sie traf, hätte das Sukos Ende sein können.

Dem Inspektor blieb nur eine Möglichkeit. Er musste schießen.

Suko drückte ab.

Nichts geschah, denn die Beretta hatte Ladehemmung.

So etwas war noch nie passiert. Wie ein Stromstoß zuckte Suko der Schreck durch den Körper.

Jetzt hatte Lupina freie Bahn!

Im Vollbesitz seiner Kräfte hätte Suko vielleicht noch weghechten können, so aber lag er wie gelähmt am Boden und musste mit ansehen, wie Lupina ihm die Stange in die Brust rammen wollte.

In seiner Verzweiflung schleuderte Suko die Beretta. Schießen konnte er damit nicht mehr, aber die Wölfin vielleicht aus dem Konzept bringen. Und er traf.

Die Waffe überschlug sich zweimal, dann prallte sie in das hässliche Gesicht der Bestie.

Der Kopf zuckte zurück.

Lupina war aus dem Rhythmus gebracht worden, sie stieß nicht zu, und Suko hatte Zeit, sich zur Seite zu bewegen. Sein anschließender Hechtsprung brachte ihn von der Werwölfin weg, und er krachte in einen Busch, dessen Zweige unter seinem Gewicht brachen.

Lieber ein zerstörter Vorgarten als ein zerstörtes Leben, dachte der Chinese.

Lupinas Wut war ungeheuer. Sie stieß Laute aus, die man kaum beschreiben konnte.

Suko musste jetzt schnell sein. Trotz seiner gefährlichen Lage dachte er darüber nach, aus welchem Grund die Beretta wohl versagt haben konnte. Wahrscheinlich war Dreck in die Mechanik gelangt. So etwas passierte bei tausend Fällen höchstens ein Mal. Zum Glück war es noch einmal gut gegangen.

Er hatte auch weiterhin Glück.

Bisher hatte er sich darüber gewundert, dass die Polizei noch nicht erschienen war. Die Schüsse mussten schließlich gehört worden sein. In der Tat hatte jemand die Polizei alarmiert. Der Chinese hörte das entfernte Heulen von Sirenen, und wenig später schon sah er den ersten geisterhaften Schein des Rotlichts über Hauswände und Straße flackern.

Die Beretta war unbrauchbar, aber die Dämonenpeitsche konnte Suko noch benutzen.

Er suchte sie.

Dabei traf er die Feststellung, dass von Lupina nichts mehr zu sehen war. Die Königin der Wölfe hatte das Weite gesucht. Suko blieb nichts anderes übrig, als auf das Eintreffen der uniformierten Kollegen zu warten und ihnen einige Erklärungen zu geben.

Aber was war mit seinem Freund John Sinclair geschehen?

Ich befand mich in keiner beneidenswerten Lage. Rettete der Sprung mein Leben, oder hatte ich zu spät gehandelt? Diese Frage stellte ich mir in der kurzen Zeitspanne, in der ich in der Luft lag und wie eine Rakete in das Schlafzimmer hineinflog.

Ein Ziel anvisiert hatte ich nicht. Ich war froh, wenn ich irgendwo landete und von keiner Kugel getroffen wurde.

Auf das Bett prallte ich, landete weich, hörte die tödliche Musik der MPi-Garbe und drehte mich, so schnell es ging, um die eigene Achse. Getroffen wurde ich nicht. Lady X hatte einen Fehler gemacht und während des Schießens zu sehr auf mich gehalten. Ich aber war schon unterwegs gewesen, sodass die Garbe an mir vorbeihackte und in den Teppich drosch. Als die Vampirin ihre Waffe schwenkte, war es bereits zu spät. Da konnte ich mit einigen schnellen Drehungen den Kugeln entgehen, rollte auf die andere Seite des Bettes über die Kante und fiel zu Boden.

Sofort hob ich den Kopf und schielte über den Rand. Mrs. Goldwyn schlief noch unter den alten, hohen Federoberbetten. Die Kugeln hatten Löcher gerissen, und die Federn stoben wie große Schneeflocken über der Liegestatt.

Ich setzte eine Kugel in Richtung Tür. Nicht einmal gezielt, ich wollte meiner Gegnerin nur beweisen, dass ich noch da war und auch mitmischte.

Sie schrie einen Fluch. Und danach: »Dich kriege ich noch, Sinclair! Warte es ab. Ich hole dich!«

»Dann musst du dich aber beeilen«, flüsterte ich, wobei ich rasch die Stellung wechselte und mich auf das Fußende des Bettes zu bewegte.

Als ich verharrte und vorsichtig hochschaute, war von der Untoten nichts mehr zu sehen.

Lady X hatte es vorgezogen, das Weite zu suchen. Dann hörte ich einen bekannten Knall. Er entsteht, wenn eine Tür zuschlägt.

Ich spritzte in die Höhe, hetzte auf die Schlafzimmertür zu und blieb auf der Schwelle stehen, denn das Geräusch einer splitternden Fensterscheibe war an mein Ohr gedrungen.

Genau gegenüber. Und dort lag die Tür zum Bad. Da war Lady X verschwunden. Ich brauchte nur einen Schritt, um die Tür zu erreichen, riss sie auf und sah meinen Verdacht bestätigt.

Die Scott war aus dem Fenster geflohen. Sie hatte sich nicht die Mühe gemacht, das Fenster aufzuziehen, sondern war kurzerhand durch die Scheibe gesprungen, und das aus dem ersten Stock.

Einem Menschen wäre dies schlecht bekommen. Bei Lady X war es etwas anderes. Als Untote konnte sie nicht auf einem normalen Weg sterben.

Ein zackiges Loch befand sich dort, wo zuvor die Scheibe gewesen war. Vorsichtig streckte ich meinen Kopf hindurch, schielte nach unten und sah sie auf dem Hof.

Leider war das Licht zu schlecht. Wenn ich sie treffen wollte, musste ich schon sehr viel Glück haben, zudem lief die Scott im Zickzack weiter.

Eine Verfolgung hatte keinen Sinn. Lady X hatte einfach einen zu großen Vorsprung, den konnte ich nie und nimmer aufholen. Mir blieb nur der Rückzug.

Als ich das Badezimmer verließ, da zitterten mir die Knie. Jetzt machte sich das bei mir bemerkbar, was hinter mir lag. Meine Nerven konnte man zwar als gut bezeichnen, aber irgendwann streikten auch sie.

Ich musste mich gegen die Wand lehnen und ein paar Sekunden so stehen bleiben.

Gedanklich konnte ich nicht abschalten, dafür war der Fall zu brisant. Und dann dachte ich an das Buch. Wo mochte sich Lady Sarah damit befinden? Zudem kreisten meine Gedanken um Suko. Von ihm hatte ich auch nichts mehr gesehen.

Das Jaulen der Polizeisirenen unterbrach meine Gedankenkette und riss mich zurück in die Realität.

Jemand hatte die Polizei gerufen. Ziemlich spät. Zum Glück, musste ich sagen, denn wenn die Beamten den Monstern gegenübergestanden hätten, wäre es unter Umständen tödlich für sie ausgegangen.

Langsam schritt ich die Treppe nach unten. Im Haus war es jetzt still geworden. Auf dem Flurboden sah ich noch den Staub. Letzte Reste der Werwölfe, die Lupina mitgebracht hatte.

Dann betrat ich den Wohnraum.

Einiges war umgekippt. Es sah aus, als hätten hier die Vandalen gehaust. Auch die Fensterscheibe war zerstört. Ich konnte nach draußen schauen und hörte eine Stimme.

Sie schimpfte über die Technik und moderne Waffen im Allgemeinen. Ein Grinsen flog über mein Gesicht, denn ich hatte die Stimme längst erkannt. Sie gehörte Suko.

Rasch war ich am Fenster, durch das auch Lady Sarah und ich geklettert waren, und schaute hinaus.

Suko sah mich nicht. Der Inspektor wandte mir den Rücken zu und hielt seine Beretta in der Hand. Das Magazin hatte er herausgenommen, schaute es sich an und schüttelte den Kopf.

»Suchst du was?«, fragte ich.

Suko fuhr herum. »John, Mensch ...«

»In Lebensgröße, Alter.«

»Dann hast du es überstanden.«

»Gerade noch.«

»Ich auch, mein Lieber. Und fast wäre es ins Auge gegangen.« Suko hielt die Pistole hoch. »Sie hat genau in dem Augenblick versagt, als ich Lupina vor der Mündung hatte.«

Ich winkte ab. »Mach dir nichts draus. Du hättest sie mit einer Silberkugel sowieso nicht geschafft. Sie hat bereits zwei Kugeln von mir im Leib.«

»Wie ist das möglich?«

»Keine Ahnung. Hier liegt sowieso einiges im Argen, das kann ich dir flüstern.«

»Und Lady X?«

»Verschwunden, geflohen. Ich habe sie leider nicht mehr erwischen können.«

Dann schwiegen wir, denn zwei Streifenwagen hatten auf dem Gehsteig vor dem Haus gehalten. Die Polizisten verließen die Fahrzeuge. Sie schwärmten sofort aus. Ihre Waffen hielten sie schussbereit. Im Nu war Suko umringt. Mich blendete der Schein einer schräg nach oben gehaltenen Taschenlampe.

»Oberinspektor Sinclair!«, hörte ich dann eine sonore Stimme. »Sie sind hier?«

»Ja.«

»Dann haben Sie uns alarmiert, Sir?«

»Nein, das war jemand anderer. Sie können wieder fahren. Es ist alles vorbei.«

»Hat es Tote oder Verletzte gegeben?«

»Eigentlich nicht«, sagte ich. Diese Antwort quittierte der Sprecher mit einem ungläubigen Gesicht. Ich konnte es ihm nachfühlen. »Hier braucht man höchstens einen Handwerker, der zwei zerbrochene Scheiden einsetzt, ansonsten ist alles klar.«

»Dann können wir wieder fahren?«

»Sicher.«

Der Mann grüßte, sammelte seine Männer ein, und wenig später war der Trupp verschwunden.

Suko hatte es draußen nicht mehr ausgehalten. Er kam zu mir ins Zimmer, schaute sich um und schüttelte den Kopf. Dann berichtete er, was er erlebt hatte und wie Lady X den drei Werwölfen den Garaus gemacht hatte.

»Die hielt einfach dazwischen, John. Ich kann von Glück sagen, dass es mich nicht erwischt hat. Aber die wuchtigen Körper der Bestien haben mich gedeckt. Und wie ist es dir ergangen?«

In Stichworten berichtete ich. Suko war der Meinung, dass man uns reingelegt hatte.

»Und trotzdem haben die anderen nicht gewonnen«, erklärte ich. »Denn das Buch haben sie nicht.«

»Und wo ist es?«

Ich deutete auf den runden Tisch. »Da hat es gelegen. Lupina wollte es an sich nehmen. Ich konnte es verhindern, so erhielt Lady Sarah die Chance, es mitzunehmen.«

Suko senkte den Kopf. »Dann schwebt sie also wieder in Gefahr. Ich kann mir auf keinen Fall vorstellen, dass die Schwarzblüter die Jagd nach dem Buch aufgegeben haben.«

Da war ich Sukos Meinung.

»Wenn wir nur wüssten, wo sich unsere Freundin befindet«, murmelte er.

»Vielleicht ist sie zu Bekannten gefahren.«

»Die wir leider nicht kennen.« Ich runzelte die Stirn. »Nur glaube ich nicht, dass Lady Sarah Freunde oder Bekannte in Gefahr bringt. Nein.« Ich schüttelte den Kopf. »Die hat sich irgendwo versteckt, wo sie so leicht keiner findet.«

»Was ein Trugschluss wäre, denn die Dämonen finden alles, was sie wollen.«

Da hatte Suko auch wieder recht.

Man konnte sagen, dass wir zwar nicht gerade am Beginn standen, aber große Fortschritte hatten wir nicht erzielt. Vor allen Dingen existierten die Hauptgegner noch, und die würden uns keine Ruhe lassen. Was mich besonders dabei störte, war Lupina. Wie konnte es möglich sein, dass sie noch lebte?

»Hast du wenigstens herausfinden können, was in dem Buch steht?«, fragte mich Suko.

»Nein, dazu reichte die Zeit einfach nicht.«

»Auch keine Vermutung?«

»Die schon, aber die reicht längst nicht. Ein Kapitel des Buches beschäftigt sich mit meinem Kreuz, das ist alles. Die anderen sechs drehen sich um schwarze Magie.«

»Und wie kommt das Kapitel mit dem Kreuz hinein?«

»Keine Ahnung, Suko. Da kann man nur raten. Vielleicht hat den Verfasser des Buches das schlechte Gewissen geplagt und er wollte sich selbst und den anderen etwas Gutes tun.«

Der Inspektor schaute mich schief an. »Meinst du, dass er aus diesem Grund die Geheimnisse des Kreuzes entschlüsselt hat?«

»Möglich. Nur weiß ich leider nicht, wer dieser Verfasser ist. Es muss ein sehr weiser Mann gewesen sein ...«

»Der vor einigen Tausend Jahren gelebt hat«, fügte mein Freund und Kollege hinzu.

»Auch das.«

»Und das Buch hat sich so lange gehalten.« Suko schüttelte den Kopf. »Seltsam.«

»Drei Parteien sind hinter dem Buch her«, sagte ich leise. »Lupina, Lady X und der Spuk.«

»Vier, John.«

»Wieso vier?«

»Du vergisst uns.«

»Stimmt. Also vier. Ich habe von Lupina und Lady X gehört, dass der Inhalt dieses Buches für sie tödlich sein kann, wenn ich das eine Kapitel begreifen lerne! Und sollte es ihnen in die Hände fallen, dann wollen sie es an einen Ort bringen, den wir nicht kennen. Ins Land der Drachen.«

»Hä?« Suko schaute mich erstaunt an. »Wie sagtest du?«

Ich wiederholte die Antwort.

»Ich habe noch nie was vom Land der Drachen gehört!«, meinte mein Freund.

»Dabei stammst du aus China. Der Drachenkult hat sich bei euch doch lange gehalten.«

»Richtig, jetzt fällt es mir wieder ein. Man hat einen sagenumwobenen Kontinent so genannt.«

Ich schaltete schnell. »Du meinst das Land Mu?«

Suko nickte. »Es soll ja wie Lemuria existiert haben. Allerdings hat der versunkene Kontinent Atlantis die Sagen und Geschichten über diese beiden Länder mehr in den Hintergrund gedrängt.«

»Ja«, sinnierte ich. »Du könntest unter Umständen recht haben. Vielleicht hat es Mu tatsächlich gegeben. Aber wer kann uns darüber Auskunft geben?«

»Ich wüsste jemanden.«

»Und?«

»Kara sowie Myxin.«

Da hatte Suko gut geschaltet. Diese Antwort hätte mir auch selbst einfallen können, aber manchmal steht man da wie der berühmte Ochse vor dem Berg.

Suko hob die Scherben der Teekanne auf. »Allerdings können wir die beiden erst einmal vergessen«, meinte er. »Wichtiger ist Sarah Goldwyn und damit auch das Buch der sieben Siegel.«

»Wenn du mir sagen kannst, wo sie sich befindet, fahren wir gern hin.«

Der Inspektor legte die Scherben in eine Schale. »Weit kann sie ja nicht sein.«

»Ruf doch mal bei Shao an.«

Suko erstaunte mein Vorschlag. »Du meinst, dass sie …«

»Wäre immerhin möglich.«

»Klar, das ist es.« Er ging zum Telefon, hob es hoch und sah, dass die Leitung gekappt war. »Nichts«, murmelte er. »Das Ding funktioniert nicht. Verdammt auch, die haben an alles gedacht.« Suko verzog das Gesicht und rieb seinen Nacken, der angeschwollen war.

»Dann spreche ich vom Wagen aus mit ihr.«

Gemeinsam gingen wir nach draußen. Trotz der nächtlichen Stunde hatten sich Neugierige versammelt. Zumeist Nachbarn, die scheu auf die Hausfassade blickten.

Wir kümmerten uns nicht um sie, gaben auch keinerlei Erklärungen ab, der Anruf war wichtiger.

Shao schien neben dem Telefon gewartet zu haben, denn sie hob sofort ab.

Ich reichte Suko den Hörer, damit die Chinesin die Stimme ihres Freundes hörte und beruhigt war. Mit einem Satz nur gab ihr Suko zu verstehen, dass er okay war. Anschließend fragte er nach Lady Sarah Goldwyn.

Seinem Gesicht sah ich an, dass Shao ihm eine negative Antwort gegeben hatte. Er legte auch sehr schnell auf und hob die Schultern. »Tut mir leid, bei Shao war sie nicht.«

Meine Finger schlugen einen trommelnden Rhythmus auf das Lenkrad. »Verflixt, wo kann sie dann stecken?«

Suko wusste es auch nicht. »Sollen wir mal die Gegend abfahren?«

»Und dann?«

»Vielleicht hat sie sich irgendwo versteckt und wartet darauf, dass sie uns sieht.«

Sollte uns nichts Besseres einfallen, wollten wir auf Sukos Vorschlag zurückgreifen. Denn so schlecht war er nicht. Ich dachte daran, dass Lady X und Lupina ebenfalls hinter dem Buch her waren. Unter Umständen waren die beiden ebenfalls auf der Suche nach Lady Sarah, da konnte es durchaus sein, dass wir unsere Feinde trafen.

Ich nickte. »All right, starten wir.«

Suko hatte seine Waffe wieder in Ordnung gebracht. Sie war tatsächlich nur verdreckt gewesen, und deshalb hatte es die Ladehemmung gegeben. Auch ich hatte meine Pistole nachgeladen. Das Magazin war mit geweihten Silberkugeln gefüllt.

Langsam rollte der Bentley an. Es war kaum ein Geräusch zu hören, als die Reifen über den Asphalt glitten. An unseren Seiten hatten wir die Fenster nach unten fahren lassen, die langen Scheinwerferbahnen trafen sich auf der Straße und erhellten sie mit ihrem Licht.

Suko und ich richteten die Blicke nicht nur nach vorn, sondern beobachteten auch die Seiten.

Die Häuser standen sehr dicht. Nur hin und wieder entdeckten wir zwischen ihnen eine Lücke, aus der ein Weg wurde. Wie mit dem Lineal gezogen, stach er in die hinter den Häusern liegenden Gärten oder Höfe hinein.

Am Ende der Straße stoppte ich, ohne etwas entdeckt zu haben. Wir waren so schlau wie zuvor.

»Wieder zurück?«, fragte Suko.

»Ich weiß es nicht. Vielleicht hat sie das Buch auch nur versteckt und ist bereits auf dem Weg zu ihrem Haus zurück.«

»Nein, die lässt doch das Buch nicht im Stich.«

Dass es auch eine dritte Möglichkeit gab, nämlich Lady Sarahs Tod, daran dachten wir wohl, sprachen es aber nicht aus.

»Wir könnten mal um den Block fahren.«

Ich ging auf den Vorschlag meines Freundes ein und startete wieder. Nach rechts blinkte ich, musste erst einen Wagen vorbeilassen und fuhr hinter ihm her.

Es war in der Tat nur eine auf Gut-Glück-Fahrt. Lady Sarah brauchte nicht in der Nähe zu sein, sie konnte sich ebenso gut ein Taxi genommen haben und weggefahren sein. In die City vielleicht oder zu einer entfernt wohnenden Bekannten.

»Nichts zu sehen«, murmelte Suko.

»Wahrscheinlich sind wir auf der falschen Fährte«, bemerkte ich und wechselte über auf die Straßenmitte, da ich rechts einbiegen wollte.

Kaum hatte ich den Bentley herumgezogen und war in die Straße eingefahren, als wir eine Gestalt über den Gehsteig rennen sahen. Es war ein Mann, er schien schon dicht vor der Erschöpfung zu stehen, denn sein Lauf glich mehr einem Torkeln. Dabei schwankte er von einer Seite zur anderen und schlenkerte mit den Armen.

Wider alle Verkehrsregeln zog ich den Bentley an den rechten Straßenrand. Der Mann wurde vom Licht der Scheinwerfer übergossen, hob die Arme und winkte mit beiden Händen. Es war klar, dass er etwas von uns wollte.

Er schaffte es nicht mehr, seinen schwankenden Lauf rechtzeitig genug abzubremsen, denn als er stoppte, fiel er noch nach vorn und schlug gegen die Kühlerhaube meines Silbergrauen.

Keuchend blieb er liegen.

Beide flitzten wir aus dem Wagen. Ich hatte den etwas kürzeren Weg und erreichte den Mann als Erster. Er war so erschöpft, dass er kein Wort hervorbrachte, sondern nur keuchte.

Ich zog ihn von der Haube. Suko war da und hielt ihn fest, damit er nicht umkippte.

»Was ist passiert?«, fragte ich ihn. »Reden Sie!«

Wir mussten uns weiterhin in Geduld fassen. Nachdem etwa fünfzehn Sekunden vergangen waren, erhielten wir eine Antwort. Mit dem rechten Arm deutete der Mann dorthin, wo keine Häuser standen, sondern hohe Bäume und neben einer Kugellaterne ein Weg begann.

»Die – die Kirche!«, keuchte er. »Mein Gott, unsere Kirche ...«

»Was ist mit ihr?«

»Verschwunden. Sie ist verschwunden ...!«

Suko und ich schauten uns an. Nur einen Moment lang.

Beide wussten wir, dass es jetzt weiterging. Ohne ein Wort zu sagen, rannten wir los. Der Mann aber sackte neben dem Wagen zusammen, lehnte sich an die Stoßstange und schluchzte …

Mrs. Sarah Goldwyn, die Horror-Oma, wie sie liebevoll genannt wurde, hatte in ihrem Leben schon viel durchgemacht. Dreifache Witwe, zahlreiche Reisen in alle Welt, Konfrontationen mit den Mächten des Bösen, aber was sie jetzt erlebte, war einmalig – und schrecklich.

Sie klammerte sich an einem Kreuz fest!

Das Holzkreuz stand auf einem Steinpodest, war übermannsgroß und ein Fanal des Guten inmitten eines Schreckenszentrums, das erst vor wenigen Minuten eines geworden war, denn die Kirche, in der das Kreuz als Mittelpunkt gestanden hatte, war verschwunden.

Mit Grauen erinnerte sich Lady Sarah an diese Minuten, als die Mauern, getroffen von einer unheimlichen Magie, dahinschwanden. Sie schmolzen kurzerhand weg, als würden sie von gewaltigen Hitzewellen zerstört. Aber es war nichts zurückgeblieben. Keine Masse konnte erkalten, die schützenden Wände der Kirche hatten sich aufgelöst.

Und verantwortlich dafür war eine schreckliche Gestalt aus dem Reich der Schatten.

Der Spuk!

Er hatte seine ferne Welt verlassen und sich auf die Normale begeben, um das zu holen, was für alle Schwarzblüter eine große Gefahr darstellte.

Das Buch!

Zwar hatte er sich mit der Vampirin Lady X zusammengetan, doch weder ihr noch Lupina war es gelungen, das Buch an sich zu bringen. Beide versagten.

Da entschloss sich der mächtige Dämon, selbst einzugreifen. Er besaß die Macht, um herauszufinden, in wessen Händen sich das Buch befand. Und das war nun mal Sarah Goldwyn.

Sie hatte keinen anderen Ausweg gesehen, als mit ihrer ungemein wertvollen und brisanten Beute in den Schutz einer Kirche zu fliehen. Wie trügerisch dieser Schutz war, musste sie schon Minuten später feststellen, als der Spuk eingriff und die Mauern der Kirche kurzerhand verschwinden ließ.

Zudem war ein ungewöhnlicher Sturm losgebrochen, der die Horror-Oma von den Beinen gerissen und sie bis gegen das Podest katapultiert hatte, auf dem das große Kreuz stand.

Und da hatte Lady Sarah plötzlich ihre große Chance erkannt. Das Kreuz war das Zeichen des Guten, der Hoffnung, des Lebens. Sie war auf das Podest geklettert, hatte das Buch mitgenommen und klammerte sich wie eine Ertrinkende dort fest, wo sich Quer- und Längsbalken trafen. So blieb sie stehen, deckungslos, nur mit der Hoffnung des Kreuzes im Herzen.

Hatte sich der Spuk zuerst als ein gewaltiger, konturenloser Schatten über dem Dach der damals noch stehenden Kirche gezeigt, so näherte er sich nun Lady Sarah in seiner Normalgestalt. Ein wenig größer als ein Mensch nur. Man sah bei ihm kein Gesicht. Es war alles schwarz, und sein Umriss oder die Kontur sah aus, als hätte sich ein Mensch einen Umhang übergestreift.

Lautlos ging er.

Schatten verursachen keine Geräusche. Und er kam näher und näher, wobei Lady Sarah das Gefühl hatte, immer kleiner zu werden. Nie hatte sie sich so hilflos gefühlt.

Aber sie hielt es aus!

Mrs. Goldwyn wusste selbst nicht, woher sie nach all dem, was geschehen war, noch die Kraft nahm. Es war ihr einfach unmöglich, dies zu sagen, vielleicht war es dieses große, schlicht wirkende Holzkreuz, das ihr den Mut verlieh, standhaft zu bleiben. Freiwillig wollte sie das Buch nicht hergeben.

Sie ließ von dem Spuk keinen Blick, schaute ihm direkt entgegen, obwohl Angst ihr Herz umklammerte.

Der Orkan, der so unnatürlich aufgekommen war, hatte sich wieder gelegt. Nur der normale Nachtwind fuhr in das erhitzte Gesicht der Lady Sarah und kühlte die Haut. Er trocknete den Schweiß.

Eine Frage quälte Mrs. Goldwyn besonders.

Würde der Spuk es wagen, auch das Kreuz zu berühren?

Lady Sarah rechnete damit, dass dieses Kreuz, das bisher in einer Kirche gestanden hatte, geweiht war. Und geweihte Dinge konnte ein Dämon nicht vertragen, sie bereiteten ihm körperliche Schmerzen, falls sie ihn nicht sogar vernichteten.

Noch hatte sie eine Galgenfrist, noch konnte sie sich entscheiden. Wenn sie das Buch vielleicht freiwillig wegwarf, dann hatte der Spuk unter Umständen ein Einsehen mit ihr, aber genau damit gab sie auch ihre Niederlage zu, und das Böse würde triumphieren.

Lady Sarah brachte das nicht fertig. So wartete sie ab, hoffte und betete.

Die Gestalt wallte ihr entgegen. Sie erinnerte an eine Wolke, nur dass der Spuk einen anderen Umriss zeigte.

Wie lange noch?

Lady Sarah zitterte dem Moment entgegen, wo der Spuk vor ihr stehen und die Herausgabe des Buchs verlangen würde. Sie hielt diesen wertvollen Gegenstand zwar in der rechten Hand, aber sie presste ihn gleichzeitig gegen das geweihte Holz und erhoffte sich davon einen noch besseren Schutz.

Wie weit würde der Spuk gehen? Wagte er sich an das Kreuz heran? Würde er dann versuchen, ihr das Buch aus der Hand zu reißen, oder blieb er zurück?

Er stand.

Ein Schritt trennte Lady Sarah von diesem gefährlichen Dämon. Ein Schritt nur – und dennoch Welten!

»Gib es mir!«

Zum ersten Mal sprach der Spuk sie so aus der Nähe und so direkt an. Lady Sarah lauschte dieser Stimme nach, die eigentlich keine war und irgendwo aus der Schwärze erklang.

Obwohl sie nicht weit voneinander getrennt waren, schwebte dennoch unsichtbar etwas zwischen ihnen. Es war nicht zu fassen, kaum zu erklären, erst recht nicht zu beweisen, aber es war vorhanden.

Das Grauen!

Jeder mächtige Dämon verbreitete es. Eine Aura des Schreckens, der Vernichtung, des Todes.

Sensible Menschen merkten es sofort. Sie verspürten starke Angstgefühle und Herzklopfen, konnten oft nicht schreien, weil ihre Kehle wie zugeschnürt war, und auch Lady Sarah Goldwyn merkte die Aura, die ihr unsichtbar entgegenkroch. Davor schützte sie auch das Kreuz nicht, und sie zuckte zusammen, als sie abermals die Stimme des Unheimlichen hörte.

»Ich will das Buch!«

»Nein!« Eine knappe, kurze Antwort. Hervorgestoßen, fast widerwillig, aber automatisch, dazu das Kopfschütteln, und Lady Sarah wusste selbst nicht genau, ob sie überhaupt hatte so antworten wollen. Zurücknehmen konnte sie die Antwort nicht.

»Damit hast du dein Leben verwirkt!«, stellte der Spuk mit dumpfer Stimme fest.

Die Horror-Oma schauderte. Die Gänsehaut auf ihrem Rücken schien die Dicke eines Fingers zu haben. Sie wanderte langsam nach unten. Ihr Gesicht wurde noch blasser, sie spürte »Pudding« in den Knien und klammerte sich aus lauter Angst noch fester an das große Kreuz.

»Du kannst es dir holen, Dämon. Verflucht, du kannst es dir holen, wenn du es haben willst, aber dazu musst du erst das Kreuz überwinden!«

»Es ist keine Schwierigkeit für mich«, erwiderte der Spuk. »Ich wollte nur dein Leben schonen. So aber wirst du zusammen mit deinem Kreuz untergehen!«

Die Horror-Oma glaubte an einen Bluff.

Dämonen schonten keine Leben, und der Spuk schon gar nicht.

Bevor sie irgendeinen anderen Gedanken fassen konnte, entstand wieder das grünliche Leuchten. Es wallte dort auf, wo sich die Schwärze befand, und es blieb nicht an einem Punkt, sondern wanderte weiter. Zwar nicht schnell, aber sehr zielstrebig. Es gab keinen Zweifel daran, dass dieses Leuchten allein das Kreuz zum Ziel hatte.

Noch befand es sich nicht in der Höhe, sondern kroch über den Boden, aber als es das Podest erreichte, da spürte Lady Sarah bereits die Erschütterung.

Sie war nur kurz. Einen Atemzug später jedoch erfolgte die Reaktion. Das Podest, auf dem sie stand, schmolz unter ihr weg. Mit ihm geschah das Gleiche wie mit den Mauern der Kirche. Voller Entsetzen erkannte Mrs. Goldwyn, dass der Spuk das Kreuz überhaupt nicht anzufassen brauchte, er würde es auch so zerstören.

Das große Holzkreuz begann zu zittern. Es verlor immer mehr an Halt, schwankte plötzlich, kippte nach vorn, und Lady Sarah klammerte sich wie eine Ertrinkende daran fest. Ihre Gesichtszüge wurden eine Maske der Angst, sie schienen zu zerfließen und dann einzufrieren.

»Da siehst du es!«, grollte der Spuk. »Du wirst es nicht schaffen, nichts kann dich retten, auch nicht das Kreuz.«

Lady Sarah hörte zwar die Worte, doch wurden sie von ihr nicht recht erfasst. Sie dachte nur an die nächsten Augenblicke, wo das passieren würde, vor dem sie sich so fürchtete.

Der Fall.

Noch hielt das Kreuz, aber das steinerne Podest unter ihm verschwand immer mehr.

Es gelang Lady Sarah, den Blick zu senken, dabei konnte sie in den starken, sich allmählich auflösenden Stein hineinschauen und entdeckte sogar das Ende des senkrecht verlaufenden Balkens, der im Stein steckte, aber nicht mehr die Standfestigkeit hatte.

Sie kippte.

Nicht schnell, nein, wie im Zeitlupentempo. Und sie fiel auch nicht zurück, sondern nach vorn, dem Spuk entgegen, wobei sie das Gefühl hatte, im nächsten Moment in der schwarzen Wolke verschwinden zu müssen.

Die Zeitspanne, diese schrecklichen Sekunden, waren mit das Schlimmste, was sie überhaupt bisher durchgemacht hatte. Die Realität verschwand, sie konnte sich nur noch ihren Gefühlen hingeben.

Kaum nahm sie wahr, dass der Spuk zurückwich. Er schien unbedingt eine Berührung des Kreuzes vermeiden zu wollen.

Er hat doch Angst!, schoss es ihr durch den Kopf – dann erfolgte der Aufprall.

Er war hart und schmetternd. Lady Sarah hatte sich vorgenommen, nicht zu schreien, dieser Vorsatz allerdings brach, als sie, noch immer an das Kreuz geklammert, zu Boden fiel.

Lady Sarah konnte einen Laut des Schmerzes nicht unterdrücken. Als wäre sie mit dem Kreuz verwachsen oder daran festgeklebt, klammerte sie sich daran und auch an das Buch. Trotz der Qualen wollte sie es nicht loslassen.

Zu den Füßen des Spuks lag sie, und der Dämon stand wie ein unheimlicher Sieger vor ihr.

Kein Horror-Regisseur hätte die Szene besser einstellen können, als die Wirklichkeit sie präsentierte. Es war schon ein Bild des Schreckens, die Frau auf dem Boden liegen zu sehen und vor ihr der gewaltige Spuk, dieses schwarze, gestaltlose Wesen aus dem Reich der Schatten.

»Das Buch, gib es her!«, hörte die Horror-Oma wieder die Stimme. »Gib es freiwillig, dann schone ich dein Leben!«

Die Angst schüttelte Lady Sarah durch. Sie wusste selbst nicht, woher sie den Mut nahm, mit einem »Nein« zu antworten. Aber sie tat es und zwang den Dämon damit zu einer Reaktion.

Der Schatten wallte und bewegte sich gleichzeitig nach vorn. Er schwebte wie ein riesiger Teppich auf Lady Sarah zu und stülpte sich über sie.

Sie hatte ein wenig den Kopf zur Seite gedreht, sodass sie aus den Augenwinkeln schielen konnte, bemerkte nun die Dunkelheit, die sie plötzlich umfing, und wusste, dass der Spuk über ihr war und seine schwarzen Todesschwingen ausgebreitet hatte.

»Töten werde ich dich. Töten, ohne dich zu berühren, alte Frau. Danach reiße ich deine Seele an mich, damit sie für alle Zeiten die ewigen Qualen der Verdammnis kennenlernt.«

Mrs. Goldwyn hörte die Worte, aber sie begriff sie kaum. Sie wusste nur, dass der Spuk an das Buch wollte, das sie nach wie vor festhielt.

»Das Leben ist endlich, die Qualen hören nie auf ...«, Gelächter folgte den Worten, »und in meinem Reich ist noch viel Platz, sehr viel Platz, alte Frau ...«

Es waren keine Schmerzen, die Lady Sarah spürte, nur ein nie erlebtes Gefühl, das in ihren Adern entstand und an den Füßen mit einem seltsamen Kribbeln anfing.

Es zog immer höher in die Beine, wanderte weiter und weiter, erreichte die Hüften und entriss der Horror-Oma jegliches Gefühl.

»Das ist der Tod!«, hörte sie die flüsternde Stimme. »Wie ein Gift, ein schleichendes Gift, das die Menschen zerfrisst und die Qualen der Hölle bringt ...«

Weit hatte Mrs. Goldwyn die Augen aufgerissen. Noch bekam sie Luft, sie atmete schnell und keuchend, doch sie spürte bereits den unsichtbaren Ring, der sich um ihre Brust gelegt hatte und das Atmen immer mehr zu einer Qual werden ließ.

Auch die Arme verloren an Kraft, die Finger wollten ihr nicht mehr gehorchen, öffneten sich ...

»Das alles hättest du dir ersparen können, alte Frau«, vernahm sie wieder die Stimme des Dämons. »Aber du, du wolltest herausfinden, wer mächtiger ist. Ein Mensch kann nicht gewinnen ...«

... gewinnen – gewinnen – gewinnen ...

Das letzte Wort dröhnte in ihrem Kopf nach. Es war ein grausamer Widerhall, wie makabre Glockenschläge, und sie musste erleben, dass alles umsonst war.

Als wären ihre Finger mit unsichtbaren Bändern verbunden, so wurden sie in die Höhe gezogen, und das so wertvolle Buch rutschte weiter über die Hand.

Dann lag es frei.

Lady Sarah schluchzte auf. Es war eine letzte, verzweifelte Reaktion, denn sie hatte festgestellt, dass der Wille ihr nicht mehr gehorchte. Ihr eigenes Ich war ausgeschaltet, vorbei, vorbei …

Umsonst der große Kampf …

Und der Spuk konnte das Buch an sich nehmen, ohne das Kreuz berühren zu müssen.

Er war eben der Stärkere.

Ein schmaler Schatten senkte sich dem Buch entgegen. Vielleicht noch eine Sekunde, dann befand es sich im Besitz des Spuks.

In diesem Moment fiel etwas Silbernes von oben herab und blieb genau auf dem Buchdeckel liegen.

John Sinclairs Kreuz!

Es war wirklich die allerletzte Chance gewesen, um Lady Sarah Goldwyn zu retten. Dabei hatte ich Angst gehabt, zu spät zu kommen.

Ich war weitergerannt, auf den Spuk und Lady Sarah zu, und hatte das Kreuz schleudern können.

Ein Glückswurf, dass es tatsächlich auf dem Buch liegen geblieben war, denn die Chancen hatten wahrlich nicht gut gestanden.

Würde der Spuk trotzdem zugreifen?

Eine Frage, die ich nicht beantworten konnte, wobei ich allerdings hoffte, dass er zurückzuckte. Ich hatte ihn schon mal mit dem Kreuz attackiert, ihn allerdings nicht vernichten, sondern nur schwächen können. Aber auch eine Schwächung wollte er nicht in Kauf nehmen.

Der Spuk zog sich zurück. Es geschah so schnell, dass wir kaum folgen konnten. Mit den Augen so gut wie nicht zu sehen, ein bizarrer Schatten in der Luft – vorbei.

Wir standen da, schauten in einen dunklen Himmel und über einen leeren Platz, auf dem mal eine Kirche gestanden hatte, von der jetzt nur der Altar übrig geblieben war.

Ich hatte das Buch. Es lag vor meinen Füßen, und ich brauchte es nur aufzuheben. Das verkniff ich mir, denn wichtiger war in diesen Augenblicken Sarah Goldwyn.

Sie lag da wie tot.

Das Buch konnte ich getrost liegen lassen. Es war durch das Kreuz geschützt, und als ich mich nach Lady Sarah bückte, sagte Suko: »Hoffentlich ist sie nicht …«

»Keine Sorge, ihr beiden, Unkraut vergeht nicht so leicht.« Wir hörten ihre Stimme, leicht krächzend, erschöpft klingend, aber die Horror-Oma lebte.

Und das allein zählte.

»Helft mir mal auf die Beine, ihr jungen Dachse. Schließlich habe ich hier die Stellung gehalten.« Da hatte sie ein wahres Wort gesprochen. Wir überboten uns gegenseitig bei unserem Bemühen, die Horror-Oma wieder auf die Füße zu stellen.

Wie der Körper eines Aals, so hatte sich ihr Arm um das Kreuz gewickelt. Es musste wie ein Anker für sie gewesen sein. Ein Anker der Hoffnung, der Rettung.

Schließlich stand sie und schaute uns an. Sie wollte etwas sagen, da versagte ihr die Stimme. Ich sah, wie sie schluckte, sich ihr Mund öffnete und ein Schauer über ihr Gesicht lief. Schließlich wurden ihre Augen nass, und dann fiel sie gegen mich und weinte.

»Junge«, schluchzte sie. »Verflixt, das möchte ich nicht noch einmal erleben.«

Mehr brauchte sie an sich nicht zu erklären. Wenn Lady Sarah das so aussprach, wusste ich ganz genau, dass sie Schlimmes hinter sich hatte. Harte Minuten, wo sie zwischen Leben und Tod geschwebt hatte. Wir ließen sie weinen, und mein Blick glitt über ihren Kopf hinweg dorthin, wo die Kirche gestanden hatte.

Da befand sich nichts mehr!

Keine Mauer, keine Bänke, alles war verschwunden. Bis auf das Kreuz und einen schlichten Altar hinter mir. Beides musste geweiht sein, sonst hätte die Magie es auch zerstört.

Der Spuk hatte zugeschlagen und bewiesen, wie mächtig er

sein konnte. Er war nicht nur einfach der Aufpasser im Reich der Schatten, nein, auch konnte er eine eigene Magie einsetzen, die auf der normalen Welt ebenfalls Bestand hatte.

Wenn ich mir das so anschaute, wurde ich unwillkürlich an den Schwarzen Tod erinnert. Auch er hätte – würde er noch existieren – ähnlich reagiert. Der gab sich niemals mit kleinen Dingen ab, sondern schlug sofort in die Vollen.

Es war müßig, darüber nachzudenken, wer nun mächtiger war. Der Spuk oder der Schwarze Tod. Ich tippte auf eine gleiche Stärke, wobei sich der Spuk bisher nur zurückhielt, während sich der Schwarze Tod immer in den Vordergrund gedrängt hatte.

»So, das hätten wir dann wohl«, sagte Lady Sarah nach einer Weile und befreite sich aus meinem Griff. Sie schaute mich aus tränennassen Augen an und fragte nach einem Taschentuch.

Ich hatte zum Glück ein sauberes.

Während sie sich mit einem Zipfel die Augen austupfte, meinte sie: »Wissen Sie was, mein Junge?«

»Nein.«

»Ach, lassen Sie mich mal ausreden. Das Buch schenke ich Ihnen, obwohl ich Leihgebühr dafür bezahlt habe.«

Ich musste lachen. »Wie großzügig von Ihnen.«

»Ja, ich will damit nichts mehr zu tun haben.«

»All right, Lady Sarah, dann werde ich Ihnen auch einen Gefallen erweisen.«

»Der wäre?«

»Die Reparatur der beiden Fenster in Ihrem Haus geht auf Kosten von Scotland Yard.«

»Was?«

»Ist das nicht toll?«

»Aber zwei Fenster, John? Ich weiß nur von einem.«

Ich verdrehte die Augen. »Leider hat die Vampirin Lady X auf Ihr Fenster im Bad keine Rücksicht genommen. Sie benutzte dies als Fluchtweg, ohne es erst zu öffnen.«

»Unverschämtheit. Vor nichts, aber auch gar nichts haben die Vampire heute Respekt. Da lobe ich mir die alten Blutsauger, die tagsüber in den Särgen schlafen und erst nachts umhergeistern.«

»Die scheinen immer weniger zu werden.«

»Leider.«

Suko kam herbei. Er hatte sich ein wenig umgeschaut, nickte Lady Sarah lächelnd zu und meinte: »Gleich wird hier der Teufel los sein. Der Pfarrer hat die Polizei und die Feuerwehr alarmiert. Sie sind bereits auf dem Anmarsch.«

»Keine Schaulustigen?«, fragte Mrs. Goldwyn.

»Wohl nicht. Die Menschen lagen alle in den Betten und haben kaum etwas mitbekommen, bis auf einen Zeugen, der uns zufällig über den Weg lief. Sonst hätten wir Sie nicht gefunden. Er ist praktisch Ihr Lebensretter.«

»War es ein Mann?«

»Ja.«

»Wo steckt er denn?« Lady Sarah schaute sich um.

»Ich habe ihn auch schon gesucht. Er ist verschwunden, nachdem er gegen unseren Wagen lief. Der Mann war völlig außer sich. Der Vorgang muss ihn unheimlich mitgenommen haben.«

»Was ich sehr gut verstehen kann«, erwiderte die Horror-Oma nickend. »Das alles war verdammt hart.«

Endlich kam ich dazu, mich zu bücken und das Buch nebst dem Kreuz aufzuheben. Beides behielt ich in der Hand. Ich schaute auf den Deckel, auf dem das Kreuz lag.

Jetzt waren sie zusammen. Ich besaß es und konnte vielleicht darangehen, das Rätsel zu lösen.

Es war ein seltsamer Augenblick in meinem Leben, wie ich dastand und auf die beiden so wichtigen Dinge schaute. Jahrelang hatte ich geforscht, um das Geheimnis des Kreuzes herauszufinden. Nur hier und da hatte es eine Andeutung gegeben, die allerdings immer so verschwommen war, dass man auf ein konkretes Ergebnis nicht hoffen konnte.

Und nun besaß ich das Buch. Und ich befand mich in keiner direkten Gefahr, das sei hinzugefügt. Es hielt sich niemand in der Nähe auf, der mir den wertvollen Fund abjagen wollte.

»Damit müssen Sie sich jetzt beschäftigen, John«, sagte die Horror-Oma, »ich habe die Nase gestrichen voll.«

»Das kann ich verstehen.«

»Kommen Sie denn damit klar?«

Ich hob die Schultern. »Es wird sich noch herausstellen.«

Wir hörten die Sirenen, sahen das Rotlicht, und wenig später strichen die Lichtlanzen der Scheinwerfer über den jetzt freien Platz, auf dem sonst die Kirche gestanden hatte.

Polizei und Feuerwehr waren alarmiert worden. Die Wagen hielten mit quietschenden Reifen, und bei den Polizisten handelte es sich um dieselben Männer, die auch den Einsatz vor Lady Sarahs Haus gefahren hatten. Sie wunderten sich natürlich, als sie Suko und mich erkannten.

Ich lächelte. »Wieder nichts, Freunde.«

»Falscher Alarm?«, fragte mich der Einsatzführer.

»Nein, aber Sie brauchen nicht mehr einzugreifen. Die Sache hat sich bereits erledigt.«

Der Mann nickte und senkte seinen Blick. Ich konnte mir denken, dass er frustriert war. Vielleicht fühlte er sich auch auf den Arm genommen. Deshalb legte ich ihm eine Hand auf die Schulter und sagte: »Machen Sie sich nichts daraus, es ist nicht Ihre Schuld.«

Er hob den Kopf und schaute mich an. Im Licht der Scheinwerfer schimmerte sein Gesicht bläulichweiß. »Kann ich Ihnen mal eine Frage stellen, Sir?«

»Natürlich!«

»Ich habe einiges von Ihnen gehört, Sir. Sie sollen sich mit übersinnlichen Dingen beschäftigen. Deshalb frage ich Sie, ob es stimmt, dass hier noch vor wenigen Minuten eine Kirche gestanden hat.«

»Ja, das stimmt.«

»Und jetzt ist sie weg?«

»Sehen Sie eine?«

Er schluckte. »Nein, das nicht, aber …« Er schlug sich gegen die Stirn und sprach nicht mehr weiter. Danach wandte er sich ab und ging wütend davon. Was er dabei sagte, verstand ich nicht. Für ihn aber schien eine Welt zusammengebrochen zu sein.

Dem Chef der Feuerwehrmannschaft erging es ähnlich. Nur wurde er ärgerlicher und redete von einem falschen Alarm und davon, dass der Mann, der ihn ausgelöst hatte, bestraft werden müsse.

Das wiegelte ich ab. Derjenige, der Feuerwehr und Polizei holte, hatte es nur gut gemeint.

»Und wenn wir woanders hätten löschen müssen?«

»Sie brauchten ja nicht. Zudem war es kein grober Unfug, von dem Sie gesprochen haben.«

Überzeugt hatte ich den Mann nicht. Knurrend zog er ab, seine Leute nahm er mit. Noch einmal war der leere Platz vom Lärm der anfahrenden Wagen erfüllt, danach herrschte Stille.

Eigentlich hatten wir hier auch nichts mehr verloren. Ich schaute Lady Sarah an. »Wohin soll ich Sie bringen? In ein Hotel? Zu …«

»Nein, nein, John, geben Sie sich keine Mühe und raten Sie nicht herum. Ich fahre nach Hause. Da können Sie mich absetzen.«

»Das geht nicht, Mrs. Goldwyn. Es sind zwei Fenster in Ihrem Haus zerstört …«

»Wer sollte mich schon stehlen?«

»Das sagen Sie so einfach. Schließlich sind Sie ein Mitwisser.«

Sie hob den Arm und auch den rechten Zeigefinger. »Der jetzt allerdings nichts mehr in der Hand hält. Keinen Trumpf der Magie. Was sollen die mit mir altem Weib schon anfangen? Wenn mich jemand im Dunkeln entführt, dann lässt er mich im Hellen wieder laufen.«

Suko und ich mussten beide lachen. Das war wieder typisch Lady Sarah. Die alte Dame ließ sich so leicht kein X für ein U vormachen. Da war sie recht resolut.

»Nein, mein Junge, ich habe eine andere Idee. Sie brauchen mich auch nicht nach Hause zu bringen. Ich werde woanders die Nacht verbringen.«

»Doch bei uns?«, fragte Suko.

»Nein, nein, bei einem Freund.«

Da war ich perplex. Lady Sarah wollte zu einem Freund. Etwas ganz Neues.

»Darf man denn den Namen erfahren?«, erkundigte ich mich grinsend.

»Schämen Sie sich, John. Wenn ich schon Ihr Gesicht sehe, dann erkenne ich hinter Ihrer Stirn die schmutzigsten Gedanken. Es ist nicht so, wie Sie es vielleicht annehmen. Ich werde bei einem Freund bleiben. Und dieser Freund ist der Pfarrer der Gemeinde. Schließlich trage ich einen Teil der Schuld daran, dass die Kirche verschwunden ist. Ich muss das dem Mann erklären und werde versuchen, so viel wie möglich gutzumachen. Klar?«

»Ja, ich habe verstanden.«

»Dann ist ja alles in Butter.«

Da war wirklich nichts zu machen. Wir kannten Lady Sarah. Was sie sich einmal in den Kopf gesetzt hatte, das führte sie auch durch. Sie hatte eben ihren eigenen Dickschädel.

Und der Pfarrer kam. Ich hatte ihn noch nie gesehen. Er war vielleicht ein wenig jünger als die Horror-Oma, rang verzweifelt die Hände und jammerte.

Es würde schwer für Sarah Goldwyn werden, ihm die Sache zu erklären. Sie stellte es geschickt an und riet ihm, doch erst einmal einen Whisky zu trinken.

»Aber nicht allein, Father, ich trinke einen mit.«

»Die Kirche, sie …«

»Sie wird wieder aufgebaut. Und ich trage mein Scherflein dazu bei, darauf können Sie sich verlassen.« Sie hakte sich bei dem Pfarrer unter und ging mit ihm weg. Uns warf sie noch einen Abschiedsblick zu, in dem auch Dankbarkeit für die Lebensrettung zu lesen war.

»Eine wirklich bemerkenswerte Frau«, stellte Suko fest. »So etwas ist einmalig.«

»Da sagst du was.«

»Und was tun wir?«

Bisher hatte ich Buch und Kreuz festgehalten. »Schlafen gehen auf keinen Fall. Ich will endlich wissen, was es mit dem Kreuz auf sich hat. Lange genug habe ich gewartet.«

»Du hast recht. Und wohin?«

»Am besten ins Büro. Nur keine Unschuldigen in Gefahr bringen. Ich schätze, dass uns in dieser Nacht noch einige Überraschungen bevorstehen.«

Mit dieser Prognose sollte ich mich nicht geirrt haben …

In einem Regen von Splittern war sie durch das Fenster gefallen und auf dem Hof gelandet. Ein Mensch hätte den Sprung kaum überlebt, doch Lady X zählte sich nicht dazu. Sie war ein Wesen der Nacht, eine Untote, eine Vampirin.

Federnd kam sie auf, ließ sich nach vorn fallen, rollte sich geschickt ab und stand.

Sie schaute sich nicht um, sondern lief sofort in den Schatten einer Hausrückfront. Dort nistete die Dunkelheit wie ein Tuch, das auch Lady X verdeckte.

Die Scott überlegte scharf. Sie hatte eine Niederlage erlitten, daran gab es nichts zu rütteln. Dabei gab sie nicht einmal John Sinclair so sehr die Schuld daran, sondern einem Wesen, das Lupina hieß und eigentlich hätte tot sein sollen.

Wieso lebte sie noch?

Darüber zerbrach sich die Scott verzweifelt den Kopf. Zu einem Ergebnis war sie nicht gelangt. Es musste irgendetwas eingetreten sein, das stärker als die Macht des Silbers gewesen war. Bei diesem Gedanken schaute sie auf ihre kurzläufige tschechische MPi, die sie seit einiger Zeit bei sich trug. Sie hatte die Waffe einem Killer abgenommen, mit dem sie damals, als es gegen Lupina ging, zusammenarbeiten sollte. Tonio Trent hatte der Mann geheißen. Ein arroganter Einzelgänger war er gewesen. Eine tödliche Blüte im Sumpf der Großstadt, und er hatte Lady X nicht ernst genommen. Die Vampirin musste ihn vom Gegenteil überzeugen, in dem sie sein Blut trank und ihn ebenfalls zu einem Geschöpf der Nacht machte.

Trent existierte nicht mehr, seine Waffe jedoch hatte Lady X als Andenken behalten.

Nur nutzte die ihr momentan auch nicht viel. Zudem traute sie dem Schießeisen nicht mehr so recht, seit sie erlebt hatte, dass Lupina noch lebte.

Sie hatte alles zerstört, und ihren alten Plan, eine Allianz der Werwölfe zu gründen, hatte sie ebenfalls nicht aufgegeben. Das störte Lady X ungemein, denn sie verfolgte ähnliche Pläne, nur eben mit einer Allianz der Vampire.

Wie sie es auch drehte, Lupina war ihr im Weg. Auch bei der Beschaffung des Buches.

Sieben Siegel der Magie. So lautete der Titel, und es gab wohl kaum eine Schrift, vor der man sich im Dämonenreich so fürchtete, das Buch der grausamen Träume vielleicht ausgeschlossen. Dies befand sich in den Händen eines anderen, eines Unerreichbaren und nicht im Besitz der Schwarzblüter.

Ein Kapitel nur steckte voller Brisanz. Es drehte sich um Sinclairs Kreuz. Bisher hatte der Geisterjäger das Kreuz sporadisch eingesetzt und auch zahlreiche Erfolge damit erzielt. Er hatte das Geheimnis noch nicht einmal ansatzweise gelüftet, aber wenn er einmal den Durchblick besaß, sah es finster aus.

Dann würde im Reich der Dämonen das große Zittern beginnen, und das musste Lady X verhindern, denn um eine Allianz der Vampire aufzubauen, durfte sie durch nichts gestört und abgelenkt werden. Deshalb der Burgfrieden mit dem Spuk.

Sie dachte auch an Xorron und Vampiro-del-mar, außer ihr die beiden letzten Mitglieder der Mordliga. Ob sie die beiden vielleicht in die Auseinandersetzung mit hineinziehen sollte?

Eine berechtigte Überlegung, doch sie sagte sich zu Recht, dass die beiden, wenn sie mitmischten, ein zu großes Aufsehen erregten. Nein, die konnte sie da lassen, wo sie waren. Jetzt musste schlau und listig vorgegangen werden, mit reiner Monstergewalt war da nicht viel zu erreichen.

Sie schaute hoch zum Fenster des Bads und sah dort einen Schatten. Der Geisterjäger, ihr Todfeind, bewegte sich im Raum.

Für einen Moment war sie versucht, zu feuern. Der Finger umspannte bereits den Abzug, doch sie ließ die Waffe sinken, denn die Umrisse des Mannes verschwanden.

Es würden sich noch andere Gelegenheiten ergeben, um Sinclair auszulöschen.

Sie wartete ein paar Sekunden ab und suchte dann einen Weg aus dem Hof.

An mehreren Hintertüren probierte sie es. Eine fand sie nicht verschlossen, die zog sie auf.

Wie ein Schatten tauchte Lady X in den dunklen Flur. Lautlos bewegte sie sich voran. Ihre Füße schienen den Boden kaum zu berühren. Im Haus war es still. Entweder schliefen die Bewohner, oder sie waren überhaupt nicht da.

Die Scott hatte eine Idee. An der Treppe blieb sie stehen. Das Haus war ähnlich gebaut wie das der Lady Sarah. Die Untote konnte die Stufen hochschauen und sah, dass sich die letzten im Dämmer verloren.

Hier würde sie kaum jemand suchen, das Versteck war gut, denn nun mussten erst neue Pläne geschmiedet werden.

Lady X entschloss sich schnell. Auf den Stufen nahm sie Platz, legte die kleine MPi über ihre angewinkelten Knie und griff dorthin, wo sich ihr Rücken befand.

Sie hob das Oberteil des Lederanzugs ein wenig an, sodass ihre Finger den Hosengürtel fanden. Hier hatte sie sich eine Spezialtasche annähen lassen, die kaum zu sehen war.

Aber in ihr steckte der Würfel des Unheils, eine Waffe, die ungemein gefährlich war. Sie übertraf die anderen bei weitem, vielleicht auch das Kreuz, sodass Lady X hoffte, den Würfel einmal dagegen einsetzen zu können.

Diesen weißlichblau schimmernden Gegenstand, der im Innern immer milchig wirkte, konnte man manipulieren. Er gehorchte dem jeweiligen Besitzer und produzierte das, was der Träger jeweils wollte.

Doktor Tod hatte damit seinen Todesnebel geschaffen. Lady X allerdings dachte da ein wenig spitzfindiger. Sie brauchte den Würfel für andere Zwecke, für Kontaktaufnahmen mit anderen Dämonen oder für einen Blick auf ihre Feinde, denn sie wollte immer darüber informiert sein, was die anderen gerade taten.

Sie nahm den Würfel in beide Hände. Zehn Finger presste sie gegen die Seiten, denn sie brauchte unbedingt einen Kontakt zum Spuk. Sie wollte sehen, was er unternahm, und sie konzentrierte sich wie selten in ihrem untoten Leben.

Innerhalb des Würfels wallte es auf.

Da bildeten sich Schlieren, Schwaden, die sich zu einem Nebel verdichteten. Lady X konzentrierte ihre Gedanken auf den Würfel, sie stellte sich den Spuk vor. Sie wollte ihn sehen, doch der Würfel reagierte nicht.

Er zeigte kein Bild.

Ein wütender Fauchlaut entrang sich dem Maul der Blutsaugerin. Wild schüttelte sie den Kopf, sodass ihre Haare flogen. So etwas war ihr noch nie passiert, bisher hatte sich der Würfel all ihren Wünschen gefügt, nun aber zeigte er sich verschlossen.

Dafür musste es einen Grund geben. Ob er vielleicht mit dem Buch oder Sinclairs Kreuz zusammenhing?

Kaum möglich. Normalerweise hatte sich der Würfel ihren Wünschen immer gefügt, und da hatte es das Kreuz auch schon gegeben.

Sie nahm einen zweiten Anlauf. So leicht gab sie nicht auf. Die Konzentration wurde so stark, dass sie fast wie ein Mensch reagierte und stöhnte.

Kein Bild.

Nur ein weißes, konturenloses, nebliges Gebilde, das die Seiten des Würfels einnahm.

Wie von selbst sanken die Arme der Vampirin nach unten. Sie fühlte sich schlecht, zwar nicht erschöpft, Vampire haben keine menschlichen Gefühle, aber irgendwie war es anders als sonst. Dass der Würfel nicht reagierte, damit hätte sie niemals gerechnet. Er hatte sich bisher über alles hinweggesetzt, was an Widerständen im Weg stand, und nun dies.

Ein schrecklicher Verdacht keimte in ihr auf. Sollte es John

Sinclair bereits gelungen sein, das Rätsel des Kreuzes zu lösen? Hatte er eine Gegenmagie eingesetzt?

Durchaus möglich, wenn auch nicht wahrscheinlich. Es war eine viel zu kurze Zeitspanne vergangen, zudem war auch der Spuk entschlossen, das Buch an sich zu nehmen.

Es schien ihm nicht gelungen zu sein …

Die Ungewissheit war für Lady X noch schlimmer. Sie fühlte sich in einem Vakuum und hätte liebend gern Kontakt mit dem Spuk aufgenommen, was nicht mehr möglich war.

Jetzt musste sie allein entscheiden. Eigentlich kein Problem, wenn sie nicht den Pakt mit dem Spuk geschlossen und vereinbart hätte, die Aktionen genau abzusprechen. Jeder sollte darüber informiert sein, was der andere tat.

Das war nicht mehr möglich.

Und dann glaubte sie, ein Geräusch gehört zu haben. Es war ein Schleifen, kaum zu vernehmen, aber ihre Sinne waren ganz auf Abwehr eingestellt.

Hinter ihr lauerte es …

Noch zwei Sekunden blieb Lady X sitzen, dann ließ sie den Würfel fallen, spritzte in die Höhe, riss die Maschinenpistole hoch und kreiselte herum.

Die Mündung wies auf eine schattenhafte Gestalt, die über ihr am Ende der Treppe stand.

Es war Lupina!

Das Buch und das Kreuz hatte ich nicht aus der Hand gegeben, denn ich ließ Suko fahren. Wir hatten meinen Bentley genommen, der Chinese wollte seine Maschine später abholen lassen.

Nun drängte die Zeit. Ich wollte endlich wissen, was es mit dem Kreuz für eine Bewandtnis hatte.

Ein Blick auf die Uhr zeigte mir, dass es schon fast Mitternacht geworden war. Ich jedoch fühlte mich aufgekratzt, als hätte ich zwölf Stunden Schlaf hinter mir. In den nächsten Stunden würde ich wohl kaum zu Bett gehen, andere Dinge waren wesentlich wichtiger.

Suko fuhr ruhig und gelassen. Von seinen Kopfschmerzen sprach er nicht. Ich hatte ihn danach gefragt, er winkte nur ab. Tabletten nahm er sowieso nicht, mein Freund wurde allein durch seinen starken Willen mit den Widrigkeiten fertig.

Dafür konnte ich ihn nur bewundern.

Natürlich mussten wir damit rechnen, unter Beobachtung zu stehen. Deshalb glitt mein Blick öfter als gewöhnlich durch die Fenster nach draußen. Er huschte auch in den zweiten Rückspiegel, immer darauf bedacht, irgendwelche Verfolger sofort zu entdecken.

Ich sah nichts.

Nur der normale nächtliche Autoverkehr begleitete uns. Suko fuhr sehr zügig. Die Sirene hatten wir nicht angestellt. Es war kein Einsatz, und ich wollte die Menschen nicht unnötig aus dem Schlaf reißen.

Wir kamen gut durch, und ich atmete auf, als wir fast die Victoria Street erreicht hatten.

»Wolltest du nicht Sir James informieren?«, fragte mich mein Freund und Kollege.

»Verflixt, das hätte ich fast vergessen.«

Es gab drei Möglichkeiten, wo ich unseren Chef erreichen konnte. Im Büro – er arbeitete oft länger –, zu Hause oder in seinem Club. Da versuchte ich es zuerst.

Die nasal klingende Stimme eines Clubangestellten meldete sich. Ich sagte meinen Namen und fragte nach Sir James.

»Ich weiß nicht, ob er …«

»Machen Sie keinen langen Zirkus!«, fuhr ich den Knaben an. »Oder glauben Sie, ich rufe nur an, um ihn nach der Uhrzeit zu fragen? Setzen sie Ihre Storchenbeine in Bewegung, Mensch.« Ich wurde wirklich sauer. So einer hatte mir noch gefehlt.

Es war ein Ton, der im Club nicht üblich war. Darum kümmerte ich mich nicht, und ich hatte Erfolg, denn der Typ beeilte sich wirklich.

Wenig später hörte ich meinen Chef. »Sie haben Glück gehabt, John, ich wollte gerade gehen.«

»Dann kommen Sie bitte ins Büro.«

»Ist es denn sehr wichtig?«

»Für mich ja. Es könnte sein, dass wir an einem entscheidenden Wendepunkt stehen.«

»Hm.« Sir James überlegte. »Hat es etwas mit Ihrem Treffen zu tun?«

»Ja.«

»Gibt es Lupina noch?«

»Auch das.«

»All right, ich komme.«

Als ich den Hörer auflegte, fragte Suko: »Der Alte war nicht begeistert, oder?«

»Er schien mir eher aufgekratzt zu sein.«

Suko lachte und lenkte den Silbergrauen auf den Parkplatz des Yard Building. Wir konnten uns die Flächen noch aussuchen, um diese Zeit war kaum etwas los.

Als wir das Gebäude betraten, begegneten uns zwei Kollegen von der Mordkommission. Sie führten eine Frau zwischen sich, deren Gesicht blutverschmiert war.

Ich stutzte, und einer der Kollegen sagte: »Sie hatten einen Ehestreit.«

»Und der Mann?«

»Tot«, meinte der andere Kollege lakonisch.

So schlimm es sich anhörte und sicherlich auch war, unsere Probleme waren dies nicht. Das Kreuz und das Buch hielt ich fest. Der Lift brachte uns hoch.

Auf dem Gang brannte nur noch die Notbeleuchtung, im Büro schalteten wir das Licht ein, und ich räumte den Papierkorb vom Schreibtisch, den die Putzfrau dort abgestellt hatte.

Dann ließen wir uns nieder.

Suko schaute mich scharf an, sodass ich zögerte, das Buch aufzuklappen. »Was hast du?«

»John, mal ehrlich, was weißt du über dein Kreuz? Wo stammt es eigentlich her?«

»Wenn ich das wüsste …«

»Aber du musst doch irgendwelche Anhaltspunkte haben, oder irre ich mich da?«

»Nein, eigentlich nicht.« Ich klopfte eine Zigarette aus der Packung und meinte: »Wir kannten uns damals schon, als die Sache in Rumänien passierte.«

»Die mit Draculas Neffen und dem alten Marek?«

»Genau die.«

Suko schlug sich gegen die Stirn. »Ich erinnere mich, da war irgendwas mit deinem Kreuz. Aber, zum Henker, ich habe es vergessen, wirklich.«

Ich nahm den ersten Zug und schaute dem Rauch nach, der langsam in Richtung Fenster wölkte. »Ja, es ist lange her, als ich Vera Monössy, die alte Dame, traf.«

»Von ihr hast du das Kreuz?«

»Ja.«

»Komm, erzähle, John. Wenn wir schon anfangen, dann von vorn. Vielleicht ist es wichtig, unter Umständen weist eine Spur in die Richtung, auch wenn wir gleich das Buch lesen.«

»Zuvor hole ich Kaffee und Tee.«

Ich ging zum Automaten, warf Geld in den Schlitz, drückte zwei verschiedene Knöpfe, sah, wie die Becher aus einem Loch rutschten und sich mit Kaffee und Tee füllten.

Beides war brühend heiß. Ich konnte die Becher nur mit den Fingerspitzen anfassen. Wie auf Eiern schritt ich den Weg zu unserem Büro zurück.

Ich musste am Lift vorbei und bemerkte, dass die Tür aufschwang. Heraus trat Sir James Powell. Seinen Sommermantel hatte er über den Arm gehängt, der Anzug saß korrekt, und die Augen hinter den dicken Brillengläsern funkelten.

»So wichtig scheint Ihr Fall doch nicht zu sein, wenn Sie hier Kaffee trinken.«

»Keine Sorge, Sir, aber diesen Kaffee haben wir uns verdient.«

»Da bin ich mal gespannt.«

Kaum im Büro angelangt, berichtete ich von den zurückliegenden Ereignissen. Ich setzte meinen Chef vollends ins Bild, und der hörte gespannt zu, wobei er immer auf das Buch schielte, dessen Deckel nach wie vor durch mein Kreuz verziert war.

»Es ist zwar kaum glaublich, was Sie mir da erzählt haben, John, aber ich habe mir abgewöhnt, nach logischen Erklärungen zu fragen, glauben Sie mir.«

»Manchmal ist es besser.«

»Und was gedenken Sie nun zu tun? Sie haben selbst erlebt, dass Sie eingekreist sind.«

»Leider, Sir, aber ich will unbedingt aus diesem Kreis wieder heraus, deshalb muss ich das Geheimnis des Kreuzes lüften.«

»Und das ist in diesem Buch verewigt?«

»Richtig, Sir. Das vierte Kapitel oder vierte Siegel beschäftigt sich mit dem Kreuz.«

»Haben Sie es gelesen?«

»Es geht nicht.«

»Eine fremde Sprache?«

»Leider.«

»Dann ziehen Sie einen Sprachwissenschaftler zu Rate.«

»Daran habe ich natürlich auch gedacht. Ich möchte den Mann aber nicht in Gefahr bringen, denn wir haben Ähnliches schon mal erlebt, wo die andere Seite hart und brutal zugeschlagen hat.«

»Das sehe ich ein.« Sir James schlug die Beine übereinander. »Wie wollen Sie dann vorgehen?«

»Das weiß ich noch nicht genau.«

Sir James' Blick war nicht eben freundlich. Er konnte es nicht leiden, wenn man keine Lösung wusste. Bevor er etwas sagte, begann Suko zu sprechen.

»John, du wolltest doch in der Vergangenheit anfangen. Vielleicht finden wir da einen Hinweis.«

»Was heißt das?«, fragte mein Chef.

Ich erklärte es.

»Dann bitte.«

Ich nickte, und meine Gedanken bewegten sich weit zurück. So weit, dass ich mich selbst im Geist als einen Polizeischüler sah, der nachts durch Soho ging, ein Gespräch belauschte, das zwei Männer führten, die eine Frau berauben wollten. Ich schlich den beiden hinterher und konnte den Raub verhindern.

»Die Frau hieß Vera Monössy«, begann ich, »und sie stand kurz vor ihrem Tod, als ich sie traf. Bevor sie allerdings starb, holte sie ein Kreuz hervor, das ich noch nie zuvor gesehen hatte, und sie erklärte mir, dass ich der Träger des Kreuzes sein sollte, denn sie habe es lange genug aufbewahrt.«

»Woher hatte sie das Kreuz?«, fragte mein Chef.

»Nun, das ist eine etwas längere Geschichte«, erwiderte ich.

»Für die wir uns ruhig Zeit nehmen sollten.«

»Wie Sie wünschen, Sir.« Ich räusperte mich. »Soviel ich weiß, soll das Kreuz aus Transsylvanien, im heutigen Rumänien, stammen. Wie alt es ist, konnte mir die Frau nicht sagen, und sie wusste auch nicht, wer es geschmiedet hat. Auf jeden Fall ein unbekannter Künstler, der sich mit schwarzer und weißer Magie auskannte. Vielleicht war es ein abtrünniger Dämon oder ein Weiser, da möchte ich mich nicht festlegen. Irgendwann kam das Kreuz nach Transsylvanien, zusammen mit einem Eichenpfahl. Beide Waffen waren ungemein stark. Ein Bollwerk gegen das Böse. Der Pfahl ging in den Besitz der Familie Marek über, das Kreuz geriet in Vergessenheit, weil die Mareks nur die Pfähler genannt wurden.«

»Blieb es denn in Transsylvanien?«, wollte mein Chef wissen.

»Erst einmal ja. Irgendwann wurde das Kreuz dann von einem Mönch gefunden. Dieser Mann musste die Bedeutung des Kruzifixes erkannt haben, denn er nahm es mit in ein Kloster. Sie kennen ja die Historie, Sir, es hat Kriege gegeben, und auch Klöster wurden nicht verschont. Das Kloster, in dem das Kreuz seinen Platz gefunden hatte, wurde bis auf die Grundmauern zerstört und niedergebrannt. Allerdings fand man das Kreuz nicht. Das wurde später von der Familie Monössy entdeckt. Einer der Vorfahren der Vera Monössy nahm es an sich und hatte einen Wahrtraum, mit dem er jedoch nichts anfangen konnte. Später gelangte es in die Hände der Vera Monössy, die aus Rumänien fliehen musste und nach London kam. Das Kreuz hatte sie mitgenommen, und bei ihr war es genau an der richtigen Adresse. Vera Monössy interessierte sich sehr für die Kräfte des Übersinnlichen, für schwarze als auch weiße Magie, und sie wusste Bescheid, was sie da in der Hand hielt. Sie führte eine weißmagische Beschwörung durch und nahm Kontakt mit einem Geistwesen auf, durch dessen Stimme sie erfuhr, dass dieses Kreuz für einen Mann namens John Sinclair bestimmt ist, der erst noch kommen und sein Leben in den Dienst des Guten stellen wird, wenn ich das mal so sagen darf.«

»Ist das alles?«, erkundigte sich Sir James.

»Fast.«

Der Superintendent runzelte die Stirn und strich seine Rockschöße glatt. »Weshalb haben Sie mir nie etwas davon gesagt?«

»Nun, ich dachte, es interessiert Sie nicht.«

»Natürlich interessiert es mich. Aber mehr wissen Sie nicht?«

»Kaum.« Ich hob die Schultern. »Natürlich habe ich geforscht. Das Kreuz stammt schließlich nicht aus Transsylvanien, wo es einmal gefunden worden ist. Es ist viel, viel älter. Nur ist mir nicht bekannt, wo ich es genau hinstecken soll. Eine Spur führt zu den Makkabäern, dieser Sekte, die mal in Kleinasien gelebt hat.«

»Ist aber eine sehr schwache Spur.«

»Da haben Sie recht, Sir.« Ich deutete auf das Buch. »Wahrscheinlich steht darin mehr.«

»Bitte, schauen Sie nach, John. Was hindert Sie daran, die Zeilen zu lesen?«

Ich zog das Buch an mich. Es schleifte über den Schreibtisch. In diesem Augenblick wurde mir bewusst, vor welch einer Entscheidung ich stand. Wenn ich das Geheimnis des Kreuzes erfuhr, konnte sich mein gesamtes bisheriges Leben ändern.

Ein grandioser, aber auch unheimlicher Gedanke, und meine Hände begannen zu zittern. So groß war die Nervosität, die mich gepackt hielt.

Vorsichtig nahm ich das Kreuz vom Umschlagdeckel und legte es neben das Buch.

Dann schlug ich es auf. Während ich das vierte Siegel suchte, sagte ich: »Es ist ja so, Sir: Ich möchte es gern lesen, nur gibt es da eine große Schwierigkeit.«

»Die wäre?«

»Sie wissen schon, die Sprache.«

»Klar, aber versuchen Sie es trotzdem!«

Ich blickte hoch und sah Sukos und Sir James' Augen auf mich gerichtet. Mein chinesischer Freund und Partner nickte mir auffordernd zu. Mach schon, John, sollte das heißen.

Das vierte Siegel hatte ich aufgeschlagen, blätterte um und sah die Abbildung meines Kreuzes.

Es versetzte mir einen Stich. Nur auf der rechten Seite war das Kreuz zu sehen. Es war haargenau meins, und über meinen Rücken lief ein Schauer. Ich hatte das Gefühl, an einer Nahtstelle der Historie zu stehen, so etwas wie Ehrfurcht überfiel mich, und ich traute mich kaum, umzublättern, damit der Text vor mir lag.

Meine Kehle war wie zugeschnürt. Noch immer konnte ich es nicht recht fassen, der Kaffee war längst kalt, auf meiner Stirn glitzerten Schweißperlen.

Ich schaute auf ein eng beschriebenes Blatt. Auch die Buchstaben waren andere, sie entstammten nicht der griechischen Schrift und auch keiner anderen mir bekannten. So etwas hatte ich noch nie gesehen.

Ich schüttelte den Kopf und sagte: »Tut mir leid, das hier kann ich nicht lesen.«

Schweigen entstand.

Suko schabte über sein Haar. Er meinte: »Wenn das Buch tatsächlich von den Makkabäern geschrieben worden ist, dann hätten sie sich auch der lateinischen Sprache bedienen können. Sie haben ja erst nach Beginn unserer Zeitrechnung existiert.«

Das stimmte. »Vielleicht haben sie ihre Gründe gehabt, die Botschaft zu verschlüsseln«, erwiderte ich.

»Du denkst daran, dass es kein anderer lesen sollte?«

»So ungefähr.«

»Blättern Sie mal weiter, John«, forderte Superintendent Sir James Powell.

Ich tat ihm den Gefallen, obwohl ich glaubte, dass ich damit nichts erreichte. Selten in meinem Leben habe ich mich so getäuscht wie in diesen Augenblicken.

»Mann!« Ich schrie auf. »Das ist es!«

»Was?« Sir James und Suko fragten es wie aus einem Munde.

Ich drehte das Buch herum, sodass auch sie mitlesen konnten. »Hier, seht, das ist eine lateinische Schrift.«

Jetzt wurden die Augen der beiden Männer groß. Sie schauten genau hin und mussten mir recht geben, was ihr Nicken auch bewies.

»Sagenhaft«, flüsterte Suko, »wenn das keine Überraschung ist.«

»Da hätten wir ja das Rätsel gelöst«, stellte Sir James fest.

Er war ein wenig zu optimistisch, denn als ich das Buch herumdrehte und mich näher mit der Schrift beschäftigte, stellte ich fest, dass mir die Schrift selbst zwar bekannt war, die einzelnen Wörter allerdings nicht.

Ich atmete hörbar ein. »Die Schrift kann ich lesen, Sir, ich weiß nur nicht, welchen Sinn die Sätze ergeben.«

»Lesen Sie doch mal laut vor.«

Der Sinn dieser Aufforderung war mir zwar nicht ganz klar, aber ich wollte meinem Chef den Gefallen tun. Also fing ich an.

Es war eine seltsame Sprache. Worte, die aus dumpf klingenden Silben wie »as« und »os« bestanden, aber auch aus Konsonanten, die aneinandergereiht waren, sodass ich mir beim Lesen fast die Zunge abbrach.

Eine Reihe schaffte ich. Und plötzlich zuckte etwas durch meinen Kopf. Auf einmal hatte ich eine Idee. Sie war wahnsinnig, verrückt, und doch nicht von der Hand zu weisen.

Abrupt hörte ich auf zu lesen und schaute hoch.

»Was ist los?«, fragte mein Chef.

»Sir«, flüsternd drang das Wort über meine Lippen. »Sir, ich weiß etwas über die Sprache ...«

»Wieso?«

»Als ich die Worte laut las, habe ich mich erinnert. Ich hörte sie schon einmal, nur mit einer anderen Betonung ...«

»Mann, John, spannen Sie uns nicht auf die Folter. Wo, zum Henker, haben Sie die Worte gehört?«

Leise erwiderte ich: »In Atlantis, Sir, im alten Atlantis …«

Lupina stand auf der Treppe, und Lady X, ihre Todfeindin, explodierte fast vor Wut.

Ihr Zeigefinger zuckte schon, sie wollte schießen, doch irgendetwas hielt sie zurück. Vielleicht ein letzter Rest von Vernunft, denn Lupina war trotz ihrer Feindschaft ein Schwarzblüter und stand auf Seiten der Dämonen.

Die Waffe von Lady X deutete nach wie vor auf die langsam die Treppe hinuntergehende Lupina, die sich allmählich aus dem Dunkel schälte und zwei Stufen vor Lady X stehen blieb.

»Hattest du schießen wollen?«, fragte sie.

»Ja, daran habe ich gedacht.«

»Es hätte keinen Sinn gehabt.«

Da sagte Lupina Lady X nichts Neues. Die Vampirin rätselte noch immer daran herum, wie so etwas überhaupt sein konnte. Es war einmalig, und vielleicht gab Lupina ihr eine Erklärung.

In den nächsten Sekunden sprach niemand. Die beiden Feindinnen standen sich in der Stille gegenüber und fixierten sich. Genau konnten sie sich nicht erkennen, denn es brannte kein Licht. Da es draußen ebenfalls dunkel war, fiel auch durch das Flurfenster nur ein schwacher grauer Schimmer.

Er ließ nur die Konturen der Schwarzblüter erkennen.

»Was willst du jetzt tun?« Lupina nahm den Gesprächsfaden wieder auf.

»Ich warte.«

»Aber nicht zu lange, denn Sinclair hat es geschafft und uns reingelegt.«

»Auch den Spuk?«

»Ja«, erwiderte Lupina. »Er hat das Buch nicht an sich bringen können, sosehr er sich auch bemühte. Sinclair war schneller.«

Lady X stieß einen drohenden Knurrlaut aus. »Dann ist alles verloren«, stellte sie fest.

»So rasch gibst du auf?«, höhnte die Werwölfin.

»Weißt du eine Lösung?«

»Unter Umständen. Denn eins ist sicher: Sinclair wird Schwierigkeiten haben, das Buch zu lesen. Es dauert seine Zeit, bis er die Texte entschlüsselt hat. Und diese Spanne müssen wir nutzen.«

»Wie?«

»Das könnten wir gemeinsam beschließen, Lady X. Aber wir sind ja Feinde, und da ...«

Als Zeichen des Friedens senkte die Scott den Waffenlauf. »Feinde hin, Feinde her, ich bin der Meinung, dass wir einen Waffenstillstand schließen sollten. Vergessen wir, was geschehen ist.«

Lupina lachte fauchend. »Ich soll vergessen, dass du mich getötet hast?«

»Damals musste das sein.«

»Weshalb?«

»Ich wollte die Mordliga retten, denn ich spürte, dass Morasso Unterstützung brauchte. Aber es ist alles anders gekommen. Es gibt ihn nicht mehr, ich habe die Führung über Vampiro-del-mar und Xorron übernommen und bin jetzt die Chefin.«

»Wie gut für dich, dass du meinen Namen nicht erwähnt hast«, sagte Lupina.

»Du gehörst nicht mehr dazu.«

»Das möchte ich dir auch geraten haben, denn ich bin mächtiger, verlass dich drauf.«

»Setzt du auf Orapul, deinen Sohn?«

»Auch.«

»Weshalb hast du ihn nicht mitgebracht, wenn er dich unterstützen kann?«

»Er ist hier!«

Die Vampirin zuckte zusammen. »Hier im Haus?« Als sie keine Antwort erhielt, drehte sie sich vorsichtig um. Die Antwort hatte ihr nicht gepasst. Sie war kampfbereit, hielt die kurzläufige Waffe fest und hatte den Mund leicht geöffnet, sodass ihre nadelspitzen Zähne hervorstachen. Entdecken konnte sie nichts. Trotzdem glaubte sie nicht, dass Lupina gelogen hatte. Dieses Wesen war sich seiner Stärke sehr wohl bewusst.

»Zeig ihn mir!«, zischte die Blutsaugerin.

»Willst du ihn wirklich sehen?«, fragte Lupina.

»Hätte ich sonst etwas erwähnt? Außerdem haben wir einen Burgfrieden geschlossen, wenn ich mich nicht irre.«

»Gut, aber mach dich auf etwas gefasst.«

»Mich kann so leicht nichts überraschen«, erwiderte die ehemalige Terroristin kalt.

Und doch wurde sie überrascht. Denn der Anblick, der sich ihr nun bot, war unglaublich …

Von diesem Land sprach man, wenn man anderen Angst einjagen wollte. Und dann auch nur im Flüsterton, denn es war ein Land, in dem ein Mensch nicht lange existieren konnte.

Eine Hölle aus Vulkanen, kochendheißer Lava, karstigen Bergen und keiner einzigen Pflanze.

Ein Land, das nicht sein durfte, das trotzdem existierte, irgendwo am Rande der Ewigkeit.

Und es war die Heimat der dämonischen Drachen.

Riesentiere, groß wie Urweltmonster, hielten das Land unter Kontrolle, in dem Wesen hausten, die mit dem Begriff Menschen oder Monster nicht zu beschreiben waren. Wer hier einfiel, der kam entweder freiwillig oder wurde als Verbannter hergeschickt, den die gewaltigen Drachen sofort töteten.

Anführer dieser Drachenhorde war Nepreno, ein gigantisches, schwarz-grünes, schuppiges Urwelttier, das die seltsam heiße Luft mit gewaltigen Flügelschlägen durchflog und seine Kreise zog.

Woher Nepreno stammte, wusste er nicht. Er war jedoch immer ein großer Diener der Dämonen gewesen, und vor allen Dingen deren Anführer hatten sich seiner Hilfe versichert.

Besonders einer – der Schwarze Tod!

Auf ihm war dieser Superdämon geritten, als er daranging, den Kontinent Atlantis zu vernichten. Nepreno hatte den Schwarzen Tod auf seinem Rücken getragen, war mit ihm durch die Dimensionen geflogen, um einer kultivierten Welt den Garaus zu machen.

Als sich dann das Geschlecht der Menschen auf der Erde ausbreitete, war er in der Versenkung verschwunden, aber nicht vergessen worden. Im Land der Drachen hatte er seine Heimat gefunden und wartete mit stoischer Geduld darauf, bis man sich wieder seiner erinnerte und er mit der gleichen Intensität zuschlagen konnte wie früher.

Dieser Tag war nahe.

Nepreno, das Urmonster, hauste in einer Höhle, die waagerecht wie ein Schacht tief in einen erloschenen Vulkan hineinstieß. In ihrer Größe erinnerte das Gewölbe an einen Dom mit immensen Ausmaßen, der von einem seltsam pulsierenden, grünlichen Licht erhellt wurde. Das Licht drang aus den Wänden, von der Decke und vom Boden hoch. Es schien, als wären Millionen von grünen, winzigen Glühlampen angezündet worden.

Diese Höhle war das Lager des Drachen. Hier hauste er, hier ruhte er sich von seinen Flügen aus, und hierher kehrte er immer wieder zurück. Manchmal auch mit einer Beute, die er zerstückelte.

Sein Kopf war gewaltig. Hell schimmerten die gewaltigen Hauer in beiden Kiefern. Die Augen stachen aus der Schuppenhaut hervor wie große Kugeln, und hinter dem Kopf, wo der Hals begann, wuchs ein seltsamer Kamm hoch, dessen Einzelteile die Form von Dreiecken besaßen.

Klappte der Drache sein Maul auf, konnte er eine gewaltige, rot schillernde Zunge hervorschnellen lassen, die sich wie eine Peitsche ringelte, dabei mit einer klebrigen Masse bedeckt war und all die Opfer heranholte, die sich in unmittelbarer Reichweite befanden.

Meist lag Nepreno in der Nähe des Höhleneingangs, damit

er beobachten konnte, was draußen vor sich ging. Im Hintergrund der Höhle, fast schon an dessen Ende, befand sich das, wovor die in diese Welt geschleppten und gefangenen Wesen am meisten Furcht hatten.

Ein heidnischer Altar.

Ein Opferaltar, zu dem vier breite, hohe Stufen hinaufführten. Wer auf diesem Altar lag, sah keinen Ausweg mehr aus der Klemme. Der wurde von Nepreno gefressen, verschluckt und verschwand für alle Zeiten von der Bildfläche.

Lange hatte Nepreno kein Menschenopfer mehr erhalten. Seit dem Ende des Schwarzen Tods war er sowieso völlig in Vergessenheit geraten. Die Zeiten über vegetierte er dahin, ihn dürstete nach Blut, er wollte Menschen, doch er konnte dieses Land, das nicht sein durfte, nicht verlassen.

Er musste hierbleiben, war auf die Gnade anderer angewiesen, die ihm hin und wieder Jagdbeute verschafften.

Nur eins hatte er sich bewahrt.

Seine Führungsrolle. Er war der Herr der Drachen, die anderen gehorchten ihm, und wer sich ihm entgegenstellte, der wurde erbarmungslos vernichtet.

Eine Zeit gab es hier nicht. Sie spielte keinerlei Rolle, ebenso wenig wie Tag und Nacht.

Doch irgendwann erreichte ihn der Ruf …

Er war soeben von einem Rundflug über das trostlose Land zurückgekehrt, als der unendlich ferne Ruf ihn aufhorchen ließ.

»Komm aus deiner Höhle, Nepreno!«

Die Stimme kannte er. Sie gehörte einem Mächtigen, der über ein gewaltiges Reich gebot, zu dem auch das Drachenland irgendwie zählte, obwohl hier nicht die Seelen der getöteten Dämonenversager vegetierten. Aber der Mächtige hatte zu befehlen, und wehe dem, der seinem Ruf nicht folgte. Er wurde getötet.

Der Körper des Drachen spannte sich. Nepreno öffnete sein Maul. Wie eine Peitsche schlug die lange Zunge daraus hervor und klatschte gegen die Felswand dicht neben dem Eingang der Höhle.

Mit trägen Bewegungen schob sich der Drache aus dem riesigen Loch. Er schaute nach unten in die pflanzenlose, karstige Ebene, wo kein Flecken Grün das Graubraun der Erde aufhellte und die fast die gleiche Farbe hatte wie der Himmel, sodass ein Horizont nicht zu erkennen war und alles ineinander überging.

Vor der Höhle begann ein Plateau. Gerade so groß, dass Nepreno darauf stehen und seine Flügel halb ausbreiten konnte. Er tat dies auch und stieß sich gleichzeitig ab.

Der Riesendrache segelte über den Rand, fiel zuerst wie ein Stein nach unten, breitete dann seine immens großen Flügel aus und schwebte davon.

Er hörte die Stimme deutlicher, sie klang rechts von ihm auf, sodass er die Richtung seines Fluges verändern musste.

Da sah er den Schatten.

Und nun wusste er genau, wer ihn gerufen hatte und dass er keiner Täuschung erlegen war.

Der Spuk!

Nepreno hütete sich, diesem Ruf nicht Folge zu leisten, es hätte seine Vernichtung bedeuten können. Aus diesem Grunde bewegte er seine gewaltigen Schwingen noch schneller und eilte zu dem konturenlosen Dämon, der wie ein Schatten über dem Land lag.

Man konnte den Schatten kaum beschreiben. Er war nicht zwei- und auch nicht dreidimensional, er war einfach vorhanden, und er hatte diesmal auch nicht die Umrisse eines Kapuzenmenschen angenommen. In dieser Welt brauchte er das nicht, da genügte seine Existenz, die das Land noch düsterer machte, als es ohnehin schon war.

Als Nepreno glaubte, nahe genug heran zu sein, verharrte er in der Luft stehend. Er schlug nur ein wenig mit den Schwingen, ähnlich einem Menschen, der sich nur durch Wassertreten an der Oberfläche hielt.

Und so lauerte er.

Dann ertönte die Stimme. Es war ein Grollen, ein Donnern, das selbst Nepreno erschreckte und die anderen Drachen hastig davonfliegen ließ. »Du hast lange warten müssen, Drache des Schwarzen Tods, aber jetzt ist deine Zeit angebrochen.«

»Ich höre, Spuk!«

Beide Wesen konnten sich verständigen. Dies geschah durch die schwarze Magie, die in dem Land, das nicht sein durfte, allgegenwärtig war.

»Der Schwarze Tod ist nicht mehr, aber der Mann, der ihn vernichtet hat, existiert noch. Er heißt John Sinclair, ist ein Mensch und zudem dabei, immer mächtiger zu werden. Ihm ist etwas in die Hände gefallen, das er auf keinen Fall behalten darf. Ich werde dafür sorgen, dass es ihm abgenommen wird, und ich werde es in deine Höhle bringen, damit du es bewachen kannst. Nicht nur das Buch, auch dieser Mensch soll in dem Land, das nicht sein darf, verschwinden. Für alle Zeiten, deshalb übergebe ich ihn dir als Opfer.«

»Wann?«, fauchte der Drache. »Wann bekomme ich den Mann, der den Schwarzen Tod vernichtet hat?«

»Bald«, erwiderte der Spuk, »sehr bald …«

Ich wusste nicht, was in den Köpfen der beiden anderen vorging, in meinem allerdings überschlugen sich die Gedanken. Es war ein völliges Durcheinander, ich wusste überhaupt nicht mehr, woran ich war, aber über allem Wirrwarr schwebte die Vorstellung an ein fantastisches Abenteuer, das ich in Atlantis kurz vor dessen Untergang erlebt hatte.

Durch einen unglückseligen Zufall war ich in diese seltsame Welt verschlagen worden, hatte dort die Feindschaft zwischen Myxin und dem Schwarzen Tod erlebt und war dabei gewesen, als der Kontinent zerrissen wurde.

Auch hatte ich die Menschen dort kennengelernt. Karas Vater, den alten Delios. Ich hatte mit ihnen gesprochen, sogar in der alten Sprache, und jetzt war die Erinnerung wieder da.

Mein Gott, die Sprache der Atlanter!

Mir wurde schwindlig, als ich darüber nachdachte, und die

einzelnen Buchstaben auf der Seite verschwammen vor meinen Augen. Sie wurden zu Wellenlinien, sodass ich nicht mehr in der Lage war, auch nur ein Wort zu lesen.

Ich war einfach überwältigt. Dass Sir James und Suko miteinander sprachen, hörte ich wohl, doch verstand ich nicht, was sie sagten. Zwischen ihnen und mir schien sich eine Wand aufgebaut zu haben.

Atlantis!

War damit das Land gemeint, das nicht sein durfte? Nein, kaum. Atlantis hatte es gegeben, sein Erbe spürten wir. Es musste ein anderes Land dahinterstecken.

»John, was ist mit Ihnen?« Sir James sprach mich an. Jetzt verstand ich ihn, aber ich wollte nicht reagieren, sondern noch in meiner Traumwelt bleiben.

Bis Suko eingriff. Er legte mir seine Hand auf die Schulter und rüttelte mich. »Verflixt, John, komm zu dir.«

Da schaute ich auf. »Sorry«, sagte ich, »aber es hat mich zu sehr mitgenommen, dieses Wissen um die alte Sprache …«

»Kann es sein, dass dein Kreuz aus Atlantis stammt?«

»Kaum, es ist nicht so alt …«

»Aber es muss eine Verbindung geben«, stellte Sir James fest. »Zwischen dem Kreuz, Atlantis, Ihnen …«

Ich schüttelte den Kopf. »All right, Sir, ich widerspreche nicht. Bevor wir uns jedoch in Spekulationen ergehen, müssen wir Hilfe herbeiholen. Allein schaffen wir es nicht, den Text zu entschlüsseln.«

»Und wer soll uns helfen?«

Suko nahm mir die Antwort vorweg. »Da gibt es nur eine, die diese alte Sprache versteht: Kara, die Schöne aus dem Totenreich.«

Sir James hieb mit der flachen Hand auf meinen Schreibtisch. »Da haben Sie recht. Aber wie kann man sie erreichen?«

»Das ist das Problem«, erwiderte ich. »Sie und Myxin wollten unbedingt ihre eigenen Wege gehen und zu zweit die Welt der Schwarzblüter bekämpfen.«

»Das ist ja Unsinn«, widersprach Sir James.

»Aber nicht zu ändern.«

Unser Chef stand auf. Er wanderte bis zum Fenster und blieb dort stehen. Nachdem er eine Weile hinausgeschaut hatte, drehte er sich um. »Wie viel Zeit bleibt uns noch?«

»So viel wie keine.«

»Dann lassen Sie sich etwas einfallen, John.«

Ich schaute auf das Kreuz und sah mir das Buch an. »Wenn das so einfach wäre, Sir. Wie gesagt, ich brauche die beiden unbedingt. Nur sie können mir einen Hinweis geben, wie ich das Kreuz in Zukunft einzusetzen habe, indem sie den Text übersetzen.«

»Wir könnten es vielleicht wieder über Tanith versuchen«, bemerkte Suko. »Wie schon einmal, als du dich im Zentrum des Schreckens befunden hast. Viel konnten wir da zwar auch nicht erreichen, aber heute sieht die Sachlage anders aus.«

»Wie denn?«, fragte Sir James.

»Wenn es um Atlantis geht, ist Kara selbst betroffen«, erklärte der Chinese. »Sie wird sich an ihr früheres Leben erinnern und uns aufklären.«

»Das ist ja alles verständlich. Nur müssen wir sie haben.« Sir James begann zu wandern. Plötzlich blieb er stehen. »Und wie sieht es mit diesen Flammenden Steinen aus?«

»Die stehen in Wales.«

»Wo da genau?«

Ich antwortete jetzt an Sukos Stelle. »Keine Ahnung, Sir. Wir waren ein paarmal da, doch den genauen Ort haben uns die beiden nie genannt. Tut mir leid.«

»Es ist noch vieles unvollkommen«, stellte der Superintendent leicht bissig fest.

»Das wissen wir, Sir.«

»Dann ändern Sie es, verflixt. Sie haben das Kreuz und das Buch in der Hand. Sie besitzen den Schlüssel zu einer anderen Welt. Schließen Sie die Tür endlich auf. Egal wie.«

Ich konnte meinem Chef keine Antwort geben und schwieg lieber. Bis Suko fragte: »Hat Myxin seine Fähigkeiten nicht inzwischen zurückbekommen, John?«

»Ja …«

»Er beherrschte doch die Telepathie und die Teleportation. Vielleicht könntest du, wenn du dich voll auf ihn konzentrierst, durch Gedankenübertragung versuchen …«

Ich schaute ihn so scharf an, dass er verstummte und beide Hände hob. »War ja nur ein Vorschlag.«

»Aber ein guter«, erwiderte ich. »Verdammt, das versuchen wir. Ich konzentriere mich auf Myxin. Man kann wirklich nur diesen einen Versuch wagen. Jeder Mensch hat eine Körperausstrahlung, sein Od. Und Myxin ist sensibel genug, er müsste den Ruf vernehmen.«

»Versuchen Sie es, John«, sagte Sir James, der uns zugehört hatte. »Meinen Segen haben Sie.«

Auch Suko nickte mir noch einmal auffordernd zu, und ich wagte es. Das Buch schob ich dabei zurück, damit ich Platz hatte, um mein Kreuz in die Hand zu nehmen. Es sollte der Vermittler zwischen uns beiden sein, die gedanklichen Wellen vielleicht verstärken und uns zusammenführen.

Ich wusste, welch eine schwere Aufgabe da auf mich wartete, doch ich konnte mich vor der Verantwortung nicht drücken.

Ich nahm mein Kreuz. Genau schaute ich es mir an, und besonders blieb mein Blick an den beiden Buchstaben J und S haften. John Sinclair! Dann sah ich die Insignien der vier Erzengel. Auch sie mussten mit dem Kreuz zu tun haben, hatten es geweiht und es den Makkabäern überlassen, oder war es anders?

Ich merkte, dass es mir sehr schwerfiel, mit den Gedanken bei der Sache zu bleiben, denn sie wollten immer wieder abschweifen und sich mit dem Kreuz beschäftigen.

Suko und Sir James zogen sich zurück. Sie blieben nahe den Bürofenstern stehen, wobei sie in den Raum und auf mich blicken konnten.

Myxin und Kara!

Sie sollten uns helfen. Und diese beiden musste ich einfach erreichen. Der kleine Magier konnte mich bestimmt hören, er war ein Telepath, hatte seine alten Kräfte zurückgewonnen, und relativ gesehen konnte er Berge versetzen.

Ich glaubte fest an den Erfolg.

Wie von selbst schlossen sich meine Augen. Ich musste diesen Vorhang über mein Blickfeld legen, damit ich von keinen äußeren Einflüssen abgelenkt wurde.

Ruhe, Konzentration …

Schon des Öfteren hatte ich an Experimenten teilgenommen, die von Psychologen geleitet wurden. Sie hatten versucht, ihre Patienten in Tiefenhypnose zu versetzen, es auch geschafft und aus ihnen die unwahrscheinlichsten Informationen herausgeholt.

So etwas wie eine Tiefenhypnose musste auch ich erringen, mein Geist sollte sich zwar nicht vom Körper lösen – das schaffte ich nie –, aber Myxin sollte wie ein Empfänger reagieren und meine gedanklichen Ströme verstehen.

Die Welt um mich versank. Ich hatte es geschafft und alle äußeren Einflüsse ausgeschaltet, dachte nur noch an Myxin und an Kara. Die Ruhe um mich herum tat gut. Niemand störte mich, selbst Sir James und Suko hielten den Atem an.

Ich fühlte das Kreuz zwischen meinen Händen und nahm es ebenfalls in den Gedankenkreis mit auf. Es sollte mir keine Antwort geben, aber es musste eine Brücke zwischen mir und dem kleinen Magier schlagen.

Mir gehörte das Kreuz! Nur mir. Ich war der Erbe, es gehörte zu mir, kein anderer durfte es nehmen, und es musste mir einfach aus der Klemme helfen.

Meine Gedanken wurden frei. Ich spürte zwar keine Leere im Kopf, dennoch ein sehr seltsames Gefühl. Irgendwie beschwingt, leicht, wie auf Flügeln liegend, ohne die Äußerlichkeiten wahrzunehmen.

In Gedanken formulierte ich den Namen des kleinen Magiers. Ich rief ihn an, konzentrierte mich nur auf ihn und auch auf die Flammenden Steine, so hoffte ich, Myxin und Kara zu finden.

Würde sie mein verzweifelter Ruf erreichen?

Zeit war für mich bedeutungslos geworden. Mir war es egal, ob ich nun eine Stunde hinter dem Schreibtisch saß oder einen halben Tag. Ich wollte nicht eher aufhören, bis ich es geschafft hatte oder vor Erschöpfung zusammenbrach.

Suko behielt immer ein Auge auf seinen Freund. Er sah den Schweiß auf der Stirn des Geisterjägers und spürte fast selbst körperlich die ungeheure Konzentration.

»Er muss es schaffen!« Die Stimme des Superintendenten war nicht mehr als ein Hauch.

Suko nickte stumm.

Ich hatte meine Umwelt inzwischen vergessen und widmete mich nur der eigentlichen schweren Aufgabe.

Da spürte ich etwas!

Täuschung, Einbildung, Wahrheit? Ich hatte das Empfinden, als würden meine Gedankenströme irgendwie gestoppt. Obwohl ich die Augen geschlossen hielt, sah ich plötzlich ein Bild vor mir.

Den kleinen Magier, der vorübergebeugt zwischen den hohen Steinen stand und sich langsam umdrehte, um Kara, die Schöne aus dem Totenreich, anzuschauen.

Myxin bewegte sogar seine Lippen, er sprach mit Kara, die zusammenzuckte und nach dem Schwert mit der goldenen Klinge griff.

Eine Einbildung von mir? Oder ein Wahrtraum? Vielleicht, denn im nächsten Augenblick verlöschte das Bild, weil sich ein anderes darüberschob. Ich sah ein riesiges Tier vor mir schweben. Seine Umrisse waren so gewaltig, dass ich sie nicht erfassen konnte. Wer das Untier war, konnte ich nicht sagen, ich empfand nur eine schreckliche Bedrohung, die so stark wurde, dass ich aufstöhnte, denn ich merkte gleichzeitig, wie sich das Kreuz zwischen meinen Fingern erwärmte.

Urplötzlich riss der Faden.

Jetzt war alles aus. Schlagartig befand ich mich wieder in der Gegenwart. Ich sah mein Büro, Sir James und Suko, die neben den Fenstern standen und mich anschauten.

Ihre Gesichter waren bleich, in den Augen leuchtete Hoffnung, dann glitt mein Blick auf das Kreuz, und ich glaubte, ein schwaches Leuchten zu sehen.

Noch lastete Schweigen innerhalb des Raumes, bis Sir James fragte: »Hat es geklappt?«

Ich gab keine Antwort, sondern ließ mich auf dem Stuhl zurückfallen, nachdem ich das Kreuz wieder auf seinen Platz auf dem Buch gelegt hatte.

»John, was ist?« Suko drängte.

Ich wischte mir den Schweiß von der Stirn. Noch immer hatte ich unter den Nachwirkungen zu leiden, dann hob ich die Schultern und schüttelte den Kopf.

»Ich weiß es nicht.«

»Hatten Sie denn Kontakt?«, wollte Sir James wissen.

»Ich – glaube ...« Auf einmal verspürte ich Durst, sah, dass noch kalter Kaffee im Becher schwamm, und trank ihn leer.

»Hat man Ihnen geantwortet?«

»Es war so weit weg, Sir James. So verdammt weit und schwer. Ich kann Ihnen da wirklich nichts sagen.«

»Wir müssen warten«, meinte Suko, womit er völlig recht hatte. Wenn die beiden wirklich meine Nachricht empfangen hatten, so dauerte es noch seine Zeit, bis sie auftauchten, denn auch Kara musste erst ihre Beschwörung durchführen, um die Entfernung zu überbrücken.

Meinem Chef sah ich an, dass er sich nicht eben glücklich fühlte. Ihm passte die Sachlage nicht, aber was wollten wir tun? Das weitere Geschehen lag nicht in unseren Händen, da mussten andere Kräfte ausgespielt werden.

Es vergingen Minuten.

»Soll ich noch etwas zu trinken holen?«, erkundigte sich der Inspektor.

»Meinetwegen.«

Suko wollte schon gehen, als es an die Tür klopfte. Wir zuckten zusammen.

»Ja, was ist?«, rief Sir James.

Die Tür wurde aufgedrückt, und ins Büro traten Kara und Myxin!

Vor den Augen der Lady X spielte sich eine Szene ab, die tatsächlich ihr Fassungsvermögen überstieg. Und das sollte bei der ehemaligen Terroristin schon etwas heißen.

Lupina bewies ihr, wie sie ihren Tod überstanden hatte. Ihre Gestalt veränderte sich auf eine unheimliche Art und Weise. Es war ein lautloser Prozess, unheimlich und doch auf eine gewisse Art und Weise von einer makabren Faszination.

Das braune Fell der Lupina nahm einen anderen Glanz an. Dabei dunkelte es noch nach, sodass Lady X plötzlich ein schwarzes Fell vor sich sah.

Auch der Kopf hatte seine Form nicht behalten. Seine Umrisse änderten sich, er wurde wesentlich größer, die Schnauze noch länger, ebenso die Pranken.

Unter dem Schädel befand sich eine dichtere Halskrause aus weichem Fell, und aus dem größer werdenden Maul drang ein drohendes Knurren.

Lady X stand wie gebannt. Sie konnte es kaum fassen. Ihre Lippen bewegten sich, schoben sich vor und zurück, sodass ihre Zähne mal zu sehen waren, dann wieder nicht.

Nein, das war nicht mehr Lupina, die da vor ihr stand, sondern ein anderes Wesen.

Aber eines, das sie kannte, auch schon gesehen hatte, denn sie sah nicht mehr die Königin der Wölfe, sondern deren Sohn.

Vor ihr stand Ernest Orapul!

Oder auch Luparo, wenn man den Namen von hinten las.

Lady X war geschockt. Das bewies der Stöhnlaut, den sie ausstieß. Damit hatte sie auf keinen Fall gerechnet, für sie war es eine böse Überraschung, und ihr war klar, was das zu bedeuten hatte. Lupina und Orapul waren eine Lebensgemeinschaft eingegangen. Zwei Personen in einer. So lautete des Rätsels Lösung. Es gab nicht mehr nur Lupina und auch nicht nur Orapul, die beiden waren jetzt eins.

Nie hatte Lady X damit gerechnet. Es war eine unbewusste Bewegung, vielleicht auch eine Geste der Hilflosigkeit, als sie die Maschinenpistole anhob und auf die höher stehende Gestalt zielte.

»Wage es nicht!«, sagte eine fremde Stimme. »Wage es nur nicht. Es würde dein Ende bedeuten!«

Was Lady X sonst nie getan hätte, das tat sie jetzt. Die Mündung der Waffe senkte sich und deutete zu Boden.

»Verstehst du nun?« Lupina sprach mit der Stimme ihres Sohnes.

»Nein ...«

»Dann will ich es dir erklären. Du hast mich erschossen, mich, Lupina. Doch du hast nicht damit gerechnet, dass es zwischen den Werwölfen eine ungemein starke Verbindung gibt. Wir Wölfe sind in der Lage, einen Seelenaustausch durchzuführen. Das ist bereits bei einer Frau gelungen, die zu John Sinclair gehörte. Auch die Seele der Nadine Berger ist in den Körper eines Wolfs gelangt. Du und auch die anderen haben die Macht der Werwölfe immer unterschätzt. Ich weiß, dass wir die Menschheit überleben werden, denn im Untergrund haben wir uns weiterentwickelt. Schon vor langer Zeit sind es die Wölfe gewesen, die niemand hatte ausrotten können. Sie haben sich den Bedingungen angepasst, aber trotzdem ihre Wildheit nicht verloren. Und über allem wacht Fenris, der Götterwolf. Seine Magie machte es möglich, dass so etwas geschehen konnte. Lupina allein ist tot, vernichtet, aber sie lebt weiter im Körper ihres Sohnes, und wir sind in der Lage, uns zu verwandeln. Einmal steht Orapul vor dir, dann wieder Lupina. Willst du mich jetzt sehen?«

»Ja«, hauchte Lady X.

»Dann bitte.«

Im nächsten Augenblick lief die Verwandlung wieder rückwärts ab. Aus Orapul wurde Lupina, und Lady X blieb nichts anderes übrig, als nur mit großen Augen zu schauen.

Es war ungeheuerlich, was sie da erlebte. Schwarze Magie in höchster Potenz. Sie konnte es kaum begreifen und erst recht nicht erklären, sie musste sich damit abfinden.

Wie einen Geist starrte sie Lupina an, die da im Halbdunkel des Treppenhauses stand.

»Alle haben die Wölfe unterschätzt«, flüsterte Lupina. »Die

Menschen und auch du, Lady X. Und alle werden sich noch wundern, wenn ich zusammen mit meinem Sohn zuschlage.«

»Jetzt kann ich verstehen, dass du nicht mehr bei Solo Morasso bleiben wolltest«, sagte Lady X.

Lupina lachte.

»Was war er denn schon? Ein Nichts, ein aufgeblasener Fant. Er hat sich die Macht genommen, die ihm nicht zustand. Ich habe es sehr schnell bemerkt, und auch die Tatsache, dass er Asmodina vernichtet hat, führe ich nicht auf seine Kraft oder sein Können zurück, das war einfach Glück.«

»Möglich.«

»Du hast selbst erlebt, dass er sich kaum wehren konnte, als es hart auf hart ging. Jetzt ist er vernichtet, und seine Rache war ebenfalls ein Schuss ins Leere. Er hat seinen Feind John Sinclair nicht besiegen können, das war nicht möglich, da der Geisterjäger ihm immer einen Schritt voraus war.«

»Und jetzt?«, fragte Lady X, als sie die Überraschung einigermaßen überwunden hatte.

»Müssen wir uns das Buch holen!«

Die Vampirin schüttelte den Kopf. »Nein«, sagte sie. »Das werden wir kaum schaffen.«

»Was sollte uns hindern?«

»John Sinclair selbst.«

Die Königin der Wölfe winkte ab. »Ich gebe zu, dass auch ich einen Fehler gemacht habe, wir hätten uns vielleicht doch vorher verbünden sollen, ich aber wollte, dass du mit Sinclair zusammentriffst und ihr euch gegenseitig auslöscht, sodass ich die lachende Dritte gewesen wäre. Leider hat mein Plan nicht funktioniert, aber noch ist nichts verloren. Bei einem zweiten Anlauf werden wir es schlauer beginnen.«

»Du vergisst den Spuk.«

»Nein, den habe ich nicht vergessen. Nur wird er das Buch auch nicht besitzen.«

»Was macht dich so sicher?«

»Wenn er es hätte, dann hätte er es uns längst gezeigt, das ist sicher.«

»Lupina hat recht!«

Beide Wesen wurden von der Stimme überrascht, die hinter und unter ihnen im dunklen Hausflur aufgeklungen war. Sehen konnten sie nichts, da die düstere Gestalt des Spuks von der Finsternis verschluckt wurde.

Scharf drehte sich Lady X um. »Du hast das Buch also nicht.«

»Nein, Sinclair war um den Bruchteil einer Sekunde schneller.«

»Wie konnte das geschehen?«, fragte Lupina. »Du bist ein Schatten und schnell wie ein Gedanke …«

»Er hat das Kreuz!«

Als Lady X diese Antwort hörte, knirschte sie vor Wut mit ihren Zähnen. »Immer wieder das Kreuz!«, stieß sie hervor. »Er bereitet uns jetzt schon so große Schwierigkeiten. Was wird erst werden, wenn Sinclair die Geheimnisse enthüllt?«

»So weit dürfen wir es nicht kommen lassen.«

»Dann tu etwas!«

»Das habe ich bereits. Ich war im Land, das nicht sein darf, und habe dort ein Versteck für das Buch gefunden. Es ist die Höhle des Nepreno.«

»Und wer ist das?«, fragte Lupina.

»Der König im Land der Drachen. Es ist das riesenhafte Ungeheuer, das dem Schwarzen Tod als Reittier diente, während er noch über einen großen Teil des Kontinents Atlantis herrschte. Die großen Alten haben den Schwarzen Tod erschaffen, sie erschufen Nepreno, und ihm habe ich gesagt, wer in sein Land kommt. Er freut sich, denjenigen kennenzulernen, der die Schuld an der Vernichtung des Schwarzen Tods trägt.«

»Noch ist Sinclair nicht da.«

»Ich weiß, aber wir werden ihn holen.«

»Weißt du, wo er sich aufhält?«

»Ja.«

»Können wir dir helfen?«, fragte Lupina.

»Ihr könnt mir nicht helfen, ihr müsst es sogar. Diesmal kommt er nicht aus der Falle heraus, und auch das Buch mit den sieben Siegeln bleibt in unserer Hand.«

Damit waren Lady X und Lupina restlos einverstanden. Sie mussten nur noch überlegen, wie sie den Geisterjäger in die Falle locken konnten …

Meine Augen wurden kugelrund vor Überraschung. Bevor ich etwas sagen konnte, musste ich erst einmal schlucken. »Myxin, Kara«, flüsterte ich, »verdammt, seid ihr es wirklich?«

»Wer sonst?« Myxin lächelte.

»Dann hast du meinen Ruf gehört?«

Er nickte ernst. »Ja, das habe ich. Und es zeigt mir, dass ich meine Kräfte zurückgewonnen habe, denn vor Kurzem hättest du das nicht geschafft, Geisterjäger.«

»Das glaube ich auch«, murmelte ich und schüttelte den Kopf, weil ich es noch immer nicht fassen konnte.

Während Myxin Sir James und Suko zunickte, trat Kara vor und blieb an meinem Schreibtisch stehen. Sie sah das Kreuz und auch das Buch. Ich bemerkte, dass sich ihre dunklen Augenbrauen ein wenig zusammenzogen. Ahnte sie bereits etwas?

»Kennst du das Buch?«, fragte ich.

»Das ist dein Kreuz, nicht?« Sie hatte zurückgeblättert.

»Ja«, erwiderte ich und schlug das Buch zu, damit Kara den Deckel sah und den Titel lesen konnte.

»Sieben Siegel der Magie«, murmelte sie. Dabei sah ich ihr an, wie es hinter ihrer Stirn arbeitete.

Konnte sie vielleicht mit dem Titel etwas anfangen?

Wieder kam eine starke Spannung auf. Ich spürte, wie das Blut schneller durch meine Adern rann, und schaute Kara ins Gesicht.

»Sieben Siegel der Magie, Kara«, sagte ich heiser. »Es ist ein altes Buch, und ein Siegel befasst sich mit meinem Kreuz. Kannst du es lesen?«

»Wieso gerade ich?«

»Weil es in deiner Heimatsprache geschrieben wurde.«

Karas Augen weiteten sich ebenfalls. »Wo?«

Ich nahm das Buch, schlug es auf, und meine Finger wirbelten nur so die Seiten zurück, obwohl ich vorsichtig sein musste, damit ich das Papier nicht zerstörte. Ob es überhaupt Papier war, konnte ich nicht sagen, jedenfalls fühlte es sich fast so an.

Endlich hatte ich gefunden, was ich suchte. Kara sah wieder das abgebildete Kreuz und konnte weiter auf den Text schauen, als ich vorblätterte. »Das ist doch in der Sprache der alten Atlanter geschrieben, oder?«

Sie schaute hin, und jeder von uns wartete auf ihre Antwort. Schließlich meinte sie: »Ja, es ist in der alten Sprache geschrieben.«

»Die du lesen kannst?«

»Natürlich, ich habe nichts vergessen. Ich kann sie lesen und auch verstehen.«

Da fiel mir der berühmte Stein vom Herzen. Ein Zittern der Knie konnte ich nicht vermeiden. Endlich – endlich war es geschafft. Kara würde das Rätsel entschlüsseln. Danach wusste ich Bescheid, kannte die Geheimnisse meines Kreuzes. Wie lange hatte ich darauf gewartet?

»Was steht dort geschrieben?«, murmelte ich.

»Gib mir einen Augenblick Zeit«, erwiderte die Schöne aus dem Totenreich. Ich schuf Platz, sodass sie sich setzen konnte. Kara hockte an meinem Schreibtisch und begann zu lesen. Vier Augenpaare beobachteten sie. Bei drei der Anwesenden wusste ich, dass sie ähnlich dachten wie ich. Auch Suko und Sir James wollten, dass das Geheimnis um mein Kreuz endlich gelüftet wurde.

Kara sagte nichts. Sie las stumm. Meine Wangenmuskeln zuckten, ich war gespannt darauf, wie es weitergehen würde. Hatte sie Schwierigkeiten beim Verstehen des Textes? Als ich ihr Gesicht beobachtete, schien es mir so.

Die Stirn legte sie in tiefe Falten, die Wangenmuskeln zuckten, und sie schüttelte den Kopf.

»Was ist los?«, wollte ich wissen.

Kara drehte den Kopf. Sie war blass geworden. »John, in

dem Teil, den ich soeben lese, steht nichts von deinem Kreuz. Er handelt von etwas anderem …«

Die Enttäuschung war wie ein Hammerschlag. Ich hatte das Gefühl, zusammenbrechen zu müssen. Sollte denn alles umsonst gewesen sein? Unser Forschen, der Kampf um das Buch. Waren wir einer Täuschung erlegen? Schwindel erfasste mich, und ich musste mich am Schreibtischrand abstützen, um auf den Beinen bleiben zu können. In den Knien hatte ich ein Gummigefühl. War da überhaupt noch etwas zu machen?

»Tut mir leid«, murmelte Kara.

»Blättere weiter, bitte! Vielleicht steht auf den anderen Seiten etwas über mein Kreuz geschrieben. Das Siegel oder Kapitel ist lang. Es muss was darüber zu lesen sein. Weshalb hätte man sonst das Kreuz zeichnen lassen sollen?«

»Das stimmt.«

»Was lesen Sie denn jetzt?«, wollte Sir James wissen.

»Etwas Schreckliches.«

»Wieso?«

»Das ist schwer zu erklären, aber die Seiten, die ich mir vorgenommen habe, beschäftigen sich mit einem der dunkelsten Kapitel des Kontinents Atlantis. Mit einem Land …«

»… das nicht sein darf«, vollendete ich.

Kara hob überrascht den Kopf. »Ja, es stimmt. Woher weißt du davon?«

»Ich habe es gehört.«

»Das Land der Drachen wird es auch genannt«, murmelte Kara. »Es existiert also noch.«

»Weißt du mehr darüber?«, fragte Suko.

»Natürlich.« Sie drehte sich auf dem Stuhl um, sodass sie uns anschauen konnte. »Dieses Land gehörte zu Atlantis. Es lag jenseits der Berge, in denen der Schwarze Tod hauste. Es ist ein Land, in dem man nicht leben kann. Dort lauern die Untiere, die Drachen, und ihren Anführer hast du auch schon gesehen, John.«

»Wo?«

»Damals, als es dich nach Atlantis verschlagen hat. Dort bist du ihm begegnet. Erinnere dich mal, auf welch einem Tier der Schwarze Tod gesessen hat, als er angriff und den Untergang unseres Kontinents einleitete.«

»Auf einem Drachen.«

»Ja, sehr richtig. Dieser Drache war Nepreno. Und er hat meines Wissens den Untergang überlebt.«

»Wie konnte er das?«, fragte ich überrascht.

»Das war nicht schwer. Als Atlantis in den Fluten versank und unterging, da haben die Kräfte des Bösen dafür gesorgt, dass ihre Stützpunkte und Diener gerettet wurden. Beim Untergang splitterte das Land der Drachen ab. Es wurde, wie auch die Leichenstadt, ins Nichts geschleudert und mit diesem Land natürlich seine schrecklichen Bewohner, die unheimlichen Drachen, mit Nepreno an der Spitze.«

»Wir können demnach davon ausgehen, dass er noch existiert«, folgerte ich.

»So ist es.«

»Den Schwarzen Tod gibt es nicht mehr«, sagte ich leise. »Nepreno allerdings.« Ich blickte auf. »Gehört oder gesehen habe ich ihn bisher nicht.«

»Sei froh.«

Suko sagte etwas. »Wie ich euren Worten entnehme, ist Nepreno ein nicht denkendes Wesen. Er muss Befehle annehmen. Früher hat ihm die der Schwarze Tod gegeben, wer erteilt sie heute?«

»Das weiß ich nicht.«

»Für den Schwarzen Tod hat es keinen direkten Nachfolger gegeben«, resümierte ich. »Es sei denn, der Spuk hat sich irgendwie eingemischt, denn er wird sicherlich auch von diesem Land wissen, das nicht sein darf. Oder irre ich mich da?«

»Bestimmt nicht«, erwiderte Kara.

»Was macht dich so sicher?«

»Weil der Spuk ein Dämon ist, der eine ungeheure Macht besitzt. Es haben bereits einige versucht, an seiner Macht zu kratzen, zuletzt Alassia, aber ich glaube nicht, dass sie es schaffen wird. Wenn jemand im Hintergrund lauert und zahlreiche Fäden in der Hand hält, dann ist es der Spuk. Glaub mir das.«

»Und er ist besonders an dem Buch interessiert«, murmelte ich.

»Natürlich«, erwiderte Kara. »Das liegt auf der Hand. Wenn wir dieses Buch entschlüsseln, die Geheimnisse enträtseln, dann gibt es im Reich der Dämonen eine Art Götterdämmerung. Da würden Umstürze stattfinden, Schwarzblüter vernichtet, Machtverhältnisse verschoben und …«

Mir fiel etwas anderes ein. Bevor ich es vergaß, unterbrach ich Kara. »Wir haben das Buch der sieben Siegel. Aber es gibt noch ein Buch der grausamen Träume. Kann es zwischen den beiden Büchern einen Zusammenhang geben?«

»Das glaube ich nicht!« Entschieden kam Karas Antwort.

»Aber du weißt von dem Buch der grausamen Träume?«

»Natürlich. In ihm sind wohl alle Geheimnisse erfasst, nehme ich an. Der Seher wird es besitzen. Es ist mächtiger als das Buch der sieben Siegel, da es sich wohl mit der Existenz des gesamten Lebens beschäftigt. Die sieben Siegel der Magie aber grenzen nur einen bestimmten Themenkomplex ein, das musst du dir vor Augen halten, John.«

Ich nickte. »Also, konzentrieren wir uns darauf.«

»Und auf die Übersetzung.« Sir James mischte sich ein. Er schaute dabei auf seine Uhr. »Wie lange sollen wir noch warten?« Seine Stimme klang ungeduldig.

»Die Zeit spielt im Jenseitsreich keine Rolle!«, hielt ihm Myxin vor. »Sie müssen so etwas vergessen.«

»Das will ich nicht. Es ist genug Schaden angerichtet worden.« Er wandte sich an Kara. »Sind Sie in der Lage, jetzt und hier die Texte zu übersetzen?«

»Ich hoffe es.«

»Dann beginnen Sie.«

Kara hatte einen Einwand. »So einfach ist es nicht. Ich habe hier nicht die nötige Ruhe. Wir befinden uns in einem öffentlichen Gebäude, bald graut der Morgen, die Hektik wird beginnen. Ich brauche einen Platz, an dem ich ungestört bin.«

»Und der wäre wo?«

»Bei den Flammenden Steinen.«

Sir James zog ein Gesicht, als hätte er puren Zitronensaft getrunken. Man sah ihm an, dass ihm diese Antwort überhaupt nicht passte. Die *flaming stones* waren für ihn etwas Undefinierbares, Schwammiges, das er nicht fassen konnte, und er schüttelte den Kopf. »Nein, wir werden eine andere Möglichkeit finden.«

»Da habe ich es sicherlich schwerer«, gab die Schöne aus dem Totenreich zu bedenken.

Sir James suchte einen Kompromiss. »Können wir alle dorthin gelangen?«

»Es wird schwer sein.«

Der Superintendent schüttelte den Kopf. »Nein, das ist doch nicht das Wahre. Ich will hier klare Verhältnisse schaffen. Wir müssen in London und damit am Ball bleiben, um schnell reagieren zu können. Hat keiner von Ihnen einen Vorschlag?« Dabei wechselte sein Blick zwischen Suko und mir.

»Johns Wohnung«, erwiderte der Inspektor.

Sir James antwortete spontan. »Damit wäre ich einverstanden, und wie steht es bei Ihnen?«

Kara, die angesprochen wurde, nickte. »Wir könnten einen Versuch starten. Der Platz ist besser als dieser hier. Ich fühle mich hier gehemmt, irgendetwas stört mich …«

Ich wurde misstrauisch. »Was?«

Kara hob die schmalen Schultern und lies ihre rechte Handfläche über den Schwertgriff gleiten. »Genau kann ich es nicht sagen, aber es ist etwas vorhanden.«

»Eine Gefahr?«

»Auch möglich.«

Wenn Kara das sagte, hatte sie ihre Gründe. Zudem glaubte ich nicht, dass die andere Seite aufgegeben hatte. Nein, die würden es weitertreiben, die wollten das Buch und gingen rücksichtslos vor.

»Wir sollten vorsichtig sein«, warnte Myxin.

Da hatte er in meinem und Sukos Sinne gesprochen.

Sehr starke Kräfte standen gegen uns. Sie würden mit allen Mitteln zu verhindern versuchen, dass wir einen Erfolg verbuchten. Wenn Kara von einer Gefahr sprach, sollte man das nicht so weit wegschieben. Sie war ein sensibles Wesen, das mit der Feinfühligkeit eines Seismografen spürte, wenn sich etwas anbahnte.

»Ich werde das Haus ebenfalls verlassen«, erklärte uns der Chef. »Ich bin in meiner Wohnung jederzeit erreichbar, wenn sich irgendetwas ereignet. Und ab sieben Uhr auch wieder im Büro.« Er stand schon an der Tür. »Lassen Sie uns jetzt gehen.«

Sir James verließ als Erster den Raum. Suko und Myxin folgten. Kara ging danach, ich bildete den Schluss, wobei ich das Buch und mein Kreuz an mich nahm.

Im Gänsemarsch schritten wir über den Flur. Am Fahrstuhl versammelten wir uns.

Eine magische Reise wollten wir vier nicht vornehmen, sondern das Stück mit dem Wagen fahren. Der Bentley war schließlich groß genug, um uns alle aufzunehmen.

Niemand sprach mehr. Ein jeder hing seinen eigenen Gedanken nach. Meine drehten sich selbstverständlich um das Kreuz und das Buch.

War es richtig, dass wir jetzt in meine Wohnung fuhren? Wir begaben uns in Gefahr. Allein hätten Suko und ich das sicherlich nicht getan, aber Kara und Myxin waren bei uns. Mit ihren Kräften bildeten sie einen gewaltigen Schutz.

Der Lift kam.

Jede Sekunde wurde mir lang. Wir alle stiegen ein. Ich stand neben Sir James. Er legte mir seine Hand auf den Arm und sprach leise: »Reißen Sie sich nur zusammen, John, bitte! Wenn jeder von uns die Nerven behält, werden wir es schon schaffen.«

»Danke, Sir.«

Ich hatte ihn nicht oft so reden hören. Seine Worte bewiesen mir, dass auch an ihm die Vorgänge nicht spurlos vorübergegangen waren. Der Lift schoss in die Tiefe.

Als wir in der Halle ausstiegen, starrten uns die beiden Kollegen am Empfang mit großen Augen an. Sie wussten nicht, wo sie Kara und Myxin hinstecken sollten. Reinkommen hatten sie die beiden nicht gesehen. Allerdings sagten sie nichts, da sie sich in unserer Begleitung befanden.

Der Bentley stand auf dem Parkplatz. Dort hatte Sir James seinen Wagen auch abgestellt. Wir mussten das Gebäude an der Rückseite verlassen.

Suko hatte sich an die Spitze geschoben. Er öffnete die Tür. Kühle Nachtluft umfing uns.

Auch bei uns wurde gespart. Es brannten nur wenige Laternen. Der größte Teil der asphaltierten Fläche lag im Dunkeln.

Unser Bentley parkte weiter rechts. In der Nähe stand keine hohe Kugelleuchte. Der Wagen war nur als Umriss zu erkennen. Suko ging bereits vor. Sir James folgte ihm, auch ich wollte gehen, doch Kara hielt mich zurück.

»Was ist los?«, fragte ich.

»Das riecht mir nach einer Gefahr, John. Gib höllisch acht! Ich habe ein sehr komisches Gefühl.«

Myxin war schon vorgegangen. Er warnte Suko.

Sir James hatte ihn ebenfalls gehört. Er stand bereits nahe seinem Wagen und drehte sich jetzt um.

»Ist etwas?«

»Kara wittert Gefahr«, erklärte ich.

»Wo?«

»Ich weiß es noch nicht, Sir. Aber seien Sie auf der Hut!«

»Sicher.« Er bückte sich und schloss seinen Wagen auf. Auch wir setzten uns wieder in Bewegung. Kreuz und Buch hielt ich in einer Hand, und zwar in der Linken. Den rechten Arm hatte ich angewinkelt, um im Notfall schnell die Beretta ziehen zu können.

War es nötig?

Die Treppe lag hinter uns. Wir steuerten jetzt den Wagen an. Kara schlug vor, dass sie als Erste ging. Ich hatte nichts dagegen und ließ sie.

Sehr vorsichtig ging ich weiter. Suko war nicht bei Myxin geblieben, sondern hatte sich nach links abgesetzt, damit weg vom Bentley.

Karas Worte waren auf fruchtbaren Boden gefallen. Jeder von uns merkte, dass etwas im Busch war, der Feind musste irgendwo in einem Hinterhalt lauern.

Sir James schloss als Erster seinen Wagen auf. Die Innenbeleuchtung verbreitete einen schwachen Lichtschein.

Der Superintendent warf seinen Mantel auf den Beifahrersitz und wollte einsteigen. Er hatte sich bereits gebückt, ich sah trotzdem noch sein Gesicht, und dann bemerkte ich das Erstaunen, das blitzschnell in ein Erschrecken überging.

Es schien mir so, als wollte er etwas sagen, doch er brachte keinen Ton hervor.

Mein Kopf flog nach links.

Da sah ich es.

Ein gewaltiger Schatten raste mit ungeheurer Geschwindigkeit über den Parkplatz auf uns zu …

Es war ein Tunnel, ein Trichter, eine sich rasend schnell drehende Spirale.

Finster, unheimlich und prall gefüllt mit magischen Wirbeln. Die Spirale war schnell wie ein Gedanke, pfeifend saugte sie die Luft ein, die sich ihr in den Weg stellte, und raste unbeirrbar auf ihr eigentliches Ziel los.

Das war ich.

Wir hatten uns getrennt. Meine Freunde waren zu weit von mir entfernt, und ihnen blieb auch nicht die Zeit, um magische Gegenmittel einzusetzen.

Ich war ebenfalls so überrascht, dass ich viel zu spät reagierte. Und womit hätte ich mich auch wehren sollen? Mit der Beretta? Wohl kaum. Über geweihte Silberkugeln würde eine solche Waffe, wie sie auf mich zustieß, nur lachen.

Und dann war sie da.

Ein hohles Pfeifen kreischte so grell in meinen Ohren, dass ich glaubte, mein Trommelfell würde platzen. Ich nahm die anderen Geräusche nicht mehr wahr, sondern wurde gepackt, vom Boden hochgeschleudert und von unsichtbaren Händen in die finstere Spirale hineingerissen, wo ich wie eine Feder verschwand und von meinen Freunden nicht mehr gesehen wurde.

Dimensionsreisen möchte ich nicht mehr beschreiben. Zu oft schon habe ich sie mitgemacht, aber diese hier war anders. Ich befand mich auch nicht in einem Zeitschacht, sondern im Körper eines gewaltigen Dämons, der sich der Spuk nannte.

Dass es so war, begriff ich sehr schnell, denn ich vernahm die Stimme, die donnernd wie ein Gewitter an meine Ohren klang.

»Kompliment, John Sinclair, ich musste zwei Mal einen Anlauf nehmen, um dich zu packen. Jetzt aber habe ich es geschafft. Im Land der Drachen wirst du dein Ende finden. Und kein Kreuz und kein Buch der sieben Siegel wird dir helfen. Die Urkräfte haben gewonnen. Wir lassen uns nur bis zu einem gewissen Grad ins Handwerk pfuschen, dann nicht mehr. Und diesen Punkt hast du überschritten!«

Wieder hörte ich das hohle, unheimliche Pfeifen, dann wurde mein Körper abermals erfasst, um die Längsachse gewirbelt, und wie im Krampf hielt ich Kreuz und Buch fest.

Im nächsten Augenblick verlor ich das Bewusstsein. Die andere Seite hatte gewonnen ...

Natürlich hatten Sir James, Kara, Myxin und Suko bemerkt, welch ein Verhängnis sich ihnen da näherte. Und ein jeder von ihnen reagierte auf seine Art und Weise.

Während Sir James in den Wagen eintauchte und dort Deckung suchte, klatschte Karas Hand auf den Schwertgriff und riss die Waffe mit der goldenen Klinge aus der an der Hüfte angebrachten Scheide hervor. Es gab ein sirrendes Geräusch, dann hielt sie das Schwert fest, streckte den Arm waagerecht aus und drehte sich der heranrasenden Spirale entgegen, um sich ihr mit wahrer Todesverachtung entgegenzuwerfen.

Auch Myxin handelte. Der kleine Magier stand starr wie aus Bronze gegossen, nur um seine Gestalt herum tanzte plötzlich ein grünlicher Schein, und seine gespreizten Hände leuchteten ebenfalls in diesem Farbton auf. Der kleine Magier war von einer Sekunde zur anderen zum geballten Bündel an Magie geworden, und er versuchte, den ebenfalls heranrasenden schwarzen Tunnel zu stoppen.

Suko war auch nicht untätig geblieben. Der Inspektor hatte sich mit einem gewaltigen Sprung in Sicherheit gebracht und Deckung hinter einem abgestellten Wagen gefunden. Auch er wollte die rasende, röhrenartige Wand stoppen, und seine rechte Hand zuckte bereits zum Stab, wobei er hoffte, dass sich dieser wieder aufgeladen hatte.

Alle drei, so schnell sie auch waren, reagierten trotzdem zu langsam. Sie brauchten eine Schrecksekunde, mussten sich zudem auf die überraschende Lage einstellen und bemerkten gleichzeitig, dass die finstere Wand nicht sie, sondern John Sinclair als Ziel hatte.

Der Geisterjäger wurde verschluckt.

Das geschah im Bruchteil eines Augenblicks, so geschwind, dass Worte fehlen, um es zu beschreiben.

Auf jeden Fall verschwand John Sinclair im Nu und mit ihm auch die schwarze Wand.

»Das war der Spuk!«, heulte Myxin auf, dessen Magie allmählich zusammenbrach. »Er hat es geschafft!«

Damit hatte der kleine Magier genau das ausgedrückt, was auch die anderen empfanden.

Nichts brauchte hinzugefügt zu werden. Vor ihren Augen war John Sinclair entführt worden, und sie hatten nur dabeigestanden, ohne eingreifen zu können.

Es war schlimm, deprimierend, aber die Schrecken fanden noch kein Ende. An der Zufahrt des Parkplatzes jaulte plötzlich der Motor eines Wagens auf, dann rissen zwei Scheinwerfer helle Tunnel in die dichte Dunkelheit, und im nächsten Moment radierten Reifen über den Asphalt, als ein Wagen in eine scharfe Kurve gezogen wurde.

Die Lichtlanzen erwischten Kara und Myxin. Sie spiegelten sich auf der goldenen Klinge, warfen einen blitzenden Reflex, bevor die Maschinenpistole losratterte.

Es war ein kurzer, harter Feuerstoß, der über das Pflaster tanzte. Die Kugeln durchschlugen Wagenbleche und verursachten singende Geräusche.

Die fahlen Mündungslichter wanderten ebenso schnell, wie der Wagen fuhr. Er verschwand, nachdem er seinen Kreis gedreht hatte, wie ein Spuk in der Nacht, ohne dass deren Insassen ihr Ziel erreicht hätten, denn Suko oder Sir James waren von der Garbe nicht erwischt worden.

Getroffen worden war Myxin, denn er war nicht schnell genug in Deckung gehechtet!

Jetzt lag er trotzdem am Boden. Kugellöcher im Körper. Doch Myxin war kein Mensch, er erhob sich wieder, lächelte knapp und stellte lakonisch fest: »Sie haben den Falschen erwischt.«

Harte Schritte rannten auf ihn zu. Suko staunte, als er seinen Chef erkannte. Er hatte Sir James noch nie laufen sehen, es war das erste Mal.

Dann brandeten Stimmen auf.

Die Schüsse waren gehört worden. Auf dem Hof wurde es plötzlich hell. Beamte mit schussbereiten Waffen verließen das Gebäude, doch sie konnten nichts mehr tun.

Das machte ihnen auch Sir James klar, der die Männer wieder wegschickte.

Zurück blieben die vier, denen der Anschlag gegolten hatte.

»Wer war das?«, fragte Sir James.

Suko klopfte sich den Staub aus der Kleidung. »Wahrscheinlich Lady X und Lupina.«

Der Chef widersprach nicht, er fragte nur: »Und was sollte der Anschlag bezwecken?«

Da konnte Suko nur raten. »Ein Ablenkungsmanöver. Vielleicht auch ein Beweis dafür, dass wir mit ihnen noch zu rechnen haben, neben dem Spuk. Unter Umständen wollten sie Sie, Sir, auch erwischen, oder mich. Da gibt es viele Möglichkeiten.«

Der Superintendent nickte und heftete seinen Blick auf den kleinen Magier. »Was ist mit Ihnen, Myxin. Sind Sie verletzt?«

»Nein, ich bin kein Mensch.«

Er sprach eine große Wahrheit so gelassen aus, dass Sir James Powell erst einmal schluckte. Es war auch selten, dass er mit den magischen Dingen direkt konfrontiert wurde, nun fasste er die gesamten Tatsachen in einem Satz zusammen: »Es tut mir leid, aber wir stehen da, wo wir am Beginn schon einmal waren.« Als die anderen nickten, fügte er hinzu: »Vielleicht sind wir sogar noch schlimmer dran. Vor einigen Minuten noch besaßen wir das Kreuz und das Buch. Jetzt ist beides verschwunden.«

»Im Land der Drachen«, murmelte Kara.

Jeder hatte sie verstanden, und ein jeder wusste, was das zu bedeuten hatte.

John Sinclair war chancenlos …

Und doch wollte gerade Suko, der alte Kämpfer und Haudegen, es nicht wahrhaben. »Es nutzt nichts, dass wir hier herumstehen und Trübsal blasen. Erinnert euch daran, dass John Sinclair bereits im Zentrum des Schreckens saß, fast in der Hölle, und es hat auch einen Ausweg gegeben.«

»Den Asmodis ihm gezeigt hat, als einen einmaligen Sonderfall«, gab Kara zu bedenken. »Wir haben ihm damals kaum oder überhaupt nicht helfen können, daran möchte ich mal erinnern.«

Suko wollte etwas erwidern, überlegte es sich jedoch und hielt den Mund. Sekundenlang sprach niemand etwas, bis Sir James eine Entscheidung traf.

»Es hat keinen Sinn, hier herumzustehen«, erklärte er mit fester Stimme. »Wir müssen etwas unternehmen. Ich bin dafür, dass wir alle Möglichkeiten durchsprechen, aber nicht hier, sondern in meinem Büro oben. Folgen Sie mir.«

Er selbst machte den Anfang und ging vor.

Die drei anderen folgten ihm. Ihre Gesichter waren verschlossen, die Züge verbittert.

Es sah schlecht aus für John Sinclair …

Das Land, das nicht sein darf – das Land der Drachen!

Ein Gebiet im Nirgendwo, irgendwann in grauer Vorzeit abgesplittert, durch die Dimension gereist und schließlich zur Ruhe gekommen. Ein Land ohne Ordnung, ohne Disziplin, ohne Menschen – das reine Chaos. Ein Land, in dem nur der Stärkere überlebte, wo Ungeheuer die Bewohner sind und wo das Recht des Mächtigen regiert.

In dieses Land hatte man mich geschafft!

Seltsamerweise war es ein verrücktes Gefühl, dies zu wissen, alles zu kennen und vielleicht sogar die Zukunft zu erahnen, denn sie sollte es für mich nicht geben.

Ich war Gefangener des Schreckens. Stand allein im Mittelpunkt eines gewaltigen Horrors – und war gefesselt.

Seltsam, aber diese Fesselung bereitete mir nicht einmal Pein, sondern eher ein frohes Gefühl. Sie sah ich als eine Erinnerung an ein Leben an, das es auf der Erde gab. Auch dort wurden Menschen gefesselt, vor denen man Angst hatte, und auch in diesem Land schien man Angst vor dem Menschen John Sinclair zu haben.

Sonst hätte man mich ja nicht zu fesseln brauchen …

Nach der Dunkelheit erschien mir das trübe Höhlenlicht wie die Ausstrahlung eines Sterns. In der Tat mussten sich meine Augen erst daran gewöhnen, und ich sah zu, dass ich mich in die Höhe hieven konnte.

Das klappte besser, als ich gedacht hatte. Zudem war mir nicht schlecht, kein Schwindel überfiel mich, der Kopf schmerzte nicht, ich fühlte mich im Prinzip gut.

Bis eben auf die Fesseln.

Wer mir die Stricke an den Handgelenken angelegt hatte, wusste ich nicht. Meine Füße hatte man frei gelassen, sie waren nicht eingeschnürt, aber es nützte mir nicht viel. Wo sollte ich mit gefesselten Händen hin?

Mittlerweile hatten sich meine Augen an das grüne Leuchten gewöhnt. Es hatte keinen direkten Ursprung in der Höhle, sondern drang aus dem Gestein und erfüllte den gewaltigen Felsendom tief im Berginnern mit seinem seltsamen Licht.

Das hatte ich bisher feststellen können und auch, dass die Atemluft zwar nicht reiner Sauerstoff war, aber ich konnte Luft holen und brauchte nicht zu ersticken.

Das Erwachen war sehr plötzlich erfolgt, fast so schnell wie dieses Hineinzerren in eine andere Dimension, und ich war bisher nur in der Lage gewesen, die allgemeinen Eindrücke wahrzunehmen, eben, dass ich in einer Höhle lag. Aber was sich da gegen meinen Rücken presste, hatte ich noch nicht herausfinden können.

In einer schrägen Position lag ich, auf einer Art schiefer Ebene, und ich schob mich erst einmal ein kleines Stück höher, wobei sich der Druck veränderte und ich ihn weiter oben an den Schulterblättern spürte.

Jetzt wollte ich endlich wissen, was das genau war und drehte mich auf die Seite.

Eine einfache Lösung.

Ich lag auf einer Treppe. Sie bestand aus vier Stufen, die zu einem wuchtigen Gegenstand hinaufführten, der die Umrisse eines gewaltigen Quaders hatte.

Es war ein Stein.

Sehr massiv, auch relativ hoch, sodass sich mein Nacken spannte, als ich das Ende des Steins mit meinen Blicken erfassen wollte.

Auf ihm lag eine Platte, deren Rand vorstand. Und dort sah ich etwas aufrecht stehen, was mich erschreckte, weil es gleichzeitig nah war und doch unerreichbar fern.

Es war das Buch der sieben magischen Siegel!

Hier sah ich es wieder. Wie zum Hohn hatte man es dort aufgestellt, sogar aufgeschlagen worden war es, aber die Schrift verschwamm im diffusen grünen Licht der Höhlenbeleuchtung.

Das Buch stand nicht allein dort. Ich glaubte, etwas Silbernes blinken zu sehen, und das konnte eigentlich nur mein Kreuz sein, da ich es selbst nicht mehr bei mir trug.

Welche Waffen hatte ich überhaupt noch?

Die Beretta war verschwunden. Ich musste sie irgendwo verloren haben, aber der Dolch steckte noch in seiner am

Gürtel befindlichen Lederscheide. Magische Kreide besaß ich ebenfalls, die Gemme auch noch.

Damit hatte es sich schon.

Das größte Ärgernis war die Fesselung. Man hatte mir nämlich die Arme auf dem Rücken zusammengebunden. Sie nach vorn zu bekommen, umso bewegungsfähiger zu sein, bedeutete eine ungeheure Schwierigkeit.

Es gab keinen Zweifel, dass ich die zweite Runde verloren hatte. Und dies mit allen Konsequenzen. Allerdings wunderte ich mich, dass man mich am Leben gelassen hatte. Der Spuk hätte jetzt die Chance gehabt, mich auszulöschen, doch er schien wie alle Dämonen zu reagieren. Erst einmal den Triumph auskosten.

Und das konnte er.

Dass er bereits in der Höhle lauerte, hatte ich nicht gesehen. Ich bemerkte ihn jedoch, als ein gewaltiger Schatten zuerst über den Boden wanderte, sich dann in die Höhe schob und schließlich die Form einnahm, die ich vom Spuk kannte.

So zeigte er sich auch in seinem Reich. So hockte er auf dem aus Menschenknochen gefertigten Thron und herrschte über eine Riesenarmee von Dämonenseelen und Schatten.

Davon sah ich hier nichts. Deshalb nahm ich an, dass dieses Land mit dem eigentlichen Reich des Spuks nichts zu tun hatte. Diese meine Annahme sollte sich später bestätigen.

»Soll ich dich fragen, wie du dich fühlst, John Sinclair?«, höhnte der Dämon vor mir.

»Nein, nicht nötig.«

»Es ist dir schon besser gegangen.«

»Ich kann es nicht leugnen.«

Wenn ein Dämon von Bewunderung oder Sympathie spricht, kann man darüber eigentlich nur lachen oder es kurzerhand als eine Lüge abstreiten, aber der Spuk redete mich so an, dass ich dabei das Gefühl haben konnte. Er sagte nämlich: »Es ist schade, dass du, John Sinclair, auf der falschen Seite stehst. Als Dämonen würden wir gut zueinander passen, das kann ich dir verraten.«

»Danke, ich verzichte.«

»Habe ich mir gedacht«, grollte es mir aus dem konturenlosen Schatten entgegen. »Und deshalb wirst du auch in dem Land, das nicht sein darf, sterben. Du wirst einen besonderen Tod erleiden, denn er trifft dich im Schatten deines Kreuzes und auch im Schatten des Buches, das das Geheimnis des Kreuzes lüften kann. Das Buch befindet sich in meiner Gewalt. Ich werde mich hüten, auch nur ein Wort des Kapitels zu lesen. Ich weiß nur, dass dieses Buch irgendwann einmal zerstört wird.«

»Warum tötest du mich nicht selbst?«, fragte ich den Spuk. »Es müsste dir doch Vergnügen bereiten.«

»Das stimmt, doch ich habe mich für eine andere Möglichkeit entschieden. Ich bin ein Machtfaktor im Reich der schwarzen Magie, und es gibt Dinge, auf die ich Rücksicht nehmen muss. Eines davon möchte ich beim Namen nennen. Nepreno.«

»Der Drache.«

»Ja, John Sinclair. Du liegst in der Höhle des Nepreno. Dieser Drache war schon in Atlantis das Reittier des Schwarzen Tods. Nun existiert der Dämon nicht mehr, der Drache hat überlebt. Und er hat von mir erfahren, wer für die Vernichtung seines Herrn verantwortlich war. Was meinst du, Sinclair, was geschieht, wenn Nepreno zurückkommt und dich hier sieht …?«

Eine wahrhaft teuflische Lösung hatte sich der Spuk einfallen lassen. Da war ein schneller Tod, eine saubere Kugel, wie man in Gangsterkreisen sagte, besser. Wenn Nepreno mich fand, würde er mich gnadenlos zerreißen.

»Wie gefällt dir das, Sinclair?« Der Spuk verhöhnte mich noch, ich aber ging nicht darauf ein.

»Verschwinde!«, zischte ich. »Verdammt, ich will dich hier nicht mehr sehen!«

»Das hatte ich vor, obwohl ich mir in meinem Reich nichts befehlen lasse. Ich halte es dir deiner Angst zugute. Und viel Spaß mit Nepreno. Wenn wir uns beim nächsten Mal sehen, werde ich auf deine Reste schauen, John Sinclair …«

Es waren seine letzten Worte. Er drehte sich um, ein Schattenwesen huschte zum Ausgang, dann war er verschwunden.

Zurück blieb ich in all meiner Hoffnungslosigkeit und wartete auf Nepreno, den Monsterdrachen …

Gab es eine personifizierte Beschreibung für die Verzweiflung, so hätte man sie auf die vier Personen anwenden können, die sich in Sir James Powells Büro aufhielten.

Man war ratlos. Vielleicht auch deshalb, weil ein jeder noch unter dem Schock der zurückliegenden Ereignisse litt. Was auf dem Hof des Yard Building passiert war, konnte man mit dem Begriff ungeheuerlich bezeichnen.

Sir James Powell fragte das, was wohl alle dachten, aber nicht auszusprechen wagten. »Welche Chancen gibt es, John Sinclair wieder zurückzuholen?« Dabei schaute er Kara besonders scharf an, denn sie war die Einzige, die darauf eine konkrete Antwort geben konnte. Sie kannte das Land, das nicht sein darf, und sie wusste auch über die alte atlantische Magie Bescheid.

Die Schöne aus dem Totenreich zog ein besorgtes Gesicht. »Aus diesem Land ist bisher noch niemand zurückgekehrt, der einmal dort war. Das weiß ich nicht erst seit heute, es war schon früher so. Das Land, das nicht sein darf, hat keinen freigegeben.«

Sir James nickte. »Gut, das haben Sie oft genug wiederholt, ich akzeptiere es auch. Ich akzeptiere allerdings nicht, dass es keine andere Lösung geben soll. Tut mir leid, ich denke darüber etwas kritischer. Es muss eine Lösung geben, und wir werden sie finden. Sie, Kara, sind dabei die Schlüsselfigur. Sie haben selbst gesagt, dass noch niemand aus dem Land der Dämonen zurückgekehrt ist. Okay, er hatte da keine Hilfe. Bei John Sinclair ist das etwas anderes, er hat eine Hilfe.«

»Und die wäre?«, fragte Myxin.

»Kara!«

Die Lippen des schwarzhaarigen Mädchens zuckten. Sie

wusste, dass sie sich dieser Verantwortung nicht entziehen konnte. Sir James hatte einmal »Blut geleckt«, er würde auf keinen Fall nachgeben und alles daransetzen, um Kara zu überzeugen.

Doch sie warnte. »Setzen Sie nicht zu große Hoffnungen auf mich, Sir James.«

»Und Sie sollten Ihr Licht nicht unter den Scheffel stellen«, konterte der Superintendent. »Das möchte ich Ihnen mal sagen. Sie besitzen doch die Gabe, Ihren Geist oder Ihre Seele auf Wanderschaft zu schicken. Sie können in andere Dimensionen eindringen und sie …«

»Entschuldigen Sie, Sir James, aber so leicht ist es nicht. Um John Sinclair effektiv zu helfen, müsste ich den Trank des Vergessens haben. Wenn ich ihn besitze, kann ich die Dämonenreiche durchstreifen, dann erst kann sich mein Körper verwandeln, dann gibt es keine Grenzen für mich, aber es wird mir nicht gelingen, mich in sämtliche Dimensionen zu katapultieren. Tut mir leid.«

»Und Ihre Reisen?« Sir James gab nicht auf. »Ich meine, Sie sind auch gekommen, als wir Sie riefen.«

»Das war ein Zeitsprung auf der Erde. Das eine hat mit dem anderen nichts zu tun. Es gibt Sperren in den anderen Reichen, die ich nicht durchbrechen kann, wenn ich nicht den Trank des Vergessens nehme. Das ist das Problem.«

»Mit anderen Worten, Sie würden es nicht schaffen, sich in das Land der Drachen zu begeben.«

»So ungefähr.«

Die Augen hinter den Brillengläsern des Superintendenten wurden schmal. Er ärgerte sich, denn bisher hatte er immer einen Ausweg aus den schwierigsten Situationen gefunden. Nun sah es wirklich so aus, als säßen sie in der Klemme.

»Gibt es denn keine Chance?«, fragte er mit rauer Stimme.

»Wir können einen Versuch wagen«, meinte Myxin nach einer Weile.

Sofort horchten die anderen auf. Sie schauten ihn an wie den letzten Rettungsanker.

»Welchen?«, flüsterte Suko.

»John sitzt, soviel wir alle wissen, im Land der Drachen. Diese Drachen sind dämonische Geschöpfe. Es müsste uns also gelingen, sie zu beschwören.«

Sir James und Suko warfen sich einen vielsagenden Blick zu. Jeder war von dieser Antwort angetan.

»Ja, es gibt eine Drachenbeschwörung«, schlug auch Kara in die gleiche Kerbe.

»Können wir sofort damit anfangen?«, wollte Sir James wissen.

»Nein, nicht hier. Wir brauchen Zeit, müssen einige Vorbereitungen treffen.«

»Welcher Art?«

Myxin schaute Sir James an und schüttelte den Kopf. »Sie sind sehr ungeduldig, und das dürfen wir auf keinen Fall sein. Wir müssen Schritt für Schritt vorgehen, und ob die Beschwörung gelingt, ist auch noch fraglich.«

»Was brauchen Sie?« Sir James schlug mit der Hand auf den Schreibtisch. Ein bekanntes Zeichen bei ihm.

»Wir brauchen das Buch der Gerechtigkeit«, erwiderte Kara.

»Was ist das?«

»Vielleicht die Bibel?«, meinte Suko.

»Genau.«

Sir James knetete sein Kinn. »Die ist einfach aufzutreiben. Ich werde sie sofort holen lassen.«

»Moment, nicht so eilig«, hielt Myxin Sir James zurück. »Nicht nur die Bibel brauchen wir, sondern auch das Blut eines Gerechten. Wer stellt sich da zur Verfügung?«

»Ich!« Suko antwortete spontan.

Sir James nickte dem Chinesen dankbar zu. Dann fragte er: »Muss es eine bestimmte Bibel sein?«

»Vielleicht brauchen wir sie nicht einmal«, sinnierte Kara. »Wir möchten nur das Bild haben, wo der Erzengel Michael den Teufel in die Hölle stürzt.«

Sir James verstand gar nichts mehr. »Wieso das?«

»Ganz einfach«, gab die Schöne aus dem Totenreich lächelnd

zurück. »Weil auf diesem Bild der Satan als Drache dargestellt ist und der Erzengel Michael den Triumph über das Böse symbolisiert …«

Als Sir James das hörte, rann ihm ein Schauer über den Körper …

Der Spuk hatte mich allein gelassen. Allein mit meiner Hoffnungslosigkeit. Nach wie vor lag ich auf dem Boden, und meine gefesselten Hände befanden sich auf dem Rücken.

Ich musste das Gespräch mit dem Dämon erst einmal seelisch verkraften, was nicht so einfach war, hinzu kam noch die wahrlich deprimierende Situation. Ich sah einfach keinen Ausweg aus der Misere mehr. Als Gefangener in einem Land, das es an sich gar nicht mehr geben durfte, war es für mich unmöglich, zu fliehen.

Wie sollte man mich hier jemals finden? Und wer sollte mich finden? Automatisch dachte ich an meine Freunde, die zurück in London geblieben waren, und mich überfiel eine ungeheure Sehnsucht, wieder in die Welt zu gelangen, aus der ich stammte, mochte sie auch noch so verrückt und so schlecht und irre sein, aber ich war dort geboren und aufgewachsen, sah nur da meine Aufgabe, und dort lebten meine Freunde.

Würde ich sie jemals wiedersehen?

Nepreno, so lautete der Name meines großen Gegners. Es musste ein unheimliches Tier sein, so wie es mir der Spuk geschildert hatte, und ich würde es sicherlich bald sehen. So lange wollte ich nicht warten, denn man hatte mich zwar gefangen und verschleppt, aber meinen Willen, den besaß ich nach wie vor. So leicht war er nicht zu brechen. Ich dachte an all die gefährlichen Situationen, in denen ich schon gesteckt hatte.

Nicht zuletzt an das Zentrum des Schreckens, wo ich Asmodis persönlich gegenübergestanden und er mir sogar geholfen hatte.

Nur nicht aufgeben!

Die Hände waren so raffiniert auf meinem Rücken gefesselt worden, dass ich sie kaum bewegen konnte. Das Blut staute sich bereits, ich spürte meine Gelenke kaum, meine Kehle war ausgedörrt, der Durst peinigte mich, doch diese Äußerlichkeiten musste ich einfach abschütteln. Hier ging es um mehr, um das Leben, den Fortbestand, deshalb wollte ich versuchen, das Beste aus meiner Lage zu machen.

Hinter mir befanden sich zwei Dinge, die unter Umständen meine Lebensretter sein konnten.

Das Kreuz und das Buch!

Wenn es mir gelang, an das Kreuz zu gelangen, war schon vieles gewonnen. Es würde nur sehr, sehr schwer sein, denn der Altar war hoch, zu hoch …

Und dann lagen die Hände auf meinem Rücken. Wenn ich sie nach vorn bekam, sah alles schon ganz anders aus.

Also startete ich den Versuch.

Ich kenne Leute, habe sie selbst im Zirkus erlebt, die sind Entfesselungskünstler. Die haben einen Körper wie eine Schlange, so geschmeidig. Ich würde es nur mit großen Anstrengungen schaffen, meine Arme nach vorn zu bringen, denn ich musste mich durch die Lücke zwischen ihnen quälen, was ungeheuer schwer war.

Um es mir ein wenig leichter zu machen, rutschte ich vor und setzte mich auf eine Treppenstufe. Meine auf den Rücken gefesselten Hände berührten die hinter mir liegende Stufe, und ich merkte, dass das Gestein leicht angewärmt war. Vielleicht kam es durch das grüne Licht, das überall leuchtete und auch Wärme abgab. Dann hob ich meine Arme etwas an und stützte die Ballen der gefesselten Hände auf die nächste Stufe.

Schon in dieser Haltung merkte ich, dass meine Muskeln schmerzten. Ich war so etwas nicht gewohnt, biss die Zähne zusammen und machte weiter. Es fiel mir nicht einmal schwer, denn ich brauchte nur an den unheimlichen Drachen zu denken, der irgendwo unterwegs war und sicher bald zurückkehren würde.

Es war eine schweißtreibende Arbeit. Zwischendurch musste ich in einer verrenkten Haltung sitzend Pausen einlegen. Mein Atem pustete überlaut durch die Höhle, ich holte immer wieder tief Luft und stellte fest, dass meine Lungen schmerzten.

Es war ein Kampf, den ich mit einer unwahrscheinlichen Verbissenheit führte, um zum Ziel zu gelangen. Ich wollte nicht aufgeben, dachte an die Gefahr, und ich schaffte es.

Wie viel Zeit dabei vergangen war, interessierte mich nicht. Für mich war allein wichtig, dass ich die Arme nach vorn bekam.

Als es so weit war, kippte ich vor Erschöpfung um. Ich fiel nach vorn, die Stufen hinunter und brachte mit einer Reflexbewegung die gefesselten Hände noch so weit vor, dass ich mich abstützen konnte und ich nicht mit dem Gesicht zuerst auf den rauen Boden schlug.

So blieb ich liegen.

Es war die Lage, die ich zur Erholung brauchte. Man hatte mich fertig gemacht, ich selbst hatte bis zur Erschöpfung gekämpft, und es war mir gelungen, einen Teil meines Plans in die Tat umzusetzen.

Allmählich beruhigte ich mich wieder. Der Atem normalisierte sich, der Herzschlag nahm wieder seinen eigentlichen Rhythmus an, auch der Schweiß trocknete. Als ich nach vorn schaute, da stellte ich fest, dass meine Hände mit einem grünen Band gefesselt waren. Das Zeug erinnerte mich irgendwie an Hanf, und es schnitt tief in meine Haut ein.

Mit einem Ruck legte ich mich auf die Seite, gab meinem Körper Schwung und gelangte in eine sitzende Stellung. Sekundenlang blieb ich so hocken, bevor ich meine Arme anhob und die Fesseln in die Nähe meines Mundes brachte.

Vielleicht konnte ich mit den Zähnen die Stricke durchbeißen.

Diese Hoffnung zerplatzte bereits im Anfang. Das Material war so fest, dass ich bis in alle Ewigkeiten kauen und reißen konnte, ohne etwas zu erreichen.

Vielleicht konnte mir der Dolch helfen. Ich schaute mich um

und suchte nach einer Spalte, in die ich die Waffe stecken musste, um danach die Fesseln an der Schneide zu reiben.

Der Boden war zwar nicht glatt, aber eine Spalte, wie ich sie benötigte, entdeckte ich nicht. Auf eine andere Art und Weise wurde ich meine Fesseln nicht los, da ich meinen Silberdolch nicht halten konnte, weil die Finger zu steif geworden waren.

Ich ließ den Dolch erst einmal stecken und ging auf den Eingang zu. Gehen war ein wenig übertrieben, ich schaukelte mehr dahin wie ein Betrunkener, denn mein Kreislauf hatte sich noch nicht stabilisiert.

Die ersten Schritte waren schlimm. Hinterher klappte es besser, ich stolperte nicht mehr so oft, und der Eingang wurde immer größer. Überwältigt blieb ich stehen.

Wenn der Drache ungefähr die Größe des Eingangslochs hatte, dann konnte ich mich auf etwas gefasst machen.

Mein Hals wurde noch trockener. Die nächsten Yards legte ich zögernd zurück, dann stand ich draußen und hatte einen freien Blick über das Land.

Es war gewaltig. Und deprimierend.

Kein Grün durchbrach die braungraue Fläche, die eins mit dem Himmel wurde. Rauchwolken lagen an einigen Stellen wie riesige Dampfschwaden über den trostlosen Bergen.

So eine Landschaft kannte ich in etwa. Ich hatte sie in Atlantis gesehen, und zwar dort, wo die Dämonen regierten.

Automatisch dachte ich an Karas Worte, die erklärt hatte, dass das Land der Drachen einmal ein Teil des gewaltigen Kontinents gewesen war.

Als ich so vor dem Eingang stand, dachte ich automatisch an Flucht, denn ich blickte auch auf ein Plateau, über das lange, vom warmen Wind aufgewirbelte Staubfahnen wehten.

Nach zwanzig Schritten erreichte ich den Rand des Plateaus und blieb wie angewurzelt stehen.

Vor mir ging es steil in die Tiefe.

Ich verzog das Gesicht vor Enttäuschung. Nein, da war nichts zu machen. Der Spuk hatte genau gewusst, weshalb er mich in diese Höhle schleifte.

Wie sollte es weitergehen?

Ich musste zurück. Falle und Zufluchtsstätte war diese riesige Höhle gleichermaßen, davon biss keine Maus den Faden ab. Es blieb mir nichts anderes übrig, als wieder dorthin zu gehen, wo ich schon einmal gelegen hatte.

Einen letzten Blick warf ich noch über das vor und unter mir liegende Land.

Es war ein schwarzmagisches Areal, das konnte ich genau spüren. In jeder fremden Dämonenwelt gibt es gewisse Strömungen, die man als sensibler Mensch orten kann.

Sie sind schlecht zu beschreiben, aber sie sind vorhanden. Das Grauen hat seinen Einzug gehalten, der Schrecken greift mit gewaltigen, unsichtbaren Händen um sich. Wer hier überleben wollte, musste noch härter und brutaler sein.

Nepreno war es anscheinend.

Da die Luft nicht so klar war, wurde mein Blick auch eingeschränkt. Sehr weit konnte ich nicht sehen, nahm die Berge nur als Schatten wahr und auch die über manchen Gipfeln liegenden Rauchwolken. Ich wollte schon kehrtmachen, als mir etwas auffiel.

Da befanden sich Punkte in der Luft. Dunkle Kreise, die aus den Kratern zu steigen schienen und jetzt hoch über ihnen schwebten. Ich versuchte zu zählen und kam auf die Zahl zehn.

Zehn Vögel?

Ich dachte nach. An Vögel wollte ich nicht glauben, sie hätte ich auf solch eine Entfernung überhaupt nicht gesehen, also mussten es größere Geschöpfe sein.

Drachen, zum Beispiel.

Bei dem Gedanken daran wurde mir keineswegs wohler. Ich empfand eine leichte Furcht, die sich noch verstärkte, je weiter die Drachen auf mich zu flogen und ihre Konturen allmählich deutlicher wurden.

Mit meiner Vermutung hatte ich haargenau ins Schwarze getroffen. Es waren in der Tat die gefährlichen Drachen, die sich da in der Luft bewegten.

Seltsam graugrün schimmerten sie, das konnte ich erkennen, weil sie inzwischen schon so nahe waren. Ich hatte mich bis an den Höhleneingang zurückgezogen und sah jetzt einen Körper, der mir vorhin schon aufgefallen war, weil er sich in seiner Größe von den anderen Tieren unterschied.

Das musste Nepreno, der Herr der Drachen sein. Ich hielt den Atem an.

Nepreno hatte sich nicht nur aus dem fliegenden Pulk gelöst, sondern auch die Richtung gewechselt. Er schlug eine neue ein, und die zielte auf mich.

Mein Herz schlug schneller.

Nepreno gehörte die Höhle. Hier ruhte er sich aus, wenn er von seinen Beutezügen und Flügen zurückkehrte. Und hier fand er auch seine Opfer. Bestimmt hatte ihm der Spuk Bescheid gegeben, dass sich innerhalb der Höhle ein besonderer Leckerbissen aufhielt, ein Mensch, der sich kaum wehren konnte.

Meine Knie zitterten. Ich bewegte die Hände, schloss sie zu Fäusten und öffnete sie wieder. Ein großes Zeichen meiner Nervosität, die ich nicht unterdrücken konnte.

Ich konnte zwischen zwei Möglichkeiten wählen. Wenn ich über den Rand sprang, brachte mir die erste Möglichkeit einen sehr schnellen Tod. Kurz und schmerzlos. Zog ich mich in die Höhle zurück, hatte ich nur noch eine Galgenfrist. Aber verdammt noch mal, ich brachte es einfach nicht fertig, mich in die Tiefe zu stürzen. Dafür hing ich viel zu sehr an meinem Leben, und ich wollte – so pathetisch sich dies auch anhört – bis zum letzten Atemzug kämpfen und mich wehren. Deshalb zog ich mich in die Höhle zurück, um dort die weiteren Ereignisse abzuwarten.

Abermals umfing mich das grüne Leuchten, und ich sah etwas nahe beim Höhleneingang aufblitzen. Ich ging hinüber. Die Überraschung war groß, als ich meine Beretta auf dem Boden liegen sah. Ich bückte mich, hob sie auf und steckte sie vorn in meinen Gürtel. Dann lief ich auf den Altar zu, wo nicht nur aufgeschlagen das Buch stand, sondern auch das Kreuz lag.

Mir war eine Idee gekommen, an die ich zuvor gar nicht gedacht hatte. Jetzt, wo sich meine Hände vor dem Körper befanden, konnte ich das Kreuz in die Hand nehmen.

Verdammt, das musste doch klappen.

Die letzten Yards stolperte ich, erreichte die erste Stufe, kletterte sie hoch, trat auf die zweite, die dritte und hörte hinter mir ein schreckliches Geräusch.

Es war ein unheimliches Fauchen. Es erfüllte die Höhle wie ein gewaltiger Donnerschlag. Mir lief es kalt den Rücken hinab. Auf der dritten Stufe drehte ich mich um und schaute zum Eingang.

Viel war von ihm nicht mehr zu sehen, da Nepreno ihn fast völlig ausfüllte.

Der Spuk hatte sein Versprechen gehalten. Jetzt gab es nur noch eine Alternative.

Nepreno oder ich!

Es gibt wohl keinen Menschen, der sich darüber freut, wenn des Nachts das Telefon klingelt. Bill Conolly, dem Reporter und John Sinclairs Freund, erging es ebenso.

Das Schrillen war für ihn wie eine plötzlich aufklingende Alarmsirene und riss nicht nur ihn aus dem tiefen Schlaf, sondern auch seine Frau Sheila.

Zusammen mit Bill richtete sie sich auf.

»Was ist?«, fragte die blondhaarige Frau, die ein bläulich schimmerndes Nachthemd mit dünnen Trägern anhatte, verschlafen.

»Telefon!«, knurrte Bill.

Er wälzte sich auf die Seite, um den Nachttisch erreichen zu können, auf dem der Apparat stand.

Beim fünften Durchläuten gelang es dem Reporter, den Hörer zu fassen, während Sheila auf den Lichtschalter gedrückt hatte und eine kleine Lampe aufleuchtete.

Kaum hatte sich Bill gemeldet, als er eine bekannte Stimme vernahm. Der Reporter verzog überrascht das Gesicht. »Sie, Sir James?«

»Ja, ich bin es und muss mich für die Störung entschuldigen, aber es ist wichtig.«

»Das kann ich mir vorstellen, wenn Sie anrufen.« Bill fuhr durch sein Haar. »Um was geht es denn?«

»Das kann ich Ihnen am Telefon schlecht erklären. Würde es Ihnen etwas ausmachen, wenn wir Sie aufsuchen?«

»Natürlich nicht. Bringen Sie John mit?«

»Nein ...«

Bill wurde blass. »Dann geht es um ihn?«

»Ja. Alles Weitere später. Kara, Suko und Myxin sind noch dabei. Es tut mir leid, aber ...«

»Spielt keine Rolle, Sir, kommen Sie.«

»Danke.«

Der Reporter legte auf, da auch Sir James eingehängt hatte. Er setzte sich aufrecht hin, um Sheila anzuschauen, die ebenfalls im Bett saß. Ihr Gesicht zeigte einen verwirrten Ausdruck, und sie fragte: »War es wirklich Sir James, der da angerufen hat?«

»Ja.«

»Was wollte er denn?«

»Kommen.«

»Zu uns?«

Bill nickte. »Sicher, und nicht allein.« Er zählte auf, wen der Superintendent noch mitbringen wollte.

Sheila zeigte sich mehr als perplex. Sie wollte es kaum glauben. Dann fiel ihr auf, dass der Name John Sinclair fehlte, und sie erkundigte sich nach dem Grund.

»Um ihn geht es wohl«, erwiderte Bill leise.

»O Gott.« Sheila presste ihre Hand gegen den Mund und fuhr kaum verständlich fort: »Ihm wird doch nichts passiert sein?«

Bill hob die Schultern und schwang seine Beine aus dem Bett. »Ich weiß es nicht, Sheila, ich weiß es wirklich nicht. Aber gut scheint es nicht auszusehen. Wann ist so etwas schon passiert, dass uns Sir James mitten in der Nacht aus dem Bett holt?«

»Ja, das stimmt ...« Sheila stand auf. »Ich ziehe mich schnell an.«

»Und koche bitte eine Kanne Kaffee.«

Sheila war schon an der Tür zum Bad, das vom Schlafzimmer aus erreicht werden konnte. »Mach ich.«

Bill Conolly blieb auf der Bettkante sitzen. Er winkelte die Arme an, stützte seine Ellbogen auf die Oberschenkel und legte sein Kinn in die Handflächen. In dieser ruhigen Haltung blieb er sitzen, aber er zeigte sich nur äußerlich ruhig, im Innern verspürte er Furcht, und eine ungewisse Angst umkrallte sein Herz.

Was war geschehen?

Er wusste genau, dass John Sinclair einem brandgefährlichen Beruf nachging. Eigentlich war es ein Wunder, dass er noch lebte, aber John hatte immer einen Dreh gefunden, den Gefahren zu entgehen. Hoffentlich auch diesmal.

»Du kannst ins Bad.«

Bill drehte sich um, als er die Stimme seiner Frau hörte. Sheila stand in der Tür. Bis auf einen Slip trug sie nichts am Leib. Bills Blick glitt über ihren Körper, nahm das verführerische Bild in sich auf, doch beide, Sheila und auch ihr Mann, hatten jetzt anderes im Sinn, als sich zu lieben.

»Okay«, sagte der Reporter und erhob sich, während Sheila den Kleiderschrank öffnete.

Bill Conolly duschte nicht. Wie seine Frau wusch er sich nur den Schlaf aus dem Gesicht und zog sich danach an. Sheila hatte ihm die Kleidung bereits im Schlafzimmer über das Bett gelegt.

Als Bill in die Hose schlüpfte und Sheila den letzten Knopf der Bluse schloss, sagte sie: »Ich begreife das alles nicht. Was kann da nur geschehen sein?«

»Keine Ahnung.« Bill war fertig und verließ das Zimmer.

Kaum hatte er die Tür geöffnet, als ihm ein Schatten entgegenhuschte. Ein großes Tier, größer als ein Hund, der Wolf Nadine Berger. Eigentlich eine Wölfin, denn in dem Tierkörper steckte dic Seele eines Menschen. Nadine drängte ihren Kopf an Bills Bein, und der Reporter wühlte seine Hände in das gepflegte Fell des Tieres.

Nadine knurrte.

Es war kein drohendes Knurren, eher ein ängstliches, und dazwischen auch leise, heulende Töne. Der Reporter stutzte. Sollte Nadine vielleicht etwas gespürt haben?

Sie war kein normales Tier, auf magische Art und Weise zu dem geworden, was vor dem Reporter stand. Nadine besaß übersensible Sinne, unter Umständen ahnte sie, was mit John Sinclair geschehen war, oder aber sie spürte, dass sich der Geisterjäger in Gefahr befand.

Bill wollte sich zu ihr hinabbeugen und sie streicheln. Dagegen hatte die Wölfin etwas. Sie wischte an ihm vorbei und lief aufgeregt hin und her.

Ja, Bill war sicher, das Tier spürte etwas.

Er musste daran denken, wie John sie schwer verletzt gebracht hatte, als sich Nadine gegen Lupinas Sohn Orapul stellte. Sie hatten miteinander gekämpft, und fast hätte die Wölfin verloren. Im letzten Augenblick ging es gut.

Das Sinclair-Team verdankte dieser Wölfin viel. Bill war froh, dass er Nadine in sein Haus aufgenommen hatte, denn sie war auch ein Beschützer seines kleinen Sohnes Johnny.

Sheila verließ das Zimmer und ging an Bill vorbei in Richtung Küche. Sie knipste überall das Licht an, nur Johnnys Zimmer ließ sie in Ruhe. Der Kleine brauchte seinen Schlaf.

Bill schaltete die Außenbeleuchtung ein. Jetzt brannten auch die Laternen, die den zum Tor führenden Weg flankierten.

Vor der Tür blieb Bill stehen. Er schaute in seinen Garten. Die Dunkelheit wurde von den Lampen zum Großteil aufgehellt. Die Lichtinseln verteilten sich innerhalb des Geländes, und zwischen den bleichen Flecken nistete die Dunkelheit.

Eine Gefahr konnte der Reporter nicht sehen und auch nicht spüren. Nur das Verhalten der Wölfin vorhin hatte ihn stutzig werden lassen. Er fragte sich, was die anderen von ihnen wollten, und wenn Sir James persönlich mitmischte, musste es wirklich um eine sehr große Sache gehen.

Irgendetwas war mit John Sinclair …

Und das bereitete Bill Sorgen. Er und John kannten sich noch aus seiner Studentenzeit, sie hatten so manches gefährliche Abenteuer überstanden, einer ging für den anderen durchs Feuer. Sie verband eine Freundschaft, wie es sie heute kaum noch gab.

Je mehr Zeit verging, umso stärker wurde Bill Conollys Unruhe. Immer öfter schaute er auf die Uhr. Sheila musste ihn beobachtet haben, denn sie sagte: »Komm ins Haus, du erfährst es doch nicht früher, wenn du draußen stehen bleibst.«

Bill drehte sich um und ging.

In der Küche trank er eine Tasse Kaffee. Sheila hatte sich ebenfalls eine eingeschenkt. Auch in ihren Augen las er die Sorge.

Bill setzte die Tasse ab. »Erst Jane Collins, jetzt John. Verdammt, wo soll das hinführen?«

»Du ziehst eine Verbindung, wo es keine gibt«, erwiderte Sheila, stand auf und strich über ihre rote Cordhose. »Ich meine …«

»Sie sind da.« Bill unterbrach seine Frau, lief aus der Küche und stellte sich vor die Haustür.

Sie kamen mit dem Bentley. Obwohl Bill den Wagen nicht sah, erkannte er ihn an der Form der Scheinwerfer. Suko fuhr den Silbergrauen auf den Parkplatz vor die Garage. Dort stellte er ihn ab.

Bill Conolly hatte etwas zur Begrüßung sagen wollen, sah jedoch die ernsten Gesichter und verschluckte sich die Bemerkung. Er bat die vier ins Haus. Im großen Wohnraum nahmen sie Platz, wo Sheila schon den Kaffee bereitstehen hatte.

Superintendent Sir James Powell atmete tief durch und begann:

»Es geht um das Leben von John Sinclair.« Mit diesen schwerwiegenden Worten begann er seine Ausführungen …

Ich konnte nicht genau erkennen, ob mich der Drache ebenfalls gesehen hatte, weil ich von seinem Kopf nichts entdeckte. Er hatte seinen Schädel nicht in die Höhle hineingesteckt, ich sah nur einen Teil des Körpers, der den Eingang verdunkelte.

Abermals hörte ich das unheimliche Fauchen. Diesmal lauter und vermischt mit einem schrecklichen Atem, der mir als heiße Luft und gefährlich wie ein Sturmwirbel entgegenwehte.

Wären meine Arme nicht gefesselt gewesen, hätte ich mich sicherlich halten können. So aber wurde ich überrascht, und die heiße Woge holte mich von den Beinen.

Ich fiel unglücklich, konnte mich nicht so schnell abstützen und landete auf den Treppenstufen, deren harte Kanten ich in meinem Rücken spürte.

Es war ungefähr die gleiche Position, die ich schon einmal eingenommen hatte, nur waren diesmal meine Arme vorn gebunden, sodass ich mich nicht ganz so hilflos fühlte.

Aber da war der Drache, dieses unheimliche Untier, das weit vor mir lauerte.

Jetzt bewegte er sich. Ein Rucken lief durch seinen gewaltigen Körper, als er ihn noch ein Stück drehte, mir sein Maul zuwandte und schwerfällig voranging.

Ein Bild zum Fürchten.

Ich lag auf den Treppenstufen und schaute auf den gewaltigen Kopf mit dem Furcht erregenden Maul, den hervorquellenden Augen und dem mörderischen Gebiss.

Über Ameisen und Elefanten werden viele Witze gemacht. Ich kam mir vor wie eine Ameise, nur glaubte ich nicht, dass ich es schaffen würde, den Drachen reinzulegen, wie es der Ameise oft in den Fabeln und Geschichten gelang.

Bei jedem Schritt, den der Drache ging, dröhnte unter mir das Gestein. Es war ein Koloss, der sich mir näherte, mich aus tückischen Augen taxierte, ob ich ihm wohl als Vorspeise oder Hauptgericht reichen würde.

Das fliegende Monster hatte seine Flügel zusammengelegt. Es konnte sie wahrscheinlich hier in der Höhle nicht ausbreiten, obwohl diese so große Ausmaße hatte. Allein daran war zu erkennen, mit welch einem Ungeheuer ich es zu tun hatte.

Mein Herz klopfte oben im Hals, während ich verzweifelt nach einem Ausweg suchte.

Es gab nur eine Chance.

Mein Kreuz!

Aber würde seine Magie ausreichend sein, um den Drachen zu stoppen? Um das wertvolle Kruzifix erreichen zu können, musste ich erst einmal aufstehen. Ich hoffte nur, dass der Drache diese Bewegung nicht als ein Angriffssignal verstand und mich mit seinem kochend heißen Atem überfiel.

Noch etwas höher ruckte ich, sodass ich mit dem Rücken gegen die letzte Stufenkante stieß. Dann holte ich noch einmal Luft und gab meinem Körper Schwung.

Es war eine dumme Situation, in der ich mich befand, denn ich stolperte durch die Bewegung nach vorn und wäre fast noch über die Steinstufen gefallen.

Dann stand ich davor.

Schwankend, krampfhaft bemüht, das Gleichgewicht zu halten.

In einiger Entfernung lauerte der Koloss. Ein widerliches, urwelthaftes Monster, das plötzlich sein Maul noch weiter aufriss, sodass ich in den unheimlichen Schlund schauen konnte.

Etwas bewegte sich dort, ringelte wie eine Schlange, und dann fuhr dieses Etwas hervor.

Eine breite, gewaltige, widerliche Zunge, die wie eine Bullpeitsche durch die Luft schlug und so verdammt schnell wurde.

Wenn die mich packte, dann …

Ich hörte das Klatschen, mit dem die Spitze dicht vor mir gegen den Boden schlug, noch einmal hochgeschleudert wurde, um mich von der Seite her wie ein Seil zu umwickeln …

MACHT UND MYTHOS

Aus der Schnittwunde an der rechten Hand tropfte Blut. Das Blut der Gerechten!

Suko, der Chinese, hatte den Arm ausgestreckt, sodass seine Hand über einer seltsamen, aber sehr bekannten Zeichnung schwebte. Das Blatt stammte von Sarah Goldwyn. Sie hatte es einem ihrer Bücher entnommen, denn dieses Bild war von ungeheurer Bedeutung.

Es ging um die Drachenbeschwörung.

Der Inspektor zuckte mit keiner Wimper. Er hielt den Arm weiter ausgestreckt und zitterte auch nicht, als Kara, die Schöne aus dem Totenreich, einen zweiten Schnitt führte, sodass eine kreuzförmige Wunde entstanden war. Eine Wunde wie ein Kreuz.

Und an das Kreuz musste wohl jeder von ihnen denken, denn es spielte in dem Fall eine wichtige, wenn nicht die wichtigste Rolle überhaupt. Um das Kreuz und dessen Geheimnis drehte sich alles. Und um ein Buch, in dem die Geheimnisse des Kreuzes gelüftet wurden. Es sollte in die Hände des Sinclair-Teams gelangen. Fast wäre es so weit gewesen, da schlugen die Schwarzblüter eiskalt zu und rissen das Buch wieder an sich. Aber nicht nur das. Auch John Sinclair wurde vom magischen Sog des Spuks gepackt und wahrscheinlich in das Land, das nicht sein darf, katapultiert. Eine schlimme, grausame Sache, so dicht vor dem Ziel die große Niederlage zu erleiden, aber für die Schwarzblüter war es lebensbedrohend, wenn das Buch in die Hände des Geisterjägers gelangte, denn dann erfuhr er Dinge, die lieber im Verborgenen bleiben sollten.

Johns Freunde gaben nicht auf. Sie wollten den Geisterjäger retten. Durch einen Versuch, der bisher selten gestartet worden war. Dafür machte sich Kara stark.

Sie erinnerte sich an die uralte Drachenbeschwörung, die mit dem Blut eines Gerechten durchgeführt werden musste.

Man brauchte dazu nicht viel. Wichtig waren das Blut und das Bild. Dieses Bild war irgendwann im Mittelalter als Holzschnitt entstanden. Es zeigte ein Motiv, das zu den Grundmanifesten der christlichen Lehre gehörte.

Der Erzengel Michael hielt sein gewaltiges Schwert mit beiden Händen am Griff umklammert und rammte die Klinge in den Körper eines sich vor seinen Füßen windenden Drachen, der das Böse symbolisierte. Dieser Drache war die Hölle, war der Teufel in einer Person, und der Erzengel Michael vernichtete ihn.

Ein Bild, das symbolisch war. In zahlreichen Büchern war dieser mittelalterliche Holzschnitt abgebildet, der Sieg des Guten über das Böse. Der Erzengel hatte es vor undenklichen Zeiten geschafft. Die Freunde des Geisterjägers hofften, dies wiederholen zu können.

Das Blut des Chinesen Suko fiel in schweren Tropfen nach unten. Sie klatschten auf das Bild, wo sie einige Spritzer in die Höhe warfen, bevor sie zerliefen.

Kara nahm die Hand wieder zurück. Die Schwertspitze zeigte einen roten Schimmer. Dann nickte die Schöne aus dem Totenreich dem unbeweglich dastehenden Inspektor zu.

»Reicht es?«, fragte Suko leise.

»Ja.«

Die anderen Personen atmeten auf. Außer Suko und Kara befanden sich noch Sheila Conolly, ihr Mann Bill, Sir James Powell, Myxin und die Wölfin Nadine in der Nähe. Gerade sie wurde von dem Superintendenten hin und wieder mit skeptischen Blicken bedacht.

Sie hatten den Wohnraum der Conollys verlassen und befanden sich hinter dem Haus auf dem Rasen. Kara hatte für diese gefährliche Beschwörung einen ruhigen Platz erbeten. Nach einigem Überlegen hatte man sich geeinigt, zu den Conollys zu fahren.

Sheila und Bill wussten inzwischen Bescheid, um was es ging. Mit atemloser Spannung hatten sie zugehört, was bisher geschehen war. Sie wussten jetzt, dass Lupina, die Königin der Wölfe, nach wie vor existierte, dass sie sich sogar mit Lady X, ihrer Mörderin, zusammengetan hatte und dass der Spuk die dritte, äußerst gefährliche Kraft in diesem tödlichen Spiel war.

Wenn drei Dämonen so konzentriert angriffen, dann musste

das geheimnisvolle Buch mit dem Titel Sieben Siegel der Magie eine unermessliche Bedeutung für den Fall haben.

Eine Drachenbeschwörung!

Auch Kara hatte ein wenig Furcht davor. Es waren Jahrtausende vergangen, seit sie der Beschwörung zum letzten Mal beigewohnt hatte, und sie fragte sich, ob sie es jemals schaffen konnte.

Diese Beschwörung war damals in Atlantis erfunden worden. Zu der Zeit gab es noch kein Christentum, aber die Szene, die das Bild darstellte, konnte sich am Beginn der Welt abgespielt haben, und dieser Zeitpunkt war wesentlich älter als der Kontinent Atlantis.

Man sprach nicht.

Jeder beschäftigte sich mit seinen eigenen Gedanken. Am Himmel leuchtete kein Mond. Es schien, als habe jemand einen gewaltigen Vorhang vor die Gestirne gezogen.

Die Freunde hatten sich in den Garten der Conollys begeben. Eine seltsame Nacht umgab sie. So schwül und drückend, völlig ungewöhnlich für den Herbstmonat September. Wenn der Wind über das Gelände strich, dann wehte er aus Richtung Süden. Er brachte kaum Kühle, sondern das Gegenteil davon.

Suko zog seinen Arm zurück. Er hatte sich von Sheila ein Tuch geben lassen, das er um die Wunde an seiner Hand wickelte. Dann schaute er auf das Bild.

Es wurde von einem am Haus angebrachten Strahler genau angeleuchtet und lag in einem hellen Kreis.

Das Blut hatte die Einzelheiten natürlich verwischt. Nur noch an den Rändern war das Bild so wie zuvor.

Sir James war der Erste, der das Schweigen unterbrach. »Und was geschieht jetzt?«, wollte er wissen.

Kara hob ihren schmalen Kopf. Die langen Haare waren nach vorn gefallen, fast verdeckten sie das Gesicht. Die dunklen Augen wirkten in dem bleichen Oval wie Kohlestücke.

»Ich weiß es nicht«, lautete die ehrliche Antwort. »Wir können nur hoffen, dass ich die richtigen Worte finde und somit das Gute über das Böse triumphiert.«

»Inzwischen kann John Sinclair gestorben sein, wie?«
»Diese Möglichkeit ist nie auszuschließen.«
Sir James presste die Lippen zusammen und trat ein Stück zur Seite. Als einen Störfaktor konnte man ihn zwar nicht gerade bezeichnen, doch er brachte nicht die Geduld auf, die notwendig gewesen wäre. Vielleicht war es bei ihm auch die Unsicherheit, so plötzlich mit der Magie konfrontiert zu werden.
Kara kümmerte sich nicht weiter um seine Ausführungen, sondern bat die anderen, zur Seite zu treten.
Schweigend machte man ihr Platz.
Danach ging sie einmal um das mit Blut getränkte Bild herum und malte dann auf den Rasen ein Dreieck, und zwar so, dass es die auf dem Papier abgebildete Szene einschloss.
Jetzt stieß Myxin einen Laut der Überraschung aus.
Kara hörte ihn wohl, blieb stehen und schaute den kleinen Magier an. »Ich muss es so versuchen.«
»Ist es tatsächlich die Pyramide?«
»Ja, sie ist es.«
»Welche Pyramide?«, erkundigte sich Bill Conolly mit flüsternder Stimme.
Myxin nickte seiner Begleiterin zu, damit sie die Antwort geben sollte.
»Diese Pyramide war das Heiligtum in Atlantis. Nur wenige kennen ihre Geheimnisse, auch ich weiß nur einen Teil davon. Aber in ihr wohnen Kräfte, die wahrscheinlich die Zeiten überdauert haben und geweckt werden müssen. Allerdings muss man einen sehr triftigen Grund haben, sonst schlagen diese Kräfte ins Gegenteil um, was ich nicht hoffen will. Ich möchte, dass sie für uns arbeiten, und glaube fest daran, dass der Grund triftig genug ist.«
»Dann ist die Beschwörung also gefährlich«, meinte Suko.
»Für uns hoffentlich nicht. Vielleicht gibt die Pyramide des Wissens einen Teil ihres Geheimnisses preis. Es wäre zu wünschen. Für uns alle zu wünschen und natürlich auch für John Sinclair.«

Bill und Suko blickten sich an. Ein neuer Begriff war aufgetaucht. Die Pyramide des Wissens. Bisher hatten sie nie davon gehört, und sie fragten sich beide, welche Geheimnisse der längst versunkene Kontinent noch für sie bereithielt.

Kara sprach weiter. »In ihr sind die Urkräfte des alten Atlantis verewigt. Die Pyramide des Wissens soll unzerstörbar sein. Ich hoffe, dass sie es tatsächlich ist, einen Teil ihres Geheimnisses lüftet und uns den Weg zeigen wird.«

Die anderen nickten nach diesen Worten. Ihre Gesichter schimmerten bleich. Jeder stand unter einer unsagbaren Spannung, und ein jeder hoffte, dass Kara recht behalten würde.

Sie hatte die Pyramide nachgezeichnet. Das Gras war durch die Schwertspitze zerfetzt worden. Man konnte deutlich die Umrisse erkennen, doch auf den Gesichtern stand eine gewisse Ungläubigkeit.

»Ich werde jetzt beginnen«, sagte Kara, die Schöne aus dem Totenreich, und bat darum, dass Platz geschaffen wurde.

Die anderen traten zurück.

Die Spannung hatte sich in den letzten Minuten verdichtet. Fast greifbar hing sie zwischen den Personen und der auf den Boden gezeichneten Pyramide, vor deren Grundlinie Kara, die Schöne aus dem Totenreich, stehen blieb.

Das Schwert mit der goldenen Klinge hatte sie nicht weggesteckt. Sie benutzte es als Stütze, während sie langsam in die Knie sank und dann den Boden berührte.

In dieser Stellung blieb sie.

Kara wusste, dass sich die Blicke der Freunde nur auf sie konzentrierten. Allein auf diese schmächtige Person kam es an, ob der Kontakt zu einem Land, das nicht sein darf, hergestellt werden konnte.

Kara beugte ihren Oberkörper nach vorn, drehte das Schwert, hielt den Griff jedoch fest und legte die Waffe so hin, dass sie mit der Spitze den Rand des Blattes berührte.

Es lag genau im Zentrum der Pyramide. Das Papier war weich geworden, vom Blut durchnässt.

Dann ließ sie auch das Schwert los, beugte den Oberkörper

weiter nach vorn und wirkte wie eine gedrückte Feder, als ihre Stirn die Klinge berührte.

Der gebeugte Rücken erschien den anderen symbolisch für das, was hier ablief. Auf Kara lastete eine ungeheure Verantwortung. Sie allein hatte es in der Hand, John Sinclair vielleicht eine Chance zu geben. Versagte sie, war auch der Geisterjäger verloren.

Niemand machte sich darüber Illusionen, und jeder drückte der Schönen aus dem Totenreich die Daumen.

Kara begann zu sprechen.

Zuerst waren die Worte kaum zu hören. Später, als sie verständlicher wurden, begriff sie außer Myxin wohl niemand, und Sir James warf dem Reporter Bill Conolly einen fragenden Blick zu.

»Es ist die Sprache der alten Atlanter«, hauchte Bill Conolly.

Sir James nickte.

Dann wurde auch er in den Bann dieser seltsamen Ereignisse gezogen und war still.

Kara redete weiter. Sie konzentrierte sich ungemein auf die schwere Aufgabe. Ihr Rücken zuckte, manchmal hörte sich ihre Stimme rau an. Sie hielt die Verbindung zwischen sich, der Klinge und dem in der Pyramide liegenden Bild stets aufrecht.

Konnte sie etwas erreichen?

Die Menschen standen stumm um sie herum. In jedem Gesicht zeichnete sich die Spannung ab. Auch bei Bill zeigten die Züge einen gequälten Ausdruck. Er litt stark unter den Voraussetzungen. Die Hände hatte er zu Fäusten geballt, sein Körper war verkrampft. Sheila und Suko erging es ähnlich, wobei sich der Chinese noch am besten in der Gewalt hatte. Ihm war äußerlich kaum etwas vom Gesicht abzulesen.

Sir James und Myxin standen nahe beieinander. Der Superintendent war sehr nervös. Sein Gesicht glänzte, als wäre es mit Speck eingerieben worden, die Mundwinkel zuckten, die Augen hinter den dicken Brillengläsern bewegten sich nervös.

Myxins Gesicht blieb ruhig. Nur der grünliche, auf der Haut

liegende Schimmer schien sich verstärkt zu haben. Ein Beweis dafür, dass die Ereignisse auch an ihm nicht spurlos vorübergingen.

Kara ließ sich durch nichts beirren. Sie sprach unaufhörlich weiter, ihre Lippen waren in ständiger Bewegung, und zum ersten Mal hörten die Conollys und auch Sir James die Sprache eines längst ausgestorbenen Volkes.

Die Blicke der Zuschauer waren nicht nur auf Kara gerichtet, sondern auch auf das Dreieck. Es sollte eine große Hilfe sein. Ein jeder hoffte, dass sich die Schöne aus dem Totenreich damit nicht irrte.

Sie enttäuschte sie nicht.

Das Dreieck, die stilisierte Nachbildung der Pyramide des Wissens, reagierte auf seine Art und Weise.

Die Umrisse leuchteten plötzlich auf. Jeder hatte das Gefühl, als würde das seltsam kalte blaue Licht aus dem Boden hochsteigen und die Seiten scharf nachzeichnen.

Genau dort, wo Kara mit dem Schwert durch die Grasnarbe gefahren war, wurden die Umrisse von diesem strahlenden Blau gebildet. Der Schein war seltsam bleich, dennoch intensiv – und er wuchs.

Unheimlich war dies anzusehen, wie er an den Seiten hochstieg und das Dreieck genau in seinen Umrissen als Lichtglocke umgab. Der Schein baute eine Pyramide auf.

Die Pyramide des Wissens!

War das des Rätsels Lösung? Konnte John Sinclair auf diese Art und Weise aus dem Land, das nicht sein darf, befreit werden?

Sie alle hofften es, und jeder war gespannt, wie es nun weitergehen würde …

Der Drache hatte sein Maul weit aufgerissen und mich als sein Opfer fixiert.

Mich, John Sinclair, entführt in das Drachenland und dort an den Händen gefesselt in einer Höhle nebst dem Kreuz und dem geheimnisvollen Buch zurückgelassen.

Hohnlachend hatte mir der Spuk mein Ende prophezeit, das nun durch den Drachen eingeläutet wurde.

Nepreno hieß er. Und er war der unumschränkte Herrscher in diesem unheimlichen Drachenland.

Er räumte jeden Feind aus dem Weg, kannte kein Pardon, war nur darauf bedacht zu töten, und er schlug mit gnadenloser Härte zu, wenn es galt, die Feinde zu vernichten.

So wie jetzt.

Fressen oder verschlucken konnte er mich nicht. Ich war zu weit entfernt, aber er besaß eine gefährliche Zunge, die mich an eine mörderische Pranke erinnerte.

Sie fuhr aus dem Maul und mir entgegen.

Kurz bevor sie mich erreichte, schlug sie einmal auf den Boden, wurde im nächsten Augenblick lang und wollte meinen Körper umwickeln.

Ich hatte ähnliche Situationen schon erlebt. Mit Monsterschlangen und Untieren.

Nie jedoch war der Platz so eingeengt gewesen wie in diesem Fall. Ich befand mich in der Höhle und kam nicht mehr hinaus. Der Eingang wurde von dem Drachen voll ausgefüllt.

Und doch wollte ich nicht kampflos untergehen. So schnell die klebrige Zunge auch war, ich war noch um eine Idee schneller. Zwar drehte ich mich auf der Stelle, dann jedoch katapultierte ich mich mitten in der Bewegung zur Seite.

Mit einem kräftigen Sprung schaffte ich mich aus der Gefahrenzone, landete auf den Füßen, nur gelang es mir nicht, auf den Beinen zu bleiben, weil es mir so gut wie unmöglich war, mit gefesselten Händen das Gleichgewicht zu behalten.

Meinen Schwung konnte ich noch etwas abbremsen und krachte danach auf die Knie.

In dieser Haltung blieb ich nicht, denn die Zunge war gedankenschnell zurückgezogen worden und stieß abermals gegen mich vor.

Ich entschied mich innerhalb eines Gedankensprungs. Meine verzweifelte Aktion hatte mich ein Stück zur Seite gebracht, und zwar so weit, dass ich die Rückseite des Altars sehen konnte.

Der Altar bestand aus einem Steinquader. Dieser erhob sich von einem Podest, zu dem mehrere Stufen hinaufführten.

Vier waren es insgesamt. Dies jedoch nur an der Vorderseite. Die Rückseite war glatt, und wenn ich an ihr hochschaute, konnte ich die Steinplatte erkennen, die auf dem Altar lag und an den Rändern überstand.

Die Platte war nicht leer. Dort hatte der Spuk wie zum Hohn mein Kreuz hingelegt oder hinlegen lassen, denn er selbst wurde durch die Berührung geschwächt, und neben dem Kreuz stand aufgeschlagen das Buch der sieben Siegel.

Bevor die verdammte Zunge ein zweites Mal auf mich zufahren konnte, hatte ich mich schon abgestoßen.

Es war ein Verzweiflungssprung wie der Erste auch, und ich flog flach über den Boden.

Dann die Landung.

Hart war sie, aber ich konnte mich über die Schulter abrollen. Während der Drehung sah ich die rötlich schimmernde Zunge, wie sie am Altar und auch an mir vorbeihuschte und etwa zwei Schritte von meinen Füßen entfernt zu Boden klatschte.

Prustend stieß ich die Luft aus. Eine winzige Galgenfrist war mir vergönnt. Der Steinaltar deckte mich vorerst gegen die Attacken von Nepreno ab.

Liegen bleiben konnte ich nicht. Ich musste mich auf die Füße quälen. Das schaffte ich nicht so schnell wie normal, denn mit gefesselten Händen ist es gar nicht so einfach.

Schließlich stand ich doch, und ein wahnsinniger Gedanke zuckte durch mein Hirn.

Der Spuk hatte in seiner Siegesgewissheit mein Kreuz auf dem Altar liegen gelassen. Mir war es inzwischen gelungen, die gefesselten Hände nach vorn zu bekommen. Ich konnte auch die Arme heben und das auf dem Altar liegende Kreuz erreichen.

In diesen Momenten dachte ich auch nicht an die Gefahr, in der ich mich befand, denn die Situation konnte man bei näherer Betrachtung als ausweglos bezeichnen. Ich wollte nur überleben und griff deshalb zum kleinsten Strohhalm.

Ein gewaltiges Grollen bewies mir, dass Nepreno ungeduldig wurde. Mit dem unheimlichen Geräusch stieß er auch eine heiße Dampfwolke aus seinem Rachen, die über den Altar hinwegfauchte.

Ich blieb erst einmal in dieser Deckung, presste mich eng gegen das Gestein an der Rückwand und lauschte.

Wie würde Nepreno reagieren? Normalerweise musste er sich weiter vorschieben, um mich zu erwischen. Das tat er auch, denn ich hörte das raue Schaben auf dem Boden, das entstand, als er sich auf meine Deckung zuschob.

Hinter dem Altar hatte ich mich zusammengeduckt und bemühte mich, meinen Atem wieder unter Kontrolle zu bringen.

Ich dachte daran, dass mir der Spuk den Dolch und die Beretta gelassen hatte. Wahrscheinlich nur, weil ich mit beiden nichts anfangen konnte.

Aber vielleicht mit dem Kreuz.

Gefesselt waren meine Hände zwar, doch die Arme konnte ich bewegen. Wenn ich sie hochhob und ausstreckte, musste es mir gelingen, das auf der Platte des Altars liegende Kreuz zu erreichen.

Dafür musste ich einen Schritt zurück, da mir der vorspringende Rand sonst die Sicht nahm.

Der Blickwinkel war trotzdem schlecht. Ich konnte das Kreuz noch nicht sehen und ahnte mehr, wo es sich befand. Meine Hände tasteten über die Platte. Mit den Fingerkuppen berührte ich eine Buchecke und hörte, wie das Buch umfiel.

Das Kreuz lag weiter links.

Ich beeilte mich noch mehr, denn der Drache stand längst nicht still. Er kam immer näher, und er schlug ein weiteres Mal zu.

Ein leises Pfeifen ertönte, als sich die Zunge auf dem Weg befand. Dann klatschte sie gegen den Stein, so heftig, dass der Altar erzitterte. Ich bekam Angst, denn die Kraft des Wesens war in der Tat mörderisch. Fast wäre ich sogar zurückgezuckt, aber ich ließ meine Hände oben, und ich ertastete das Kreuz.

Zum Glück konnte ich die Finger bewegen, denn die Fesseln schnürten meine Hände nur an den Gelenken zusammen. Es gelang mir mit einiger Mühe, das Kreuz an mich zu nehmen. Ich zog es zu mir heran, es schaute jetzt über die Kante hinweg, kippte und fiel mir entgegen.

Mit beiden Händen griff ich zu, sodass ich das Kreuz gut auffangen konnte. Irgendwie fühlte ich mich besser, auch wenn der Drache nach wie vor eine tödliche Bedrohung darstellte.

Hastig zog ich mich zurück. Meine Beine bewegten sich unregelmäßig, als ich im Hintergrund der Höhle verschwand. Ich torkelte über den rauen Boden, aus dessen porösem Gestein das grünliche Leuchten stieg, das die Höhle erfüllte.

Mein Sinnen und Trachten war danach ausgerichtet, dem Drachen zu entgehen. Deshalb suchte ich ein Versteck, um vor ihm wenigstens für eine bestimmte Zeit sicher zu sein.

Das allerdings schaffte ich nicht. Die Höhle im Berg war zwar in ihren Ausmaßen gewaltig, doch Verstecke gab es nicht. Keine Nischen oder Löcher, wo sich ein Mensch verbergen konnte. Ich hatte keine andere Wahl und musste mich dem Drachen stellen.

Der große Eingang war kaum zu sehen, da der Körper des Untiers ihn fast völlig verdeckte. Nur ein wenig Licht schimmerte seitlich des Monsters durch die Lücke, sodass sich die urwelthafte Gestalt wie ein düsterer Scherenschnitt vor meinen Augen abhob.

Er bewegte sich ziemlich plump voran. Sein Schädel pendelte dabei, als würde der schwere Kopf mit dem aufgerissenen Maul nur an einem Faden hängen.

Der Drache bot ein Bild, das einem Angst einjagen konnte. In den Märchen- und Sagenbüchern war oft über Drachen geschrieben worden. Ich dachte auch an die Siegfried-Sage. Dieser germanische, furchtlose Recke hatte den Drachen besiegt und in seinem Blut gebadet.

Ich war nicht so furchtlos wie er, sondern hatte schlichtweg Angst vor dem Untier.

Die Zunge war nicht innerhalb des Mauls verschwunden, sondern fuhr zuckend vor und zurück. Sie glitt dabei über den Boden, erinnerte mich manchmal an eine Spirale, wenn sie sich schlangenlinienförmig bewegte, und spielte schon mit ihrer Spitze am Steinaltar.

Ich hatte das Kreuz nicht aus den Händen gegeben. Meine Finger schlossen sich um das geweihte Metall. Mir kam es vor, als hätte sich das Kruzifix erwärmt, was allerdings auch Einbildung sein konnte, weil ich so sehr hoffte, dass mir das Kreuz einen Weg aus der Misere zeigen würde.

Dabei barg es so immens große Geheimnisse. Und der Schlüssel dazu lag nur ein paar Schritte von mir entfernt auf dem Altar …

In meiner Fantasie malte ich mir alles einfacher aus, als es in Wirklichkeit war. Denn zwischen mir und dem Buch stand Nepreno. Ihn konnte ich wohl kaum überwinden.

Jetzt schob er sich an dem Steinaltar vorbei. Zum ersten Mal sah ich seinen Rücken, und nicht nur ihn, auch der dazugehörige Schwanz geriet in mein Blickfeld.

Der Schwanz des Drachen war erschreckend groß! Am Ende lief er spitz zu.

Grauenhaft anzusehen, denn auf dem Oberteil des Schwanzes befanden sich noch kleinere Zacken, die wie Messer vorstanden.

Unbeirrt ging Nepreno seinen Weg. Er hatte mich längst gesehen, war auf mich fixiert, und seine gewaltigen Glotzaugen schienen mich zersägen zu wollen.

Konnte mich mein Kreuz retten?

Bisher hatte es sich nicht gerührt. Ich dachte daran, dass mir Myxin mal geraten hatte, das Kreuz zu aktivieren. Aber wie ich das anstellten sollte, davon hatte er nichts gesagt, das blieb weiterhin die große Frage. Des Rätsels Lösung würde ich sicherlich in dem vierten Siegel des Buchs finden, doch das war im Moment unerreichbar.

Ich wich so weit in die Höhle zurück, dass ich die Wand in meinem Rücken spürte.

Es war ein warmes Gestein, und der grüne, daraus hervordringende Lichtschein umschmeichelte meinen Körper. Als ich nach rechts schaute, entdeckte ich eine Art Nische.

Die Höhlendecke senkte sich dort dem Boden zu, bildete einen schrägen Winkel, der mich an einen in das Gestein vorstoßenden Tunnel erinnerte.

Ich warf nur einen kurzen Blick dorthin, erkannte allerdings die bleichen Überreste.

Es waren Knochen …

Manche sehr groß. Sie konnten ihrer Form nach nicht von Menschen stammen. Andere wiederum waren kleiner, sodass diese Knochen die Überreste eines oder mehrerer Menschen waren.

Mir lief es kalt den Rücken hinab, als ich daran dachte, dass vielleicht auch meine Knochen einmal dort liegen würden und im Laufe der Zeit zu Staub wurden.

Aktiviere das Kreuz!

Abermals musste ich an die Worte des kleinen Magiers denken, während das Monster mir näher und näher kam. Es würde mich zerreißen. Das Gebiss war gebleckt, und es konnte nur eine Frage der Zeit sein, wann es endgültig zuschlug.

Nepreno kam zur Ruhe.

Der gewaltige Körper schien ineinanderzusacken, als hätte man die Luft aus ihm herausgelassen. Dabei hatte sich der Drache nur ein wenig zur Ruhe gelegt, mehr war nicht geschehen.

Eine trügerische Ruhe. Seine Zunge bewegte sich innerhalb des offenen Rachens, und er selbst sah aus wie ein lebendiges Gebirge.

Ich schwitzte noch stärker. Es war der Angstschweiß, der aus meinen Poren drang, denn ich hatte die Ausweglosigkeit meiner Lage längst erkannt.

Ich sah die großen, kugelrunden, seltsam weißgrünlich schimmernden Augen im Schädel des Monsters. Die Pupillen waren, relativ gesehen, klein und starr auf mich gerichtet.

Ich umklammerte mein Kreuz. An die Beretta dachte ich

nicht mehr, obwohl ich sie bei mir trug. Diese Silberkugeln konnte ich sparen. Ich hätte ebenso gut einen Stein gegen die Schuppenhaut werfen können. Der Erfolg wäre derselbe gewesen.

Jetzt bewegten sich die beiden gewaltigen Kiefer. Sie klappten zu, doch bevor sich die Zähne berührten, öffnete der Drache sein Maul wieder.

Kaum einer wird ermessen können, was ich in dieser Situation alles durchmachte. Es war ein grauenhaftes Gefühl, so dicht an der Schwelle des Todes zu stehen und zu wissen, dass man ohne Chance war.

Der Drache war immer schneller als ich, und sollte es ihm gelingen, mich auch nur mit einem Schlag seines Schwanzes zu erwischen, brach er mir sämtliche Knochen.

Manchmal konnte ich ihn nicht mehr klar sehen. Dann war Schweiß in meine Augen geraten und trübte meinen Blick. Kalt und heiß zugleich kroch es mir über den Rücken. Mein Herz schlug schneller, die Luft war kaum zu atmen, und als der Drache plötzlich den heißen Dampf fauchend aus seinem Maul stieß, da wusste ich, dass der Zeitpunkt meines Todes in unmittelbare Nähe gerückt war.

Und da geschah etwas, was ich bis heute noch nicht richtig begriffen habe …

Kara wusste, dass jetzt alles von ihr abhing. Nur sie, die Schöne aus dem Totenreich, konnte John Sinclair eine Gnadenfrist verschaffen und ihn vielleicht retten.

Deshalb hatte sie alle ihre Kräfte gesammelt und sie voll eingesetzt.

Andere hatten keine Chance. Die Conollys, Sir James, Suko und auch Myxin waren nur Statisten. Der kleine Magier hatte damals zwar in Atlantis gelebt, doch da stand er auf der anderen Seite. Er war der schwarzen Magie verfallen gewesen, hatte sie selbst eingesetzt und in Kara, der Schönen aus dem Totenreich, eine Gegnerin gesehen. Von der Pyramide wusste er zwar, doch wie deren Magie einzusetzen war, konnte ihm niemand erklären.

Kara sprach weiter.

Hatten ihre Worte vorhin noch laut durch die Stille geklungen, so waren sie jetzt leiser geworden, beinahe flüsternd und kaum noch zu verstehen. Die Hände, die den Schwertgriff hielten, zitterten, und manchmal wurde ihr Köper wie von Fieberschauern geschüttelt.

Blau leuchtete die seltsame Pyramide, die wie Glas aussah und es doch nicht war. Sie musste sich aus unzähligen bläulich schimmernden Partikeln zusammensetzen, aus einer sichtbaren Luft, sodass es ihr gelang, über dem Dreieck das Muster zu bilden.

Keiner der Zuschauer bewegte sich. Sie standen da wie angewurzelt. Selbst die Wölfin, die in einiger Entfernung auf dem Boden hockte und die Vorderpfoten ausgestreckt hatte, rührte sich nicht.

Das Licht der Pyramide war nicht stark. Es malte auch kein blaues Dreieck auf den Rasen, sondern blieb innerhalb der Figur konzentriert.

Die seltsame Pyramide war nicht groß. Nicht höher als einen Yard stand sie über dem Boden. Ihre Maße glichen genau denen des original aufgezeichneten Dreiecks.

Kara gab nicht auf. Sie kämpfte mit einer Verbissenheit, die auch die Zuschauer spürten. Auf keinen Fall ließ sie das Schwert los. Der Griff schien mit ihren beiden Händen verwachsen zu sein, und die Spitze lag auf dem blutgetränkten Blatt mit der Zeichnung.

Das Blut eines Gerechten!

Es musste sein, denn auch bei der weißen Magie wurden Beschwörungen mithilfe von Menschenblut durchgeführt.

Der rote Lebenssaft begann zu kochen.

Wenigstens musste dies den atemlos dastehenden Zuschauern so vorkommen, als von der Flüssigkeit her ein rötlich schimmernder Dampf hochstieg und sich innerhalb der Pyramide verteilte.

Er wölkte nach allen Seiten, fand seinen Platz überall und bewegte sich träge über die Grundlinie der seltsamen Pyramide. Er verdeckte die goldene Schwertklinge, nahm einen Teil des Farbtons der Pyramide an, und aus der Mischung zwischen Blau und Rot wurde ein seltsames Grün.

Kara hatte aufgehört zu sprechen, als das Blut dampfte. Sie war noch mehr in sich zusammengesunken, sodass man das Gefühl haben konnte, sie würde Kraft sammeln.

Kraft war für das, was sie vorhatte, bitter nötig, denn nun begann für sie der letzte und wichtigste Teil der Beschwörung. Hatte sie bisher in einer bis für Myxin unverständlichen Sprache geredet, so änderte sich dies.

Alle zuckten zusammen, als sie den Namen des Mannes hörten, um den sich alles drehte.

»J-o-h-n S-i-n-c-l-a-i-r!«

»Sie ruft ihn!«

Diese Worte stieß Sir James aus. Selbst der Superintendent konnte seine Erregung nicht unterdrücken. Die seltsame Magie des unheimlichen Augenblicks hielt ihn umfangen. Ihm erging es ebenso wie den anderen. Auch sie hatten den Namen vernommen und warteten auf eine Reaktion.

Würde es Kara schaffen, den Geisterjäger kraft dieser atlantischen Magie aus einem fernen Land zurückzuholen?

Es war wie ein Stromstoß, der durch die Körper der Zuschauer floss und ihnen klarmachte, dass sie hier etwas Einmaliges erlebten.

»John Sinclair!«

Stöhnend drangen die Worte über Karas Lippen, ein Zeichen, wie sehr sie litt.

Aber er zeigte sich nicht. Nur der Nebel wallte innerhalb der blauen, magisch aufgeladenen Pyramide, die über dem Rasen schwebte.

»Sie schafft es nicht!«, flüsterte Sheila, um danach ihre Hände zu Fäusten zu ballen. So hart, dass die Fingernägel in das Fleisch der Ballen stachen.

Bill, der neben seiner Frau stand, erwiderte nichts. Aus

großen Augen und mit halb offenem Mund schaute er den weiteren Ereignissen zu.

Da reagierte die Pyramide.

Sie hatte nie ruhig gestanden. Nun aber lief ein gewaltiges Zittern durch den Körper. Es schien so, als würde das Gebilde zusammenbrechen. Zwischen ihr und dem Schwert entstanden goldblaue Blitze, die in die Seiten der Pyramide hackten.

Wurde sie jetzt zerrissen? Nein, sie blieb ganz, aber sie war nicht mehr zu halten. Ein Pfeifen schwang über den Rasen hinter dem Haus, und wie von einer unsichtbaren Hand geschleudert, fegte die Pyramide in den nachtdunklen Himmel, so schnell, dass die Augen der Anwesenden ihr kaum folgen konnten. Als blauer Komet stieß sie dem Himmel entgegen, tauchte in die Schwärze ein und wurde von ihr verschlungen.

Als letztes sichtbares Zeichen blieb ein blauer Punkt zurück, dann war auch er nicht mehr zu sehen.

Kara, die Schöne aus dem Totenreich, musste sich auf das Schwert stützen, als sie sich erhob. Der Reihe nach schaute sie in die Gesichter der Freunde.

Sie selbst wirkte bleich. Wie eine Tote. Ihre Haut an den Wangen war eingefallen, die Knochen traten spitz hervor, und die dunklen Augen fielen in dem Gesicht noch mehr auf, als es ohnehin schon der Fall war.

»Was ist denn?«, fragte Suko.

Kara hob die schmalen Schultern. Ihre Antwort war kaum zu verstehen, und sie drehte das schmale Gesicht dem nächtlichen Himmel zu. »Jetzt können wir nur noch beten …«

Auf einmal war das blaue Licht da!

Ich wusste nicht, woher es gekommen war, wer es in diese Höhle entsandt hatte. Für mich allein zählte, dass es vorhanden war und mich plötzlich wie ein Mantel umgab.

Im selben Augenblick griff der Drache an. Ich muss es so erklären, dass sich der Angriff und das Erscheinen des blauen Lichts praktisch überschnitten.

Es kam zur Kollision.

Abermals erlebte ich etwas Unwahrscheinliches. Der Drache, so gefährlich und gewaltig er auch war, schaffte es nicht, das über mir flirrende blaue Licht zu durchbrechen. Er hatte nicht seinen gewaltigen Körper gegen mich wuchten wollen, sondern versuchte es wie schon zuvor mit seiner gefährlichen Zunge.

Und die klatschte gegen das Licht.

Ich hörte keinen Aufschlag. Kein Treffer erschütterte das, worin ich stand, dafür aber schnellte die Zunge, von einer unheimlichen Kraft getrieben, zurück, drehte sich in der Luft zu einer Spirale und veränderte ihre Farbe.

Obwohl das blaue Licht meinen Blickwinkel ein wenig verzerrte, bemerkte ich die Veränderung. Das Rot der Zunge verschwand, es wurde blasser, nahm einen stumpfen Ton an, der meiner Ansicht nach die Farbe eines schmutzigen Graus hatte.

Dann verschwand die Zunge wie ein langer Lappen im Maul des Ungeheuers.

Der Rachen klappte zu, wurde aber gleich darauf wieder geöffnet. Nepreno warf seinen mächtigen Schädel hin und her. Ich hörte keinen Laut, obwohl dieser Kopf mal links, dann rechts auf den Boden prallte. Das blaue, seltsame Licht hielt alle Geräusche von mir fern.

Nun konnte ich sehen.

Und ich erkannte sehr deutlich, dass sich die Zunge der Drachenbestie auflöste. In mehrere Teile wurde sie zerrissen, und danach spie das Untier die einzelnen Stücke aus.

Ich sah auch den Rauch aus dem Maul quellen, aber ich hörte nichts. Die erschreckende Lautlosigkeit der Szene traf mich zutiefst, und ich machte mir seltsamerweise keinerlei Gedanken darüber, dass ich vielleicht gerettet war.

Vielleicht?

Ja, das war das richtige Wort, denn noch lag alles in der Schwebe. Und in der Schwebe befand auch ich mich. Das seltsame blaue Licht, das mich umfangen hielt, hob vom Boden der Höhle ab, sodass ich in der Luft schwebte.

Dann befand ich mich über dem Drachen.

Nepreno war noch immer mit sich selbst beschäftigt. Er warf sich von einer Seite auf die andere, wollte es nicht wahrhaben, dass seine Zunge herausgerissen und zerfetzt war.

Zum ersten Mal sah ich, wie er seinen gewaltigen Schwanz bewegen konnte. Wie ein mörderischer Kreisel wischte er dicht über den Boden, hieb gegen die Wand, und obwohl ich keinen Laut vernahm, konnte ich sehen, wie das Gestein erzitterte.

Der Monsterdrache tobte.

Heißer Atem dampfte aus seinem Maul. In gewaltigen grauen Wolken wallte er gegen die Decke, wurde dort auseinandergefächert und trieb allmählich dem Ausgang entgegen.

Auch Nepreno hielt nichts mehr in der Höhle. Er bewegte sich ebenfalls in Richtung Ausgang. Dabei wälzte er seinen schweren, schuppigen Körper voran, folgte seinen heißen Atemwolken, erreichte sein Ziel und quetschte sich hindurch.

Auf dem Plateau breitete er seine gewaltigen Flügel aus und stieg in die graue Luft.

Nepreno war geflüchtet. Aber ich verspürte kein Gefühl des Triumphes, denn noch wusste ich nicht, in was ich da hineingeraten war. Der Begriff vom »Regen in die Traufe geraten« fiel mir ein, aber etwas war sicher: Das blaue Licht hatte nichts mit dem unheimlichen Drachen zu tun.

Die beiden waren wie Feuer und Wasser, sie stießen sich gegenseitig ab.

Wie würde es weitergehen?

Ich selbst wusste es nicht. Es war mir nur möglich, meine eigene Position einzuschätzen. Zu welcher Seite hin neigte sich die Waage? Positiv oder negativ?

Ich war innerhalb eines blauen Lichtscheins gefangen, daran gab es nichts zu rütteln.

Dass ich den Lichtschein nicht beeinflussen konnte, war ebenfalls eine Tatsache. Im Gegenteil, er konnte mich dirigieren, das heißt, er transportierte mich dorthin, wohin es wollte.

Momentan schwebte ich über dem Boden und bewegte mich innerhalb des blauen Gefängnisses auf ein neues Ziel zu.

Es war der Altar.

Es gelingt mir schlecht, meine Gefühle zu beschreiben, denn zu widersprüchlich tobten sie in meinem Innern.

Dieses lautlose Gleiten auf den Altar zu, wo das Buch der sieben magischen Siegel lag, war ein regelrechtes Phänomen.

Und die Reise musste meiner Ansicht nach einen Zweck erfüllen. Wahrscheinlich ging es um das Buch.

Ich war gespannt und auch wieder so weit auf dem Damm, dass ich mich umschauen konnte. Eine Analyse meiner näheren Umgebung ergab sich zwangsläufig.

Bewegen konnte ich mich. Die Arme, die Beine, die Hände …

Hände?

Die Überraschung traf mich freudig. Damit hatte ich auf keinen Fall gerechnet.

Meine Hände waren frei.

Nichts mehr von Fesseln zu sehen. Verschwunden, aufgelöst waren die Stricke.

Das Blut rauschte in meinem Kopf. Es war ein Gefühl der Freude, eine andere Erklärung wusste ich nicht. Diese unbekannte Magie hatte es geschafft, die Fesseln zu sprengen.

Und das Kreuz hielt ich in der Hand. Von oben fiel mein Blick auf das Kruzifix. Es hatte ebenfalls seine silbrige Farbe verändert und einen leicht bläulichen Schein angenommen. Erst jetzt stellte ich fest, dass es an einigen Stellen aufblitzte. Und zwar dort, wo über dem Alpha- und Omega-Zeichen die seltsamen Schriftzüge zu lesen waren. Ferner in dem kabbalistischen Kreis unterhalb des Allsehenden Auges und ganz oben neben dem M für Michael, wo die Anfangsbuchstaben meines Namens eingraviert worden waren.

Aber auch das M leuchtete. Sogar heller als die anderen Stellen. Das musste etwas zu bedeuten haben.

Ich sollte es bald erfahren und eine noch größere Überraschung erleben. Aber ich möchte langsam und der Reihe nach von dieser seltsamen magischen Reise erzählen.

Zunächst einmal näherten wir uns weiterhin dem Steinaltar. Ich hatte auf dieser Reise Zeit, mir mein Gefängnis genauer anzusehen. Es war relativ groß, sodass ich aufrecht stehen konnte und nicht mit dem Kopf irgendwo anstieß, obwohl dieser schwebeleichte Gegenstand oben spitzer zulief.

Rechts und links schaute ich. Dabei entdeckte ich zwei von der Spitze auslaufende Seiten, die an ihrer breitesten Stelle durch eine Grundlinie verbunden waren, auf der meine Füße ihren Halt gefunden hatten.

Grundlinie – Seiten – spitzer Winkel, all das addierte ich zusammen und gelangte zu der Erkenntnis, dass es sich bei meinem Transportmittel um ein Dreieck handeln musste.

Ein magisches Dreieck …

Allerdings nicht zwei-, sondern dreidimensional, also räumlich angeordnet.

Und ich kannte auch des Rätsels Lösung: Ich steckte im Innern einer Pyramide!

Da wurde mir einiges klar.

Einen Moment später erschauderte ich vor meinen eigenen Gedanken und meiner Lage, denn ich ahnte, dass sich etwas unheimlich Großes und Gewaltiges anbahnen würde, das in der Pyramide seinen Ursprung hatte …

Sie schwiegen.

Keinem war jetzt nach Reden zumute, denn zu viel war geschehen. In den letzten Sekunden hatten sich die Ereignisse buchstäblich überschlagen. Die von Kara auf magische Weise beschworene Pyramide hatte die normale Dimension verlassen.

Auf dem Boden lag noch die mit Blut getränkte Zeichnung, und auch die Abdrücke waren zu sehen, ansonsten nur Kara, die sich aus ihrer knienden Haltung vor Erschöpfung kaum erheben konnte und noch immer das Schwert mit der goldenen Klinge festhielt.

Fast gleichzeitig setzten sich Suko und Myxin in Bewegung. Sie halfen Kara, die einen apathischen Eindruck machte und deren Kopf in den Nacken gekippt war. Die Augen hielt sie halb geschlossen, der Mund stand offen, die Lippen formten das Wort Wasser.

Es wurde auch von Bill verstanden. Der Reporter lief in die Küche, so schnell er konnte.

Währenddessen setzten Suko und Myxin die erschöpfte Kara auf eine in der Nähe stehende Gartenbank.

Niemand fragte sie, obwohl jedem zahlreiche Fragen auf der Seele brannten. Sie wollten Kara erst zu Kräften kommen lassen, dann würde sie sicherlich von allein berichten.

Bill brachte das Wasser. Kara sah es, streckte die zitternde Hand aus und konnte das Glas kaum halten. Myxin war ihr behilflich, das Wasser zu trinken.

Die Schöne aus dem Totenreich nahm die Flüssigkeit in kleinen Schlucken zu sich. Ihre Augen schauten dabei über den Glasrand hinweg. Die Pupillen waren seltsam verdreht, die Blicke irgendwie abwesend. Sie leerte das Glas, ohne es zu merken, und auch als Myxin es ihr aus der Hand nahm, reagierte sie nicht.

Bill stellte es zur Seite.

Suko holte das Schwert mit der goldenen Klinge. Er lehnte es neben Kara gegen die Bank.

Dann warteten sie auf eine Erklärung.

Myxin fragte: »Wie geht es dir? Kannst du reden?«

»Ja, natürlich.«

»Hat Ihr Zauber geklappt?«, wollte Sir James wissen. Auch er sprach mit sanfter Stimme, etwas Seltenes bei ihm.

Kara hob die Schultern. »Ich weiß es nicht. Was jetzt geschieht, kann ich nicht mehr steuern.«

»Wieso nicht?«

Die Schöne aus dem Totenreich schaute den Superintendent an. »Ich habe gegen die Drachenmagie beschwören wollen. Es ist mir auch gelungen, aber ich konnte nicht ahnen, dass die Pyramide des Wissens entstehen würde.«

»Ist das so außergewöhnlich?«

Kara nickte sehr ernst. »Das ist es in der Tat. Die Pyramide des Wissens ist in Wirklichkeit viel, viel größer gewesen. Sie hat sich hier in kleinerer, konzentrierter Form gezeigt, und die Geschichten sagen, dass in ihr immer ein Gott wohnt.«

Das waren schwere Worte, die die Menschen zusammenzucken ließen. Sie schauten sich an. Keiner wagte, eine weitere Frage zu stellen, bis sich Bill Conolly ein Herz fasste.

»Kannst du uns darüber Näheres sagen, Kara?«

»Nein, eigentlich nicht. Es ist so unwahrscheinlich. Die Pyramide des Wissens, die nur die großen Magier besuchen durften, muss von einem gewaltigen Geist erschaffen worden sein. Ein Wesen, das genau Bescheid weiß.«

»Der Seher«, sagte Suko in die Stille.

Kara nickte heftig. »Ja, das ist möglich, obwohl ich wirklich nichts behaupten kann.« Sie strich Haarsträhnen aus ihrer Stirn. »Er wird auch der Beobachter genannt, so heißt oder hieß er bei uns, aber Genaues weiß ich nicht. In die Geheimnisse hat mich mein Vater nie richtig eingeweiht. Ich habe ihn ein paarmal darum gebeten. Immer lehnte er ab. Er wollte nicht, dass ich von Dingen erfuhr, die so gewaltig sind, dass man ihre Größe kaum ermessen kann.«

Suko blieb beim Thema. »Wird John die Pyramide denn sehen?«

»Ich kann nicht ja und nicht nein sagen. Nur hoffen, dass die Drachenbeschwörung den Weg gefunden hat. Es ist für mich fast ein kleines Wunder, dass die Pyramide überhaupt erschien.«

»Wieso?«, wollte Bill wissen.

»Ganz einfach. Sie erscheint nur bei Vorgängen, die lebensentscheidend und ungeheuer wichtig sind. Dann taucht sie auf, wir sehen sie, und sie fliegt auch in eine andere Dimension, denn die Zeiten oder Dimensionen spielen für sie keine Rolle. Sie ist zeitlos, sie kann die Zeiten durchwandern.«

»Auch die Zukunft?«

»Das weiß ich nicht.« Kara senkte den Kopf. »Früher habe ich die Pyramide des Wissens in Atlantis gesehen.«

»Sah sie gleich aus?«

Bill hatte gefragt, und Kara schüttelte den Kopf. »Nein,

gleich sah sie nicht aus. Man konnte sie mit einer Pyramide vergleichen, die wir heute noch in Ägypten finden.«

»Kann es sein, dass die Ägypter die Bauweise ihrer Pyramiden von den Atlantern übernommen haben?«

Kara lächelte fein. »Von diesen Spekulationen weiß ich wohl, sage aber nichts dazu.«

Suko setzte sich in Bewegung. Er trat dicht an das Blatt heran, das mit seinem Blut getränkt war. Der Lebenssaft hatte Blasen geworfen. Er war warm geworden und zum Teil verdampft. Wo das Blut die Zeichnung nicht verschmiert hatte, waren noch Abbildungen zu sehen. Umrisse des Erzengels Michael, der mit einer großen Lanze den Drachen tötet. Der Drache war symbolisch für den Teufel dargestellt. Und dieser Kampf, vom dem ja viele Schriften berichten, musste sich tatsächlich irgendwann in grauer Vorzeit einmal zugetragen haben. Der Erzengel Michael war Sieger geblieben, das Gute hatte also gewonnen. Würde es heute ähnlich verlaufen? Konnte John den Kampf für sich entscheiden?

Suko dachte nach. Und wieder kreisten seine Gedanken um die Gestalt des Erzengels. Eine Verbindung zu John Sinclairs Kreuz zu ziehen lag praktisch auf der Hand. Es konnte möglich sein, dass der Erzengel Michael, der ja unter anderem auch das Kreuz mit geweiht hatte, in den Kampf eingriff.

Gewagte Spekulationen, die Suko da trieb, aber wenn er die Sachlage realistisch betrachtete, gar nicht mal von der Hand zu weisen.

Alles hatte jedoch keinen Sinn, wenn John Sinclair nicht mehr lebte. Seiner Ansicht nach konnte er nur in dem Land sein, das nicht existieren durfte. In einer menschenfeindlichen Hölle, aus der noch niemandem die Flucht gelungen war. Er konnte nur hoffen, dass die Pyramide es tatsächlich schaffte, und wenn, dann verdankte John Sinclair der Schönen aus dem Totenreich sein Leben.

Hinter sich vernahm der Inspektor Schritte. Als er sich umwandte, kam Kara auf ihn zu.

»Woran denkst du?«, erkundigte sie sich.

Der Chinese lächelte. »Ob alles so zutreffen wird, wie du gesagt hast.«

»Die Weichen sind gestellt.«

»Aber der Zug kann entgleisen.«

»Kann, kann«, sagte Kara. »Da hast du recht. Es gibt zu viele Unwägbarkeiten. Ich habe mein Bestes gegeben und versucht, den Drachenfluch durch die Pyramide zu bannen. Wenn die Pyramide des Wissens oder die konzentrierte Form davon die Beschwörung angenommen hat, dann müsste sie auch zu John Sinclair gelangen.«

»Hoffentlich zu einem lebenden.«

»Das ist die Frage.«

»Hast du keinen direkten Kontakt zu John bekommen? Ich meine, das hätte möglich sein müssen.«

»Wieso?«

Suko deutete auf die Zeichnung. »Ich denke da an den Erzengel Michael. Er ist darauf abgebildet. Auch das Kreuz des Geisterjägers ist durch die vier Haupterzengel geweiht worden. Hätte unter Umständen nicht einer von ihnen eingreifen können?«

»Ich glaube nicht, denn John wird durch die Pyramide des Wissens Hilfe erhalten.«

»Welche Hilfe kann das sein?«

»Er wird, wenn die Pyramide ihn umfängt, etwas völlig Neues erleben. Etwas, das er noch nie in seinem Leben überhaupt gesehen hat, denn es wird ihm gelingen, das Buch zu lesen.«

»Du meinst das Buch …?«

»Genau das. Der Geisterjäger John Sinclair wird für diese Zeit, in der er mit der Pyramide Kontakt hat, die Sprache der alten Atlanter beherrschen. Sein Geist wird durch die Kraft der weißen Magie geöffnet. Er kann plötzlich sehen und verstehen.«

»Und sein Kreuz?«

»Dann kann er unter Umständen die Geheimnisse des Kruzifixes begreifen, und das Kreuz wird kein Rätsel mehr für ihn sein.«

Suko strich sich über die Stirn. Er merkte, dass er schwitzte. Die letzten Worte der Frau hatten ihn hart getroffen. Das gesamte Bild, das sie sich bisher gemacht hatten, konnte aus den Fugen geraten und sich zu einem neuen, besseren wieder zusammenfügen. Sie standen an einer historischen Wende für das Sinclair-Team, das spürte der Chinese, und deshalb war er auch so erregt.

Kara hatte nicht sehr leise gesprochen, sodass Bill Conolly und Sir James die Worte verstanden. Sie kamen ebenfalls zu Kara und Bill, während sich Myxin zurückhielt.

Sir James übernahm das Wort. »Kann man davon ausgehen, dass es stimmt, was Sie gesagt haben?«

»Natürlich nicht hundertprozentig, aber so könnte es ablaufen, wenn alles klappt.«

»Und was kann dazwischenkommen?«

»Das müssten Sie auch wissen, Sir James. Die andere Seite schläft auf keinen Fall, vergessen Sie das nie. Es gibt da einige sehr starke Gegenkräfte, bei denen es John Sinclair schwerfallen wird, sie zu überwinden. Falls er es überhaupt schafft.«

»Können Sie nicht genauer werden?«, verlangte Sir James. »Wer sind diese Kräfte?«

»Da ist einmal der Spuk. Seine Macht darf auf keinen Fall unterschätzt werden. Vergessen Sie niemals, dass das Land, in dem John Sinclair gefangen gehalten wird, zu seiner Domäne gehört. Dort hat er zu sagen, dort kann er seine volle Magie ausspielen, und trotz des Schutzes der Pyramide wird es der Geisterjäger sehr schwer haben.«

»Was können wir tun?«

Da lächelte Kara. Aber es war kein frohes Lächeln, sondern nur ein Verziehen der Mundwinkel. »Wir können vorerst gar nichts tun, sondern nur warten und hoffen. Der Kampf, den John Sinclair jetzt vor sich hat, den muss er allein ausfechten. Ganz allein …«

Und ich war allein.

Unendlich allein sogar. Trotzdem fühlte ich mich geborgen. Diese seltsame Pyramide gab mir irgendwie einen Schutz, eine gewisse Sicherheit, die ich so nötig brauchte, um in der feindlichen Region überleben zu können.

Noch schwebte ich über dem Boden der unheimlichen Höhle, aber meine Gedanken beschäftigten sich nicht mit der augenblicklichen Situation, sie kreisten bereits um andere Dinge, besonders aber um ein Thema.

Um die Pyramide!

Pyramiden oder Dreiecke hatten in der Magie schon immer eine große Rolle gespielt. Ich möchte sagen, eine der wichtigsten überhaupt, denn das Symbol des Dreiecks galt als heilig, vor allen Dingen in der Mythologie des Fernen Ostens und noch weit vor der Zeit, bevor Pythagoras, der große Mathematiker und Philosoph, sich dessen angenommen hatte. Bei ihm war es das Symbol des bildenden Weltalls, später wurde es noch mehr mystifiziert und spielte als Amulett und Zauberwesen eine nicht unbeträchtliche Rolle. Vom Dreieck zur Pyramide war es nicht nur mathematisch ein Katzensprung, sondern auch mystisch, und ich erinnerte mich genau an die alten Schriften, in denen zu lesen stand, dass die Pyramiden der Wohnort eines Gottes sein sollten.

Ich steckte in einer solchen Pyramide. War es möglich, dass sich in dieser wie Glas wirkenden Figur die Heimat eines Gottes befand?

Ein Gedanke, der mir die Schauer über den Rücken trieb, den ich allerdings nicht weiter fortführte, denn die Pyramide brachte mich schwebend auf das neue Ziel zu.

Das war der Altar.

Dort lag das Buch »Sieben Siegel der Magie«. Sieben schwarzmagische Siegel, geschrieben von einem Unbekannten. Nur eines war weißmagisch, und dieses Siegel beschäftigte sich mit den Geheimnissen meines Kreuzes.

Oft hatte es mir geholfen, aber ich wusste manchmal nicht, wieso. Im Zentrum des Schreckens, als Gefangener, hatte ich einen ersten kleinen Einblick in das erhalten, was das Kreuz alles konnte. Es hatte eine Verbindung hergestellt zu dem Geist des großen Sehers Nostradamus, wobei ich mich manchmal fragte, ob er mit dem geheimnisvollen Seher identisch war. Das alles wollte ich dahingestellt lassen, für mich zählte erst einmal nur das Buch.

Über dem Altar kamen wir zur Ruhe. Die Pyramide stand nicht völlig still, sie zitterte noch, und ich konnte von oben her auf das so wertvolle Buch schauen.

Sieben Siegel der Magie! Würde ich das wichtige vierte überhaupt lesen können? Und wie kam ich an das Buch heran?

Zum ersten Mal bewegte ich mich. Ich streckte meine Hand aus, bückte mich dabei. Sofort spürte ich Widerstand. Zwar keinen sehr harten, aber ich kam nicht mehr weiter. Die Pyramide hielt mich einfach zurück.

Sehr seltsam …

Ebenso seltsam wie das plötzliche Auftauchen. Woher die Pyramide gekommen war, das wusste ich nicht zu sagen. Sie passte überhaupt nicht in diese schreckliche Welt, wo die schwarze Magie zu Hause war. Und dennoch war sie erschienen. Dabei musste sie so stark sein, dass ihr das Vorhandensein der anderen Magie nichts ausmachte.

Ich glitt in die Tiefe.

Zusammen mit der Pyramide rutschte ich nach unten und näherte mich dem Altar mit dem geheimnisvollen Buch darauf. Jetzt war ich gespannt. Zudem ahnte ich, was unter Umständen auf mich zukommen würde. Und ich hatte mich nicht getäuscht, denn im nächsten Augenblick schwebten wir auf der Altarplatte.

Der bläuliche Schein umhüllte sie wie ein Mantel. Sie blieb abermals stehen, und ich sah dies als eine Aufforderung an, das Buch an mich zu nehmen.

Ich bückte mich, streckte die Arme aus, und meine Finger erfassten das Buch. Die beiden Hälften hielt ich mit beiden Händen fest, und niemand hinderte mich daran, das Buch in die Höhe zu heben.

Jetzt hatte ich es zurück!

Ein kaum beschreibbares Gefühl durchpulste mich. Der gesamte Fall hatte sich bisher um das Buch gedreht. Menschen waren gestorben, Dämonen vernichtet worden. Ein Zeichen, dass dieses Buch ungeheuer viel wert sein musste.

Ich richtete mich wieder auf. Das Buch lag dabei auf meinen Handtellern. Ich konnte hineinschauen und sah die Seite mit dem abgebildeten Kreuz vor mir. Es war haargenau gezeichnet worden. Das konnte ich sehr gut vergleichen, denn ich hielt mein eigenes Kreuz in der Hand und legte es auf die Seite daneben.

Ja, die beiden waren identisch.

Nur – was nutzte es mir? Den Text des Buches konnte ich leider nicht entziffern.

Ich schlug trotzdem die Seite um, wo mit der Erklärung des Kreuzes begonnen wurde.

Meine Blicke flogen über die ersten Buchstaben. Unwillkürlich bewegten sich meine Lippen, und ich begann zu flüstern.

»Um das Geheimnis des Lichts aufschreiben zu können, musste ich dem Bösen Vorschub leisten. Ich habe dieses Buch der sieben Siegel deshalb geschrieben, damit irgendwann derjenige kommen wird, der der wahre Träger des Kreuzes ist. Nur für ihn ist das Buch bestimmt und auch das vierte Siegel. Die anderen beschäftigen sich mit der schwarzen Magie, mit Beschwörungen …«

Ich las nicht mehr weiter, ließ die Hände sinken und hob synchron dazu den Kopf.

Kalt und heiß zur gleichen Zeit rann es mir den Rücken hinab. Was ich da plötzlich erfahren hatte, war unwahrscheinlich. Jeder kann sich vorstellen, wie durcheinander ich war, denn auf einmal konnte ich die Sprache der alten Atlanter nicht nur lesen, sondern auch verstehen. Es würde mir gelingen, das für mich so wichtige vierte Siegel zu lesen und damit mehr über die Existenz und das Geheimnis meines Kreuzes zu erfahren …

Sheila hatte Kaffee gekocht. Die Freunde hielten sich weiterhin im Garten der Conollys auf. In ihre Nähe hatte sich noch jemand gesellt. Nadine, die Wölfin.

Von Bill wurde sie hin und wieder gestreichelt, nur Sir James betrachtete sie mit skeptischen Blicken.

Niemand sprach es aus oder wollte es zugeben, doch jeden beschäftigte dasselbe Problem.

Die Sorge um John Sinclair.

Würde der Geisterjäger von dieser Odyssee jemals wieder zurückkehren oder für immer in einem der gefährlichsten und schlimmsten Jenseitsreiche verschollen bleiben?

Bill rauchte eine Zigarette. Achtlos schnippte er die Asche in den Garten. Er war mit seinen Gedanken woanders, und erst als die Glut seine Fingerspitzen berührten, zuckte er zusammen.

Hastig trat der Reporter die Zigarette aus.

Es war sehr still geworden. Niemand wollte mehr sprechen, um sich von seinen eigenen Gedanken nicht ablenken zu lassen. Der Spuk hatte einen Teilsieg errungen. John Sinclair war ihnen genommen worden, und die Frage stellte sich, ob Karas Gegenmagie stark genug sein würde, um John Sinclair zu retten.

Sheila trat auf ihren Mann zu. Bill sah ihr die Müdigkeit an, doch seine Frau würde einen Teufel tun und jetzt ins Bett gehen. Sie blieb, wie auch die anderen, und sie schaute den Reporter aus großen, ernsten Augen an.

Bill versuchte zu lächeln. Mehr als eine Grimasse brachte er nicht zustande.

»Was ist los?«, fragte Sheila.

»Das wollte ich gerade von dir wissen.«

»Weshalb?«

»Willst du nicht ins Bett gehen?«

Sheila schüttelte heftig den Kopf. »Ich und ins Bett?«, hauchte sie. »Um Himmels willen, Bill, jetzt doch nicht. Wo es um alles oder nichts geht.«

»War auch nur so dahergesagt.« Der Reporter hob die Tasse und trank einen Schluck.

»Was meinst du? Ob wir es schaffen können?«

Bill stellte die Tasse zur Seite und hob die Schultern. »Ich weiß es nicht, Sheila. Ich weiß es wirklich nicht. Es wird verdammt schwer sein. Er selbst wird es auch schwer haben, und wir, meine Liebe, sind ebenfalls noch nicht aus dem Schneider.«

»Wie meinst du das denn?«

»Denk mal daran, wen der Spuk noch zur Seite gehabt hat. Das waren Lupina und Lady X. Kannst du dir vorstellen, dass sie im Hintergrund bleiben und uns einfach schalten und walten lassen? Nein, Sheila, die hecken sicherlich etwas aus.«

»Rechnest du mit einem Überfall?« Die Stimme der blonden Frau klang ängstlich.

»Wenn du das im übertragenen Sinne meinst, hast du recht. Nicht ein Überfall nach Art der Hollywood-Gangster. Sie werden sich irgendetwas anderes einfallen lassen, davon bin ich fest überzeugt.«

Sheila schüttelte sich. Ein Schauer war ihr über den Rücken gelaufen. »Du kannst einem Angst machen, Bill.«

»Ich sehe eigentlich nur den Tatsachen ins Auge, und die sind nun mal schlimm genug.«

»Trotzdem fürchte ich mich.«

Bill hob die Schultern. »Versuche, nicht daran zu denken.«

Ein Schatten huschte herbei. Es war Nadine. Die Wölfin drängte sich gegen Bill und begann zu knurren. Es war ein leises Geräusch, dennoch sehr bedrohlich, sodass Sheila und Bill aufhorchten.

»Was hat sie?«, fragte Sheila.

Bill war in die Knie gegangen. Mit beiden Händen wühlte er in dem Fell nahe des Kopfes. Er schaute Nadine an, sah die Augen, die einmal einem Menschen gehört hatten, und hob die Schultern. »Ich kann es dir auch nicht sagen, Sheila.«

»Wenn sie nur sprechen könnte.«

»Da sagst du was.« Bill Conolly erhob sich wieder. »Vielleicht ist es die allgemeine Situation, die sie so reagieren lässt. Wir können sie ja nicht als normal bezeichnen. Die Beschwörung, die Anrufung der Magie, Nadine ist eben sensibler.«

»Ob sich irgendetwas anbahnt?«

»Das werden wir schon früh genug merken«, erwiderte der Reporter. »Bestimmt reagieren Kara und Myxin.«

»Hoffentlich.« Sheila deutete zum Haus. »Ob ich noch etwas Kaffee hole?«

»Kann nicht schaden.«

»Ich schaue auch gleichzeitig nach Johnny.«

»Ja, tu das! Nur gut, dass der Kleine so einen festen Schlaf hat. Wenn er auch noch mit in den Fall hineingezogen würde …« Bill verstummte und hob die Schultern. »Ich darf gar nicht darüber nachdenken«, fügte er so leise hinzu, dass seine Frau es nicht hören konnte.

Sie hatte sich inzwischen entfernt und ging auf das Haus zu, während Bill zu einer neuen Zigarette griff.

Er schaute in den Garten und sah die anderen beisammenstehen. Sie sprachen miteinander. Ihre Worte waren mehr ein Flüstern.

Die Situation war verfahren. Bill wusste selbst nicht, wie er reagieren sollte. Er hätte so gern etwas unternommen, aber ihm waren die Hände gebunden. Wenn jemand etwas erreichen konnte, dann Kara, die Schöne aus dem Totenreich. Auch Myxin zeigte sich ziemlich hilflos, trotz seiner inzwischen zurückgewonnenen Kräfte.

Sheila hatte die Küche mittlerweile erreicht und stellte die Kaffeemaschine an. Sie schaute durch das Fenster in den Vorgarten, wo die Lampen noch immer brannten. Da die Morgenstunden begannen, hatten sich erste Nebelwolken gebildet. Sie hingen wie graue, auseinandergezogene Watteflocken um die hellen Kugeln und verwandelten sie in milchige Gebilde.

Sheila sah Nadine nicht. Sie spürte nur, dass die Wölfin auf einmal da war, sich gegen ihre Beine presste und leise knurrte.

Sheila beugte sich nach unten. »Was hast du denn?«, fragte sie und streichelte das Tier. »Du brauchst keine Angst zu haben, John kommt zurück.«

Nadine entwand sich durch eine geschickte Körperdrehung dem Griff der Frau. Sie lief auf die Küchentür zu und war verschwunden. Wenig später traf Sheila das Tier in dem Gang wieder, wo Johnnys Zimmer lag.

»Gehst du weg!«, rief Sheila und deutete zum Ausgang. Sie wusste genau, weshalb sie das tat. Wenn die Wölfin mit ins Zimmer kam, dann sprang sie auf das Bett des Kleinen und weckte Johnny auf. Er war dann immer sehr quengelig und nur schwer zu beruhigen.

Nadine gehorchte widerstrebend. Dass sie weggeschickt wurde, passte ihr überhaupt nicht, doch Sheila wollte sie auf keinen Fall im Zimmer ihres Sohns haben.

Sie ging die letzten Schritte, erreichte die Tür, blieb einen Moment stehen und drückte dann behutsam die Klinke nach unten. Johnny sollte auf keinen Fall wach werden. Er schlief manchmal sehr unruhig und strampelte im Schlaf des Öfteren seine Bettdecke weg, sodass Sheila ihn nachts noch einmal zudeckte.

Im Gang hatte sie das Licht brennen lassen. Als sie die Tür öffnete, bahnte sich der gelbe Schein einen Weg in das Zimmer. Er fiel allerdings nicht bis an das Bett. Die helle Schneise fand zuvor ihr Ende, und zwar an der Matte, die vor dem Bett des Kleinen lag.

Sheilas Schatten verdunkelte die gelbe Lichtbahn, als sie den Raum betrat.

Nach zwei Schritten blieb sie verwundert stehen. Johnny hatte nicht gestrampelt, die Bettdecke lag noch so fest wie am Abend, als Sheila ihren Sohn hingelegt hatte.

Manchmal geschehen noch Zeichen und Wunder, dachte sie, beugte sich vor und zog die Decke ein wenig zur Seite, um nach Johnny schauen zu können.

Sheila wunderte sich, dass der Stoff zusammenfiel, obwohl er über dem Körper lag. Eigentlich hätte Sheila Widerstand finden müssen. Den fand sie auch, aber er fühlte sich seltsam an.

Sheila verharrte.

Ihr eigenes Herz schlug plötzlich oben im Hals. Ein paarmal musste sie schlucken, um das würgende Gefühl in der Kehle loszuwerden. Sie ahnte etwas, und sie dachte darüber nach, ob sie nicht ihren Mann holen sollte.

Nein, nur keine Zeit verlieren.

Mit einem heftigen Ruck zog Sheila die Decke zurück.

Die Frau glaubte, wahnsinnig zu werden. Obwohl das Licht das Bett nicht erreichte, konnte sie im Dämmerschein doch erkennen, was da vor ihr lag.

Nicht Johnny Conolly, sondern ein bleiches Skelett!

Sheila stand kurz vor dem Durchdrehen. Die Augen hatte sie so weit aufgerissen, dass sie schon verdreht wirkten. Ein unsichtbarer Ring hatte sich um ihre Brust gelegt und schnürte ihr die Luft ab, denn sie schaffte es nicht, Atem zu holen.

Zu schrecklich war das, was vor ihr lag.

Johnny, ihr Sohn, war zu einem Skelett geworden! Es musste sich einfach um ihn handeln, denn der Größe nach konnte es nur ein Kind sein.

Angstschauer liefen über Sheilas Rücken. Sie zitterte. Zwischen den Lippen bildete sich eine Höhle, doch kein Schrei wollte den Mund verlassen. Die Frau war vor Entsetzen erstarrt.

Niemand hatte das Schreckliche bemerkt, das sich in diesem Raum abgespielt hatte. Nicht die Erwachsenen waren von den Dämonen angegriffen worden, sondern einzig und allein ein unschuldiges Kind. Und sie hatten eiskalt reagiert. Gnadenlos zugeschlagen, um ihre schreckliche Rache zu vollenden.

Jedes Mittel war ihnen recht. Vor nichts nahmen sie Rücksicht. Weder Frauen noch Kinder zählten, allein der Erfolg war für die Kräfte der schwarzen Magie wichtig.

Das erlebte Sheila in diesen Augenblicken besonders deutlich, und sie spürte, wie sich allmählich der Schock des Entsetzens löste. Er musste sich einfach durch einen Schrei Luft verschaffen.

Tief saugte sie noch einmal die Luft ein, wobei ein pfeifendes Geräusch entstand.

Sheila Conolly sah nur das Skelett im Bett liegen. Sie schaute nicht in den anderen Teil des Zimmers, wo sich die Dunkelheit ballte und kein Licht hin drang. Deshalb bemerkte sie auch nicht die schmale Gestalt, die sich dort aus der Finsternis langsam hervorschälte.

Es war eine Frau …

Unhörbar näherte sie sich der ahnungslos und geschockt dastehenden Sheila.

Das Gesicht der Frau zuckte. Sie ahnte, dass Sheila nicht mehr lange an sich halten würde, dann musste der Schrei einfach ihre Kehle verlassen, und das wollte die Frau auf jeden Fall verhindern.

Der rechte Arm war schnell wie eine zustoßende Klapperschlange. Er wischte an Sheilas Wange vorbei, und die Hand presste sich genau im richtigen Augenblick auf die Lippen, sodass der Schrei die Kehle nicht verlassen konnte und erstickt wurde.

Zum zweiten Mal wurde Sheila überrascht. Diesmal allerdings auf eine andere Art und Weise. Sie kippte zudem nach hinten, als die Frau sie an sich zog. Wie ein willenloses Bündel blieb Sheila Conolly im Griff der Unbekannten hängen.

Sekunden verstrichen.

Sheila wehrte sich nicht. Sie hatte die Überraschung einfach noch nicht überwunden.

Dann vernahm sie das leise, hämische Lachen dicht an ihrem Ohr, und einen Gedankenblitz später vernahm sie auch die zischende Stimme.

»Rühr dich nicht, Sheila, sonst bist du verloren!«

Sheila Conolly erlebte die dritte Überraschung an diesem Abend.

Die Stimme!

Ihr Innerstes befand sich plötzlich in einem wilden Aufruhr, denn diejenige, die sie festhielt und auch gesprochen hatte, kannte sie genau.

Es war – Jane Collins!

Meine Hände zitterten!

Ich konnte es einfach nicht fassen, so dicht vor dem Ziel zu stehen. Wie lange hatte ich darauf gehofft und davon geträumt, etwas über mein Kreuz zu erfahren, das Geheimnis kennenzulernen, und jetzt sollte es auf einmal klappen?

So urplötzlich und ohne große Vorbereitungszeit?

Für mich war es ein unwahrscheinliches Gefühl, etwas völlig anderes und Neues. Ich musste an mich halten, um das Buch nebst meinem Kreuz nicht fallen zu lassen.

Fast hatte ich ein wenig Angst davor, weiterhin den alten Text zu lesen.

Und man ließ mich auch nicht dazu kommen. Zwar griffen keine finsteren Mächte ein, aber ich spürte, wie sich innerhalb der Pyramide einiges veränderte.

Und dann reagierte dieses seltsame Flugwesen so schnell, dass ich den Überblick verlor. Ich wusste nicht, wie ich aus der Höhle kam. Es waren ein Hauch, ein Streifen, ein huschender Schatten, die mich hinein in das Land katapultierten, wo ich weiterflog, einem Himmel entgegen, der keiner war, und Eindrücke wahrnahm, die mein Gehirn nicht fassen konnte.

Ich sah leuchtende Farben, rotierende Spektren. In meinem Kopf rauschte das Blut so stark, dass ich das Gefühl hatte, mein Schädel würde platzen, und im nächsten Augenblick befand ich mich ganz woanders.

Es gab keinen Ruck, kein plötzliches Stehenbleiben, nur ein sanftes Gleiten, und als ich tief Luft holte, da stellte ich fest, dass sie anders schmeckte, nicht mehr so warm und drückend war, sondern ein wenig erfrischend.

Sie roch sogar nach Salz und Meer. Ein kühler Wind fächerte mein schweißnasses Gesicht.

Wo kam der Wind her?

Ich hob die Schultern und dachte an die Pyramide. Sie war verschwunden. Dieses seltsame magische Transportmittel hatte sich kurzerhand aufgelöst und mich allein und schutzlos gelassen. Nein, nicht ganz schutzlos. Ich besaß nach wie vor mein Kreuz, die Beretta und auch das Buch.

Es dauerte seine Zeit, bis ich mich gefangen hatte und mit der neuen Lage einigermaßen vertraut war. Wo und in welcher Zeit ich gelandet war, konnte ich nicht sagen, nicht einmal ahnen, und doch glaubte ich nicht daran, in einer fremden Dimension zu stecken. Irgendwie hatte ich das Gefühl, auf der Erde zu sein.

Dort, wo ich gelandet war, lag das Meer in der Nähe. Wenn ich nach vorn blickte, konnte ich einen blauen Streifen sehen, der fast mit dem Horizont verschmolz.

Nicht weit davor sah ich das Grün hoher Bäume. Sie erinnerten mich an Palmen und Agaven. Die Bäume standen so dicht, dass sie einen Wald bildeten.

Und dann hörte ich Stimmen.

Sie klangen dort auf, wo sich der Wald befand. Es war ein lautes Schreien, dazwischen hörte ich ein Klatschen, und ich beeilte mich, so rasch wie möglich in Deckung zu gehen.

Das Gelände um mich herum war nicht flach, sondern etwas hügelig. Staubige Bodenpflanzen und höchstens kniehohes Gestrüpp bildeten die Vegetation. Die Erde war hart, trocken und zeigte einen braungelben Schimmer.

Nur einige Schritte entfernt sah ich einen kleinen Hang, der in eine Rinne oder in ein trockenes Flussbett führte. Es lag so tief, dass ich mich dort verbergen konnte, ohne dass die anderen mich sahen, denn sie kamen immer näher, und die Stimmen wurden lauter.

Es wurde höchste Eisenbahn. Also huschte ich auf das Flussbett zu, duckte mich an dessen tiefster Stelle zwischen den Steinen und wartete.

Die Sonne stach von einem wolkenlosen hellblauen Himmel. Sie war ein gleißender Ball, wie eine gelbe Kugel anzusehen, und ihre Strahlen brannten in meinem Nacken.

Die Menschen mussten dicht an den Rändern des Flussbettes entlanglaufen, denn vom schrägen Hang her rollten kleinere Steine nach unten, und auch Staubwolken wallten mir entgegen.

Dann hörte ich wieder die typischen Geräusche.

Ein hartes, widerliches Klatschen, das entsteht, wenn jemand ausgepeitscht wird. Nach jedem Schlag erklang ein Stöhnen, das mir durch Mark und Bein schnitt.

Ich hätte liebend gern eingegriffen, aber ich wusste nicht, wie groß die Anzahl der mir gegenüberstehenden Gegner war. So blieb ich hocken, wartete ab und hoffte, dass man mich nicht entdeckte.

Das wertvolle Buch hatte ich unter das Hemd geschoben. Der Hosengürtel saß stramm. So wurde es wenigstens gehalten. Auch das Kreuz war in meiner Tasche verschwunden. Dafür hatte ich die Beretta gezogen. Wenn ich angegriffen wurde, wollte ich mich auch verteidigen können.

Über mir wurde ein Mensch ausgepeitscht. Seine Peiniger trieben ihn vor sich her. Ich hörte die Schritte und kehlig klingende Laute, die ich nicht verstand.

Irgendwie erinnerten sie mich an die hebräische oder arabische Sprache. So wurde im Orient gesprochen. Konnte es sein, dass ich mich im oder in der Nähe des Orients befand?

Damit musste ich rechnen, und ich erinnerte mich wieder an die Makkabäer. In Kleinasien sollte ein Teil der Sekte gelebt haben. Vielleicht befand ich mich dort.

Nur in der Vergangenheit …

Als ich daran dachte, rann mir ein Schauer über den Rücken. Aus dem Land, das nicht sein darf, war ich fort in die Vergangenheit katapultiert worden.

Meine Güte, da jagte ein Phänomen das andere.

Die Stimmen waren leiser geworden, da sich die Menschen von mir entfernten.

Ich war froh, mich endlich bewegen zu können, ohne Gefahr zu laufen, entdeckt zu werden.

Aus meiner hockenden Haltung kam ich hoch, streckte meinen Körper und stützte mich mit der linken Hand auf dem trockenen Boden ab, während ich so den Hang hinaufkletterte.

Manchmal rutschte ich aus, immer dann, wenn ich auf den Steinen einen provisorischen Halt fand. Schließlich brachte ich auch das hinter mich und hatte die Schräge überwunden.

Von den Menschen war nichts mehr zu sehen. Ich erkannte einen schmalen Weg, mehr ein Trampelpfad, der von mir aus gesehen nach links führte. Nicht weit entfernt schlug der Pfad einen Bogen und wand sich in einen hohen Felsenwirrwarr hinein.

Aus dieser Gegend vernahm ich die Stimmen. Die Felsen kamen mir zugute. Sie gaben mir genau die Deckung, die ich für eine Verfolgung benötigte.

Bevor ich loslief, warf ich noch einen Blick über die Schulter nach hinten. Weitere Bewohner dieses Landes entdeckte ich nicht. Der Wald lag wieder ruhig vor mir.

Es dauerte nicht lange, da hatte ich die Felsen erreicht. Sie hatten die gelbbraune Farbe einer Wüstenlandschaft. Der Wind hatte sie zusammen mit dem Sand glatt geschliffen.

Zwischen den Felsen wurde der Weg noch schmaler und auch kurviger. Ich sah die Männer nicht, aber es hing noch der Staub in der Luft, der von ihren Füßen aufgewirbelt worden war.

Mir gelang es, mich so weit vorzuschieben, bis ich einen guten Überblick hatte.

Sofort zuckte ich wieder zurück, denn einer der Kerle schaute genau in meine Richtung. Gesehen hatte er mich allerdings nicht, denn er reagierte nicht.

Der kurze Blick hatte mir gereicht.

Der Weg oder Pfad war an seinem Ende angelangt. Er mündete auf einen kleinen Platz zwischen den hohen Felsen. An einer Seite wurde der Platz von zahlreichen Steinen begrenzt. Fast jeder Stein war ungefähr so groß wie ein Menschenkopf.

Das Opfer hatte ich auch gesehen.

Zwei Männer hatten es an einen aus dem Boden ragenden Holzpfahl gebunden, der trotz der ihn umgebenden Felsen so frei stand, dass die Sonne dem Bedauernswerten genau ins Gesicht knallte.

Der Mann war in seiner Haltung zusammengesunken, der Oberkörper kippte nach vorn, und der Kopf machte diese Bewegung zwangsläufig mit.

Der Legionär, der in meine Richtung geschaut hatte, stand dicht neben dem Gefesselten. Er schien so etwas wie ein Anführer zu sein, denn er trug einen glänzenden Helm mit einem Federbusch.

Überhaupt animierte mich die Kleidung dieser Männer zum Nachdenken. Zunächst einmal ging ich davon aus, es mit Soldaten zu tun zu haben. Ihre Beine waren nackt, nur um die Hüften trugen sie ein kurzes, rockartiges Kleidungsstück. Die Oberkörper glänzten schweißnass. Der Staub hatte sich auf die Haut gesetzt und bildete eine klebrige Schicht. Die Helme bestanden aus Metall, die Füße steckten in geschnürten Sandalen.

Der Anführer hielt eine Peitsche in der Hand. Ich hatte solche Peitschen schon gesehen. Der lange Riemen bestand aus Büffelhaut, der Stiel war kurz, handlich und aus Holz gefertigt.

Im Gürtel des Mannes steckte ein Kurzschwert, wie es auch die anderen Legionäre trugen.

Ich begann zu rechnen.

Die Herrschaft Roms über die bekannte damalige Welt hatte auch mit Christi Geburt nicht nachgelassen, sie war noch Jahrhunderte weitergegangen. Und irgendwann in dieser Zeit nach dem offiziellen Rechenbeginn musste ich mich befinden.

Ein Phänomen. Doch ich hatte mittlerweile aufgehört, mich zu wundern. Mit Magie war eben fast alles möglich.

Mein Blick wechselte. Er konzentrierte sich jetzt auf den am Pfahl angebundenen Gefangenen.

Es war ein schon alter Mann. Sein Haar umrahmte schlohweiß das schmale Gesicht. Er trug ein sackähnliches Büßergewand, das inzwischen von Peitschenhieben zerfetzt war, sodass ich die helle Haut mit den langen, blutigen Striemen sehen konnte.

Auch das Gesicht war nicht verschont geblieben. Die Hundesöhne hatten überall hingeschlagen und keine Rücksicht genommen.

Bewusstlos war der Mann nicht, denn ich sah, wie er den Kopf hob. Seine blutigen Lippen wollten Worte formen. Der

Anführer bemerkte dies und schlug ihm mit der flachen Hand ins Gesicht. Der Kopf prallte zurück und gegen den Pfahl. Dann sagte der Mann etwas, was ich nicht verstand, schüttelte wild den Kopf, streckte den Arm aus und gab seinen Leuten ein Zeichen.

Die Männer bückten sich, während sich der Anführer zu ihnen gesellte.

Ich hatte nur Augen für die vier Legionäre und sah, dass sich ihre Finger um die am Boden liegenden Steine schlossen.

Da wusste ich, was sie vorhatten.

Sie wollten den Gepeinigten steinigen. Eine alte Art Hinrichtung, wie ich sie aus der Bibel her kannte.

Ein wahrlich grausamer Tod, und ich schüttelte mich, als ich daran dachte.

Aber noch war der alte Mann nicht gestorben. Da hatte ich ebenfalls ein Wörtchen mitzureden.

Der scharfe Befehl des Anführers zerschnitt die Stille. Die Männer hoben ihre Arme. In den Händen lagen die Steine. Ich konnte sie genau erkennen, wenn ich meinen Kopf ein wenig nach links drehte.

Da griff ich ein.

Schnell wie ein Gedanke verließ ich meine Deckung am Felsen, sprang zwischen den Gefangenen und seine Henker und rief mit lauter Stimme: »Haltet ein!«

Ich glaubte nicht, dass sie mich verstanden hatten, aber die Überraschung verbuchte ich auf meiner Seite. Die fünf Männer waren konsterniert. Die Arme blieben in der Haltung stehen, als würden sie an irgendwelchen Seilen hängen. Sie sanken auch trotz der schweren Steine nicht nach unten.

Für einen Moment hatte ich Angst, dass sie ihre Überraschung schneller überwanden, als ich annahm, und die Steine auf mich warfen. Das jedoch geschah nicht.

Zudem hätte ich nicht getötet werden können, da ich noch in der fernen Zukunft gelebt hatte.

Sie blieben in der Haltung.

Einige Zeit verstrich. Niemand sprach etwas, nur hinter mir vernahm ich das Stöhnen des Gefesselten.

Die römischen Legionäre warteten auf den Befehl des Anführers. Sie selbst unternahmen nichts, schielten nur zur Seite, um erkennen zu können, was ihr Chef wollte.

Der wusste auch nicht, was er tun sollte. Im Moment schaute er dumm aus der Wäsche. Mit mir konnte er nicht viel anfangen, das war seinem Gesicht deutlich anzusehen.

»Weg mit den Steinen!« Ich zischte ihnen den Befehl zu. Obwohl sie meine Sprache nicht verstanden, hoffte ich sehr, dass sie begriffen, was ich wollte.

Aber sie behielten die Steine oben, auch wenn es ihnen schwerfiel, wie ich an den verzerrten Gesichtern ablas.

Nur der Anführer reagierte. Seine Hand fiel nach unten, klatschte auf den Waffengriff, und mit einer tausend Mal geübten und gleitenden Bewegung zog er das Schwert aus der ledernen Scheide.

Es hatte eine kurze Klinge, nicht einmal die Hälfte von der Karas. Aber wie der Typ sein Schwert hielt, das ließ auf einen Könner schließen.

Aus den Augenwinkeln nahm ich wahr, dass die Arme der vier Männer nach unten sanken. Die Steine waren ihnen inzwischen zu schwer geworden.

Sie überließen die Aktivitäten jetzt dem Anführer der Truppe.

Und der Mann konnte sich bewegen. Er glitt geschmeidig auf mich zu. Die Peitsche hatte er nicht fallen lassen, nur gewechselt. Er hielt sie jetzt in der linken Hand.

Das schwere Leder ringelte bei jedem Schritt über den Boden. Wie eine Schlange kam es mir vor, und es konnte verdammt gefährlich werden, das war sicher.

Rechts das Schwert, links die Peitsche.

Und dann schlug er zu.

Auf das Schwert hatte ich mich mehr konzentriert. Das war ein Fehler. Ich hätte auf die Peitsche achten sollen. Etwa knöchelhoch wischte sie über den Boden, wirbelte Staubwolken in die Höhe. Ich sprang zur Seite, kam jedoch nur mit dem rechten Fuß weg. Den linken kriegte die Peitsche zu packen.

Und sie ringelte sich blitzschnell um meinen Knöchel. Ein beißender Schmerz fraß sich in die Haut. Der Stoff meines Sockens platzte weg, auch die Haut wurde aufgerissen, und einen Moment später lag ich im Staub.

Der Schrei war laut und urig.

Der Legionär hatte ihn ausgestoßen. Er rannte auf mich zu, hatte das Schwert gedreht, sodass die Spitze nach unten wies, um meine Brust durchbohren zu können, wenn er sich nach vorn fallen ließ.

Da mir der aufquellende Staub einen Großteil der Sicht nahm, wusste ich nicht, wie weit sich mein Gegner noch vor mir befand. Vielleicht hätte ich mich zur Seite rollen können, aber ich wollte sichergehen und drückte ab.

Noch nie in ihrem Leben hatten die römischen Legionäre eine Pistole gesehen, ein schwarzes Instrument, das in der Hand lag und Vernichtung speien konnte.

Die Kugel stoppte den Lauf des Mannes.

Den Schlag hörte ich nicht, als sie in seinen Körper hieb, aber ich sah, dass der Lauf des Mannes urplötzlich gestoppt wurde. Er riss die Arme hoch, zog mich dabei, weil die Peitsche noch immer um meinen Knöchel gewickelt war, ein Stück zur Seite und krachte einen Augenblick später auf den Boden.

Er fiel zuerst auf die Schwertspitze, die dem Druck nicht standhalten konnte, zur Seite wegdrehte, sodass der Mann dieser Richtung folgen musste.

Auf dem Bauch blieb er liegen.

Ich setzte mich sofort hin, brachte meine Beretta in Anschlag, doch die vier übrigen Legionäre standen nur da und staunten, wobei sie sich nicht entscheiden konnten, ob sie mich oder ihren Anführer anschauen sollten.

Mit einer Hand löste ich den Peitschenriemen von meinem Fuß, lief zu der am Boden liegenden Gestalt und drehte sie auf den Rücken. Der Mann war noch jung. Es hätte mir leidgetan, ihn tödlich getroffen zu haben.

Er lebte.

Meine Kugel war zum Glück nicht in seine Brust, sondern nur in die Schulter gedrungen. Wenn die Wunde behandelt würde, dann konnte er in einigen Tagen wieder auf den Beinen sein.

Die anderen anzusprechen hatte keinen Zweck. Deshalb winkte ich ihnen zu. Sie verstanden die Geste und näherten sich langsam. Das Fingerwinken schien auch im Altertum bekannt gewesen zu sein.

Neben mir blieben sie stehen. Ihre Handflächen waren noch schmutzig vom Staub der Steine.

»Nehmt ihn mit!«, sagte ich und unterstrich meinen Befehl durch die entsprechenden Gesten.

Sie nickten und hoben den Mann auf, der in diesem Augenblick anfing zu stöhnen, danach die Augen aufschlug und mich mit trübem Blick anschaute.

»Du hättest dir einen anderen aussuchen sollen«, sagte ich. »Ich hoffe, das wird dir eine Lehre sein.«

Er sagte etwas zu mir, was ich nicht verstand. Dann wurde er von seinen Leuten weggetragen.

Ich wartete, bis sie zwischen den Steinen verschwunden waren, kletterte anschließend auf den höchsten und schaute ihnen nach.

Sie gingen tatsächlich und kamen nicht auf den Gedanken, irgendwo im Verborgenen zu lauern und mich in eine Falle zu locken.

Ich holte tief Luft. Das war geschafft. Dann drehte ich mich um und ging zu dem Mann hin, der gefesselt am Pfahl hing.

Ich schnitt ihn los. Aufrecht halten konnte er sich nicht. Er fiel zusammen. Bevor er auf den Boden schlug, fing ich ihn auf. Ich schaute in ein bleiches, zerschlagen wirkendes Gesicht. Peitschenhiebe hatten die Haut gezeichnet. In den Furchen sah ich den grauen Staub. Dieser Mensch musste fürchterlich geschlagen worden sein, und als seine Lippen ein Wort formten, hörte ich genau hin.

»Aqua ...«

Er hatte Wasser verlangt.

Aber wo? Ich schaute in die Runde, zuckte mit den Schultern, und der Mann hob mühsam seinen Arm, wobei er hinter einen Felsen deutete. Dort würde ich das Wasser finden.

Ich lief hin.

Es gab zwar keine Quelle, aus der frisches Wasser sprudelte, ein Tümpel war jedoch vorhanden. In ihm schwamm eine trübe Flüssigkeit. Ich schöpfte beide Hände voll. Ein Gefäß hatte ich leider nicht. Die Hälfte verlor ich unterwegs, den Rest schluckte der Mann gierig.

Und das Wasser tat ihm gut. Ich schaute zu, wie es in den Mund rann. Seine Augen wurden klarer, der Blick erfasste mich, und ich erkannte einen seltsamen Glanz in seinen Pupillen.

War es der übernatürliche Glanz des herbeieilenden Todes? Nein, das auf keinen Fall! Dieser Mann besaß noch Lebenskraft, trotz der schweren Verletzungen, die ihm der Peitschenriemen zugefügt hatte. Er richtete sich sogar auf und schaute mir ins Gesicht.

»Bist du es?«, hauchte er.

»Wer?«

»Der Mann, für den das Kreuz bestimmt ist.«

Ich schluckte schwer und antwortete mit heiserer Stimme: »Ja, das bin ich.«

»Dann ist es gut.« Er lächelte plötzlich. »Ich habe den Sohn des Lichts gefunden.«

Als er diese Worte sagte, lief mir ein Schauer über den Rücken. Ich vergaß alles, vergaß die Zeit, in der ich mich befand, die Gefahr und sah nur den alten, weißhaarigen Mann vor mir. Dabei spürte ich, dass ich am Beginn einer gewaltigen Stunde stand, vielleicht einer Epoche, und sich mein Leben ändern könnte.

»Hast du es bei dir?«

Ich wunderte mich schon kaum darüber, dass ich den alten Mann verstehen konnte, und nickte.

»Zeig es!«, hauchte er.

»Ja, sicher.« Ich griff in die Tasche und holte das Kruzifix hervor. »Ist es das?«

Der alte Mann nickte. »Komm mit der Hand ein wenig näher«, flüsterte er. Ich tat ihm den Gefallen.

In diesem Augenblick füllten sich seine Augen mit Tränen. »Jetzt kann ich ruhig sterben!«, hauchte er mit einer kaum verständlichen Stimme. »Ich weiß, dass der Sohn des Lichts das Kreuz nach so vielen Irrwegen gefunden hat.«

»Ich bin wirklich der Sohn des Lichts?«

»Ja, du bist es.«

»Aber wieso?«, fragte ich. »Es ist seltsam. Ich habe das Kreuz schon einige Jahre, aber es ist mir nie gelungen, seine Geheimnisse zu enträtseln. Weshalb bin ich der Sohn des Lichts?«

»John Sinclair, so heißt du doch, nicht?«

»Das stimmt.«

»Dann hatte der Mann, der das Kreuz herstellte, doch recht. Er war ein großer Prophet, und er sah sehr weit in die Zeiten. Er hat auch dich gesehen, John Sinclair, und seine Voraussagungen werden eintreffen, dessen bin ich mir sicher.«

»Wer ist der Mann?«

»Du wirst ihn kennen, John. Du wirst von ihm gehört haben. Sein Name ist nie untergegangen, denn sein Buch hat in mancher Hinsicht den Schlüssel zum Verständnis des Alten Testaments geliefert.«

»Bitte, sag mir den Namen!«

»Kannst du ihn dir nicht denken, John Sinclair? Es ist mein Stammvater, ein alter Hebräer, und er hat vor Hunderten von Jahren gelebt, noch vor der Geburt des Gottessohnes. Sein Name lautet Hesekiel!«

Jane Collins war da!

Sheila konnte nicht sprechen, da ihr die ehemalige Detektivin die Hand vor den Mund hielt, aber sie hätte auch sowieso nichts gesagt. Der Schreck war ihr so tief in die Glieder gefahren, dass er sie regelrecht lähmte.

»Nun, meine kleine Sheila?«, hörte sie die abermals gezischten Worte an ihrem Ohr. »Wirst du schön brav und ruhig sein?«

Sheila versuchte ein Nicken. Es wurde nur die Andeutung einer Antwort daraus.

Jane Collins hatte ihre linke Hand auf den Mund der Frau gepresst. Mit der rechten hielt sie den Kopf fest und drehte ihn jetzt in die Richtung, wo das Bett stand.

»Sieh dir deinen Sohn gut an oder vielmehr das, was von ihm übrig geblieben ist. Schau genau hin! Mit dir wird das Gleiche geschehen, wenn du mir nicht gehorchst.«

Sheila schnaufte durch die Nase, dann sackte sie im Griff der Hexe zusammen, und als Jane sie losließ, wäre sie fast zu Boden gefallen, aber Sheila fand am Schrank Halt.

Für sie war es trotzdem ein Wunder, dass sie auf den Füßen blieb. Ihre Beine spürte sie kaum. Am liebsten wäre sie im Erdboden versunken. Obwohl sie es nicht wollte, wurde ihr Blick wie magisch von dem im Bett liegenden Skelett angezogen.

Die Decke war bis zur Brust zurückgerutscht. Der Schädel und ein Teil des knöchernen Brustkorbs lagen frei. Die leeren Augenhöhlen erinnerten an düstere Löcher, und Sheila wurde erst allmählich bewusst, dass dies ihr Sohn sein sollte, der da als Skelett lag.

Ihre Gedanken wurden durch eine Berührung abrupt unterbrochen. Sie spürte sie rechts und links auf ihren beiden Schultern, schielte zu der einen Seite und sah die Hände der Hexe Jane Collins. Die Fingernägel glänzten dabei dunkel, als wären sie mit schwarzem Lack überpinselt worden. Wahrscheinlich traf dies auch zu. Es war jedoch nur eine Randerscheinung, die Sheila wahrnahm.

»Gib acht, kleine Sheila!«, hörte sie Janes Stimme. »Gib genau acht, was ich jetzt mache …«

Alles ging sehr schnell. Sheila wurde überrascht. Sie glaubte aber, die Fingerspitzen knistern zu hören, und im nächsten Augenblick lag nicht mehr das Skelett im Kinderbett, sondern der kleine Johnny.

Und er schlief.

Das war keine Täuschung. Sheila sah tatsächlich ihren kleinen Sohn. Die Augen hielt er geschlossen, sein Mund war leicht geöffnet, das Gesicht war entspannt.

Aufatmen konnte Sheila allerdings nicht, obwohl sie eine gewisse Erleichterung spürte. In ihrem Kopf kreiselten die Gedanken und Vermutungen. Hatte sie sich das Skelett vorhin nur eingebildet, waren ihre Nerven schon so überstrapaziert, und existierte diese Jane Collins vielleicht auch nicht in Wirklichkeit?

Doch da waren die Hände, die rechts und links über ihre Wangen hinausragten, und auch die an schwarze Perlen erinnernden dunklen Fingernägel.

Nein, einen Traum hatte sie nicht erlebt, obwohl das sicherlich besser gewesen wäre.

»Siehst du ihn?«

Sheila fand nicht die Kraft, auf diese Frage eine Antwort zu geben. Sie konnte nicht einmal nicken.

Jane Collins lachte leise. »Ich kann mir vorstellen, wie es in dir aussieht, aber ich wollte dir beweisen, wie hilflos du letzten Endes doch bist. Dein Sohn kann mir gehören, wenn ich es will. Hörst du? Er kann mir gehören, und bis jetzt habe ich dir nur etwas vorgehext, wie man so schön sagt.«

»Wie – wieso?«

»Stell dich nicht so dumm an. Dein Sohn lebt, das Skelett war nur für dich zu sehen. Ich habe es auf magische Weise entstehen lassen, denn man hat mir die Hexerei beigebracht. Wikka ist eine ausgezeichnete Lehrerin und ich war eine gute Schülerin. So konnte es nicht ausbleiben, dass ich schon sehr bald die magische Hexenkunst von ihr lernte. Ich sage dir das, damit du gewarnt bist und nicht daran denkst, auch nur irgendwelche Dummheiten zu versuchen. Hörst du?«

»Ich habe verstanden.«

Sheila war nach den Worten der ehemaligen Detektivin wieder auf den Boden der Tatsachen zurückgekehrt. Sie fand sich mit der Lage ab und suchte fieberhaft nach einem Ausweg.

Wäre sie allein gewesen, so hätte sie vielleicht mehr Angst gehabt. Aber nur einige Schritte entfernt im Garten, da warteten die Freunde. Mochte Jane Collins noch so große magische Fähigkeiten besitzen, gegen die anderen kam sie nicht an. Zudem musste sie wissen, dass sich Jane nicht allein im Haus befand.

Was hatte sie vor?

Zunächst einmal verschwanden ihre Hände aus Sheilas Gesichtskreis, als Jane die Arme zurückzog. Die Tür war noch immer nicht geschlossen, sodass ein breiter Streifen Licht weiterhin in das Zimmer fiel und Sheila etwas erkennen konnte.

»Dreh dich um!«

Darauf hatte die Frau des Reporters gewartet. Sie bewegte ihren Körper so, dass sie Jane Collins direkt ins Gesicht blicken konnte.

Hatte sie bisher noch leise Zweifel an der Existenz der ehemaligen Detektivin gehabt, so wurde sie nun eines Besseren belehrt. Die Frau vor ihr war tatsächlich Jane Collins.

Hatte sie sich verändert?

In diesem Licht war es kaum zu erkennen. Sheila glaubte jedoch, dass Janes Gesicht andere Züge angenommen hatte. Es wirkte verbissener als früher, kälter, abgebrühter. Besonders fiel dies bei den Augen auf. Janes Blick zeigte eine gewisse Gnadenlosigkeit, und sie bewies damit, dass sie kein Erbarmen mehr kannte. Sie war völlig in Wikkas Hexenzirkel integriert.

Eine schlimme, grausame Sache. Sheila hatte nicht direkt miterlebt, wie das Verhängnis damals über Jane Collins hereingebrochen war, aber sie erinnerte sich noch deutlich an John Sinclairs Reaktionen. Er war tagelang völlig down und fertig gewesen, und wenn man ihn auf Jane Collins ansprach, reagierte er nur barsch und abweisend, weil er über dieses Thema nichts mehr wissen wollte. Irgendwie hatte sich John sogar selbst die Schuld an der Verwandlung der ehemaligen Detektivin gegeben, denn er hatte die Gelegenheit gehabt, den Ripper zu bannen. Nur – wie hatte er das erreichen sollen?

All dies stieg in Sheila wieder hoch, als sie auf Schrittlänge entfernt vor Jane Collins stand und dieser ins Gesicht schaute. Die ehemalige Detektivin zeigte sich auch von der Kleidung her verändert. Sie trug nicht mehr die modernen, schicken Sachen, sondern einen dunklen Anzug, der bei den herrschenden Lichtverhältnissen für Sheila in der Farbe unbestimmbar war. Er konnte schwarz, braun, blau oder auch violett sein. Sie wusste es nicht genau.

»Hast du genug gesehen?«, fragte Jane.

»Ja, das habe ich.« Sheila hatte sich wieder ein wenig gefangen. Sie warf mit einer Kopfbewegung ihre langen Haare zurück und sammelte in der Zeit die Worte für die nächsten Fragen.

»Was willst du, Jane? Weshalb bist du gekommen? Wenn du wieder zu uns zurück willst …«

Ein glucksendes, fast lautloses Lachen unterbrach Sheila. »Zurück, kleine Sheila? Niemals. Wohin soll ich denn zurückkehren? Zu diesem verdammten John Sinclair? Nein, ich habe andere Aufgaben, die mir Wikka gestellt hat, und ich werde die Aufgaben, so ich kann, erfüllen. Niemand wird mich daran hindern. Wer es versucht, der stirbt!«

Sheila Conolly erschrak über die Worte. Nein, das war nicht mehr die alte Jane Collins von früher. Aus ihr sprach eine andere. Das Böse hatte von ihr Besitz ergriffen, und Sheilas kleine Hoffnung schmolz allmählich dahin. Auch sie musste sich wie John Sinclair damit abfinden, dass Jane nicht mehr dazugehörte.

Das andere war vergessen, vorbei, nur noch Schnee von gestern. Sheila war lange genug mit Bill Conolly zusammen, um zu wissen, wie man reagieren musste, wenn man einem dämonischen Geschöpf gegenüberstand. Da war es wichtig, Zeit zu gewinnen, denn Dämonen und ähnliche Wesen besaßen die Eigenschaft, gern mit ihren Erfolgen anzugeben und zu prahlen. Wenn auch Jane Collins so reagierte, und davon konnte Sheila ausgehen, wurden die Freunde draußen vielleicht misstrauisch und würden Sheila suchen.

»Was gefällt dir denn so an Wikka?«, fragte Sheila. »Sie ist doch nichts Besonderes.«

»Nichts Besonderes?« Jane kreischte es fast. »Du wagst es, meine Königin zu beleidigen? Wikka ist absolut. Sie ist das Leben, das eigentliche Leben. Durch sie bin ich in die Gesetze der Hölle eingeweiht worden, kenne die schwarzmagischen Riten und habe die Hexerei studiert, die es auch heute noch gibt. Wikka kann mir alles geben, aber das wirst du nicht verstehen, es sei denn, du kommst auch noch in unseren Kreis. Das wäre natürlich etwas anderes.«

Sheila zuckte hoch. »Nie!«, rief sie, und ihre Augen schienen dabei in Flammen zu stehen. »Nie werde ich Eintritt in eure dämonischen Kreise finden, darauf gebe ich dir mein Wort!«

Janes Zungenspitze fuhr über die Lippen. Sheila kam es vor, als würde eine Schlange aus dem Mund schauen. Jane widerte sie an. Sie hatte überhaupt keine Beziehung mehr zu der Detektivin. Vor ihr stand einfach eine Fremde, ein anderes Wesen.

»Sag niemals nie, Sheila Conolly!«, raunte Jane gefährlich leise. »Auf keinen Fall darfst du so reagieren. Irgendwann wird es auch dich treffen, glaube mir. Du vergisst unsere Stärke, denn wir nehmen uns, was wir wollen. Hast du gehört, kleine Sheila?«

»Ja, das habe ich.«

»Zudem brauchst du nur auf deinen Sohn zu schauen. Ist er nicht herrlich hilflos? Der Satan würde sich freuen, ihn in seine Klauen zu bekommen. Wie schön war es für mich, wie ich vorhin dein Gesicht sah, als du Johnny entdecktest. Du hättest dich selbst sehen müssen. Wirklich unglaublich.«

»Hör auf!«, warnte Sheila.

»Ja, das gefällt dir nicht. Ich merke es schon.« Jane rieb sich die Hände. Es hörte sich an, als würde Papier gegen Papier rascheln. »Aber wegen Johnny bin ich eigentlich nicht hier, noch nicht. Er kommt sicherlich später an die Reihe. Freunde von mir haben mich um einen großen Gefallen gebeten, den ich ihnen gern erfüllen will.«

»Waren es Lady X und Lupina?«

»Richtig, kleine Sheila.« Jane nickte. »Du kannst ja sogar denken. Alle Achtung. Ich habe von ihnen gehört, dass John Sinclair dabei ist, das Geheimnis seines Kreuzes zu erforschen. Das wäre, wie ich zugeben muss, sehr fatal. Und wir Schwarzblüter müssen in diesem Fall zusammenhalten und unsere eigenen Rivalitäten vergessen. Die Wahl ist auf mich gefallen. Ich soll es verhindern, und du wirst mir dabei helfen.«

Sheila hatte ein Niemals auf der Zunge, doch sie wagte nicht, das Wort auszusprechen. Sie dachte an Janes Warnung, deshalb hielt sie den Mund.

Jane Collins spürte, wie Sheila innerlich mit sich rang. Sie ließ sie noch ein wenig im Unklaren, bevor sie ihr erklärte, was sie wollte.

»Hör mir genau zu, Sheila Conolly. Du brauchst nicht viel zu tun. Ich will nur eins ...« Sie legte eine Kunstpause ein und wartete auf Sheilas Frage, die auch kam.

»Was willst du denn?«

»Karas Schwert!«

Hesekiel!

Ich war wie vor den Kopf geschlagen. Die Worte des schwer verletzten Mannes hatten mich regelrecht aufgewühlt. Mit allem hätte ich gerechnet, nur nicht damit.

Aber der Prophet Hesekiel hatte vor Christi Geburt gelebt. Etwa 500 Jahre. In seiner Zeit hatte er die Voraussagen treffen können, gelangte schließlich in babylonische Gefangenschaft und hatte dort seine Prophezeiungen beendet.

In der letzten Zeit war viel über den Propheten geschrieben worden. Man nahm seine Weissagungen ernster als früher, die Menschen besannen sich wieder auf die alten Dinge, aber dass Hesekiel ein Kreuz hergestellt haben sollte, war mir neu.

Andererseits: Welchen Grund sollte der Alte gehabt haben, mich anzulügen? Wohl keinen, davon ging ich aus. Also glaubte ich ihm

Ich musste trotz allem ein ungläubiges Gesicht gezogen haben, denn der Verletzte begann zu lächeln. »Ich sehe dir an, John Sinclair, dass du es nicht wahrhaben willst …«

»Doch, doch …« Heftig nickte ich. »Es kommt nur alles so überraschend, weißt du. Bisher bin ich von völlig anderen Voraussetzungen ausgegangen, was das Kreuz betraf.«

»Von welchen?«

»Nun, ganz einfach. Ich war der Meinung, dass mein Kreuz von den alten Makkabäern abstammt.«

»Das ist im Prinzip auch richtig, denn vor dir liegt ein Makkabäer.«

Jetzt war ich erstaunt. »Du bist …?« Ich schluckte. »Du bist tatsächlich ein …?«

»Ja, ich bin ein Makkabäer, und die Pyramide des Wissens hat dich in eine Zeit gebracht, die fast tausend Jahre nach Hesekiel liegt.«

Ich rechnete hastig nach. Wenn das stimmte, war ich unter Umständen im vierten oder fünften Jahrhundert gelandet. Deshalb auch die Römer, denn sie hielten die damals bekannte Welt um diese Zeit fast völlig besetzt. Sie waren ja bis zum Rhein gelangt und hatten auch in Gallien, dem heutigen Frankreich, gesessen.

Die Ehrfurcht vor dieser Tatsache machte mich verlegen. Ich fühlte mich zwischen den Mühlsteinen der Zeit und hatte Angst, von ihnen erdrückt zu werden.

»Wir Makkabäer haben uns abgespalten und leben so ziemlich für uns. Allerdings werden wir verfolgt und gejagt. Wir können unsere Lehren nicht verbreiten, aber wir haben das Erbe verwaltet. Du kommst aus der Zukunft und zeigst mir dein Kreuz, das mir erst vor einigen Monden entwendet worden ist.«

»Wieso?«

»Man hat es mir gestohlen.«

Ich hielt den Atem an, denn abermals wurde ich mit etwas Unwahrscheinlichem konfrontiert. Dem Alten war das Kreuz weggenommen worden. Es hatte dann eine unbekannte Odyssee durch anderthalb Jahrtausende unternommen, bis es endlich bei mir gelandet war. Und ein Zeitsprung hatte mich zu dem Alten gebracht.

Das musste ich erst einmal fassen …

Der Verletzte merkte dies und ließ mich in Ruhe. Ich war wohl blass geworden, denn er fragte: »Ist dir nicht gut, John Sinclair?«

»Es – es geht schon wieder.«

»Ich kann mir vorstellen, dass es für dich schwer sein wird, das alles zu begreifen, für mich aber hat sich der Kreislauf geschlossen. Ich weiß endlich, dass der letzte Sohn des Lichts sein Erbe erhalten hat. Dieses Wissen wird mich in einen sanften Tod begleiten.«

»Aber wieso weißt du von mir?«, rief ich. »Bist du auch ein Hellseher oder Prophet?«

»Nein, aber ich habe die Bücher Hesekiels sehr genau studiert. Dort ist zwar nicht von einem Kreuz die Rede, aber Freunde, die mit ihm in babylonischer Gefangenschaft waren, haben meinen Vorfahren erzählt, dass er in der Fremde damit begonnen hat, das Kreuz herzustellen.«

»In der Gefangenschaft?«, wunderte ich mich.

»Ja, John Sinclair. So ist es. Er hat damals schon gesehen, dass ein Ereignis eintritt, das die Menschen als Zeitwende nehmen werden. Als den Beginn einer neuen Zeitrechnung. Er wusste, dass der Erlöser kommen würde, und er hat all sein Wissen in dieses Kreuz hineingelegt. Zukünftiges Wissen und vergangenes Wissen.«

»Was meinst du mit vergangenes Wissen?«

Der Alte lächelte. »Ich weiß nicht, ob man sich in deiner Zeit sehr für die alte Geschichte interessiert, aber so ist es nun einmal. Es gibt Völker, die älter sind als das, aus dem ich stamme. Die Ägypter, die Babylonier, die Assyrer und noch weiter zurück die alten Atlanter.«

Ich zuckte zusammen. »Was weißt du darüber?«

»Kaum etwas, aber Hesekiel wusste es. Ich möchte nicht abschweifen, denn die alten Atlanter haben mit deinem Kreuz nichts zu tun. Sein Werdegang beginnt mit Hesekiel. Er ist der Erschaffer des Kreuzes, und er hat, wie ich dir schon sagte, all sein Wissen darin vereinigt.«

Ich senkte meinen Blick und schaute auf das Kreuz.

Wunderbar sah es aus, und ich spürte, wie mir ein Schauer über den Rücken rann. Es war eine ungemein kostbare, wertvolle Arbeit. Erst jetzt, da ich von seinem Ursprung wusste, lernte ich es wirklich zu schätzen. Stolz erfüllte mich, dass ich, John Sinclair, der Erbe dieses Kreuzes war.

»Ich will bei Hesekiel beginnen«, unterbrach die Stimme des Makkabäers meine Gedanken. »Mir bleibt nicht mehr viel Zeit, denn du sollst alles wissen. Nur so kannst du den Kräften der Finsternis gegenübertreten.«

»Ja, bitte …«

»Der große Prophet Hesekiel wusste von den Ereignissen, die erst noch kommen würden, und er hatte starke Helfer, die ihm zur Seite standen und ihm alles sagten, damit er es niederschreiben konnte. Es waren die mächtigen Geister, die einst, am Beginn der Zeiten, mithalfen, das Böse in die ewige Finsternis zu stürzen. Es waren …«

»Die Erzengel«, flüsterte ich ergriffen.

»Genau, John Sinclair. Du hast recht. Es waren die Erzengel, die dem Propheten Hesekiel mit Rat und Tat zur Seite standen. Sie haben dafür gesorgt, dass er in die Zukunft schauen konnte. Sie wussten ja, was kommen würde, und sie haben es ihm gesagt, damit er die Menschheit warnen konnte. Sie gaben ihm das Wissen, und sie haben ihn entführt, sodass er Reisen in andere Länder und in andere Zeiten machen konnte. Er sah seltsame Wagen am Himmel, Feuer speiende Monster, er sah Fremde aus der Ewigkeit, und er muss bis zum Schluss mit seinen vier Erzengeln in Kontakt gestanden haben, denn sie waren es, die auf dem Kreuz ihre Zeichen hinterlassen hatten. Michael, Raphael, Gabriel und Uriel. Diese vier Namen geben dem Kreuz die Kraft. Es sind die Wichtigsten, und es war für Hesekiel einfach unausbleiblich, dass die Erzengel seine wichtigste Errungenschaft weihten. Sie haben ihm den

Gefallen getan, das Kreuz ist durch sie geweiht worden. Allein die Tatsache, dass es ein Kreuz war, das ja erst später Bedeutung erhalten sollte, zeigt, wie sehr Hesekiel mit der Zukunft vertraut gewesen ist.«

»Und die anderen Zeichen?«, fragte ich.

Der alte Mann, dessen Namen ich nicht einmal wusste, hob seinen mageren, zerschundenen Körper an. Ich stützte ihn ab, aber er wollte nicht liegen, sondern sitzen. Deshalb drückte ich ihn mit dem Rücken gegen einen hohen Felsen.

So konnte er bleiben.

»Dämonische Banner, Magie und Glaube – all das vereinigte sich in dem Kreuz zu einem kleinen Wunder. Hesekiel hat genau gewusst, was er tat. Er hat die Zeichen bewusst ausgesucht, sodass sie auch gegen die fremden Magien wirkten.«

»Aber was muss man tun, damit es so weit kommt?«, fragte ich.

»Weißt du das nicht?«

»Nein, ich …« Mein Kopfschütteln zeigte ihm an, wie verzweifelt ich war. »Lange habe ich versucht, das Geheimnis zu ergründen. Ich als Erbe, als der Sohn des Lichts, wie auch du mich bezeichnet hast, müsste es doch wissen.«

»Das stimmt. Ich will es dir auch erklären, falls ich noch so viel Zeit habe, denn ich fühle bereits die Kälte des Todes an meinen Füßen. Und sie wird steigen …«

»Um Himmels willen«, flüsterte ich. »Nicht jetzt, wo …«

»Nein, nein, John Sinclair. Noch wird mich die ewige Dunkelheit nicht schlucken. Ich habe ein wenig Zeit, aber ich will wissen, wer dir gesagt hat, dass du der Sohn des Lichts bist!«

»Das war der Seher.«

»Den kenne ich nicht.«

»Kann es der Geist des großen Propheten Hesekiel sein?«, erkundigte ich mich.

»Möglich …«

»Nein«, flüsterte ich, »er kann es nicht sein. Der Seher war schon im alten Atlantis bekannt, da hat Hesekiel noch nicht gelebt. Es muss ein anderer sein, der so gut Bescheid weiß.«

»Wenn er nichts mit dir zu tun hat, dann wollen wir ihn auch lassen«, schlug der alte Mann vor, und ich nickte. »Widmen wir uns deinem Kreuz, und halte es bitte so, dass wir beide es genau sehen können, denn was ich dir jetzt sage, das geschieht nur einmal. Nichts mehr werde ich wiederholen können.«

Ich nickte und konzentrierte mich wie selten in meinem Leben. Die Umwelt vergaß ich völlig. Für mich zählten jetzt nur noch der Alte und seine folgenden Worte.

»Höre mir genau zu, John Sinclair, denn nun wirst du das Geheimnis des Kreuzes erfahren …«

Karas Schwert wollte sie haben!

Endlich wusste Sheila Conolly, weshalb die Detektivin sie aufgesucht hatte.

»Unmöglich!«, stieß Sheila in einer ersten Reaktion hervor und schüttelte demonstrativ den Kopf.

Jane lacht leise und hämisch. »Ist es wirklich unmöglich, kleine Sheila?«

»Ja, ich kann nicht hinausgehen und mir einfach das Schwert holen. Man würde es nicht erlauben.«

»Es ist schwer«, erwiderte Jane. »Ich an deiner Stelle würde an den Kleinen denken. Wenn du das Schwert nicht besorgst, stirbt er. Dann werde ich ihn mitnehmen und dir sein Skelett in Einzelteilen vor die Füße werfen!«

Einer Mutter dies zu sagen war grauenhaft. Jane sah, dass sie zu weit gegangen war. Sheila hatte den Mund bereits geöffnet, um zu schreien, als die Hexe Jane Collins abermals reagierte und gedankenschnell ihre Hand auf Sheilas Lippen presste.

»Keinen Laut, hörst du?«

Sheila beruhigte sich nur schwer. Nach einer Weile riskierte Jane es und ließ den Arm sinken.

Sheila stand schwer atmend vor ihr. »Was bist du nur für ein Mensch?«, keuchte sie. »Verdammt, was bist du nur für ein Mensch …?!«

»Ich bin kein Mensch mehr, Sheila, daran musst du dich endlich gewöhnen. Ich gehöre zu Wikka.«

»Ja, das habe ich bemerkt. Verdammt, das wird mir immer deutlicher klar. Und ich würde mich freuen, wenn man dich tötet!«

Jane lachte leise. »So leicht schafft das keiner, denn ich stehe unter dem Schutz der Mächtigen. Aber zurück zu deiner Aufgabe. Ich will das Schwert haben. Koste es, was es wolle.«

»Warum, Jane? Wofür brauchst du es?«

»Nun, du kannst es ruhig wissen. Es geht dabei indirekt um John Sinclair. Ich weiß, dass er eine Zeitreise unternimmt. Gewaltige Kräfte sind beschworen worden, und sie haben es tatsächlich geschafft, John aus dem Land, das nicht sein darf, wegzuholen. Das konnte nur durch Karas Schwert gelingen. Wenn ich es jedoch in die Hände bekomme, ist eine Rückbeschwörung nicht mehr möglich. Dann wird der Geisterjäger John Sinclair für immer ein Gefangener der Zeiten bleiben und bis in alle Ewigkeiten umherirren. Deshalb das Schwert. Das Bindeglied zwischen dieser Welt und ihm muss unterbrochen oder zerstört werden.«

Nun wurde Sheila alles klar. Und sie wusste auch, dass es allein auf sie ankam. Wenn es ihr gelang, das Schwert zu stehlen, dann war John Sinclair verloren. Sie hielt praktisch das Leben des Geisterjägers in ihren Händen. Nie hätte Sheila gedacht, dass es einmal so weit kommen würde.

Und wenn sie sich weigerte?

Auch mit diesem Gedanken spielte Bills Frau. Gleichzeitig schielte sie auf den kleinen Johnny, der schlafend in seinem Bett lag. Er würde ein Opfer finsterer Mächte werden, denn Jane Collins kannte keine Gnade. Das hatte Sheila deutlich genug erfahren.

Die Hexe ahnte, was sich hinter Sheilas Stirn abspielte, und sie lächelte boshaft. »Überlegst du?« Als Sheila keine Antwort gab, sprach sie weiter. »Überlegst du wirklich noch weiter, Sheila Conolly? Wer ist dir denn wichtiger: John Sinclair oder dein Sohn Johnny? Wenn ich an deiner Stelle wäre, gäbe es für mich nichts zu überlegen. Ich würde sofort auf den Vorschlag eingehen!«

»Du bist eine Bestie, eine verdammte Bestie!«, zischte Sheila Jane Collins entgegen.

»Ja, aus deiner Sicht sicherlich. Es interessiert mich nicht, wie du darüber denkst. Ob Bestie oder nicht, entscheide dich endlich.«

Sheila dachte daran, dass sich ihr Mann Bill in einer ähnlichen Situation befunden hatte. Das lag länger zurück. Damals sollte er John Sinclair töten, und er hätte es fast getan. Es war ein schlimmer Fall gewesen, eine seelische Zwickmühle, wie es sie kaum noch einmal gab. Jetzt befand sich Sheila in der gleichen Lage. Wieder ging es um John Sinclair – und auch um ihren Sohn.

»Lange warte ich nicht mehr!« Die lauernden Worte der Hexe Jane durchbrachen Sheilas Gedanken. »Entscheide dich endlich!«

»Ja«, flüsterte Sheila.

»Und?«

Bills Frau schluckte ein paarmal. Sie schaute auf Johnny, der sich im Schlaf auf die Seite drehte, und sie blickte dann in das lauernde Gesicht der Hexe Jane Collins. Dann nickte sie.

»Ich gehe!«, sagte Sheila.

Jane zuckte zusammen. Hatte sie doch nicht mit dieser Entscheidung gerechnet? Allerdings überwand sie ihre Überraschung schnell und deutete zur Tür.

»Dann verlier keine Zeit mehr. Und denke immer daran: Ich bleibe hier bei deinem Sohn. Solltest du versuchen, falsch zu spielen, wird er es zu büßen haben. Wenn du dann zurückkehrst, liegt nicht mehr dein Sohn im Bett, sondern ein echtes Skelett.«

Sheila hörte die Worte, drehte sich abrupt und ging staksig zur Zimmertür …

Im Garten warteten die anderen. Das Nichtwissen, die Ungeduld waren wie ein Schweben im luftleeren Raum. Niemand wusste so recht Bescheid. Die Verbindung zu John Sinclair war zusammengebrochen. Der Geisterjäger konnte längst tot sein, aber auch noch leben. Diese beiden Möglichkeiten standen zur Wahl, und niemand wusste so recht, wie er sich verhalten sollte.

Sir James hatte auf einem Stuhl Platz genommen und sein Gesicht in beide Handflächen gestützt. Er grübelte. Hin und wieder hob er den Blick, um Kara anzuschauen, die auf der Bank saß und einen erschöpften Eindruck machte.

Myxin stand neben ihr. Ab und zu streichelte er über ihr Haar.

Sir James winkte Suko zu sich. Bill war in den hinteren Teil des Gartens gegangen. Er stand dort im Schatten. Manchmal glühte seine Zigarette auf, wenn er einen Zug nahm.

»Sir?«, fragte der Inspektor.

Der Superintendent sprach leise. Er wollte nicht, dass die anderen seine Worte verstanden. »Könnte sie es nicht noch einmal wagen? Wir müssen doch wissen, wo sich John befindet und was mit ihm geschehen ist. Es kann nicht so weitergehen.«

»Da gebe ich Ihnen recht, Sir, aber Kara hat alles gegeben.«

»Heißt dies, dass eine erneute Beschwörung nicht mehr möglich ist? Kann sie keinen Kontakt mehr bekommen?«

»Das wohl, aber sie braucht Zeit, um sich zu regenerieren. Verstehen Sie?«

»Ja und nein. Ich kann es einfach nicht wahrhaben und will es auch eigentlich nicht. Wir müssen einen Ausweg finden, um John zu helfen.«

»Sir, sie wird es auch ein zweites Mal versuchen, aber kaum in den nächsten Minuten.«

Sir James schüttelte den Kopf. »Und Sie, Suko? Sie haben doch Ihren Wunderstab. Können Sie über ihn nichts erreichen?«

»Nein.«

»Wieso nicht?«

»Mein Stab kann wohl die Zeit für fünf Sekunden anhalten, sodass die in Rufweite stehenden Personen zur Bewegungslosigkeit erstarren, mehr aber auch nicht. Ich kann ihn nicht be-schwören, wenigstens weiß ich davon nichts.«

»Dann sieht es verdammt hoffnungslos aus«, stellte der Superintendent fest.

»Das kann man nicht so direkt sagen«, erwiderte der Inspektor. »Kara wird es sicherlich noch einmal versuchen.«

»Ja, wenn es zu spät ist.«

Suko gab keine Antwort mehr. Diese Befürchtung seines Chefs teilte er selbst.

Aus dem Hintergrund des Gartens lösten sich zwei Gestalten. Bill kam. Nadine, die Wölfin, war bei ihm. Sie hielt sich dicht an seinen Beinen und rieb ihr Fell. Die Schnauze hatte sie geöffnet. Innerhalb des Rachens blitzten hell die Zähne.

Neben Suko und Sir James blieb der Reporter stehen. Dabei schaute er die Wölfin an. »Sie ist so unruhig«, bemerkte er. »Irgendetwas hat sie.«

»Klar«, sagte Suko. »Sie spürt, dass mit John Sinclair etwas ist. Tiere haben da feinere Antennen als wir Menschen.«

»Vielleicht spürt sie seinen Tod«, murmelte Sir James.

Bill Conolly zuckte zusammen. »Verdammt, sagen Sie nicht so etwas.«

»Was macht Sie denn so sicher, dass John Sinclair noch lebt?«

»Nichts, aber ich habe gelernt, die Hoffnung nicht aufzugeben.«

»Deshalb sitzen wir auch hier«, bemerkte der Superintendent. »Auch ich hoffe noch, aber die Hoffnung wird immer schwächer, das können Sie mir glauben.«

Da knurrte Nadine.

Die drei Männer zuckten zusammen, denn dieses Geräusch erinnerte an ein Fauchen.

Bill und Suko beugten sich zu dem Tier hinab. Sie wollten es beruhigen, doch Nadine ließ dies nicht zu. Keinem gelang es, sie festzuhalten. Durch eine geschickte Körperdrehung entwischte sie ihnen und lief zum Haus hinüber.

Wie ein Schatten huschte sie dabei dicht an der Hauswand entlang und blieb dort stehen, wo sich Johnnys Zimmer befand. Das hellgraue Rollo war in der Dunkelheit kaum zu erkennen. Trotzdem sahen die Männer, dass sich Nadine streckte. Sie hatte ihren Körper aufgerichtet und die Vorderpfoten auf die Fensterbank gelegt.

»Was hat sie nur?«, fragte Suko.

»Wer befindet sich hinter dem Fenster?«, wollte der Superintendent wissen.

»Da schläft mein Sohn.«

Sir James runzelte die Stirn. Er wollte etwas sagen, schluckte die Worte jedoch herunter.

Dafür meinte Suko: »Sheila ist doch bei ihm, oder?«

»Ja.« Bill nickte. Er schaute weiterhin zum Fenster, denn die Wölfin benahm sich in der Tat äußerst merkwürdig. Nun hatte sie ein besonderes Verhältnis zu Johnny. Sie war praktisch dessen Beschützer, und sie merkte genau, wenn Gefahr drohte.

Sollte sich da etwa etwas zusammenbrauen, wovon Bill und die anderen keine Ahnung hatten?

»Was ist los?«, fragte Sir James. Er hatte bemerkt, dass mit dem Reporter etwas nicht stimmte.

»Ich weiß es auch nicht genau …«

»Du kannst ja mal nachsehen«, schlug Suko vor.

Bill schaute ihn für einen Moment an. Dann nickte er entschlossen. »Das werde ich auch.«

Sir James und der Inspektor schauten ihm nach, wie er über den Rasen in Richtung Terrasse schritt. Es gab praktisch zwei Terrassen. Eine befand sich direkt hinter der breiten Wohnzimmerscheibe, die andere auf dem Rasen.

Bill Conolly brauchte sein Haus jedoch nicht zu betreten, denn im Rechteck der Tür erschien eine schlanke Gestalt. Ihr Körper malte sich deutlich vor dem Licht im Wohnraum ab.

Sheila kam zurück.

Auch Bill hatte seine Frau gesehen. Er blieb stehen, winkte und sagte: »Ich wollte soeben zu dir kommen. Du bist so lange weggeblieben. Wir haben uns bereits Sorgen gemacht.«

Sheila trat ein paar Schritte näher. »Wieso?«

Bill hob die Schultern. »Nun ja, man muss wirklich mit allem rechnen.«

Vor ihm blieb Sheila stehen. »Ich war bei Johnny und habe nach ihm geschaut.«

»Geht es ihm gut?«

Sheila schluckte. Sie drehte den Kopf ein wenig zur Seite, bevor sie antwortete: »Ja, es ist alles in Ordnung, Bill.«

Der Reporter atmete auf. »Dann bin ich froh.«

Jetzt ruckte Sheilas Kopf herum. »Was ist los? Sollte es nicht so sein?«

»Doch, doch. Aber Nadine hat sich so seltsam benommen, weißt du.«

»Wie das?«

Bill deutete auf das Fenster. »Sie ist dahin gelaufen und hat sich auf ihre Hinterpfoten gestellt. Ich weiß auch nicht, ob sie am Rollo kratzen will ...«

»Ruf sie zurück, sofort!«, verlangte Sheila und überraschte Bill mit dem Ton ihrer Worte.

»He, was ist denn los?«

»Ruf sie zurück, Bill!« Drohend klangen die Worte der blondhaarigen Frau.

Erst jetzt stellte Bill Conolly fest, dass mit Sheila etwas nicht stimmte. Sie zeigte sich völlig verändert, irgendwie sprung- und kampfbereit. Etwas musste vorgefallen sein.

»Was ist denn passiert? Du bist so seltsam, Sheila.« Bill fasste nach den Schultern seiner Frau.

»Nichts ist geschehen. Ich will nur, dass sich Nadine nicht einmischt. Johnny schläft, und er wird auch weiterhin seine Ruhe haben. Ist das klar?«

»Natürlich. Deshalb brauchst du dich doch nicht so aufzuführen. Du hättest es ruhig in einem normalen Tonfall sagen können.«

»Ich bin eben etwas nervös.«

»Kein Wunder nach allem, was vorgefallen ist.«

»Außerdem möchte ich Johnny heraushalten. Er soll auch nicht indirekt beteiligt sein.«

»Klar, meine Liebe.« Bill nickte seiner Frau zu und machte sich auf den Weg, um Nadine zurückzuholen.

Er wunderte sich über Sheila. Sie hatte sehr seltsam reagiert. Das kannte er von ihr kaum, nur dann, wenn sie unter Stress stand. Bill gab zu, dass die vergangenen Ereignisse nicht so leicht zu verkraften waren, vor allen Dingen nicht für eine Frau wie Sheila, die fast immer in ständiger Spannung und Angst lebte, denn dämonische Kräfte hatten oft genug brutal in ihr Leben eingegriffen. Bill schritt zwar weiter, er drehte sich jedoch um und schaute zurück.

Sheila war nicht auf der Stelle stehen geblieben. Bill Conolly sah, dass sie Kurs auf Kara und Myxin nahm und neben den beiden ihren Schritt verhielt.

Vielleicht konnten die beiden ihr helfen. Bill hoffte es zumindest und wurde durch Nadine abgelenkt, die sich überhaupt nicht beruhigen wollte, knurrte und mit den Vorderläufen auf der Fensterbank kratzte. Irgendetwas musste sie stören, und abermals keimte in Bill ein Verdacht auf. Vielleicht ging es doch um den Kleinen.

Unsinn. Dann hätte Sheila etwas gesagt.

Neben Nadine ging der Reporter in die Knie. Die fünf gespreizten Finger seiner rechten Hand wühlten durch das Fell, doch dem Reporter war es nicht möglich, das Tier zu beruhigen. Nadine stellte sich sehr störrisch an.

»Komm«, sagte Bill. »Komm her, Nadine. Was willst du denn überhaupt noch hier?«

Nadine drehte den Kopf. Sie schaute Bill genau an. Der Reporter sah in die kalten Augen und glaubte, dass sich deren Ausdruck verändert hatte. Die Pupillen hatten einen anderen Ausdruck angenommen. Sie blickten zwar noch kalt, jedoch tief in ihrem Innern meinte der Reporter, eine Warnung zu lesen.

Bills Körper spannte sich. Er verstand Nadine zwar nicht, dennoch glaubte er, dass nicht alles so glatt gelaufen war, wie er es sich vorgestellt hatte.

Jetzt fiel ihm wieder Sheilas seltsames Benehmen ein. Hing es doch mit Johnny zusammen?

Bill bekam Magendrücken, als er daran dachte. Über seinen Rücken lief ein Schauer. Sheila und er hingen an ihrem Sohn. Wenn ihm etwas passieren würde, dann …

Der Reporter erhob sich.

Im selben Augenblick hörte er von dort, wo auch die Gartenbank stand, Karas Stimme.

»Sheila, was hast du? Bist du verrückt? Was willst du mit meinem Schwert?«

Also doch!

Bill Conolly zuckte zusammen, als hätte man ihn geschlagen. Da war etwas passiert, und er stand zu weit vom Ort des Geschehens weg. So musste er mit ansehen, wie seine Frau auf die Terrassentür zulief.

Gleichzeitig startete auch Myxin. Suko und Sir James setzten sich ebenfalls in Bewegung, und Bill hielt auch nichts mehr an seinem Platz. Er musste wissen, was da geschehen war.

Myxin hatte den kürzesten Weg.

Kara war nur aufgesprungen. Als sie endlich stand, befand sich Myxin bereits in der Tür und jagte Sheila nach, die sich schon nach links gewandt hatte, um aus dem Wohnraum in den Flur zu entwischen.

Die Distanz zu dem kleinen Magier war zu groß. Myxin hätte Sheila vor der Tür nicht mehr eingeholt. Deshalb griff er zu einem anderen Mittel.

Ein Stuhl stand griffbereit. Blitzschnell umklammerte Myxin die Lehne, hob den Stuhl an und schleuderte ihn so, dass er in die Lücke zwischen der laufenden Sheila und der Türöffnung fiel.

Ausweichen konnte die Frau nicht mehr, auch nicht über den Stuhl springen. Sie stolperte, verlor das Gleichgewicht und fiel zu Boden.

Diese Zeitspanne nutzte der kleine Magier aus. Bevor Sheila wieder auf die Beine kommen konnte, hatte er sie erreicht.

Doch da rollte sie sich bereits zur Seite, hob ihren Oberkörper an und streckte den rechten Arm aus. Die golden glänzende Spitze des Schwertes wies haargenau auf Myxins Brust.

»Rühr mich nicht an!«, zischte Sheila, am Boden sitzend. »Wag es nicht, Myxin, oder ich stoße zu!«

Damit hatte der kleine Magier nicht gerechnet. Er hockte auf dem Boden und zog ein verständnisloses Gesicht.

Myxin begriff die Welt nicht mehr. Hinter seiner Stirn überschlugen sich die Gedanken in Sekundenschnelle.

Was konnte Sheila dazu veranlasst haben, so zu reagieren? Sie musste besessen sein, von einem anderen Trieb oder Dämon geleitet, anders konnte sich der kleine Magier diese Reaktion nicht erklären.

Er stoppte tatsächlich und hörte hinter sich die Schritte der anderen. Soeben betraten Sir James und Suko den Raum. Auch Kara drängte sich zwischen sie. Während die Männer stehen blieben, ging sie vor und näherte sich Myxin.

Endlich traf auch Bill ein. Er schaute an den anderen vorbei und erschrak fürchterlich. Da saß seine Frau auf dem Boden und bedrohte Myxin mit Karas Schwert. Eine Situation zum Lachen, wenn sie nicht einen so ernsten Hintergrund gehabt hätte, und Bill schaltete sofort richtig, denn er dachte an seinen Sohn und dass mit ihm etwas passiert sein musste.

An den anderen ging der Reporter vorbei. Er hatte sich nach vorn gebeugt, schüttelte den Kopf und flüsterte: »Sheila, bist du denn wahnsinnig? Was ist los mit dir? Das kannst du doch nicht machen, du …«

»Bleib stehen, Bill!« Sheilas Stimme klang so drohend, dass der Reporter seinen Schritt stoppte.

Jetzt wusste er überhaupt nicht mehr, was er sagen sollte. Sheila musste den Verstand verloren haben, eine andere Erklärung kam ihm nicht in den Sinn.

Mit einem heftigen Schwung stand Sheila plötzlich auf den Beinen. Sie hatte das Schwert bei dieser Aktion nicht losgelassen, und die Spitze wies weiterhin auf Myxin.

»Rührt euch nicht!«, flüsterte sie rau. »Verdammt, wagt es nicht, euch zu rühren!« Sie bewegte ihre rechte Hand, sodass die Schwertspitze wechselte. Einmal wies sie auf Myxin, dann zeigte sie in Karas Richtung, und auch Bill Conolly blieb nicht ausgeschlossen.

Der Reporter übernahm das Wort. Die anderen hatten sich bewusst zurückgehalten, denn Bill war hier der Hausherr. »Sheila, was ist denn ich dich gefahren? Weshalb tust du das?«

»Frag mich nicht«, keuchte die Frau und duckte sich leicht zusammen. Ihr Gesicht war schweißnass. Die Anstrengung des inneren Stresses zeichnete sich auf ihren Zügen ab. »Verflixt, fragt mich nicht. Verschwindet nur aus dem Zimmer!«

Bill breitete die Arme aus. Auch in seinem Innern tobte eine Hölle. Er konnte seine Frau einfach nicht begreifen. Innerhalb von Sekunden hatte Sheila einen Wandel durchgemacht. Aber hatte er sich nicht schon zuvor angekündigt? Bill dachte an das Benehmen seiner Frau, als sie das Haus verlassen hatte. Sie war lange weg gewesen, zu lange eigentlich, und sie hatte sich in Johnnys Zimmer aufgehalten. Gleichzeitig dachte Bill an das Benehmen der Wölfin. Sie hatte ebenfalls nicht normal reagiert, sondern war unruhig durch den Garten bis unter das Zimmerfenster des Jungen gelaufen.

Zählte Bill seine Beobachtungen zusammen, so gab es nur ein Ergebnis. All das, was passiert war, musste in einem unmittelbaren Zusammenhang mit Johnny Conolly stehen.

Bill hing an seinem Jungen. Wie auch seine Frau Sheila, so liebte er den Kleinen abgöttisch. Wenn ihm etwas passiert war oder andere Kräfte dabei waren, ihm etwas anzutun, Bill dachte bewusst nicht weiter. Er spannte seinen Körper, stand auf dem Sprung, und das bemerkte auch seine Frau.

»Bleib stehen, Bill!«, schrillte ihre Stimme. Sie bewegte dabei ihren Arm, sodass die Klinge genau auf den Reporter wies. Und der las die finstere Entschlossenheit in Sheilas Augen, sodass er zögerte.

Vielleicht hätten die anderen eingegriffen, doch etwas hielt sie zurück. Zudem stand nicht irgendjemand vor ihnen, sondern Sheila Conolly, die Frau eines Freundes.

Bill versuchte es weiterhin mit Worten. »Mach doch keinen Blödsinn, Sheila. Sei vernünftig. Was ist denn in dich gefahren?«

Ihr Blick irrlichterte. Sie atmete schnell und stoßweise. Die Adern am Hals zuckten, als sie ihre Mundwinkel nach unten zog, die Augen füllten sich mit Tränen, und sie schluchzte auf. »Geht doch endlich. Verflucht, so geht doch, sonst ist alles verloren!«

Mit dem letzten Wort sank auch die Schwertspitze ein wenig nach unten. Bill sah schon seine Chance, doch bevor er starten konnte, hatte Sheila die Klinge wieder gehoben.

»Nein«, zischte sie. »So nicht ...«

Sonst ist alles verloren, hatte sie gesagt. In Bills Kopf hallten die Worte nach. Was war denn verloren? Etwa der Junge?

Niemand sprach. Allen Anwesenden war schlecht zumute. Sie fühlten sich mies, wollten raus aus dieser Misere, doch Sheila gab ihnen keine Antwort.

Niemand hatte mehr mit ihr gerechnet, aber sie war da.

Urplötzlich tauchte sie an der Terrassentür auf, hetzte mit gewaltigen Sprüngen an den anderen vorbei und war so schnell auf Sheila zugesprungen, dass diese nicht mehr zu einer Gegenreaktion fähig war. Der Wolfskörper wuchtete in die Höhe und rammte Sheila so hart an der rechten Seite, dass sie taumelte.

Diese Chance nutzte Bill Conolly sofort aus. Bevor Sheila sich versah, hatte er sie gepackt, ihren Arm zur Seite gehebelt und ihr mit einer Drehung seiner rechten Hand das Schwert entrissen. Bevor sie nachgreifen konnte, warf Bill es fort.

Kara lief schnell und nahm ihre Waffe wieder an sich.

Bill aber kümmerte sich um Sheila, die weinend zusammengebrochen war, den Kopf schüttelte und davon sprach, dass nun nichts mehr zu retten sei.

»Was ist denn nur geschehen?«

»Mein Gott, Bill. Es geht um Johnny, er befindet sich in tödlicher Gefahr. Jane Collins ist bei ihm ...«

»Dass dein Kreuz, John Sinclair, von dem Propheten Hesekiel erschaffen worden ist, weißt du inzwischen, aber du weißt nicht, was sich dieser weise Mann dabei gedacht hat. Ich möchte deshalb der Reihe nach beginnen, und du kannst meinen Worten genau folgen, indem du dir das Kreuz immer genau ansiehst.«

Ich nickte und wartete voller Ungeduld ab.

»Beginnen möchte ich oben, wo der Erzengel Michael sein Zeichen hinterlassen hat. Hesekiel hat in weiser Voraussehung gewusst, dass es in ferneren Zeiten einmal eine andere Schrift geben würde. Und er hat sich danach gerichtet. Neben dem Zeichen siehst du zwei Buchstaben, die den Beginn deines Vor- und Nachnamens andeuten. Für mich ein Beweis und Zeichen, dass dieses Kreuz für dich bestimmt ist und für keinen anderen sonst. Unter dem M kannst du das Allsehende Auge erkennen. Ich habe dir schon einmal gesagt, dass Hesekiel alte Mythologien verwendet hat, und das Allsehende Auge gehört dazu.«

»Stammt es nicht von den Ägyptern ab?«, fragte ich und dachte daran, dass es mir schon einmal geholfen hatte.

»Es ist das Auge der Vorsehung, in einem Dreieck vereint, dessen Spitze nach oben zeigt. Bei den Ägyptern hat man so den großen Gott Osiris dargestellt. Es soll den Menschen an die alle Geheimnisse durchdringende Wachsamkeit Gottes erinnern, und es ist für dein Kreuz auch ein Anzeiger der Gefahr. Aber zum nächsten Zeichen. Wenn du deinen Blick nach rechts gleiten lässt, da siehst du das AUM, die heilige oder mystische Silbe, das feierlichste aller Wörter Indiens. Dieses Wort steht am Anfang der heiligen Schrift und auch vor den Gebeten der Inder. Es soll zusammengesetzt sein aus den Anfangsbuchstaben der drei Götter Agni, Varuna und Marut. Gleichzeitig soll diese Silbe an die drei Elemente Feuer, Wasser und Luft erinnern. Die heilige Silbe auszusprechen bedarf einer gewissen Übung, und kein Unreiner sollte sie jemals rufen. Sie ist für dich ein Schutz gegen fremde Mythologien und unheimliche Götter aus anderen Reichen. So wird sich die

Göttin Kali davor fürchten, wenn jemand die Silbe ausspricht. Aber hüte du dich, das heilige Wort auszusprechen. Unter seinem Schutz allerdings wirst du stehen.«

Es war eine lange Rede, die der alte, verletzte Mann bisher gehalten hatte. Sie hatte ihn sichtlich erschöpft, und so musste er eine Pause einlegen, bevor er weitersprechen konnte.

Der alte Mann begann wieder und flüsterte: »Auf den Kreis und das Sechseck in der Mitte des Kreuzes komme ich später noch zu sprechen. Es ist mit das Wichtigste, aber darunter befindet sich das Ankh. Ein Zeichen, das an dein Kreuz erinnert und auch von den alten Ägyptern stammt. Es ist das Symbol des ewigen Lebens und der immerwährenden Kraft, die auch in deinem Kreuz steckt. Ebenfalls ein Beweis, dass dein Kreuz unzerstörbar ist, wenigstens laut Hesekiel. Er kannte damals nichts, was stärker gewesen wäre. Unter dem Ankh siehst du seltsame Zeichen, die ich dir nachher erklären werde. Kommen wir zu den beiden Buchstaben Alpha und Omega – Anfang und Ende. Sie sollen dich darauf hinweisen, dass alles einmal seinen Anfang gehabt hat und alles sein Ende haben wird. Nichts ist unendlich, nur der Schöpfer. Das kleine Kreuz darunter ist das sogenannte Passionskreuz, das Kreuz der Demut, der Reue. Es wird Sorge tragen, dass du, der Besitzer des Kreuzes, nicht zu arrogant und überheblich wirst, dass du immer daran denken sollst, dass es noch Schwächere auf der Erde gibt und du ihnen beistehen musst. Die linke Seite des Kreuzes wird von dem Auge des Horus eingenommen. Horus, ein Gott, hat das Aussehen eines Falken, und sein scharfes Auge wacht über allem. Es wird auch über den Träger dieses Kreuzes wachen.«

Ich hatte nur den zweiten Teil seiner Ausführungen gehört und stellte fest, dass sich der alte Mann abermals sehr angestrengt hatte. Er bat mich um Wasser.

Sofort stand ich auf und ging wieder zu dem Tümpel, um mit den Händen Wasser zu schöpfen.

Auf dem Weg dorthin dachte ich über das eben Gehörte nach. Viel Neues hatte mir der alte Mann nicht mitgeteilt. Was die Zeichen bedeuteten, wusste ich inzwischen selbst, aber ich wusste nicht, wie man sie aktivierte, und das Wichtigste überhaupt hoffte ich noch in den nächsten Minuten zu erfahren.

Der alte Mann musste einfach die Kraft aufbringen, das Rätsel zu lösen. Falls er vorher starb, war ich fast so schlau wie am Beginn meiner Odyssee.

Diesmal verlor ich nicht so viel Wasser. Als ich neben dem Mann stehen blieb, da hielt er die Augen geschlossen, und mich durchzuckte ein eisiger Schreck.

Schon öffnete er sie wieder. Auf seine Lippen stahl sich ein feines Lächeln, und ganz leicht schüttelte er den Kopf. »Keine Bange, John Sinclair, ich bin nicht tot, noch nicht, denn ich muss dir das Wichtigste mitteilen.«

»Ja, mein Freund.« Vorsichtig kniete ich mich hin und hielt die Hände so, dass der Rest des Wassers in seinen Mund laufen konnte. Der Mann schluckte, wobei ich zusah, dass nur so wenig Wasser wie möglich verloren ging.

Der Verletzte erholte sich zusehends. Ein neuer Kraftstrom schien durch seinen Körper zu schießen, und er wollte sich wieder aufrichten. Ich half ihm dabei.

Er schaute mir ins Gesicht, und sein Blick haftete an meinen Augen fest. »Was ich nun sage, John Sinclair, das habe ich mir für dich, den Sohn des Lichts, aufgehoben. Ich erfülle damit das Erbe des Propheten Hesekiel und gebe dir die letzten Geheimnisse des Kreuzes preis. Ich habe einmal einen Fehler gemacht und sie aufgeschrieben. Das Buch ist in die falschen Hände gelangt. Deshalb möchte ich dich bitten, nie etwas über das, was du hörst, aufzuschreiben. Wirst du mir dieses Versprechen geben, John Sinclair?«

»Ja, ich verspreche es!«

»Dann höre genau zu. Zwischen dem Ankh und dem Omega existieren in drei Reihen sehr seltsame Zeichen. Sie hat der große Prophet Hesekiel der altjüdischen Geheimlehre, der Kabbala, entnommen. Es ist eine der Urformeln, die die Welt zusammenhalten. Sie hat etwas mit der Erde zu tun und ist uralten Weissagungen entnommen, die noch vor Hesekiel existiert haben. Der Schöpfer selbst soll ihnen Leben eingehaucht haben, und ich werde sie dir vorsprechen.«

Ich war wie elektrisiert. Die Spannung wuchs. Ich stand an einem Scheideweg. Ich sollte eingeweiht werden in die großen, allerletzten Geheimnisse des Kreuzes.

Ein lang ersehnter Traum ging für mich in Erfüllung. In diesen Sekunden dachte ich an die Abenteuer, die hinter mir lagen, und mir fielen auch die Worte Myxins wieder ein, der mir einmal gesagt hatte, ich müsse das Kreuz aktivieren.

Bisher waren all meine Versuche vergebens gewesen. Das sollte sich in Zukunft ändern, wenn ich die wichtige Formel aussprechen konnte.

Es war mir unmöglich, ein Zittern der Hände zu vermeiden. Auch das Sprechen fiel mir schwer, denn mein Mund war so gut wie ausgetrocknet. Ich brachte einfach kein Wort mehr hervor und wartete voller Spannung auf die Dinge, die da kommen würden.

Der alte Mann bewegte seine Lippen. Bevor er die Formel aussprach, warnte er mich: »Vergiss sie niemals, John Sinclair, aber schreibe sie auch nie auf, sie ist ungemein wertvoll für dich.« Dann sagte er die alles entscheidenden Worte: »Terra pestem teneto – Salus hic maneto.«

Der alte Mann verstummte. Jetzt hatte er die Formel ausgesprochen, und ich saß vor ihm wie zu Stein erstarrt.

Wir schwiegen. In dieser feierlichen Minute war jeder Satz überflüssig. Ich stand am Beginn einer entscheidenden Wende, hatte die Worte gehört, und sie brannten sich in mein Gehirn ein.

Terra pestem teneto – Salus hic maneto.

Niemals mehr durfte und würde ich die alte Formel vergessen. Wenn ich sie aussprach, würde das Kreuz reagieren, dann war es aktiviert, und ich konnte handeln.

Noch war das Rätsel des Kreuzes nicht gelöst. Denn ich schaute auf das seltsame Sechseck, das so geformt war, als wären zwei Dreiecke verkehrt übereinandergelegt worden. Wo sich bei einem die Grundlinie befand, schaute die Spitze des zweiten über, umgekehrt war es ebenfalls so. Das Ganze wurde von einem Kreis umschlossen, und er beinhaltete seltsame Zeichen. Hinzu kamen noch die beiden Buchstaben in der größten freien Fläche. Das J und das S.

John Sinclair!

Ich schaute dem alten Mann ins Gesicht und erkannte einen müden Glanz in seinen Augen. Die Kraft verließ allmählich seinen Körper. Würde er es trotzdem noch schaffen und mich über die letzten Geheimnisse des Kreuzes aufklären?

»Ich weiß, John Sinclair, dass ich noch etwas vergessen habe, und vielleicht schaffe ich es noch, auch dieses Rätsel zu lösen. Das Sechseck besteht aus zwei Dreiecken. Eins zeigt mit der Spitze nach oben, das andere nach unten. Das erste symbolisiert die Kräfte des Lichts, das Gute auf der Welt, das andere …« Er sprach nicht mehr weiter, denn ein böser Hustenanfall schüttelte ihn. Der magere, zerschundene Körper bäumte sich dabei auf. Plötzlich erschien Blut auf seinen Lippen und sprühte gegen mein Hemd.

Ich beugte mich über den Alten, fasste nach seinen Schultern und sah, dass sein Gesicht immer blasser wurde und die Wangen zusehends einfielen. In den Augen lag ein fiebriger Glanz. Die Nase stach spitz und weiß aus dem Gesicht hervor, und die blutleeren Lippen murmelten: »Es ist so kalt, mein Freund, so schrecklich kalt. Der Tod ist nicht mehr aufzuhalten. Er will mich, aber ich – nein, ich kann es nicht mehr. Er ist stärker. Seine Schatten, ich sehe sie. Ich kann sie genau erkennen, doch dahinter, hinter ihnen, da ist das Licht. Das helle, strahlende Licht der Unendlichkeit des guten Geistes. Ich werde in das Licht eingehen. Mein Geist wird sich zu denen gesellen, die auf mich warten. Zu Hesekiel, zu den großen Propheten und zu meinem Schöpfer …«

Plötzlich hob er die Arme, streckte sie weit aus, als wollte er das Licht fassen. Er holte noch einmal tief Luft, und ein verklärtes Lächeln lag plötzlich auf seinem Gesicht.

Es blieb auch noch da, als mich die starren Augen eines Toten anblickten. Der alte Mann, dessen Namen ich nicht einmal wusste, konnte nicht mehr sprechen. In meinen Armen war er gestorben.

Ich schämte mich meiner Tränen nicht. Neben der Leiche saß ich und weinte. Ich war so unendlich dankbar, hatte so viel durch seinen Mund erfahren, und er war mir wie ein guter Freund vorgekommen …

Das allerletzte Geheimnis des Kreuzes hatte er mir nicht mehr mitteilen können. Ein anderer war schneller gewesen.

Mühevoll erhob ich mich. Meine Glieder waren vom langen Sitzen steif geworden. Ich schaute auf mein Kreuz und streifte danach die Kette, an der es hing, über meinen Kopf.

Das Kreuz hatte wieder seinen angestammten Platz gefunden. Nur war ich jetzt um einiges schlauer.

Der alte Mann, der mir die Geheimnisse erklärt hatte, war zusammengesackt. Er lehnte zwar noch am Felsen, doch sein Körper besaß keine Kraft mehr.

Ich, der Mensch aus der Zukunft, hatte einen Freund verloren, und ich konnte ihm nur noch einen Dienst erweisen, indem ich ihn begrub.

Werkzeug besaß ich nicht.

Da fielen mir die zahlreichen Steine auf. Unter ihnen sollte der Tote seine letzte Ruhestätte finden.

Noch stand die Sonne hoch am Himmel, als ich mit der Arbeit begann. Es war nicht einfach, die schweren Steine zu schleppen, aber ich dachte daran, was mir die Worte des Mannes alles eröffnet hatten, und so machte ich weiter.

Schon bald war der Leib unter den Steinen verschwunden. Ich häufte noch eine Lage darauf und suchte anschließend nach Holz, um daraus ein Kreuz zu fertigen.

Leider fand ich nichts in der Nähe, so sehr ich mich auch bemühte. Der Weg führte mich dabei in höhere Regionen. Ich erkletterte einen hohen Felsen. Von ihm hatte ich einen prächtigen Blick über das Land.

Deutlich war die Staubfahne zu erkennen, die zwischen dem Wald und mir in der Luft stand. Leider blieb sie nicht stehen, denn sie bewegte sich ausgerechnet in meine Richtung weiter.

Ich konnte mir denken, was vorgefallen war. Die vier Legionäre waren zurückgekehrt und hatten Bericht erstattet. Jetzt brachten sie Verstärkung mit, um nachzuschauen, ob dieser seltsame Fremde auch gegen eine halbe Armee bestehen konnte.

Ein wenig seltsam war mir schon zumute, und ich überlegte, was ich unternehmen sollte.

Am besten wäre natürlich die Pyramide gewesen, doch die war von Raum und Zeit geschluckt worden.

Was sollte ich tun? Mich verstecken? Wohl die einzige Chance, der Übermacht von Feinden zu entgehen. Dann konnte ich nur hoffen, dass mich irgendwann einmal die Pyramide wieder erreichte, um mich in meine normale Zeit zurückzubringen.

Die Soldaten mussten sehr scharf reiten, denn die Staubwolke bewegte sich ziemlich schnell. Ich war nur zu Fuß, hatte kein Pferd, und wenn ich noch länger wartete, schaffte ich es nie mehr, mich vor den anderen in Sicherheit zu bringen.

Mir war klar, dass die römischen Soldaten versuchen würden, den Felswirrwarr, in dem ich mich aufhielt, zu durchsuchen. Sie kannten die Gegend, wussten sicherlich sämtliche Verstecke, und für mich wurde es eng.

Also weg.

Wie lange es dauerte, bis ich die Felsen hinter mir gelassen hatte, das konnte ich nicht sagen. Als ich es endlich schaffte und vor mir einen lang gezogenen, sanft ansteigenden Hang sah, da war ich ziemlich erschöpft, ungemein durstig und staubbedeckt. Jede Faser meines Körpers schrie nach Wasser, aber hier gab es weit und breit nichts.

Es blieb mir nichts anderes übrig, als den Hang hinaufzulaufen, wobei mir die Verfolger im Nacken saßen, denn ihre Stimmen und das Schreien waren lauter geworden.

Zum Glück gab es Mächte, die es nicht erlaubten, dass ich in einer anderen Zeit verschollen blieb.

Bevor ich mich versah, erschien am allmählich dunkler werdenden Himmel ein grünblauer Schein, der in rasender

Geschwindigkeit der Erde entgegenfiel und mich erreichte, kaum dass ich ihn entdeckt hatte.

Ich war stehen geblieben. Der Schein fiel über mich, und plötzlich befand ich mich wieder innerhalb der Pyramide, zusammen mit dem Buch der sieben Siegel.

Das letzte Bild, das ich aus dieser Zeit mitnahm, war ein Soldat. Er sprengte im Sattel seines Pferdes zwischen den Felsen hervor, schwang sein Schwert und saß danach starr wie ein Denkmal auf dem Tierrücken, als er mit ansehen musste, wie die Pyramide mit mir in Raum und Zeit entschwand ...

Mit allem hätten die Freunde gerechnet, nur nicht mit der Antwort. Bill, Sir James, Kara, Myxin und Suko standen wie versteinert auf ihren Plätzen, hatten die Augen aufgerissen und schauten nur auf Sheila Conolly, die diesen Namen ausgesprochen hatte.

Jane Collins befand sich im Haus.

Jane, die Hexe!

Das durfte nicht wahr sein. Und als Erster reagierte Bill. Allmählich stahl sich das Entsetzen in seinen Blick. Er wusste, was das alles zu bedeuten hatte. Eine Gänsehaut bildete sich auf seinem Körper. Dann atmete er tief und stöhnend ein, bevor er den Kopf schüttelte. »Ich werde gehen!«, sagte er mit einer Stimme, die ihm selbst fremd erschien. »Verdammt, ich werde gehen, und keiner von euch wird es schaffen, mich aufzuhalten.«

»Nein, Bill, neiiinnn!« Sheila schrie es. »Um Gottes willen, du bringst deinen Sohn um, wenn du das tust.«

»Ich werde mit ihr fertig!«

Wild schüttelte Sheila den Kopf. Ihre Haare flogen dabei. »Sie hat Johnny in ihrer Gewalt, begreife das doch!« Beschwörend schaute sie ihren Mann an. »Und sie wird deinen, unseren Sohn töten, wenn ich nicht zurückkomme und ihr das Schwert bringe!«

»Dann tötet sie den Kleinen eben mit dem Schwert!« Bill war nicht zu belehren.

Sir James gab dem Chinesen Suko einen knappen Wink mit dem Kopf. Der Inspektor verstand. Wenn er jetzt nicht eingriff, beging Bill einen entscheidenden Fehler. Von dem Reporter ungesehen, näherte sich Suko ihm von der Seite, schob sich immer weiter vor und sprang.

Im letzten Augenblick sah Bill den Schatten. Er wollte sich noch herumwerfen, doch Suko war schneller. Bill flog in eine andere Richtung und hatte im nächsten Augenblick das Gefühl, sein Arm würde in einem Schraubstock stecken, so hart drehte ihn Suko herum und hebelte ihn gleichzeitig in die Höhe.

Der Reporter ächzte.

»Alles klar, Bill?«, fragte Suko.

»Verdammt, lass mich los!«

»Sofort, wenn du vernünftig bist. Du kannst jetzt nicht gehen. Jane Collins bringt es fertig und tötet Johnny tatsächlich.«

»Aber was sollen wir tun?«, ächzte der Reporter.

»Ich kann es dir nicht sagen, ehrlich nicht. Aber wir werden gemeinsam die nächsten Schritte überlegen und vor allen Dingen nicht durchdrehen, wie du es vorhattest.«

Der Reporter schüttelte den Kopf.

»Das ist keine Antwort, Bill«, sagte Suko.

»Okay, ihr könnt euch auf mich verlassen. Ich werde nicht allein zu ihr gehen.«

Suko nahm dem Freund die Antwort ab und ließ Bill los. Der erhob sich und rieb seinen Arm. Als er den entschuldigenden Blick des Inspektors sah, schüttelte er den Kopf. »Lass mal gut sein, Suko, ich habe durchgedreht.« Er ging zu Sheila und legte seinen Arm um sie.

Sir James übernahm die Initiative.

»Mrs. Conolly«, sprach er Sheila an. »Können wir vernünftig miteinander reden, oder …?«

»Fragen Sie!« Sheila schluckte ein paarmal und hob ihr Gesicht mit den verweinten Augen.

»Jane Collins ist in das Zimmer gelangt, das steht fest«, sagte der Superintendent. »Sie hat Johnny in der Gewalt, was ihr nicht reicht. Sie will das Schwert.«

»Das stimmt, Sir!«

»All right, aber aus welchem Grunde will sie Karas Schwert haben? Um, entschuldigen Sie, Johnny damit zu töten?«

»Nein.«

Sir James zeigte sich verwirrt. Auch die anderen wussten kaum Bescheid, nur Kara folgerte richtig.

»Ich kann es mir denken, aus welchem Grund sie die Waffe haben möchte. Es liegt eigentlich auf der Hand, wenn man einmal genauer nachdenkt. Durch die magische Klinge ist es mir gelungen, eine Verbindung zu John Sinclair herzustellen. Und es wird mir auch weiterhin gelingen. Das aber will Jane Collins unterbinden. Wahrscheinlich hat sie sich mit Lupina und Lady X zusammengetan, sodass die drei diesen Plan ausgeheckt haben. Stimmt es?« Kara schaute Sheila bei der letzten Frage an, und die junge Mutter nickte.

»Und was hätte sie davon?«, fragte Bill.

Kara lächelte. »Alles, mein Lieber. Denn dann können wir John Sinclair nicht mehr zurückholen. Er wird irgendwo in den anderen Dimensionen verschollen bleiben. Ein verdammt teuflischer Plan.«

Nach Karas Worten durchdrang ein erregtes Atmen den Raum. Es war ungeheuerlich, was diese Hexe da vorhatte. Aber sie stand nicht mehr auf der Seite des Sinclair-Teams, war zu einer anderen geworden und gehörte dem Wikka-Kult an.

Davon musste jeder der Anwesenden ausgehen, so schwer es auch allgemein zu begreifen war.

»Und was sollen wir jetzt tun?«, fragte Sheila.

Sie fand Bill, Sir James und Suko ratlos. Keiner wollte einen Vorschlag machen. Die Situation war grausam. Niemand konnte sich vorstellen, den kleinen Johnny zu opfern, und nur Kara und Sheila nahmen wahr, wie Myxin nickend seinen Kopf bewegte.

Er war also einverstanden.

Kara schritt auf Sheila Conolly zu. Jeder verfolgte ihren

Gang, und ein jeder sah, wie sie vor Sheila stehen blieb, um den Arm mit dem Schwert auszustrecken.

»Was soll das?«, fragte Sheila.

»Nimm das Schwert und geh zur ihr!«

Alle waren über die Reaktion der Schönen aus dem Totenreich erstaunt. Es wagte niemand zu sprechen, bis Suko schließlich die lastende Stille durch seine Worte brach. »Kara, um Himmels willen, das kannst du nicht machen!«

Ohne sich umzudrehen, antwortete Kara: »Willst du Johnny opfern?«

Schweigen. Ein jeder wusste, dass sie vor einer ungeheuer schweren Entscheidung standen, aber keiner konnte einen Rat geben, wie sie das Problem lösen sollten.

Auch Sheila stand unbeweglich. Die Waffe hatte sie noch nicht genommen. Das Schwert lag nach wie vor auf den ausgestreckten Armen der dunkelhaarigen Kara.

Als Einzige zeigte sich die Wölfin unruhig. Sie strich zwischen den einzelnen Zimmern hin und her. Wahrscheinlich ahnte oder spürte sie auf irgendeine Art und Weise, dass sie jetzt auf keinen Fall eingreifen durfte.

»Nimm es!«, forderte Kara. »Du musst die Waffe an dich nehmen. Ich bitte dich darum.«

»Aber dann hast du keine mehr, und Jane Collins wird …« Sheila brach ab. Hilflos hob sie die Schultern.

Kara aber lächelte. »Lass dies nur meine Sorge sein. Nimm das Schwert, und gib es der Hexe. Einen Gefallen allerdings musst du mir tun. Bleib immer in der Nähe deines Sohnes. Lass ihn nie aus den Augen, Sheila. Hast du verstanden?«

»Ja …«

»Dann tu das, was ich dir gesagt habe.«

Bills Frau wollte nicht so recht, doch Kara drängte ihr das Schwert förmlich auf, und so blieb ihr nichts anderes übrig, als danach zu greifen.

Es war keine leichte Waffe. Nur Kara verstand es, sie mit

Leichtigkeit zu führen. Sheila konnte sie kaum halten. Ihre Arme sackten nach unten.

Die Schöne aus dem Totenreich lächelte.

»Du wirst dich an das Gewicht gewöhnen. Geh jetzt, sonst wird sie noch misstrauisch.«

Sheila wandte sich ab. Sie wagte es nicht, die Freunde anzusehen. Sir James hatte den Arm halb ausgestreckt. Es sah aus, als wollte er etwas sagen, doch er brachte kein Wort über die Lippen.

Durch die offene Tür verschwand Sheila und schritt mit staksigen Schritten den Gang hinab, an dem das Zimmer ihres kleinen Sohnes lag. Sie ließ Menschen zurück, die es gewohnt waren, sich mit den Mächten der Finsternis herumzuschlagen, die Kämpfe ausfechten konnten, die jedoch in diesen Augenblicken so schrecklich hilflos waren, denn dieser Situation war keiner von ihnen gewachsen.

»Jetzt ist John Sinclair verloren«, stellte Sir James fest und schaute Kara dabei an.

»Wieso?«, fragte Bill.

»Die Verbindung zu John Sinclair ist unterbrochen. Das heißt, wir können sie nach der Abgabe des Schwerts nicht mehr aufrechterhalten, Mr. Conolly.«

»Hätten Sie denn anders gehandelt?«, erkundigte sich Kara. »Das Leben des Jungen …«

Sir James winkte schroff ab. »Ihre Haltung sollte kein Werturteil sein, ich habe nur eine Feststellung getroffen. Meiner Ansicht nach müssen wir jetzt auf einen unerwarteten Besuch gefasst sein. Jane Collins wird sich uns zeigen.«

»Und was soll sie hier?«, fragte Bill.

»Sie wird ihren Triumph auskosten wollen«, erklärte Sir James.

»Ich glaube nicht, dass es so weit kommt«, mischte sich der kleine Magier in das Gespräch. »Wir sollten abwarten. Noch ist die Lage nicht aussichtslos. Ich kenne Kara und weiß, dass sie noch einen Trumpf in der Hinterhand hält.«

Sir James und Bill schauten die Schöne aus dem Totenreich scharf an.

»Stimmt das?«, fragte der Reporter.

Myxin hob den rechten Arm. »Warten wir es ab.«

Bill wollte etwas erwidern, doch ein hartes, gellendes Lachen ließ ihm das Wort im Hals stecken bleiben.

»Das war Jane!«, flüsterte der Reporter. »Verdammt, das war sie.« Und er ballte vor Wut die Hände …

Ich fühlte mich wohl!

Ob ich durch Raum und Zeit trieb, wusste ich nicht. Auf jeden Fall ging es mir jetzt besser. Ich musste lächeln. Meine Güte, was hatte die Zeit schon für eine Bedeutung in dieser Lage? Überhaupt keine. Sie wurde manipuliert, man spielte mit ihr, und ich musste mich demnach auf einer Reise durch die Jahrhunderte befinden.

Nur sah ich davon nichts.

Ich kam mir vor wie jemand, der zum ersten Mal in ein Überschallflugzeug steigt und die Folgen hautnah spürt. Nichts war mehr so, wie es eigentlich sein sollte. Die Schwerkraft schien aufgehoben zu sein. Obwohl die Pyramide doch eine markante, dreieckige Form aufwies, konnte ich nicht sagen, wo oben oder unten war. Ich hatte das Gefühl dafür völlig verloren.

Es tat gut, nicht mehr selbst denken zu brauchen und das Schicksal voll in die Hände eines anderen legen zu können. Ich hätte es mir bequem machen können, an das Kreuz denken oder an etwas anderes, Positives, aber das war einfach nicht drin.

Meine Gedanken waren wie Pudding, so weich und schwammig. Und dann hatte ich das Gefühl, als hätte jemand mit dem Messer quer durch den Pudding geschnitten.

Gefahr!

Wieso ich das merkte, konnte ich selbst nicht sagen. Vielleicht waren es von der Pyramide aufgefangene Impulse, die an mich weitergeleitet wurden.

Ich riss die Augen auf. Auch das fiel mir schwer. Wenn ich

die Lider öffnete, wurde ich aus meinem Wohlsein herausgerissen und mit der Wirklichkeit konfrontiert. Obwohl sich Wirklichkeit, Traum und Vision bei mir vermischten.

Ich stand wieder in der Pyramide. Vor mir, zu meinen Füßen, lag das Buch der sieben Siegel. Dort konnte ich all das noch einmal lesen, was mir der alte Mann erzählt hatte. Ich wollte das Buch behalten, war mir allerdings über den Ort der Aufbewahrung noch nicht klar.

Die Pyramide stoppte so heftig, dass es mir schwarz vor Augen wurde. Ich rechnete damit, dass die Schwärze verschwinden würde, weil es vielleicht nur ein dumpfer Aufprall gewesen war, doch selten in meinem Leben hatte ich mich so getäuscht.

Die Schwärze blieb.

Im selben Augenblick verspürte ich Angstgefühle. Ich weiß nicht, wie ich sie beschreiben soll. Sie waren einfach da, und ich glaubte, im Tunnel der Zeiten endgültig zu versinken.

Davor hatte ich Angst.

Wie ein Schiffbrüchiger sich an den treibenden Rettungsring klammert, so hielt ich mein Kreuz fest. Wie im Krampf schlossen sich meine Hände um das geweihte Kruzifix. Mir sollte es Kraft geben. Gerade jetzt, wo ich seine Geheimnisse erfahren hatte, durfte es mich nicht im Stich lassen.

Warum transportierte mich die seltsame Pyramide nicht weiter? Was hatte ich falsch gemacht?

Es waren bohrende Fragen, und sie trugen nicht dazu bei, mein Angstgefühl zu vermindern. Obwohl ich glaubte, die Augen aufgerissen zu haben, konnte ich nichts sehen. Da war die absolute Finsternis um mich herum, jedoch keine tote Finsternis, sondern eine, die lebte. Sie war erfüllt von einem geheimnisvollen Wispern und Raunen. Ich hörte leise, verwehende Stimmen, die mich manchmal an die klagenden Laute von lebenden Toten erinnerten.

Wo Stimmen waren, gab es dort auch Leben?

Von dieser Voraussetzung versuchte ich auszugehen und mir somit Mut zu machen.

Nur – was war dies für ein Leben? Dämonisches, völlig anderes, geisterhaftes, materieloses?

Mein Blut schien zu kochen. Mein Körper war mit seltsamen Eindrücken und Gedanken gefüllt, und da war plötzlich eine Stimme in meinem Kopf. Eine seltsam weiche, dennoch gütige und wissende Stimme, die ich schon gehört hatte.

»Die Verbindung ist gerissen, John Sinclair.«

Ich lauschte der Stimme nach. Wo hatte ich sie vernommen? Sie war mir nicht fremd. Sie klang so unendlich weit entfernt und schien doch in meiner Nähe zu sein.

Paradox?

Ich sammelte meine Gedanken und versuchte, eine Antwort zu formulieren, was mir auch unter großen Mühen gelang.

»Welche Verbindung?«

»Die zur Erde.«

Für mich stellten die beiden Worte eine schlimme Antwort dar, die ich nur schwerlich verkraften konnte, denn ich hatte den Sinn voll begriffen.

Sollte die Verbindung tatsächlich gerissen sein, dann war ich ein Gefangener der Zeiten, dann hatten meine Gegner zum Schluss doch triumphieren können.

Konnte ich jetzt nicht mehr zur Erde zurückkehren?

Danach fragte ich, und die Antwort versetzte mir einen weiteren Schock. »Sie hat das Schwert nicht mehr …«

Das Schwert!

Himmel, damit konnte doch nur Kara gemeint sein.

»Ich sehe und kann nicht eingreifen«, hörte ich die Stimme abermals. »Ich kann nichts tun, die Verbindung ist zerstört …«

Da wusste ich Bescheid. Auf einmal lichtete sich der Vorhang. Ich wusste nun, wer zu mir sprach.

Es war der Seher!

Ich erschauerte, als mir das klar geworden war. Der Seher war ein so mächtiger Geist, dass Worte kaum ausreichten, um ihn beschreiben zu können. Ich konnte auch nicht davon ausgehen, einen Menschen vor mir zu haben oder ein menschenähnliches Wesen, für mich blieben nur die Spekulationen und, wenn er sich zeigte, ein Bild, das nur aus zwei Augen bestand.

Die sah ich plötzlich.

Wieder einmal zeigte sich der Seher mir, und wiederum schaute ich in das Augenpaar, in dem die ganze Weisheit des Alls zu lesen stand. Diese Augen waren unendlich. Sie schienen mit dem Wissen der Welt ausgestattet zu sein. Ein Wesen, das begriffen hatte, das wusste, wie die ursächlichen Kräfte zusammenhingen, sie aber mir, dem Menschen nicht mitteilen konnte, weil mein kleiner Geist überhaupt nicht in der Lage war, all dies zu erfassen.

Wer war der Seher?

Diese Frage hatte ich mir oft gestellt. Obwohl ich in meiner augenblicklichen Lage völlig andere Probleme hatte, tauchte sie doch wieder auf. Ich wollte wissen, wen ich vor mir hatte, und ich formulierte diese Frage auch in Gedanken.

Eine Antwort erhielt ich nicht. Der Seher ließ mich bewusst im Dunkeln. Er wollte nichts sagen, er brauchte es auch nicht, er war da, schaute mich an, und ich erschauerte abermals vor dem Blick seiner mir allgewaltig erscheinenden Augen.

»Zurück, John Sinclair. Du musst zurück. Die Pyramide kann dich nicht auf die Erde bringen. Sie besitzt die Kraft nicht mehr. Die Verbindung besteht nicht mehr. Viel Glück …«

Einen Lidschlag später waren die Augen verschwunden. Ich schaute wieder in die Schwärze vor mir, die in die Unendlichkeit zu stoßen schien, und spürte dann, dass etwas geschah.

Die Pyramide bewegte sich.

Der ungeheure Druck schien mich auf die Größe eines Klumpens zusammenpressen zu wollen, als ich die Reise abermals antrat. Einen Hauch später war sie bereits beendet, und ich befand mich am Ziel.

Plötzlich spürte ich festen Boden unter meinen Füßen. Ich riss die Augen auf und ließ meinen Blick kreisen.

Das kam mir alles so bekannt vor. Ich erinnerte mich, schon einmal hier gewesen zu sein, und stellte fest, dass sich der grüne Schein allmählich auflöste.

Die Pyramide verschwand.

Ich zuckte zusammen, denn jetzt fühlte ich mich allein. Ich irrte mich. Einen Atemzug später vernahm ich das Fauchen und wusste, dass Nepreno, der Drache, auf mich gewartet hatte …

Sheila Conolly trug das Schwert, und sie hatte das Gefühl, als würden Zentnerlasten ihre Arme dem Boden entgegendrücken. Die Waffe war sehr schwer. Die goldene Klinge zog sie nach vorn. Ihre Arme spürte sie nicht mehr, und als sie vor der Tür ihres Sohnes stehen blieb, war sie so erschöpft, dass sie gegen den Rahmen fiel.

Kara war über ihren eigenen Schatten gesprungen. Sie hatte ihr, Sheila, das Wertvollste gegeben, was sie besaß, um Johnny zu retten. Gleichzeitig jedoch brachte sie ein ungeheures Opfer, denn falls die Hexe das Schwert nahm, würde Kara nicht mehr in der Lage sein, eine magische Verbindung zu dem Geisterjäger herzustellen.

Fast hatte Sheila Conolly ein schlechtes Gewissen, als sie die Türklinke nach unten drückte und mit dem Knie das Holz nach innen stieß.

Jane Collins lauerte im Dunkeln, stand neben dem Bett des Kleinen, der noch immer schlief. Die Gestalt der ehemaligen Detektivin hob sich als dunkler Umriss ab.

Sheila betrat das Zimmer.

Ihr Herz klopfte so hoch oben im Hals und auch so stark, dass sie das Gefühl hatte, Würgehände würden um ihre Kehle liegen. Sie wollte die Tür wieder schließen, doch aus dem Dunkeln drang der Befehl der Hexe an ihre Ohren.

»Lass sie offen!«

Sheilas Hand zuckte von der Klinke. In der Linken trug sie das Schwert. Die Spitze schleifte über den Boden und hinterließ im Teppich einen Riss. Kleinigkeiten, auf die es in diesen Augenblicken überhaupt nicht ankam.

Jetzt ging es um Menschenleben!

Sheila erschrak zutiefst, als sie das grelle Gelächter der Hexe vernahm. Jane Collins hatte das Schwert entdeckt, und sie zeigte sich auf ihre Art und Weise entzückt.

»Du hast es ja doch!«, flüsterte sie scharf. »Hat man es dir gegeben, kleine Sheila?«

Sheila nickte.

Jane trat einen Schritt vor. Sie streckte dabei den Arm aus, und Sheila verstand die fordernde Geste.

»Nimm es!«, sagte sie.

»Was hattest du denn gedacht? Glaubst du etwa, ich würde darauf verzichten?« Sie kicherte. »Was machten denn die anderen für dumme Gesichter, als sie merkten, dass du die Waffe fordertest? Los, rede! Sie konnten doch nichts tun, waren hilflos und mussten mit ansehen, wie du gegangen bist. Ich hätte gern die Gesichter gesehen, Fratzen von Verlierern, denn die Gewinnerin in diesem Spiel bin ich. Und ich werde es auch bleiben.«

Aus den Worten der Hexe sprach so viel Hass, dass Sheila es kaum fassen konnte.

Die Hexe nahm das Schwert an sich. Sie riss es Sheila hart aus der Hand und hielt es selbst so fest, als wollte sie es nicht mehr loslassen.

»Ja«, hauchte sie, »das ist es. Genau das Schwert, das ich haben wollte. Sie hat sich nicht gern davon getrennt – oder?«, erkundigte sich Jane höhnisch.

»Ich weiß es nicht.«

»Du willst es mir nur nicht sagen«, lautete die harte Antwort. Jane hob die Waffe an, drehte sich um, und plötzlich wies die Spitze auf Sheilas Kehle.

Wie erstarrt blieb die Frau stehen. Die goldene Klinge war in den Lichtschein geraten. Sie warf Reflexe, die Sheila vorkamen wie tödliche Blitze.

»Kann ich – kann ich ...?« Sie musste sich selbst überwinden, um weitersprechen zu können. »Kann ich meinen Sohn haben und dann mit ihm fortgehen?«

»Nein!«

Sheila zuckte zusammen, als sie die Antwort hörte. Und sie dachte an die Worte ihrer Freunde, die gemeint hatten, dass man der Hexe nicht trauen konnte.

Jane war nicht zu trauen. Sie spielte falsch. Sie wollte nicht nur das Schwert, sondern alles – auch das Leben.

Sheila blieb gefasst. Irgendwie hatte sie damit rechnen müssen, denn vor ihr stand ja nicht die Jane Collins, die sie von früher her kannte, sondern eine Person, die voll auf der anderen Seite stand und dem Teufel diente, in dessen Dienste wiederum Janes Chefin, die Oberhexe Wikka, stand.

Es waren verzwickte Positionen, aber eins stand fest: Die Hexen bekämpften die Menschen. Sie hassten sie bis aufs Blut und würden alles daransetzen, um sie zu vernichten.

Sheila dachte in diesen Augenblicken nicht mal so sehr an sich, sondern an den kleinen Johnny. »Aber ich habe deine Bedingungen erfüllt«, flüsterte sie mit einer kaum verständlichen Stimme. »Du hast die Waffe bekommen. Warum lässt du uns nicht frei?«

»Weil du zu ihnen gehörst.«

»Was hast du vor?«, fragte Sheila und hatte Angst vor einer Antwort.

»Ich werde dich töten!«

In den Augen der jungen Frau schienen plötzlich Flammen zu stehen. Sie begriff nicht, dass jemand so grausam sein konnte, und ihr Blick glitt an Jane Collins vorbei zu dem kleinen Johnny hinüber.

»Er wird auch sterben!«, erklärte die Hexe. »Und zwar vor dir. Du kannst zusehen, Sheila Conolly!«

Vielleicht hatte Sheila in den letzten Minuten schon zu viel durchgemacht, um überhaupt noch Angst empfinden zu können. Als sie die Worte vernahm, stand sie starr.

»Komm her!«, befahl die ehemalige Detektivin. »Los, kleine Sheila, stell dich neben das Bett!«

Sie gehorchte. Ihre Schritte erinnerten an die einer hölzernen Puppe. Auf dem Boden lag noch ein kleines Spielzeug, gegen das Sheila mit der Fußspitze stieß und es unter das Bett kickte.

Jane Collins trat zur Seite. Sie brauchte den Platz, um ausholen zu können, und sie deutete mit der Schwertspitze auf Johnny.

»Hol ihn aus dem Bett!«

»Ich soll …?«

»Mach schon!«

Das Zittern überfiel Sheila wie ein Sturmwind. Was die Hexe von ihr verlangte, war so schlimm und unmenschlich, dass Sheila es kaum fassen konnte. Ihr fehlten einfach die Worte, um die Grausamkeit zu beschreiben, und sie flatterte, als würden Stromstöße durch ihren Körper fahren.

Sheila schlug die Decke zurück. Die Körperwärme des kleinen Johnny spürte sie an ihren Händen, als sie ihren Sohn auf die Arme nahm.

Der Kleine hatte einen tiefen Schlaf. Er bemerkte kaum etwas. Nur als Sheila ihn auch auf ihrem Arm behielt, da öffnete er für einen Moment die Augen, lächelte und sagte leise: »Mummy!«

Dieses eine Wort schnitt Sheila durchs Herz. Sie stand da wie unter einem Krampf. Ihr Körper bebte, und ihr Blick saugte sich an der goldenen Klinge fest.

Das Schweigen stand wie eine Mauer zwischen den beiden so ungleichen Frauen.

»Dreh ihn um!«, befahl die Hexe.

»Wie?«

»Du sollst deinen Sohn umdrehen, verdammt. Aber so, dass sein Kopf frei liegt.«

»Neiiin!« Es war ein wilder, alles zerreißender Schrei, der aus Sheilas Kehle drang. »Nein, nein, nein!« Und plötzlich warf sie sich auf dem Absatz herum und rannte aus dem Zimmer.

»Bleib hier!« Die Stimme der Hexe überschlug sich. Blitzschnell hatte sie das Schwert oben, um die Klinge in Sheilas deckungslosen Rücken zu stoßen …

Ich befand mich inmitten der mir bekannten Drachenhöhle und damit im Land, das nicht sein darf.

Und Nepreno wartete. Im Hintergrund der Höhle lauerte dieses Gebirge von Untier.

Der Herr der Drachen hatte gewusst, dass ich zurückkehren würde, und er wollte sich schrecklich rächen, nun, da ich mich nicht mehr unter dem Schutz der seltsamen Pyramide befand.

Ich ging ein wenig zur Seite und gelangte in die Nähe des Altars, wo ich das Buch der sieben Siegel ablegte, da es mir doch sehr hinderlich war.

Ich dachte an meine Waffen.

Die Beretta konnte ich vergessen. Ich wollte mich nur auf das Kreuz konzentrieren. Vielleicht konnte ich es zum ersten Mal aktivieren.

Noch griff Nepreno nicht an, aber es würde nicht mehr lange dauern, denn er bewegte bereits seinen massigen Schuppenkörper. Dabei schabte er über den Boden, wandte mir das Maul zu, und ich sah die gelbweiß schimmernden großen Knochen zwischen seinem mörderischen Gebiss. Es waren keine Menschenknochen, die er da festhielt, sondern die Überreste eines Monsters, wahrscheinlich eines Drachen, den er in der letzten Zeit, als ich mich auf meiner seltsamen Reise befand, erlegt hatte.

Eine Zunge konnte ich nicht erkennen. Sie war von der Pyramide zerstört worden, als sie gegen die bläulich schimmernde Wand gestoßen war.

Nach rechts bewegte ich mich. So konnte ich Nepreno besser sehen, und er sah auch mich.

Wir schauten uns direkt an.

Dann spie er mir die Knochen entgegen. Er schleuderte sie einfach aus seinem Maul.

Ich musste den Kopf einziehen, sonst wäre ich getroffen worden.

Die Knochen wischten an mir vorbei, und gleichzeitig setzte sich der Drache in Bewegung.

Nichts hielt ihn mehr auf. Sein gewaltiger Schwanz zuckte.

Wie eine Welle flog er an seinem Rücken hoch, wischte durch die Luft und krachte so hart zu Boden, dass das Gestein durch den Aufprall erschüttert wurde.

Wenn es dem Drachen gelang, mich mit diesem Schwanz zu treffen, war ich geliefert.

Angst hatte ich schon. Ich bin ehrlich genug, dies zuzugeben. Viel war geschehen. Ich hatte erfahren, was es mit meinem Kreuz auf sich hatte, kannte seine Geheimnisse und hoffte, dass mich der alte Mann nicht in die Irre geführt hatte.

So einen Drachen wie Nepreno hatte ich noch nie gesehen. Er erinnerte mich in seiner Größe an einen Saurier, die ich ja ebenfalls schon kennengelernt hatte.

Wie weit durfte ich ihn kommen lassen? Bis er fünf Schritte von mir entfernt war? Und war es ihm vielleicht möglich, seinen Schwanz so zu schleudern, dass er mich traf?

Überlegungen, die ich zwangsläufig anstellte, und ich bemerkte auch, dass sich mein Kreuz erwärmt hatte.

Jetzt wollte ich es wagen.

Noch einmal holte ich Luft. Und dann sprach ich die Worte, die ich mir so sehr eingeprägt hatte.

»Terra pestem teneto – Salus hic maneto!«

Sie drangen laut und deutlich aus meinem Mund. Der Drache sollte sie verstehen und vielleicht auch meine unsichtbaren Helfer, die als Geistwesen durch die Unendlichkeit glitten und mich in meinem Kampf gegen das Böse überwachten.

Zuerst geschah nichts.

Für die Länge eines Atemzugs hatte ich ein schreckliches Gefühl. So unendlich leer, einsam und verlassen kam ich mir vor, denn ich glaubte auf einmal, dass diese Formel falsch war.

Bis ich das Glühen sah.

Es war ein dunkelrotes Licht, und es leuchtete tief im Innern des Kreuzes auf. Dabei hatte ich Angst, dass sich das Kreuz stark erhitzen würde und ich es loslassen musste, um mir die Hände nicht zu verbrennen.

Ich irrte mich.

Die Glut war kalt.

Und sie erreichte die gesamte Größe des Kreuzes, bevor es plötzlich zu explodieren schien.

Aus seinem Zentrum, dem Kreis mit den beiden Dreiecken darin, drang ein rotgelbes Licht von vernichtender Kraft. Meine Hand zitterte. Ich sah mich selbst eingehüllt in eine Aura und bekam mit, wie das Licht sich gedankenschnell um den schwarzmagischen Drachen legte, als wollte es ihn umfassen.

Der Drache brüllte nicht, er spie kein Feuer oder Rauch. Er tat gar nichts. Die von mir aktivierten Kräfte meines Kreuzes pressten ihn so zusammen, dass er sich auflöste.

Ja, er war verschwunden. Nicht einmal Staub blieb von dem Untier zurück, nur eine leere Fläche, sodass es mir vorkam, als hätte es den Drachen nie gegeben.

Ein seltsames Gefühl durchströmte mich. War es Glück, Ergriffenheit oder Erlösung?

Ich konnte es nicht sagen, aber ich hätte vor Freude fast schreien können.

Der alte Mann hatte nicht gelogen. Die Formel, so uralt sie auch war, besaß noch immer ihre Wirkung. Meine Stimme hatte das Kreuz aktiviert und Nepreno vernichtet.

Mein Gott, so etwas hatte ich noch nie erlebt. So gedankenschnell und auch radikal.

Allmählich nur wurde mir bewusst, welch eine großartige Waffe gegen das Böse ich in der Hand hielt. Obwohl das allerletzte Rätsel noch nicht gelöst war, aber das würde ich auch irgendwann herausfinden. Ich jedenfalls fühlte mich jetzt stärker, innerlich gefestigt, und auch die Höhle und das Land erschienen mir nicht mehr so bedrohlich wie bei meinem ersten Besuch.

Langsam drehte ich mich um. Das Buch wollte ich noch an mich nehmen und die Höhle dann verlassen. Vielleicht gab es doch eine Chance, an der Wand in die Höhe zu klettern …

Meine Gedanken brachen ab. Gleichzeitig weiteten sich meine Augen, als ich auf die nackte Altarplatte schaute, und ich erkannte den schwarzen, konturenlosen Schatten, der dabei war, das Buch an sich zu nehmen.

Der Spuk hatte mich nicht vergessen!

Weshalb ich so reagierte, wie ich es im nächsten Moment tat, wusste ich selbst nicht zu sagen. Aber man konnte es durchaus als tollkühn bezeichnen, denn zusammen mit dem Kreuz warf ich mich in den konturenlosen Schatten des Spuks hinein …

Noch nie war Sheila Conolly dem Tod so nahe gewesen wie in diesen Augenblicken. Für sie gab es nur die Flucht. Sie wollte ihren Jungen und auch sich selbst retten. Dass sie Jane Collins dabei den Rücken zuwandte, daran dachte sie nicht.

Bis zur Türschwelle hätte sie es noch geschafft, dann wäre sie von der Klinge tödlich getroffen worden.

Doch da gab es jemanden, der selbst sein Leben einsetzte, um andere zu retten.

Nadine, die Wölfin!

Keiner hatte mehr auf sie geachtet, und so war es ihr gelungen, Sheila Conolly nachzuschleichen. Sie hatte in das Kinderzimmer hineinsehen können und festgestellt, wie sehr Sheila und ihr Sohn in der Klemme steckten.

Als Sheila rannte, sprang die Wölfin.

Nadine stellte es dabei noch schlau an. Sie wuchtete ihren Körper nicht direkt in die Schlagrichtung, sondern kam etwas von der linken Seite und sprang Jane Collins an.

Die Hexe wurde vom großen Wolfskörper etwa in Hüfthöhe getroffen. Hinter dem Aufprall steckte so viel Wucht, dass Jane Collins bis auf das Kinderbett geschleudert wurde und fast noch bis gegen die Wand fiel.

An das Schwert dachte sie nicht mehr. Sie musste sich erst wieder unter Kontrolle bekommen.

Diese Zeit nutzte Nadine.

Ihre Augen funkelten in einem klaren, gnadenlosen Gelb, als sie abermals ansetzte, der graue Körper durch die Luft wischte, den Rachen öffnete und auf das Bett sprang, wo Jane Collins lag.

Die Zähne packten zu!

Beide Kiefer fuhren zusammen, und zwischen ihnen befand sich plötzlich der Oberarm der Hexe.

Nadine biss ihn bis zum Knochen durch.

Es knirschte. Die Kleidung ging in Fetzen, Blut strömte aus der Wunde. Jane Collins schrie voller Wut auf und wuchtete ihren Oberkörper in die Höhe.

Sie hatte Glück, denn das Bett war schmal, sodass die Wölfin mit den Hinterläufen abrutschte.

Das gab der Hexe Gelegenheit, sich auf die Beine zu schwingen. Dabei führte sie noch einen Streich mit der Klinge und hätte die Wölfin fast getroffen, wenn diese sich nicht durch einen hastigen Sprung in Sicherheit gebracht hätte.

Jane Collins reichte es – sie floh. Sie wusste, dass nur ein Teil ihres Plans aufgegangen war. Sheila Conolly und ihr Sohn lebten noch. Das Schwert der Kara aber besaß sie, und sie würde es auf keinen Fall wieder hergeben …

Was können wir tun?

Diese Frage stand unausgesprochen zwischen den versammelten Freunden, aber niemand wagte es, die Worte auszusprechen.

Sie mussten warten und waren deshalb weiterhin zur Untätigkeit verdammt.

Sheila war verschwunden, und sie hatten das Lachen der Jane Collins vernommen.

Alle waren bleich geworden. Besonders Sir James. Er tupfte mit einem Taschentuch die Schweißperlen von seiner Stirn. Bisher hatte er nur aus Erzählungen erfahren, was mit Jane Collins geschehen war, nun wurde er direkt damit konfrontiert. Für einen Mann wie ihn war es schwer, dies zu fassen.

Was sich innerhalb des Kinderzimmers abspielte, das konnte niemand von ihnen wissen. Sie standen da und warteten.

»Komm zurück!«, hauchte Bill. »Sheila, mein Gott, komm zurück. Sie hat doch das Schwert …«

»Es wird ihr nicht reichen«, sagte Suko düster.

Bill zog den Kopf ein, als hätte er einen Schlag in den Nacken erhalten. »Suko, sag nicht so etwas. Es heißt, dass ...«

»Bill, sie gehört nicht mehr zu uns Menschen ...«

Der Reporter fuhr herum.

Myxin streckte seinen Arm aus. »Reiß dich zusammen, Bill, noch ist nicht alles verloren. Wir haben noch einen Trumpf!«

»Und was?«

»Kara!«

Bill schaute die Schöne aus dem Totenreich an. Niemand hatte bemerkt, dass Kara jetzt saß. Sie hockte wie eine Steinfigur auf dem Rand der Couch und rührte sich nicht. Ihr Gesicht schien geschnitzt zu sein, die Augen waren halb geschlossen, und spitz traten die Wangenknochen hervor. Die Konzentration forderte ihr alles ab.

»Was ist mit ihr?«

»Sie konzentriert sich. Kara sucht eine Verbindung zwischen sich und ihrem Schwert ...«

Myxin redete nicht mehr weiter, denn die Versammelten hörten plötzlich Sheilas gellende Schreie.

Ihre verzweifelten Nein-Rufe, dann erklang ein Poltern. Bill Conolly war nicht mehr zu halten. Er schleuderte Sir James zur Seite, rannte auf die Tür zu, in den Gang hinein, und er sah Sheila, wie sie ihm entgegentaumelte, den kleinen Johnny auf den Armen, das Gesicht zu einer Grimasse verzerrt, schluchzend dabei und mit der Beherrschung sowie den Nerven völlig am Ende.

Sie fiel ihrem Mann entgegen.

Bill handelte sofort. Er riss ihr den Kleinen aus den Armen, drehte sich um, gab ihn an Suko weiter und kümmerte sich um Sheila, die langsam in die Knie sackte und zusammenbrach.

Bill Conolly bückte sich. Er wollte seine Frau auffangen, war jedoch nicht schnell genug. Sheila fiel zu Boden.

»Ist sie verletzt?«, rief Sir James.

»Nein.«

»Macht doch mal Licht!«, rief Suko.

Sekunden später wurde es im Gang hell. Genau zu dem

Zeitpunkt, als die Hexe Jane Collins wie eine Furie das Zimmer des kleinen Johnny verließ und die Flucht antrat …

Einmal bisher hatte ich den Spuk mit dem Kreuz attackiert. Das lag lange zurück und war in New York gewesen. Diesmal versuchte ich es wieder. Damals hatte ich ihn mit dem Kreuz nur verjagen können, doch heute, wo es mir gelungen war, das Kruzifix zu aktivieren, da konnte ich ihn vielleicht vernichten.

Diese Gedanken jagten durch meinen Kopf, während ich mich im Sprung auf meinen Gegner befand. Ich befand mich in einer Verfassung, in der ich mit der gesamten Dämonenpest hätte aufräumen können, aber ich musste sehr schnell einsehen, dass mein Kreuz nicht allmächtig und der Spuk ein ungemein raffinierter Gegner war.

Er konnte sich so schnell bewegen, dass es mir nicht gelang, den Schatten mit den Augen zu verfolgen. Als ich dachte, in die dunkle Wolke eingetaucht zu sein, da war sie verschwunden. Den Irrtum erkannte ich zu spät. Erst als die Altarplatte in Höhe meines Kinns erschien, merkte ich, dass mein Angriff ein Schuss ins Leere gewesen war.

Ich knallte gegen die vorstehende Kante der Platte, streckte meine Arme aus und schlug mit der rechten Hand, in der ich das Kreuz hielt, gegen den Buchdeckel.

Ich vernahm dabei einen hohlen Ton, und dann passierte das, was ich immer zu verhindern versucht hatte.

Ich möchte zurückgreifen und noch mal auf das Buch zu sprechen kommen. Sieben Siegel der Magie, so lautete der Titel. Sechs Kapitel oder Siegel beschäftigten sich mit schwarzer Magie, nur eins, das vierte, enthielt die Geheimnisse um mein Kreuz.

Die schwarze Magie überwog bei dem Buch.

Und das Kreuz war weißmagisch.

Es hatte schon auf dem Deckel gelegen, da war nichts geschehen. Doch jetzt, wo es aktiviert worden war und sicherlich noch ein Teil der Kraft in ihm steckte, reagierte das silberne

Kruzifix völlig anders. Bevor ich meine Hand noch zurückziehen konnte, sah ich einen schwachen roten Schein über den Buchdeckel huschen, und im nächsten Augenblick berührte meine Hand die kalte Steinplatte des Altars.

Das Buch aber war zu Staub geworden, der plötzlich aufflimmerte, sodass die Partikel vor mir in der Luft schwebten wie winzige Sterne.

Im nächsten Augenblick waren auch sie verschwunden.

Ich aber stand vor dem Steinaltar wie ein begossener Pudel, schüttelte den Kopf und musste mir ein finsteres, grollendes Lachen anhören, das mir der Spuk entgegenschickte.

Es war hinter mir aufgeklungen, und ich sah nach der Drehung den unförmigen, vibrierenden Schatten in Deckenhöhe.

»Pech gehabt, Geisterjäger! Du hast nichts mehr von dem Buch, das dir auch noch Aufschlüsse über einen Teil der schwarzen Magie gegeben hätte.«

»Du aber auch nicht!«, hielt ich ihm entgegen. »Das Buch ist zerstört, du kannst nichts damit anfangen!«

»Hatten wir dies nicht von Beginn an vor, Sinclair? Du weißt doch, wir wollten das Buch in die Hände bekommen und zerstören. Es hat geklappt, der Sieger bin ich …«

Mehr sagte er nicht, denn er löste sich schnell wie ein Gedanke auf und verschwand.

Zurück blieb ich.

Ein wenig war ich wieder auf den Boden der Realitäten zurückgeholt worden, und ich ahnte in dieser Minute, dass ich den Kampf gegen die Mächte der Finsternis trotz meines Kreuzes noch längst nicht zu meinen Gunsten entschieden hatte.

Nicht einmal jetzt wusste ich, ob ich dieses Land, das es nicht geben durfte, auch verlassen konnte.

Von der Pyramide des Wissens war nichts mehr zu sehen, und mir blieb nichts anderes übrig, als mich auf die zweite Stufe des Altars zu setzen und abzuwarten …

Deutlich war die Hexe Jane Collins zu sehen, wie sie durch den Gang rannte.

Sie wollte nicht durch den Hauptausgang fliehen, sondern durch einen zweiten. Dazu musste sie jedoch in den Keller, und das war die Chance der anderen.

Suko reagierte sofort. Bill schrie er zu: »Bleib du bei Sheila!« Dann wandte er sich an Myxin: »Komm, wir erwarten sie im Garten!«

Der kleine Magier war einverstanden. Zwar wäre er lieber bei Kara geblieben, doch sie musste in diesen Augenblicken mit ihren Problemen allein fertig werden.

Myxin und Suko jagten nach draußen.

Darauf hatte Jane Collins gewartet. Ihr Lächeln war teuflisch, als sie kehrtmachte und den Gang wieder zurücklief, der in den Wohnraum mündete.

Sogar Bill Conolly schrie erschreckt auf, als er Jane Collins plötzlich im Zimmer stehen sah.

Ihr Lachen war grauenhaft. Im Kreis drehte sie sich. Das Schwert mit der goldenen Klinge fauchte durch die Luft.

Der kleine Johnny weinte, und die Hexe schrie: »Jetzt räume ich auf! Jetzt bringe ich euch alle um! Ich steche euch ab!«

Ihre Augen leuchteten in einem seltsamen Rot, sie mobilisierte ihre Hexenkräfte. Und in all dem Trubel saß Kara, die Schöne aus dem Totenreich, wie ein Stein.

Sie konzentrierte sich. Ihre Gedanken hatte sie gesammelt und nur auf einen Gegenstand gerichtet.

Es war das Schwert.

Diese Waffe und sie gehörten zusammen. Man konnte davon ausgehen, dass sie eine Art Symbiose eingegangen waren. Kara hoffte, kraft ihrer Gedanken das Schwert manipulieren zu können.

Sie strengte sich an.

Und sie schaffte es.

Während Jane Collins sich Sir James Powell als erstes Opfer ausgesucht hatte und auf ihn zusprang, fand die Schöne aus dem Totenreich den Kontakt, den sie brauchte.

Das Schwert veränderte sich.

Auf einmal wurde die Klinge weich. Sie warf Wellen, und im nächsten Augenblick begann sie wie eine Wunderkerze zu sprühen.

Wie vor eine Mauer gelaufen, blieb die Hexe Jane Collins stehen. Mit dieser Gegenreaktion hatte sie keinesfalls gerechnet. Und sie begriff innerhalb eines Sekundenbruchteils, dass Karas Schwert für sie zu einer tödlichen Waffe werden konnte.

Jane zitterte, als hätte man sie an eine Hochspannungsleitung angeschlossen.

»Schieß doch, Bill!«, brüllte Myxin.

Er wollte, dass Jane Collins starb. Rücksicht durfte nicht genommen werden, auch wenn sie einmal zum Sinclair-Team gehört hatte.

Auch Jane Collins hatte diese Aufforderung vernommen. Sie ahnte, dass sie nicht mehr genug Widerstandskraft besaß, um den Gegnern Paroli bieten zu können, und sie ließ gerade noch rechtzeitig das Schwert mit der goldenen Klinge los.

Während es sich noch auf dem Weg zum Boden befand, setzte Jane Collins ihre Hexenmagie ein.

Sie warf dabei die Arme in die Höhe und schrie: »Hexenfeuer, Hexenflammen, lass in deinen Schutz mich langen!«

Wo das Feuer auf einmal herkam, wusste niemand zu sagen. Es regnete von der Decke, hüllte Jane Collins ein, fauchte schrecklich auf und lohte in dem Moment durch die offene Tür nach draußen, als Suko das Zimmer betreten wollte.

Den magischen Hauch des Hexenfeuers sah er noch. Mehr nicht. Aber sie alle vernahmen noch Janes Stimme, als sie von irgendwoher schrie: »Ich bin wieder in London, und ihr werdet euch wundern! Wartet es ab …« Kreischendes Gelächter zum Abschied, das allmählich verebbte, sodass sich die nächtliche Stille wieder ausbreiten konnte.

Zum ersten Mal konnten die Gefährten aufatmen. Und Bill Conolly sagte, während er Frau und Kind festhielt: »Das wäre geschafft, Freunde.«

»Und John Sinclair?«, warf Suko ein.

Nach einer Pause des Schweigens erhob sich Kara. »Das übernehme ich, meine Freunde …«

In diesem Land gab es keinen Tag und keine Nacht. Es war alles gleich. Deshalb wusste ich auch nicht, wie lange ich mich in der Höhle aufgehalten hatte.

Bis ich wieder den grünen Schein bemerkte, der aus dem Nichts entstand, mich gedankenschnell umfing und ich das Innere der Pyramide wiedererkannte.

Abermals begann eine Reise, die so schnell beendet war, dass ich sie gedanklich nicht verfolgen konnte. Als ich jedoch wieder klar sah, erkannte ich vor mir ein großes, hell erleuchtetes Fenster, sah dahinter Gestalten und neben mir jemanden am Boden sitzen, den ich gut kannte.

Kara.

»Suchst du mich?«, fragte ich.

Sie hörte erst nicht, dann drehte sie langsam den Kopf, schaute zu mir hoch, flüsterte: »John!« und wurde im nächsten Augenblick ohnmächtig …

Freunde, war das ein Wiedersehen. Und was hatten wir uns nicht alles zu berichten. Ich begann, erzählte von meiner abenteuerlichen Odyssee durch Zeit und Dimensionen und traf nur auf staunende Zuhörer.

Als ich jedoch erfuhr, was sich im Haus der Conollys alles ereignet hatte, verdüsterte sich mein Gesicht.

»Du denkst an Jane, nicht?«, fragte mich Sheila.

»Ja«, erwiderte ich und nickte. »Ihr habt selbst erlebt, was aus ihr geworden ist …«

Mehr brauchte ich nicht zu sagen. Sie alle wussten Bescheid, und sie wussten auch, wie es in mir aussah.

Sir James wollte ein anderes Thema anschneiden und versprach mir drei Tage Urlaub.

»Ruhen Sie sich aus, John. Sie haben es verdient.«

»Wo du jetzt ein halber Prophet bist«, meinte Bill grinsend.

»Wieso?«

»Na ja, wenn der alte Hesekiel dein Kreuz erschaffen hat, musst du ja ein Prophet sein. Und da hätte ich gleich an dich eine besondere Frage.«

»Raus damit!«

»Wie wird das Wetter in den nächsten sechs Tagen?«

Alles grinste, auch ich. Eine Antwort hatte ich schon bereit. »Das will ich euch sagen, und zwar in einer sehr prophetischen Art und Weise. Wenn der Hahn kräht auf dem Mist, ändert sich das Wetter oder es bleibt, wie es ist.«

Zuerst schauten mich alle ungläubig an. Dann aber wurde so gelacht, dass es bis weit nach draußen hallte.

HEXENABEND MIT JANE COLLINS

Es regnete.

Der Herbst kündigte sich an. Schwere Wolken hingen am Himmel, aus denen die winzigen Tropfen als Sprüh fielen und im Schein der zahlreichen Lampen bunt oder silbrig aufblitzten.

Ein Wetter, wo man darüber nachdachte, einfach im Haus zu bleiben, doch die Straßen von London waren zu dieser frühen Abendstunde brechend voll.

Auch der Reporter Bill Conolly befand sich auf der Straße. Er hockte in seinem Porsche, den er oft genug nur im Schritttempo bewegen konnte, hatte das Radio eingeschaltet, lauschte der Musik und schüttelte hin und wieder ärgerlich den Kopf, wenn er vor eine Ampelanlage oft länger als fünf Minuten warten musste.

Bill machte sich Vorwürfe, dass er so früh gefahren war. Er hätte noch länger in der Redaktion bleiben sollen, wo er einen kleinen Artikel hingebracht hatte, aber Sheila drängte ihn, nach Hause zu kommen, da sie Karten für eine Theaterpremiere ergattert hatte.

Ein wenig Abwechslung tat gut nach den Ereignissen, die hinter den Conollys lagen. Es war hoch hergegangen, und ihrer aller Leben hatte buchstäblich am seidenen Faden gehangen, denn der Hexe Jane Collins wäre es fast gelungen, die Conollys zu töten. Dank Kara, der Schönen aus dem Totenreich, war dieser Plan schiefgegangen, aber Jane Collins hatte noch längst nicht aufgegeben. Sie befand sich weiterhin in London und lauerte auf ihre Chance.

Das nahm Bill nicht nur an, sondern rechnete fest damit. Schließlich hatte er die Worte aus Janes Mund gehört. Zusammen mit dem Freund John Sinclair hatten die Conollys überlegt, wie sie sich gegen einen überraschenden Angriff der Hexe wehren konnten, und waren zu dem Entschluss gelangt, in der Wohnung verteilt zahlreiche geweihte Kreuze aufzuhängen. Besonders Johnny brauchte einen Schutz, und zwar einen doppelten, denn für einen Teil sorgte die Wölfin Nadine, in deren Leib die Seele eines Menschen steckte.

Bill befand sich in der Nähe des Buckingham Palace und wollte in die King's Road einbiegen. Sie lag nur eine Steinwurfweite entfernt, bis er jedoch dorthin gelangte, konnte es noch gut zwanzig Minuten dauern, denn der Verkehr nahm nicht ab.

Vor ihm rollte ein Lastwagen. Vorbei konnte Bill nicht, so war er gezwungen, auf dessen schmutziges Heck zu schauen und sich die dunklen Abgaswolken anzusehen, die in regelmäßigen Abständen aus dem Loch des Auspuffrohres quollen. Bill konnte das Gebläse nicht einschalten, denn es saugte nicht nur die Luft an, sondern auch die Abgase.

Die Ampel vor ihm konnte er nicht sehen, doch der Lkw fuhr wieder an, und dem Reporter quoll abermals ein Stoß grauer Wolken entgegen, die träge über die flache Schnauze des Porsche wallten und sich an der Scheibe festzuklammern schienen.

Der Reporter hoffte, bei der nächsten Phase über die Ampel zu gelangen, er wurde enttäuscht. Der Lkw blieb stehen, also musste er auch halten.

Wieder Pause.

Bill wollte sie nutzen. Im Wagen zwischen den beiden vorderen Sitzen befand sich die Konsole mit dem Autotelefon. Bill hob den Hörer ab und tippte eine Nummer, die er auswendig kannte, nämlich seine eigene. Er wollte Sheila mitteilen, dass es leider doch später wurde. Sie sollte sich auf jeden Fall schon umziehen.

Nicht Sheila hob ab, sondern Johnny. Als er die Stimme seines Vaters hörte, wollte er sofort erzählen, wie es ihm in den letzten vier Stunden ergangen war, doch Sheila nahm ihm den Hörer aus der Hand, und Bill hörte ihre Stimme.

»Ja, Bill, was ist?«

»Ich hänge fest.«

»In einem Pub?«

»Nein. Erstens im Auto und zweitens im Verkehr.« Bill warf einen Blick nach draußen in den Regensprüh. »Ich bin nicht mehr weit von der King's Road weg, aber noch nicht drauf. Die Ampeln haben sich heute gegen mich verschworen. Sorry.«

»Wann kannst du denn da sein?«

»Wenn es so weitergeht wie bisher, in frühestens 45 Minuten.«

»Mensch, Bill, das ist zu spät.«

Der Reporter verdrehte die Augen. »Ich kann doch auch nichts daran ändern.«

»Du hättest eben nicht fahren sollen.«

»Ja, ja, aber wer konnte ahnen, dass heute halb London auf den Beinen ist?«

»Versuche es zu schaffen.«

»Sicher.« Bill lehnte sich zurück und schaute abermals aus dem Fenster. Er sah die zahlreichen Fußgängerströme, die bei für Autofahrer auf Rot stehender Ampel die Fahrbahn gefahrlos überqueren konnten. Die meisten hatten Regenschirme aufgespannt und duckten sich unter das wasserundurchlässige Material. Dieser Sprühregen hatte die fatale Eigenschaft, im Laufe der Zeit überall durchzusickern. Die Passanten ohne Regenschirme hatten die Kragen hochgestellt oder die Kapuzen übergezogen. Deshalb fiel Bill Conolly eine Frau auf, der der Regen anscheinend nichts auszumachen schien.

Sie trug ein dunkelrotes Kostüm und, soweit der Reporter erkennen konnte, keine Bluse darunter, denn im nach unten gezogenen V-Ausschnitt des Kostüms war sehr viel helle Haut zu sehen. Das Haar der Frau bestand aus nassen blonden Strähnen, die dicht am Kopf geklatscht lagen, und auch das Gesicht glänzte nass.

Bill runzelte die Stirn. Ihm war etwas an der Person aufgefallen, doch er war sich nicht sicher, deshalb wollte er warten, bis die Frau aus dem Licht-Schatten-Spiel des langsam versinkenden Tages heraustrat und näher an den Wagen kam.

»Bill, bist du noch da?«, hörte der Reporter die Stimme seiner Frau aus dem Hörer.

»Ja, natürlich.«

»Was ist denn los?«

»Warte mal, Sheila, ich glaube, ich habe da etwas gesehen …«
»Und was?«
»Eine Frau.«
»Das musste ja kommen«, erwiderte Sheila sarkastisch.
»Nein, nicht so, wie du denkst.« Bill räusperte sich. »Moment mal, jetzt kommt sie näher. Ich kann sie besser erkennen. Ja, jetzt sehe ich sie genau.«
»Na und? Wer ist es denn, Bill? Was hast du?«
Der Reporter gab keine Antwort, denn die Frau, die er erkannt hatte, war keine Geringere als Jane Collins, die Hexe!

Bill Conolly erstarrte. Er nahm nicht wahr, dass andere Fahrer hinter ihm hupten, er hörte auch nicht mehr die Stimme Sheilas, die lauter, ungeduldiger, allerdings auch besorgter wurde, er starrte nur auf die blonde Frau.
Das war Jane Collins, die Hexe!
Und sofort stieg es wieder in ihm hoch. Er sah die grauenhafte Szene im Wohnzimmer, wie Jane Collins mit dem Schwert in der Hand dagestanden hatte und alle Personen umbringen wollte. Die Worte hatte sie ihnen ins Gesicht geschrien, doch es war dank Kara nicht dazu gekommen. Jane war geflohen, zuvor hatte sie eine Drohung hinterlassen. Sie würde und wollte in London bleiben.
Dies finstere Versprechen hatte sie gehalten.
Der Lastwagen war weg. Bill stand noch immer, und der Fahrer des hinter ihm stehenden Wagens hupte wie ein Verrückter, denn er konnte nicht vor und nicht zurück, weil er ziemlich nah aufgefahren war.
Im Nu verdichtete sich der Stau.
Bill kümmerte das nicht. Er sah nur die Hexe Jane Collins, die nicht einmal fünf Schritte von seinem Porsche entfernt im Nieselregen stand und teuflisch grinste.
Eine Waffe trug Bill bei sich. Sogar eine mit Silberkugeln geladene Beretta, und verdammt noch mal, er hatte nun endlich die Chance und wollte sie auch nutzen.

Jane durfte auf keinen Fall entkommen. Nein, die wollte er sich schnappen.

Er stieß den Wagenschlag auf.

Fast hätte er noch einen der zahlreichen Londoner Bobbys getroffen, der Polizist sprang im letzten Augenblick zurück, und Bill blieb im Wagen sitzen.

Als der Bobby ihn ansprechen wollte, winkte er ab, nahm den Hörer und rief hinein: »Ich habe Jane Collins gesehen.« Dann legte er auf und stieg aus dem Wagen.

»Was fällt Ihnen denn ein!«, fuhr der Polizist ihn an. »Hat Ihr Wagen einen Defekt?«

»Nein, Sir.«

»Und warum bleiben Sie hier stehen?«

Bill schaute nicht den Bobby an, sondern blickte über dessen Schulter und sah zu Jane Collins hin, die abdrehte und langsam wegging. Für Bill kam es auf jede Sekunde an. Er durfte die ehemalige Detektivin keinesfalls laufen lassen, denn so eine Chance wie hier erhielt er nicht so leicht wieder.

So schnell wie ein Maschinengewehr schießt, so schnell redete er auf den Bobby ein. »Hören Sie, Mann. Nehmen Sie sich meinen Wagen und fahren Sie ihn zur Seite. Ich lasse den Schlüssel stecken. Die Karre hole ich mir später ab. Aber ich habe etwas Dringendes zu erledigen, was keine Sekunde Aufschub duldet.«

Der Bobby glaubte zu verstehen. »Die öffentlichen Toiletten sind aber noch ein Stück …«

»Danke, danke.« Bill winkte ab und rannte mit wehendem Trench los, denn er hatte den Mantel im Wagen einfach angelassen.

In der Nähe des Buckingham Palace herrscht immer Verkehr. Nicht nur Autos sind unterwegs, auch zahlreiche Fußgänger. Weniger die Einwohner von London als Touristen, die, mit Kameras bewaffnet, Schnappschüsse ergattern wollen. Soviel Bill in Erinnerung hatte, war Jane Collins nach rechts gelaufen, in Richtung Grosvenor Place, einer Straße, die die südliche Begrenzung um den Buckingham Palace bildet.

Was wollte sie dort? Bill war es egal, er musste nur die Spur dieser Person wiederfinden und sie dann stellen.

Der Wind hatte gedreht. Feiner Regen sprühte von der linken Seite heran und nässte Bills Wange. Der Reporter wischte die Nässe aus seinem Gesicht und suchte verzweifelt die Person, die er als Jane Collins identifiziert hatte.

Wo sie sich aufhielt, konnte er nicht sagen, vielleicht hatte er sich auch getäuscht, und Jane war nur eine Einbildung gewesen. Durchaus im Bereich des Möglichen liegend, denn der Reporter hatte sich in letzter Zeit sehr oft mit Jane Collins beschäftigt.

Leider konnte er wegen der aufgespannten zahlreichen Regenschirme nicht viel sehen, zudem waren die Lichtverhältnisse äußerst ungünstig, aber er wollte nicht aufgeben. Bill musste Klarheit haben, sonst drehte er noch durch.

In der Nähe sah er die großen Parkplätze für die Touristen, die sich den Buckingham Palace anschauten und die Wachablösung sehen wollten.

Tagsüber standen auf den Plätzen Wagen und Busse. Um diese Zeit waren die meisten Stellflächen verlassen. Und auch von den zahlreichen Andenkenbuden hatten die meisten geschlossen.

Er sah zwar noch einige Touristen meist unschlüssig und mit verbiesterten Gesichtern herumlaufen, von Jane entdeckte er nichts.

Der Reporter wollte es trotzdem noch einmal versuchen. Die Parkplätze waren nicht weit entfernt. Dahinter sah er die dunklen Kronen gewaltiger Bäume.

Da er ziemlich schnell ging, konnte er es nicht vermeiden, hin und wieder jemanden anzustoßen. Er entschuldigte sich mehrere Male und erreichte schließlich die großen Parkplätze. Der Aufpasser in seinem Häuschen schaute kaum auf, als er Bill vorbeirennen sah.

Da stoppte der Reporter. Ihm war eine Idee gekommen. Die wenigen Schritte zum Parkplatzhäuschen lief er zurück, beugte sich vor und klopfte gegen die Scheibe.

Der Mann öffnete.

Bill entschuldigte sich, zeigte auch seinen Presseausweis und erntete ein freundliches Nicken sowie die Frage, wann denn mal wieder das Fernsehen kommen würde.

Bill nahm den Faden sofort auf. »Das dauert gar nicht mehr lange, Mister. Ich arbeite für das Fernsehen, meine Kollegin ebenfalls. Die suche ich, deshalb wollte ich Sie fragen, ob Sie sie vielleicht gesehen haben.«

»Wie sieht sie denn aus?«

»Wissen Sie, Mister, sie ist blond und trägt ein Kostüm mit Ausschnitt. Sie hat ihren Regenschirm vergessen und läuft daher ohne rum. Ist Ihnen die Frau vielleicht aufgefallen, Mister?«

Der Wächter nickte.

Bill war wie elektrisiert. »Wo?«

»Fragen Sie lieber wann. Vor einigen Minuten etwa lief sie quer über den Platz und zu den Bäumen hin. Ich habe mich noch gewundert, weil sie keinen Schirm trug. Aber jetzt, wo Sie es sagen, kann ich mich gut erinnern.«

Bill bedankte sich. Dann drehte er ab. Der Mann winkte und rief ihm noch aus seiner Bude nach. »Vergessen Sie nicht, wenn das Fernsehen kommt, ich will auch mal wieder ins Bild.«

»Klar«, antwortete Bill über die Schulter. Im Dauerlauf bewegte er sich weiter. Zeit durfte er jetzt nicht mehr verlieren. Wenn sich Jane tatsächlich dort aufhielt oder hingelaufen war, wo der Mann vermutete, dann hatte sie genügend Möglichkeiten, sich zu verstecken. Deshalb beeilte sich der Reporter so.

Unter den Bäumen parkten nur zwei Wagen der Stadtreinigung. Sonstige Fahrzeuge waren nicht vorhanden.

Die ersten Blätter lagen bereits auf dem Boden. Der Regen hatte sie durchnässt. Etwa zwanzig Yards entfernt leuchteten Laternen. Ihr Schein reichte nicht bis zu Bill.

Bald schon hatte er die Parkflächen verlassen und ging über weichen, nassen Rasen.

Obwohl sich in der Nähe ein Zentrum des Londoner Verkehrs befand, glaubte Bill, auf einer ruhigen Insel zu sein. Er hörte zwar den Verkehrslärm als gleichmäßiges Rauschen, hin und wieder hupte mal ein Wagen, aber das war schon alles.

War sie hierhergelaufen?

Bill schaute auf den Boden. Abdrücke konnte er nicht erkennen, und wenig später stand er vor einem Gitter, das das Gelände des Buckingham Palace umfriedete.

Davor blieb er stehen. Ziemlich ratlos, wie sich der Reporter eingestehen musste.

Jane hatte ihn genarrt.

Er suchte noch zwei Minuten herum, fand nichts und machte sich wieder auf den Rückweg.

Er traute Jane viel zu, allerdings nicht, dass sie sich in Luft auflösen konnte. Und doch schien es ihm so, sonst hätte er wenigstens eine Spur von ihr entdeckt.

Als er den Parkplatz wieder betrat, flammten plötzlich zwei Scheinwerfer auf.

Das war vor ihm, und die langen Lichtlanzen waren so eingestellt, dass sie ihn trafen.

Bill schloss unwillkürlich die Augen, sprang zur Seite, um nicht noch weiter geblendet zu werden.

Der Wagen rollte heran.

Es war ein dunkles Fahrzeug, zudem kein Europäer, sondern ein amerikanisches Fabrikat.

Ein Cadillac!

Wer sich hinter dem Lenkrad befand, konnte der Reporter nicht erkennen, er begriff allerdings, dass von diesem Fahrzeug eine Gefahr ausging.

Zu hören war es nicht, nur ein leises Schmatzen der Reifen auf dem regennassen Untergrund.

Lautlos rollte eine Seitenscheibe nach unten. Bill starrte wie hypnotisiert auf das Autofenster, in dessen Viereck plötzlich ein bleiches Gesicht schimmerte.

Janes Gesicht!

Also doch.

»Bill Conolly!«, hörte er die Stimme der ehemaligen Detektivin. »Komm her, Bill!«

Der Reporter zog seine Waffe. So einfach wollte er sich nicht überrumpeln lassen. Dann bewegte er sich auf den Wagen zu, streckte den rechten Arm aus und zielte auf das Fenster.

Das Gesicht verzog sich zu einem breiten Lächeln. Eine Hand erschien. Sie war zur Faust geballt, wurde vorgestreckt, sodass auch ein Arm im Wagenfenster auftauchte, und einen Augenblick später öffnete sich die Faust.

Etwas fiel zu Boden. Bill sprang unwillkürlich zurück, er rechnete mit einer Bombe oder Ähnlichem, war auch bereit zu schießen, als der Wagen wieder anfuhr. Diesmal schneller, und Bill hörte aus dem Innern und durch das offen stehende Fenster ein hässliches Lachen.

»Wir sind in London, Bill Conolly. Wir sind da!« Wieder das Lachen, dann rauschte der Wagen ab.

Er war sehr schnell, hatte die Kurve gut genommen, und Bill, der ihm nachschaute, konnte nicht einmal das Nummernschild erkennen. Auch war er noch immer überrascht, bückte sich und wollte nachsehen, was Jane Collins aus dem Wagenfenster geworfen hatte.

Es war ein Stück Papier. Darüber wunderte sich der Reporter noch mehr. Welchen Grund sollte Jane Collins gehabt haben, ihm Papier vor die Füße zu werfen?

Sie hatte es zusammengedrückt, und Bill musste es erst noch entfalten. Dabei strich er es glatt, ärgerte sich auch, dass er gegen Jane nichts unternommen hatte, ging ein paar Schritte vor, damit er ein wenig im Hellen stand, und schaute sich an, was man ihm da mitgeteilt hatte.

Es war keine schriftliche, sondern eine optische Botschaft. Und Jane Collins hatte ihm auch kein einfaches Stück Papier vor die Füße geworfen, es war ein Foto.

Das Licht reichte aus, um das Gesicht zu erkennen, von dem die Aufnahme geschossen worden war.

Der Reporter war perplex. Mit allem hätte er gerechnet, nur nicht mit der Aufnahme dieser Frau.

Das Bild zeigte den Kopf von Glenda Perkins. Sie war die Sekretärin des Geisterjägers John Sinclair.

Für die Zeitspanne von einigen Sekunden stand Bill Conolly wie versteinert da und schaute auf das Bild. In seinem Kopf wirbelten die Gedanken, obwohl er sie nicht richtig sortieren oder erfassen konnte. Er fragte sich verzweifelt, was das zu bedeuten hatte, wenn Jane Collins ihm hier das Bild von Glenda Perkins vor die Füße warf.

Es gab nur eine Lösung. Die hieß Gefahr!

Glenda Perkins musste sich in Gefahr befinden. Etwas anderes kam für Bill nicht in Frage.

Er wollte die Hand mit dem Foto schon sinken lassen, als ihm etwas auffiel. Der einsam auf dem Parkplatz stehende Reporter spürte den Regen nicht mehr, auch nicht den unangenehmen Wind, er schaute nur das Bild an und glaubte, seinen Augen nicht trauen zu können.

Das Foto veränderte sich auf eine schreckliche Art und Weise. Die Gesichtszüge der Glenda Perkins – sie waren zuvor glatt und normal gewesen – zogen sich in die Breite. Sie wurden zu einem regelrechten Zerrbild. Hinzu kam der Mund, dessen Lippen sich allmählich öffneten, sodass sich zwischen ihnen eine kleine Höhle gebildet hatte.

Und dann die Augen.

Sie rollten in den Höhlen, zeigten ebenfalls den Schmerz an, den die Person spüren musste, obwohl es nur ein Bild war, und dem Reporter kam es vor wie ein stummer Hilfeschrei.

Er war fasziniert und abgestoßen zur gleichen Zeit, denn noch etwas Schreckliches geschah.

Die Augen füllten sich mit einer dunklen Flüssigkeit. Es sah so aus, als würde sie hinter den Pupillen hervorquellen, und sie breitete sich immer weiter aus.

Schließlich hatte sie den gesamten Raum eingenommen, aber die dunkle Flüssigkeit kam keineswegs zum Stillstand. Etwas trieb sie weiter, sie quoll über und lief plötzlich in dünnen Streifen über die Wangen.

Bill schaute entsetzt zu, dass sie auch das Foto verließ und seine Hand berührte.

Dort blieb sie kleben.

Bisher hatte der Reporter es nicht wahrhaben wollen. Als er nun genauer hinschaute, erkannte er es doch.

Sein Verdacht bewahrheitete sich. Was da aus den Augen gequollen und an seiner Hand kleben geblieben war, konnte man mit vier Buchstaben bezeichnen.

Blut!

Drei Tage Sonderurlaub!

Diese Zeit hatte mir mein Chef genehmigt, nach all dem, was hinter mir lag. Und das war verdammt hart gewesen. Ich hatte viel erfahren und wusste endlich, wer mein Kreuz hergestellt hatte.

Etwa ein halbes Jahrtausend vor der Zeitrechnung lebte ein Mann, den man wohl als den größten Propheten des Altertums bezeichnen konnte: Hesekiel. Er hatte in babylonischer Gefangenschaft sein wohl größtes, aber auch unbekanntestes Lebenswerk vollbracht und das geweihte Silberkreuz hergestellt. Durch seinen Kontakt zu anderen Welten war es ihm gelungen, das Kreuz durch die vier Erzengel weihen zu lassen. Seine großen Visionen mussten so weit in die Zukunft gegangen sein, dass er sogar wusste, wer das Kreuz einmal tragen und sein Erbe sein würde.

Namlich ich, John Sinclair. Aus diesem Grunde waren auf dem Kreuz auch die beiden Buchstaben J und S zu lesen.

Sonderurlaub.

Darüber konnte ich nur grinsen. Ich brauchte zwar nicht ins Büro, aber wegfahren konnte ich auch nicht. Schon gar nicht an die Küste, denn der Wettergott spielte mir einen Streich. Kaum hatte ich meinen ersten Urlaubstag angetreten, da begann es zu regnen, und dieser Regen und das schlechte Wetter hielten bis zum dritten Tag an.

Ich hatte ins Büro fahren wollen, doch Sir James tobte, als er davon erfuhr. Also blieb ich zu Hause, räumte mal meine Bude auf, sah der Putzfrau zu, die mich schließlich hinauswarf, weil ich ihr im Weg stand. Ich fand mich in einer Kneipe wieder.

Ich war kein Frühschoppen-Profi, ging mit schwerem Kopf nach Hause und legte mich ins Bett.

Ich verschlief tatsächlich den Nachmittag und fast die gesamte Nacht. Eigentlich sollte man sich schämen, doch ich hatte einiges nachzuholen. Am nächsten Tag fühlte ich mich frisch und zu allen möglichen Schandtaten bereit, doch ins Büro durfte ich nicht, und so überlegte ich, was ich anstellen konnte.

Ich rief Suko an.

Er sprach nur im Flüsterton mit mir, denn der Inspektor musste die Stellung halten. Er stöhnte mir vor, dass Sir James ihm Akten aufgeladen hatte, und meine Laune stieg ein wenig. Dann lieber in der Wohnung sitzen und den lieben Gott einen guten Mann sein lassen, als sich mit Akten zu beschäftigen.

Meine Telefonrechnung wurde noch höher, als es mir einfiel, mit Germany zu telefonieren, denn dort saß ein Freund von mir, der Kommissar Mallmann.

Will freute sich über den Anruf, der mal privat erfolgte. Wir wurden jedoch schnell wieder dienstlich. In Stichworten erklärte ich Will, was mit meinem Kreuz geschehen war. Aufmerksam hörte der Kommissar zu und gratulierte mir dann.

»Dann hast du es ja geschafft, John.«

»So einfach ist das nicht. Das Kreuz ist schließlich kein Allheilmittel.«

»Du kannst dich aber besser wehren.«

»Das stimmt.«

Wir redeten noch eine Weile, und auch der Name Jane Collins fiel. Mir versetzte es einen Stich. Es war grauenhaft, wirklich. Jane Collins, die Hexe, besaß nichts Menschliches mehr. Es hätte ihr nichts ausgemacht, die Conollys zu töten, sogar ein Kind umzubringen, und diese Tatsache hatte mir doch einen schweren Schock versetzt.

Auch nach Beendigung des Gesprächs dachte ich nur noch an die ehemalige Detektivin. Die Zeiten, in der wir zusammen gewesen waren, verblassten ein wenig in meiner Erinnerung. Noch immer sah ich sie vor mir, wie sie mich töten wollte.

Zuerst in der nachgebauten Gruselstadt und schließlich auf der Hexeninsel, wo Suko mein Leben gerettet hatte.

Jane Collins war besessen. Der Geist des Rippers war in sie gefahren, hatte ihr quasi die menschliche Seele geraubt, und so wurde sie eine Beute von Wikka, der obersten aller Hexen.

Ihr machte es Spaß, Jane in ihren teuflischen Reigen zu übernehmen, und die ehemalige Detektivin reagierte ganz in ihrem Sinne. Obwohl sich meine Gedanken um sie drehten, hatte ich dennoch vor dem Zeitpunkt Angst, wenn ich ihr gegenüberstand. Ich wusste nicht, wie ich reagieren sollte. Mochte sie sein, wie sie wollte, wahrscheinlich hätte ich es nicht übers Herz bringen können, sie zu töten. Zu viel war in der Zeit davor zwischen uns gewesen.

Die Sache mit Jane Collins hatte sich tatsächlich zu einem zentralen Problem entwickelt. Ich dachte auch daran, was mir die Conollys mitgeteilt hatten.

Jane Collins wollte in London bleiben, das hatte sie deutlich genug zu verstehen gegeben. Aber über ihre Pläne hatte sie mit keinem Wort gesprochen. Hätte ich auch nicht an ihrer Stelle. Ich konnte mir allerdings vorstellen, dass diese schlimm aussehen würden und wir uns auf einiges gefasst machen konnten.

Aus diesem Grunde wollte ich vorbeugen. Ich hatte zwar Urlaub, doch niemand konnte bestimmen, wie ich ihn verbrachte, auch mein Chef Sir James nicht. Anstatt faul auf dem Bauch zu liegen, wollte ich auf eigene Faust Nachforschungen anstellen, denn das Gefühl, dass etwas passierte und man nicht wusste, was, das war schon ziemlich beklemmend. Vorbeugen war da besser, als hinterher im Dreck sitzen.

Ich dachte nach.

Auch das muss ein Polizeibeamter hin und wieder tun. Dabei versuchte ich, mich in die Lage der ehemaligen Detektivin zu versetzen, und gelangte zu dem Ergebnis, dass sie, falls sie sich in London aufhielt, vielleicht einige bekannte Plätze aufsuchte.

Wo konnte das sein?

Ihre Wohnung, die mit dem Büro gekoppelt war. Und da genau wollte ich hin. Zuvor machte mir Shao einen Strich durch die Rechnung. Sie fühlte sich für mich verantwortlich und sorgte dafür, dass ich mittags mein Essen erhielt.

Auch an diesem Tag hatte sie gekocht, ich ging zu ihr rüber und musste mir Vorwürfe anhören.

»Wo warst du denn gestern Mittag?«

»Da bin ich versackt.« Grinsend stopfte ich mir die Serviette in den Kragen.

Mit der Pfanne in der Hand blieb Shao stehen. »Das gibt es doch nicht!«, erwiderte sie.

»Doch. Frühschoppen.«

Shao schüttelte den Kopf. »Ein Mann wie du, John! Du solltest dich wirklich schämen.«

»Mach ich auch, falls ich mal Zeit habe.« Danach kümmerte ich mich um das Essen. Shao hatte sich Mühe gegeben. Es gab einen chinesischen Eintopf, der sehr gut schmeckte, dazu Fleisch aus der Pfanne, das einen süßsauren Geschmack hatte.

Shao aß ebenfalls. Sie wollte noch mit mir plaudern, ich aber dachte an meinen Vorsatz und winkte ab.

»Tut mir leid, Mädchen, aber ich habe keine Zeit.«

»Im Urlaub?«

Ich schaute sie an. Das Haar hatte sie hochgesteckt. Sie trug einen Pullover mit blauen Streifen und eine Hose, die unten eng zulief und an Knöcheln mit Reißverschlüssen versehen war. In ihr erwachte nach meiner Antwort das Misstrauen, und sie hatte die Stirn in scharfe Falten gelegt.

»Ja, leider«, sagte ich. »Ich hätte es mir auch gern anders gewünscht, ist aber nicht zu machen.«

»Was hast du vor?«

»Einen Kumpel aus meiner Schulzeit wollte ich treffen. Der Mann ist Vertreter und kann sich seine Arbeitszeit einteilen. Heute Nachmittag wollen wir mal richtig quatschen.«

Shao blieb weiterhin misstrauisch. »Stimmt das auch?«

»Natürlich.« Ich schaute sie aus treuen Augen an. »Weshalb sollte ich dich anlügen?«

»Nun ja, weil ich dich kenne, John. Außerdem geht mich das auch nichts an.«

»Irgendwie hast du recht«, meinte ich.

Shao nahm mir die Antwort ebenso wenig übel wie ich ihr die Fragerei. Ich stand auf, bedankte mich noch einmal für das Essen und holte aus meiner Wohnung den Mantel.

Der Bentley stand in der um diese Zeit fast leeren Tiefgarage. Suko war mit seiner Harley zum Dienst gefahren. Ich verließ die Garage und stürzte mich in den Londoner Verkehr. Eigentlich hätte ich auch mit der U-Bahn fahren können, doch das war mir einfach zu spät eingefallen.

So dauerte es seine Zeit, bis ich mein Ziel erreichte. Jane Collins wohnt oder wohnte in einem ähnlichen Hochhaus wie ich. Nur hatte sie dort noch ihr Büro untergebracht. Ich fand zum Glück einen Parkplatz in der Nähe und blieb vor der großen Tür stehen.

Das Schild befand sich noch immer dort. Es wies den Besucher darauf hin, dass es im vierten Stock die Detektei Collins gab. Einen Schlüssel zur Wohnung besaß ich. Jane hatte ihn mir mal gegeben. Allerdings hatte ich davon bisher nie Gebrauch gemacht. Jetzt war ich froh, ihn zu besitzen. So konnte ich ohne Schwierigkeiten in die Wohnung hinein.

Auch ins Haus, doch da begegnete mir der Hausmeister. Vom Sehen her kannte ich ihn. Er war ein geschwätziger Typ, wusste auch, dass ich beim Yard arbeitete, und kaum hatte er mich entdeckt, da beschleunigte er seine Schritte.

»Mr. Sinclair!«, rief er. »Endlich sehe ich Sie mal.«

Ich blieb stehen und legte mein Gesicht in lächelnde Falten. »Wie geht es Ihnen denn? Ich hoffe, gut.«

Er nickte eifrig und löste seine Hände aus den Taschen des graublauen Kittels. »Mir geht es gut, aber was ist mit Ihnen, Sir? Und vor allen Dingen mit Jane Collins? Man ist ja hier völlig durcheinander, ich habe sie wochenlang nicht gesehen. Ist ihr etwas passiert?«

Schnell hatte ich eine Ausrede parat. »Sie ist verreist.«

»Ach. Und wohin?«

»Kann ich Ihnen nicht sagen. Ein Auftrag, der sie um die halbe Welt führt. Mehr hat sie auch mir nicht erzählt.«

»Na denn …«

»Wie ist es denn mit der Miete?«, wollte ich wissen.

Da nickte er abermals sehr heftig. »Oh, die wird immer pünktlich überwiesen. Da gibt es keine Schwierigkeiten, glauben Sie mir.« Er hob die Schultern. »Bei einer Lady wie Miss Collins ist das nicht anders zu erwarten. Aber was treibt Sie her?«

»Ich muss mal in ihr Büro und dort nach einigen Unterlagen schauen.«

Der Hausmeister hatte nichts dagegen. Er fand alles richtig. Zudem war ich Polizist. Er fragte nur nach einem Schlüssel.

»Den habe ich, keine Sorge. Auch für die Wohnung.«

»Den Weg kennen Sie ja, Sir.«

»Sicher.«

Ich ließ den Hausmeister stehen, ging zu den Lifts und fuhr hoch in den vierten Stock.

Nicht nur Jane hatte hier ihr Büro, auch einige andere kleine Firmen. Hinter manchen Türen hörte ich Klappern von Schreibmaschinen. Es klang sehr dünn.

Die Mieten waren in diesem Haus sehr hoch. Dementsprechend konnte man auch etwas von der Einrichtung verlangen. Teurer Teppichboden lag auf dem Flur, die Wände waren sauber, in die Decke hinein hatte man blendfreie Strahler installiert, und die Türen zeigten ein warmes Holz.

Ich musste den Flur durchgehen, um zu Janes Büro zu gelangen. Bevor ich öffnete, schaute ich mir erst einmal das Schloss an.

Es sah völlig normal aus. Ich entdeckte keinen einzigen Kratzer. Hier hatte sich niemand zu schaffen gemacht.

Den Schlüssel hielt ich parat, bückte mich und schob ihn in das Schloss. Zwei Drehungen reichten, dann stand die Tür offen, und ich konnte sie nach innen stoßen.

Es war das Büro.

Jane musste auch die Putzfrau auf irgendeine Art und Weise

weiterbeschäftigen, denn ich sah nirgendwo Staub. Nicht auf den Aktenschränken, weder auf dem Schreibtisch noch auf der Schreibmaschine und auch nicht auf den Sesseln und dem Glastisch dazwischen.

Damit hatte ich nicht gerechnet, fragte mich aber gleichzeitig, ob nicht Jane Collins hin und wieder hierherkam.

Das Büro hatte zwei Räume. Einen großen und einen kleinen. Ich ließ mir Zeit mit einer Untersuchung, doch ich konnte nirgendwo Spuren finden, die auf ein Versteck der ehemaligen Detektivin hinwiesen.

Da war nichts zu machen.

In der eigentlichen Wohnung hoffte ich, mehr Glück zu haben. Vielleicht hatte Jane eine Spur hinterlassen. Ich verließ das Büro wieder, ging ein paar Schritte weiter und stand vor der Wohnungstür.

»Da ist niemand.«

Eine Frauenstimme schallte durch den Flur. Ich drehte mich um und sah eine der Bürosekretärinnen, die eine Glaskanne mit Kaffee in der rechten Hand hielt.

»Das weiß ich.«

Die Frau wusste nicht, was sie sagen sollte, und blieb unschlüssig stehen.

Ich ging ihr entgegen. Es fehlte mir noch, dass sie Alarm schlug und mich für einen Einbrecher hielt.

Den Wohnungsschlüssel hielt ich so, dass sie ihn sehen konnte. Zudem machte ich ihr klar, dass sie einen Polizeibeamten vor sich hatte, und da erst zeigte sie sich beruhigt.

»Wissen Sie, Mister, man findet heutzutage so viele …«

»Schon recht.« Ich deutete auf die Kanne. »Der Kaffee wird kalt.«

»O ja.« Sie verschwand wieder.

Als sie die Bürotür hinter sich geschlossen hatte, eilte ich zurück und betrat Janes Wohnung.

Eine schmale Diele wie bei mir. Es roch muffig, hier hatte jemand lange Zeit nicht gelüftet.

Ich sah auch den Staub. Er lag zwar nicht fingerdick, doch

man erkannte ihn bei genauerem Hinsehen. Zuerst durchsuchte ich das Schlafzimmer.

Das Bett war gemacht. Am Kleiderschrank hingen mehrere Bügel mit Blusen. Daneben zwei belegte Hosenspanner. Das Bett war gemacht, der Wäschekorb stand in der Ecke, das Fenster war geschlossen.

Ich ging ins Bad.

Normal. Ich zog die Nase hoch und nahm noch einen Hauch des Parfüms wahr, das Jane immer benutzte. Den Duschvorhang zog ich zur Seite. Das Becken war sauber, und ich musste daran denken, wie oft ich hier gestanden und geduscht hatte.

Ein Schauer rann über meinen Rücken. Die Erinnerung ließ sich nicht verdrängen. Das Blut rauschte in meinem Kopf. Jede Kachel in diesem Raum schien den Geist der Detektivin zu atmen, und ich spürte den Schweiß unter meinen Achseln.

Zudem glaubte ich, dass die Wohnung etwas Bedrohliches an sich hatte, irgendwie schien der Geist der neuen Jane Collins in den Räumen zu lauern.

Auf der Ablage vor dem Spiegel standen die zahlreichen Parfüm- und Duftflaschen. Wohl geordnet bildeten sie eine Reihe. Ich sah auch Spraydosen, die ihre kleinen Düsenöffnungen in meine Richtung gedreht hatten.

Nein, hier fand ich nichts, machte kehrt und hörte plötzlich das Zischen hinter mir.

Gedankenschnell sprang ich zur Seite, wirbelte gleichzeitig herum und sah die Wolken, die mir entgegensprühten.

Es war unheimlich, ich wich zurück. Mein Blick versuchte, die drei Spraydosen zu erfassen, doch sie waren von dem duftenden Zeug regelrecht eingenebelt.

Ich schüttelte den Kopf. Dafür fand ich keine Erklärung. So etwas erinnerte mich an Hexerei.

Hexerei?

Verdammt, Jane war ja eine Hexe. Ob sie vielleicht mit ihren Kräften dafür sorgte, dass die Spraydosen ihren Inhalt verloren und mich als Zielscheibe benutzten?

In diesen Dingen befand sich viel von der Flüssigkeit. Bis

sie leer waren, konnte es dauern. Ich verließ das Zimmer und gelangte wieder in die Diele.

Ins Gesicht war nichts gespritzt. Nur gegen meinen Mantel. Und zwar rechts oben am Arm, wo die typische Burberry-Schnalle auf der Schulter saß. Und genau dort verlor der Stoff seine Farbe.

Meine Augen wurden groß, denn diese Lappalie allein bereitete mir schon Angst. Ich konnte zusehen, wie der Stoff nicht nur seine Farbe veränderte, sondern sich auflöste, und der Verdacht, es hier nicht mit normalen Mitteln der Kosmetikindustrie zu tun zu haben, kam mir ganz automatisch.

Das war Säure!

Jawohl, eine andere Erklärung hatte ich nicht dafür. Irgendeine Kraft, wo immer sie herstammen mochte, hatte dafür gesorgt, dass der Inhalt der Spraydosen ausgetauscht wurde oder sich in eine zerfressende Säure verwandelte.

Hastig streifte ich den Mantel ab und warf ihn zu Boden. Dieses Spielchen gefiel mir überhaupt nicht, und mir wurde es immer unheimlicher zumute. Zum Glück hatte sich die Säure nicht so weit durchgefressen, dass sie auch mein Jackett angegriffen hatte.

Allmählich wurde mir die Wohnung unheimlich. Hier war nicht nur etwas geschehen, hier geschah noch was. Und ich befand mich als ein Mittelpunkt darin.

Mit Waffengewalt konnte ich gegen unsichtbare Gegner oder Hexenkräfte nichts ausrichten, deshalb holte ich mein Kreuz hervor und ließ es außen vor meiner Brust hängen.

Es sah völlig normal aus, hatte sich auch nicht erwärmt und glühte ebenfalls nicht dunkelrot wie innerhalb der gefährlichen Drachenhöhle, als es in kurzer Zeit das Buch vernichtete.

Etwa in der Dielenmitte war ich stehen geblieben. Bisher fehlte mir noch ein Zimmer. Und zwar der Wohnraum. Ihn musste ich durchsuchen. Unter Umständen fand ich dort die Ursache allen Übels.

Vorsichtig und immer auf dem Sprung bewegte ich mich auf die Wohnzimmertür zu.

Ich streckte meinen linken Arm aus und legte die Hand gegen das Türblatt, während ich mit der Rechten die Klinke nach unten drückte. Ein wenig quietschte sie in den Angeln, als ich sie aufdrückte. Im nächsten Augenblick löste ich meine rechte Hand von der Klinke und rammte die Tür vollends auf.

Sie wuchtete nach innen, berührte die Wand, prallte wieder zurück, und ich fing sie mit dem hochgestellten Fuß ab.

Mein Blick fiel in das Zimmer.

Ich habe immer die geschmackvolle und hübsche Einrichtung bewundert. Auch jetzt hatte sich nichts verändert, sah man von den Blumen ab, die völlig verwelkt aus der Öffnung einer hohen Glasvase schauten. Ansonsten sah das Zimmer so aus, als würde der Wohnungsinhaber jeden Augenblick zurückkommen.

Auf der Couch sah ich die Kissen, über der Lehne die Bilder, die Garnitur aus Leder, die kleinen, aber bequemen Sessel, der helle Tisch mit dem Korkuntergestell, die duftigen Gardinen, hinter denen sich die Scheibe und das Grau eines trüben Vorherbsttages befanden.

Von Jane keine Spur.

Mit angespannten Sinnen betrat ich das Zimmer. Ich war gewarnt worden und wollte mich auch hier nicht überraschen lassen. Das Licht brauchte ich nicht einzuschalten, ich hatte es nur hinter mir in der Diele angeknipst, aber da verlöschte es plötzlich.

Auf einmal war der Schein, der noch durch die offene Wohnzimmertür fiel, verschwunden.

Hastig drehte ich mich um.

Die Diele war leer.

Niemand hatte den Schalter betätigt und das Licht ausgeschaltet. Höchstens der unsichtbare Geist, der in dieser Wohnung zu lauern schien.

Ich atmete tief ein. Es hatte mir doch einen leichten Schock versetzt. Ich merkte deutlich, dass man mich irgendwie verrückt machen wollte. Nicht mit dem direkten Grauen wurde ich konfrontiert, sondern mit einer anderen Sache, die man nicht fassen und kaum beschreiben konnte. Es war das nicht sichtbare, unheimliche, schleichende Gift, das in den Räumen lauerte und an den Nerven zerrte.

Hätten mir lebende Leichen gegenübergestanden, ich hätte genau gewusst, was ich tun musste. Hier war es anders, den Gegner konnte ich nicht sehen, nicht fassen, aber ihm gelang es, mich zu beobachten.

Das gefiel mir überhaupt nicht.

Sollte ich die Wohnung verlassen? Nein, ich wollte und würde bleiben, geflohen war ich vor einem Problem noch nie. Deshalb lenkte ich auch meine Schritte tiefer in das Wohnzimmer.

Mein Blick fiel auf den Tisch, wo die gläserne Blumenvase stand. Auf einmal sah ich, wie sich die Blumen bewegten und allmählich aufrichteten, bevor sie wieder zusammenfielen.

Kalt kroch es mir den Rücken hinab. Es war jedoch kein Hauch, der mich gestreift hatte, dieses Gefühl wurde von meinem eigenen Körper produziert.

Ich hatte mich inzwischen entschlossen, die Initiative zu ergreifen, und wollte endlich eine Entscheidung. Inmitten des Zimmers blieb ich stehen und rief mit lauter Stimme: »Jane! Jane Collins, wenn du irgendwo in der Nähe bist, zeige dich!«

Es war keine Reaktion, auf die ich besonders stolz sein konnte, aber ich wollte versuchen, das Unsichtbare, das hier lauerte, aus der Reserve zu locken.

Natürlich erhielt ich keine Antwort. Wenigstens keine akustische. Die Reaktion erfolgte Sekunden später, nur anders, als ich sie mir vorgestellt hatte.

Ein seltsames Geräusch klang hinter mir auf. Ich hörte ein dumpfes Klacken, drehte mich um und vernahm noch während der Drehung das Rauschen.

Verantwortlich dafür war der Fernsehapparat, der auf einem metallenen Tragestab an der Wand stand und ein weißes Gehäuse hatte. Die Kiste lief plötzlich, zeigte jedoch nur Schnee, wie man so schön sagt, und vielleicht die Andeutung eines Bildes.

Ich schaute genau hin und fragte mich, was das nun wieder zu bedeuten hatte.

Gespannt blieb ich stehen und konnte mit ansehen, wie der Schnee allmählich verschwand und sich das Gesicht, von dem ich zuvor nur verschwommene Umrisse gesehen hatte, stärker herauskristallisierte.

Es war das Gesicht einer Frau.

Das meiner Sekretärin Glenda Perkins!

Ein Spiegel hätte mir mein dummes Gesicht gezeigt, da ich jedoch keinen zur Hand hatte, spürte ich nur, dass meine Augen größer wurden und meine Gesichtszüge erstarrten.

Glenda auf dem Bildschirm!

Verdammt, das gab es doch nicht! Das war irre, verrückt, völlig absurd. Und doch sah ich den Tatsachen ins Auge. Im Viereck der Mattscheibe erkannte ich sehr deutlich und konturenscharf den Kopf meiner Sekretärin. Wenn das kein Hammer war, dann wollte ich zeit meines Lebens Streife laufen.

Das brauchte ich nicht, denn ich unterlag keiner Täuschung. Glenda schaute mich starr an, sie sprach dabei kein Wort, und das empfand ich als unheimlich.

Es war die Stille, die einen gespenstischen Touch hatte und mein Blut zum Kochen brachte. Es geriet in Wallung, stieg durch meine Adern in den Kopf und hämmerte hinter den Schläfen.

Nach dem Grund brauchte ich erst gar nicht zu fragen. Ich musste ihn so hinnehmen, wie er war, und meine Lippen formulierten den Namen.

»Glenda?«

Sie gab keine Antwort, sondern starrte mich nach wie vor nur stumm an. Doch der Ausdruck des Gesichts blieb nicht gleich. Er veränderte sich, und zwar begann das bei den Augen. Sie zuckten, erlebten eine Erweiterung, wobei zu beiden Seiten der Pupillen eine dunkle Flüssigkeit die Augäpfel ausfüllte.

Sie schien aus dem hinteren Teil des Kopfes hervorzuquellen, sprudelte weiter vor, überschwemmte die Augäpfel und drückte unter die unteren Ränder der Augen, sodass sie an den Wangen entlanglaufen konnte.

Blut!

Verdammt, das war Blut, was da aus den Augen quoll, Rinnsale bildete und ein dunkelrotes Muster auf die Haut zeichnete. Es hob sich stark von der Blässe ab, erreichte fast die Mundwinkel, schlug einen kleinen Bogen und rann rechts und links der Lippen auf das Kinn zu, wobei es dies auch überwand, den Hals entlanglief und schließlich im Stoff des Kleides versickerte.

Das Bild war schlimm. Man konnte als Betrachter das Gefühl bekommen, ein Gesicht ohne Augen vor sich zu haben und stattdessen zwei mit Blut gefüllte Höhlen.

Ich schüttelte mich und zog die Schultern hoch. Inzwischen hatte ich die erste Überraschung verdaut. Mich beschäftigte bereits der Gedanke, ob dieses Bild echt war oder ich einer Täuschung erlag.

Mit zögernden Schritten näherte ich mich dem Apparat und strich mit den Fingerkuppen über die Mattscheibe. Nichts geschah. Den gleichen Erfolg erzielte ich, als ich das Kreuz nahm.

Keine Reaktion.

Ich ging wieder zurück und musste dann erleben, dass doch etwas geschah.

Der Kopf meiner Sekretärin begann zu wackeln. Er schlug aus wie ein Pendel, einmal nach links und wechselte danach die Richtung. Drei Mal sah ich diesen Vorgang, beim vierten Versuch kippte der Schädel weg, als hätte man ihn mit einem glatten Schwerthieb vom Rumpf getrennt.

Plötzlich lag der Kopf waagerecht. Ich sah den Halsstumpf, aus dem jedoch kein Blut rann, dafür lief es weiterhin aus den Augen und es versickerte in langen roten Bahnen.

Ich stand auf dem Fleck und rührte mich nicht. Die Szene, die man mir da vorführte, traf mich tief, auf mich wirkte es, als würde der Kopf der Glenda Perkins ausbluten.

Noch immer lag er um 90 Grad gekippt. Er verlor weiterhin Blut, aber etwas änderte sich.

Der Kopf begann zu sprechen.

Und aus dem Mund drang nicht die Stimme von Glenda Perkins, sondern die der ehemaligen Detektivin Jane Collins.

»Willkommen in meiner Wohnung, Geisterjäger!«

Suko schaute von seinen Akten hoch und reagierte sich durch ein tiefes Stöhnen ab. Am liebsten hätte er die Akten aus dem Fenster gefeuert. Da dies für ihn unangenehme Konsequenzen gehabt hätte, ließ er es lieber bleiben und vertiefte sich weiterhin in das Studium der letzten Berichte.

Wie alle schriftlichen Unterlagen würden auch sie in den einbruchsicheren Panzerschränken des Yard landen und dort für die Nachwelt liegen bleiben.

Als die Tür zum Nebenzimmer geöffnet wurde, schaute der Inspektor kaum auf, er wusste, dass es Glenda Perkins war, und hörte schon wenig später ihre Stimme.

»Ich werde dann gehen, Suko.«

Der Chinese schaute auf seine Uhr. »Schon wieder früher Feierabend machen«, erwiderte er grinsend und fügte hinzu: »Ich wünsche dir auf jeden Fall gute Besserung.«

»Danke. Morgen werde ich wieder durcharbeiten können.«

»Ist bestimmt 'ne Grippe. Der Herbst kommt allmählich, und da stellt sich der Körper um.«

»Wissen Sie denn kein Mittel?«

»Doch.«

»Und was?«

»Schlafen.«

Glenda lachte, setzte ein »See you« hinzu und verschloss die Tür, sodass Suko allein zurückblieb.

Wie mies es ihr ging, hatte Glenda überhaupt nicht erwähnt. Seit dem gestrigen Tage hatte sie das gespürt, und es war eine Krankheit, die man kaum definieren konnte, weil sie einmal vorhanden und wenig später wieder verschwunden war.

Glenda deckte noch ihre Maschine ab. Dann griff sie zu Schirm und Mantel.

Sie war zwar mit dem Wagen gekommen, aber sie traute sich nicht, in den Mini-Cooper zu steigen und nach Hause zu fahren. Wenn sie unterwegs einen Schwindelanfall erlitt, dann hätte es für sie tödlich enden können, hinter dem Steuer zu sitzen.

Aus diesem Grunde wollte Glenda mit einem Taxi fahren. Sie sah blass aus. Unter den Augen lagen dunkle Ringe, ein Beweis für den wenigen Schlaf, den sie in der vergangenen Nacht bekommen hatte. Des Öfteren war sie schweißnass aufgewacht, hatte sich im Bett aufgesetzt und über den Grund des plötzlichen Erwachens nachgegrübelt.

Sie fand ihn nicht.

Es schmerzte nichts, es ging ihr auch seelisch nicht schlecht, nur die seltsame Mattheit nahm immer stärker und auch öfter von ihrem Körper Besitz. Daraus resultierte eine Unkonzentriertheit, wie sie Glenda noch nie erlebt hatte. In den letzten Stunden war sie oft minutenlang völlig abwesend gewesen, danach fühlte sie sich wieder wohl und konnte weiterarbeiten.

Trotzdem war Glenda sehr beunruhigt. Sie hatte sich vorgenommen, zu Hause sofort ins Bett zu gehen. Sollte sich die unheimliche Krankheit am nächsten Tag nicht gebessert haben, wollte sie einen Arzt aufsuchen. Fast erschreckte sie sich, als der Lift plötzlich vor ihr stoppte. Sie musste nur die Tür aufstoßen.

Glenda betrat die Kabine.

Urplötzlich erfolgte der Schweißausbruch, kaum dass sie den Knopf unter ihrem Zeigefinger vergraben hatte.

Es ging abwärts.

Schnell war die Fahrt, Glenda schwindelte. Sonst hatte ihr so etwas nichts ausgemacht, doch zu diesem Zeitpunkt und während ihres Zustandes verglich sie die Liftfahrt mit der Auf- und Abbewegung einer großen Wikingerschaukel.

Endlich stoppte der Lift.

Zwei Personen wollten einsteigen. Kollegen, die Glenda

kannte. Ihre Gesichter sah sie verschwommen. Sie taumelte den beiden entgegen, die einen erstaunten Ruf ausstießen und die junge schwarzhaarige Frau auffingen.

»Miss Perkins, was ist los?«

Glenda lag etwas vornübergebeugt, der Boden drehte sich vor ihren Augen, und die Männer mussten sie wieder in die Senkrechte schieben. »Danke, aber ich bin gestolpert.«

Sie stand – und sah klar.

Der Anfall war vorbei. Sie war nur sehr blass, auf ihrer Stirn lag der Schweiß, und einer der Kollegen hakte noch einmal nach.

»Ist auch tatsächlich alles in Ordnung, Miss Perkins?«

»Natürlich, danke. Sie brauchen sich keinerlei Sorgen zu machen.«

»Na denn.«

Glenda wurde losgelassen. Forsch wie immer schritt sie zum Ausgang. Den Schirm hatte sie mit der Krücke über ihren Unterarm gehängt, der Mantel stand offen, die Tasche war geschultert. Eine völlig normale Glenda Perkins verließ das Yard Building.

In London braucht man nur in dringenden Fällen ein Taxi vorzubestellen. Es fahren genügend herum, so fiel es auch Glenda nicht schwer, einen Wagen zu ergattern.

Ein kurzer Wink reichte.

Sie lief die Stufen der Treppe hinab, zog den Mantel unter dem Hals zusammen und schien sich unter den Regentropfen wegducken zu wollen, so gebückt ging sie auf den Wagen zu.

Der Fahrer gehörte zur höflichen Sorte. Er hatte die Tür bereits geöffnet.

Glenda ließ sich in den Fond fallen. Das Fahrziel hatte sie während des Einsteigens bereits genannt.

»Wird erledigt, Madam.«

Glenda atmete prustend aus und strich mit beiden Händen durch ihr Gesicht. Es tat gut, im Wagen zu sitzen und an nichts zu denken. Im Moment fühlte sie sich wohl, schaute aus dem Fenster, sah die nassen Straßen und die Fahrzeuge, die sich fast Stoßstange an Stoßstange weiterschoben. London im Regen, dazu noch am Nachmittag, das bedeutete einen immensen Verkehr.

›Glaub nicht, dass du mir entkommst!‹

Glenda erschrak heftig, als sie plötzlich die Stimme vernahm. Sie schaute nach links, doch die Rückbank war leer. Trotzdem hatte sie das Gefühl gehabt, dass die Sprecherin der Worte direkt neben ihr gesessen hatte.

Sie wischte sich über die Augen. Hatte sie bereits Halluzinationen, oder was war? Das konnte es doch nicht geben, das durfte nicht sein, bestimmt eine Reaktion ihrer überspannten Nerven. Sie dachte an Urlaub – und sah den Kopf.

Ihren Kopf.

Und in der Stirn steckte ein Messer!

Der Reporter Bill Conolly hatte seinen Wagen tatsächlich parkend auf dem Gehsteig gefunden. Er war dem Bobby dankbar, fand allerdings einen Zettel am Lenkrad, worauf zu lesen stand, dass sich Bill auf einem bestimmten Revier zu melden hatte.

Der Aufforderung wollte er auch folgen, nur nicht jetzt, sondern später. Zuvor hatte er eine wichtigere Aufgabe zu erledigen. Den Zettel verstaute er in der Manteltasche und rief bei John Sinclair an.

In dessen Wohnung hob niemand ab. Auch nicht im Büro, sodass Bill die Idee kam, mit Suko zu telefonieren.

Der traf gerade ein, wie Shao ihm versicherte.

»Ja, Bill, was ist denn los?«

Der Reporter räusperte sich. »Hör mal, Suko, ich kann John nicht erreichen. Weißt du, wo er steckt?«

Suko lachte. »Nein, das weiß ich nicht. Vielleicht ist er auf Bummeltour. Du weißt doch, drei Tage Sonderurlaub. Den muss der alte Knabe ja mal ausnutzen.«

»Das ist blöd.«

»Wieso?«

»Ich habe da ein seltsames Erlebnis gehabt, von dem ich John unbedingt berichten möchte.«

»Sag es mir!«

»Okay, aber halt dich fest. Mir ist Jane Collins über den Weg gelaufen!«

Suko, der sich sonst immer gut in der Gewalt hatte, zeigte sich diesmal überrascht. »Das ist doch nicht möglich«, flüsterte er. »Einfach so aus Zufall oder ...«

»An einen Zufall glaube ich nicht. Die hat mich verfolgt. Denk mal ein paar Tage zurück, was sie uns versprochen hat. Sie wollte in London bleiben und sich rächen.«

»Ja, da kannst du recht haben. Ich frage mich nur, auf welche Weise sie das anstellen will.«

»Die Rache?« Bill lachte. »Suko, Jane ist eine Hexe. Und Hexen können zaubern, wenn ich das mal so märchenhaft sagen darf. Die besitzt dämonische Kräfte, und wie ich sie einschätze, wird sie die auch rücksichtslos einsetzen.«

»Dann müssten wir John warnen.«

»Das ist auch meine Ansicht.«

»Ich werde mal sehen, ob ich ihn irgendwo auftreiben kann«, sagte der Chinese. »Fährst du nach Hause?«

»Hatte ich vor.«

»All right, dann rufe ich dich zu Hause an, sollte ich Erfolg haben.«

Bill brummte ein wenig. »Wir wollten eigentlich ins Theater, aber das ist wohl hinfällig.«

»Dann spiele Sheila Theater vor«, erwiderte der Chinese und legte auf, bevor Bill ihm noch von dem seltsamen Bild erzählen konnte, das sie ihm vor die Füße geworfen hatte.

So kam es, dass die Spur zu Glenda Perkins erkaltete ...

Das Messer steckte quer in dem Kopf, und die Klinge war so lang, dass sie an der anderen Seite wieder heraustrat.

Glenda saß für die Zeitspanne eines Atemzugs wie versteinert auf ihrem Platz.

Dann schrie sie.

Grell, markerschütternd, die Panik schüttelte sie, und der Fahrer vor ihr zuckte wie unter einem Peitschenhieb zusammen. Er trat auf die Bremse, der Wagen ruckte, stand, und im selben Augenblick erhielt das Taxi von hinten einen Stoß.

Da war jemand aufgefahren.

Der Fahrer holte tief Luft. Sein Gesicht schwoll rot an, die Hände zitterten, dann wirbelte er auf seinem Sitz herum, zog die Trennscheibe auf und fauchte seinen schreckensbleich dasitzenden weiblichen Fahrgast an. »Sind Sie eigentlich verrückt, hier so zu schreien?«

Glenda schüttelte den Kopf, sagte jedoch keinen Ton.

»Verdammt, weshalb haben Sie geschrien?«

»Der Kopf«, flüsterte sie. »Der Kopf.«

»Welcher Kopf?«

»Der mit dem Messer. Neben mir, auf dem Sitz. Er liegt da.« Sie schaute starr geradeaus. »Nehmen Sie ihn weg, bitte! Ich kann ihn nicht mehr sehen.«

Der Fahrer beugte sich so weit vor, wie es ging. Er schaute in den Fond und sah nur seinen Fahrgast, aber keinen auf dem Sitz liegenden Kopf mit einem Messer darin.

»Da ist nichts, zum Henker!«

»Nichts?« Glenda öffnete erstaunt den Mund. »Aber ich habe ihn doch selbst gesehen …«

»Dann müssen Sie sich mal eine Brille anschaffen. Ihre Augen sind schlecht. Es gibt keinen Kopf, der auf der Sitzbank liegt. Merken Sie sich das. Sie machen hier Land und Leute durch Ihr Schreien …«

Jemand klopfte heftig gegen die Scheibe. Es war der Fahrer des Wagens, der aufgefahren war. Zornrot war sein Gesicht, die Augen funkelten. Der Taxichauffeur öffnete die Tür und wollte aussteigen.

Kaum hatte er seinen Fuß ins Freie gesetzt, da begann der andere schon zu schreien.

»Verrückt, was? Hier einfach zu bremsen!« Die beiden bekamen Streit, um den sich Glenda jedoch nicht kümmerte. Wie eine Puppe hockte sie im Fond, nur ihre nervös spielenden Hände bewiesen, dass noch Leben in ihr steckte.

Sie hörte zwar, was sich neben dem Wagen abspielte, doch ihre Gedanken waren ganz woanders. Nein, getäuscht hatte sie sich nicht. Da hatte der Kopf gelegen. Ihr Kopf war es, quer mit einem Messer durchstoßen.

Glenda schluchzte auf, senkte das Gesicht und ließ ihren Tränen freien Lauf.

Sie wusste nicht, wie viel Zeit vergangen war, bis der Driver wieder die Tür aufzog. Er sah Glenda weinen und bekam Mitleid.

»Nun machen Sie sich mal keine Vorwürfe«, sagte er, »es ist ja alles in Ordnung. Beide Wagen haben kaum etwas abbekommen, und der Knabe des anderen Wagens wird sich auch nicht mehr aufregen. Wir können weiterfahren. Bleibt es bei dem Ziel – oder …«

Glenda hob das Gesicht. »Ja, ja …«

»Ich meine, wenn Sie wollen, fahre ich Sie auch gern zu einem Arzt, junge Lady. Sie sehen schlecht aus. Ist etwas mit Ihnen? Haben Sie Ärger, Sorgen?«

»Jetzt geht es wieder.«

»Okay, dann können wir.«

Es dauerte noch etwas, bis der Fahrer seinen Wagen wieder in Bewegung setzen konnte. Er beobachtete seinen hübschen Fahrgast im Innenspiegel. Nein, die Kleine war nicht in Ordnung, das konnte er sehen. Und er hatte auch seine Erfahrungen im Laufe der Zeit gesammelt.

Der Mann versuchte ein Gespräch, doch Glenda war kaum in der Lage zu antworten.

Dann hörte sie wieder die Stimme. Jane Collins, die verdammte Hexe, sprach zu ihr.

›Na, kleine Glenda, wie hat dir die Demonstration gefallen? Gut? Das hoffe ich sehr, denn ich wollte dir nur zeigen, was ich mit dir vorhabe. Es ist übrigens das Messer des Rippers, das in deinem Schädel steckte. Noch habe ich dich geblufft, aber das wird sich ändern. Sehr bald schon, kleine Glenda!‹

»Aber der Ripper ist tot!«, schrie Glenda Perkins so laut, dass der Mann am Lenkrad abermals zusammenzuckte. Diesmal hatte er achtgegeben und bremste nicht.

Er fragte nur: »Soll ich nicht doch lieber zu einem Arzt …?«

»Nein, bitte, bringen Sie mich nach Hause«, erwiderte Glenda erschöpft. Sie rutschte im Sitz vor und breitete ihre Arme aus.

Vor einer Ampel mussten sie stoppen. Der Fahrer hatte die letzten Worte Glendas nicht vergessen, und er erkundigte sich: »Was war das mit dem Ripper?«

»Nichts«, antwortete Glenda hastig.

»Meinten Sie Jack the Ripper? Mensch, Lady, da war doch mal vor Kurzem einer. Dieser Kerl, der den Mädchen immer die Haare abgeschnitten hat. Habe ich in den Zeitungen gelesen. Ehrlich.«

»Möglich.«

»Meinen Sie den?«

»Bitte, lassen Sie mich in Ruhe. Ich kann jetzt nicht antworten.« Glenda strich ihr Haar aus der Stirn. Sie sehnte sich danach, endlich in ihrer Wohnung zu sein, und dort musste sie einfach etwas gegen ihre Krankheit unternehmen. Aber sie wollte keinen Arzt anrufen, sondern einen anderen Mann – John Sinclair!

Auch wenn der Geisterjäger Urlaub hatte, für ihre Probleme hatte er sicherlich ein offenes Ohr.

Nach zehn Minuten Fahrt, die Glenda doppelt so lang vorkam, stoppte der Fahrer. Die Sekretärin wohnte in keinem Hochhaus, sondern in einem älteren zweigeschossigen Bau mit kleinem Vorgarten, netter Fassade und einem Garten mit Bäumen hinter der Wohnung.

Als sie zahlen wollte, fragte der Driver: »Soll ich nicht noch mit hineinkommen, Miss?«

Glenda schüttelte den Kopf. »Das wird nicht nötig sein.«

»Wie Sie meinen.«

Die Sekretärin drückte dem Mann das Geld in die Hand und lief durch den Vorgarten. Unterwegs überfiel sie wieder

der Schwindel und die Mattheit in den Beinen. Sie riss sich unwahrscheinlich zusammen.

Der Fahrer sollte auf keinen Fall etwas merken, nachher fühlte er sich noch verpflichtet, sie in die Wohnung zu bringen. Das wollte Glenda nicht. Sie atmete auf, als der Mann den Motor anließ und davonfuhr.

Glenda ließ die Tasche von der Schulter rutschen, zog den Reißverschluss auf und holte ihren Schlüssel hervor. Zweimal verfehlte sie das Schloss, beim dritten Versuch klappte es endlich und sie konnte die Tür aufschließen.

Glenda betrat den Hausflur. Zum Glück begegnete ihr die Besitzerin nicht. Sie stieg die Treppe hoch, hielt sich am blitzblanken Geländerknauf fest und atmete auf, als sie die erste Etage erreichte, wo sich ihre kleine Wohnung befand.

Die Tür war verschlossen. Niemand hatte sich daran zu schaffen gemacht. Obwohl Glenda einerseits froh war, ihre Wohnung betreten zu können, hatte sie doch andererseits ein wenig Angst davor, allein in den Räumen zu sitzen. John Sinclair sollte so schnell wie möglich erscheinen, nur er konnte ihr helfen, denn sie ahnte inzwischen, dass sie in einen teuflischen Kreis hineingeraten war. Durch eigene Kraft würde sie es nie schaffen, ihn zu verlassen.

Glenda stieß die Wohnungstür auf. Inzwischen war der Anfall vorüber, sie fühlte sich wieder normal, bis auf das Gefühl der Angst und der schrecklichen Bedrohung.

Ohne den Mantel auszuziehen, durchquerte sie den Flur, musste zwei Stufen gehen und gelangte in den Wohnraum, wo ihr Telefon stand. Es war ein grüner Apparat, und er passte in seiner Farbe zu den bequemen Sesseln.

Glenda blieb neben dem Telefon stehen, nahm den Hörer, presste ihn ans Ohr und wollte die Nummer wählen.

Da versteifte sie. Hatte sie noch vor einer Sekunde den warmen grünen Kunststoff in ihrer Hand gefühlt, so änderte sich das innerhalb eines Augenblicks.

Glenda spürte etwas Glitschiges, senkte den Blick und glaubte, verrückt zu werden.

Zwischen ihren Fingern befand sich eine giftgrüne, feuchte Schlange!

Jane Collins' Stimme!

Verdammt, ich hatte es doch gewusst. Sie lauerte hier, vielmehr ihr Geist oder ein Teil von ihm, und sie sprach aus dem Mund meiner Sekretärin Glenda Perkins.

Ich konnte es nicht fassen, stand für einen Moment unbeweglich, beugte anschließend meinen Oberkörper nach vorn, ohne es selbst zu registrieren, und schüttelte den Kopf.

»Na, Geisterjäger, wie fühlt man sich, wenn man so mit Erinnerungen überfallen wird?« Sie lachte kichernd und böse. Ein Lachen, das ich nach ihrer seltsamen Verwandlung bereits mehrmals gehört hatte. Da war nichts mehr von dem früheren glockenhellen Lachen vorhanden, hier stand das Böse vor mir.

Mir war klar, was Jane Collins mit dieser Begrüßung bezweckte, überhaupt schien mir ihr ganzes Auftauchen mehr als unwahrscheinlich zu sein, und hinzu kam das Gesicht der Glenda Perkins.

Dahinter musste etwas stecken. Leider hatte ich keine Ahnung, was es sein konnte, sondern war auf Vermutungen angewiesen.

Jane und Glenda hatten sich nie gemocht. Die beiden waren immer Rivalinnen gewesen. Ich konnte nichts daran ändern, hatte mich zurückgehalten, denn der eigentliche Grund ihrer Rivalität war ich gewesen.

Ich hatte mich damals für Jane Collins entschieden. Wir hatten herrliche Tage und Nächte miteinander verbracht, waren oft zusammen gewesen, hatten die härtesten und gefährlichsten Abenteuer überstanden, wobei keiner von uns je seine Selbstständigkeit aufgab. Dann war es der anderen Seite gelungen, Jane in ihre Klauen zu bekommen, und ich hatte es mit ansehen müssen.

Die Zeit danach war für mich schrecklich gewesen. Zuerst down, später hatte ich mich verbissen in meine Arbeit gestürzt.

Nach Spuren suchten wir, denn ich wollte Jane Collins finden und sie aus den Klauen der Oberhexe Wikka befreien.

Nichts erreichten wir. Trotz der modernsten Computer, die alles speicherten, auch Informationen über Hexenclans und Geheimbünde. Nichts kam dabei heraus, keine Spur, die mich auch im Entferntesten zu Jane Collins geführt hätte.

Es war eine schlimme Zeit für mich, aber auch für meine Freunde, die versuchten, mir Trost zu spenden. Ich wollte mich nicht trösten lassen, hatte diejenigen, die es gut mit mir meinten, mehr als einmal vor den Kopf gestoßen, und dann kam auf uns der Fall des Satans mit vier Armen zu. In ihn wurde Glenda Perkins hineingezogen, und auch die Conollys gerieten in den Strudel. Es kam zu einem mörderischen Finale, in dem mein Bumerang das Schwert Desteros zerstörte. Damit rettete ich Bill Conolly das Leben.

Nun, wir besiegten den Satan mit den vier Armen, und irgendwie kamen Glenda und ich zusammen. Es geschah in meiner Wohnung, vielleicht waren wir beide ein wenig berauscht, und ich hatte nichts dagegen, dass Glenda bei mir übernachtete.

Wir schliefen natürlich nicht nur. Im Nachhinein muss ich sagen, dass ich diese Nacht auch nicht bereute, im Gegenteil, sie hatte mir gefallen, ebenso wie Glenda.

Wir hatten abgemacht, darüber zu schweigen. Daran hielten wir uns auch. Ob Suko oder Shao trotzdem etwas bemerkt hatten, wussten wir nicht genau. Ich nahm es an, beide allerdings waren so taktvoll, nie davon zu sprechen.

Vielleicht hatte es auch Jane Collins erfahren. Es hätte ihr ja eigentlich egal sein können, jetzt, wo sie auf der anderen Seite stand, doch so recht wollte ich nicht daran glauben. Nein, ich hatte das Gefühl, es war Jane nicht egal, und ich glaubte auch, es bestätigt zu bekommen. Hätte sie sich sonst auf der Mattscheibe hinter Glendas Gesicht verborgen? Sie musste Glenda meiner Ansicht nach hassen, und dieser Hass konnte sich in Aktionen gegen Glenda austoben.

Ich musste höllisch vorsichtig sein und vor allen Dingen

Glenda warnen, die sicherlich nichts von dem Netz ahnte, das sich über ihrem Kopf allmählich zusammenzog.

Es waren Gedanken, die durch meinen Kopf schwirrten, während ich auf den Bildschirm schaute.

Dort tat sich etwas.

War das Bild noch Sekunden zuvor gestochen scharf gewesen, so veränderte es sich jetzt. Die Gesichtszüge des schräg gekippten Kopfes begannen zu verwischen. Als hätte jemand mit einem Lappen darüber gerieben, so kam es mir vor, und ich sah, wie ein anderes Gesicht entstand. Ebenfalls das einer Frau.

Die Haarfarbe wechselte. Glenda, die pechschwarzes Haar hatte, bekam plötzlich blonde Strähnen, gleichzeitig bewegte sich der Kopf wieder nach oben, sodass er seine normale Stellung einnahm. Die blonden Strähnen wurden breiter, verdeckten die schwarze Fülle fast vollständig, und ich sah eine blonde Haarpracht vor mir.

Hell und glatt hingen die Haare zu beiden Seiten des Gesichts herunter. An ihren Spitzen waren sie leicht gedreht, sodass sie die Andeutung einer Außenrolle bildeten.

So hatte Jane Collins ihre Frisur getragen. Und es war auch ihr Gesicht, in das ich schaute.

Ich hielt den Atem an.

Dieses Bild traf mich tief. Jane hatte sich nicht verändert. Beim ersten Hinsehen sah sie so aus, wie ich sie in Erinnerung hatte. Ein glattes, klares Gesicht, vielleicht ein wenig unbeweglich, aber mit eindrucksvollen Augen.

Bei genauerer Betrachtung erkannte ich allerdings, dass sich doch etwas verändert hatte. Der Mund war nicht mehr so voll und reif, die Lippen schienen sich verkleinert zu haben, sie waren schmaler geworden als früher. Ich meinte auch, scharfe Falten an ihren Mundwinkeln zu erkennen, und die Pupillen hatten sich ebenfalls verändert. Auf mich wirkten sie kalt, leblos, und wenn ein Gefühl darin zu lesen war, dann nur ein schlechtes.

Es war eine verwandelte Jane Collins, die ich da vor mir sah und die mich anstarrte.

Wir maßen uns mit Blicken.

Ruhig blieb ich stehen, obwohl in meinem Innern noch immer eine Hölle von Gefühlen tobte. Ich bekam sie allerdings nicht unter Kontrolle, sie wirbelten durcheinander, doch sie alle drehten sich um Jane Collins und um mich.

Wer würde zuerst das Wort ergreifen?

Es war Jane Collins, die mich aus dem Fernseher heraus ansprach. »Ich grüße dich, John Sinclair«, sagte sie. Nur war es kein fröhlicher Gruß wie früher, sondern drei harte, hervorgestoßene Worte, die mir gleich klarmachten, dass Gefühle nicht gefragt waren und auch keine Rolle spielten.

Da ich keine Antwort gab, redete sie weiter. »Hast du die kleinen Überraschungen verdaut, John?«

»Das habe ich allerdings.«

Sie lachte bissig. »War auch erst der Anfang. Was meinst du, zu was ich noch alles fähig bin.«

»Hat dich Wikka gut angelernt?«

Ihre Augen leuchteten plötzlich in einem seltsamen Rot, als ich den Namen Wikka erwähnte. »Und wie sie mich angelernt hat, John Sinclair, und wie! Ich war ihre beste Schülerin. Fast habe ich meine Lehrmeisterin schon erreicht. Mein Wissen vermehrt sich von Tag zu Tag.«

»Und darauf bist du stolz, nicht?«

»Ja, das bin ich, Geisterjäger. Sogar sehr stolz. Wenn Wikka und ich uns zusammentun, dann sind wir unschlagbar und erweisen dem Satan einen großen Dienst.«

»Du nimmst nicht einmal Rücksicht auf Kinder!«, hielt ich ihr entgegen. »Dir hätte es nichts ausgemacht, den kleinen Johnny Conolly zu töten. Ich habe immer versucht, dich in Schutz zu nehmen oder Entschuldigungen für dich zu finden, doch als ich das hörte, da war es auch bei mir aus, Jane Collins. Du wirst verstehen können, dass ich dich niemals mehr unterstützen kann, auch Entschuldigungen kann ich für dich nicht finden, der Bruch zwischen uns ist endgültig.«

Sie lachte mich aus. Ja, sie lachte und wollte sich überhaupt nicht beruhigen. Meine Worte prallten an ihr ab.

»Was sollte es denn noch zwischen uns Gemeinsames geben, Geisterjäger?«, höhnte sie. »Nichts, gar nichts. Wir stehen auf zwei verschiedenen Seiten, und dabei bleibt es. Und nicht nur das, wir sind Feinde, ich gehorche Wikka, und du hast deine Aufgabe. Es macht mir Spaß, herauszufinden, wer von uns beiden stärker ist, und es macht mir Freude zu sehen, wie groß deine Angst ist.«

Ich schüttelte den Kopf. »Tut mir leid, Jane, da hast du dich geirrt. Ich habe keine Angst vor dir.«

»Vor mir vielleicht nicht, aber du hast trotzdem Angst. Um deine Freunde. Dabei denke ich besonders an die kleine Glenda, die ja ein guter Ersatz für mich ist, oder nicht?«

Ich hatte geahnt, dass das Gespräch in die Richtung laufen würde, und reagierte wütend. »Lass Glenda Perkins aus dem Spiel!«

Sie schrie fast vor Lachen. Dabei öffnete sie den Mund, und ihr Gesicht verzerrte sich zur Fratze. »Da siehst du es, Geisterjäger. Du hast Angst um sie. Du buhlst um ihre Gunst. Ich wusste es doch, und ich weiß, wie man dich treffen kann.«

»Sie hat nichts mit uns beiden zu tun!«

»Nichts?«, schrie mir die ehemalige Detektivin entgegen. »Wirklich nichts, John Sinclair? Es war doch Glenda Perkins, mit der du dich sehr intensiv und vorzüglich getröstet hast. Oder irre ich mich da, Geisterjäger?«

Darauf hatte ich gewartet. Jetzt endlich ließ sie die Katze aus dem Sack. Sie vergaß nicht, dass ich mich einer anderen Frau zugewandt hatte, obwohl ich frei gewesen war und mich keinerlei Zwänge einengten.

Und sie würde ihren Hass an ihr auslassen, dessen war ich mir sicher.

»Was hat es dir denn ausgemacht?«, hielt ich ihr entgegen. »Du hast dich doch für Wikka entschieden, bist eine hervorragende Beute für sie geworden und befolgst nur noch ihre Befehle.«

»Beute nicht, John, keine Beute.« Sie zog die Lippen auseinander und lachte teuflisch. »Ich bin eine Partnerin, sie akzeptiert mich, und wir stehen Seite an Seite, um den großen Vernichtungsfeldzug einzuleiten. Du solltest es dir überlegen, Geisterjäger. Wirf dein Kreuz fort und komm zu uns. Wir werden dich in Freuden aufnehmen, als Hahn im Korb des Hexenreigens. Ich kann dir den Himmel auf Erden versprechen, sodass du eine Schlampe wie Glenda Perkins vergisst …«

Sie sprach noch weiter, erging sich in obszönen Bemerkungen, und in mir begann das Blut zu kochen. Mein Gesicht war starr, doch die Wangenmuskeln zuckten so sehr, dass es schon fast anfing zu schmerzen. Die Hände hatte ich zu Fäusten geballt, und ich erlebte eine tobende und kreischende Jane Collins vor mir auf dem Bildschirm, eine echte Hexe.

»Bist du fertig?«, schrie ich sie an.

Verdammt, auch ich hatte keine Nerven wie Drahtseile, irgendwann riss bei mir ebenfalls der Faden.

Sie stoppte ihre Tiraden tatsächlich, das Gesicht wurde wieder starr, und in ihre Augen trat abermals der kalte, erbarmungslose Glanz. »Deine Reaktion beweist mir, dass dir sehr viel an Glenda liegt. Ich merke schon, ihr beide passt zusammen, aber denke immer daran, dass ich wie ein gezücktes Schwert unsichtbar über euren Köpfen schwebe und nur darauf warte, zuschlagen zu können.«

»Genug geredet«, sagte ich hart. »Lass es endlich zu einer Entscheidung zwischen uns kommen. Sollte ich den Kampf verlieren, gut, dann kann ich nichts ändern. Sollte es aber …«

»Nein, Geisterjäger, nicht so einfach«, erwiderte sie. »Ich weiß, dass es dir gelungen ist, mehr über dein Kreuz zu erfahren. Wir haben es leider nicht verhindern können, nicht Lady X, nicht Lupina und auch ich nicht, denn ich hatte zu viele Gegner vor mir. Ich wollte Karas Schwert haben, damit du nicht mehr zurückkehren konntest. Du hattest Glück gehabt, es ist mir nicht gelungen, aber wir haben längst nicht aufgegeben. Auch Lupina nicht, die nicht ihr eigenes Spiel treibt, sondern uns neutral gegenübersteht.«

»Ist sie unsterblich?«, fragte ich, denn ich wusste noch immer nicht, wieso Lupina, die Königin der Wölfe, leben konnte, obwohl ihr Lady X damals eine Garbe aus ihrer Silberkugel-MPi in den Rücken gejagt hatte. Auch ich hatte sie angeschossen, zwei Silberkugeln hatte sie von mir bekommen, als wir uns in Sarah Goldwyns Wohnung gegenüberstanden. Und Lupina lebte noch immer. Bisher hatte mir niemand Aufklärung darüber geben können, wieso dies der Fall war, vielleicht tat es Jane in ihrer Hochmütigkeit.

Sie antwortete tatsächlich. »Lupina kann nur existieren, weil sie während ihres Todes eine Verbindung mit ihrem Sohn Orapul eingegangen ist. Sie und ihr Sohn sind eine Person, mehr brauchst du nicht zu wissen, aber du siehst, John Sinclair, dass die Dämonen allmählich so etwas wie unsterblich werden. Macht dir das nicht Angst, willst du den Kampf nicht lieber aufgeben, der sich immer mehr zu deinen Ungunsten hinwendet?«

»Das sehe ich nicht so. Bisher habe ich die großen Erfolge erzielt, nicht die Gegenseite.«

»Ich habe geahnt, John Sinclair, dass ich dich nicht umstimmen kann«, sagte Jane Collins. »Deshalb wird der Kampf weitergehen, heute, in Zukunft, immer. Freue dich auf den Hexenabend mit Jane Collins ...« Es waren ihre letzten Worte, denn im nächsten Augenblick verblasste das Bild, und Jane war verschwunden.

Ich schaute auf den leeren Bildschirm und stand da wie ein begossener Pudel.

Jetzt kamen die Vorwürfe. Verdammt, warum hatte ich denn nicht mein Kreuz genommen und es gegen den Apparat geschleudert? Vielleicht hätte ich eine Chance gehabt, die Auseinandersetzung für mich zu entscheiden.

Aber steckte da nicht doch tief in meinem Innern noch ein wenig Skrupel, Jane Collins so hart und so direkt anzugreifen? Hatte ich nicht noch immer die Hoffnung, sie irgendwann einmal aus den Klauen der Oberhexe Wikka zu befreien? Obwohl eigentlich alles dagegen sprach, was Jane mir allein durch ihr Verhalten verdeutlichte.

Ich konnte es nicht überwinden, Jane Collins verloren zu

haben. Zu viel war früher zwischen uns gewesen, und wenn ich ehrlich war, musste ich eingestehen, dass ich, ging es um Jane Collins, doch ein wenig befangen reagierte.

Befangenheit ist nicht gut für einen Polizisten. Hätte ich mit Sir James, meinem Chef, darüber geredet, so wäre ich sofort von den Fällen suspendiert worden, die sich um Jane Collins drehten, und er hätte Suko an die Front geschickt, der Jane zwar auch gut kannte, aber nicht so eine Beziehung zu ihr gehabt hatte wie ich.

Aus diesem Grunde beschloss ich, die Begegnung mit der ehemaligen Detektivin für mich zu behalten.

Die Stille in dieser Wohnung empfand ich als beklemmend. Ich drehte mich auf der Stelle, tastete mit meinen Blicken Wände und die Decke ab, wobei ich nach irgendwelchen Hinweisen suchte, die auf eine weitere Aktivität der ehemaligen Detektivin hindeuteten.

Da ich nichts fand, nahm ich mir den Fernsehapparat vor. Zuerst untersuchte ich ihn von außen, dann schaltete ich ihn ein, doch Jane Collins erschien nicht.

Es lief das normale Programm.

Ich wechselte die Sender, drückte die Knopfskala durch, sah Western, Kulturfilme, hörte Interviews, Nachrichten, alles völlig normal, nur von Jane Collins entdeckte ich keine Spur.

Ich schaltete wieder aus.

Es hatte keinen Sinn, Jane holen zu wollen. Sie machte sowieso, was sie wollte, und sie würde sich mir zeigen, wann sie es für richtig hielt.

Eins jedoch wusste ich genau. Jane hatte in ihrem Überschwang den Namen Glenda Perkins nicht nur erwähnt, sondern sich sogar mit ihrem Gesicht auf dem Bildschirm gezeigt. Meiner Ansicht nach konnte sie ihre Rache nur auf Glenda fixiert haben.

Das war gefährlich.

Ein Blick auf meine Uhr bewies mir, dass sie sich nicht mehr im Büro befand, denn sie wollte früher gehen, so etwas glaubte ich, gehört zu haben.

Wahrscheinlich war sie bereits zu Hause.

Ihre Privatnummer kannte ich auswendig, ein Telefon stand bereit, ich wählte, aber ich bekam keine Verbindung.

Nicht einmal das Freizeichen ertönte, und das machte mich stutzig und es bereitete mir gleichzeitig Angst.

Es bestand noch die Hoffnung eines Defektes, also versuchte ich es ein zweites Mal.

Wieder keinen Anschluss.

Bis ich die Stimme vernahm, und es mir kalt über den Rücken rann. Denn nicht Glenda meldete sich, sondern Jane Collins.

Steckte sie in der Wohnung?

Innerhalb einer Sekunde steigerte sich bei mir die Aufregung und Besorgnis. Der Herzschlag verdoppelte sich, das Blut stieg mir ins Gesicht, ich hatte Mühe, meine Fassung zu bewahren, und fragte mit leicht krächzender Stimme: »Wo steckst du, Jane?«

»In der Leitung.« Sie lachte. »Ich habe ein wenig mit meinen Hexenkräften gespielt, denn ich wusste, wie du reagieren würdest. Glenda liegt dir sehr am Herzen, und auch die anderen rotieren schon. Ich habe mich Bill Conolly gezeigt, er weiß bereits von den blutenden Augen, genau wie du, und damit ist auch klar, wie deine Freundin Glenda Perkins sterben wird. Ich steche ihr die Augen aus!«

Ich umklammerte den Hörer so fest, dass ich Angst haben musste, den Kunststoff zu zerbrechen. »Wenn du das tust, Jane«, knirschte ich, »dann werde ich …«

»Gar nichts wirst du, John Sinclair. Du kannst mich nämlich nicht daran hindern. Ich bin hier der Regisseur, und nur ich allein weiß, wie das Spiel weiterlaufen wird. Das solltest du dir sehr genau merken.« Und damit unterbrach sie die Verbindung.

Auch ich warf den Hörer auf die Gabel. Verdammt, ich hatte es gewusst. Sie würde sich an Glenda heranmachen und sie in ihre teuflischen Pläne mit hineinziehen.

Ob sie sich inzwischen bei ihr befand, wusste ich nicht. Aber ich würde auf jeden Fall zu spät kommen, denn zwischen dieser und Glendas Wohnung lagen einige Meilen.

Was tun?

Mir blieb eine Chance.

Ich selbst konnte nicht eingreifen, weil ich nicht schnell genug war. Meine uniformierten Kollegen mussten einspringen. Sie sollten versuchen, Glenda aus der Wohnung zu holen und sie in Sicherheit zu bringen.

Während ich noch darüber nachdachte, hatte ich bereits wieder zum Telefon gegriffen …

Der Ekel überrollte sie wie eine Woge. Glenda sah den schmalen Kopf der Schlange, die kleinen roten Augen und spürte, wie sich der Körper zwischen ihren Fingern bewegte.

Wegen der Nässe – Schlangen sind normalerweise trocken – war es der entsetzten jungen Frau fast unmöglich, die Schlange festzuhalten. Zudem bewegte sich der Kopf des Tieres in ihre Richtung und näherte sich dem Gesicht.

Glenda stand noch immer wie erstarrt auf der Stelle. Sie machte in diesen Sekunden Schreckliches durch, erlebte einen regelrechten Horror, und dann überwand sie plötzlich ihre Angst, als sich ein Schrei aus ihrer Kehle löste und sie die Schlange wegschleuderte.

Die Angst hatte ihr viel Kraft verliehen, deshalb warf sie die grüne Schlange mit den roten Augen quer durch den Raum. Das auf magische Art und Weise entstandene Tier klatschte gegen die Wand und ringelte sich noch während des Falls nach unten wieder zusammen, wobei es hinter der Couchlehne verschwand.

Das Telefon war zerstört. Ein Apparat ohne Hörer, nur das Gestell und die Wähltastatur.

Glenda interessierte nicht, wieso diese Magie so stark hatte zuschlagen können, sie wusste nur, dass sie sich in großer Gefahr befand. Und wie konnte sie der entgehen?

Raus aus der Wohnung!

Noch hatte sich die dämonische Schlange irgendwo unter den Möbelstücken verkrochen und war nicht zum Vorschein gekommen, sodass Glenda Zeit blieb, in den Korridor zu laufen, ihn zu durcheilen und die Klinke der Wohnungstür zu packen.

Glenda hämmerte sie nach unten – und fand die Tür verschlossen.

»Neiiiin!« Ein Schrei der Enttäuschung drang aus ihrer Kehle. Sie begann zu weinen und sank vor der Tür zusammen, wobei sie die Klinke nicht losließ und so tat, als wäre sie ein Rettungsanker.

Ein lautloses Schluchzen schüttelte ihren Körper. Die Angst steigerte sich noch mehr, sie saß wie ein wildes Tier in ihr und ließ sie nicht mehr los.

Die Wohnung ist zu einer Falle geworden! Immer deutlicher wurde Glenda dies bewusst, und sie dachte daran, dass ihr als einzige Fluchtmöglichkeit nur noch das Fenster blieb.

Da musste sie eben springen. Lieber ein gebrochenes Bein, als von dieser dämonischen Schlange getötet zu werden.

Glenda Perkins quälte sich auf die Füße. Es war wirklich für sie eine Qual, und sie stützte sich zusätzlich an der Wand ab. Die Tür zum Wohnraum hatte sie offen gelassen. Sie ging ein paar Schritte, schaute über die drei Stufen hinweg und auch durch die offene Tür in den Wohnraum.

Die Schlange entdeckte sie nicht.

Aufatmen konnte Glenda trotzdem nicht. Sie wusste, dass die Gefahr auch weiterhin bestand, und sie rechnete nicht damit, dass die Schlange geflohen war.

Die wollte noch was von ihr.

Zögernd ging sie weiter. Die Arme hatte sie in einer Abwehrbewegung ausgestreckt, und fast hätte sie die Stufen übersehen, sodass sie an einer Treppenkante abrutschte und Mühe hatte, das Gleichgewicht zu bewahren.

Es ging alles gut.

Im Wohnraum stehend, schaute sie sich um. Glenda wollte wissen, wo die Schlange steckte, damit sie der Gefahr ins Auge sehen konnte. Hatte sie sich weiterhin unter den Möbelstücken verkrochen, oder lauerte sie in einem anderen Versteck?

Da fiel ihr Blick auf das Telefon!

Vor Schreck übersprang ihr Herz einen Schlag, denn mit dieser Entwicklung hatte sie nicht gerechnet.

Der Apparat war völlig normal. Der Hörer lag auf der Gabel.

Glenda verstand die Welt nicht mehr. Sie holte ein paarmal tief Atem, bevor sie sich traute, weiter in den Wohnraum hineinzugehen.

Die nächste Überraschung traf sie voll.

Es gab ein dumpfes Geräusch, und einen Augenblick später flimmerte der Bildschirm.

Schwarzweißer Schnee hatte sich darauf verteilt, der sehr schnell verschwand und einem Gesicht Platz schuf.

Dem Gesicht von Jane Collins.

»Guten Abend, kleine Glenda«, sagte die Hexe, bevor sie überlaut und hässlich zu lachen begann …

Das kinderlose Ehepaar lebte seit knapp drei Jahren in dem Haus. Es besaß die Wohnung über Glenda Perkins, wo die Wände bereits schräg zuliefen.

Er hieß Trevor Parness, war 42 und arbeitete schichtweise in einer Reifenfabrik.

Sie hörte auf den Namen Lilly, zählte zehn Jahre weniger als ihr Mann und verdiente als Serviererin ihr Geld in einem Lokal, das nicht gerade den besten Ruf hatte.

Durch die Schichtarbeit ihres Mannes sahen sich beide äußerst selten, dies trug auch dazu bei, dass sie sich auseinandergelebt hatten. Pro Monat gab es nur zwei Tage, wo beide frei hatten und sie sich ein wenig Privatleben gönnen konnten.

So war es auch an diesem Abend. Sie hatten beide lange geschlafen und waren danach zum Einkaufen gefahren. Lebensmittel mussten besorgt werden. Ihren Austin Allegro hatten sie vor einem Jahr gekauft, und der Wagen lief nicht nur auf Rädern, sondern auch auf Wechseln. Den Wunsch, das

Fahrzeug in eine Garage zu stellen, hatte sich Trevor Parness nicht erfüllen können, so ärgerte er sich jedes Mal, wenn er sein Schmuckstück vor dem Haus abstellen musste.

Beide hatte der Einkaufstrubel gestresst, und so saßen sie mit verbiesterten Gesichtern in ihrem Wagen und atmeten auf, als sie den Allegro endlich am Straßenrand ausrollen lassen konnten.

»Du trägst aber die Tüten«, sagte Lilly und stieß bereits die Beifahrertür auf.

»Wieso ich?«

»Weil du der Kerl bist und ich die Nase voll habe. Ich bin froh, wenn ich mich hinhauen kann.«

»Müde bin ich nicht«, meinte Parness und grinste auf eine Art und Weise, die seiner Frau Bescheid gab, dass er sicherlich noch etwas von ihr wollte.

»Ich habe keine Lust.«

Trevors Grinsen erlosch. Er schaute auf die roten Haare seiner Frau, die wie ein Busch nach hinten hingen und von einer Naturkrause waren, die Lilly kaum bändigen konnte. Ihr Körper hatte die Maße, die kein Mannequin haben durfte, aber Männer, die ein Vollblutweib liebten, kamen auf ihre Kosten. Und davon gab es genug. Die Gäste der Kneipe wussten genau, was sie an ihrer Lilly hatten. Zudem zeigte sie sich nicht zimperlich, wenn einem mal die Hand ausrutschte und er die schwellenden Formen ihres Körpers nachzeichnete.

»Hast wohl wieder zu viel Abwechslung gehabt, als ich nicht da war, wie?«

Die etwas breiten und rot geschminkten Lippen der Frau verzogen sich. »Wenn ich mir einen aussuchen würde, dann keinen aus der Kneipe, das kannst du mir glauben.«

»Wen denn?«

Sie lachte hart. »Verrate ich dir doch nicht. Hol endlich die Tüten, Mann.«

Trevor brummte etwas in seinen nicht vorhandenen Bart, stieg aus dem Wagen und öffnete die Heckklappe. Seine Frau ging bereits zur Tür. Mit wiegendem Gang, wie Trevor feststellen konnte. Den legte sie wohl nie ab. Immer aufreizend wirken, so lautete ihre Devise.

Zornig nahm Parness die Tüten, stellte sie ab und hieb wuchtig die Heckklappe zu. Dann packte er die Tüten wieder und folgte seiner Frau ins Haus.

Die hatte schon aufgeschlossen. Die Hauswirtin streckte noch ihren Kopf aus der Tür. Sie wollte weg, denn sie hatte einen leichten Mantel übergestreift.

Lilly sprach mit ihr über das Wetter. Als die Wirtin Trevor Parness sah, nickte sie ihm kurz zu. Die beiden mochten sich nicht. Da war vom Einzug an eine Antipathie gewesen, die sich auch nicht abstellen ließ.

»Die mag dich auch nicht«, sagte Lilly, als die Wirtin die Tür geschlossen hatte.

»Wieso auch?«

»Na ja, ich denke schon bald ähnlich.«

»Sei froh, dass du mich hast«, erwiderte Trevor und fluchte hinterher, weil er fast gestolpert wäre, als er die Stufen hochging.

Sie lachte girrend. »Glaubst du eigentlich im Ernst, dass ich keinen anderen gekriegt hätte?«

»Der wäre schon längst flüchten gegangen, aber ein Esel wie ich bleibt noch.« Nach dieser Antwort hatte der Mann keine Lust mehr zu reden, außerdem schnaufte er wie ein altes Walross, die Stufen waren hoch und die Treppe eng.

»Bitte sehr«, sagte Lilly spöttisch und drückte die Tür auf, die sie inzwischen geöffnet hatte.

Schweigend schritt Trevor an seiner Angetrauten vorbei und wandte sich scharf nach links, wo die Küche lag. Dort stellte er die Tüten ab, atmete ein paarmal tief durch und sagte: »Der Rest, meine Liebe, ist deine Sache.«

»Und du?«

»Ich haue mich vor die Flimmerkiste.«

Die Frau schälte sich aus der Jacke. Sie trug noch ihren engen roten Pullover, und der Blick des Mannes blieb auf ihrem Busen haften. »Ich könnte es mir auch überlegen«, murmelte er und grinste wieder so typisch.

»Hau ab, Mensch!«

»Wenn du dich so anstellst, kaufe ich mir bald einen Videorecorder und besorge mir Pornofilme.«

»Dann lässt du mich wenigstens in Ruhe«, erwiderte Lilly und begann damit, die Tüten auszupacken.

Trevor Parness verließ wütend die Küche. Dabei bedachte er seine Frau mit Namen aus der Tierwelt.

Im Wohnraum roch es wie immer muffig. Hinzu kamen die alten Möbel, die Lilly und er, von der Verwandtschaft geschenkt, mit in die Ehe gebracht hatten. Obwohl sie sich über den Kram immer aufregten, hatten sie nie das Geld gehabt, sich neue Möbel zu kaufen. Außerdem wollten sie auch nicht.

Zwei moderne Dinge standen im Zimmer.

Der Fernsehapparat und die Stereoanlage! Letztere war noch nicht abgezahlt, aber das machte beiden nichts aus.

Bevor Parness sich in den Sessel haute, suchte er noch die Flasche Gin. Er fand Whisky, Wodka, diverse Liköre, aber keinen Gin. Und gerade darauf hatte er einen besonderen Durst. Er hatte jedoch zwei Flaschen eingekauft, eine davon wollte er anbrechen.

Noch einmal ging er in die Küche, wo Lilly an einer Zigarette saugte und ansonsten einhändig die Lebensmittel verstaute.

»Wo sind die Flaschen?«

»Schon im Kühlschrank«, lautete die ebenso knappe Antwort.

Trevor ging hin, zog die Tür auf und holte die Flasche hervor. Er runzelte die Stirn. »Ist ja nicht gerade kalt«, beschwerte er sich.

»Dann trink doch Wasser.«

»Davon bekommt man Läuse in den Bauch«, sagte er lakonisch, nahm die Flasche und verschwand wieder.

»Was macht dir das schon aus!« Die Antwort hörte Trevor nicht mehr. Er hatte sich bereits in seinen Sessel gesetzt und mit der rechten Hand die Fernbedienung geschnappt.

Was für ein Programm lief, wusste er nicht. Er würde die Kanäle mal durchlaufen lassen.

Es war nicht der teuerste Gin, den er gekauft hatte. Mit den Zähnen holte er den Korken hervor und spie ihn zielgenau in eine flache Schale.

Dann setzte er die Flasche an. Auf Gläser verzichtete er grundsätzlich, er trank nur aus der Flasche.

Der Gin tat gut. Tagsüber konnte er keinen Alkohol trinken, in der Fabrik wurde streng darauf geachtet, dass niemand die Schwelle überschritt, aber abends, besonders wenn er einen Tag später frei hatte, da schluckte er wie ein Reiher.

Erst nach einer Weile setzte er die Flasche ab, rülpste zweimal und wischte über seine Lippen. Das hatte verdammt gutgetan.

Dann kam seine Frau. »Ich dachte, du wolltest fernsehen?«

»Tue ich auch.« Er beugte sich vor und nahm die Fernbedienung. Mit einem leisen Geräusch sprang der Apparat an.

Ein Film wurde gezeigt. »High Society – Die Oberen Zehntausend!« Grace Kelly spielte eine der Hauptrollen. Vor wenigen Tagen war sie auf tragische Art und Weise verunglückt, und im Programm wiederholte man ihre alten Filme.

Lilly hockte sich auf die Sessellehne. Gebannt schaute sie auf den Bildschirm. Dabei schüttelte sie den Kopf. »Es tut mir leid um diese Frau. Sie war noch so jung und schön …«

Ihr Mann enthielt sich eines Kommentars, nahm wieder einen Schluck und schaltete danach auf ein anderes Programm um.

Dort wurde geboxt.

»Bist du denn verrückt?«, beschwerte sich Lilly. »Ich will den Film sehen.«

»Du willst gar nichts. Ich wollte fernsehen. Du nicht, und ich bestimme auch.«

»Nein, den haben wir gemeinsam bezahlt.«

Trevor Parness grinste nur, nahm wieder einen Zug aus der Ginflasche, und die Gelegenheit wurde von der Frau sofort genutzt. Ein blitzschneller Griff, und sie hielt die Fernbedienung in der Hand. Bevor sich Trevor versah, hatte sie schon umgeschaltet, sprang auf und stellte sich so hin, dass ihr Mann sie nicht erreichen konnte. Sie drehte auch lauter, denn der weltbekannte Song »True Love« wurde von Bing Crosby und Grace Kelly intoniert.

»Wahre Liebe«, rief Lilly, was bei ihr sehr übertrieben klang.

»Gib das Ding her!«, knurrte Trevor.

»Nein, lass mich.«

Trevor wurde sauer. Wenn er getrunken hatte, steigerte das seine Aggressivität noch, das wusste seine Frau. Bevor sich Trevor aus dem Sessel hochstemmen konnte, war sie bei ihm und reichte ihm die Fernbedienung rüber.

»Da, guck doch zu, wie sie sich gegenseitig das Gesicht zerschlagen. Ich sehe mir den Film in Kino an, der läuft sicherlich noch einmal.«

»Kannst du.« Trevor wollte umstellen, doch die Spitze des Zeigefingers blieb dicht über dem Knopf liegen. Seine Augen weiteten sich, er musste schlucken, denn was er da sah, das gehörte in kein Programm hinein.

Er sah eine Frau.

Blondhaarig, ein interessantes Gesicht, und die Frau begann zu sprechen.

Nur verstand das Ehepaar nichts.

»Hast du den Ton weggenommen?«, fragte Lilly.

»Nein.«

»Dann ist es eine Störung. Schalt mal auf einen anderen Kanal um.« Lilly nahm wieder auf der Sessellehne Platz.

Das tat ihr Mann auch. Und beide sahen wieder das gleiche Bild wie zuvor. Eben die Frau.

»Das muss doch mit dem Teufel zugehen«, schimpfte Trevor, wobei er nicht ahnte, wie nahe er der Wahrheit damit kam.

»Kann am Wetter liegen.«

»Ach, Unsinn, da sähen wir doch auch ein anderes Programm. Wenn auch schlecht von der Qualität, aber immerhin. Nein, nein, das liegt nicht am Wetter.«

»Woran dann?«

»Weiß ich doch nicht. Bin ich ein Prophet oder ein Fernsehfachmann?«

»Du stellst dich heute wieder an.«

Trevor gab seiner Frau keine Antwort. Stattdessen drückte er weiter auf die Kanalknöpfe.

Immer das gleiche Bild, aber keinen Ton.

Trevor fühlte die Hand seiner Frau im Nacken. »Irgendwie ist das gespenstisch«, flüsterte sie.

»Zumindest komisch«, schränkte Trevor ein.

»Da, sieh doch!« Lilly streckte ihren Arm aus. »Die Augen der Frau verändern sich. Sie werden plötzlich rot. Die – die Pupillen.« Lilly krampfte ihre Finger in den Stoff der Jacke. »Verdammt, jetzt kriege ich doch allmählich Angst.«

Trevor schwieg. Nur seine Zunge fuhr nervös über die Lippen, während auf seiner Stirn ein dünner Schweißfilm lag.

»Und wie sich ihr Gesicht verzerrt hat«, sagte die Frau. »Richtig schrecklich. Ich glaube, so sieht kein Mensch aus. Die wirkt auf mich, als wäre sie eine alte Frau. Hässlich …« Lilly schüttelte sich.

Ihr Mann stand auf.

»Was machst du denn jetzt?«, fragte sie.

Trevor drehte den Daumen, sodass sein Nagel auf den Fußboden wies. »Ich werde mal nachschauen.«

»Bei der Perkins?«

»Ja.«

»Du Bock, du. Willst nur mit ihr ins Gespräch kommen! Machst der Kleinen ja schon lange schöne Augen.«

»Ach, halt doch dein Maul. Ich will nur wissen, ob sie das gleiche Malheur hat.« Er knetete seine Nase. »Du kannst ja mitkommen, wenn du willst.«

Die Frau überlegte. Als ihr Mann schon an der Tür stand, schüttelte sie den Kopf. »Nein, ich bleibe hier. Geh mal alleine. Aber komm schnell zurück.«

»Schlafen will ich da nicht«, knurrte der hochgewachsene Mann mit dem dunklen Haar.

»Du lügst, ohne rot zu werden.«

»Ach, lass mich in Ruhe.« Trevor verließ das Zimmer und die Wohnung.

Grinsend schritt er die Treppe hinab. Seine Frau hatte nicht so Unrecht, denn die Perkins hätte er gern einmal vernascht. Sie gefiel ihm. Leider beruhte es nicht auf Gegenseitigkeit. Wenn sie sich im Flur begegneten, dann grüßte sie zwar freundlich, das war auch alles. Seine fordernden Blicke übersah sie.

Als er vor der Tür stand, holte er tief Luft, bevor er seinen Daumen unter dem Klingelknopf vergrub …

Glenda Perkins verstand die Welt nicht mehr. Wie konnte das Gesicht der ehemaligen Detektivin und jetzigen Hexe Jane Collins auf dem Fernsehschirm erscheinen? Zudem redete sie und sprach mit ihr, als würde sie hinter dem Apparat hocken und nur den Kopf durch ein bildschirmloses Gehäuse stecken.

Dass dem nicht so war, stand fest. Deshalb gab es für Glenda nur eine Erklärung.

Schwarze Magie!

Es musste Jane Collins gelungen sein, durch schwarzmagische Kräfte von der Technik Besitz zu ergreifen, eine andere Möglichkeit kam überhaupt nicht in Betracht.

Trotz der Überraschung fühlte sich Glenda sogar erleichtert. Bisher hatte sie es nur mit unerklärlichen, abstrakten Phänomenen zu tun gehabt. Hier sah sie zum ersten Mal, dass hinter allem jemand steckte. Ein Kopf des Ganzen, ein Leiter, ein Führer.

Eben Jane Collins.

Vorsichtig trat Glenda näher, so weit, dass sie nur zwei Yards von der Flimmerkiste trennten. Und auch hier stand Glenda auf dem Sprung. Sie war bereit, einer Gefahr sofort auszuweichen, sollte sie auf sie zukommen.

»Na, kleine Glenda«, höhnte die ehemalige Detektivin. »Da bist du aber überrascht.«

Glenda nickte nur.

Jane verzog das Gesicht. Gestochen klar und scharf waren ihre Umrisse zu erkennen, als wäre es eine perfekt ausgeleuchtete Live-Übertragung. Glenda konnte jede Gesichtsfalte sehen, und sie prägte sich trotz der Stresssituation, in der sie sich befand, das Gesicht haargenau ein.

War etwas anders als früher?

Ja, der Ausdruck in den Augen. Er war hart, kalt, erbarmungslos, und tief in den Pupillen glaubte sie sogar, ein rotes Flimmern zu erkennen. Das war das Feuer der Hexe, die Magie, die in ihr steckte und schon als brutal zu bezeichnen war.

Ein paarmal atmete Glenda tief durch. Jetzt hatte sie sich einigermaßen gefangen und konnte sich auf die nächsten Worte der Hexe konzentrieren.

»Na?«, fragte diese. »Wie war das mit John Sinclair?«

»Wieso?« Glenda verstand nicht.

»Du hast doch mit ihm geschlafen!«

Glenda erschrak. Sie konnte nicht vermeiden, dass sie knallrot wurde, und ihre Hände ballten sich zu Fäusten. Woher wusste Jane das?

»Du brauchst nicht erst groß nachzudenken, kleine Glenda«, erklärte Jane Collins in einer spöttischen Überlegenheit. »Ich weiß Vieles, was anderen verborgen bleibt.«

»Es war nicht verboten!«, stieß Glenda hervor.

»Nein, das nicht. Aber du kannst dir sicherlich vorstellen, dass ich so etwas nicht gern gesehen habe. Wenn jemand was zu sagen hat und wenn jemand etwas unternimmt, dann bin ich es. Ich lasse mich nicht hintergehen, niemand darf dies tun. Erst recht du nicht, kleine Glenda. Als ich erfahren habe, wie du es mit John Sinclair schamlos getrieben hast, da schwor ich Rache. Ich werde mich an dir rächen, Glenda. Was du bisher erlebt hast, war alles nur ein kleines Vorspiel, das kann ich dir versprechen. Heute Abend werde ich meine Rache erfüllen. Hexenabend mit Jane Collins. Ich bestimme hier das Programm. Wikka hat mich sehr gut angelernt. Sie ist meine große Meisterin.«

Glenda nahm all ihren Mut zusammen. »Nichts wirst du tun. John Sinclair ist zwar nicht hier, aber er wird kommen, da bin ich mir sicher. Er wird dich vernichten, Jane Collins, so wie es dir zusteht. Er hätte es schon vor einigen Tagen tun sollen, als du dich im Haus der Conollys aufgehalten hast. Aber er kann und er wird es nachholen, das glaube ich sicher, du verfluchte Hexe.«

»Halt dein Maul!«, zischte Jane.

»Hast du Angst?« Glendas Stimme zitterte. Sie wusste selbst nicht, woher sie die Courage nahm, aber sie durfte sich jetzt nicht verrückt machen lassen, sondern musste der Hexe klar und aufrecht gegenübertreten. Keine Panik, es wäre das Schlimmste gewesen, was ihr passieren könnte.

In ihrer Wohnung befand sich leider keine Waffe. Sie stand Jane Collins also völlig hilflos gegenüber, und als einzige Chance blieb ihr nur noch die Flucht.

Ja, sie musste weg, raus aus dieser Falle, die zugeschnappt war.

Glenda ging zurück. An die Tür dachte sie nicht mehr, sie interessierte das Fenster. Und sie wollte die Scheibe einschlagen. Nach wie vor zeigte sich auf dem Bildschirm das Gesicht der ehemaligen Detektivin. Sie unternahm auch nichts, als Glenda sich in Bewegung setzte und ihre Schritte nach links lenkte, wo ein Tisch stand. Auf ihm befand sich eine flache Schale aus Metall. Es war ein Geschenk, und Glenda legte öfter Süßigkeiten hinein, wenn sie vor der Flimmerkiste saß und sich das Programm anschaute.

Aber kein Hexenprogramm wie jetzt.

Als sie die Tischkante am Bein spürte, blieb sie stehen. Sie zuckte zusammen, ein Schauer rann über ihren Rücken, und sie bewegte die Hand nach rechts, sodass die Fingernägel über die Platte tasteten. Dann hatte sie die Schale erreicht.

Ihre Muskeln zogen sich zusammen. Sie spürte den Druck im Magen, der Stress wurde stärker, und aus den Augenwinkeln beobachtete sie die Hexe.

Jane Collins rührte sich nicht auf dem Bildschirm. Nach wie vor war ihr Gesicht dort zu sehen, und es wirkte auf Glenda wie eine unheimliche, kalte Maske.

Glenda packte die Schale.

Sie fühlte die Kälte des Metalls, ein hastiger Atemzug entrang sich ihrer Brust, und sie wunderte sich darüber, dass die Hexe überhaupt nicht reagierte, sondern so ruhig blieb.

Das Fenster lag rechts von ihr. Sie konnte es überhaupt nicht verfehlen, wenn sie die Schale schleuderte, dafür war es einfach zu groß in seinen Ausmaßen.

Sie musste einfach etwas tun. Blieb sie tatenlos, dann wurde sie noch verrückt.

Und Jane Collins rührte sich noch immer nicht. Nach wie vor war ihr Gesicht auf der Mattscheibe zu sehen, eine unbewegliche Maske, aber hatte sich der Zug um ihren Mund nicht verändert? Lag nicht ein spöttisches Lächeln auf den Lippen?

Egal, was und wie sie dachte. Glenda wollte es versuchen. Sie holte noch einmal tief Luft, dann drehte sie sich etwas nach rechts und schleuderte die Schale.

Auf direktem Weg raste sie in Richtung Fenster, jetzt musste sie die Scheibe zerstören, doch Glenda hatte Jane Collins' Hexenkräfte unterschätzt.

Die Schale erreichte die Scheibe nicht!

Kurz vor dem Fenster kam sie zur Ruhe, drehte ab, machte sogar kehrt, und wie ein Bumerang wirbelte sie zurück.

Für den Bruchteil eines Atemzugs stand Glenda erstarrt, einfach bewegungsunfähig. Nur ihr Gehirn arbeitete weiter, und damit wurde auch der Überlebenswille angespornt.

Deckung, so hieß die Devise!

Buchstäblich im letzten Augenblick sprang Glenda Perkins zur Seite, und das schwere Wurfgeschoss verfehlte sie um Haaresbreite. Sie glaubte noch den Luftzug zu spüren, als sie nach hinten fiel, dann krachte die Schale gegen die Wand.

Dieses dumpfe Geräusch ließ Glenda zusammenzucken. Und sofort erfolgte die Reaktion.

Glenda begann am ganzen Leib zu zittern. Über ihre Haut rannen Schauer, die sekundenlange Stille war entsetzlich, bis sie vom Lachen der Hexe unterbrochen wurde.

Es war mehr ein Kreischen, und aus ihm erklang ein ungeheurer Triumph. Dann die sich fast überschlagende Stimme:

»Ja, kleine Glenda, es ist aus. Du kommst hier nicht raus. Die Wohnung ist für dich zu einer Hexenfalle geworden!«

Hexenfalle!

Das Wort echote in Glendas Hirn nach. Und wie die Falle zugeschnappt war. Nichts hätte es treffender ausdrücken können. Jane Collins war aufs Ganze gegangen und hatte gewonnen.

Glenda konnte ihr nicht mehr entrinnen. Sie schielte zur Glotzkiste.

Das Bild war verschwunden.

Es gab keine Jane Collins mehr. Ein leerer grauer Bildschirm, als wäre alles vorher nur ein Traum gewesen. Nur die rote Lampe rechts neben der Mattscheibe glühte noch, ein Zeichen, dass der Apparat weiterhin eingeschaltet war.

Spuk, Einbildung, Traum?

Glenda wischte sich über ihr Gesicht. Dann schüttelte sie den Kopf. Es war keine Einbildung gewesen, sie brauchte sich nur im Raum umzuschauen und die Schale am Boden liegen zu sehen, dann war alles klar.

Die Szene hatte stattgefunden.

Tief atmete Glenda ein. Obwohl es still war und sie nichts mehr sah, wollten sich ihre zitternden Nerven nicht beruhigen. Sie musste sich abstützen, weil sich ihre Knie wie mit Pudding gefüllt anfühlten.

Jetzt kannst du fliehen! Versuche es! Diese beiden Gedanken schossen durch ihren Kopf.

Im selben Augenblick glaubte sie, von der Straße her Rufe und Schreie zu hören. Sie konnte sich allerdings auch getäuscht haben und achtete nicht mehr darauf.

Das Fenster interessierte sie auch nicht. Jetzt, wo die Hexe nicht mehr da war, wollte sie durch die Tür fliehen.

Glenda rannte in den Flur. Das Rechteck der Tür kam ihr wie ein überlebensgroßer Rettungsanker vor, aber sie sah auch, wie vor der Tür die Luft zu flimmern begann.

Da war eine Kontur. In Menschengröße über dem Boden, und diese Kontur verdichtete sich zu einer Person.

Jane Collins!

Da stand sie und lachte.

Glucksend, leise, teuflisch und triumphierend.

Glenda Perkins stoppte, als wäre sie gegen eine Wand gelaufen. Ein Ruck ging durch ihren Körper, die Angst ließ sie steif werden, die Augen wurden zu großen Kugeln, und sie sah, wie Janes rechte Hand eine greifende Bewegung vollführte.

Einen Moment später hielt sie etwas in der Hand.

Ein Messer!

Die Klinge des Rippers!

Glenda hatte das Messer zwar nie gesehen, aber genug darüber gehört, sodass für sie kein Zweifel bestand, dass es sich bei dieser Waffe nur um das Mordinstrument des Rippers handeln konnte, mit dem Jane Collins schon den Geisterjäger John Sinclair angegriffen hatte.

Jetzt sollte sie durch das Messer sterben!

Glenda konnte es kaum fassen. Die Angst peitschte Wellen in ihrem Innern hoch, und als Jane Collins die rechte Hand ausstreckte, da wich sie automatisch zurück.

Die ehemalige Detektivin lachte. »Versuch es nur, kleine Glenda«, flüsterte sie heiser. »Versuch es nur, du entkommst mir nicht. Du kannst auch keine Hilfe erwarten, denn ich habe inzwischen zugeschlagen …« Sie lachte abermals hässlich auf. »Einen besonderen Tod habe ich mir für dich ausgedacht. Ich werde mir dein Gesicht vornehmen und davon ganz besonders die Augen. Ja, die Augen. Du sollst deinen Freund John Sinclair zwar noch spüren, aber nicht mehr sehen können, weil ich dir nämlich deine hübschen Augen ausstechen werde!« Nach diesen Worten begann sie hämisch zu kichern und weidete sich am Entsetzen der wehrlosen Glenda.

Die Sekretärin wusste, dass sie in einer tödlichen Falle steckte. Aus eigener Kraft kam sie hier nicht raus, und es war auch weit und breit keine Hilfe in Sicht.

Eine Waffe hatte sie ebenfalls nicht. Zudem hätte sie gegen eine Kreatur wie die jetzige Jane Collins nichts ausrichten können. Sie hatte sämtliche Brücken zu ihrem früheren Leben abgebrochen, lebte nur noch als Hexe und für Wikka.

Die Klinge war gefährlich. Lang und breit. Fast wie das Messer eines Schlachters.

Glenda stellte sich vor, wie es sein würde, wenn ihr Blut über den Stuhl rann, und das Entsetzen war wie ein Ballon, der sich immer mehr mit Luft füllte und sich weiter ausbreitete, sodass er ihren gesamten Körper erfasste und es unmöglich machte, dass sie reagierte.

Die Angst fraß in ihr!

Jane Collins kam näher. Sie drehte die Hand noch ein wenig, sodass die Spitze genau auf Glendas Gesicht wies. Wenn ihr Arm jetzt vorschnellte, war es um Glenda geschehen.

»Schau sie dir noch einmal an!«, hauchte die Hexe, winkelte den Arm an, zog ihn zurück und presste die Lippen gegen den kalten Stahl des Messers. »Bald wirst du nichts mehr sehen können, auch ihn, deinen Freund, nicht, kleine Glenda ...«

In diesem Augenblick schellte es an der Tür.

Und Glenda stieß einen gellenden Schrei aus!

Im Wagen saßen zwei Polizisten. Brüder. Der eine hieß Tab Wilson, der andere Flynn. Tab war fünf Jahre älter. Bereits der Vater der beiden war Polizist gewesen, und für seine Söhne hatte es von klein auf keine andere Alternative gegeben, als ebenfalls zur Polizei zu gehen. Das lag in der Familie.

»Kennst du die Straße?«, fragte Flynn.

Tab nickte. »Sicher, ich bin ein paarmal dort gewesen und habe Streife gefahren.«

Flynn war erkältet. Er nieste zweimal, bevor er fragte: »Was sollen wir da eigentlich? Hat jemand eingebrochen?«

»Nein, nur so schnell wie möglich hinfahren, haben die von der Zentrale gesagt. Wir sollen eine junge Frau überwachen.«

»Ist sie wenigstens hübsch?«, erkundigte Flynn sich, ein Junggeselle.

»Weiß ich doch nicht.«

»Die in der Zentrale wissen schon, weshalb sie uns gerade Bescheid gesagt haben«, meinte Flynn und rieb sich die Hände.

Sein älterer Bruder warnte. »Mach dir mal nicht zu große Hoffnungen, Dicker.«

Der blonde Flynn grinste nur.

Die beiden verstanden sich ausgezeichnet. Als der Wagen in die Straße einbog, konnten sie nichts Verdächtiges feststellen. Die Dämmerung setzte bereits ein, der Streifenwagen war das einzige rollende Fahrzeug, nur am Rand parkten die Autos.

»Ist ja richtig idyllisch«, meinte Flynn, während er aus dem Fenster schaute. »Hausnummer 16, sagtest du?«

»Ja.«

»Da müssen wir noch ein paar Schritte fahren.« Flynn war ganz Auge.

Vor dem Haus parkte ein Allegro. Direkt dahinter ließ Tab den Streifenwagen ausrollen, zog den Zündschlüssel ab und sagte: »Dann wollen wir mal.« Im nächsten Augenblick fluchte er.

»Was ist?«, fragte Flynn.

»Ich kriege die Tür nicht auf. Die muss klemmen.«

Flynn Wilson lachte. »Mach keinen Mist, Alter. Die Karre war beim Start noch völlig in Ordnung.«

»Ja – da ...«

Flynn versuchte es an seiner Seite. Auch er bekam die Tür nicht auf. Für einen Moment blieben die beiden Brüder sitzen. Sie schüttelten fast synchron die Köpfe. So etwas war ihnen noch nie passiert.

»Ich versuche es hinten«, sagte Flynn, drehte sich auf dem Sitz und kniete sich hin. Er streckte seinen Arm aus, um den Griff der hinteren Tür zu erreichen, schaffte es, aber auch da konnte er die Tür nicht aufhebeln.

Sie war verschlossen.

»Da sitzen wir mit dummen Gesichtern«, knurrte Tab und schaute ziemlich ratlos aus der Wäsche.

»Am besten ist es, wenn wir Hilfe holen«, schlug Flynn vor.

»Die Kollegen lachen uns aus.«

»Na und?«

»Recht hast du«, sagte sein älterer Bruder und griff zum Hörer des Telefons.

Einen Augenblick später wurde er blass. »Keine Verbindung«, murmelte er. »Das ist mir noch nie passiert.«

»Wenn es einen Spuk geben würde«, meinte Flynn, »würde ich jetzt anfangen, daran zu glauben.« Auch er wusste keine Erklärung für die beiden Phänomene.

Tab Wilson machte sich inzwischen an der Tür zu schaffen. Er fasste noch einmal nach dem Griff und wuchtete sich dann gegen die Tür, einen Erfolg erzielte er nicht.

»Wie im Knast«, sagte sein Bruder. Durch das Fenster schaute er zum Haus hinüber.

In der Haustür glaubte er, eine Gestalt zu sehen. Wenn ihn nicht alles täuschte, war es eine Frau. Leider musste er in ein Zwielicht schauen, sodass er nicht sicher sein konnte.

»In der Tür steht jemand«, meinte Flynn trocken.

»Wink ihm doch zu.«

»Das ist eine sie!«

Tab grinste. »Noch besser für dich. Lass deinen Charme mal spielen, Junge.«

»Aber nicht aus der Entfernung.« Flynn grinste. »Ich brauche immer Körperkontakt.«

»Der dir verbaut ist«, stellte Tab trocken fest.

Wenig später wunderte er sich über das Gesicht seines Bruders, das einen seltsam angespannten Ausdruck zeigte.

»Was ist los?«

Flynn schüttelte den Kopf, als wollte er seine Antwort schon im Voraus verneinen. »Ich habe das Gefühl, als würde es hier im Wagen wärmer«, sagte er.

»Wie?«

»Unter meinem Hintern. Als hätte jemand Feuer gelegt.«

Unter normalen Umständen wäre diese Antwort ein Lacherfolg wert gewesen, doch Tab Wilson hütete sich, so zu reagieren. Zu viel Unerklärliches war inzwischen geschehen. »Rück mal zur Seite, Bruderherz«, sagte er mit rauer Stimme und fühlte nach, als sich Flynn auf die Beifahrertür hin bewegt hatte.

Blitzschnell zog Tab die Hand wieder zurück. »Tatsächlich warm«, sagte er, »sogar heiß …«

Tab schielte von der Seite her auf den Sitz. Sie sahen die beiden Rauchwolken, die vom Sitz her aufstiegen und sich in der Höhe kräuselten.

»Das darf doch nicht wahr sein«, murmelte Flynn. Er tat wie sein Bruder das einzig Richtige in dieser Situation. Beide zogen ihre Waffen, packten sie am Lauf, um mit den Kolben die Scheiben einzuschlagen. Eine andere Chance, schnell aus dem Wagen zu kommen, gab es für sie nicht.

Da erlebten sie die dritte Überraschung. Die Scheiben blieben ganz. Kein Splittern, kein Riss im Glas – nichts.

Tab stöhnte. »Da steckt der Teufel drin, verdammt. Der Teufel, kann ich dir sagen.«

»Dein Sitz!«, schrie Flynn.

Jetzt hatte auch Tabs Sitz etwas abbekommen.

Der Sitz glühte sogar.

Tab Wilson schnellte hoch. Mit dem Kopf stieß er gegen die Dachverkleidung, fluchte über den Schmerz, aber der war nichts gegen das, was er eine halbe Sekunde später spürte, als er wieder auf den Sitz zurückfiel.

Bis in sein Gehirn raste es. Er begann zu schreien, wälzte sich in der Enge des Wagens, so gut es ging, und Flynn reagierte gedankenschnell. Obwohl auch sein Sitz immer heißer wurde, packte er seinen Bruder an der Schulter und riss ihn mit sich zusammen nach hinten.

Die beiden Beamten erlebten in ihrem Streifenwagen die Hölle. Wie sie es schafften, in den Fond zu gelangen, wussten sie selbst nicht. Auf jeden Fall hatten sie es geschafft, doch der Gefahr waren sie nicht entronnen.

Es ging weiter.

Am Armaturenbrett setzte es sich fort. Es wurde plötzlich weich. Die Verkleidung schmolz dahin, sie war nur noch eine schwarze, quallige Masse, die Blasen warf und dann zusammengedrückt wurde, sodass sie wie ein Klumpen wirkte.

Flynn gelang es, einen Blick nach draußen zu werfen. Und er sah die Frau, die nicht mehr auf dem Platz in der Haustür stand, sondern ein Stück vorgegangen war.

Bis auf die Augen hatte sich bei ihr nichts verändert. Sie leuchteten in einem tiefen Rot und strahlten wie zwei Scheinwerfer mit glühenden Birnen.

Es war grauenhaft.

Und Flynn Wilson begriff, dass diese Frau in einem unmittelbaren Zusammenhang mit den Vorgängen stand, die sich innerhalb des Streifenwagens abspielten.

Plötzlich schlug aus den vorderen Sitzen eine Flamme. Allerdings nicht rotgelb, sondern seltsam fahl und grünlich leuchtend. Kein normales Feuer, ein magisches, das man auch nicht mit Wasser oder anderen Mitteln löschen konnte.

Höllen- oder Hexenfeuer!

»Verdammt, tu doch was!«, schrie Tab, der wie sein Bruder auf die Flammenwand starrte, die anfing zu zischen und der Luft den Sauerstoff entriss.

Flynn saß stumm.

Dann schoss er.

Die beiden Detonationen hörten sich seltsam dumpf in der Enge des Wagens an. Die Kugeln schlugen gegen die Scheibe, aber nicht hindurch, wurden zu Querschlägern, und die beiden Männer hatten unwahrscheinliches Glück, dass sie nicht von den Geschossen getroffen wurden.

Flynn drehte durch. Er verlor die Nerven und fing an zu schreien. »Wir verbrennen hier wie die Ratten. Verdammt, wir …« Ein Hustenanfall erstickte seine nächsten Worte.

Auch Tabs Gesicht zeigte einen gequälten Ausdruck. Er fand ebenfalls keinen Ausweg aus der Situation. Sie saßen tatsächlich in einem Gefängnis, und die Angst wuchs ungemein.

Lebensgefahr!, schoss es den Polizisten durch den Kopf. Trotz ihrer Angst registrierten sie das Feuer genau. Sie konnten erkennen, dass die Innenverkleidung des Wagens keine Flammen fing, selbst die Sitze brannten nicht, aber alles schmolz weg.

Der Wagenhimmel zog sich zusammen, der Kunststoff wurde zu einer flüssigen Masse, die in dicken Brocken nach unten fiel und auch die Polizisten nicht verschonte.

Brandwunden zeichneten ihre Körper.

Was ihnen blieb, waren Schreie. Hoffen auf Hilfe, doch wer wagte sich schon in diese grüne Hölle aus magischem Feuer, die von der hämisch lachenden Jane Collins in Szene gesetzt worden war?

Als sie erkannte, wie gut ihr Plan gelungen war, drehte sie ab, um sich weiter mit Glenda Perkins zu beschäftigen …

Es gab jemanden, der sich in diese verdammte Hölle wagte. Dieser Jemand war ich.

Wie der Teufel war ich gefahren. Blaulicht auf dem Dach. Es verschaffte mir freie Bahn, und der schwere Bentley, einmal auf Touren, wurde zu einer Rakete.

Innerlich zitterte ich. Ich machte mir große Sorgen um Glenda Perkins. Suko hatte ich nicht alarmiert, die Zeit fand ich nicht mehr, und auch während der Fahrt musste ich mich so konzentrieren, dass an einen Anruf nicht zu denken war.

Nur so rasch wie möglich zum Ziel kommen.

Dann bog ich in die Straße ein. Kaum hatte die lange Kühlerschnauze des Wagens die Kurve gepackt, entdeckte ich schon den Schaden.

Da brannte etwas.

Grünes Feuer!

Augenblicklich wusste ich Bescheid. Mit grünem, dämonischem Feuer hatte ich so meine Erfahrungen gesammelt. Es war nicht normal, sondern magisch aufgeladen, und es fauchte in die Höhe, ohne Hitze abzugeben, obwohl es Menschen verbrennen konnte.

Ein magisches Phänomen eben, das man nicht mit Wasser, sondern mit einer Gegenmagie bekämpfen musste.

Der Wagen musste erst vor kurzer Zeit von den seltsamen Flammen eingehüllt worden sein, denn als ich in die Straße einfuhr, sah ich noch keine Neugierigen.

Die kamen erst aus ihren Häusern, als ich meinen Bentley am Straßenrand stoppte und aus dem Fahrzeug sprang.

Ich sah Glendas Haus. Es gab mir einen Stich, denn ich wusste das Mädchen in Gefahr. Gleichzeitig erkannte ich innerhalb des Wagens die beiden Polizisten.

Sie bewegten sich, also lebten sie noch, und vielleicht konnte ich etwas tun.

Ich rannte auf das brennende Fahrzeug zu. Die Gaffer hielten einen respektablen Abstand. Zwei Männer kamen mit Feuerlöschgeräten. Ich schrie die Retter an.

»Bleiben Sie weg, das können Sie nicht löschen!«

Sie stoppten tatsächlich.

Ich ging näher. Der grüne Schein erreichte mein Gesicht und ließ es geisterhaft bleich erscheinen, ebenfalls den übrigen Teil des Körpers. Blitzschnell hielt ich das Kreuz bereit. Mit ihm hoffte ich, das magische Feuer stoppen zu können.

Es war riskant, was ich da tat, aber für mich gab es keinen anderen Weg.

Kaum hatte ich den Wagen erreicht und das Kreuz gegen die Karosserie gepresst, da entfaltete es bereits seine Kräfte, ohne dass ich es aktiviert hatte.

Gelbweiße Blitze durchstießen die wabernde grüne Wand. Sie zerstörten sie, rissen sie auseinander, sodass sie in Fetzen davonflog und nicht mehr zu sehen war.

Ein Polizeifahrzeug sah ich noch vor mir. Aber wie sah es aus! Deformiert, zusammengeschrumpft, das war alles.

Auf das zweite Phänomen traf ich, als ich das Metall berührte. Obwohl es zum Teil geschmolzen war, konnte ich es anfassen. Es war nicht heiß, womit ich eigentlich gerechnet hatte.

Blieb die Tür.

Ein schneller Blick hatte mir bewiesen, dass sie verklemmt war. Deshalb musste ich verdammt viel Kraft einsetzen, um sie zu öffnen. Mit beiden Händen packte ich zu, rüttelte und zog an dem Griff, und es gelang mir tatsächlich, die Tür zu öffnen.

So schnell und ruckartig, dass ich nach hinten flog und fast das Gleichgewicht verloren hätte. Mit Mühe konnte ich die Balance halten. Ein Blick in das Wageninnere bewies mir, dass das Feuer auch hier auf schreckliche Art und Weise zerstörend gewütet hatte. Die Verkleidung im Innern war in Mitleidenschaft gezogen worden, zum Teil zusammengeschmolzen, sodass man nur noch von Klumpen sprechen konnte.

Der Wagenhimmel hatte sich ebenfalls im Stadium der Auflösung befunden. Er klebte als eine undefinierbare Masse unter dem Blech und war noch nicht einmal erstarrt.

All diese Eindrücke nahm ich innerhalb von Sekunden in mir auf, auch noch, während ich mir den ersten Polizisten griff und ihn ins Freie zerrte.

Er war bei Bewusstsein, doch sein Körper zeigte scheußliche Brandwunden. Sein Stöhnen traf mich tief, gleichzeitig steigerte es noch die Wut und den Zorn gegen Jane Collins. Wenn einer dieser Männer sterben würde, dann hatte sie ihn auf dem Gewissen.

Den zweiten hatte es nicht so stark erwischt. Auch ihn zerrte ich aus dem Wagen und legte ihn auf den Gehsteig nieder.

Um uns herum hatte sich ein Ring von Zuschauern gebildet. Sie standen in respektabler Entfernung. Ich schrie ihnen zu, einen Notarztwagen zu alarmieren, denn die beiden Männer mussten sofort in ärztliche Behandlung.

Was blieb mir zu tun?

Mich um Glenda Perkins zu kümmern, vielleicht auch um Jane Collins, falls sie in der Nähe lauerte.

Ich ahnte Schlimmes, als ich mit langen Sätzen auf das Haus zulief …

Trevor Parness hatte geschellt und legte sein Gesicht in erwartungsvolle sowie grinsende Falten. Er fühlte sich leicht angetörnt, gleichzeitig auch unternehmungslustig, und mit einem Ruck zog er den Bund der Hose hoch, damit sein Bauch etwas kaschiert wurde.

Er hatte die Arme noch nicht wieder unten, als er den Schrei hörte.

Kein Schrei der Überraschung oder des Entsetzens, das

stellte er sofort fest, nein, so schrie nur ein Mensch, wenn er sich in höchster Gefahr befand.

Dem Mann rieselte es kalt den Rücken hinab. Er dachte an Einbrecher, die sich vielleicht in der Wohnung aufhalten könnten, und der Mut des Nachbarn war nicht so groß.

Er vergaß sein Vorhaben, wurde bleich im Gesicht und überlegte, was er tun sollte.

Erst einmal ging er einen Schritt zurück.

Und er hörte wieder den Schrei.

Dann eine Stimme, aber nicht Glenda Perkins', sondern die einer anderen Frau.

»Wer es auch immer ist, er hat keine Chance. Ich mache ihn fertig!«

Eine Frau hatte gerufen? Damit werde ich klarkommen, sagte sich Parness, holte tief Luft und wollte Anlauf nehmen, um die Tür einzurammen.

Er kam nicht mehr dazu, denn die Frau erschien.

In den nächsten Augenblicken glaubte sich Parness in einen Horrorfilm versetzt, denn die Tür wurde nicht aufgerissen, sondern die Frau erschien so.

Ihre Gestalt zeichnete sich im Holz genau ab, als hätte jemand die Körperformen haarklein herausgesägt.

Der Mann bekam vor Staunen den Mund nicht mehr zu. Gleichzeitig jedoch kriegte er Angst. Was da auf ihn zukam, konnte er nicht mehr mit dem Verstand erfassen, das war zwar ein menschliches Wesen, sogar eine blonde Frau, aber sie hatte rote, glühende Augen, in denen ein unheimliches Feuer strahlte.

Leider war die Öffnung nicht so groß, dass er hätte an der Frau vorbei in die Wohnung schauen können, so sah er Glenda Perkins nicht, die allerdings auch zweitrangig für ihn geworden war.

Bis er die oberste Treppenstufe verfehlte.

In diesem Augenblick riss seine Gedankenkette, er musste sich voll auf die Gegenwart konzentrieren und auf seinen Fall, denn er hatte die Balance nicht mehr halten können.

Der Aufschlag war hart. Mit dem Rücken und dem Hinterkopf knallte er auf die Stufen, rollte kopfüber hinunter, wusste nicht, wo oben oder unten war, hörte die dumpfen Aufschläge und spürte die verdammten Schmerzen.

Er rollte dem Erdgeschoss entgegen und blieb erst im Hausflur liegen.

Die Hexe stand auf der Treppe. Wie eine Siegerin wirkte sie, und ein kaltes, grausames Lächeln lag auf ihrem Gesicht.

Der Mann konnte es genau erkennen. Parness war auf dem Rücken liegen geblieben, Schrecken zeichnete sein Gesicht, und er konnte nicht anders, er musste die unheimlich wirkende Frau anstarren.

»Du hattest ihr helfen wollen!«, zischte Jane Collins, bevor sie blechern lachte. »Jetzt sieh zu, dass dir jemand hilft, aber da wird keiner sein! Ich werde dich töten!«

Nicht durch das Messer sollte der Mann umgebracht werden, Jane Collins setzte ihre Hexenkräfte ein. Plötzlich glühte es um das Treppengeländer herum grün auf, und im nächsten Augenblick entstand aus dem Holz ein lebendiges Etwas.

Eine Riesenschlange!

Hexen und Schlangen, sie verstanden sich gut. So gut, dass die Schlange auf Janes Befehl hin den am Boden liegenden Trevor Parness angriff.

In diesem Augenblick rammte jemand von außen die Haustür auf und stürzte in den Flur …

Das Klingeln war wie ein Alarmwecker, der nicht nur Glendas Ohren traf, auch die der Hexe.

Und Jane Collins versteifte.

Ihr erging es nicht anders als Glenda. Das Messer hatte sie in der Hand gehalten, die Klinge befand sich nicht mehr weit von Glendas Kehle entfernt und rückte um keinen Deut näher, als die Schelle hinter der Tür aufschrillte.

»Wer ist das?«, zischte Jane.

Glendas Kehle war zu. Sie konnte keine Antwort geben, aber sie brachte es fertig zu schreien.

Gleichzeitig stieß Jane eine Verwünschung aus. Rot flammte es wieder in ihren Augen, bevor sie einen gleitenden Schritt auf die Tür zu machte und sich ihr Körper in das Holz hineinschob.

Glenda Perkins machte eine neue Erfahrung, indem sie die Detektivin in der Tür stehen sah.

Für Jane als Hexe gab es keine feste Materie. Sie wurde von ihr mühelos durchdrungen.

Ein Phänomen …

Gleichzeitig hatte Glenda eine Galgenfrist erhalten. Und die wollte sie ausnutzen.

Das Messer war nicht mehr zu sehen. Es musste ihr nur gelingen, den Wohnraum zu erreichen, vielleicht schaffte sie es dann noch, durch das Fenster zu fliehen.

Ihre Beine zitterten so stark, dass es ihr kaum gelang, auf die Füße zu kommen. An der Wand tastete sie sich entlang. Ihr Mund stand halb offen, sie atmete schnell und kurz, in ihren Augen stand das eben erlebte Entsetzen, und sie stolperte über die herumstehenden Gegenstände. Ein Schirmständer fiel um.

Es interessierte sie nicht. Glenda dachte an Flucht und an eine Rettung ihres Lebens.

Aus dem Flur vernahm sie dumpfe Geräusche, hörte ein Poltern, Stimmen und erreichte mit einem letzten Sprung das rettende Fenster.

Ließ es sich öffnen?

Ja, sie konnte den Griff herumdrehen und die rechte Fensterhälfte aufreißen.

Der Blick fiel in den Garten.

Klare Luft drang durch das offene Rechteck. Glenda atmete tief durch, und es tat gut, die kalte Herbstluft in die Lungen zu bekommen. Sie hob das linke Bein, um auf die Fensterbank zu klettern. Mit der Schuhsohle stützte sie sich ab, Optimismus breitete sich in ihrem Innern aus, denn sie glaubte, es geschafft zu haben.

Da geschah es.

An das Messer hatte sie nicht mehr gedacht. Urplötzlich

war es wieder da, es stieß schräg von oben herab, zielte auf Glendas Kopf, und das Mädchen tat das einzig Richtige in seiner Lage.

Glenda ließ sich fallen.

Das war ihr Glück, denn die Klinge befand sich bereits nah an ihrem Hals.

So aber verfehlte sie das Opfer und hackte schräg in den Teppich, wo sie für einen Moment zitternd stecken blieb, bevor sie wieder, wie von unsichtbaren Händen gezogen, aus dem Filz in die Höhe gerissen wurde …

Ich hatte die Tür aufgebrochen.

Und wie. Zweimal musste ich Anlauf nehmen, dann hatte ich es geschafft. Der eigene Schwung katapultierte mich in den engen Hausflur hinein, wo ich mich noch aus der Bewegung heraus nach links warf und an der Wand Deckung suchte.

Die war nicht unbedingt nötig, denn es drohte mir keine direkte Gefahr.

In der befand sich allerdings ein anderer Mann. Auf dem Boden wälzte er sich, und eine lange, grünlich schillernde Schlange hielt ihn umklammert. Wie ein Seil hatte sie sich um seinen Körper gewickelt, ein Seil, das er von allein nie lösen konnte.

Der Mann erlitt schreckliche Qualen. Hier hatte Jane Collins ihre gesamte Macht ausgespielt, und sie bewies mir, dass sie von Wikka tatsächlich viel gelernt hatte, denn auch die oberste aller Hexen arbeitete gern mit Schlangen, die sich allerdings bei ihr aus der Stirn lösten und dem jeweiligen Gegner entgegenstießen.

Nicht nur der Mann befand sich innerhalb des Treppenhauses, ich sah auch Jane Collins. Sie stand auf der Treppe, hatte mich ebenfalls entdeckt und schrie vor Wut.

Für die Zeit eines Lidschlags war ich wie erstarrt, weil ich Jane so plötzlich sah und mir klar wurde, dass sie hier ein Chaos heraufbeschworen hatte, dann warf ich mich auf den Mann zu, holte mein Kreuz hervor und presste es gegen den Schlangenleib.

Er zischte auf. Eine widerlich grüne Qualmwolke schwebte in die Höhe, dann verging der Körper.

Zurück blieb graugrüner Staub, der mich allerdings nicht weiter interessierte, denn nun war Jane Collins an der Reihe.

Erst jetzt, als ich an das Geländer fassen wollte, merkte ich, dass es nicht vorhanden war. Ich griff ins Leere, kippte deshalb nach links weg, musste nachgreifen und verlor durch diese Aktion leider Zeit.

Jane Collins wusste genau, was sie zu tun hatte. In einem direkten Kampf mit mir würde sie unterliegen, deshalb machte sie auf dem Absatz kehrt und verschwand, so rasch es ging.

Ich hinterher.

Dabei wusste ich Glenda in Gefahr, und ich setzte alles ein, was mein Körper an Kraft hergab …

Glenda erlebte die nächsten Sekunden kaum bewusst. Es war für sie ein grauenhafter Albtraum, schrecklich und schlimm. Sie hatte sich zur Seite gerollt, und als sie den Arm hob, da tat sie genau das Richtige, indem sie den Messergriff packte.

Plötzlich hielt sie die Waffe in der Hand. Aus ihrem Mund löste sich ein Schrei, so überrascht war sie, denn sie konnte es kaum fassen, die Waffe an sich genommen zu haben.

Eigentlich gab es für sie nur eine Möglichkeit. Das Messer so rasch wie möglich wegzuschleudern.

Das wollte Glenda auch, doch sie schaffte es nicht. Da war eine Gegenkraft entstanden, die es Glenda unmöglich machte, die Waffe aus der Hand zu geben.

Schlimm war nur, dass sie nichts sah.

Keine andere Hand hielt ihr Gelenk umklammert, sie spürte auch dort keinen Druck, nur bekam sie das Messer nicht weg, so sehr sie auch dagegen ankämpfte, das andere war stärker.

Glenda merkte genau, wie ihr Arm in die entgegengesetzte Richtung gepresst wurde. Und dies war verdammt gefährlich für Glenda, denn wenn die Kraft nicht nachließ, dann sorgte sie dafür, dass die Klinge haargenau auf ihre Kehle zielte.

Es waren grauenhafte, schreckliche Sekunden für die Sekretärin. Sie lag am Boden, hatte den rechten Arm ausgestreckt, spürte den kühlen Wind, der durch das offene Fenster wehte, und kämpfte gegen eine Kraft an, die stärker war als sie.

Das Messer näherte sich immer mehr ihrem Gesicht. Sogar die Spitze der Klinge hatte sich ein wenig gedreht, denn sie zeigte nicht mehr auf ihren Hals.

Sehr genau erinnerte sich Glenda Perkins an das Versprechen, das ihr Jane Collins gegeben hatte.

Die Augen sollten Glenda ausgestochen werden, damit sie John Sinclair nicht mehr sehen konnte.

Eine kaum begreifbare Vorstellung, doch als sie die Klinge so nah bei sich sah, da wurde ihr klar, dass sie aus eigener Kraft daran wohl nichts mehr ändern konnte.

Sie war dem Tod geweiht …

Und trotzdem kämpfte sie, setzte alles an Kraft ein, was sie besaß. Sie stöhnte, schrie, bewegte sich, ruckte einmal nach links, dann wieder nach rechts, um die Klinge zu stoppen, doch das von dämonischen und gleichzeitig unsichtbaren Kräften geführte Messer blieb gnadenlos auf dem eingeschlagenen Weg.

Die Augen hatte Glenda verdreht. Ihr Gesicht war zur Grimasse verzerrt. Todesangst lastete wie ein starker Druck auf ihr, dem sie nicht mehr entgehen konnte.

Dann hörte sie ein wütendes Schreien, verstand die Worte nicht, sondern bemerkte einen Schatten, der heranhuschte.

Jane Collins kam.

Jetzt ist es aus, dachte sie noch und schloss die Augen …

Wie ein Irrwisch jagte ich die Stufen hoch. Verdammt, ich musste noch etwas retten, falls dies möglich war. Auf keinen Fall durfte Glenda in die Klauen der Jane Collins geraten, denn ihr Leben hing wirklich am seidenen Faden.

Ich kannte Glendas Wohnung, sah die Tür offen und jagte mit einem gewaltigen Satz über die Schwelle.

Kurz vor mir hatte Jane Collins den gleichen Weg genommen. Sie war nicht langsamer als ich, wie ein Schatten, vielleicht sogar noch schneller. Ich stürmte durch den Flur, gelangte in den Wohnraum, sah Glenda am Boden, suchte Jane, erkannte das offene Fenster und stellte fest, dass sie dies als Fluchtweg genommen hatte.

Eine Sekunde danach befand ich mich ebenfalls dort. Beretta und Kreuz hielt ich fest, schaute nach draußen, wobei ich umsonst die ehemalige Detektivin suchte.

Nur ihre Stimme hörte ich. Und sie klang so, als würde sich Jane über mir in der Luft befinden.

»Keine Angst, Geisterjäger, ich kriege sie noch. Und dich auch, darauf kannst du dich verlassen!«

Leere Worte?

Nein, daran glaubte ich nicht. Jane Collins würde, durch Wikka unterstützt, alles daransetzen, um uns zu vernichten. Wir mussten höllisch auf der Hut sein.

»Zeig dich doch!«, brüllte ich in sinnloser Wut. »Los, wir tragen es jetzt aus!«

Die Antwort war erstens ein Lachen und zweitens Worte, die mich nachdenklich stimmten.

»Nein, Geisterjäger, ich habe mir für dich noch einige Überraschungen aufbewahrt. Du wirst dich wundern, John, sogar sehr …«

Noch einmal das Lachen. Es verklang als Echo, und verschwunden war auch Jane Collins.

Ich drehte mich um. Von oben herab schaute ich auf Glenda Perkins, die auf dem Boden lag und mir ihr Gesicht zuwandte. Ein Gesicht, das kein Blut zeigte, so viel war mit einem schnellen Blick festzustellen.

Bisher hatte Glenda die Augen geschlossen gehalten, nun schaute sie mich an, stutzte dabei, und ein ungläubiger Ausdruck trat in ihr Gesicht. »John«, hauchte sie.

Ich lächelte. »Geht es dir gut?«

»Ja, jetzt …«

»Glenda«, sagte ich. »Leider muss ich dich noch allein lassen. Ich weiß nicht, was mit dem Mann im Flur ist. Hier!« Rasch drückte ich ihr mein Kreuz in die Hand, als ich den Schrecken auf ihrem Gesicht erkannte. »Das wird dich schützen.«

»Danke.«

Ich vernahm das Wort nicht mehr, denn ich befand mich bereits an der Tür.

Als Jane in die Wohnung floh, hatte sie auch die Tür aufgerissen. Sie war nicht wieder zugefallen. Die Stimmen aus dem Treppenhaus schallten zu mir hoch.

Rasch lief ich die Treppe hinunter.

Auch die Haustür stand offen. Ich konnte in den Vorgarten schauen und sah nicht nur die Nachbarn dort, sondern auch den Notarztwagen, der auf den Gehsteig gefahren war.

Um den verletzten Mann im Flur kümmerte sich jemand im weißen Kittel. Als ich neben ihm stehen blieb, hob der Weißkittel den Kopf.

Rasch zeigte ich ihm meinen Ausweis. »Was ist mit ihm?«

»Ich weiß nicht, ob er durchkommt.«

Ich zuckte zusammen. »Sind die Verletzungen so schwer?«

»Schauen Sie selbst.«

Die dämonische Schlange hatte tatsächlich ganze Arbeit geleistet. Nicht nur die Kleidung war zerstört, sondern auch ein Teil des Körpers. Ich sah das geländerlose Stück Treppe und konnte nicht begreifen, dass die Schlange daraus entstanden war.

Doch Hexenmagie vermochte vieles …

Welch eine Gefahr wuchs mit Jane Collins und Wikka nur für die Menschen heran? Es stellte sich auch die Frage, ob Jane Collins tatsächlich noch zurückzuholen war, oder ob alles vorbei war und sie für immer ein Opfer der Oberhexe Wikka bleiben würde.

Wie man es auch drehte und wendete, eine Lösung für die anstehenden Probleme konnte ich auf die Schnelle nicht finden.

»Wie geht es den Polizisten?«

»Man hat sie schon weggebracht.« Der Mann hob die Schultern. »Es sieht ungefähr so aus wie bei ihm hier. Vielleicht um eine Idee besser, denn ich glaube, dass die Beamten die bessere Konstitution haben.«

»Hoffen wir, dass alle drei durchkommen«, erwiderte ich.

Es erschienen zwei Männer mit einer Trage. Der Verletzte wurde vorsichtig draufgelegt und dann aus dem Haus geschafft. Ich wartete, bis der Krankenwagen abfuhr. Es waren inzwischen noch zwei weitere Streifenwagen eingetroffen. Mir fiel eine rothaarige Frau auf, die bei den Polizisten stand und ihre Hände vor das Gesicht geschlagen hatte. Sie schluchzte. Einer der Beamten führte sie auf das Haus zu. Der Mann kannte mich und grüßte, als er mich im Hausflur stehen sah.

»Wer ist die Frau?«, wollte ich wissen.

»Mrs. Parness. Ihr Mann ist …«

Ich nickte. »Dann weiß ich Bescheid.« Ich berührte sie an der Schulter und fragte: »Können Sie mir vielleicht ein paar Fragen beantworten?«

Ihre Hände sanken nach unten. Durch die Tränen war auch Schminke im Gesicht verlaufen.

»Ich weiß aber nichts.«

»Unter Umständen erinnern Sie sich. Weshalb hat Ihr Mann denn die Wohnung verlassen?«

»Er wollte zu der Perkins.« Wie sie Glendas Namen aussprach, ließ darauf schließen, dass sie meine Sekretärin nicht sehr mochte.

»Aus welchem Grund?«

»Es ging um den Fernseher. Mitten im Programm wechselte das Bild. Wir sahen plötzlich eine Frau mit roten Augen. Das war richtig unheimlich, ehrlich.«

Ich konnte mir gut vorstellen, wie es den beiden ergangen war. Die Frau berichtete weiter. Viel Neues erfuhr ich nicht. Vielleicht hatte ihr Mann unter Umständen Glenda Perkins das Leben gerettet.

Mrs. Parness begann wieder zu weinen. Ich tröstete sie mit einigen Worten, wobei ich hoffte, recht zu haben.

Der Zorn auf Jane Collins steigerte sich. Trug sie nicht an allem die Schuld? Ja, genau, und auch diejenige, die hinter ihr stand. Wikka, eine Todfeindin von mir.

»Ich bringe Sie dann in die Wohnung«, sagte der Polizist, »wo Sie das Nötigste packen können.« Als er meinen erstaunten Blick bemerkte, erklärte er: »Mrs. Parness möchte bei ihrem Mann im Krankenhaus bleiben.«

Ich konnte es gut verstehen.

Ungefähr eine halbe Minute danach befand ich mich wieder in Glendas Wohnung. Meine Sekretärin hatte ein wenig aufgeräumt, saß am Tisch und hielt das Kreuz fest.

Ich lächelte ihr zu.

»Danke, dass du gekommen bist«, sagte sie.

»Ein wenig spät, aber immerhin. Ich hole uns erst einmal etwas zu trinken.«

»Ja, das ist gut. Und ich gehe ins Bad.«

Glenda verschwand. Das Kreuz nahm sie mit. Wo Glenda die Alkoholika aufbewahrte, wusste ich genau. Ich öffnete den Schrank, nahm die Flasche heraus und fand den Whisky in einer Ecke. Die Flasche war schon leicht angestaubt und noch zur Hälfte gefüllt.

Gläser holte ich auch und schenkte ein. Da sich Glenda im Bad befand, blieb mir genügend Zeit, einen Blick aus dem Fenster zu werfen. Von Jane Collins war natürlich nichts mehr zu sehen, aber auch andere Spuren entdeckte ich nicht.

Ich schloss das Fenster wieder und ging zum Telefon.

»Gib acht, dass es nicht zu einer Schlange wird«, hörte ich Glenda sagen. Ich drehte mich um und sah sie in der Tür stehen.

»Wieso?«

Sie berichtete mir von ihrem Erlebnis.

Nun, bei mir tat sich nichts. Ich bekam auch die Verbindung mit meinem Chef, Sir James. Wie nicht anders zu erwarten, traf ich ihn noch in seinem Büro an.

»Gut, dass Sie anrufen«, sagte er zur Begrüßung. »Ich habe schon gehört, dass die Collins durchdreht ...«

»Das kann ich nur bestätigen, Sir. Sie ist wirklich voll auf die andere Seite übergeschwenkt.«

»Das habe ich vor ein paar Tagen erlebt. Und?«

Ich gab einen knappen Bericht.

Sir James war er an die Nieren gegangen, denn er sagte: »Sehen Sie zu, dass Sie dieses Hexenweib unschädlich machen, John.«

»Ich werde mein Bestes geben.«

»Was haben Sie im Einzelnen vor?«

»Ich bleibe erst einmal bei Glenda Perkins. Vielleicht versucht Jane es noch einmal.«

»Möglich ...« Er legte eine Pause ein. »Aber sagen Sie mir eins, John, wie kommt sie gerade auf Glenda?«

»Wenn ich das wüsste ...«

Mein Chef räusperte sich. »Oder sollte sie doch einen anderen Grund gehabt haben? Ich meine, Sie und Glenda verstehen sich recht gut, und da wäre es möglich ...«

»Nein, nein, Sir, so sehe ich das nicht.«

»Wie dann?«

»Ich kann Ihnen keine Erklärung geben.« Mein Gott, da musste ich den Alten anlügen. Ich konnte ihm doch nicht sagen, dass ich mit Glenda mal eine sehr intime Nacht verbracht hatte.

»Nun ja, John, wenn sich etwas Neues ereignet, lassen Sie es mich wissen. Ich bin im Club.«

»Natürlich, Sir.«

Wir unterbrachen die Verbindung, und ich wählte sofort Sukos Nummer. Der Inspektor war in der Wohnung geblieben, und er atmete erleichtert auf, als er meine Stimme vernahm.

»Mensch, John, was ist ...««

Ich unterbrach ihn, erklärte in Stichworten alles und erfuhr von ihm, dass Bill Conolly Jane gesehen hatte, wobei sie ihm sogar ein Bild gegeben hatte, das Glenda mit blutenden Augen zeigte.

»Dann will sie ihr also tatsächlich die Augen ausstechen«, murmelte ich.

»So sieht es aus.«

Ich presste die Lippen zusammen. Nein, ich durfte jetzt nicht durchdrehen und mich von meinem Zorn verleiten lassen, etwas Dummes zu tun. Ich bat Suko allerdings, herzukommen.

»Okay, ich fliege.«

»Moment noch. Bitte nicht in die Wohnung. Vielleicht könntest du draußen bleiben und dort alles beobachten.«

»Dann bringe ich aber Walkie-Talkies mit.«

»Bist ein schlauer Bursche.«

Nachdem ich aufgelegt hatte, wandte ich mich Glenda zu. Sie hatte sich ein wenig frisch gemacht und die Tränenspuren aus dem Gesicht gewaschen. Für einen Moment standen wir uns stumm gegenüber, dann schluchzte Glenda auf, lief auf mich zu und warf sich in meine Arme.

»John, mein Gott«, flüsterte sie. »Es war so schrecklich. Ich – ich bin fast verrückt geworden. Die verfolgt mich mit so einem Hass, das kannst du dir kaum vorstellen.«

Ich streichelte über ihren Rücken und spürte selbst da das Zittern. »Ich weiß es, Glenda, aber versuche wenigstens, nicht immer daran zu denken.«

»Was soll ich denn tun?«

Da hatte sie eine Frage gestellt, auf die ich, ehrlich gesagt, keine Antwort wusste. Ich stand da wie ein begossener Pudel und schaute ins Leere.

»John, bitte, gib mir einen Rat. Ich weiß keinen.«

Was sollte ich ihr da sagen? Dass die Wohnung zu einer Falle geworden war? Dass sie vielleicht erst Ruhe hatte, wenn Jane Collins nicht mehr existierte? Aber wie würde Wikka reagieren? Wie dem auch sei, Glenda Perkins war in die Schusslinie geraten, und ich gab mir die Schuld, denn hätten wir nicht diese Nacht verbracht, hätte Jane sich vielleicht nur auf mich konzentriert.

Wer hätte das vorher ahnen können?

Glenda merkte, dass ich mich mit schweren Gedanken beschäftigte, und sie drückte sich vor mir. »Nicht, John«, sagte sie. »Dich trifft keine Schuld.«

»Das sagst du so.«

»Ich hätte ebenso gut nein sagen können.« Ihre dunklen Kirschaugen blickten mich an. »Aber ich habe es nicht getan, John, und ich würde es auch weiterhin nicht tun.«

Ein knappes Lächeln geisterte um meine Lippen. »Das ist alles sehr nett von dir, meine Liebe, aber ich sehe das ein wenig anders.«

»Lass uns einen Schluck trinken.« Glenda drehte sich zur Seite und griff nach ihrem Glas. Ich nahm meines ebenfalls, wollte es hochheben, als ich ihren Aufschrei hörte.

Ich wirbelte herum und sah noch, wie ihr das Glas aus der Hand rutschte. Es prallte auch zu Boden, doch kein Whisky verteilte sich dort, sondern etwas anderes – Blut!

Glenda wurde weiß. Ich musste an mich halten, um nicht einen wilden Fluch auszustoßen. Verdammt, damit hatte ich nicht gerechnet, aber der Vorgang bewies mir, dass Jane Collins uns auf keinen Fall aus den Augen lassen würde. Nach wie vor hatte sie ihr Hexennetz über diesem Haus aufgespannt.

Mein Whisky war normal. Der von Glenda hatte sich in Blut verwandelt und dunkle Flecken auf dem Boden hinterlassen. Das Glas war dabei zum Glück heil geblieben.

»Und jetzt?«, fragte meine Sekretärin.

Ich schaute auf das Kreuz, das Glenda neben die Flasche auf den Tisch gelegt hatte. Eine Antwort konnte es mir natürlich nicht geben. Aber würde es mir gelingen, durch das Kreuz die Hexe Jane Collins zu beschwören?

Nein, daran glaubte ich nicht. Jane war ja im eigentlichen Sinne kein Dämon. Sie war ein Mensch und trotzdem Hexe. Man konnte sie nicht beschwören, denn sie reagierte menschlich, obwohl sie Hexenfähigkeiten besaß.

Ich musste trotzdem zu einem Ergebnis kommen. Jetzt entschloss ich mich innerhalb von Sekunden. Sollten die anderen doch denken, was sie wollten, aber Glenda war mir im Augenblick wichtiger.

»Pack deine Koffer, Mädchen«, sagte ich und stellte das Glas ab.

»Und dann?«

»Bleibst du bei mir.«

Im ersten Augenblick erschrak sie. Wahrscheinlich plagten sie die gleichen Gedanken wie mich. Sie dachte an Nachbarn, an die Kollegen vom Yard, doch das alles interessierte jetzt nicht. Ich musste Glenda in Sicherheit wissen.

»Es gibt keinen anderen Weg.« Ich holte tief Luft. »Du sitzt tagsüber im Büro und ...«

»Aber du bist doch oft nicht da«, hielt sie mir entgegen.

»Ja, das ist ein Schwachpunkt«, gab ich zu.

»Vielleicht könnte ich bei den Conollys wohnen. Sieh das nicht falsch, John, ich würde auch bei dir bleiben, aber dort ist Nadine, und sie hat doch schon einmal gegen Jane gekämpft. Wenigstens so lange, bis du es geschafft hast, die Collins zu stellen.«

Der Vorschlag war nicht schlecht. Allerdings fragte ich mich, ob man ihn den Conollys zumuten konnte. Platz hatten sie ja genug, und irgendwie sicherer war Glenda da auch.

»Nun?«

Ich nickte. »Du hast wahrscheinlich recht. Ich werde Bill mal anrufen.«

»Jetzt?«

»Natürlich. Was dachtest du denn?« Ich lächelte. »Pack schon deine Sachen. Ich bin sicher, dass Bill nichts dagegen hat.«

»Und Sheila?«

»Wird ebenfalls nicht nein sagen.«

Glenda bedachte mich mit einem so skeptischen Blick, dass ich lachen musste. »Beeile dich, ich regle das schon.«

Natürlich verstand ich Glendas Bedenken. Ich hätte an ihrer Stelle die gleichen gehabt. Aber das Wohnen bei den Conollys sollte ja nicht für immer sein. Ich hoffte, dass ich Jane Collins so rasch wie möglich stellen konnte und dem Spuk ein Ende bereitete.

Während ich darüber nachdachte und Glenda ihren Koffer packte, wählte ich die Nummer meines Freundes. Nicht Bill bekam ich an den Apparat, sondern Sheila.

»John hier.«

»Ahhh – du ...«

Wie sie das sagte, ließ mich aufhorchen. Automatisch bekam ich ein schlechtes Gewissen. »Was ist denn los, Mädchen? Hab ich dir etwas getan?«

»Nein, du nicht, aber deine ehemalige Freundin.«

Ich schaltete schnell. »Meinst du Jane?«

»Genau die. Sie hat indirekt verhindert, dass wir ins Theater kommen. Das Bild mit den blutenden Augen, das deine Sekretärin Glenda Perkins zeigt ...«

»Wegen ihr rufe ich an.«

Sheila erschrak. »Ist ihr etwas passiert?«

»Nein, zum Glück nicht. Wir haben es verhindern können. Aber da ist eine Sache, die mir überhaupt nicht gefällt. Ich wollte deinen Mann und dich dabei um Hilfe bitten.«

»Wenn ich kann ...«

»Doch, ja.« Ich erklärte Sheila Conolly, was ich vorhatte. Bills Frau reagierte spontan. »Selbstverständlich kann Glenda für einige Zeit bei uns wohnen, bis sich die ganze Aufregung gelegt hat. Dann sieh du nur zu, dass du Jane so schnell wie möglich stellst.«

»Ich werde mich bemühen.«

Das klang nach Abschied, doch Sheila hatte noch eine Frage. »John, mal ehrlich ...«

»Ja, das bin ich gern.«

»Was würdest du denn tun, wenn du Jane Collins gegenüberstehst und es zum alles entscheidenden Kampf kommt?«

Mit dieser Frage hatte sie mich getroffen. Ich verkniff mir eine Antwort, aber Sheila ließ nicht locker.

»Würdest du sie töten?«

»Politiker würden diese Frage als rein hypothetisch ablehnen, da sie sich im Augenblick nicht stellt. Mehr kann ich dir dazu nicht erzählen, Sheila.«

»Klar, John. Ich drücke dir auf jeden Fall die Daumen, weil ich weiß, dass es für dich schwer sein wird. Willst du mit Bill noch einmal sprechen?«

»Nein, wenn du zugestimmt hast, wird er nicht ablehnen.«

Sheila lachte, bevor sie auflegte. Ich drehte mich um. Aus dem Schlafzimmer hörte ich Geräusche. Glenda packte noch immer ihre Koffer. Ich schaute auf mein Whiskyglas. Nein, ich hatte keine Lust mehr, es zu leeren. Die war mir vergangen.

Ich zündete mir eine Zigarette an und pflanzte mich in einen Sessel. Suko würde bald kommen – und plötzlich fiel mir etwas ein. Ich hatte Sheila überhaupt nicht gesagt, wann wir kommen wollten. Noch einmal griff ich zum Telefon.

Wieder war Sheila an der Strippe.

Als ich ihr die Sachlage erklärte, begann sie zu lachen. »Gedankenübertragung, John, ich wollte gerade zurückrufen. Kommst du mit Glenda vorbei, oder soll Bill sie holen?«

»Danke für das Angebot, Sheila, es wird besser sein, wenn ich zu euch komme.«

»Wie du willst. Bis später dann.«

Kaum hatte ich aufgelegt, als Glenda Perkins erschien. Sie hielt einen Koffer in der rechten Hand.

»Ist alles klar?«, fragte ich.

»Ja, soll ich noch mehr …«

»Es kann länger dauern. Unter Umständen sogar Wochen.«

Da wurde Glenda blass, aber ich wollte ihr nichts vormachen. Sie sollte mit den Realitäten konfrontiert werden. »Wenn das so ist, John, packe ich noch einen zweiten.«

»Wird besser sein.«

Sie verschwand wieder. Dafür klingelte es. Glenda erschrak, ich winkte ab. »Das wird Suko sein.«

Er war es tatsächlich. In seiner Motorradkluft stand er vor der Tür. Den Helm hatte er abgenommen. »Ich bin geflogen«, sagte er zur Begrüßung und betrat die Wohnung. Er schaute sich um, sah Glenda durch die offen stehende Schlafzimmertür und winkte ihr zu. »Ich wollte nur mal kurz die Lage sondieren, bevor ich mich unten wie ein Indianer auf die Lauer lege.«

»Ich glaube, das hat sich erledigt.«

Erstaunt schaute mich der Inspektor an. »Wieso denn das?«

Ich erstattete ihm Bericht.

Suko war nachdenklich geworden, bis er schließlich die Schultern hob und meinte: »Ja, das ist sicherlich die beste Möglichkeit, obwohl wir Jane Collins praktisch auf die Spur der Conollys führen. Oder bist du anderer Meinung?«

»Nein.« Ich drückte meine Zigarette aus. »Aber Glenda ist nirgendwo auf der Welt sicher. Wenn die anderen es wollen, dann finden sie ihr Opfer überall.«

»Das stimmt auch wieder.« Suko schaute sich um. »Soll ich hierbleiben oder wieder fahren?«

»Bleib mal für die nächsten Stunden in der Nähe. Ich fahre Glenda zu den Conollys und komme dann zurück.«

»Ganz wie der Herr wünschen.«

»Bist du fertig?«, rief ich Glenda zu.

»Augenblick noch, John. Ich bekomme den Koffer nicht zu.«

Ich grinste, ging ins Schlafzimmer und half meiner Sekretärin, indem ich mich auf den Deckel setzte. Dann klappte es. Glenda konnte den Koffer schließen.

»Können wir dann?«, fragte ich im aufstehen.

Sie nickte. Ich sah, wie sie schluckte. Glenda hatte mit den Tränen zu kämpfen.

Ich lächelte sie an und streichelte ihre Wange. »He, Mädchen, was ist denn los?«

»Ach, John, das ist alles so seltsam. Ich hätte nie damit gerechnet, es kommt so plötzlich, wenn du verstehst, was ich meine. Und jetzt bringe ich noch andere in Gefahr. Das ist für mich viel schlimmer. Ich schäme mich direkt.«

»Das brauchst du aber nicht, Glenda. Du kannst nichts dazu, das Schicksal hat seine Weichen gestellt.« Ich nahm den Koffer am Griff und trug ihn aus dem Zimmer.

Suko hatte sich am Fenster aufgebaut und schaute hinaus. Der Garten lag im Dunklen. Die großen Bäume warfen Schatten. Wenn der Wind durch das Blattwerk fuhr, bewegten sich die Blätter raschelnd.

»Die Hexe kann überall lauern«, sagte der Inspektor.

»Leider.«

Suko machte kehrt und schaute Glenda an. »Ich wünsche dir viel Glück, Mädchen«, sagte er.

Glenda nickte tapfer. Ihre Augen schimmerten tränenfeucht. »Ich hasse Abschiede«, flüsterte sie.

»Wenn man sie hinauszögert, werden sie noch schlimmer«, gab ich ihr zu verstehen.

»Das stimmt. Komm, lass uns gehen.«

Wir verließen die Wohnung. Glenda ging mit gesenktem Kopf. Sie schluchzte leise.

Ich hatte Verständnis, aber ich sah keine andere Möglichkeit. In einem Hotel wäre sie schutzlos gewesen.

»Macht es den beiden Conollys auch wirklich nichts aus?«, fragte sie mich beim Hinausgehen.

»Nein, Glenda. Sieh mal, die Conollys sind ebenfalls schon von Dämonen angegriffen worden. Sie kennen das Spiel, glaub mir.«

»Wenn du das sagst.«

»Wird es schon stimmen«, lachte ich und ließ mir die Haustür öffnen, da ich beide Koffer trug.

Die Zuschauer hatten sich verzogen. Ruhig und leer lag die Straße in der Dunkelheit. Von Jane Collins sahen wir nichts. Glenda schaute sich auffälliger um als ich. Es war ihr anzumerken, dass sie weiterhin unter einem starken Stress stand. Zudem war dieser Vorgang ein regelrechter Einschnitt in ihr Leben. Sie würde es für die nähere Zukunft stark umstellen müssen.

Ich verstaute die Koffer und schloss dann die Türen auf. Wo der Polizeiwagen gestanden hatte, sah ich trotz der Dunkelheit noch Flecken am Boden.

Alles ging glatt.

Glenda und ich stiegen in den Wagen, ich startete das Fahrzeug, und wir rollten los.

Völlig normal.

Trotzdem blieb bei mir ein ungutes Gefühl zurück, denn die Strecke bis zu den Conollys war weit …

Suko hatte sich entschlossen, in der Wohnung und nicht draußen vor dem Haus zu warten. Über den Daumen gepeilt, rechnete er mit einer Stunde. Vorher würde sich John Sinclair kaum melden.

Bevor er es sich bequem machte, durchsuchte er die Wohnung. Der Inspektor fand nichts Verdächtiges. Jane Collins hatte sich hier nicht versteckt. Es wäre auch zu primitiv und ihrer nicht »würdig« gewesen.

Dann fiel ihm der Keller ein. Sicher gehörten zu jeder Wohnung auch Kellerräume.

Der Chinese stiefelte die Treppen hinunter, nachdem er mit einem Ersatzschlüssel die Tür aufgeschlossen hatte. Er fand den Keller sehr schnell. Suko schaltete das Licht ein. Welcher von den Räumen Glenda Perkins gehörte, war leicht anhand der Namen festzustellen, die vor den Lattentüren auf kleinen Schildern standen.

Die Tür war verschlossen, einen Schlüssel besaß der Chinese nicht, aber er konnte durch die freien Räume zwischen den Holzlatten leuchten. Der dünne Finger seiner Bleistiftlampe fiel in einen Kellerraum, wo allerlei Gerümpel herumlag, ansonsten fand er nichts. Auch keine Spur von der ehemaligen Detektivin.

Suko ging wieder nach oben. Er schloss die Wohnungstür auf und befand sich noch im Flur, als er aus dem Wohnraum ein leises Klacken vernahm. Sofort war Suko wachsam.

Er verzögerte seine Schritte und näherte sich vorsichtig dem Zimmer. Mit einer Hand drückte er die Tür auf und ließ sie ausschwingen. Erst dann schaute er in den Raum.

Nein, da hielt sich niemand auf. Leer präsentierte er sich den Augen des Chinesen.

Bis auf eine allerdings bedeutende Kleinigkeit.

Der Fernseher lief!

Suko wusste genau, dass er ihn nicht eingeschaltet hatte. Und von allein begann so ein Apparat sicherlich nicht zu laufen!

Auf Zehenspitzen ging der Inspektor weiter. Er spürte das

kalte Gefühl im Nacken, für ihn eine Warnung. Gefahr lag in der Luft. Sukos Hand glitt in die Nähe der Beretta. Er hatte sie ebenso mitgenommen wie die Dämonenpeitsche oder seinen Stab. Wenn Jane Collins erschien, würde sie sich vorsehen müssen.

Nahe der Tür blieb der Chinese stehen. Er hatte von dieser Stelle aus einen direkten Blick auf den Apparat.

Noch war auf dem Bildschirm nichts zu sehen, nur ein Flimmern, auch mit dem Wort Schnee zu umschreiben. Sekunden später jedoch schälte sich ein Gesicht aus diesem Schnee hervor.

Das einer Frau.

Jane Collins erschien.

Suko war überrascht. Obwohl er damit gerechnet hatte, traf ihn der Anblick hart. Bisher hatte er Jane nur immer in natura gegenübergestanden, nun aber sah er sie auf dem Bildschirm, und sie wirkte dabei so echt wie früher.

Sie grinste sogar.

»Ich habe mir gedacht, dass Sinclair dich geholt hat, Chinese. Sollst du hier Wache halten?«

»Nein«, erklärte Suko. »Ich warte auf dich, weil ich dich vernichten will.«

Da lachte sie laut. »Chinese, um so etwas zu erreichen, musst du früher aufstehen.«

»Wirklich?«, fragte Suko, zog seine Beretta, so rasch er konnte, zielte und schoss zweimal.

Beide Silberkugeln setzte er in den Apparat. Er zerstörte die Scheibe, Splitter flogen weg, und die Silberkugeln richteten auch die Bildröhre zugrunde. Sie implodierte.

Suko hörte den Knall und zuckte zusammen. Vor ihm befand sich ein zerstörter Apparat, von Jane Collins jedoch sah er nichts mehr.

Hatte er sie vernichtet?

Daran hätte nicht einmal der größte Optimist geglaubt. Suko war sicher, dass er die ehemalige Detektivin auf diese Art und Weise nicht erledigen konnte.

Er blieb auf der Stelle stehen und wartete so lange, bis die Echos der Schüsse verklungen waren. Still wurde es in der Wohnung trotzdem nicht. Aus dem zerstörten Apparat drang ein Knistern und Knacken. Suko befürchtete, dass die elektronischen Teile Feuer fangen würden. Er schaute nach und war froh, dass sich seine Befürchtung nicht bewahrheitete.

Wo steckte Jane Collins?

Hielt sie nun weiterhin die Wohnung unter Kontrolle oder setzte sie sich auf die Fersen von John Sinclair und Glenda?

Suko erhielt eine Antwort. Allerdings nicht so, wie er es sich vorgestellt hatte. Er zuckte zusammen, als plötzlich die Fensterscheibe zersplitterte und etwas Schwarzes in den Raum flog.

Der Chinese wollte schon schießen, als er erkannte, um was es sich dabei handelte.

Es war ein Vogel – ein Rabe!

Aber ein dämonischer, denn er hatte rote, glühende Augen. Weit riss er den Schnabel auf und krächzte mit menschlich klingender Stimme, wobei noch eine grüne Zunge hervorhuschte.

»Wir kriegen sie. Die Zeit der Hexen kommt!« Ein meckerndes Lachen erklang, dann machte der Rabe kehrt und flog weg.

Bevor er durch das Fenster verschwinden konnte, holte ihn Sukos Kugel ein. Das Silbergeschoss schlug voll in seinen Körper. Der Rabe taumelte, sein Flug geriet außer Kontrolle, er fiel nach unten und klatschte voll gegen die Fensterbank, wobei er dicht an der Kante das Übergewicht bekam und zu Boden fiel.

Als Suko neben ihm stand, schaute er auf einen Staubhaufen.

»Verdammt!«, knurrte der Inspektor, bevor er sich vorbeugte und nach draußen sah.

Er sah mehrere Raben. Sie flogen um das Haus herum. Unheimlich sah es aus, denn ihre Augen wirkten wie glühende Kugeln. Ein Abenteuer, das lange zurücklag, kam Suko in den Sinn. Er musste an die Raben denken, die damals im Harz um den Brocken geflogen waren und das Buch der grausamen Träume bewacht hatten.

Sie hatten ebenfalls so ausgesehen, und es waren Hexen gewesen. Heute sah er sie abermals. Wahrscheinlich hatte Wikka es verstanden, sie unter ihren Oberbefehl zu bekommen.

Suko dachte schaudernd daran, dass die Zeiten wahrlich nicht besser wurden …

»Ich habe Angst!«

Glenda Perkins gab dies offen zu. Mit bleichem Gesicht hockte sie neben mir auf dem Beifahrersitz. Ihre Hände spielten nervös miteinander. Hin und wieder zuckten ihre Lippen, als wollte sie etwas sagen, wobei sie es sich im letzten Moment überlegte und lieber schwieg.

Auch mir war nicht wohl. Öfter als gewöhnlich warf ich meiner Sekretärin einen besorgten Blick zu. Ich hatte Verständnis für sie, und ich hoffte, dass wir die Fahrt gut überstanden.

Fast 20 Minuten waren wir unterwegs. Wir fuhren bereits durch Belgravia, um den unteren Themsebogen zu erreichen. Dort befand sich die Albert Bridge, die wollte ich überqueren, um in die südlich gelegenen Vororte Londons zu gelangen, wo die Familie Conolly ihr Haus besaß.

Bisher war alles gut gegangen. Wir waren auch zügig durchgekommen, hatten nicht so viel Ampelstopps gehabt, und auch jetzt lächelte ich Glenda aufmunternd zu.

»Die Hälfte haben wir längst geschafft.«

Sie gab das Lächeln zwar zurück, doch es war nicht echt. Die Angst überschattete alles.

Über die Royal Hospital Road erreichten wir die Uferstraße an der Themse. Sie nannte sich Chelsea Embankment. Ein Stück mussten wir entlang des Flusses fahren, um dann auf die Albert Bridge einbiegen zu können. Der Fluss sah schwarz aus. Hin und wieder nur tanzten helle Reflexe auf den Wellen.

Ich kickte den Blinker. Glenda schaute sich bereits wieder

um. Es war jedoch schwer in der Dunkelheit, mögliche Verfolger zu entdecken.

Wir fuhren an den großen Abstellflächen eines Parkplatzes vorbei und bogen ein in die Brückenzufahrt. Die Albert Bridge gehört nicht zu den berühmtesten Brücken Londons. Sie liegt auch abseits vom großen Rummel, für mich ein Vorteil, denn hier hatten wir immer freie Fahrt.

Auch an diesem Abend herrschte nicht viel Verkehr. Zwar kamen uns einige Wagen entgegen, doch einen regelrechten Strom von Fahrzeugen erlebten wir nicht.

Auch hinter uns waren die Lichter für einen Moment verschwunden. Für Sekunden fuhren wir durch ein dunkles Loch. Unter uns gurgelte die Themse. Die Wasserfläche erkannten wir durch das Gestänge der Brücke.

Plötzlich schrie Glenda auf.

Ich hatte mich auf das Fahren konzentriert und erschrak, als ich den Schrei vernahm.

Automatisch ging ich vom Gas.

»Was ist denn los?«

»Da, die Augen!« Glenda deutete aufgeregt nach vorn. »Rote Augen!«, flüsterte sie.

Ich fuhr noch langsamer. Die Bremsleuchten glühten auf. Hinter mir hupte ein besonders schneller Fahrer. Ich fuhr schärfer links ran und ließ ihn vorbei.

Für einen Moment vereinigte sich sein Scheinwerferteppich mit dem unsrigen. Wir hatten viel Licht, und ich sah plötzlich, was Glenda Perkins so erschreckt hatte.

Ein Vogel!

Aber einer mit knallroten, glühenden Augen!

Sofort dachte ich ähnlich wie Suko. Ich kannte solche Vögel, denn ich hatte sie vor der Vernichtung des Schwarzen Tods gesehen. Da waren sie uns am Brocken begegnet, aber auch in London hatte ich sie gesehen, und mir war bekannt, dass diese Tiere die Diener der Hexen waren. Vielleicht sogar verhexte Menschen oder selbst Dienerinnen der Finsternis.

Eines war klar. Jane Collins ließ uns nicht aus dem Blickfeld.

Dies natürlich nur im übertragenen Sinne. Sie wollte die Entscheidung. Wir fuhren nur noch im Schritttempo weiter. Den Vogel konnte ich nicht mehr sehen, glaubte allerdings nicht, dass er sich aus dem Staub gemacht hatte.

Etwa auf der Brückenmitte fuhr ich hart links ran und stoppte. Dann schaltete ich die Warnblinkanlage ein.

»Was hast du vor?«, fragte Glenda.

Ich löste den Sicherheitsgurt. »Es hat keinen Zweck, dass wir weiterfahren. Wir müssen es jetzt und hier austragen. Ich glaube nicht daran, dass nur ein Vogel herumschwirrt. Wenn es mehrere sind und sie uns während der Fahrt angreifen, dann sehen wir schlecht aus.«

Meine Sekretärin nickte. Ihre Angst hatte sich verstärkt. Scheu schaute sie sich um, soweit dies möglich war bei den etwas beengten Verhältnissen.

Bevor Glenda bei uns anfing, hatte sie gelernt zu schießen. Und sie trainierte auch einmal im Monat jeweils für zwei Stunden. Das war Pflicht. Deshalb konnte ich ihr getrost eine Waffe überlassen. Ich beugte mich nach links und öffnete das Handschuhfach.

Die dort liegende Ersatzberetta schimmerte matt. »Nimm die Pistole«, forderte ich Glenda auf.

Sie erschrak. »Meinst du wirklich, dass ich …«

»Ja, du kannst doch schießen?«

»Nicht so gut.«

Ich drückte ihr die mit geweihten Silberkugeln geladene Waffe in die Hand. Glenda fasste sie so vorsichtig an, als hätte sie einen Igel auf dem Schoß.

Ich musste lachen. »Keine Bange, die explodiert schon nicht in deinen Händen.«

Sie nickte.

Ich öffnete die Tür.

»Willst du aussteigen?«, flüsterte sie.

»Ja, ich werde mich draußen umschauen. Im Wagen kann ich doch nichts machen.«

Genau da meldete sich das Autotelefon. Am liebsten hätte

ich nicht abgehoben, ich tat es trotzdem und hörte Sukos Stimme.

»John, die Raben sind wieder da!«

»Ich weiß.«

Mein Freund war überrascht. »Bei euch auch? Seid ihr schon bei den Conollys?«

»Nein. Wir stehen auf der Albert Bridge. Glenda hat den ersten Vogel entdeckt. Er hat glühende Augen.«

»Verdammt, genau wie bei mir.«

»Hast du schon etwas unternommen?«

Suko lachte. »Klar, ich habe einen zu seinen Ahnen geschickt. Als die Silberkugel traf, zerfiel er zu Staub. Das Fenster ist übrigens zerstört, außerdem erschien Jane auf der Mattscheibe.«

Ich überlegte schnell. »Dann wissen unsere Gegner also, dass wir uns nicht mehr in der Wohnung aufhalten. Sie braucht keinen Schutz.«

»Willst du, dass ich komme?«

»Es wäre nicht schlecht.«

»Okay, ich schwinge mich auf den Feuerstuhl.«

»Gut, wir warten.«

»Aber schlaf nicht ein.«

»Witzbold.« Ich legte auf.

Glenda hatte Suko ebenfalls verstehen können. »In der Wohnung waren sie also auch«, sagte sie.

»Leider.«

»Und was machen wir jetzt?«

»Ich sehe mich inzwischen um, bis Suko hier ist.«

»Aber sei vorsichtig.«

Ich streichelte ihre Wange. »Sicher, Mädchen, sicher.« Als ich ausstieg, erfasste mich der Lichtteppich eines Scheinwerferpaars. Im nächsten Augenblick hörte ich das Knarren von Bremsen, dann hielt ein uralter Renault, und ein bärtiges Gesicht erschien im Rechteck der heruntergekurbelten Scheibe.

»Haben Sie eine Panne? Kann ich Ihnen helfen?«

»Nein, danke, es geht. Nur eine kleine Pause.«

Das bärtige Gesicht verzog sich. »Ist aber ein seltsamer Platz, um zu pausieren.«

»Ich muss mal.«

Der junge Mann lachte, winkte und gab Gas. Der Auspuff röhrte wie ein liebeskranker Hirsch.

Die Heckleuchten des Renaults verglühten. Ich stand wieder im Dunkeln, nur das rote Licht der Warnblinkanlage warf hin und wieder einen Schimmer über meinen Körper.

Die nächste Lampe befand sich etwa 30 Schritte von mir entfernt. Keine nach unten weisende Bogenleuchte, sondern eine helle Kugel, die in der Luft zu schweben schien.

Ein Großteil des Brückengestänges lag im Dunkeln. Die schweren Eisenträger wirkten so, als wären sie für die Ewigkeit errichtet worden. Die abendliche Kühle hatte sich auf das Eisen gelegt und es mit einem feucht schimmernden Film überzogen.

Zwischen der Fahrbahn und dem eigentlichen Brückengeländer wuchsen nicht nur die breiten Träger in die Höhe, dort befand sich auch ein schmaler Gehweg.

Ihn wollte ich erreichen.

Ich duckte mich unter einem tief führenden Gestänge, ging ein paar Schritte und hatte den Gehweg erreicht.

In der Luft lag noch die Feuchtigkeit vom letzten Regen. Wenn ich ausatmete, standen kleine Wolken vor meinem Mund. Vom Gestänge der Brücke war immer nur ein Teil zu sehen, genau der, der von den Lampen erhellt wurde. Die übrigen Teile verschwanden in der Dunkelheit, als wären sie von einem Riesenmaul verschluckt worden.

Über der Wasserfläche lag ein leichter Dunstfilm. Ein feiner Nebelstreifen, mehr nicht. Rechts und links am Ufer sah ich hin und wieder einige Lichter. Schwache, gelbe Punkte im Dunst des Abends.

Als ich weiterging, hörte ich meine eigenen Schritte überlaut. Zudem spürte ich, dass die Brücke nie völlig ruhig war. Sie vibrierte immer, es war ein leichtes Zittern, das nicht nur das Gestänge, sondern auch durch die Fahrbahn lief.

Von dem Raben entdeckte ich nichts. War es nur ein Einzelner, oder lauerten mehrere davon irgendwo in der Nähe?

Ich ging weiter.

Der parkende Bentley blieb hinter mir zurück. Unter einer quer laufenden Strebe duckte ich mich hinweg, im nächsten Moment erklang ein hohles Geräusch, als ich über Eisenplatten ging, dann stand ich wieder auf der Fahrbahn.

Bevor mich das Licht zweier Scheinwerfer erreichen konnte, ging ich in Deckung.

Der Wagen passierte mich.

Wieder wurde es dunkel. Ich wollte die Fahrbahn überqueren und auf die andere Seite gehen. Meine Beretta hielt ich in der Hand. Der Arm hing am Körper herab. Die Waffe bildete die Verlängerung der Hand. Wenn ein Vogel auftauchte, würde ich sofort schießen.

Der Weg war frei, ich konnte die Fahrbahn überqueren. Einen Blick nach rechts warf ich. Dort stand der Bentley. Da die Innenbeleuchtung des Wagens nicht brannte, konnte ich Glenda kaum sehen. Ich winkte ihr beruhigend zu und überquerte die Straße.

Kaum hatte ich die Mitte erreicht, als ich hinter mir das Geräusch hörte. Mein Gegner musste irgendwo in Deckung des Gestänges gelauert haben, und zwar so lange, bis ich ihm den Rücken zuwandte.

Jetzt war er da.

Ich kreiselte herum.

Gleichzeitig fuhren aus beiden Richtungen zwei Wagen heran, und ich stand mitten auf der Fahrbahn, sah mich dem Angriff des Raben mit den glühenden Augen gegenüber und wurde von zwei Seiten mit Licht übergossen.

Dort wo ich stand, schienen die Lichtkegel explodieren zu wollen. Ich konnte überhaupt nichts mehr sehen, wurde geblendet, und mir war klar, dass ich auf keinen Fall stehen bleiben durfte, denn die beiden Wagen würden mich frontal packen.

Ich ließ den Vogel sausen und hetzte mit gewaltigen Sprüngen weiter. Ein Fahrzeug war schon verflucht nahe. Fast zu nahe, denn der Fahrer musste hart auf die Bremse treten.

Da kreischten und wimmerten die Reifen. Sie jaulten auf dem Asphalt, ein Hupsignal ertönte, brandete in meinen Ohren, und ich stolperte im letzten Augenblick hinter die Pfeiler in Deckung.

Vor dem Fahrzeug war ich sicher, nicht vor dem dämonischen Vogel. Während ich mit der Balance kämpfte, hörte ich das Flattern der Flügel und sah das Tier dicht vor meinem Gesicht.

Blitzschnell brachte ich die Waffe hoch und feuerte. Der Vogel hatte seinen Schnabel aufgerissen.

Ich gab ihm das Geschoss zu schlucken.

Er explodierte. Federn, Asche, Knochenteile umwirbelten mich, und ich hatte Ruhe.

Nicht vor den Fahrern der beiden Wagen. Die Türen flogen auf, zwei Männer verließen die Fahrzeuge, sie rannten wütend auf mich zu, und ich hielt ihnen nicht nur die Pistole entgegen, sondern auch meinen Ausweis. Zusätzlich sagte ich: »Scotland Yard. Fahren Sie weiter, Sie stören einen Einsatz.«

Der Satz wirkte. Erstaunt schauten sie mich an. Einer antwortete: »Können Sie da nicht vorher warnen?«

»Nein.«

Dann gingen sie und fuhren in getrennte Richtungen ab. Hinter ihnen hatten sich einige Wagen gestaut. Es dauerte etwas, bis sich der Stau auflöste.

Ich wischte den Schweiß von meiner Stirn. Mittlerweile kamen mir Bedenken, ob es richtig von mir war, hier auf der Brücke zu warten. Es konnte leicht einen Unfall geben, und Unschuldige wollte ich in die dämonische Auseinandersetzung nicht mit hineinziehen. Deshalb traf ich eine Entscheidung.

Runter von der Brücke. Ich wollte am Ende auf Suko warten. Das würde er auch begreifen, ohne dass ich ihn zuvor anrief, denn auf seiner Harley konnte ich ihn nicht erreichen.

Bevor ich auf den Bentley zulief, schaute ich mich um und suchte weitere Raben.

Im Moment konnte ich nichts erkennen. Keine glühenden Augen starrten aus dem Dunkel der Finsternis zwischen den hohen Eisenträgern. Wieder rauschte ein Fahrzeug heran.

Ich ließ es vorbei, und es befand sich ungefähr auf meiner Höhe, als ich den scharfen Knall vernahm.

Einen Schuss!

Ich zuckte zusammen, schaute sofort zum Bentley hin und sah die drei dämonischen Raben.

Glenda hatte gefeuert. Das Fenster war nach unten gefahren. Glenda hatte sich über den Fahrersitz gebeugt, sich dabei lang gemacht und auf die Tiere gezielt, die den Bentley umschwirrten.

Es war nicht sicher, ob sie getroffen hatte, denn als ich mich in Bewegung setzte, schoss sie zum zweiten Mal.

Diesmal sah ich deutlich, wie die Silberkugel einen der Körper zerstörte. In der Luft wurde er zuerst gestoppt und dann kurzerhand zerrissen.

Zwei blieben noch.

Die wollte ich mir schnappen.

Die dämonischen Vögel hatten sich auf den Wagen und somit auf Glenda konzentriert, mich bemerkten sie nicht. Vielleicht war ich auch zu schnell, auf jeden Fall hatte ich noch Zeit, meinen Dolch zu ziehen. Ein Sprung aus dem Lauf brachte mich fast bis an den Bentley, mein Arm fuhr von oben nach unten, und der Silberdolch fand mit tödlicher Präzision sein Ziel.

Der Rabe wurde durchbohrt.

Auch hier geschah das Gleiche, als hätte ich das Wesen mit einer Silberkugel vernichtet.

Staub, Knochen, Federn, Asche – das alles rieselte mir entgegen. Ich tauchte darunter hinweg, um mich um den letzten Raben zu kümmern. Der jedoch zog eine Flucht vor. Er war schneller als ich und verschmolz mit der Dunkelheit des Brückengestänges.

Einen weiteren Raben entdeckte ich nicht in unmittelbarer Nähe. Ich riss die Fahrertür auf und warf mich in den Wagen.

Glenda zitterte am ganzen Leib. »Ich – ich habe einen erwischt«, flüsterte sie.

»Gratuliere.«

»Spaß hat es mir nicht gemacht, zu schießen.«

Ich nickte ernst. »Sicher, wem macht es schon Spaß, die Waffe zu gebrauchen? Manchmal jedoch gibt es keine andere Möglichkeit, glaub mir, Mädchen.«

»Ich beneide dich nicht um deinen Job, John.« Sie hob die Schultern. »Aber was soll's, jetzt hänge ich ja auch drin.«

Da hatte sie recht.

»Wir werden fahren«, sagte ich.

»Nicht auf Suko warten?«

»Doch. Allerdings am Ende der Brücke. Hier ist es mir zu gefährlich. Wenn wir angegriffen werden, und Unschuldige geraten zwischen die beiden Parteien, würde ich mir mein Leben lang Vorwürfe machen. Suko wird das begreifen, auch ohne dass wir ihm Bescheid gegeben haben. Er fährt sicherlich bis zum Ende der Brücke durch.«

»Wir wollen es hoffen.«

Ich startete. Hinter und vor mir lag die Fahrbahn frei. Es war auch kein Wagen in Sicht, aber Glenda sah etwas.

»John, stopp!«

»Was ist denn?«

Sie deutete nach vorn und nach hinten. »Da, der Schein!«, flüsterte sie. »Grün und blau zur gleichen Zeit. Der steht mitten auf der Straße und flackert.«

Was sie mit so vielen Worten umschrieben hatte, dafür hatte ich ein Einziges.

Hexenfeuer!

Und es war dabei, uns einzuschließen …

Etwa zwei Sekunden blieb ich unbeweglich sitzen. Ich musste mich erst auf die neue Situation einstellen, zudem gefiel mir auch die etwas beengte Sicht nicht, deshalb stieg ich noch einmal aus und stellte mich mitten auf die Fahrbahn.

Ja, Glenda hatte sich nicht getäuscht. Die blaue Wand kam von vorn und auch von der Rückseite.

Es waren hüfthohe Flammen, die über die Straße wanderten, zuckende, tanzende Gebilde, mit Spitzen, die wie flammende Schwerter wirkten. Die Wege waren uns versperrt. Was blieb, war der Kampf. Ich öffnete am Heck die Haube, danach den Deckel des Einsatzkoffers und nahm meinen Bumerang hervor.

Sollte Jane Collins die Flammenwand begleiten, dann musste ich eine Entscheidung treffen.

Mein Gesicht wirkte wie aus Granit gehauen, als ich wieder in den Bentley stieg.

Glenda hatte Angst. Auf ihrer Stirn lagen kleine Schweißperlen. Die Sehnen und Adern unter der Haut am Zeichen bewegte sich, als sie trocken schluckte.

»Was haben wir für eine Chance, John?«

Ich legte den Bumerang auf meinen Schoß. »Weiß ich nicht. Wir müssen es probieren.«

»Willst du auf die Flammenwand zufahren?«

»Ja.«

»O Gott, die wird uns …«

»Noch ist nichts sicher, Mädchen. Wenn wir tatsächlich Pech haben sollten, bleibt uns noch der Sprung ins Wasser.« Ich grinste schief. »Hoffentlich kannst du schwimmen.«

»So einigermaßen.«

»Na denn.« Ich startete. Langsam rollte der schwere Wagen an. Lange konnten die dämonischen Gegner die Flammenwände nicht aufrechterhalten. Sie wurden nicht nur von uns gesehen, auch von anderen Zeugen, die vielleicht die Polizei riefen.

Ansonsten war alles normal. Unter uns gurgelte die Themse, letzte Schiffe fuhren noch, da leuchteten entfernte Lichter, nur auf der Brücke näherte sich uns das lautlose Grauen von beiden Seiten.

Glenda war ebenfalls nicht angeschnallt. In diesem Fall von Vorteil, denn wir mussten wahrscheinlich schnell aus dem Wagen, wenn es hart auf hart kam.

Selten hatte ich so gespannt in meinem Auto gesessen. Und es stellte sich die Frage, ob wir es überhaupt schaffen konnten. Würden die blauen Flammen mein Fahrzeug vielleicht vernichten?

Ich fuhr nur im ersten Gang. Neben dem Wagen hätte ein Baby herlaufen können, so langsam bewegte er sich voran. Auch die blaue Wand blieb nicht stehen. Sie hielt ihre Geschwindigkeit bei, sowohl vor als auch hinter uns.

Dann sahen wir die Raben.

Über der blauen Wand erschienen sie. Dunkle Schatten mit rot glühenden Augen und gefährlich anzusehen.

Wild flatterten sie auf und ab, ohne uns allerdings zu nahe zu kommen. Dafür begleiteten sie zwei andere Wesen, die plötzlich in der Wand aus Flammen standen.

Eine war Jane Collins.

Die andere Wikka!

Die Schülerin hatte ihre Meisterin zu Hilfe gerufen. So langsam kam ich zu der Überzeugung, dass die ehemalige Detektivin wirklich auf einen entscheidenden Kampf aus war.

Beide Hexen standen dicht nebeneinander. Vom Äußeren her konnten Frauen nicht gegensätzlicher sein. Wikka mit pechschwarzen Haaren und einem bleichen Gesicht, aus dessen Stirn und dicht am Haaransatz zwei Schlangen wuchsen, daneben die blonde Jane Collins und von der Erscheinung her mit vielen Vorzügen der Natur bedacht.

Zwei vom Aussehen her unterschiedliche Frauen, im Prinzip verfolgten sie das Gleiche.

Die Vernichtung des Guten und den Dienst an Satan!

Sie kamen mit dem Feuer. Nichts brannte an ihnen, sie standen in den Flammen wie zwei finstere Göttinnen und schauten uns starr entgegen.

»Kannst du nicht schießen?«, flüsterte Glenda.

Ich hob die Schultern. »Natürlich, aber ich weiß nicht, ob es etwas ausrichtet. Außerdem tanzen die Flammen, das Büchsenlicht ist schlecht. Wie ich sehe, müssen wir uns etwas anderes einfallen lassen.«

»Und was?«

»Raus aus dem Wagen.«

»Das meinst du doch nicht im Ernst!«

»Doch.« Ich stoppte schon. Gleichzeitig öffnete ich die Tür an meiner Seite. Mit einer Kopfbewegung machte ich Glenda klar, meinem Beispiel zu folgen.

Auch sie stieg aus.

Bevor Glenda überängstlich wurde, lief ich um die Kühlerschnauze herum und trat dicht neben sie. Ein schneller Blick über die Schulter zeigte mir, dass die Flammenwand an der hinteren Seite verdammt nahe herangerückt war.

Ich bekam eine trockene Kehle. »Sei jetzt ganz ruhig«, hauchte ich Glenda zu. »Hast du deine Pistole?«

»Ja.«

»Dann achte du auf die Raben, ich werde mir meine beiden Freundinnen vorknöpfen.«

»Wenn das nur gut geht!«

»Werden wir gleich wissen.«

Selbstverständlich hatte ich auch meinen Bumerang mitgenommen. Ich wollte ihn schleudern, und zwar zuerst auf Wikka. Vielleicht gelang es mir, sie zu köpfen, dann konnte ich unter Umständen Jane von dem unheilvollen Bann befreien, wenn Wikka nicht mehr existierte.

Gedanken, die mir in Sekundenschnelle durch den Kopf schossen, während ich langsam den rechten Arm hob. In der Hand hielt ich die silberne Banane, in der anderen die Beretta.

Keiner hatte bisher ein Wort gesprochen. Weder Jane, Wikka noch ich. Die Spannung, die sich zwischen uns aufgebaut hatte, wurde unerträglich. Wie ein elektrischer Strom lief sie über meinen Körper, und ich schluckte ein paarmal, um meinen Magen zu beruhigen.

Da hörte ich das Geräusch. Es war ein Röhren. Dumpf, gleichzeitig fordernd und aggressiv. Und es klang hinter uns auf.

Jemand kam.

Ich drehte mich kurz um und sah plötzlich ein rasendes Ungeheuer durch die Flammenwand stoßen.

Suko und seine Harley!

Der Chinese schien mit ihr verwachsen zu sein. Technik und Mensch verdeutlichten eine rasende, kraftstrotzende Symbiose, die alles niederreißen konnte.

Er war nicht aufzuhalten. Wie ein donnernder Urweltgötze jagte er heran, ich zögerte mit dem Wurf und glaubte, trotz dieses mörderischen Geräuschs einen gewaltigen Schrei zu hören.

»Topar!«

Plötzlich war alles anders. Glenda und ich erstarrten, und Suko übernahm die Initiative …

Dem Inspektor hatte niemand zu erklären brauchen, was geschehen war. Er hatte Augen im Kopf, um zu sehen. Und er handelte. Die Feuerwand schreckte ihn nicht, denn Suko war in diesen Momenten klar geworden, dass er einfach alles auf eine Karte setzen musste, wenn er noch etwas gewinnen wollte.

Feige war Suko nicht. Auch in dieser Situation bewies er seinen Mut, als er mit vollem Tempo in die Flammenwand hineinraste, obwohl er nicht wusste, was sich dahinter befand.

Für einen Moment spürte er einen seltsamen Schlag, der ihn schwindlig werden ließ. Schwarze Magie hatte ihn angegriffen, dann war er hindurch, und die Magie hatte nicht gewirkt, weil Suko zu schnell gewesen war.

Freie Sicht!

Er sah den Bentley, daneben John und Glenda und weiter vorn die zweite seltsame Flammenwand, über die einige Raben flogen, die aber auch mit Wikka und Jane besetzt war.

Suko hatte den Stab. Er wusste nicht genau, ob er das Richtige in dieser Lage tat, er versuchte es einfach und schrie das Wort Topar.

Fünf Sekunden Zeitunterbrechung!

Reichten sie?

Nur Suko und seine Maschine konnten sich bewegen. Und die Harley war voll aufgedreht. In fünf Sekunden hatte sie schon eine gewisse Strecke zurückgelegt.

Suko lag so flach auf der Maschine, dass er kaum zu sehen war. Sein Gesicht zeigte einen verbissenen Ausdruck, der rote Helm leuchtete fahl im blauen Licht.

Eins, zwei …

Er rauschte über sie wie ein Ungewitter. Alles war so schnell gegangen, dass selbst Wikka und Jane nicht rechtzeitig reagieren konnten, sie wurden voll gepackt.

Und Suko raste nicht nur genau auf die beiden zu, sondern zwischen sie hindurch. Es bestand kaum Zwischenraum, das hatte der Chinese einkalkuliert.

Dann spürte er den Schlag. Schneller als ein Gedanke, er sah noch Körper wegfliegen, sich in der Luft überschlagen, spürte wieder den magischen Anprall und war durch.

Vor der Brücke hatten sich Fahrzeuge gestaut, hier würde es nicht anders sein.

Sie kamen ihm vor wie Kolosse, rasend schnell wurden sie größer. Und Suko bremste. Er legte, was er hatte, in diese Vollbremsung, versuchte die Maschine unter Kontrolle zu halten, das gelang ihm nicht mehr, er rutschte weg, drehte sich um die eigene Achse, bekam Bodenkontakt und schlitterte über den Asphalt.

Die Harley ließ Suko sausen, denn er hatte sich schnell gelöst. Auch sein Körper wollte ihm nicht mehr gehorchen. Andere Kräfte spielten mit ihm, schleuderten ihn herum, und Suko konnte froh sein, dass der Helm das Schlimmste verhütete.

Als er schließlich lag, da hatte ihn der Helm vor einem Schädelbruch bewahrt, die dicke Kleidung vor sonstigen Knochenbrüchen, nur Prellungen hatte er sich zugezogen, aber das war er gewohnt, dieser alte Haudegen aus China …

Als wir uns wieder bewegen konnten, war die Flammenwand an beiden Seiten der Brücke verschwunden.

Klare Sicht.

Und das hieß, dass wir die Scheinwerfer der sich stauenden Fahrzeuge entdeckten, sowohl vorn als auch hinter uns.

Ich stieß Glenda an, die ungläubig in die Runde schaute. »Komm, Mädchen, wir müssen uns um Suko kümmern.«

An Wikka und Jane dachte ich nicht. Sie waren mir in diesem Moment egal, es zählte nur mein Partner.

Zu ihm rannte ich hin.

Ich fand ihn auf dem Boden hockend und von zahlreichen Menschen umringt. Als ich mich durch den Kreis schob, grinste er: »Na, du alter Schwede, alles klar?«

»Mensch, Suko, du hast Nerven.«

»Die braucht man bei euch auch. Aber hilf mir mal hoch, so eine Rutschpartie hat auch ihre Tücken.«

Was mit Wikka und Jane nun genau passiert war, das wussten wir nicht. Auf jeden Fall waren die beiden verschwunden. Ihre dämonischen Raben hatten sie mitgenommen.

»Ob sie vernichtet sind?«, fragte Glenda.

»Dann würde mein Stab nicht mehr funktionieren«, erwiderte Suko und warf Glenda einen schrägen Blick zu, bevor er lächelte. »Um euch zu retten, hätte ich das gern in Kauf genommen.«

Um es vorwegzunehmen: Sukos Stab funktionierte noch. Ein Zeichen, dass er Wikka und Jane nicht getötet hatte.

Es dauerte dennoch länger und wurde bereits Mitternacht, als wir Glenda bei den Conollys ablieferten.

Natürlich mussten wir erzählen. Zwischendurch erreichte uns ein Anruf, dass Sukos Maschine zur Reparatur gegeben worden war. In einigen Tagen bekam er sie zurück.

Vier Stunden später machten wir uns wieder auf die Socken. Sheila, Glenda und Bill standen in der Haustür und winkten. Sheila hatte einen Arm um Glenda gelegt. Die beiden würden sich bestimmt vertragen, und ich hoffte, dass Jane Collins von ihrer Rache erst einmal genug hatte, denn wir hatten uns auch noch mit anderen Gegnern herumzuschlagen.

Und nicht zu knapp, wie die nächsten Fälle zeigen sollten …

ENDE